Le Livre de la Nuit

HOLLY BLACK

Traduit de l'anglais (États-Unis) par Michel Pagel

LE LIVRE DE LA NUIT

DE SAXUS

AVERTISSEMENT DE CONTENU

ABUS SUR MINEUR, ALCOOL, AUTOMUTILATION, DROGUE, EMPOISONNEMENT, INCESTE, LANGAGE GROSSIER, SANG, TENTATIVE DE MEURTRE, VIOLENCE, VIOLENCE PAR ARME À FEU

Le Livre de la Nuit
par Holly Black

Book of Night

Conception graphique couvertures, jaquette et pages de garde françaises :
Eilean Books – Volodymyr Feshchuk

Ouvrage publié sous la direction de Sam Souibgui
Coordination et suivi éditorial : Christian Martin

SOMMAIRE

PROLOGUE 13

1. Ombres affamées 15
2. Le Roi de Coupe, à l'envers 27
3. Le passé 39
4. Encore du café 46
5. Retourné comme un gant 68
6. Le test du marshmallow 83
7. Le passé 97
8. Le *Liber Noctem* 113
9. Le passé 121
10. À toute pompe 128
11. Une étoile plus brillante 138
12. Le passé 149
13. Impossibles anges 166
14. Un essaim de mouches noires 187
15. Le passé 205
16. Lécher tes blessures 216
17. Ne pas déranger 225

18. Le passé 242
19. Les bonbons qui cassent les dents 245
20. Poison à retardement 254
21. Le passé 278
22. Le savant et l'ombre 283
23. Griffes d'ours 298
24. Chansons tristes en boucle 313
25. Chat noir. Crapaud. Corbeau. 325
26. Le passé 336
27. Cette horreur qui me plaît tant 346
28. Laissez toute espérance 367
29. Le passé 390
30. Vous qui entrez 398
31. Le fou, le bateleur, et le hiérophante 413
32. La charlatane 425
33. Voleuse de la nuit 449

REMERCIEMENTS 475

À tous ceux qui ont jamais passé le réveillon du Nouvel An chez moi

J'ai une petite ombre qui entre
et sort avec moi,
À quoi peut-elle bien servir, c'est
plus que je n'en vois.
Elle me ressemble tant et tant,
du bout des pieds à la bouche ;
Et je la vois sauter avant moi
quand je saute en ma couche.

— Extrait de *Mon ombre*
de Robert Louis Stevenson

PROLOGUE

N'importe quel enfant peut être poursuivi par son ombre. Il n'a pour cela qu'à courir droit vers le soleil lors d'une chaude après-midi. Tant qu'il continue de bouger, elle reste juste derrière lui. Il peut bien faire volte-face et tenter de la poursuivre, mais, aussi vite que s'activent ses jambes potelées, elle demeure toujours hors de sa portée.

Rien de tel avec cet enfant-ci.

Alors qu'il court dans un champ semé de pissenlits, riant, criant, ses doigts se referment sur une silhouette qui ne devrait pas être matérielle, une silhouette qui ne devrait pas tomber *avant* lui dans le trèfle et la mauvaise herbe, une silhouette avec laquelle il ne devrait pas pouvoir lutter et qu'il ne devrait pas pouvoir plaquer au sol.

Plus tard, assis dans la fraîcheur moussue au pied d'un érable, le garçon tente de percer du bout d'un canif la pulpe de son annulaire – mais se détourne pour ne pas voir. Le premier coup n'entame pas la peau. Le deuxième non plus. C'est seulement la troisième fois, quand la frustration surpasse la peur, qu'il frappe assez fort pour se couper. La douleur est *très* forte, aussi la minuscule perle rouge qui apparaît lui fait-elle honte. Percevant l'impatience de son ombre, il presse les abords de l'entaille dans l'espoir d'obtenir davantage de sang, et la goutte gonfle un peu. Il peut sentir la soif de l'ombre ainsi qu'une nouvelle piqûre lorsqu'une brume obscure se forme autour de son doigt.

La brise se lève et détache des graines d'érable qui tombent en spirale autour de lui, évoluant tels des hélicoptères sur leur aile unique.

Une petite gorgée chaque jour, c'est tout, a-t-il entendu dire à la télévision quelqu'un qui parlait de son ombre. *Et elle sera votre meilleure amie au monde.*

Quoique ce soit sans bouche ni langue, sans que le contact soit humide, il sait qu'on lui lèche la peau. Une sensation déplaisante mais indolore.

Il n'a encore jamais eu d'ami intime. Pourtant, il n'ignore pas que ceux qui se veulent tels accomplissent un rituel de ce genre-là : ils deviennent frères de sang, pressent leurs coupures l'une contre l'autre jusqu'à ce qu'il soit impossible de dire où commence la première et où s'achève la seconde. Il a besoin de quelqu'un comme ça.

« Je m'appelle Remy, chuchote-t-il à son ombre. Et, toi, je t'appellerai Rouge. »

1

OMBRES AFFAMÉES

Ses Crocs hideuses adhéraient aux tapis posés derrière le comptoir, sur le carrelage, et s'en décollaient avec un bruit de succion. Charlie avait les aisselles, le creux de la gorge et l'intérieur des cuisses en sueur. C'était son deuxième service de la journée : le mec de l'après-midi avait démissionné brutalement pour suivre son petit copain à Los Angeles, et elle était condamnée à en assurer les heures jusqu'à ce qu'Odette engage un remplaçant.

Aussi fatiguée qu'elle fût, toutefois, Charlie avait besoin de gagner de l'argent et elle estimait préférable de rester occupée. Rester occupée signifiait rester à l'écart des ennuis.

Charlie Hall avait toujours été un peu anormale. Tordue, depuis le jour de sa naissance. N'ayant jamais hésité à prendre une mauvaise décision, et plutôt deux fois qu'une, elle avait des doigts de pickpocket, une langue de menteuse et un noyau de cerise flétri à la place du cœur.

Si son ombre avait été magique, comme certaines, Charlie était à peu près sûre que même elle se serait enfuie.

Au demeurant, cela ne lui interdisait pas de *s'efforcer* d'être différente. Et elle s'efforçait bel et bien. Maîtriser ses pires impulsions durant ces dix derniers mois n'avait pas été facile, non, mais cela valait mieux que jouer le rôle d'une allumette dans une ville déjà inondée d'essence par ses soins.

Elle avait un emploi – avec des horaires réguliers – et un copain solide comme un roc qui payait sa part du loyer. Sa blessure par balle guérissait correctement. De petits succès, mais dont elle était fière malgré tout.

Sur cette pensée, Charlie releva les yeux pour voir une mise à l'épreuve de sa résolution franchir la porte à deux battants du *Rapture Bar & Lounge*[1].

Doreen Kowalski avait le visage rouge et gonflé à force de pleurer. Elle avait visiblement tenté de rafistoler son maquillage, mais tant frotté son mascara qu'il lui dessinait une espèce d'aile sur le côté d'un œil. Naguère, au lycée, elle adressait rarement la parole à Charlie, et elle n'en avait sans doute pas envie non plus ce soir-là.

Il existe nombre de différences entre la vie des gens qui ont de l'argent et celle des gens qui n'en ont pas. L'une d'entre elles est la suivante : quand on ne peut pas se permettre d'engager des experts, il est nécessaire de se forger un écosystème complexe d'amateurs utiles. Lorsque le père de Charlie avait eu ce que son médecin appelait un cancer de la peau, il avait avalé une flasque de bourbon Maker's Mark puis demandé à un copain boucher de lui extraire un gros morceau de chair de l'épaule, car il ne pouvait en aucun cas se payer un chirurgien. Lorsque la cousine d'un copain de Charlie s'était mariée, elle avait demandé à Mme Silva, qui habitait à trois rues de là, de lui faire sa pièce montée, car cette dame adorait la pâtisserie et disposait de poches à douille fantaisie. Si la crème

1. *Rapture* = extase.

au beurre était un peu granuleuse ou un étage du gâteau un peu trop cuit, ma foi, cela restait fort bon, aussi imposant que dans les magazines, et cela ne coûtait que le prix des ingrédients.

Dans le petit monde de la magie d'ombre, Charlie était une voleuse accomplie, mais, pour les habitants de son quartier, elle restait une amatrice utile, toujours prête à subtiliser une alliance ou à retrouver un pitbull kidnappé.

Charlie Hall. Attirée par les mauvaises idées comme les mites par les pulls en laine. Le moindre incident était pour elle l'occasion de laisser libre cours à ses pires impulsions.

« Il faut que je te parle », lui lança Doreen d'une voix forte, la main tendue, quand elle s'approcha d'elle.

La soirée avait été tranquille. Odette, vieille dominatrice en préretraite et propriétaire des lieux, avait annexé une table à l'autre bout du bar pour causer avec ses amis, mais, si Charlie discutait trop longtemps avec la même cliente, elle s'en rendrait compte, et la jeune femme ne pouvait pas se permettre de perdre cet emploi : compte tenu de ses antécédents, être barmaid au *Rapture* était un vrai coup de pot.

Un coup de pot arrangé par Balthazar, qui dirigeait un salon d'ombre au sous-sol de l'établissement, façon bar clandestin pendant la Prohibition, et avait de bonnes raisons de la tenir à l'œil – la première et non la moindre étant qu'il souhaitait l'employer à nouveau.

Charlie, en regardant Doreen, sentit s'insinuer en elle une excitation familière et constata la précarité de son engagement dans le droit chemin. Comme une stratégie du succès se résumant au mot « profit » suivi d'un tas de points d'exclamation.

« Je t'apporte un verre ? » demanda-t-elle.

Son ancienne condisciple secoua la tête. « Il faut que tu m'aides à retrouver Adam. Il a encore disparu, et je…

— Je ne peux pas parler maintenant. Commande quelque chose pour que ma patronne me fiche la paix. Soda club au bitter. Canneberge citron. Ce que tu veux. C'est pour moi. »

Les yeux humides et cerclés de rouge de Doreen suggéraient qu'elle avait connu une attente pénible. Ou englouti quelques verres avant de venir. Ou les deux.

« Hé ! » appela un habitué. Charlie se détourna pour prendre sa commande. Prépara un Cosmopolitan qui jaillit rouge rubis du shaker, et y jeta un petit glaçon carbonique, si bien qu'un filet de fumée s'en éleva, comme d'une potion.

Elle inspecta une autre table, où un homme sirotait une bière en appliquant de ses doigts tremblants un troisième patch de nicotine sur son bras. Il voulait garder son compte actif.

Au bar, elle servit un Four Roses à un type en costume de tweed et lunettes sales, qui donnait l'impression d'avoir dormi tout habillé et affirmait détester le bourbon trop sucré. Puis elle prépara un whisky-soda et l'apporta à l'autre bout du comptoir où lui faisait signe Balthazar en personne.

« J'ai du boulot pour toi », souffla-t-il. Avec ses yeux brillants, sa peau brune mais claire, et ses cheveux bouclés assez longs pour être tirés en arrière et former une queue-de-cheval qui lui donnait mauvais genre, il régnait sur son salon d'ombre où il faisait des rêves corrompus de la ville une réalité.

« Non, répondit Charlie sans s'arrêter.

— Attends. Knight Singh a été assassiné dans son lit, et sa chambre a été dévastée. Le tueur s'est barré avec son recueil de découvertes magiques perso, insista Balthazar, peu convaincu. C'était ta spécialité.

— Non ! » répéta-t-elle, aussi chaleureusement qu'elle le put.

Qu'il aille se faire foutre, Knight Singh.

Ç'avait été le premier crépusculien à jamais contracter les services de Charlie, quand elle n'était encore qu'une gamine.

Pour ce qu'elle en avait à faire, il pouvait bien pourrir dans sa tombe, mais cela ne voulait pas dire qu'elle allait la piller.

Charlie était hors du circuit. Elle avait été trop douée pour ce boulot, et les dommages collatéraux avaient été trop importants. À présent, elle n'était plus qu'une personne normale.

Un trio d'ivrognesses aux allures de sorcières, entre 20 et 30 ans, célébraient un anniversaire en milieu de semaine, la bouche laquée de rouge à lèvres noir. Elles commandèrent des absinthes vert fluo bon marché et grimacèrent en les avalant. Une des trois venait sans doute de faire retailler son ombre, car elle cherchait sans cesse la lumière afin de projeter sur le mur sa nouvelle personnalité : des cornes et des ailes, comme un succube.

C'était magnifique.

« Ma mère déteste », confia la fille à ses compagnes, d'une voix un peu grasse. Elle sautilla sur place puis lévita un instant, tandis que ses ailes battaient lentement, et quelques clients lui jetèrent un coup d'œil admiratif.

« Maman dit que, quand je chercherai un nouveau boulot, je regretterai d'avoir quelque chose que je ne peux pas cacher. Je lui ai répondu que j'ai pris la décision solennelle de ne jamais faire de concessions. »

Quand elle avait vu sa première ombre retaillée, Charlie s'était rappelé un conte de fées qu'elle avait lu, enfant, à la bibliothèque de l'école : *La Sorcière et le Frère malchanceux.*

Elle se souvenait encore des premières lignes : *Il était une fois un garçon né avec une ombre affamée, qui bénéficiait d'une chance insolente alors que toute la malchance se reportait sur son frère jumeau, né sans ombre du tout.*

Bien sûr, l'ombre de cette fille ne lui portait pas chance, mais elle lui donnait l'air classe et lui conférait quelques pouvoirs magiques sans conséquence, comme léviter de sept ou huit centimètres pendant deux secondes. Une paire de chaussures à semelles compensées l'aurait hissée plus haut.

Et cela ne faisait pas d'elle une crépusculienne.

Ce genre de manipulation, la plus publique des quatre disciplines, était la spécialité des retailleurs. Ils sculptaient les ombres pour en modifier l'aspect, pour susciter à travers elles des émotions si puissantes qu'elles entraînaient parfois une dépendance, voire pour exciser des fragments de l'inconscient du sujet. Ce n'était bien sûr pas sans risques. Il arrivait qu'on perde davantage de soi qu'on ne l'avait prévu.

Les autres disciplines crépusculiennes étaient plus secrètes. Les carapaces se concentraient sur leur ombre personnelle, dont ils se faisaient une armure ou des ailes leur permettant de voler. Les marionnettistes envoyaient la leur accomplir des tâches secrètes – en grande partie, pour ce qu'en avait vu Charlie, des saloperies répugnantes que nul n'avait envie d'évoquer. Et les masques, une bande de pervers et de mystiques décidés à percer les secrets de l'univers sans se soucier de qui cela pouvait blesser, ne valaient guère mieux.

Si on les appelait « obscurs » au lieu de leur donner leur titre véritable, ce n'était pas sans raison. On ne pouvait en aucun cas se fier à eux. Par exemple, quoi qu'ils puissent en dire, tous les crépusculiens faisaient le trafic des ombres volées.

Vince, le copain de Charlie, s'était fait voler la sienne, sans doute pour qu'un riche connard puisse s'offrir un troisième retaillage. À présent, il n'en projetait absolument aucune, même sous l'éclairage le plus violent. Les êtres sans ombre abritaient en eux l'absence, disait-on, le manque d'un élément intangible. Parfois, les gens croisant Vince dans la rue remarquaient sa particularité et s'écartaient de son chemin.

Charlie aurait bien voulu qu'ils s'éloignent aussi du sien, mais, puisque cette réaction dérangeait le jeune homme, elle fusillait du regard quiconque s'en rendait coupable.

Quand elle termina son tour de salle, Doreen lui lança : « Je prendrai une bière au gingembre pour me caler l'estomac. »

Odette semblait absorbée par sa conversation.

« OK, quel est le problème ?

— Je crois qu'Adam est reparti en bordée, répondit Doreen quand Charlie déposa devant elle sa commande et une serviette en papier. Le casino a appelé. S'il ne se présente pas lundi, ils le virent. Je n'arrête pas d'essayer de le joindre sur son portable, mais il refuse de me répondre. »

Charlie et Doreen n'avaient jamais été très copines mais elles avaient des fréquentations communes. En outre, connaître une personne depuis longtemps semblait parfois plus important que l'apprécier.

La barmaid soupira. « Bref, qu'est-ce que tu attends de moi ?

— Que tu le trouves et que tu le fasses rentrer à la maison. Peut-être que tu lui rappelles qu'il a un gamin.

— Je ne suis pas sûre de pouvoir le pousser à faire quoi que ce soit.

— C'est à cause de toi s'il est comme ça, insista Doreen. Il n'arrête pas de prendre des boulots dangereux en plus de son travail normal.

— Et en quoi est-ce que c'est ma faute, exactement ? » Charlie essuyait le bar pour se donner une contenance.

« Balthazar le compare tout le temps à toi. Adam voudrait absolument égaler ta putain de réputation. Mais tout le monde n'est pas un criminel-né. »

Adam était croupier de black-jack au casino de Springfield et travaillait à temps partiel pour Balthazar depuis la défection de Charlie, croyant sans doute que savoir régler de vagues problèmes autour d'une table de jeu le prédisposait à détrousser des obscurs. Selon la jeune femme, il estimait aussi que, si elle en était capable, ça ne devait pas être si difficile que ça.

« On en parlera quand j'aurai terminé mon service », soupira-t-elle tandis que défilaient dans sa tête toutes les raisons pour lesquelles elle aurait dû s'enfuir en courant.

D'une part, quelles que soient les circonstances, elle était la dernière personne que le compagnon de Doreen aurait envie de voir.

D'autre part, cela ne lui rapporterait pas un sou.

La rumeur voulait qu'Adam dépense l'argent obtenu de Balthazar à nager dans le bonheur – se faire tripatouiller l'ombre pour passer de longs moments le regard dans le vide, inondé d'émotions extraordinaires. Logiquement, il était pour l'heure allongé sur le dos dans une chambre d'hôtel, il se sentait très bien, et il ne voudrait en aucun cas se laisser traîner chez lui avant que l'effet ne s'estompe.

Charlie regarda Doreen, assise à l'autre bout du bar, en train de jouer d'un air très malheureux avec sa touillette : c'était bien la dernière chose dont elle avait besoin.

Elle tendait la main vers le siphon d'eau gazeuse quand un grand bruit lui fit relever les yeux.

Le type en tweed ayant commandé un bourbon « pas trop sucré » était désormais à quatre pattes près de la scène inoccupée, emmêlé dans un pan de rideau en velours. Debout près de lui, un des gorilles du salon d'ombre, un certain Joey Aspirins, semblait hésiter à lui donner un coup de pied dans la tête.

Balthazar, qui les avait suivis en haut de l'escalier, hurlait à pleins poumons. « T'es malade de vouloir que je revende ça ? Tu veux faire croire que c'est moi qui ai volé le *Liber Noctem*, ou quoi ? Débarrasse-moi le plancher, bordel !

— C'est pas ça, protesta l'autre. Salt tient absolument à en récupérer même une partie. Il paiera en bon argent... »

Charlie fit la moue en entendant le nom Salt.

Après tout ce qu'elle avait vu et fait, il en fallait beaucoup pour la déstabiliser. Évoquer cet homme-là n'y manquait jamais.

« Ta gueule et fous le camp. » Balthazar désigna la sortie.

« Qu'est-ce qui se passe ? » demanda Doreen. Charlie secoua la tête en regardant Joey Aspirins pousser le type vers les portes. Odette se leva et s'entretint avec Balthazar, trop bas pour que la jeune femme entende leurs propos.

Quand le directeur du salon d'ombre se retourna et croisa son regard avant de regagner le sous-sol, il lui adressa un clin d'œil. Elle aurait dû hausser un sourcil, voire lever les yeux au ciel, mais avoir entendu parler de Lionel Salt la tétanisait. Balthazar disparut avant qu'elle ne parvienne à réagir.

L'heure de la dernière commande arriva peu après. Charlie essuya une nouvelle fois le comptoir. Emplit le lave-vaisselle de shakers et de verres sales. Elle compta sa caisse, prélevant sur ses pourboires le coût du verre de Doreen. Le *Rapture* exultait de son originalité. Ses murs et son plafond étaient couverts de peinture *Noir 3.0* – si foncée qu'elle absorbait toute la lumière de la salle –, et son air imprégné d'encens. On y venait pour observer de la magie et autres curiosités, ou bien quand on en avait marre des bars pour sportifs avec kombucha à la pression. Ses rituels de fermeture étaient toutefois les mêmes qu'ailleurs.

La plus grande partie du personnel avait déjà quitté les lieux quand Charlie reprit son manteau et son sac devant le bureau d'Odette. Le vent qui s'était levé gela la sueur sur sa peau tandis qu'elle rejoignait sa voiture, et lui rappela qu'on était déjà à la fin de l'automne, que l'hiver arrivait à grands pas : elle allait devoir mettre un manteau plus chaud que son fin blouson de cuir pour aller travailler.

« Bon, alors ? demanda Doreen. Je me les gèle, moi. Tu vas le chercher ? Suzie Lambton dit que tu l'as aidée, elle, et tu la connais à peine. »

Le boulot ne serait sans doute pas trop difficile et, ensuite, cette enquiquineuse la lâcherait, songea Charlie. Si Adam était en train de nager dans le bonheur quelque part, elle pourrait toujours lui voler son portefeuille. Voilà qui le renverrait chez lui vite fait. Elle lui piquerait aussi ses clefs de voiture, juste pour montrer qu'elle en était capable. « Ton frère travaille à l'université, c'est ça ? Au bureau de l'intendant. »

Doreen plissa les yeux. « Il bosse au service client. Il répond au téléphone.

— Mais il a accès aux ordinateurs. Donc il peut s'arranger pour que ma sœur ait un mois de plus pour payer sa facture ? Je ne lui demande pas d'annuler la dette, juste de retarder la date limite. » Les frais d'orientation, de matériel et de dossier étaient tous payables avant que ne soit versé l'argent du prêt étudiant. Sans parler de la vieille bagnole dont aurait besoin Posey pour se rendre sur le campus. Ni des livres.

« Je ne veux pas qu'il s'attire des ennuis », protesta Doreen sur un ton pincé, comme si elle n'était pas en train d'essayer de persuader une délinquante de retrouver son compagnon tout aussi délinquant.

Charlie croisa les bras et attendit.

Enfin, son interlocutrice hocha doucement la tête. « Ça ne coûte sans doute rien de poser la question. »

Ce qui pouvait signifier un tas de choses. Charlie ouvrit le coffre de sa Toyota Corolla pourrie. Sa collection de téléphones portables à carte prépayée reposait près de câbles de démarrage enchevêtrés, d'un vieux sac renfermant un nécessaire de cambriolage, et d'une bouteille de Grey Goose achetée au *Rapture* au prix de gros.

Charlie sortit un des appareils et tapa le code d'activation. « Bon, je vais essayer un truc pour voir si Adam mord. Donne-moi son numéro. »

S'il répondait, elle accepterait le boulot, décida-t-elle. Sinon, elle laisserait tomber.

Elle savait qu'elle cherchait une simple excuse pour se mettre dans le pétrin. Qu'elle pataugeait au milieu des sables mouvants dans l'unique but de voir si elle allait s'enliser. Elle envoya néanmoins un texto : *J'ai un boulot à confier et il paraît que tu es le meilleur.*

S'il craignait de ne pas être assez doué, la flatterie le motiverait. Tel était le principe de l'arnaque : jouer sur les faiblesses. C'était aussi une manière malsaine d'entraîner son cerveau à considérer les autres.

« On va bien voir s'il réagit, et… », commençait Charlie quand son téléphone tinta.

C'est qui ?

Amber, répondit-elle. Elle disposait de plusieurs identités créées en vue de diverses arnaques et jamais utilisées. De celles-là, Amber était la seule crépusculienne. *Désolée de te déranger si tard, mais j'ai vraiment besoin de ton aide.*

Amber, la brune aux cheveux longs ?

Charlie contempla son téléphone un long moment en se demandant s'il s'agissait d'un piège.

Tu es vraiment aussi doué qu'on le dit. Elle ajouta une émoticône clignant de l'œil et pria que l'ambiguïté lui évite des questions plus précises.

« Je n'arrive pas à croire qu'il te répond. Qu'est-ce qu'il dit ?

— Regarde. » Elle tendit le téléphone à Doreen, qui lut les messages en se rongeant un ongle. « Tu vois ? Il est vivant. Il va bien.

— Tu n'étais pas obligée de flirter avec lui. »

Charlie leva les yeux au ciel.

À l'autre bout du parking, Odette, couverte d'un volumineux manteau pareil à un cocon, se dirigeait vers sa Mini Cooper violette.

« Tu crois vraiment pouvoir t'arranger pour qu'il te dise où il est ? »

La voleuse hocha la tête. « Bien sûr. Je peux même y aller et le ficeler comme un saucisson, si c'est ce que tu veux. Mais, pour ça, il faudra que tu me rendes un plus grand service.

— Suzie dit que te demander ton aide, ça revient à pactiser avec le diable. Le vœu qu'on fait se réalise mais, ensuite, on a perdu son âme. »

Charlie se mordit la lèvre et leva les yeux vers le réverbère. « Comme tu disais, Suzie, je la connais à peine. Elle doit parler de quelqu'un d'autre.

— Peut-être. Mais vu tout ce que tu as fait – même autrefois, tout ce qu'on racontait –, tu es forcément en colère contre quelqu'un.

— Ou bien j'ai fait tout ça pour m'amuser. Ce qui serait carrément déjanté, hein ? Mais, vu que je suis en train de te rendre service, il serait poli de ne pas en parler. »

Doreen poussa un de ces soupirs épuisés communs chez les mères de jeunes enfants. « C'est ça. OK. Mais ramène-le à la maison avant qu'il ne finisse comme toi. »

Charlie la regarda s'éloigner puis monta dans sa Corolla. Boucla sa ceinture de sécurité. Évita de penser au travail que lui proposait Balthazar et à la personne qu'elle était naguère. Pensa au contraire au ramen qu'elle allait se faire chauffer en arrivant chez elle. Espéra que sa sœur avait nourri la chatte. Imagina le matelas qui l'attendait par terre dans sa chambre. Imagina Vince déjà endormi, les pieds emmêlés dans les draps. Inséra sa clef dans le contact.

La voiture refusa de démarrer.

2

LE ROI DE COUPE, À L'ENVERS

Le vent qui tourbillonnait dans le tunnel de Cottage Street brûlait les joues de Charlie et lui plaquait les cheveux sur le visage.

Sa Corolla était toujours garée sur le parking du *Rapture*. Autant qu'elle ait pu tourner la clef et frapper des mains sur le tableau de bord, le moteur était resté muet. Les câbles de démarrage n'avaient rien fait pour le ressusciter, et les dépanneuses coûtaient cher.

Elle avait envisagé d'appeler Vince, voire un taxi, mais elle s'était contentée de sortir la vodka du coffre et de s'envoyer deux rasades au goulot, boudeuse, en s'apitoyant sur son sort. Les yeux levés vers le ciel.

Les dernières feuilles étaient mortes ; il n'en restait que quelques-unes sur les arbres, pendues comme des chauves-souris endormies.

Une voiture avait ralenti avant le stop. Son conducteur avait lancé une proposition vulgaire puis appuyé sur le champignon, ne remarquant sans doute même pas le doigt d'honneur que lui adressait Charlie.

Ses propos ne contenaient de toute façon rien qu'elle n'ait pas déjà entendu. Son reflet dans les vitres de la voiture lui montrait des cheveux noirs. Des yeux marron foncé. Et tout le reste à profusion : seins, fesses, ventre et cuisses. Trop de gens voyaient en ces courbes une franche invitation. Ils oubliaient qu'on naît avec un corps qu'on ne peut pas balancer comme une paire de pantoufles, une silhouette qu'on ne peut pas retailler comme une ombre.

Un nouveau coup de vent avait emporté quelques feuilles, les rares qui n'étaient pas encore collées le long des trottoirs.

Charlie avait alors eu l'idée remarquable de parcourir à pied les deux kilomètres et plus qui la séparaient de chez elle.

Ce n'était qu'une petite marche de rien du tout, après tout. Une promenade de santé.

Du moins pour quelqu'un qui n'aurait pas passé toute la journée et la moitié de la nuit debout.

L'expression « le courage de l'alcool » lui vint à l'esprit – trop tard.

La jeune femme dépassa une librairie obscure dont la vitrine d'automne accueillait des citrouilles aux bouches sculptées et garnies de crocs de vampire en plastique. Elles reposaient toutes dents dehors près de romans d'horreur, saupoudrées de bonbons en forme de grains de maïs pour la décoration, et leur masse orange commençait tout juste à s'affaisser sous l'effet du pourrissement.

Toutes les maisons de la rue avaient les volets clos. Charlie resserra son manteau et regretta qu'Easthampton ne soit pas plus semblable aux villes universitaires voisines – Northampton ou Amherst –, que ses rues, tard le soir, n'accueillent pas assez d'étudiants éméchés pour justifier qu'au moins une pizzeria soit ouverte après la fermeture des bars, voire un café pour les stakhanovistes qui restaient debout toute la nuit.

Tout ce calme lui donnait trop de temps pour réfléchir.

Seule dans la rue obscure, elle ne pouvait échapper aux paroles de Doreen. « *Mais vu tout ce que tu as fait – même autrefois, tout ce qu'on racontait –, tu es forcément en colère contre quelqu'un.* »

Elle donna un coup de pied dans un morceau de ciment détaché.

Gamine, Charlie n'était qu'une tignasse de cheveux noirs et des yeux bruns complétés par une mauvaise attitude. Elle n'avait jamais cessé d'accumuler les ennuis mais s'était découverte en cours de route douée pour démonter aussi bien les énigmes que les gens. Elle aimait les percer à jour, trouver le moyen d'atteindre ce qu'ils cachaient. Devenir ce en quoi ils avaient envie de croire.

Ce dernier point lui rappela l'histoire d'Adam. Jouer le jeu ne pouvait pas faire de mal. Cela la distrairait de la nuit.

Pêchant son téléphone, elle tapa : *Il y a dans la collection Mortimer de livres rares, au Smith College, un volume qui renferme quelque chose d'important, j'en suis sûre. Je peux te payer. Ou bien on peut trouver une monnaie d'échange.*

Les crépusculiens étaient toujours en quête de vieux livres détaillant des techniques de manipulation des ombres. On en avait vu s'entretuer pour leur possession. La tâche qu'elle proposait à Adam n'était pas bien compliquée.

Donc forcément assez tentante.

Dix ans durant, Charlie avait volé pour le compte de divers crépusculiens. Des livres, des parchemins et d'autres choses encore – pires, parfois. Dix ans durant, elle avait tenu son identité secrète. Elle était restée discrète, travaillant de temps à autre dans bars ou restaurants pour donner le change, et se servant de Balthazar comme intermédiaire. Voilà un peu plus d'un an, elle avait versé une avance pour acheter une maison. Convaincu Posey de poser sa candidature dans plusieurs universités.

Puis elle avait tout foutu en l'air.

Apparemment, il y avait en elle une chaudière allumée en permanence. Un an plus tôt, elle avait constaté avec quelle facilité elle était capable de tout changer en cendres.

Adam ne répondait pas. Peut-être était-il endormi. Ou défoncé. Ou simplement pas intéressé. Charlie rangea le téléphone à carte dans son sac.

Du coin de l'œil, elle crut voir une forme luisante se glisser entre deux bâtiments.

Cela mit un terme à ses réminiscences, mais pas de manière positive.

On évoquait souvent les ombres en liberté, sans corps, comme on parlait du *Slender Man* ou de la fille à la joue pleine d'araignées, mais Charlie savait que les Furies n'étaient pas une simple légende urbaine. Elles étaient ce qui restait quand un crépusculien mourait mais pas son ombre. Bien réelles et très dangereuses. L'onyx les affectait, ainsi que le feu, mais c'était à peu près tout, sauf si on était soi-même crépusculien.

Son téléphone officiel sonna, la ramenant brutalement au présent. C'était un SMS de Vince. *Tout va bien ?*

J'arrive bientôt, répondit-elle.

Elle aurait dû l'appeler du *Rapture*. Il serait passé la prendre, et l'aurait sans doute fait de bon cœur, mais elle n'avait pas envie de se reposer sur lui : si elle se le permettait, ce serait encore plus dur quand il ne serait plus là.

Un bruit monta en bas de la rue, non loin du point de jonction des deux lacs, le Nashawannuck Pond et le Rubbert Thread Pond, en face de l'usine abandonnée. Quelqu'un se trouvait là.

Charlie pressa le pas, plongeant la main dans sa poche pour la refermer sur le manche du couteau militaire pliant attaché à ses clefs, qu'elle utilisait pour ouvrir des boîtes de céréales et faire sauter le mastic des vieilles fenêtres, mais qui restait tranchant. Elle ne savait trop comment s'en servir pour se défendre, mais il était à tout le moins aiguisé et disposait d'une poignée en onyx susceptible d'affaiblir les ombres.

Un mouvement rapide attira son regard dans une petite rue. Une lampe devant la porte d'une boutique illuminait un tas de vêtements sales, d'os blancs, et un mur éclaboussé de taches de sang noires.

Charlie s'arrêta, tendue, le cœur au bord des lèvres, tandis que son cerveau fonctionnait à plein régime, ne cessant de lui proposer des alternatives à ce qu'elle voyait : un accessoire de maison hantée jeté à la poubelle, un mannequin, un animal.

Mais non : il s'agissait de restes humains. De la chair aussi déchiquetée que les vêtements, comme si le tueur avait désespérément voulu atteindre les entrailles de sa victime. La jeune femme s'approcha. Un parfum douceâtre flottait dans l'air, un peu atténué par le froid. Le visage du mort était tourné sur le côté, ses yeux vitreux grands ouverts. Il avait la cage thoracique fracassée et en partie arrachée : ses os pâles se soulevaient en dents de scie au-dessus des chairs mutilées tel un cercle de bouleaux argentés.

Charlie surprit un nouveau mouvement contre le mur. L'ombre déchiquetée du cadavre, plutôt que de rester aussi immobile que lui, s'agitait au gré de la brise à l'instar d'un linge déchiré pendu sur un fil. On l'aurait crue susceptible d'être libérée par une rafale un peu violente.

Le visage de l'homme était transformé par la mort au point que la jeune femme reconnut d'abord ses vêtements en tweed, froissés et un peu sales, comme s'il avait vécu des moments pénibles. C'était le type que Balthazar avait expulsé du *Rapture*. Celui qui lui proposait de revendre un bien appartenant à Salt.

Deux heures plus tôt, elle lui avait servi un Four Roses. À présent…

Un bruit s'éleva à l'autre bout de la ruelle. Charlie leva les yeux en inhalant sèchement. Un homme vêtu d'un long manteau et d'un chapeau noirs, les yeux aussi sombres que des trous laissés par des balles, la regardait fixement.

Ses mains avaient quelque chose d'anormal.

De très anormal.

Elles étaient entièrement faites d'ombre, du bout des doigts aux moignons balafrés des poignets.

D'un pas sec et sonore sur l'asphalte, il s'avança vers la jeune femme, dont l'instinct lui conseillait pour moitié de s'enfuir et pour moitié de rester immobile, car courir attiserait le désir de poursuite d'un prédateur. Allait-elle se battre pour de bon ? Le couteau lui paraissait ridiculement petit au creux de sa main, à peine plus menaçant que des ciseaux à ongles.

Des sirènes montèrent dans le lointain.

À ce bruit, l'inconnu s'arrêta. Tous les deux s'observèrent un instant de part et d'autre du cadavre, puis l'homme recula et disparut à l'angle du bâtiment. Charlie se sentait en état de choc, à la limite du malaise – et atrocement sobre.

Se forçant à bouger, elle tituba hors de la ruelle et marcha rapidement vers Union Street. Si elle se trouvait près du corps à l'arrivée des flics, ils lui poseraient un tas de questions – et ne seraient pas disposés à croire une histoire d'homme aux mains d'ombre. Surtout pas de Charlie qui avait été arrêtée deux fois avant ses 18 ans pour tentative d'escroquerie.

Ses jambes la portaient, mais son esprit chancelait.

Depuis le massacre de Boxford, vingt ans plus tôt, moment auquel le monde avait appris l'existence des crépusculiens, leurs activités accablaient tout l'ouest du Massachusetts – la Silicon Valley de la magie d'ombre.

Depuis Springfield, avec ses usines d'armement aux volets clos et ses manoirs condamnés, jusqu'aux universités et aux fermes idiosyncrasiques des collines, en passant par les rivières polluées et la marécageuse beauté du lac Quabbin, la Vallée était assez bon marché et assez proche de New York comme de Boston pour attirer du monde. En outre, elle faisait preuve d'une grande tolérance envers les excentriques. On y trouvait des chèvres pour tondre les pelouses. Un club de tir organisant une foire annuelle de la Renaissance. On pouvait y acheter un sommier du XVIIIe siècle ou une marmite en forme de vagin façonnée à la main, voire choper de l'héroïne à un arrêt de bus – le tout au cours d'une balade d'un quart d'heure.

Désormais, s'ajoutaient à la liste une visite à un salon d'ombre et l'intervention d'un retailleur pour se débarrasser des vices mentionnés ci-dessus ou en ajouter un nouveau. La popularité de la nage dans le bonheur montait en flèche. Plus il y avait de crépusculiens, plus les villes changeaient, et il n'y avait pas assez d'onyx dans le monde pour arrêter le mouvement.

Malgré cela, ce meurtre paraissait exceptionnellement atroce. L'être ou la chose qui en était responsable disposait d'une force incroyable pour avoir ouvert ainsi un corps humain comme une noix.

Charlie plongea ses mains tremblantes au fond de ses poches. Le chemin familier lui était devenu étranger, empli d'ombres déchiquetées qui se déplaçaient au moindre souffle de vent. Son nez semblait capter une odeur de viande en putréfaction.

Encore deux rues et elle remonta son allée, le souffle court, les mains toujours tremblantes.

La clochette fixée au-dessus de la porte sonna quand la jeune femme entra dans la vilaine cuisine jaune de la maison qu'elle louait avec Posey et Vince. Une poêle à frire et deux assiettes sales s'entassaient dans l'évier. Près du four à micro-ondes, deux autres assiettes attendaient, l'une posée à l'envers sur l'autre. La chatte, Lucifeule, les humait, emplie d'espoir.

Charlie trouva Vince endormi dans le salon, devant un téléviseur au volume très bas, son corps robuste étalé au milieu de leur canapé de récupération, un livre de poche ouvert sur le ventre. En le voyant, elle éprouva une pointe de regret, la troublante sensation que lui manquait déjà un être encore présent.

Son regard glissa vers la zone où aurait dû se projeter l'ombre du dormeur – et où il n'y avait rien du tout.

Quand Charlie avait rencontré Vince, son œil avait remarqué un phénomène curieux : il paraissait toujours un peu flou, comme si les contours de son corps étaient brouillés. Peut-être était-elle distraite parce qu'elle était ivre, ou parce qu'il avait la mâchoire ferme et un air soigné qu'affichaient rarement les mecs s'intéressant à elle. C'était seulement le lendemain matin, quand elle l'avait vu découpé dans un encadrement de porte, comme traversé par la lumière, qu'elle avait réalisé son absence d'ombre.

Posey, elle, l'avait remarquée immédiatement.

À présent, assise sur le tapis gris élimé, des cartes étalées devant elle, les yeux plissés, elle regardait une image granuleuse mouvante sur son ordinateur portable. Elle était vêtue du même pyjama aux manchettes sales et éraflées que lorsque sa sœur était partie travailler. Pas de soutien-gorge. Ses cheveux châtains étaient rassemblés en un chignon grossier au sommet de son crâne. Son seul bijou était un anneau de narine en or et en onyx qu'elle n'ôtait jamais. Posey prenait tous ses appels par Zoom en laissant la caméra inactive de son côté, au moins partiellement, si bien qu'elle n'avait pas besoin de s'habiller.

Elle poursuivit sa lecture des tarots d'une voix entièrement professionnelle, apaisante, semblant à peine remarquer Charlie. « Le neuf de bâton, à l'envers. Vous êtes épuisée. Vous voulez donner beaucoup de vous-même mais, ces derniers temps, vous avez l'impression qu'il ne reste rien à donner… »

Son correspondant dut commencer à vider son sac, car elle coupa son micro, se contentant d'écouter.

Quand elles étaient enfants, leur mère les avait traînées chez une myriade de voyants. Charlie se rappelait avoir contemplé coussins en velours poussiéreux et rideaux de perle dans l'avant-salle d'une maison proche de l'autoroute, avec la tête de Posey sur les genoux, tout en écoutant les mensonges qu'on racontait à l'adulte de la famille sur son avenir.

Même s'il s'agissait d'une escroquerie, toutefois, leur mère avait besoin de quelqu'un à qui parler et ne se serait jamais ouverte à personne d'autre. Les voyants étaient les thérapeutes des êtres incapables d'admettre qu'il leur fallait une thérapie. La magie de ceux qui avaient désespérément besoin d'un peu de magie – à l'époque où elle n'était pas encore réelle.

Selon Charlie, Posey ne disposait d'aucun pouvoir, mais ses clients trouvaient néanmoins en elle une personne qui traitait leurs problèmes comme importants, qui acceptait de les aider. Cela semblait valoir pour eux une donation de 50 dollars et un abonnement à son compte Patreon.

Charlie retourna dans la cuisine et découvrit l'assiette mise de côté. Vince avait préparé des tacos aux œufs, avec de l'avocat en tranches et des cuillerées jumelles de Tabasco et de sriracha. À en juger par la vaisselle sale dans l'évier, il en avait même fait pour Posey. Charlie mangea sa part à la table pliante rouillée de la cuisine, tout en écoutant parler sa sœur.

« Le Roi de Coupe, à l'envers aussi. Vous êtes intelligente, mais vous prenez parfois des décisions que vous savez ne pas être les meilleures. »

Un frisson d'adrénaline résiduelle contraignit Charlie à poser sa fourchette et à inspirer régulièrement plusieurs fois de suite. Elle tenta de se concentrer sur la voix de Posey, sur la familiarité de l'histoire qu'elle racontait.

La majorité des gens qui appelaient pour se faire tirer les cartes avaient des problèmes de cœur. Certains voulaient savoir s'ils détenaient une chance avec quelqu'un en particulier.

D'autres étaient seuls et voulaient qu'on leur dise que ce n'était pas leur faute s'ils n'avaient pas trouvé la bonne personne. La plupart, toutefois, se débattaient au milieu d'une relation qui tournait à l'aigre, et souhaitaient d'un côté entendre que toutes leurs souffrances seraient récompensées, d'un autre recevoir la permission de rompre.

La plupart des visites de leur mère à des voyants avaient eu pour point de départ ses relations affectives. Les femmes de la famille Hall tombaient amoureuses comme on tombe d'une falaise. Elles choisissaient leurs hommes avec un mauvais goût très sûr, comme s'il existait une sorte de malédiction ancestrale inaugurée par le mariage de mamie avec un type atroce, au point qu'elle était encore en prison pour lui avoir logé une balle dans la nuque pendant qu'il regardait la télé au fond de son fauteuil relax. Cela avait continué par maman obligeant Charlie et Posey à rester sages sur la banquette arrière d'une Kia alors qu'elle roulait çà et là dans l'espoir de surprendre leur père avec une maîtresse, puis par un beau-père ayant cassé le poignet de Posey, puis par un ex de Charlie tellement prêt à tout pour trouver de quoi payer une dette de jeu qu'il l'avait convaincue de déposer des déclarations d'impôts au nom de personnes mortes et de lui remettre l'argent des remboursements. D'après Posey, pour qu'une Hall en soit folle amoureuse, un homme devait avoir un trou dans la tête, dans le cœur ou dans la poche.

C'était peut-être vrai. Peut-être devait-il lui manquer quelque chose, à cet homme, afin que Charlie puisse se glisser dans cette absence et le soigner comme un élixir. Ou bien peut-être était-ce seulement qu'il lui semblait avoir perdu quelque chose, elle aussi, et que le manque attire le manque.

Vince était un type fiable. Solide, travailleur. Les hésitations avec lesquelles il évoquait sa famille disaient clairement que raconter son passé le mettait mal à l'aise, mais la jeune femme rassemblait des indices depuis assez longtemps pour hasarder sans trop de risque quelques suppositions. Les cals de ses mains étaient récents, et il avait le genre de dentition régulière produite par des bagues. Il disposait de connaissances comme on en acquiert à l'université, mais n'avait aucune dette. Il venait donc d'une famille riche.

Charlie se demandait si cette famille lui avait tourné le dos après qu'il eut perdu son ombre. Poser la question lui avait valu une réponse évasive. Et elle n'avait pas trop insisté, n'étant pas sûre de vouloir entendre parler de cette vie meilleure, ni savoir à quel point il s'en était éloigné.

Après tout, il acceptait de regarder ailleurs quand la véritable Charlie Hall émergeait, celle qui attirait les coups durs et avait régulièrement des crises de mélancolie au saut du lit. Celle qui avait passé des années à tenter d'annihiler les *ouroboros* de ses pensées avec trop d'alcool, trop d'hommes et une longue série de cambriolages. On disait qu'une personne dépourvue d'ombre ne ressentait pas les émotions aussi pleinement et profondément que les autres. Voilà peut-être pourquoi Vince ne s'offusquait pas trop de ce qu'elle était et de ce qu'elle avait fait.

À la maison, elle tentait d'être pour lui à la fois le fabuliste et sa création, une femme au passé d'arnaqueuse révolu depuis belle lurette, et qui ne combattait pas le besoin de dérailler à nouveau.

S'il savait un peu trop bien écouter, si elle le soupçonnait parfois de percevoir la portion sauvage et blessée d'elle-même, prête à se déchaîner, à tout le moins il ne la repoussait pas.

« Allez », dit-elle en poussant du pied la jambe de Vince. Elle voulait qu'il vienne se coucher avec elle, elle avait besoin d'un souffle dans ses cheveux et du poids d'un bras en travers de son torse pour éviter de penser à des os blancs, à du sang pas encore coagulé ou à des individus pourvus d'ombres à la place des mains.

Vince ouvrit les yeux. S'étira. Éteignit la télévision. Tels beaucoup d'hommes de grande taille, il avait l'habitude de se voûter un peu lorsqu'il était debout, comme pour paraître moins intimidant.

« Tu as trouvé la bouffe ? » demanda-t-il en la rejoignant sur le chemin de la chambre et en laissant glisser le bout des doigts le long de son dos. Inhaler le parfum d'eau de Javel toujours accroché à la peau du jeune homme à cause de son travail valut à Charlie un frisson de désir.

« Tu es un mec bien », lui dit-elle.

Il sourit en retour, interloqué mais enchanté.

Vince payait ses factures. Il sortait la poubelle. Il était gentil avec la chatte. Et, même s'il souhaitait mener une autre vie, il était pour l'instant avec Charlie. Ce qui résidait dans son cœur n'avait pas plus d'importance que ce qu'elle abritait au fond du sien.

3

LE PASSÉ

À 13 ans, Charlie affirma à sa mère qu'elle avait eu une visitation. Maman, après son divorce, s'était plongée à fond dans les boules de cristal et la divination, et elle avait une amie qui recevait des « messages des anges », donc le concept ne sortait pas de nulle part. L'adolescente prétendait que l'esprit d'une sorcière morte sous l'Inquisition s'était mis à lui parler, puis à parler à travers elle.

Rétrospectivement, ce n'était pas une très bonne idée. Mais c'était le seul moyen de pousser maman à l'écouter. Et Charlie était désespérée.

Entre en scène *Elvira de Granada* – un personnage à moitié inspiré d'un animé vu tard le soir et à moitié de conneries tirées de divers romans d'horreur bas de gamme. Elvira pouvait dire tout ce que Charlie Hall devait taire. Cracher toute la rage réprimée qui emplissait un cœur déjà couvert de cicatrices.

Le problème était qu'il fallait vraiment, vraiment, *vraiment* convaincre maman que son nouveau mari était un sale type – et vite. Travis était méchant, et il détestait Charlie et Posey.

En revanche, il n'était pas idiot. S'il giflait la cadette – pour rien, pour l'avoir dérangé en étant trop turbulente ou avoir refusé d'aller au lit à l'heure –, c'était quand maman n'était pas là pour le voir, et, au lieu de faire comme si de rien n'était, il affirmait que Charlie avait frappé sa sœur et que Posey la couvrait.

Charlie était alors punie, bien sûr. Et Posey également, pour avoir menti.

À partir de là, Travis se savait en position de force. Il disait qu'il fallait leur imposer davantage de limites, que leur père les avait laissé commettre impunément n'importe quelles exactions, qu'elles étaient sournoises, mentaient pour attirer l'attention, volaient de l'argent dans son portefeuille, et que, si leur mère n'agissait pas rapidement, elles ne la respecteraient jamais, sans parler du fait qu'elles finiraient probablement en prison.

Quand c'était Charlie qu'il frappait, elle ne se donnait même pas la peine de se plaindre.

Maman était fascinée par l'idée que sa fille soit médium. S'entendre relater des faits concernant les membres de leur famille la laissait abasourdie, alors qu'il s'agissait simplement d'événements dont la fillette se souvenait ou d'histoires qu'on lui avait racontées. Parfois de mensonges purs et simples sur des morts, donc difficiles à réfuter.

Mais même Elvira de Granada, que maman estimait amère et méfiante du fait qu'elle avait été torturée à mort, ne parvenait pas à la convaincre que Travis ne valait rien. Charlie inventa alors *Alonso Nieto,* sorcier. Au contraire d'Elvira, il n'avait pas seulement été accusé de pratiquer la sorcellerie : il admettait l'avoir fait.

Les hommes s'avèrent posséder davantage d'autorité, même quand ils ne sont pas réels.

Maman *adorait* parler à cet Alonso. Charlie s'était jugée convaincante lorsqu'elle jouait Elvira, mais, par ce nouveau rôle, sa mère ne demandait qu'à être convaincue.

La fillette savait cependant devoir être prudente. Pour signer la perte de Travis, le sorcier devrait fournir du concret.

Que la méchanceté du parâtre commence à se voir ne nuisait pas. Aux premiers temps de leur mariage, il se faisait un devoir de répéter à maman qu'elle était parfaite, que leur vie ensemble allait être fantastique, mais il n'avait pas tenu la distance. Désormais, à la moindre dispute, il lui lançait des remarques sur son poids et son intelligence toute relative. Fleurs et soirées en amoureux avaient disparu, de même qu'une grande partie de la contribution de Travis aux finances de la famille.

Charlie savait tenir une occasion mais elle avait besoin d'aide. Elle exposa donc son plan à sa petite sœur.

Quoique heureuse d'entendre au moins *quelqu'un* dire du mal du beau-père qu'elle détestait, Posey avait jusqu'alors été déroutée par Elvira et Alonso, clairement traumatisée de voir son aînée ainsi possédée. À présent qu'elle savait avoir affaire à un jeu, cela dit, tout était différent.

Les voyants professionnels, quoique aucune des deux sœurs ne le sût à l'époque, se spécialisent en général dans un type de prédictions sur deux possibles. Le premier est la lecture à froid, celle que pratiquait Posey quand elle tirait les tarots : tout inventer sur le moment en se fondant sur l'observation. Le second type est la lecture à chaud.

Pendant une lecture à froid, le voyant peut étudier la fréquence à laquelle le client regarde son téléphone, remarquer une bande de peau claire sur son doigt indiquant l'absence exceptionnelle d'une alliance, l'âge de ses chaussures ou la visibilité de ses tatouages. À distance, il doit se rabattre sur le vocabulaire employé, l'accent et le degré d'agitation présent dans la voix. Une lecture à froid bien menée est l'élément qui convainc le client et lui permet de se détendre, de commencer à fournir des informations.

La lecture à chaud est tout à fait différente : elle implique de se renseigner sur la personne à l'avance. Certains voyants célèbres allaient jusqu'à cacher des micros dans leur salle d'attente ou envoyer des assistants épier les spectateurs pendant les séances publiques.

C'était là ce que Charlie avait l'intention de faire, une lecture à chaud.

Avec l'aide de Posey, elle explora les poches de Travis. Ayant deviné le mot de passe de son ordinateur, toutes les deux examinèrent l'historique de son navigateur, ses e-mails, ses messages sur Facebook. Elles localisèrent sa réserve de porno, qui était carrément dégueulasse mais ne comportait rien d'assez répréhensible pour le couler. Il s'avéra qu'il ne flirtait avec personne, pas plus qu'il ne s'appropriait indûment de l'argent. Travis était un salaud et, en plus, il était ennuyeux.

Si Charlie obtenait des résultats scolaires médiocres qui la classaient depuis beau temps dans la catégorie de ceux qui ne feraient pas d'études supérieures, elle lisait beaucoup et avec attention. Elle était intelligente.

Toutefois, les enfants intelligents peuvent être aussi très bêtes.

Charlie décida que, puisqu'elle ne trouvait rien contre Travis, elle allait *fabriquer* des preuves. Ayant créé un nouveau compte Facebook avec le nom et la photo de son beau-père, elle commença à flirter avec des femmes. Bientôt, elle passa aux SMS sur un téléphone à carte. Gérer l'identité de Travis à temps partiel en plus de celle d'Alonso était épuisant. Comme un jeu de rôle sous stéroïdes.

Or, plutôt que de s'en lasser, elle se retrouva frustrée par les moments durant lesquels elle n'était que Charlie Hall, une simple gamine avec un tas de devoirs de maths à faire. Elle avait toujours hâte de se remettre à improviser, car il lui semblait alors sentir les mots adéquats jaillir d'une part d'elle-même dont elle ignorait jusque-là l'existence.

Fabriquer des indices n'était pas bien compliqué, mais cela ne suffirait peut-être pas à convaincre sa mère. Elle fit donc appel à Posey pour manipuler leur environnement. Allumer la lumière dans une pièce à l'autre bout de l'appartement, ou bien le four, laisser de petits objets là où qui de droit pourrait les trouver – le tout afin d'exhiber le pouvoir d'Alonso. Les deux sœurs réinventaient le mouvement spiritualiste victorien à partir de ses principes premiers.

Charlie redécouvrit par hasard une des supercheries les plus efficaces qui soient : Alonso affirmait à sa mère qu'elle était importante, unique, élue. Il restait vague sur les détails, mais les détails n'avaient pas d'importance.

Il ne fallut donc pas longtemps à maman pour se retrouver ferrée. En fait, elle semblait parfois s'intéresser davantage à Alonso qu'à Charlie, et préférer passer du temps avec lui. Souvent, la fillette avait l'impression que sa plus grande qualité était d'être un réceptacle.

Après une mauvaise soirée, durant laquelle Travis hurla à Charlie de ranger sa chambre, se déclara insatisfait du résultat et déchira en deux son exemplaire du *Château de Hurle*, elle décida que le moment était venu. Trois jours plus tard, Alonso conseilla à maman d'explorer la boîte à gants du véhicule de son mari, où Posey avait caché le téléphone à carte.

Après cela, tout alla très vite.

Maman lut les SMS envoyés et reçus avec l'appareil. Elle vit les promesses faites par « Travis » à ces femmes, ainsi que les choses atroces qu'il leur disait à son sujet. L'intéressé nia en bloc, de plus en plus furieux d'être traité de menteur.

T'es mal barré, mon vieux, songea Charlie avec satisfaction, en se rappelant toutes les fois où sa mère l'avait cru, lui, plutôt que ses filles.

Elle fut heureuse quand elles déménagèrent, encore plus quand maman demanda le divorce, et enthousiaste de s'installer dans leur nouvel appartement, même s'il était petit et si elles se retrouvaient encore moins riches qu'avant. Elle avait toutefois un peu peur de ce qu'elle avait fait. Savoir s'être rendue coupable d'une trahison vile au point que, si sa mère l'apprenait, elle risquait de ne jamais la lui pardonner pesait sur elle d'un poids considérable.

En outre, elle n'était pas du tout prête à ce que maman présente Alonso à ses amies. Elle refusa de se prêter au jeu et, en pleurs, affirma qu'elle ne voulait pas continuer, qu'elle n'aimait plus laisser le sorcier s'exprimer à travers elle.

Elle balançait alors au bord de l'âge adulte. Trois quarts enfant, un quart désir ardent. Ses rêves étaient des kaléidoscopes embrouillés : elle traînait dans les décors de séries télé, buvait des cocktails qui ressemblaient à du Vodka Martini mais avaient le goût de Sprite, portait rouge à lèvres et escarpins pailletés, et épousait un homme mi-pop-star mi-animal en peluche.

Elle était consciente de devoir cesser d'incarner Alonso avant de se faire prendre, mais elle ne savait pas comment arrêter sans décevoir sa mère.

Laisse-le passer. Ce sera la dernière fois. C'est promis, ma chérie.

Maman la convainquit de parler à ses amis une première fois, puis une deuxième. Lors de la troisième visite, Charlie comprit que certains étaient sceptiques. Rand, un individu corpulent à la superbe moustache cirée, tenta de la piéger par des questions historiques, et elle s'affola. Parla trop. Sur le chemin du retour, en voiture, elle sentit sur elle le regard de sa mère découragée et au bord de la désillusion. Tout son corps lui semblait lourd comme du plomb.

La quatrième fois, elle ne protesta pas, quoique maman parût partagée. Charlie avait étudié des faits historiques : entre cela et la logique ignorance d'Alonso des antibiotiques et de la gravité, elle pensait pouvoir s'en tirer une fois de plus.

Plus important, elle se rappelait ce qui avait fonctionné sur sa mère. Elle n'avait pas besoin de convaincre quiconque de quoi que ce soit.

Il lui suffisait de donner *envie* de croire.

Au lieu de répondre aux questions, elle tissa donc un conte de fées aux bords tranchants. Elle connaissait assez les amis de sa mère pour savoir qui espérait voir publier dans un magazine les photos de ses sculptures, qui avait besoin d'amour, qui voulait que ses enfants viennent vivre plus près.

Alonso leur dit à tous ce qu'ils avaient envie d'entendre, et leur donna en prime un coup de pied au cul.

Vous avez déjà rencontré l'homme avec lequel vous êtes destinée à vivre. Vous savez très bien de qui il s'agit, et pourquoi vous n'êtes pas ensemble.

Vos enfants ne seront jamais plus heureux que près d'un lac, mais ils contesteront cette évidence.

Votre œuvre sera célébrée après votre mort.

Ensuite, Alonso déclara qu'il avait accompli sa mission et qu'on allait enfin lui permettre de partir plus loin. Après des adieux solennels, emplis de larmes, Charlie devint toute molle. Elle s'effondra et feignit de rester inconsciente toute une minute – jusqu'à craindre qu'on n'appelle une ambulance.

Même les plus sceptiques des amis de sa mère lui offrirent ensuite des cookies et des infusions.

Elle n'eut jamais d'autre « visitation ».

Parfois, maman la couvait d'un œil curieux qu'elle s'efforçait de ne pas remarquer. Quant à Posey, jalouse de l'attention obtenue par sa sœur, elle commença à tirer les tarots et à cultiver un regard fixe plongé dans le lointain.

À Charlie, cependant, il semblait n'avoir conservé que ce qu'il y avait en elle de moins intéressant, et perdu le reste.

4

ENCORE DU CAFÉ

La lumière vive de la matinée inondait la cuisine. Lucifeule, dans l'évier, en équilibre sur une assiette sale, léchait le robinet qui fuyait.

Charlie servait le café, remarquant l'éclat des yeux injectés de sang de sa sœur et l'agitation nerveuse de sa jambe sous la table. Posey portait encore le même pyjama que la veille au soir, assorti de pantoufles en forme de licornes à la fourrure grise tachée.

« Tu es restée debout toute la nuit ? demanda Charlie, quoique la réponse soit évidente.

— J'ai trouvé une nouvelle chaîne à suivre. » D'après le ton qu'elle employait, Posey s'attendait à ce que son aînée argumente. Sur les forums qu'elle fréquentait, comme dans les vidéos qu'elle recherchait, on trouvait de dangereux conseils censés permettre d'éveiller son ombre, le premier pas pour devenir crépusculien.

La plupart des articles grand public sur la magie d'ombre concernaient les retaillages – avec des appels à clics tels que *La Magie est-elle le nouveau 1 % ? Une actrice d'Hollywood lance une nouvelle mode d'ombre. Arrachez à la racine vos envies de malbouffe. Les retaillages d'ombre les plus bénéfiques pour les jeunes mamans. Le désir de l'ablation est-il la nouvelle lobotomie ?* Dans ces articles, les crépusculiens étaient les fournisseurs. Les dealers, les épiciers, les vieux Pères Noël de la magie.

À présent que la mode était lancée, les célébrités faisaient fréquemment retailler leur ombre et en changeaient comme on change de coiffure, revêtant pour le bal du Metropolitan Opera des doubles obscurs en forme de dragon, de cygne ou de grand félin en chasse. Elles faisaient aussi manipuler leurs émotions pour mieux préparer leurs rôles ou pour écrire des chansons plus évocatrices.

Alors, si quelques personnes mouraient de faim, se jetaient d'un pont ou perdaient une si grande part d'elles-mêmes qu'elles semblaient passer leurs journées à la dérive, c'était un faible prix à payer. Quand leur ombre se flétrissait, brûlait ou refusait la greffe, les riches pouvaient toujours s'en offrir une autre.

Il suffisait toutefois de creuser un peu plus profond dans cette fondrière de liens et d'articles, de dépasser le lustre des sujets consensuels, et on atteignait des théories concernant la manière de devenir crépusculien. Les sources officielles pesaient avec mesure dans la balance. Un scientifique du centre de recherche Helmholtz avait été cité dans une interview du *New Yorker* devenue virale : « Les ombres sont comme celles des morts dans Homère, qui ont besoin de sang pour s'éveiller. » En revanche, le moindre influenceur de bien-être ou sorcier potentiel semblait avoir un conseil à vendre. YouTube et TikTok étaient désormais bourrés de tutoriels bidons. *Comment j'ai éveillé mon ombre par la douleur, Éveil de l'ombre après une bagarre, Talent magique découvert après une noyade, Technique d'asphyxie sans danger avec sac en plastique – Résultats garantis.* Dans les bas-fonds de 8kun, les idées étaient encore plus étranges et dangereuses.

Charlie avait le souvenir du temps d'avant, quand la magie véritable passait pour impossible. Puis de la confusion quand plus personne n'avait paru savoir ce qui était réel et ce qui ne l'était pas. Posey, elle, était passée d'une croyance enfantine en la magie à un monde d'adulte où la magie existait – mais lui était refusée.

L'aînée se rappelait clairement être rentrée à la maison un jour pour trouver une baignoire emplie de glace fondue, et sa cadette assise par terre, enroulée dans une serviette, les lèvres bleuies par le froid, qui disait en claquant des dents : « J'aurais dû rester plus longtemps. » Elle l'avait suppliée de ne plus jamais rien essayer de ce genre-là.

À la place, Posey s'était procuré du fil de pêche et l'avait attaché au piercing adéquat afin d'entamer le long et douloureux processus consistant à se fendre la langue en deux. S'habituer à utiliser simultanément les muscles des deux côtés permettait semblait-il au cerveau d'atteindre une « conscience bifurquée » – la deuxième qualité dont a besoin tout crépusculien, après une ombre éveillée.

Pour autant que sa sœur puisse le dire, tout ce qu'avait tiré Posey de l'expérience, c'était un léger défaut de prononciation.

Charlie bâilla et consulta les messages de ses deux téléphones. Sur le vrai, elle trouva une invitation à un barbecue envoyée par Laura, sa meilleure amie au lycée, désormais mère de trois enfants et rarement disponible. Une autre copine la suppliait de tenir le bar pendant sa fête de mariage dans son jardin. Elle avait aussi reçu une publicité pour une boutique qui soldait les charmes en onyx.

Sortant son prépayé, elle envoya un SMS à Adam pour faire une autre tentative.

On peut se rencontrer ? Dans un coin tranquille. Je ne veux pas qu'on nous voie ensemble.

C'était le plus délicat : l'amener à mordre. Une fois qu'il aurait dit où il se trouvait, il serait foutu.

Ensuite, Doreen pourrait aller l'engueuler à tue-tête et le traîner chez eux.

Si seulement Charlie avait pu arranger aussi facilement les affaires de Posey. Elle ne voyait hélas ! aucune escroquerie, aucun cambriolage, aucune arnaque susceptible de l'y aider.

Demain ?

Avec sa voiture en panne, cela risquait d'être un peu serré. *Ouais,* tapa Charlie. *Je peux venir le matin, avant les cours.*

Pas le matin.

Elle grinça des dents, frustrée. Si elle ne savait pas à quel moment il serait là, elle devrait surveiller les lieux. En outre, puisqu'elle affirmait être Amber la crépusculienne, prétendre exercer un autre emploi n'avait aucun sens. Elle décida de rester vague. *J'ai un truc jusqu'à minuit. Je peux te retrouver après.*

Il lui envoya un pouce levé et un clin d'œil en émoticônes. Quand il ajouta le numéro de sa chambre à l'hôtel *MGM* de Springfield, elle se sentit un peu coupable, comme si elle avait pris un rendez-vous galant.

Tu ne fais rien de mal, se dit-elle.

Bon, si, d'accord, elle faisait *quelque chose* de mal, mais pas ce qu'on pouvait croire.

« Est-ce que tu as seulement entendu ce que j'ai dit ? demanda Posey.

— Évidemment », mentit Charlie.

La cadette balança un coup de pantoufle dans sa chaise, les yeux levés au ciel. « Il y a une vidéo où des mecs prennent de l'ayahuasca et sont guidés pour éveiller leur ombre. Tout le monde est complètement emballé sur les forums. Je connais quelqu'un qui a une maison au bord du lac Quinsigamond, et qui voudrait former un groupe pour recréer ça – si quelqu'un peut se procurer le DMT. »

Charlie fit la moue. « C'est le machin qui te fait vomir toute la nuit, c'est ça ? Et puis des trucs encore plus dégueulasses. »

Posey haussa les épaules. « Tu peux en avoir ?

— Du DMT ? demanda sa sœur en tentant de déterminer à quel point l'idée était mauvaise. Je ne sais pas. Demande autour du Hampshire College. Si quelqu'un en deale dans le coin, c'est forcément là. Sinon, quand tu seras à l'UMass, tu verras si on peut t'en synthétiser au labo de biologie. »

Posey avait passé les dernières années à lire en boucle les sujets sur Reddit, à regarder des vidéos et à discuter en ligne jusqu'à l'aube avec d'autres crépusculiens potentiels. Ces derniers temps, la situation s'était aggravée : elle commençait à rester debout plusieurs jours d'affilée, à ne pas quitter la maison pendant des semaines. Plus son ombre refusait de s'éveiller, plus le désespoir semblait la poursuivre. Elle s'était enfoncée si loin dans le terrier du lapin que Charlie se demandait s'il ne s'agissait pas d'une oubliette.

Voilà pourquoi il était si important qu'elle soit admise à l'université du Massachusetts. Elle pourrait y étudier la science des ombres avec de véritables professeurs plutôt que des charlatans d'Internet. Peut-être même y trouverait-elle d'autres centres d'intérêt.

Les seuls problèmes étaient la profusion de formulaires, les frais et les dépenses-surprises. Si Charlie avait presque réuni de quoi payer la dernière facture, il lui manquait encore un peu d'argent – qu'elle trouverait quand le frère de Doreen serait intervenu pour lui obtenir un délai.

Elle se rabattait donc sur la tradition familiale qui consistait principalement à ignorer la situation et, de temps en temps, à se sentir assez coupable pour suggérer à sa sœur de se coucher plus tôt. À faire comme si le problème était l'insomnie.

Alors qu'elles savaient toutes les deux que Posey buvait des baquets de café et de soda, voire y ajoutait de l'Adderall pour éliminer la fatigue. À tout le moins, cela lui serait utile pendant ses études.

Charlie avait la mauvaise impression que sa sœur savait déjà où obtenir du DMT, et que cela supposerait de braquer quelque chose. Très probablement, cela supposerait qu'*elle* braque quelque chose.

Le portable de Posey tinta. Tandis qu'elle le consultait, son aînée s'employa à boire un café. Elle allait en avoir besoin.

« Maman a tiré le Sept de Coupe aujourd'hui », marmonna la jeune voyante en levant son téléphone pour montrer la photo de leur mère, une carte à la main.

Une carte de rêveur éveillé, de quêteur. Leur mère vivait dans un motel à séjour longue durée avec un nouveau type – mais il y en avait toujours un. Puisque les divinations étaient gratuites pour la famille, elle aimait bien se faire dire la bonne aventure par sa fille.

Charlie chassa une pointe de culpabilité familière, émoussée par le temps mais jamais tout à fait disparue. « Qu'est-ce que tu vas lui dire ? »

Posey fit la grimace. « Qu'est-ce que ça peut te faire ? Ce n'est pas comme si tu croyais que je sais de quoi je parle. » À son ton, Lucifeule releva les yeux de l'évier et feula.

« C'est déloyal, dit Charlie. Et puis tu ennuies la minette. Elle a horreur qu'on se dispute. »

Sa sœur l'ignora. « Si on vole leur ombre aux gens pour la vendre, il y a une raison. Tout le monde veut faire de la magie. Ce n'est pas seulement moi. »

Charlie jeta automatiquement un coup d'œil vers la salle de bains où Vince se douchait. Elle baissa la voix : « Je n'étais pas en train de te critiquer. Arrête d'être aussi parano, merde. »

Quand elle était enfant, quelqu'un lui avait offert un coffret de prestidigitation pour son anniversaire. Un mouchoir qui changeait de couleur une fois retourné comme un gant. Un chapeau à double fond. Un jeu de cartes marquées. Elle avait pratiqué quotidiennement mais, au bout du compte, ce n'était qu'un faux-semblant d'un autre ordre. Une manière différente de mentir.

Oui, bien sûr qu'elle savait ce que cela faisait d'avoir envie de magie.

Posey empoigna son ordinateur. « Je vais te montrer un truc. »

Charlie but une nouvelle gorgée de café tout en entassant le courrier éparpillé sur la table. Catalogues, facture d'électricité, facture de propane, facture de téléphone, encore une lettre de l'hôpital cachetée de rouge, et trois en provenance d'une société de recouvrement. Le total augmentait tous les mois à cause des intérêts. En outre, la jeune femme allait devoir ressusciter une Toyota Corolla de 1998 avant qu'elle ne soit emmenée à la fourrière. Mais d'abord Posey, qui continuait :

« Pense à tous les trucs qui ont été étouffés. Tester des radiations sur des bébés morts, forcer les sociétés à empoisonner la matière première de l'alcool illégal pendant la Prohibition. Et ça n'est pas seulement la faute de notre gouvernement ni de n'importe quel autre. Les entreprises. Les institutions. S'il y avait un moyen d'éveiller une ombre, on nous le cacherait. »

Elle fit pivoter l'écran de son ordinateur pour révéler une vidéo d'adolescents s'introduisant en douce dans un hôpital. Un sous-titre affirmait qu'il s'agissait d'un film de surveillance non retouché. Les yeux des gamins luisaient dans la lumière infrarouge verte. Les voir ricaner près des patients endormis, agiter les doigts comme s'ils jouaient à pierre-feuille-ciseaux mais choisissaient toujours les ciseaux, donnait un peu le frisson.

« Qu'est-ce qu'ils font de toutes ces ombres ? demanda Posey. Ils doivent connaître un moyen de les éveiller. »

Charlie fronça le sourcil en fixant l'écran, peu impressionnée. Elle n'avait pas une très bonne opinion des voleurs d'ombres, qu'elle considérait comme les braqueurs maladroits de la criminalité magique. Selon elle, en outre, les revendeurs d'ombres avaient pour clients des gens ayant perdu la leur après des retaillages excessifs ou les utilisant pour des expériences. Si quelqu'un savait réellement comment éveiller une ombre, elle estimait peu probable que cette personne tienne l'information secrète alors que le monde était empli d'argent prêt à pleuvoir sur sa tête.

« Tu as déjà entendu parler d'ombres déchirées ? » demanda-t-elle, en partie parce qu'elle voulait le savoir et en partie pour changer de sujet.

Posey fit la grimace. « Quoi ?

— J'en ai vu une… hier soir… C'était… Je ne sais pas… On aurait dit qu'elle était passée par un destructeur de documents ou quelque chose comme ça. Et il y avait un homme qui… »

Cela lui valut un regard si bizarre qu'elle laissa sa dernière phrase en suspens. Alors qu'elle gobait tout et n'importe quoi, Posey ne semblait pas la croire. Charlie aurait aimé pouvoir se dire que l'ombre était celle d'un sac en plastique déchiré. Que l'homme étrange portait des gants gris. Mais elle savait ce qu'elle avait vu.

« Quelqu'un a dû essayer de la détacher, dit enfin sa cadette. Il paraît que perdre son ombre, c'est comme se faire arracher l'âme. » Elle baissa la voix jusqu'à chuchoter : « Et tu sais que Vince…

— Oh, c'est bon, arrête, la coupa Charlie. Il a une âme, merde.

— Il a quelque chose d'anormal, insista Posey. Sinon, il ne pourrait pas faire un boulot de merde sinistre comme ça. »

Vince nettoyait les chambres d'hôtel où s'étaient produits des événements mettant en jeu beaucoup de sang ou un cadavre – un meurtre au couteau, une fusillade, une overdose… Son patron gérait les appels et distribuait les tâches à trois travailleurs indépendants dont les interventions ne figuraient sur aucun registre : Winnie, une femme d'un certain âge ayant trois enfants adultes, qui avait été clown professionnel avant d'entamer cette nouvelle carrière ; Craig, qui disait vouloir faire ça pendant un an, pour apprendre à quoi ressemblaient des blessures sanglantes avant de s'inscrire à l'école de maquillage et d'effets spéciaux de Tom Savini ; et Vince.

« En fait de boulots de merde, tu peux parler », remarqua Charlie.

Posey l'ignora. « Il est trop calme. Et je crois qu'il ment quand il dit qu'il ne parle pas français. »

Charlie eut un petit rire nasal, surprise par le ridicule de l'accusation et le sérieux avec lequel elle était portée. « Qu'est-ce qu'il a encore fait ? »

Sa sœur fit la moue. « On regardait la télé. Dans un épisode, un personnage disait quelque chose en français, et Vince a souri avant que la série n'explique ce que ça voulait dire. Ce n'était pas juste *bonjour* ou un truc comme ça ; il a carrément compris une vanne en français.

— Bon, il en a fait au lycée. Et alors ? »

Posey secoua la tête. « Personne ne se rappelle les langues apprises au lycée.

— Je ne sais vraiment pas ce qui t'inquiète chez lui, soupira Charlie en levant les bras au ciel. Et je crois que tu n'en sais rien non plus.

— Je reconnais qu'il n'est pas mal physiquement, mais tu sais qu'il lui manque quelque chose. Tu envoies des textos à d'autres mecs derrière son dos. » Posey empoigna le téléphone portable de sa sœur sur la table. « Tu vois ? *"Oooh, Adam, on peut se rencontrer dans un endroit tranquille ?"*

— Donne-moi ça ! s'exclama la propriétaire de l'appareil en le lui prenant des mains.

— Admets-le : ce que tu préfères chez lui, c'est tout ce qu'il est prêt à supporter. »

Avant que Charlie ne puisse s'expliquer, le pas lourd de Vince annonça son arrivée. Il avait les cheveux humides, la chemise tendue sur ses bras larges et musclés, les yeux gris teintés de vert par les murs jaunes.

Posey se leva, son ordinateur sous le bras, puis le bouscula pour passer derrière lui. Et elle n'y alla pas de main morte, lui plantant l'épaule dans la poitrine.

Vince haussa les sourcils. « Elle va enfin se coucher ? demanda-t-il avant de se verser une tasse de café.

— J'espère », répondit Charlie en se forçant à détourner le regard. Elle se demandait dans quelle mesure il avait entendu leurs propos, et s'il allait lui poser des questions. Ce qu'il serait capable d'admettre si la rage lui déliait la langue. Dirait-il qu'il aimerait être ailleurs, avec quelqu'un d'autre ? Qu'elle n'était pour lui qu'une pause ? Cesserait-il de prendre autant de précautions ?

Charlie Hall, diablotin de la perversion. Même quand elle appréciait une relation pour sa simplicité, elle était tentée de la compliquer au point de la pourrir.

Impulsivement, elle empoigna son téléphone et chercha des questions en français.

« *Voulez-vous encore du café ?* » demanda-t-elle dans cette langue, trébuchant sur la prononciation.

Vince la considéra avec inquiétude, dérouté, ce qui se comprenait puisqu'elle venait de débiter du charabia. « Hein ? »

Charlie secoua la tête, se sentant ridicule. « Rien.

— On ferait mieux d'aller jeter un coup d'œil à ta voiture », dit-il en buvant une longue gorgée de café.

Elle se mordit la lèvre. « D'accord. Ouais. »

Vince roulait dans une camionnette blanche aux plaques de rouille couvertes de peinture pour bâtiment. Le véhicule, au moins aussi vieux que la voiture de Charlie, était tout aussi susceptible de rendre l'âme au plus mauvais moment, mais il ne l'avait pas encore fait. Elle se hissa sur le siège du passager. Un vieux gobelet à café Dunkin' en polystyrène reposait sur le vide-poche central, près d'un chargeur de téléphone auquel était branché l'appareil à carte prépayée dont Vince se servait, et d'un livre de poche jauni intitulé *Le Cri du Mal*. Sur la couverture, une dame armée d'un pistolet adoptait une position aussi sexy qu'improbable. Le désodorisant en forme d'arbre qui pendait au rétroviseur ne faisait qu'ajouter une odeur d'huile essentielle de citron au parfum agressif d'eau de Javel, de vinaigre et de Sanytol qui régnait à l'arrière.

Vince gardait les yeux sur la route. Charlie étudia son profil. La ligne de sa mâchoire. Ses mains sur le volant.

« Hier soir, je crois avoir vu un cadavre », dit-elle.

Il lui jeta un coup d'œil. « C'est pour ça que tu te disputais avec ta sœur ?

— Je ne me..., commença-t-elle, avant de s'interrompre. Posey a besoin de crier sur quelqu'un, c'est tout. Elle est excitée par la caféine et irritée par le manque de sommeil. Et puis elle a été remuée par une vidéo de jeunes qui se sont introduits dans un hôpital. »

Vince ne donnait pas l'impression de la croire tout à fait. « Où l'as-tu vu, ce cadavre ?

— En rentrant à la maison. »

Il lui jeta de nouveau un coup d'œil, les sourcils froncés. « À pied ?

— Ça allait, dit-elle comme il s'engageait sur le parking désert du bar. C'était juste bizarre. Je n'avais encore jamais vu de mort. »

Lui devait en voir tout le temps, au boulot. Mais il n'essaya pas de prendre l'avantage sur elle en le lui rappelant.

Il ne lui reprocha pas de s'être trouvée toute seule dehors, pas plus qu'il ne voulut lui faire promettre de ne pas recommencer. Il ne lui disait jamais ce qu'elle devait faire, ni ce qu'elle devait porter – en l'occurrence, pour la petite histoire, un tee-shirt noir à col en V sans aucun intérêt, un jean noir et des baskets Vans à carreaux –, ce qui était bien sûr une bonne chose. Pourtant, une partie d'elle-même souhaitait une querelle. Peut-être avait-elle besoin de crier sur quelqu'un, comme Posey. Peut-être avait-elle envie de se faire crier dessus.

Elle s'efforça de ravaler cette impulsion.

Restant assise, elle ouvrit la portière et se tourna pour laisser ses jambes pendre hors de la camionnette tandis que Vince ouvrait le capot de la Corolla. Il en tripota un peu les entrailles puis tenta de la faire démarrer. Le moteur ne frémit même pas.

« Tu vois ce qui ne va pas ?

— Le démarreur, je pense », répondit-il, le front plissé.

Même si elle n'y connaissait rien en mécanique, se contenter de regarder la rendait nerveuse. « Tu veux que je fasse quelque chose ? »

Il secoua la tête. « Pas pour l'instant. »

Elle le regarda donc travailler. La courbe de son corps. La sûreté de ses mains. Et le fait qu'il ne projette rien du tout au sol, comme un défi aux rayons du soleil.

Charlie connaissait une fille du quartier qui avait vendu son ombre. *Go-go dancer* à ce que les gens du coin appelaient peu charitablement le *Whately Ballet*[2], elle terminait son service plus ou moins à la même heure qu'elle, si bien qu'elles se croisaient parfois dans les rares petits restaurants ouverts la nuit.

« Il m'a payé ça 5 000 dollars, avait confié Linda à voix basse, l'expression énigmatique. Et ce n'est pas comme si j'en faisais quelque chose.

— *Qui* a payé ? avait demandé Charlie, en prenant une bouchée d'œufs au plat très huileux.

— Je ne l'avais encore jamais vu. Il a acheté une *lap dance*, et c'est là qu'il m'a proposé le truc. J'ai commencé par rigoler,

2. Surnom d'un célèbre club de strip-tease, le *Castaway Lounge*, à Whately, Massachusetts.

mais il était sérieux. Il disait connaître quelqu'un qui voulait une ombre exactement comme la mienne. »

L'éclairage de la cafétéria était tamisé et Linda assise. Sous cet angle, qu'il lui manque quelque chose n'avait rien d'évident.

« Tu le sens, qu'elle n'est plus là ? » s'était enquise Charlie, les sourcils froncés, en fixant les contours flous de son ombre à elle.

Linda avait bu une gorgée de café. « Tu sais comment ça fait quand on a un mot sur le bout de la langue ? C'est comme ça. Il y avait en moi quelque chose qui n'y est plus, mais je ne sais pas quoi. Je ne suis pas sûre que ça me manque, mais j'ai l'impression que ça devrait. »

Chaque fois qu'elle repensait à cette conversation, Charlie se demandait si Vince avait la même impression. Quand elle lui posait la question, toutefois, il disait ne pas se rappeler ce qu'il ressentait auparavant. Et, quand elle lui demandait s'il avait envie d'une nouvelle ombre, il répondait n'en avoir pas besoin.

Charlie empoigna son téléphone à carte et survola les nouvelles locales, cherchant la mention d'un cadavre trouvé à Easthampton. Rien, alors même que la rubrique criminelle du journal était tellement endormie qu'on y rapportait les vols à l'étalage et les étudiants arrêtés en état d'ivresse. Qui était le mort ? Et avait-il réellement volé un livre à Lionel Salt ?

Le nom de ce riche fumier figurait en haut des listes de donateurs aux musées, aux bonnes œuvres et aux courses de chocolat chaud[3]. Les ados se racontaient souvent avoir vu la voiture de Salt remonter lentement diverses routes – une Rolls-Royce Phantom Mansory Conquistador noir mat et argent –, un véhicule dont les lycéens prenaient si souvent

3. Minimarathons organisés pour réunir des fonds au profit d'une organisation combattant les violences domestiques.

plaisir à réciter le nom entier qu'il se logeait dans la tête comme une rengaine.

Toutefois, la plupart des gens n'étaient jamais entrés dans la maison de Salt, qui évoquait un film d'horreur, pas plus qu'ils ne l'avaient vu empoisonner quelqu'un dans l'espoir de voler une ombre éveillée. Même s'il existait des règles différentes pour les riches, Lionel Salt n'en respectait absolument aucune. Le simple fait de penser à lui rendait Charlie nerveuse.

Elle songea de nouveau au mort de la ruelle. Puisqu'il avait commandé du bourbon et payé par carte, un ticket où figurait son nom se trouvait dans le bureau d'Odette. Une fois informée de son identité, la jeune femme pourrait poser des questions, peut-être apprendre à quoi il avait cru pouvoir jouer.

Quand son téléphone sonna, il lui fallut un moment pour réaliser qu'il s'agissait du prépayé. Adam. *On n'a pas parlé de rémunération.*

Voilà pourquoi il avait besoin de Balthazar comme intermédiaire : ce n'était pas seulement pour l'anonymat, mais aussi parce que lui, il aurait discuté fric d'entrée.

N'ayant aucune intention de le payer, Charlie aurait pu lui promettre n'importe quelle somme, mais elle préféra saisir l'occasion de découvrir dans quelle quantité de bonheur il avait nagé exactement. *Est-ce qu'on peut s'arranger ?* texta-t-elle.

La réponse fut rapide. *Quel genre de relations as-tu ?*

Charlie fronça le sourcil. Elle s'était attendue à ce qu'il parle de bonheur, pas de… quoi que cela puisse être. *Je connais du monde,* tapa-t-elle.

Il fallut à Adam un moment pour répondre, mais ce fut par un long message. *J'ai un truc à revendre, un gros truc, et je ne veux pas qu'on sache que c'est moi qui m'en occupe. Tu prends ça sur toi et je fais ton boulot gratos.*

Pour la tâche qu'elle lui proposait, il aurait facilement pu lui demander 1 000 dollars. Le double si le client était désespéré.

Que voulait-il donc cacher ? Adam n'était pas un voleur particulièrement doué et, s'il avait quelque chose à revendre, pourquoi ne pas faire appel à Balthazar ?

D'accord, écrivit-elle. *Avec qui est-ce que tu traites ?*

La réponse arriva rapidement. *Tout ce que tu auras à faire, c'est passer un coup de téléphone de l'hôtel. Je t'expliquerai ce que tu devras dire.*

Charlie constata que Vince la regardait, se sentit coupable et rangea son portable dans sa poche. « Comment as-tu appris la mécanique ?

— Je t'ai dit que mon grand-père était strict, hein ? répondit le jeune homme en reportant son attention sur les entrailles de la Corolla. Il m'a appris un tas de trucs. Il croyait qu'on pouvait s'améliorer par le travail, à n'importe quel âge. Il ne croyait pas aux excuses. Et il avait une limousine à laquelle il arrivait de tomber en panne.

— Ah, il était chauffeur ? interrogea Charlie. Il te laissait monter à l'arrière, des fois ? »

Vince haussa les épaules. « Il m'a déposé au bahut le jour de la rentrée. Tout le monde me regardait comme si j'étais quelqu'un d'important. »

Elle tenta de l'imaginer à l'époque. Était-il le gamin dégingandé qui engloutissait deux déjeuners le midi sans jamais réussir à grossir ? Celui qui restait au fond de la classe à lire des BD ? Le champion de course à pied ? Rien de tout ça ne lui correspondait.

« Moi, je ne t'aurais pas plu quand j'étais gamine, lui dit-elle en donnant de petits coups du bout de ses tennis dans la portière de la camionnette. J'étais bizarre. »

Ses seins avaient poussé alors qu'elle n'avait que 10 ans, débordant de ses soutiens-gorges de supermarché. Entre cela et sa vie à la maison, elle avait fait profil bas jusqu'au lycée, où elle s'était débrouillée pour paraître effrayante. Des vêtements trop amples, une profusion de crayon pour les yeux, et les cheveux devant le visage. Des bottes façon Frankenstein qu'elle portait jusqu'à ce que leurs semelles compensées se détachent.

Vince la regardait les paupières mi-closes. Elle s'attendit à ce qu'il lance une vanne.

« Ça me plaît, ce qui est bizarre », dit-il plutôt, avant de s'employer à déconnecter un élément du moteur.

Il ne savait pas de quoi il parlait.

Quelques instants plus tard, l'étincelante Mini Cooper violette d'Odette s'arrêta sur le parking. La patronne du bar en descendit, un caftan noir volumineux flottant autour d'elle. Les tatouages ternis de son visage parcheminé et les lourds piercings en argent qui longeaient ses lèvres et ses joues jusqu'aux oreilles disaient clairement qu'elle faisait les quatre cents coups quand tous les deux portaient encore des couches-culottes.

Elle les rejoignit et les salua d'une main gantée, des griffes métalliques au bout des doigts.

« Vous êtes sacrément grand, vous », constata-t-elle en scrutant Vince de la tête aux pieds. Son regard ne descendit pas jusqu'à l'asphalte où aurait dû s'étendre une ombre.

Le jeune homme s'essuya la main sur son pantalon et la lui tendit. « Vince, se présenta-t-il. Vous devez être Odette. J'ai beaucoup entendu parler de vous. »

Charlie se demanda ce que voyait son employeuse quand elle le regardait. Il avait les ongles noirs de cambouis. Des poils blonds épais couvraient ses joues, et ses yeux gris paraissaient creux sous un éclairage insuffisant. Séduisant – dans le genre épaules larges et mâchoire carrée qui semble défier la décadence. Assez pour qu'elle s'agace quand on les scrutait l'un après l'autre avant de tirer des conclusions peu flatteuses pour elle.

Odette tendit la main à son tour, telle une reine à un chevalier. « Uniquement en mal, j'espère.

— Des horreurs », admit-il avec un sourire en coin.

Elle adressa un clin d'œil à Charlie. « Ce sont toujours les mecs les plus calmes qui surprennent », dit-elle.

Puis elle entra dans le bar.

Vince avait presque terminé sa réparation quand une Lexus se gara derrière le *Rapture,* le plus loin possible d'eux. En sortit un homme aux cheveux blancs portant lunettes miroir, veste sport et chaussures bateau immaculées.

« Il est perdu, ce type ? demanda Vince.

— Ça doit être un client », répondit Charlie. Odette en avait encore quelques-uns.

« Ah », prononça-t-il.

L'homme devait passer devant eux pour rejoindre l'entrée principale. Il ne cessait de jeter des coups d'œil nerveux dans leur direction.

« Il y en a qu'elle ligote depuis quarante ans », chuchota Charlie. Soit dix ans et des poussières avant sa propre naissance.

« Des riches, devina Vince.

— Sans aucun doute, admit-elle. C'est marrant. Aucun n'est jamais ce que j'attends. Lui, on dirait un homme d'affaires standard, le genre qui a une résidence secondaire en Floride pour l'hiver, qui adore ses petits-enfants et vote Républicain. Qui a un marionnettiste à sa solde pour l'espionnage industriel, mais craint de le regarder en face. »

Vince observait le client, les yeux plissés. « Il porte une montre Vacheron Constantin. Sa résidence secondaire, elle est dans le sud de la France. Il a les moyens. »

La jeune femme fronça les sourcils. « J'espère qu'elle va le frapper hyperfort. »

Comme son compagnon s'intéressait de nouveau au moteur, Charlie entreprit de regarder les mouches qui bourdonnaient sur le parking. Au cours de l'après-midi, une question lui vint : n'était-il pas curieux que Vince reconnaisse du premier coup d'œil une montre si luxueuse qu'elle n'en avait seulement jamais entendu parler ?

Peut-être son grand-père à limousine fréquentait-il des riches. Ou bien lui-même récoltait-il tout ce que les clients abandonnaient dans les chambres d'hôtel. Qu'il puisse avoir des secrets la dérangeait, alors qu'elle en avait énormément de son côté. Mais il n'était pas censé être comme elle.

« Parle-moi des autres clients d'Odette, demanda-t-il. Pendant que je travaille. »

Il adorait les potins, même à propos de parfaits inconnus. On ne s'en serait pas douté en le voyant, avec son caractère taciturne et son mètre quatre-vingt-dix bien tassé, mais il écoutait et commentait toutes ces histoires comme si elles avaient de l'importance. Il se rappelait les détails.

Parfois, Charlie le regrettait. Elle craignait qu'il ne perce à jour ses boniments et ne comprenne pour quelle raison elle avait vraiment abandonné le jeu.

Elle l'avait pratiqué pendant tant d'années. Cambrioler des bibliothèques, des musées, des foires aux livres anciens. Mentir, charmer, escroquer, faire les poches, crocheter les serrures, et même, une fois, emprisonner une Furie dans une caisse de contention en onyx. Charlie ne faisait pas de magie, mais elle avait pollinisé le monde magique comme une abeille.

Les crépusculiens ne jetaient pas de sorts à proprement parler mais ils détenaient des notes sur les techniques employées et les expériences effectuées par leurs pareils au fil des âges. Dans les premiers temps était né un mouvement visant à tout numériser et partager dans une grande bibliothèque en ligne gratuite – jusqu'à ce que commencent à y apparaître des versions tronquées.

La bibliothèque avait été officiellement démantelée après la mise en ligne d'un exemplaire de la *Cosmometria Gnomonica* détaillant une méthode par laquelle les crépusculiens pouvaient repousser les limites de leur pouvoir : fournir à leur ombre un flux d'énergie vitale continu. Il avait fallu la mort de trente expérimentateurs pour qu'on s'avise que la dernière partie du texte, primordiale, celle qui expliquait comment éviter d'aller trop loin et couper l'alimentation, avait été effacée de la version PDF.

Depuis lors, les crépusculiens gardaient précieusement ce qu'ils possédaient et se défiaient de tout ce qu'ils ne pouvaient pas authentifier. Ce qui les poussait à engager des gens comme Charlie afin d'obtenir les originaux.

Le travail était angoissant car il la contraignait à fréquenter des gens susceptibles de lui arracher une partie d'elle-même. Un jour, elle s'était fait prendre et un crépusculien avait retaillé son ombre afin qu'elle se retrouve terrifiée, au point de rester à trembler au fond d'un placard pendant presque une semaine. Ses missions l'obligeaient en outre à adopter diverses personnalités, si bien que, lorsqu'elle remontait respirer entre deux boulots, elle ne savait plus trop qui elle était. Elle s'offrait un nouveau tatouage, comme si cela pouvait lui faire pousser des racines. Elle se soûlait. Parfois trouvait quelqu'un pour lui briser le cœur. Claquait une partie de l'argent, épargnait le reste tel un écureuil, et puis recommençait.

Tout s'était arrêté quand elle avait dérobé un volume pour le compte de Vicereine, la cheffe d'une bande de retailleurs locaux, les Artistes. Un mémoire du XIXe siècle, difficile à arracher aux griffes du marionnettiste d'Albany qui l'avait lui-même piqué à un type d'Atlanta. Il avait fallu un mois à Charlie pour se mettre en position de s'en emparer.

Et puis son copain du moment, un connard péteux du nom de Mark, avait essayé de le vendre pour son propre compte. Il avait passé un accord avec une autre bande, pour bien moins que ne valait le livre. Comme Posey, il avait envie d'éveiller son ombre et voulait croire que les crépusculiens l'y aideraient.

Charlie aurait pu se contenter de lui dire qu'elle avait découvert son petit jeu et de le larguer. Mais non : elle tenait à lui mettre le nez dedans dans les grandes largeurs.

Quand il avait voulu procéder à l'échange, il avait découvert le livre empli de pages blanches : la jeune femme avait détaché la couverture avec soin et remplacé le reste par un bloc-note quadrillé acheté au supermarché. Pour l'insulte, les clients de Mark lui avaient tranché l'ombre et tous les doigts de la main droite.

Il était musicien.

Charlie avait eu beau se répéter qu'il l'avait cherché, que ce n'était pas sa faute, elle s'était effondrée dans la dépression et le mépris d'elle-même.

À l'époque, elle travaillait au *Bar Ten*, et, après son service, restait au lit jusqu'à devoir repartir au boulot, trop épuisée pour bouger. Elle avait fini par perdre son emploi. Entamé ses économies. Deux mois plus tard, Mark et son frère avaient mitraillé sa voiture alors qu'elle était arrêtée à un feu rouge. Une seule balle l'avait touchée, mais c'était déjà énorme. Deux autres avaient frappé son passager, un amant d'un soir, qui était mort sur le coup.

Que Posey ait pu se trouver à la place de ce type la hantait.

Mark et son frère étaient allés tout droit en prison, où ils pourrissaient toujours.

Et tout ça parce que Charlie Hall avait éprouvé le besoin de frimer. De se venger. Charlie était à son meilleur quand elle se laissait aller à ses pires tendances. Chaque fois qu'elle tentait de créer quelque chose, son œuvre se brisait entre ses mains. Mais détruire ? Pour ça, elle disposait d'un instinct imparable qui lui permettait de briller.

Plus question de voler de la magie, s'était-elle dit après avoir récupéré. Plus de crépusculiens. Plus d'arnaques. Plus question de vivre sa vie à 200 %, ni de mettre en danger ceux qu'elle aimait. Elle n'avait plus les nerfs assez solides.

Peu après avoir ôté ses pansements, elle avait rencontré Vince. Quand elle l'avait remarqué près d'elle au bar, sa première impulsion avait été de s'éloigner le plus loin possible. Il avait la mâchoire carrée, de grandes mains, des sourcils furieux, et il se penchait au-dessus de son verre comme s'il avait envie de lui balancer un coup de poing. Quant à elle, elle achevait une mauvaise journée d'un mauvais mois d'une année encore pire, et la simple idée de se faire harceler l'épuisait.

Toutefois, remarquant que le barman l'ignorait, il l'avait appelé pour elle. Un peu plus tard, il s'était interposé entre elle et la pression de la foule du soir. Quand il avait parlé, ç'avait été pour poser des questions peu indiscrètes.

Elle avait craqué sur sa voix grave et ses yeux étranges, d'un gris si pâle qu'ils semblaient à peine teintés, avait apprécié aussi qu'il ne la drague pas lourdement. Par ailleurs, il n'était pas vilain. Objectivement, il était même bien plus canon que les mecs qui l'attiraient en général – mignons, tristes, maigres, avec la parole facile et une tête de lévrier. Objectivement, il avait l'air capable de les casser en deux.

Peut-être avait-elle besoin de quelque chose de différent. Un homme façon patch de nicotine. Un artifice capable de lui retirer ses pires impulsions. Au moins pour une nuit.

Hors du bar, il avait suivi délicatement du bout des doigts les roses et les scarabées tatoués qui s'étendaient sur sa gorge. Lorsqu'elle lui avait passé les bras autour du cou pour l'embrasser, toutefois, il l'avait pressée contre les briques rudes avec toute la ferveur qu'elle souhaitait, sa taille et la force de ses bras se révélant un réel avantage, jusqu'alors inconnu.

Elle l'avait ramené chez elle et, le matin, il était encore là. Il avait fait du café et le lui avait apporté au lit, avec des toasts à peine brûlés sur les bords. Même si elle refusait de l'admettre, peut-être était-elle tombée amoureuse de lui à ce moment-là. Il cherchait un endroit où se poser, avait-il dit. Connaissait-elle quelqu'un avec une chambre à louer ?

Charlie, cependant, ne se permettait jamais d'oublier que la vie avec elle était pour Vince une sorte d'exil : il conservait dans son portefeuille une photo de lui en compagnie d'une femme dont il ne parlait jamais. Cette première nuit, elle avait fouillé le portefeuille en question : s'y trouvaient 10 dollars, un permis de conduire du Minnesota et le fameux cliché, usé à force d'être manipulé.

De temps en temps, elle lui faisait encore les poches, pour vérifier. La photo était toujours là.

5

RETOURNÉ COMME UN GANT

Bien qu'ils soient parvenus à la ramener à la maison – lentement –, la Corolla émettait des claquements inquiétants, et Vince pensait avoir besoin d'une pièce qu'il était trop tard pour obtenir le jour même. Il avait proposé à Charlie de la reconduire au *Rapture* au début de son service, mais il craignait fort de ne pas rentrer de son emploi de nettoyeur assez tôt pour venir la chercher à la fin.

La jeune femme, n'ayant aucune envie de se retrouver seule dans la rue, demanda à sa copine Barb de passer la prendre. Barb était cheffe de partie dans un restaurant végétarien de Northampton qui, le vendredi, cessait de servir à 23 heures ; quand les employés avaient fini de retourner les tables, de nettoyer la cuisine et de préparer les ingrédients des plats du lendemain, il était assez près de 1 heure du matin pour que le minutage fonctionne.

Debout à l'extérieur du bar, emmitouflée dans son manteau, Charlie vit Balthazar s'en aller en compagnie de Joey Aspirins. Elle ne put s'empêcher de penser à l'inconnu assassiné et à son ombre en lambeaux. Ni de se demander si c'était le patron du salon d'ombre qui l'avait dénoncé à Salt. Elle espérait que non : elle l'aimait bien et avait envie que ça continue.

Gamine, elle voulait se venger du milliardaire, mais ce désir infantile était mort avec son enfance. Charlie était pragmatique : les gens comme elle ne se vengeaient pas de gens comme Salt.

Elle ne pouvait toutefois s'empêcher de penser au *Liber Noctem*, le livre qu'il semblait désespérément vouloir récupérer. De se demander ce qu'elle éprouverait si elle possédait un objet qu'il désirait. Si elle avait le pouvoir de le lui prendre.

Puis elle se rappela qu'elle ne voulait pas finir sous forme de cadavre dans une ruelle – surtout à deux pas de la maison qu'elle louait. Quitte à être assassinée, elle aurait préféré que ce soit à Paris. Ou à Tokyo.

Ce qu'elle voulait, c'était voir sa sœur à l'université et ses dettes payées.

Bon, d'accord, c'était ce qu'elle *avait envie* de vouloir.

« Tu ne peux pas arrêter, avait dit Balthazar, une fois informé qu'elle n'acceptait plus de missions. *Tu es trop douée. C'est la seule chose que tu fais proprement. »* Parfois, elle se demandait avec inquiétude s'il n'avait pas raison quant à cette dernière affirmation.

Machinalement, elle sortit son téléphone et tapa « Liber Noctem » dans la barre de recherche. L'annonce d'une vente aux enchères chez Sotheby's apparut.

LIBER NOCTEM. Appelé familièrement *Le Livre des Furies*, chaque lettre frappée individuellement dans des pages composées d'un alliage au nickel. Créé en 1831, en Écosse, par un auteur anonyme, ce livre est l'un des documents les plus significatifs concernant le phénomène des ombres dépourvues de corps. Les rumeurs voulant qu'une véritable Furie ait été impliquée dans la rédaction de l'ouvrage ne sont pas confirmées mais ajoutent à sa signification historique.

Note du Catalogue : Sotheby's ne cautionne la mise en pratique d'aucun rituel figurant dans ce livre et demandera à l'acheteur de signer une décharge relative aux dégâts pouvant en résulter.

Mise à prix : 520 000 livres sterling.

La photo associée représentait un livre chromé pourvu de fermoirs élaborés, comme une vieille bible. Pas exactement facile à cacher, le truc.

Était-ce cela qu'Adam avait en sa possession et voulait revendre ? En rejetant la responsabilité sur Amber ?

Barb arriva dans son monospace bleu électrique cabossé, la tirant en sursaut de ses pensées. Elle baissa la vitre électrique et eut un large sourire. « Monte, choupinette. »

Charlie jeta son sac sur le tapis de sol et annexa le siège du passager. Barbara Panganiban était d'assez loin la personne qu'elle préférait parmi celles qu'elle avait rencontrées en exerçant – puis en perdant – des emplois de barmaid à travers toute la Vallée.

« Il y a plein de monde chez moi ce soir », annonça Barb en passant la marche arrière. Ses cheveux noirs épais étaient réunis sous un foulard couleur olive ; sa blouse de cuisinière, ouverte, dévoilait un marcel. « Je t'en aurais bien parlé avant, mais je me suis dit que ce serait plus simple de te kidnapper. »

Plusieurs fois par mois, en général le week-end, sa copine Aimée et elle recevaient par roulements des groupes d'employés de restaurants et autres établissements dont le service s'achevait après minuit. Barb préparait un fait-tout géant de *pancit* selon la recette de sa grand-mère, transmise à sa mère aux Philippines, ou bien décongelait de l'*arroz caldo*, et tout le monde apportait une bouteille (la plupart du temps d'alcool) ou un plat (souvent expérimental).

À l'époque où Barb et elle travaillaient ensemble, Charlie venait régulièrement. Et puis il y avait eu une drôle d'arnaque à Worcester, un truc encore plus bizarre à Albany et, enfin, elle s'était fait tirer dessus. Quand elle avait rencontré Vince, elle ne venait plus que de temps à autre. Toutefois, elle aurait dû penser à consulter la plateforme Slack où les dates étaient spécifiées : ainsi, elle n'aurait pas été surprise.

« Oh, allez, insista Barb. Aimée a envie de te voir. »

Cela paraissait peu probable. Aimée avait une dizaine d'années de plus que Barb, elle était très maigre et si posée qu'elle ne parlait qu'en chuchotant. Charlie ne savait pas si elle appréciait en son for intérieur l'énergie très extravertie de ces réunions ou si, plus simplement, elle aimait assez sa compagne pour supporter sa conception cauchemardesque des loisirs. Dans un cas comme dans l'autre, cependant, Charlie n'avait jamais eu l'impression qu'elle ait vraiment consigné son existence dans sa mémoire.

« Si ça ne t'ennuie pas que j'arrive les mains vides. » Peut-être passer une soirée dehors lui ferait-il du bien. Chez elle, elle ne ferait que se demander si Adam avait le livre de Salt et si elle avait des chances de le récupérer, ou bien se disputer avec Posey à propos du DMT. « Vince passera me prendre en rentrant du boulot.

— Dis-lui d'entrer, dit Barb. Je tiens à le rencontrer, ton mystérieux copain. Tu sais que, dans la Vallée, on a un mal de chien à trouver un mec avec qui aucune copine n'est déjà sortie ? »

Charlie le savait, ô combien.

Un quart d'heure plus tard, elles s'engageaient sur l'allée très encombrée d'une ancienne ferme au pied du mont Tom, bordée par la rivière Connecticut qui prenait là le nom d'Oxbow. La propriété, depuis toujours dans la famille d'Aimée, lui était revenue après le décès d'une grand-tante. C'était une maison immense dont les dernières réparations en date remontaient aux années 1950. Une cuisinière électrique perfectionnée, couleur moutarde, occupait un coin de la cuisine, et une moquette orange brûlé élimée couvrait le sol partout ailleurs, y compris dans les salles de bains.

Les deux jeunes femmes entrèrent au son de la musique issue d'une chaîne sans fil Sonos qu'au moins trois personnes cherchaient à contrôler en même temps. Une odeur de gingembre, d'oignons frits et de pizza flottait dans l'air.

Aimée arriva pour embrasser Barb, vêtue de leggings et d'un débardeur dévoilant des tatouages de carpes koï sur ses deux bras, à demi cachée derrière des cheveux bruns qui lui descendaient jusqu'aux fesses. Elle souffla à Charlie que boissons et plats se trouvaient dans la salle à manger et qu'il n'y avait plus de glace.

La jeune femme la remercia et, décidant qu'elle ne pouvait pas suivre Barb comme un caneton, gagna la pièce principale en quête des alcools. Elle dépassa Angel et Ian, installés sur la moquette pour jouer à un jeu qui rappelait les échecs, avec des biscuits apéritifs variés en guise de pièces. Ian gardait au coin de la bouche une cigarette électronique, comme s'il s'agissait d'un cigare. Les deux hommes travaillaient au *Cosmica*, une espèce de cafétéria qui servait des hamburgers à la viande de bison et tout un assortiment de cocktails. Quand Ian la remarqua, il ouvrit assez la bouche pour que sa cigarette tombe sur le plateau de jeu et envoie un Curly rouler contre une chips.

Charlie et Ian avaient couché ensemble un soir, tard, à une époque où ni l'un ni l'autre ne prenait de bonnes décisions. Elle souhaita que cela ne plombe pas la soirée.

Un type était assis sur le canapé, la tête plongée dans son carnet de croquis. Elle reconnut en lui un auteur de *webcomics* qui créait depuis plusieurs années une histoire tentaculaire et étonnamment explicite de souris guerrière, mais n'attirait les lecteurs en masse que depuis une date récente. La rumeur voulait qu'il commence à gagner beaucoup d'argent.

L'homme aux cheveux longs assis près de lui devait le croire à son aise, car il tentait de le convaincre d'investir dans une camionnette de dealer – comme une camionnette de glacier mais pour vendre des *space cakes*, des joints et des crèmes au cannabis. Elle sillonnerait la ville et, affirmait Cheveux Longs, rendrait un immense service aux gens âgés ayant des problèmes de mobilité. Leurs voisins soulevaient la question de la légalité, mais le débat le plus animé concernait le choix de la chanson à la gloire de l'herbe que devrait diffuser le véhicule.

Cela les amena à parler de nager dans le bonheur, expérience que plusieurs d'entre eux avaient tentée. « Je suis allé voir Raven, une retailleuse de Pittsfield, dit Longs Cheveux. Elle m'a tellement mis en joie que j'ai failli traverser devant un semi-remorque. Mais ça valait le coup. Ça ressemblait à l'impression qu'on a au tout début de l'été quand on est gamin, combinée à l'optimisme du premier amour. »

Dans la cuisine, Don se disputait avec sa copine Erin. C'était un couple très théâtral, souvent en larmes et en train de se quereller d'une voix forte pour savoir lequel avait été méchant avec l'autre le premier. Don était barman au *Top Hat*, un bar très sympa, un des premiers d'où Charlie s'était fait virer.

La jeune femme versa quatre doigts de bourbon Old Crow dans un gobelet en plastique et contourna Don et Erin pour aller chercher de la glace dans le freezer, avant de se rappeler qu'il n'y en avait pas. Comme elle se rabattait sur une goutte d'eau fraîche pour atténuer la brûlure de l'alcool, Don inclina la tête afin de cacher qu'il s'essuyait les yeux.

Au moins, pour une fois, ce n'était pas elle qui pleurait dans la cuisine.

« Charlie Hall ! lança José. Ça faisait un moment. Tu ne nous aimes plus ? »

Il formait un petit groupe avec Katelynn et Suzie Lambton, la fille ayant déclaré à Doreen que Charlie était comme le diable.

« Tu as eu de *ses* nouvelles ? » demanda-t-il comme elle s'approchait d'eux. Il travaillait au *Malebox,* un petit bar gay où il avait rencontré son ex, le barman tout juste parti pour Los Angeles avec un nouvel amant, forçant Charlie à effectuer deux services.

Elle secoua la tête. « Odette a sûrement une adresse où lui poster son dernier chèque, si tu veux lui expédier un objet maudit ou quelque chose comme ça. Ou alors il y a un service qui te permet d'envoyer à tes ennemis des paquets emplis de paillettes. Ça ne s'appelle pas pour rien l'herpès de l'artisanat. »

José lui adressa un faible sourire mais il était visiblement très malheureux. « Il doit être enchanté, se dorer au soleil, manger les avocats qu'il cueille dans son jardin et se taper tous les soirs un surfeur beau comme un dieu. Et moi, pendant ce temps-là, je ne trouverai *jamais* l'amour.

— Je t'ai promis de te brancher avec mon cousin, intervint Katelynn.

— Celui qui a bouffé le papillon de nuit mort qu'il a trouvé par terre dans la salle de bains ? » José haussa les sourcils.

« Quand il était gamin ! Tu ne peux pas retenir ça contre lui.

— Il faudrait que je trouve un obscur pour me retirer mes émotions, c'est tout, déclara-t-il sur un ton dramatique. Ensuite, je serais peut-être heureux.

— Si on n'a pas d'émotions, on ne peut pas être heureux », affirma son interlocutrice, pédante jusqu'au bout.

Charlie semblait être arrivée au moment exact de la soirée où tout le monde avait trop bu et se montrait agressif ou morose. Elle avala son Old Crow. Elle avait intérêt à rattraper son retard.

« Il paraît que Doreen te cherche », lança Suzie Lambton tandis que Katelynn et José continuaient de débattre sur le thème « une bouche souillée par un papillon de nuit peut-elle jamais être embrassée avec plaisir ». Suzie portait une robe imprimée jaune à manches bouffantes, ainsi qu'un grand collier formé d'éléments volumineux. Ses cheveux noirs étaient maintenus au sommet du crâne par une pince écaille de tortue. Elle était du genre à porter des articles de friperie coûtant plus cher que des vêtements neufs.

Une partie des invités de la fête avaient entendu dire que, parfois, Charlie « rendait service » à quelqu'un qui était dans les ennuis, ou bien qu'elle exerçait un boulot d'appoint vaguement criminel, mais ils ne possédaient pas les détails. Ils voyaient ce qu'ils s'attendaient à voir : Charlie Hall, l'éternelle ratée qui peinait à conserver un emploi et se laissait peloter quand elle avait vraiment trop bu.

Suzie Lambton en savait un peu plus. Quand elle était à Hampshire, un prof avait voulu la faire expulser pour avoir plagié un devoir. Charlie avait trouvé le moyen de le dissuader.

Elle haussa les épaules. « Adam a disparu dans la nature. Doreen veut que je le retrouve. Que je le convainque de rentrer à la maison.

— Si j'étais toi, je ne me mêlerais pas de ce bordel, dit Suzie. À partir d'un certain âge, soit on change, soit on tourne comme le lait. Adam a presque 30 ans et il vit encore comme s'il en avait 20. Il veut jouer, arriver au boulot bourré de la nuit d'avant, et toutes ces conneries. Je participe à un stage de yoga le week-end prochain. Tu devrais venir avec moi, plutôt.

— Trop tard, répondit Charlie, en levant son gobelet pour porter un toast. Aux bons conseils et aux mauvaises décisions. »

Suzie, qui avait sûrement bel et bien copié son devoir, leva son verre.

Vince arriva une demi-heure plus tard avec du jus d'orange et de la glace – ayant reçu le SMS de Charlie selon lequel la fête manquait des deux.

Elle le serra contre elle, pressant le visage contre la laine de son manteau. Il embaumait les feuilles et l'air frais de la nuit. Quand un petit sourire souleva un coin de sa bouche, elle éprouva le curieux désir aigre-doux de posséder un être qui lui appartenait déjà.

Tina, qui travaillait à l'*Hampshire Gazette* et buvait comme un journaliste de cinéma, évoquait à haute voix son envie de faire retailler son ombre pour avoir une queue de chat. « Les mecs adorent les queues », proclama-t-elle, ce qui déclencha des protestations à peu près unanimes. Selon Aimée, Tina ne devait pas envisager les fétiches en fonction d'une échelle de genre binaire. Ian tint à faire savoir qu'il estimait l'idée *répugnante* et que les hommes n'avaient aucune envie de *molester des animaux*. Le dessinateur, lui, admettait que c'était assez excitant, mais sa BD concernait des *souris* sexy.

Charlie suggéra à Tina qu'elle avait peut-être mal compris le sens de « se faire une queue ».

« Les sirènes, c'est ça ? » demanda Vince, tellement à côté de la plaque, genre je-prends-la-conversation-en-cours, qu'il était difficile de savoir s'il plaisantait ou s'il avait mal entendu le début.

Ça n'avait pas d'importance. Tout le monde éclata de rire. D'une manière ou d'une autre, c'était drôle.

Comme Charlie se resservait du bourbon, cette fois avec de la glace, elle se rendit compte qu'elle était heureuse d'être venue – et tout juste assez pompette pour éprouver une grande affection envers les gens qui l'entouraient. Voilà : elle était capable de se sentir bien en se comportant comme une personne normale, en faisant des trucs normaux. Le sourire aux lèvres sans raison particulière, elle mangea un peu du fromage que Tina fabriquait avec le lait de ses propres chèvres, et dont personne n'avait le cœur de lui signaler le goût bizarre.

Puis elle entendit Ian qui parlait assez fort pour noyer la Sonos. « Hé, Vince. Qu'est-ce que t'as vu de pire dans ton sacré boulot ? » Son ton faisait de la question un défi.

L'intéressé leva les yeux du fauteuil où il était assis, pris dans une discussion avec Suzie et José. Ledit fauteuil, remarqua Charlie, donnait l'impression d'avoir été déchiqueté par un chat ; des touffes de bourre jaillissaient des accoudoirs.

« Je ne vois pas grand-chose de génial, répondit Vince en une tentative évidente pour désamorcer le sujet.

— Ouais, mais il doit bien y avoir des trucs pires que d'autres. Un globe oculaire dans le lavabo. Des cheveux au plafond. Allez. » Ian sourit sans la moindre trace de bienveillance. *« Fais-nous marrer. »*

Charlie se sentait très bien jusqu'à cet instant. Son copain du moment, contrairement aux précédents, ne boudait pas dans un coin, ne disait rien de déplaisant et ne cherchait pas la bagarre. Vince savait écouter et émettre les onomatopées encourageantes qui poussaient les gens à parler – l'herbe à chats des nombrilistes. Autant que tous les amis de la jeune femme puissent bien s'entendre avec lui, toutefois, la soirée allait mal se terminer.

« *Ian* », lâcha Charlie, tentant de prendre la voix aussi sévère qu'Odette quand elle maniait le chat à neuf queues dans son arrière-salle.

Ian lui adressa un rictus, et elle fut soudain sûre qu'il ne faisait pas seulement preuve d'une curiosité malsaine. Elle lui inspirait des sentiments étranges. Il voulait lui prouver quelque chose, ou lui gâcher quelque chose. « Je pose une question, c'est tout. J'essaie de mieux connaître ton mec. Je veux dire, si tu le bai… »

Vince l'interrompit en s'extrayant du fauteuil : « Une fois, j'ai trouvé un mec *retourné comme un gant*. »

Charlie était habituée à le voir un peu voûté, tentant de ne pas prendre trop de place, de n'être pas trop intimidant. À présent, il carrait les épaules et ses biceps étaient bandés. Il continuait de parler posément, mais la jeune femme sentit pourtant se dresser les poils de ses bras. « Les os, les organes, les doigts et les orteils. Tout. Comme un gant. Dedans. Dehors.

— C'est vrai ? demanda Ian, impressionné.

— Non », répondit Vince, imperturbable.

Il y eut des éclats de rire. Même Charlie s'esclaffa sous le coup de la surprise.

« D'accord, connard, je ne te poserai plus de question sur ton boulot de merde », acquiesça Ian en s'approchant de Vince. Il le regardait bien en face, le mettait au défi de le frapper. Devant son absence de réaction, il le poussa légèrement.

Le compagnon de Charlie se laissa faire, mais une joie à peine dissimulée, qu'elle n'avait encore jamais observée, brillait dans ses yeux. « Ça consiste surtout à décoller des bouts de cervelle des murs. Il n'y a pas grand-chose à raconter. »

Un instant, les deux hommes se fixèrent.

Puis Ian blêmit et baissa la tête. « Je ne pensais pas que tu serais aussi ennuyeux », marmonna-t-il.

Vince se rassit en haussant les épaules comme si de rien n'était. Comme si une bagarre n'avait pas failli éclater.

Charlie s'avançait pour lui présenter des excuses quand Suzie Lambton se percha sur l'accoudoir de son fauteuil, lui toucha l'épaule, prononça quelques mots et éclata de rire en secouant sa chevelure. Il lui sourit en retour – un de ses vrais sourires.

Et Charlie eut l'envie soudaine et quasi irrésistible de jeter Suzie Lambton à terre à coups de poing.

Au lieu de quoi elle but une gorgée de bourbon.

« Tu sais, tu ne réussiras pas à la faire flamber juste en la regardant comme ça », intervint Barb.

Prise sur le fait, Charlie détourna les yeux. « Je ne… »

Son amie éclata de rire. « Tu devrais aller lui dire qu'il s'est bien comporté. Ce n'est pas facile de rester calme quand on se fait insulter par un petit mec.

— Je suis sûre que Vince va bien, dit-elle avec une petite grimace. Il ne se laisse jamais démonter. »

En revanche, il se laissait draguer. Avec ses cheveux couleur de vieil or, il était au goût de beaucoup de filles. Charlie possédait une beauté voyante. Aucune finesse dans les courbes. Aucune subtilité dans la poitrine. Suzie estimait peut-être avoir une chance.

D'ailleurs, elle faisait un master au Smith College, la rumeur voulait que ses riches parents paient encore son loyer, et elle était capable d'adopter la posture de yoga où on se tient en équilibre sur la tête. Elle avait peut-être bel et bien une chance.

« Dur, commenta Barb. Tu l'abandonnes aux loups. Enfin… à la louve, mais tu vois ce que je veux dire. » Comme son amie haussait les épaules, elle ajouta : « Si tu te retrouves en ménage à trois, ça ne sera pas de ma faute. »

Charlie leva les yeux au ciel et se dirigea vers la véranda qui entourait toute la maison. Elle avait besoin d'air. L'intensité de sa colère contre Suzie la dérangeait. Elle n'était pas jalouse. Pas comme ça.

Avoir envie de posséder quelqu'un qui vous appartient déjà n'a aucun sens.

C'est l'alcool, se dit-elle en s'asseyant sur une balancelle qui, elle l'espérait, n'était pas pleine d'araignées.

La plupart des maisons voisines étaient obscures, mais quelques lumières éparses lui attirèrent l'œil. La lueur tamisée d'une veilleuse rose dans une chambre d'enfant. L'éclat changeant au fil des images d'un écran de télévision. Une lampe au-dessus d'une porte de garage, attendant le retour de quelqu'un. Ce quartier n'accueillait naguère que des fermes. La culture du tabac, probablement : on passait encore près de vieux séchoirs sur les petites routes.

Derrière l'autoroute s'étendait la Connecticut, un serpent noir qui s'enroulait autour du mont Tom jusqu'à muer et devenir la Chicopee, puis la Swift, et enfin le lac Quabbin. Charlie se rappelait s'être promenée alentour, enfant, lors d'une excursion scolaire. Sa classe était allée visiter un élevage de poissons puis montée au sommet de la tour panoramique. Charlie, tout en haut, avait baissé les yeux vers la surface en se demandant s'il était possible de voir les bâtiments noyés sous les flots.

Le Quabbin était un lac artificiel, créé en submergeant quatre villages. Les habitants avaient été relogés, mais leurs maisons et leurs boutiques étaient restées sur place et s'y trouvaient encore, avec tout ce qu'on avait laissé à l'intérieur. Un secret – à moins de savoir où et comment regarder.

Elle imagina des ombres évoluant dans le noir, aussi invisibles que des villes englouties.

« Tu es prête à rentrer ? » demanda Vince tandis que la porte se refermait bruyamment derrière lui. Charlie sursauta, surprise.

La lumière de la véranda conférait une teinte étrange aux yeux du jeune homme. Argent.

« Pas de ménage à trois ? » demanda-t-elle au bout d'un moment.

Il fronça les sourcils avec la même expression déroutée que lorsqu'elle lui avait lu la phrase en français trouvée sur son téléphone. Elle aurait voulu pouvoir lui faire dire ce qu'il pensait. Bien sûr, peut-être pensait-il seulement qu'il était fatigué, que tous ces gens l'agaçaient et qu'il voulait rentrer à la maison.

Ou bien il pensait qu'elle était sérieusement dérangée.

« Laisse tomber. » Elle se leva de la balancelle et épousseta son pantalon.

Charlie devait arrêter de chercher les emmerdements là où ils n'étaient pas. Elle devait arrêter de chercher les emmerdements, point.

À la maison, avant d'aller au lit, elle se débarbouilla et enfila un tee-shirt. Elle enjambait Vince pour atteindre son côté du matelas quand il lui posa la main sur la hanche. Elle s'immobilisa, à califourchon sur lui.

Par la fenêtre, pièce d'argent luisante au milieu du ciel noir, la lune illuminait assez la chambre pour que Charlie voie l'intensité du regard de son compagnon. Il leva la main et lui passa les doigts dans les cheveux.

« Tes copains sont sympas. » Il eut un sourire en coin. « La plupart. »

Elle se demanda s'il allait l'interroger à propos de Ian. « Tu as eu beaucoup de succès.

— Parce que j'ai apporté de la glace, dit-il, visiblement incrédule. Tout le monde aime le gars qui apporte de la glace. »

Elle aurait pu lui expliquer à quel point les mecs qu'elle ramenait avant lui étaient nuls, à quel point il paraissait génial par comparaison, mais ce n'était flatteur ni pour lui ni pour elle. « Moi oui, en tout cas », dit-elle avant de réaliser ce que cela signifiait. Elle avait voulu faire une vanne, dire *J'aime la glace*, pas *Je t'aime*.

Vince, toutefois, ne paraissait pas inquiet et, au bout d'un moment, sa pointe de panique aiguë disparut. Elle était soûle, voilà tout. Les gens soûls disent des bêtises.

« Viens un peu plus près », dit-il.

Lorsqu'elle se pencha, il lui caressa la pommette d'un pouce délicat. Les cheveux de la jeune femme tombaient autour d'eux telle une canopée.

Il se souleva pour l'embrasser d'une bouche prudente, comme si elle était fragile, précieuse. Du sucre filé. Une aile de papillon. Quelqu'un qui n'était pas une callosité humaine. Un caillou prêt à être balancé dans une vitre. Quelqu'un qui n'était pas Charlie Hall.

Peut-être croyait-il *devoir* embrasser les filles ainsi – comme il l'avait fait avec celle dont il gardait la photo dans son portefeuille. Peut-être voulait-il faire preuve de respect. Chaque fois, pourtant, Charlie ne pouvait s'empêcher d'y voir un défi.

Laissant descendre la main qu'elle lui avait posée sur le torse, elle la glissa sous la ceinture de son caleçon de nuit. Elle adora que son souffle, alors, s'interrompe, devienne irrégulier. Elle adora que ses lèvres se fassent plus avides et sa langue plus active lorsqu'il l'embrassa à nouveau.

S'écartant de lui, elle se débarrassa de sa culotte et l'envoya voler d'un côté du lit. Ensuite, sans se préoccuper d'ôter son tee-shirt, elle se rapprocha à quatre pattes. Vince se pencha au-dessus d'elle, la couvrant de son corps. Elle sentit une bouche se poser sur sa gorge, sur son épaule, des doigts explorer son sein juste au-dessus du cœur.

Quand le plaisir la frappa à la base de la colonne vertébrale, elle se laissa emporter au-delà des regrets.

6

LE TEST DU MARSHMALLOW

Charlie roula sur elle-même en gémissant. Grâce à l'odeur du café qui passait dans la pièce voisine, elle se sentait de mieux en mieux réveillée. Dehors, une souffleuse à feuilles mortes émettait un bourdonnement régulier irritant. Au-dessus de la jeune femme, les cercles bruns familiers du plafond qui fuyait formaient des motifs façon Rorschach. Un pistolet. Une chèvre. Un sablier. Dans les feuilles de thé, tous ces dessins auraient été des avertissements. Charlie se frotta le visage du plat de la main et se leva.

Sa culotte se trouvait quelque part sous la couverture. Elle mit la main dessus et la jeta sur la pile de linge sale, avec le tee-shirt dans lequel elle avait dormi.

Nue, elle se laissa tomber à plat ventre sur le matelas et sortit son téléphone à carte. Elle avait besoin d'un meilleur plan que celui qui consistait simplement à 1) aller au *MGM* et décevoir

Adam en n'étant pas Amber, puis 2) le pousser à rentrer chez lui et à décevoir Doreen en étant lui-même.

Mais… si Adam disposait vraiment du *Liber Noctem,* Charlie tenait à s'en emparer.

Je pense pouvoir être chez toi à 1 h 15, texta-t-elle. *Tu n'as qu'à laisser une clef à la réception et je monterai.*

Presque tous les ascenseurs d'hôtel avaient besoin d'une clef pour fonctionner : si elle n'en avait pas, Adam serait obligé de descendre la chercher. Il accepterait peut-être de leur faciliter les choses à tous les deux.

OK, renvoya-t-il.

À ce soir, écrivit-elle.

Dès son arrivée à l'hôtel, elle récupérerait la clef. Ensuite, elle texterait qu'elle avait changé d'avis, qu'elle se sentait gênée de monter dans la chambre d'un homme. Le bar du casino servait jusqu'à 4 heures du matin ; elle suggérerait qu'ils s'y retrouvent. Il serait peut-être fatigué, elle commencerait peut-être à l'agacer, mais, selon elle, il ne renoncerait pas à pareille occasion simplement parce qu'elle lui demandait de descendre.

Puisqu'elle disposerait de la clef de sa chambre, elle pourrait s'y introduire pendant qu'il l'attendrait au bar. À moins qu'il n'ait enfermé le livre dans le coffre-fort mural, elle le trouverait, s'en emparerait et repartirait. Et, même s'il le gardait dans le coffre, elle disposait d'assez d'informations, du fait qu'elle connaissait Doreen, pour deviner les combinaisons les plus évidentes – l'anniversaire du gamin, celui d'Adam, celui de leur première rencontre…

Se déguiser ne serait pas bien sorcier. Charlie voulait juste se transformer assez pour qu'il ne la reconnaisse pas sur les films de sécurité, au cas où il convaincrait quelqu'un à l'hôtel de les lui montrer. Elle avait une collection de perruques fourrées dans le tiroir du bas d'une commode, protégées par des sacs à zip, précisément à cet usage.

Elle jeta dans son sac à dos un postiche auburn, un tube de rouge à lèvres assez vif pour attirer l'œil, une robe étincelante et moulante, et une paire de chaussures plates dans lesquelles elle pourrait courir. Puis elle enfila sa tenue de travail – un tee-shirt noir, une jupe par-dessus un short cycliste, et les Crocs aussi pratiques que vilaines.

Pour peu que sa Corolla veuille bien l'emmener à Springfield et la ramener, elle obtiendrait une satisfaction qu'elle aurait cru ne jamais connaître : celle de voler Lionel Salt. Peut-être détruirait-elle le livre avant de lui en envoyer les restes métalliques tordus, fondus.

Après avoir récupéré le *Liber Noctem*, elle dénoncerait Adam à Doreen et la laisserait trouver le moyen de le ramener à la maison.

Charlie, en pilotage automatique, mélangeait des amers dans des Old fashioned, tirait des bières et ajoutait des demi-doses de Chambord à d'abominables Smirnoff Ice. Sur la scène, un trio de travestis revêtus de sinistres tenues pailletées à la Elvira enchaînaient les tubes des années 1990. Tandis qu'elle préparait ses cocktails, la jeune femme s'estimait heureuse d'avoir de quoi s'occuper les mains pour la distraire du bouillonnement de ses pensées.

Durant les heures qui précédaient un boulot, son adrénaline se déchaînait. Elle se retrouvait alerte, concentrée. Comme si elle n'était réellement éveillée que lorsqu'il y avait une énigme à résoudre, un triomphe potentiel en dehors de la routine écrasante de ses journées. Autre chose que se lever, manger, travailler, manger encore, puis disposer avant de se coucher de quelques heures pendant lesquelles faire de l'exercice, sa lessive, ou bien baiser. Nettoyer la cuisine, regarder un film ou se soûler.

Une routine écrasante qui constituait toutefois la vie. On n'était pas censé vouloir autre chose.

Charlie avait acquis quelques crédits à la fac locale avant de merder ça aussi. « Les criminels, disait un de ses professeurs, très vieux et pas très solide sur ses jambes, n'ont pas de maîtrise de soi. » Il existait un test consistant à poser un marshmallow devant un enfant, auquel on affirmait qu'on lui en donnerait deux s'il était capable d'attendre le retour du chercheur pour manger celui-là. Les gamins qui se contentaient d'un seul étaient ceux qui avaient le plus de chances de devenir criminels, les plus turbulents, ceux qui recherchaient le plaisir et l'excitation plus que quoi que ce soit d'autre, volaient quand ils pensaient pouvoir le faire impunément et mentaient lorsque cela leur rapportait quelque chose. Qui choisissaient le frisson temporaire plutôt que le gain permanent.

Charlie versa trois doses d'une Chartreuse dont le vert vif luisant évoquait du poison. Elle passa au shaker un dirty martini, jeta des olives supplémentaires dans la boisson troublée par la saumure.

Tandis qu'elle faisait mentalement le compte de tout ce qui pouvait mal se passer, elle se rappela qu'un ticket de carte bancaire, dans le bureau d'Odette, révélait le nom du type assassiné qui voulait revendre des pages du *Liber Noctem*. Si c'était lui qui détenait le reste du livre, si Adam n'était chargé que de négocier, elle était foutue : le bouquin ne serait pas à l'hôtel. Donc, pour peu qu'elle connaisse l'identité du mort, elle n'aurait ensuite qu'à visiter son domicile.

Peut-être n'avait-elle pas changé tant que ça, finalement.

Si quelqu'un avait posé un marshmallow devant elle lorsqu'elle était enfant, elle l'aurait mangé sans attendre, parce qu'on ne pouvait pas faire confiance aux adultes pour tenir leurs promesses.

À 22 heures, Charlie avait une pause-dîner d'une demi-heure qui lui permettait d'aller faire pipi et de grignoter avant de reprendre son service jusqu'à 1 heure du matin, entrecoupé d'une seconde pause d'un quart d'heure. La plupart du temps, elle allait manger un ramen au *Daikaiju*, à quelques rues de là. Ce soir-là, elle se contenta de l'épicerie du coin, où elle acheta des macaronis au fromage à réchauffer au micro-ondes, un sachet de raisins un peu flétris et de l'eau de coco.

Elle but cette dernière sur le chemin du retour, jetant l'emballage dans la poubelle avant de franchir la grande double porte noire du *Rapture*. Elle se dirigea tout droit vers la salle de pause qui, quoique faisant théoriquement partie des loges, disposait d'un four à micro-ondes et de sièges.

Puisque les musiciens étaient en scène, rien ne s'opposait à ce qu'elle s'installe. Elle gagna un canapé rose satiné mangé aux mites mais pas trop. Des accessoires de maquillage jonchaient un long comptoir assorti d'un miroir. Des tenues de scène chatoyantes pendaient à un portant plié au milieu comme s'il s'apprêtait à s'effondrer sous leur poids. Un crochet fixé au mur soutenait quelques vêtements abandonnés, dont une combinaison en satin rouge foncé que Charlie convoitait en attendant que sa propriétaire revienne la prendre. Une petite desserte, près du canapé, soutenait un téléphone fixe sale de couleur crème.

La section principale du *Rapture*, le bar et la scène, n'était pas si vaste. On pouvait y accueillir une centaine de personnes en serrant bien – et sans doute une trentaine de plus dans le salon d'ombre de Balthazar au sous-sol. Un unique couloir, au fond de la salle, menait aux loges dans lesquelles les macaronis au fromage de Charlie tournaient sur le plateau en verre du micro-ondes. Juste en face s'encadrait la grande porte métallique du bureau d'Odette.

Juste un coup d'œil rapide, se dit la jeune femme. Le nom qu'elle cherchait n'était pas un secret. Elle avait fait passer la carte du type dans la machine, elle lui avait donné le ticket et un stylo pour le signer. Si elle lui avait prêté davantage d'attention, elle aurait déjà sa réponse.

Charlie traversa le couloir et frappa. Comme nul ne répondait, elle se glissa à l'intérieur.

Du papier peint orné d'un motif de couteaux dorés étincelants couvrait les murs. Un bureau en acier lavande, à revêtement par poudre, occupait le centre de la pièce, surmonté d'une lampe en laiton allumée. Une bibliothèque de style Arts déco courait contre le mur du fond, chargée de piles de papiers, non loin d'une seconde porte en acier. Celle-là, entrouverte, révélait la salle de torture d'Odette.

De là où se tenait Charlie, le local semblait petit et bien organisé, avec une cage à chien dans un coin et une croix de Saint-André dominant le reste de l'espace.

Charlie aimait bien Odette. Elle aimait travailler au *Rapture*. On lui permettait de commander de la glace carbonique, et on lui prêtait de grands pots en verre, tenus au frais sous la scène, pour faire infuser dans la vodka des citrons Meyer, du gingembre ou des grains de poivre. Elle était payée, touchait des pourboires raisonnables, et quiconque l'ennuyait se voyait expulsé.

Risquer un aussi bon emploi pour un détail peut-être sans importance était stupide. Même si elle trouvait le livre, quel intérêt ? Certes, elle aurait pris quelque chose à Salt – mais cela ne serait rien par rapport à ce qu'il lui avait pris, lui.

Alors même que cette pensée la traversait, cependant, ses doigts fouillaient dans les tickets posés sur le bureau d'Odette. Charlie Hall échouant au test du marshmallow. Aucune maîtrise des impulsions. Curieuse comme un chat sous crack.

Et la réponse était là : Four Roses, $4,25. Le client avait ajouté 50 cents de pourboire, ce qui était nul mais, bon, il ne faut pas dire de mal des morts. *Paul Ecco.* Charlie rangea les reçus dans l'enveloppe couleur lavande dont elle fit coulisser la fermeture éclair, tout en répétant le nom dans sa tête. Après s'être emparée d'un stylo, elle s'apprêtait à retourner dans la salle de pause pour l'écrire sur sa main quand Odette entra et sursauta de la trouver là.

Merde, songea Charlie. *Merde. Merde. Merde.*

« Charlotte ? » s'enquit la propriétaire du bar avec une sévérité de maîtresse d'école – sans doute le ton exact qu'elle employait avant de démolir quelqu'un à coups de gifles et de présenter l'addition.

« Désolée, dit la jeune femme en montrant ce qu'elle tenait en main. Je cherchais un stylo.

— Ce sont *mes* stylos, ma chère. » Odette, quoique toujours aussi irritée, semblait croire que le crime perpétré était bien celui qu'on lui avouait.

« Désolée, marmonna à nouveau la coupable.

— Je préférerais que vous n'entriez pas ici sans ma permission explicite. On est décadents et informels, au *Rapture,* mais ça ne veut pas dire qu'il n'y a pas de règles.

— Bien sûr.

— *Parfait* », conclut Odette, sur un ton signifiant sans équivoque la fin de l'entretien.

Charlie se glissa hors du bureau, très consciente de la chance qu'elle venait d'avoir.

Comme elle avalait son triste repas couvert de sauce chaude sortant d'un sachet, elle chercha « Paul Ecco » sur Google à l'aide de son téléphone. Aucune nécrologie, rien dans les nouvelles locales. Ayant ajouté « livre » à la recherche, elle eut la surprise que la troisième référence obtenue le présente comme un « vendeur de livres rares et anciens » dans une librairie du nom de *Curiosity Books*. Le site web proposait un important catalogue en ligne et l'adresse d'une boutique physique, dans une zone industrielle d'Easthampton, qui recevait « seulement sur rendez-vous ». La librairie proposait des premières éditions, surtout de la science-fiction et des comics, et toute une section consacrée aux vieux tomes de magie.

Les vendeurs de livres rares occupaient une position clef dans l'écosystème du crépuscule. Eux seuls acceptaient de passer au crible des bouquineries perdues au milieu de nulle part, d'examiner des piles de vieux cartons poussiéreux à la recherche d'un joyau dissimulé. Susceptibles de découvrir des volumes dont nul ne connaissait l'existence, ils pouvaient aussi servir de receleurs aux voleurs cherchant l'acheteur le plus offrant.

Bien sûr, rien n'empêchait Paul Ecco d'être vendeur de livres rares *et* voleur, mais il semblait plus probable qu'Adam se soit arrangé avec lui pour revendre le *Liber Noctem.* Depuis sa mort, le compagnon de Doreen avait besoin d'un autre revendeur, raison pour laquelle il tâtait le terrain avec la fausse Amber.

Si tel était le cas, il ne s'était sans doute pas encore défait du livre, ce qui était une bonne nouvelle. Mais pourquoi Ecco n'en aurait-il montré que quelques pages s'il disposait de la totalité ? S'était-il joué de Balthazar ?

Charlie aurait peut-être intérêt à fouiller chez lui, finalement. Donc à s'informer de qui pouvait s'y trouver.

Elle porta à son oreille le vieux téléphone fixe, constata qu'il fonctionnait et tapa le numéro de la librairie. On décrocha au bout de deux sonneries.

« *Curiosity Books.* » La voix était bourrue et un peu trop empressée.

« Paul est là ? s'enquit Charlie en se demandant ce qu'on allait lui répondre.

— C'est lui. Vous cherchez un livre ?

— Une édition illustrée de *La Sorcière et le Frère malchanceux* », improvisa-t-elle, le cœur battant. À moins qu'il ne s'agisse d'un autre Paul Ecco, la personne à l'autre bout du fil se faisait passer pour un mort. « On en a discuté hier, vous vous rappelez ? »

Hier, le lendemain de l'assassinat.

« Ah, ouais, confirma l'homme. J'ai plusieurs cartons qui viennent d'arriver. Je vous rappellerai quand j'aurai vu ce qu'il y a dedans. Donnez-moi donc votre nom et votre numéro... ? »

Il se tut, attendant que Charlie fournisse les informations demandées.

Puisque la plupart des téléphones révélaient le numéro de l'appelant, il disposait sûrement déjà de celui du *Rapture*, aussi ne pouvait-elle mentir que sur son nom.

« Mme Damiano, dit-elle – le nom de famille de Vince. Vous pouvez me demander à ce numéro.

— Je vous rappelle *très vite*, rétorqua-t-il sur un ton inquiétant. Bonne soirée, madame Damiano. »

Voilà qui n'était pas flippant du tout.

Elle consulta son portable. Plus que sept minutes avant de retourner derrière le comptoir. Cela ne faisait pas beaucoup de temps. Toutefois, une autre personne disposait d'informations méritant d'être connues au sujet de Paul Ecco.

Charlie écarta le rideau de velours, posa le pied sur la première marche – en onyx, et reflétée au-dessus du seuil par un linteau du même matériau –, puis descendit au fond du salon d'ombre de Balthazar.

Affaiblir les ombres durant la brève période où elles franchissaient le seuil n'était pas d'une grande utilité, mais l'autre propriété de l'onyx l'était davantage : il matérialisait les ombres éveillées. Voilà qui le rendait précieux, notamment quand on l'intégrait à des armes : grâce à lui, l'ombre d'un crépusculien pouvait être blessée.

Dans la salle au plafond bas et aux mêmes murs noirs dévoreurs de lumière que le reste du *Rapture*, quelques personnes attablées, la tête baissée, conféraient devant un verre. Une fille gardait les yeux fermés pendant que l'obscur assis près d'elle travaillait sur son ombre avec des gestes de couturier.

Un garçon muni d'un skateboard était vautré sur un fauteuil, la tête appuyée contre le mur, les yeux révulsés.

Au fond pendait un autre rideau de velours. Une fois franchi, il révélait deux fauteuils club – pour les clients – en face du petit bureau en bois délabré derrière lequel était assis Balthazar. Joey Aspirins, adossé au mur le plus éloigné de l'entrée, croisait les bras sur la poitrine.

« Vous avez rendez-vous ? » demanda le videur, plus fort que nécessaire.

Balthazar agita joyeusement la main. « Oh, sois pas con, c'est la nana du bar. Comment tu t'appelles, déjà ? Shar ? Cher ?

— Très drôle, dit-elle.

— Charlie ! » Il claqua des doigts, comme s'il avait eu le prénom sur le bout de la langue. « Tu as changé d'avis pour le boulot. Je savais que tu y viendrais. Bienvenue dans mes bonnes grâces renouvelées. »

Balthazar avait les cheveux noirs ondulés et de longs cils. Il portait un costume noir froissé, assorti d'une cravate noire froissée, par-dessus une chemise froissée. Une épingle à cravate en onyx ornait son revers. On disait qu'ancien retailleur, il avait brutalisé son ombre au point qu'elle s'était consumée. Conservant une langue fendue d'obscur, avec un clou d'argent planté à la jonction des deux moitiés, il arrivait tard, partait tôt et oubliait souvent de payer le loyer à Odette. C'était tout à fait le genre de gringalet bavard avec lesquels Charlie entrait régulièrement en relation – avant de le regretter.

Joey Aspirins, par contraste, était petit, musclé, et ses joues creuses dénonçaient une maladie ou une addiction passée. Ses cheveux gris arboraient une coupe militaire. Il avait énormément de tatouages, dont quelques-uns visibles sur le cou, il se chaussait de rangers, et sa garde-robe semblait consister entièrement en des chemisettes portées sur des tee-shirts blancs. Quand il regardait Charlie, elle comprenait qu'il ne la jugeait pas très intelligente. Ma foi, elle ne le prenait pas non plus pour un génie.

La jeune femme posa la main sur sa hanche. « Je termine ma pause. Je me demandais si je pourrais t'apporter quelque chose du bar ?

— C'est bien gentil de ta part, dit Balthazar, sceptique mais peu soucieux de refuser un verre. Peut-être un de tes Old fashioned à l'amaro.

— Zeste d'orange et cerise ?

— Deux cerises, répondit-il. J'aime bien *un max* de douceur avec mon amertume. »

Bonne réplique. Au prix d'un effort considérable, Charlie s'abstint de lever les yeux au ciel. « Et moi je voulais te demander quelque chose.

— Sans blague ? » Balthazar était l'image même de l'innocence.

Elle soupira. « J'ai vu un type l'autre soir, dans la rue, qui avait des ombres à la place des mains. Tu le connais ?

— Tu as rencontré le nouveau Hiérophante. »

Le Hiérophante. Le Pape des tarots, et une fonction parmi les crépusculiens. Les magiciens d'ombre locaux s'accordaient pour choisir un représentant de chaque discipline afin de siéger à ce qu'ils appelaient – peut-être non sans raison – la Cabale.

Ces représentants étaient bien connus. Vicereine, célèbre pour avoir permis à un acteur lessivé de remporter un oscar par une performance postretaillage de l'ombre, et pour avoir retaillé celle de son ex, un influenceur, afin de lui conférer une tête de cochon. L'influence de ses Artistes avait notablement grandi au fil des ans, en partie parce que les retaillages étaient très lucratifs.

On disait du marionnettiste Malik qu'il avait envoyé son ombre voler un énorme rubis au British Museum avant qu'on n'y installe de l'onyx. Le masque Bellamy, lui, n'avait pas de réputation digne de ce nom, ce qui en était une en soi pour ceux de la discipline masquée.

Et puis il y avait eu Knight Singh. Du fait de son assassinat, il allait falloir trouver quelqu'un d'autre.

La Cabale arbitrait toutes les disputes entre crépusculiens ne relevant pas de la loi officielle, et tous donnaient un peu d'argent pour aider à traquer et à prendre au piège les seuls phénomènes dont aucun ne souhaitait voir l'existence trop connue du monde diurne : les Furies.

Quand il y avait besoin d'un Hiérophante, le premier pauvre type malchanceux qui contrariait la Cabale se voyait imposer la fonction.

« Il ne m'a pas eu l'air très amical, l'autre soir, dit Charlie. Mais je suppose qu'aucun d'eux ne l'est. »

Si le Hiérophante se trouvait dans la même ruelle que le cadavre, il était fort probable que Paul Ecco ait été assassiné par une Furie.

« Le type qui est venu te voir l'autre soir pour te demander de revendre quelque chose à sa place, reprit la jeune femme. Pourquoi est-ce que tu l'as fichu dehors ?

— Tu sais pourquoi on appelle ce gars-là Joey Aspirins ? » la coupa Balthazar en désignant son employé d'un signe de tête.

Elle haussa les épaules.

Le sourire décontracté du maître des lieux s'évanouit et elle sentit la menace qu'il recouvrait. « Parce qu'il chasse les maux de tête. Et tu en es un. Tu es douée, Charlie. Tu fais partie des meilleurs. Reviens travailler et on parlera. Sinon, tire-toi. »

Tandis que, retournée au bar, elle préparait le cocktail de Balthazar, Charlie se répéta que l'assassinat de Paul Ecco n'avait aucune importance pour elle. Le libraire ne buvait rien de très intéressant et laissait des pourboires minables. Il était mort, oui, mais un tas de gens mouraient. Et c'était sans doute Adam qui détenait le livre, de toute façon.

Revenue du sous-sol, elle fut appelée par un type qui portait un bouc soigneusement taillé et des locks. Il voulait accomplir le rituel complet de l'absinthe, avec l'eau et le morceau de sucre enflammé, et que cinq de ses amis l'imitent. Ensuite, un amateur de scotch, de l'autre côté du bar, eut envie de débattre des saveurs fumées et salées des différents Speyside.

À la fermeture du *Rapture*, Charlie réunit ses cheveux en deux couettes mouillées de transpiration et pendit un torchon humide à son cou. Balthazar et Joey Aspirins étaient partis. Les musiciens, assis à une table d'angle en compagnie d'Odette, sirotaient des Aviation mauves tandis que Charlie empochait ses pourboires de la nuit et comptait sa caisse.

« Et c'est ça que vous pensiez faire de vos vies ? demandait la vieille dominatrice.

— Oh non, ma chérie, répondit un des travestis. Ma mère voulait que je devienne médecin. »

Tous les trois éclatèrent de rire tandis que Charlie garnissait le lave-vaisselle. Un des employés du bar, Sam, balayait le verre brisé.

Ce fut alors que les portes s'ouvrirent et qu'entra un homme barbu portant une veste de pêcheur vert foncé. Son ombre lui dessinait des ailes dans le dos.

« On est fermés, lança Odette en se tournant sur sa chaise pour lui adresser un grand geste de la main. Revenez un autre soir, très cher. »

Le regard du barbu se posa sur elle, sur sa tablée, puis sur la barmaid. « Madame Damiano ? » interrogea-t-il. Un instant, Charlie ne comprit pas. Celui d'après, elle éprouva un frisson d'horreur : c'était l'homme du téléphone, celui qui s'était fait passer pour feu Paul Ecco.

« Charlie Hall », dit-elle en se désignant.

C'était un bar, après tout. Il y avait du passage. Des gens qui téléphonaient. En outre, sa voix ne pouvait pas avoir été assez distincte pour que l'autre soit certain d'avoir affaire à la même personne.

Lorsqu'il traversa la salle en direction du comptoir, toutefois, elle comprit qu'il avait pris sa décision. Et, tandis qu'il marchait, son ombre grandissait, les plumes de ses ailes s'allongeaient puis roulaient vers Charlie comme un brouillard.

À l'autre bout de la salle, les musiciens eurent un haut-le-corps, et Odette se leva si vite qu'elle renversa sa chaise.

Charlie se figea.

Voyant l'obscurité tendre vers elle des doigts soudain pareils à des couteaux, elle recula jusqu'à heurter les étagères avec force, ce qui fit trembler dangereusement les bouteilles rangées derrière elle.

Puis tout disparut comme une vue de l'esprit. Comme si rien ne s'était produit. L'ombre du barbu paraissait à présent tout à fait normale, non retaillée. Pas même en forme d'ailes.

« *Abracadabra,* salope », dit-il, souriant, en posant le bras sur le bois griffé du comptoir.

7

LE PASSÉ

Charlie n'aurait pas cru possible d'aimer quelqu'un encore moins que Travis – jusqu'à l'arrivée de Rand.

C'était l'un des amis de maman amateurs de boules de cristal et de tarots, et il s'était montré particulièrement sceptique quand la fillette transmettait les paroles d'Alonso. Puisqu'il ne l'aimait pas tellement, elle fut surprise le jour où sa mère lui annonça qu'il l'attendait dans le living de leur appartement.

« Qu'est-ce qu'il me veut ? avait-elle demandé.

— Il dit qu'il a fait un tirage et obtenu quelque chose qui te concerne. Il veut t'en parler lui-même. » Maman était en train de préparer du thé vert dans une théière au fond garni de plusieurs morceaux de quartz, pour la clarté de pensée. « Entre. Je vous rejoins dans une minute. »

Rand était assis sur le canapé. Sa moustache cirée paraissait encore plus longue qu'avant, remontée des deux côtés dans un style qu'il disait « impérial » mais que tout le monde à part lui appelait « hipster ». Il portait une veste et un pantalon de tweed un peu usés aux coudes et aux genoux. Le tout se combinait pour lui donner l'air affable, quelque part entre un professeur, un vieux patron de saloon, et l'oncle pourri de fric symbole du Monopoly.

Une de ses activités principales consistait à convaincre des femmes âgées qu'il était unique, et qu'elles-mêmes le devenaient en le fréquentant. Charlie ne se doutait pas qu'Alonso marchait sur ses plates-bandes.

Elle ne savait pas non plus que Rand était un escroc.

« Assieds-toi », dit-il en tapotant le canapé à son côté.

Elle choisit une chaise aussi loin de lui qu'elle pensait pouvoir s'installer sans paraître impolie.

Il lui adressa le faux sourire que les adultes réservent aux enfants – trop large. « Ta mère a dû te dire que j'avais un message pour toi. »

Elle se contenta de le regarder. Vivre avec Travis l'avait à tout le moins libérée de l'envie de faire plaisir aux adultes.

Il se racla la gorge, se pencha en avant, et continua : « Mais ce n'est pas un message de moi, c'est un message d'*Alonso.* »

Charlie ouvrit la bouche pour protester, puis réalisa que cela lui était impossible sans admettre qu'Alonso n'était pas réel.

« Tu vois, dit Rand en la regardant droit dans les yeux, comme s'il savait exactement ce qu'elle pensait. Il est venu me voir en rêve et m'a révélé que tu devais absolument m'aider. Tu crois en Alonso, n'est-ce pas ? »

Plus tard, elle regretterait de n'avoir pas eu assez de répartie. De n'avoir pas été assez maligne pour dire que, puisque Alonso parlait à travers elle, elle ne l'avait jamais rencontré. De ne pas avoir fondu en larmes et répondu à Rand qu'elle *détestait* que le sorcier s'exprime par son intermédiaire et qu'elle lui avait déjà assez donné. L'un dans l'autre, elle regretterait de ne pas avoir déjà été l'arnaqueuse en laquelle il allait la changer.

Sur le moment, toutefois, elle avait trop peur. Elle se sentait acculée, prise au piège, aussi se contenta-t-elle de hocher la tête.

« Bien, lui dit-il. Tu vas m'accompagner à une réception ce week-end. Tu diras à ta mère que tu en as envie.

— Je ne fais rien de sexuel », prévint Charlie.

Rand parut surpris puis insulté. « Ce n'est pas…

— Je n'enlève pas mes fringues », ajouta-t-elle, au cas où il n'aurait pas compris. Sa mère l'avait avertie que, lorsqu'un homme vous demandait de garder un secret, c'était en général d'ordre sexuel.

« Tout ce que tu devras faire, c'est raconter des mensonges, lui assura-t-il méchamment. Et tu es douée pour ça, non ? »

Ce qui valait une menace. Quand maman demanda à Charlie si elle voulait accompagner Rand, elle affirma que oui.

Bien plus tard, elle réaliserait qu'on n'aurait pas dû le lui permettre : une fille de 12 ans n'a rien à faire à baguenauder avec un homme qu'elle ne connaît pas si bien que ça. Mais sa mère travaillait beaucoup, à l'époque, et elle était si occupée que l'absence d'une des sœurs pendant quelques heures, le week-end, la soulageait.

La réception avait lieu dans les monts Berkshire. Charlie restait assise en silence sur le siège du passager de la voiture de Rand, bien qu'il tentât de la faire parler. Il la laissa choisir la station sur l'autoradio. Il l'emmena au *McDonald's*, au drive, et lui permit de commander ce qu'elle voulut, à savoir des frites et un milk-shake. Il lui raconta une histoire assez amusante sur sa mère.

Rien de tout cela ne la conduisit à le détester moins, mais le voyage en fut allégé.

Enfin, alors qu'ils roulaient sur une route bordée d'arbres, dépassant des manoirs séparés par des hectares et des hectares de pelouse, elle craqua et posa la question qu'elle aurait dû poser avant de monter en voiture.

« Pourquoi est-ce que vous m'emmenez là-bas ?

— Tu monteras à l'étage pendant la réception. »

Charlie lui lança un regard incrédule. « Vous voulez que je vole quelque chose ? Et si je me fais prendre ? »

Il eut un petit rire, comme si cette conclusion évidente était non moins évidemment fausse. « Rien de tel. Rien d'illégal. Tu auras une chemise de nuit sous ton manteau. Tu monteras dans la troisième chambre à gauche. Que personne ne te voie. Je veux que tu attendes mon signal, et qu'ensuite tu te tiennes devant la fenêtre dans cette tenue. Et, avant que tu ne le demandes, elle n'est pas transparente ni rien de tel. Rien qui puisse choquer ta sensibilité délicate. »

À l'entendre, la tâche paraissait facile, alors qu'elle était énorme. « Pourquoi ? »

Il conserva les yeux sur la route.

Elle aspira par la paille le reste du milk-shake à la fraise, dont la saveur sucrée se mêla au sel sur ses lèvres. Aspira à nouveau pour produire ce bruit que ne supportaient pas les adultes. « Si vous voulez que je fasse ça, vous avez intérêt à me répondre. »

Rand lui jeta un coup d'œil rapide, comme s'il réalisait tout juste l'importance du rôle qu'il lui confiait. « Dis-toi que tu joues à faire semblant. Tu restes en place une ou deux minutes, comme une jolie princesse, puis tu te glisses à nouveau dehors et tu m'attends dans la voiture. Tu n'auras besoin de rien dire à personne. »

Il devait croire qu'elle avait 7 ans, pas 12. « Comme vous voulez. »

Après s'être garé le long d'une haie, il sortit, fouilla dans le coffre et revint porteur d'un sac de supermarché qui contenait une chemise de nuit blanche en coton et une perruque blonde.

« Vas-y, dit-il.

— Ne regardez pas, renvoya-t-elle avant de monter sur la banquette arrière, où il y avait davantage de place.

— Je n'en ai pas l'intention, assura-t-il.

— Et montez la garde pour que personne d'autre ne voie. »

Il émit un son agacé mais se posta le dos contre la vitre, les bras croisés sur la poitrine.

Charlie enfila rapidement la chemise de nuit, par-dessus ses vêtements, puis se tortilla pour retirer son tee-shirt. Elle rentra la chemise dans son jean, seul moyen de la dissimuler entièrement sous son manteau, malgré les bourrelets bizarres que formait le tissu. Se plantant ensuite la perruque sur la tête, elle tenta de glisser en dessous ses mèches noires égarées.

Quand elle descendit de voiture, Rand tortilla sa moustache entre le pouce et l'index, tel un méchant de cinéma cherchant une héroïne à attacher sur la voie ferrée. Il fronça le sourcil en voyant le jean. « Il ne faudra pas garder ça derrière la fenêtre.

— D'accord », dit-elle. Visiblement, plus ils approchaient du moment stratégique, plus il était nerveux.

« Et tu n'as pas mis la perruque comme il faut.

— Je ne sais pas comment faire, objecta-t-elle. Je n'ai même pas de glace.

— Tu n'as qu'à… » Il marqua une pause. « Je ne sais pas non plus. Fais voir ça. »

Il tenta d'ajuster le postiche pour mieux couvrir les cheveux noirs, qu'il repoussa en arrière jusqu'à s'énerver et capituler. Charlie gardait le souvenir d'une vieille voisine qui possédait une armoire emplie de perruques et une profusion de pinces à cheveux, mais elle pariait que Rand ignorait la seule existence de tels accessoires, sans parler de penser à en apporter.

« Ça n'a pas d'importance », marmonna-t-il, plus pour lui-même que pour elle.

L'adolescente remit son manteau – bouffant, avec de la fausse fourrure miteuse et un peu emmêlée autour du col. Elle l'avait eu de seconde main, par une amie de sa mère ayant une fille un peu plus âgée, qui leur donnait souvent des vêtements – bien plus gais et colorés que Charlie ne les aurait choisis.

Rien de ce qu'elle portait ne convenait à ce genre d'endroit. Elle allait se voir comme le nez au milieu de la figure. Soudain, la terrible conviction que Rand n'avait pas la moindre idée de ce qu'il faisait la pénétra.

Cela ne fit qu'empirer quand ils approchèrent du portail. Les murs de pierre menaient à une grille en fer forgé avec, des deux côtés, des découpes en forme de chevaux.

Rand se pencha vers l'interphone fixé à un des piliers de pierre, appuya sur un bouton et prononça son nom. Ensuite, tous les deux attendirent que pivotent les battants métalliques.

« Ils ne vont pas remarquer qu'on est à pied ? C'est bizarre », chuchota Charlie en découvrant un manoir gigantesque au bout d'une très longue allée. Trois niveaux, le dernier couvert de bardeaux peints, les deux autres en pierre nue. Du lierre poussait autour des fenêtres et des grandes colonnes blanches qui flanquaient la porte d'entrée.

« Ne t'inquiète pas tant que ça, dit Rand en l'attirant hors du chemin. J'ai la réputation d'être *excentrique*, ce qui me permet d'expliquer tout ce que je fais par mon *excentricité*. Tu sais ce que ça veut dire, ce mot ?

— Oui », répondit-elle, agacée. N'avait-elle pas convaincu plusieurs adultes qu'elle était une sorcière morte ? On pouvait peut-être lui accorder un peu de jugeote.

Rand désigna une étendue de pelouse légèrement boisée qui courait sur le côté du grand manoir. « Va par là.

— Où ça ? » demanda-t-elle.

Il soupira et lui mit un téléphone dans la main. « Entre par la porte latérale. Ensuite, je t'ai dit : premier étage, troisième porte à gauche. Vas-y vite mais ne cours pas. N'attire pas l'attention et ne te laisse pas distraire. Quoi qu'il arrive, ne m'appelle pas avec ce téléphone. Il sert à ce que je t'envoie mon signal. Quand il vibre, tu te mets en position et *tu enlèves ton jean.* »

Charlie avait le cœur battant. L'angoisse lui gelait les doigts. « Je ne veux pas entrer là-dedans toute seule.

— Je te retrouve près de la porte. Ça te va ? » Il jeta un coup d'œil au portail. Sans doute ne les voyait-on pas depuis la maison, mais, si une autre voiture arrivait, leur petite conférence paraîtrait extrêmement louche.

« Je ne crois pas que je peux faire ça. »

Il lui posa la main sous le menton et la força à relever la tête. « Dommage, dit-il, impatient. Si tu bousilles ma soirée, j'aurai une longue conversation avec ta mère. À toi de voir ce qui est le pire. »

Elle se dégagea de son étreinte. Ce qu'il la poussait à faire – se glisser clandestinement dans le manoir et jouer un tour à ses occupants – lui paraissait impossible, mais perdre sa mère serait pire. Maman ne pardonnerait jamais à Charlie, pas seulement de l'avoir trompée, d'avoir fait capoter son mariage et de l'avoir amenée à se conduire comme une idiote devant ses amis, mais aussi d'avoir effacé la magie. L'adolescente serait envoyée chez son père, dans sa propriété en autarcie expérimentale, avec des poules et des toilettes sèches mal installées. Son père dont la nouvelle femme ne la laisserait jamais rester. « Je dirai que vous mentez.

— Tu as fait participer ta sœur, non ? » Il eut un rictus. « C'est encore une petite fille. Tu crois vraiment qu'elle n'avouera pas tout si ta mère la presse un peu ?

— Posey déteste Travis, dit Charlie. Encore plus que moi. »

Il y avait quelque chose sur le visage de Rand, un calcul qui ne s'y trouvait pas auparavant. Peut-être n'avait-il pas deviné *pourquoi* elle avait joué le rôle d'Alonso ; peut-être avait-il cru que c'était pour s'amuser, pour le plaisir de tromper les gens ou d'obtenir quelque chose de sa mère. *Alonso dit que tu as intérêt à m'acheter une Xbox toute neuve. Les esprits l'exigent !*

Charlie se demanda si cette prise de conscience servait ou desservait sa situation présente.

« Travis était un connard », dit enfin Rand.

Elle lui accorda un demi-sourire, pas un vrai, mais pas rien non plus.

Ainsi donc Charlie traversa-t-elle la pelouse, les mains dans les poches de son manteau, la tête baissée. Au-dessus d'elle, le ciel était couvert. Tandis qu'elle marchait, elle réalisa que, pour être réellement convaincante, elle aurait dû enfiler la perruque à l'étage. Mais elle ne se sentait pas capable de rentrer à nouveau tous ses cheveux en dessous. Par ailleurs, il était préférable *pour elle* de rester déguisée pendant toute l'opération. De cette manière, si Rand avait plus tard des ennuis, elle n'y plongerait pas avec lui.

Elle remonta néanmoins sa capuche.

Le côté du manoir vers lequel on l'avait dirigée était annexé par les traiteurs qui y avaient monté une tente et allumé un grill. Des plateaux de feuilletés, de crevettes et de mets que Charlie n'avait encore jamais vus étaient préparés là puis envoyés à l'intérieur, sans doute pour se voir disposés sur des plats plus luxueux.

Près de la porte, dans un petit patio dallé, des employés en tenue de service noir et blanc étaient assis à fumer. L'un buvait du café dans un gobelet en papier ; son souffle et le liquide chaud formaient un nuage dans l'air.

Un autre murmurait quelque chose à un collègue en espagnol. Charlie ne saisissait pas tous les mots, parce qu'elle ne faisait pas assez attention en cours. Elle crut cependant comprendre qu'il se plaignait d'un type très sexy mais néanmoins terrible.

Bien qu'ils ne lui prêtent aucun intérêt, elle n'osa pas passer juste devant les serveurs. Il leur suffirait d'un regard pour savoir qu'elle n'était pas à sa place. Ses tennis étaient pleines de boue – et c'étaient des tennis. Avec des lacets à paillettes.

Si elle ne pouvait passer devant eux, néanmoins, elle ne pouvait pas non plus rester où elle était. À force de rôder autour des arbustes, elle finirait par se faire remarquer et n'aurait alors plus aucune chance. L'impression que le responsable de cette escapade ne savait pas ce qu'il faisait lui revint. Peut-être aurait-elle dû se servir du portable pour appeler sa mère. Avec un peu de chance, si elle mettait Rand en mauvaise position, maman ne croirait plus rien de ce qu'il dirait.

« Hé, petite ? » Sa voix la fit sursauter. « Viens. Vite. »

Elle le vit qui lui tenait la porte – par laquelle on apercevait de lointains mouvements dans d'autres pièces, mais personne à proximité. Baissant la tête, évitant de regarder qui que ce soit, elle se hâta d'entrer.

Un instant, frappée par le luxe omniprésent, elle fut incapable de faire autre chose que rouler de grands yeux. Bois ciré. Papier peint rayé crème et or. Tableaux dans de lourds cadres anciens, sans verre protecteur.

Rand la guida en direction de l'escalier.

« Rappelle-toi ce que tu dois faire. » Sa voix était basse et intense. « Troisième porte à gauche. Une chambre d'enfant. Enlève tout sauf la chemise de nuit. Quand je te donne le signal – *pas avant* –, tu te postes à la fenêtre. Derrière le rideau léger, pour que ton visage apparaisse flou, d'accord ? Compris ? Pas avant le signal. Tu restes en place une minute, puis tu remets ton manteau et tu fiches le camp. Ton boulot consiste à ne pas te laisser voir et à ne laisser aucune trace. »

Charlie hocha la tête. Elle se sentait maladroite, apeurée, sûre qu'elle allait se faire prendre et qu'ensuite Rand dirait quand même tout à sa mère.

« Bon, eh bien, ne reste pas plantée là. File ! » Il lui tourna le dos et se dirigea vers la salle où se déroulait la réception.

Charlie se hâta de monter les marches.

À l'étage, le couloir était parfaitement silencieux. Des cristaux luisants pendus à des appliques jetaient des arcs-en-ciel sur le parquet.

Sa main manœuvra la poignée de la troisième porte, et elle se retrouva dans une vaste chambre entièrement rose, dominée par un lit sur le modèle du carrosse de Cendrillon. Des fresques représentant des vignes décoraient les murs.

De la poussière couvrait les meubles, ce qui n'était pas le cas dans le couloir.

Comme si la personne qui dormait dans cette chambre l'avait quittée depuis longtemps. Comme si quelqu'un ne voulait pas qu'on y touche.

Charlie ôta son manteau et le déposa sur la commode, près d'une boîte à musique qui, sous les vibrations, émit quelques notes inquiétantes. Avant d'enlever son jean, elle se débarrassa de ses tennis boueuses car elle devrait fouler une moquette rose pâle pour gagner la fenêtre.

Dans sa tête, elle provoqua un Rand imaginaire. *Tu vois ? Ça, tu n'as pas eu besoin de me le dire.*

Quand elle eut terminé, elle traversa la chambre. Au lieu de s'approcher de la fenêtre, toutefois, elle ouvrit les portes intérieures. La première menait à une salle de bains, elle aussi peinte en rose, avec une grande couronne assortie d'un baldaquin au-dessus de la baignoire. Une savonnette rose sèche et craquelée reposait dans une petite soucoupe sur le lavabo.

La seconde menait à un immense placard, si vaste qu'il abritait même une coiffeuse devant laquelle s'asseoir. Plusieurs photos d'une fillette blonde étaient collées au cadre du miroir à l'aide de ruban adhésif arc-en-ciel. *Hailey*. Son nom apparaissait au dos d'un maillot de football rose. Et elle était là, les bras autour des épaules de ses copines. Sur un autre cliché, elle chevauchait un énorme cheval bai. Elle paraissait heureuse. Elle paraissait vivante.

Mais, de toute évidence, elle ne l'était plus.

Charlie s'assit devant la coiffeuse. Elle comprenait pourquoi Rand l'avait emmenée ici.

Elle imagina ce qu'il allait dire aux parents éplorés d'Hailey : *Regardez votre fille à la fenêtre. Vous voulez continuer à lui parler ? Ma foi, je ne demande pas mieux que vous aider, mais je vais vous demander une contribution financière. Le maté et la cire à moustache ne sont pas gratuits.*

Dans les tiroirs, Charlie trouva un peigne, un bandeau à cheveux et deux barrettes étincelantes.

Elle ôta sa perruque et, avec le bandeau, maintint ses cheveux tirés en arrière afin d'empêcher des mèches de s'en échapper une fois le postiche remis en place. Cela fait, elle empoigna le peigne et tenta de se coiffer comme l'était la fillette sur les photos.

Se retrouvant face à quelqu'un qui était elle sans l'être, elle se sentit un peu étourdie à l'idée de se glisser dans une autre vie. D'adopter une autre identité, celle d'une fille tellement aimée que sa chambre était désormais un mausolée auquel ne manquait que la momie.

Rand ne lui ayant toujours pas envoyé le signal, elle fouilla dans les affaires de la fillette jusqu'à trouver le tee-shirt le plus anodin possible, ainsi qu'un sac assez grand pour accueillir perruque et chemise de nuit. Elle déposait le tout près de la porte juste au moment où le téléphone vibra. Lorsqu'elle le consulta, un seul mot s'affichait sur l'écran.

Maintenant !!!!!

Charlie s'approcha de la fenêtre, prenant soin de conserver le rideau vaporeux entre elle et la vitre.

Elle s'attendait à découvrir Rand dehors, en train de diriger les opérations, mais elle ne le vit pas. Un long moment, elle crut que rien n'allait se produire, que nul n'allait la remarquer. Puis une femme leva les yeux – et hurla.

Ce n'était pas un hurlement d'horreur ni de peur, mais de chagrin, de douleur pure. Charlie n'avait jamais rien entendu de pareil.

Elle se réjouit de la présence du rideau : distinguer trop clairement le visage de la femme l'aurait gênée.

Lorsqu'elle la vit s'effondrer, la tête toujours levée, elle pressa toutefois la main contre la vitre.

Ne valait-il pas mieux, pour la mère d'Hailey, qu'elle croie que sa fille la voyait ? Ne valait-il pas mieux lui offrir une résolution ? Au moins quelque chose.

Réalisant qu'il s'était probablement écoulé plus d'une minute, Charlie s'écarta de la fenêtre et courut chercher ses affaires. *« Fiche le camp »*, avait dit Rand. Bien sûr : quand on voit un fantôme, la première chose à faire est de visiter la pièce dans laquelle on l'a vu.

Charlie arracha sa perruque et sa chemise de nuit. Un instant, en soutien-gorge, elle eut la terrible impression qu'elle allait se faire prendre dans cette tenue. Puis le tee-shirt retourné passa par-dessus sa tête, son manteau reprit sa place sur son dos, elle en remonta la fermeture et se dirigea vers l'escalier.

Avant de commencer à descendre, cependant, elle entendit des voix qui montaient vers elle. Elle tourna les talons et courut vers l'autre bout du couloir. C'était une grande maison ; il y avait fatalement une salle de bains où elle pourrait se cacher.

Elle découvrit un autre escalier, bien plus large, et se hâta de le dévaler jusqu'à un hall dallé de marbre. C'était le dernier endroit où elle devait être vue, mais il ne lui offrait aucune possibilité de cachette.

Franchissant à toute vitesse le seuil le plus proche, elle se retrouva dans une salle de musique. Sur le sol, un tapis à motifs verts courait jusqu'à un canapé trop raide et trop petit pour être confortable. Non loin de là reposait un instrument à cordes ressemblant à une guitare ainsi qu'un piano droit. Charlie n'était pas trop âgée pour éprouver l'envie enfantine d'appuyer sur les touches du clavier, même si elle n'avait aucune idée de la manière dont on en jouait. Elle se contenta de passer le doigt sur la laque noire luisante qui le recouvrait.

« Ah, te voilà, siffla Rand en l'empoignant par le bras. Qu'est-ce qui ne va pas chez toi ? Dis-moi que tu n'as rien volé, s'il te plaît. Non, laisse tomber, ne me dis rien du tout. Fiche le camp d'ici.

— Vous me faites mal », se plaignit Charlie en tentant de se dégager.

Il tint bon, resserrant la pression sur son bras tout en lui mettant un trousseau de clefs dans la main. « Va m'attendre dans la voiture.

— Je me serais fait choper si j'avais fait comme vous vouliez », lui dit-elle, furieuse qu'il ne reconnaisse pas l'intelligence dont elle avait fait preuve. Et encore plus contre elle-même de s'être attendue à ce qu'il soit *juste*.

Il la poussa vers la porte d'entrée. « File. »

Charlie prit une profonde inspiration et sortit. Franchit les colonnes blanches géantes. Descendit les marches de pierre. Elle gardait les yeux baissés devant elle, de crainte que la femme dont elle avait incarné l'enfant, si elle était là, la remarque et soit prise de panique.

Se sentant bien trop visible, elle dépassa les valets. Plusieurs couples se dirigeaient vers la sortie. Elle entendit un homme dire à sa femme : « C'est un escroc. Pourquoi est-ce qu'elle ne s'en rend pas compte ? »

Charlie sentit la chaleur lui monter au visage mais continua de marcher jusqu'au portail. Là, elle attendit qu'il s'ouvre pour laisser passer une voiture, et suivit le mouvement au pas de course. Encore une chose qu'elle avait comprise toute seule.

Arrivée à la voiture, elle y monta et claqua la portière. Elle regretta de ne pas savoir conduire. Elle aurait laissé Rand sur place. Peut-être aurait-elle fini par revenir le chercher ; peut-être pas. Que pouvait-il faire ? Appeler les flics ?

À cet instant, elle se sentait très jeune et n'avait aucune envie d'être obligée de se montrer déjà aussi adulte.

Quand il arriva, elle s'attendait à ce qu'il se comporte déplaisamment, comme un peu plus tôt, mais il jubilait au contraire.

« Tu as été géniale ! dit-il en reprenant la route avec un petit cri joyeux. C'était intense, hein ? Sérieusement, tu es faite pour ça. Je savais que tu avais ça en toi.

— Que j'avais quoi ? demanda Charlie.

— Tu es comme moi. On est faits pour ça, nous. On est des imposteurs-nés. Comme des hyènes rieuses, le sourire aux lèvres, qui rôdent aux limites de la société, guettant les faibles et les plus lents. »

Comme Charlie ne répondait pas, il lui assena une bourrade sur l'épaule. « Oh, ne sois pas vexée parce que je t'ai engueulée tout à l'heure. La tension était à bloc ! On n'a pas le temps de faire des politesses quand on est au milieu d'un boulot. Tu ne m'en veux pas, hein ? »

Charlie secoua la tête, heureuse d'être complimentée, même par lui. Cela lui donnait l'impression que tout irait bien. Il allait la ramener chez elle et cette histoire ne serait plus qu'un truc bizarre lui étant arrivé un jour. Elle pourrait recommencer à le considérer comme un ami de sa mère et à l'éviter.

Se convaincre qu'il se trompait. Qu'elle n'était pas comme lui.

Une heure plus tard, durant laquelle elle avait sans cesse manipulé l'autoradio, ils s'arrêtèrent devant son immeuble.

« Tiens, dit-il en lui tendant 20 dollars. Tu l'as bien gagné.

— Merci. » Charlie prit le billet et descendit de voiture. Ensemble, ils montèrent au premier étage.

Maman et Posey étaient en train d'assembler un puzzle sur la table de la salle à manger, un carton de pizza posé près d'elles.

« Contente que vous soyez rentrés, dit la première. Il commençait à se faire tard. Vous vous êtes bien amusés ? »

Charlie ne savait plus où Rand était censé l'avoir emmenée, mais elle hocha la tête.

« Eh bien, dis-lui merci », l'encouragea sa mère, avec un sourire épuisé à l'adresse de Rand. Il le lui rendit : deux adultes enseignant les responsabilités à un enfant.

Tout pour que ça se termine, songea Charlie. « Merci, dit-elle.

— Il faudra qu'on remette ça un de ces jours, dit Rand. Ça reposera un peu ta mère. »

L'ignorant, elle s'approcha du carton à pizza et en prit une part.

Maman invita Rand à manger un morceau avec elles, mais, au grand soulagement de Charlie, il refusa.

Une semaine plus tard, dans la rue, elle essayait d'apprendre à se tenir sur un skateboard. Tombée à plusieurs reprises, elle avait le genou qui saignait quand Rand descendit de voiture.

« J'ai un autre boulot pour nous, ma petite charlatane, annonça-t-il. *Charlatane Hall.* J'adore. »

Charlie secoua la tête. Il lui semblait que tout son corps était engourdi.

« Non ? » Il paraissait amusé. « Oh, allez. Je te paierai davantage, cette fois-ci. Et ce n'est pas comme si tu avais le choix. »

Elle le fixa, la bouche ouverte. « Vous ne pouvez rien dire. Je sais ce que vous avez fait. Je pourrais le raconter.

— Ah ? » Il lui montra son téléphone, sur lequel s'affichait la photo d'un fantôme derrière une fenêtre. « Avant, ç'aurait été ma parole contre la tienne, mais plus maintenant. J'ai la preuve que tu es une petite arnaqueuse. »

Charlie sentit un pincement au cœur en regardant la photo. On ne la reconnaissait pas à 100 %, mais c'était bien sa silhouette, et sa mère savait qu'elle se trouvait ce jour-là avec Rand.

« Mais c'est vous qui m'avez emmenée là-bas. C'est vous qui avez menti à ces gens, protesta-t-elle.

— Oh, elle me détesterait aussi, acquiesça-t-il, toujours souriant. Mais qu'est-ce que j'en ai à faire ? Par ailleurs, tu t'es amusée. Tu n'aurais pas été aussi bonne sinon. »

Plusieurs années s'écouleraient avant qu'elle ne comprenne la technique qu'il avait utilisée pour l'attirer dans ses rets. Les sables mouvants de l'escroquerie, entre le moment où on détient un petit quelque chose contre une personne et celui où elle se retrouve plongée dans l'affaire jusqu'au cou. On commence par du chantage. Rien de bien grave, pour peu que le sujet soit disposé à faire un petit effort pour avoir la paix. Il accepte donc de voler quelque chose pour vous, de modifier des chiffres, de changer la note d'un devoir, de dérober un peu d'argent dans le tiroir-caisse, n'importe quoi. C'est alors qu'il s'enferre car, s'il succombe, il ne doit plus seulement cacher sa faute originelle, quelle qu'elle soit, mais aussi ce qu'il a fait pour la dissimuler. Et plus il tente de se dégager, plus il s'enfonce.

Le meilleur moyen d'apprendre à mettre quelqu'un dans le bain est encore d'y avoir été mis soi-même.

8

LE *LIBER NOCTEM*

Tandis que le crépusculien parlait, Charlie se figea, le dos collé aux étagères du bar.

Il tourna la tête vers Odette et les deux musiciens travestis. « Dehors. »

Un marionnettiste avait besoin de très peu de pouvoir pour forcer l'ombre qu'il contrôlait à ramasser une pièce de monnaie par terre. S'il en utilisait davantage, il pouvait écraser le cœur d'une personne en la lui plongeant dans la gorge. Durant toute sa carrière d'arnaqueuse et de cambrioleuse, Charlie avait évité d'en affronter un en face.

Les musiciens se levèrent et gagnèrent la porte qui donnait sur les poubelles, derrière la scène. Comme Odette les suivait, elle se retourna et remua les lèvres sans bruit à l'adresse de Charlie. Laquelle n'avait malheureusement aucune idée de ce que sa patronne essayait de lui dire. Qu'elle comptait appeler la police, avec un peu de chance. Non que la jeune femme ait une très haute opinion du courage des flics face à la magie, mais les caméras-piétons inquiéteraient peut-être le crépusculien.

« Appelle-moi Hermès. Qu'est-ce que tu as à la pression ? » Il avait un petit accent du sud de Boston. Charlie lui donnait entre 30 et 40 ans, avec ses cheveux noirs et sa peau pâle en dehors des joues rougies par le vent. Il avait l'air pragmatique, pas du genre à s'intéresser à la magie. Pas du genre à *faire* de la magie.

« Vous n'avez pas dû entendre la patronne dire qu'on était fermés », déclara fermement Charlie. Pour le moment, l'ombre du dénommé Hermès était aussi immatérielle qu'un rayon de lune. La jeune femme savait que la manipuler n'était pas gratuit, mais elle ignorait ce que cela coûtait au juste.

« Elle est partie, la patronne, dit-il. Il n'y a que nous maintenant. »

La forme éthérique se dirigea de nouveau vers elle, si vaste que toute la pièce sembla s'assombrir. Charlie croisa les bras sur sa poitrine.

Elle sursauta quand Hermès abattit la main à plat sur le comptoir. « Est-ce que tu sais ce que je pourrais te faire ? »

En proie à un pic d'adrénaline, elle avait un peu de mal à réfléchir, mais elle se rappela que cet homme n'avait aucune idée de qui elle était. Quoi qui ait pu le pousser à venir la voir en personne, il ne savait pas s'adresser à Charlie Hall, voleuse de magie. Il ne voyait que Charlie Hall, barmaid un peu trop curieuse. Ainsi joua-t-elle donc le coup, avec l'arrogance de l'ignorance.

« Me faire ? Je ne sais pas, qu'est-ce que vous pouvez faire avec votre ombre flippante, là ? demanda-t-elle. Léviter un peu ? Me donner l'impression que vous mesurez cinq centimètres de plus pour peu que j'évite de loucher ? Ou bien améliorer votre odorat ? »

Un instant, elle eut la satisfaction de voir Hermès sidéré. Puis il ricana. « Tu ne sais vraiment pas, hein ? Tu ne sais rien de rien.

— C'est tout moi : une *ignoramus*, dit Charlie, fière du son même de sa voix. Je ne sais même pas pourquoi vous venez me harceler ici, par exemple. »

L'ombre de l'homme s'étira comme du caramel en direction de Charlie puis pénétra une mince fissure dans le bois du bar, passa par-dessus l'évier, les verres propres et les bouteilles en plastique de grenadine ou de sirop de sucre.

Lorsqu'elle volait les crépusculiens, la jeune femme redoutait toujours d'être surprise par une de leurs ombres. De découvrir l'étendue de leurs pouvoirs de la pire manière possible. Avoir évité ce sort à l'époque pour le subir à présent ne manquait pas d'ironie.

Elle s'écarta d'un pas, mais l'étroitesse du bar l'empêchait de s'échapper. Elle était prisonnière d'étagères miroir soutenant des alcools, d'une caisse enregistreuse et d'une machine à cappuccino perfectionnée.

« Paul Ecco, dit Hermès, brisant le silence. Tu es peut-être la dernière personne à laquelle il a parlé sur cette terre. Une jolie fille comme toi, je parie qu'il s'est vanté de tout l'argent qu'il allait gagner. Peut-être qu'il t'a montré un objet rare qu'il avait l'intention de vendre. Seulement, tu vois, l'objet en question appartient à M. Salt. Dis-nous comment Ecco l'a eu. Si tu nous le dis, tu pourras retourner à ta triste petite vie et faire semblant de n'avoir jamais frôlé la mort. »

Putain de Lionel Salt.

Hermès partait à la pêche. Il ignorait totalement si Charlie savait quelque chose. Mais le fait qu'elle ait menti au téléphone pour le tester lui donnait l'air louche. Après un an d'inactivité, elle était devenue imprudente. « Tout ce que j'ai fait, c'est lui servir un verre. »

Il n'a aucune raison de me faire du mal, se dit-elle, même si elle doutait qu'un employé de Salt ait besoin d'une raison. La salle était silencieuse, comme si l'homme et elle partageaient le même souffle.

« Tu sais avec quoi je la nourris ? demanda-t-il en s'écartant d'elle alors que son ombre restait sur place. Avec du sang. Pourquoi pas le tien ? »

L'ombre parut se matérialiser. Un instant, le crépusculien sembla se trouver à deux endroits à la fois, tant elle le recréait avec fidélité. Elle avait l'air solide, même si restait visible l'espèce de cordon ombilical un peu flou qui la reliait aux pieds du barbu.

Un doigt d'ombre se pointa vers Charlie, qui se tendit. Quand il lui effleura la peau, elle eut une sensation de froid et d'électricité, comme caressée par un orage. Elle tituba en arrière, raide, tandis qu'une vague de peur se dressait au-dessus d'elle – trop haute et trop paralysante pour être sienne.

Son cœur dérapa. L'aspect irréel du moment l'étourdissait.

« D'accord, éloignez ce truc-là. Vous gagnez. » La voix de la jeune femme tremblait tandis qu'elle reculait encore, les mains levées en signe de capitulation. Elle se mordit l'intérieur de la joue pour se calmer. « Vous m'avez convaincue. Je veux bien vous servir une bière, même si on est fermés. »

L'ombre ne bougea pas. « Tu es une vraie rigolote, hein ? » dit Hermès.

Sur l'étagère miroir, Charlie préleva un verre qui faillit glisser entre ses doigts, tant elle avait les mains moites. L'ombre restait suspendue dans l'air, dérivant près d'elle, tandis qu'elle tirait une pinte de leur meilleure bière IPA.

Peut-être pouvait-elle essayer de dire la vérité. Au moins une partie, en tout cas. « Je rentrais chez moi et je l'ai vu. Paul Ecco, mort. Je l'ai reconnu parce qu'il était venu au *Rapture*. Il lui était arrivé un truc carrément horrible. Et comme ça n'est pas passé aux infos, ça m'a rendue curieuse.

— Tu mens, affirma-t-il. Tu le connaissais. Tu le cherchais, puisque tu as téléphoné.

— Je pensais que personne ne répondrait, assura-t-elle. Et puis je me suis dit que, si je demandais Paul, on me dirait ce qui s'était passé. Je ne m'attendais pas à ce que vous vous fassiez passer pour lui.

— Je ne te crois pas. » La colère du marionnettiste avait un côté désespéré, comme si rentrer bredouille chez son patron lui posait un gros problème.

« Je n'avais jamais rencontré Paul avant ce soir-là », insista-t-elle, quoique sachant à l'expression d'Hermès qu'elle perdait son temps. Il *voulait* qu'elle soit mêlée à l'affaire.

Charlie ne pensait pas réussir à atteindre la porte de derrière, mais elle risquait d'être obligée d'essayer. Elle aurait bien aimé disposer du couteau à manche d'onyx stupidement rangé au fond de son sac. Elle aurait bien aimé disposer de n'importe quoi.

« Arrête d'essayer de m'embrouiller », gronda le crépusculien. Les contours de son ombre semblaient étinceler, comme si elle était composée d'une espèce de feu obscur. « Tu es dans le coup d'une manière ou d'une autre. La prochaine fois que tu ouvres la bouche, tu as intérêt à faire très attention à ce qui en sort. »

Il savait déjà ce qu'il voulait entendre et n'était pas disposé à écouter autre chose. Elle avait le choix entre faire une tentative vouée à l'échec pour s'échapper ou le convaincre par une bonne histoire.

Hermès voulait le *Liber Noctem* pour son patron et croyait qu'Ecco n'avait pas disposé des seules pages qu'il cherchait à vendre – pages que Charlie supposait acquises par le meurtrier. Elle pouvait révéler que le libraire avait sollicité Balthazar pour revendre la portion qu'il possédait, mais elle soupçonnait le marionnettiste de s'être déjà adressé au patron du salon d'ombre, et ce dernier de l'avoir à moitié jetée aux lions. Après tout, Hermès avait paru très sûr de trouver en elle la personne qui avait téléphoné.

Elle poussa la bière de l'autre côté du bar et lâcha un soupir théâtral. « Quand Paul est venu au *Rapture*, il n'était pas seul, mentit-elle. Il y avait un autre homme, que j'ai entendu parler d'un "bouquin complet". Ça vous aide ? »

Peut-être cela convaincrait-il Hermès, puisqu'il n'avait pas mentionné directement le livre. Si Ecco voulait bel et bien le revendre pour le compte d'Adam, c'était plausible.

« Tu es sûre que c'était un *homme* qui l'accompagnait ? demanda le crépusculien.

— Je crois bien », répondit-elle sans se mouiller, en se demandant s'il pensait que quelqu'un d'autre était mêlé à l'affaire. Quelqu'un avait-il vraiment parlé à Ecco ce soir-là ?

« Edmund Carver, reprit Hermès. C'est comme ça que Paul l'a appelé ? »

Charlie hésita. Il avait envie qu'elle dise oui, c'était visible, mais elle n'avait aucune idée de qui était l'homme en question, et elle devrait alors fournir à son sujet des détails qu'elle ne possédait pas. Elle secoua la tête. « Je n'ai entendu aucun nom, et son ombre n'avait pas l'air… »

Celle du crépusculien la frappa au visage, assez fort pour la déséquilibrer. Sa hanche heurta l'évier et ses pieds se dérobèrent sous elle. Elle tomba à quatre pattes sur le carrelage.

« Ne me mens pas », intima Hermès.

Charlie fut consciente de plusieurs choses en même temps – le sol collant ; la puanteur de fruit trop mûr de l'alcool répandu ; les aiguilles qui semblaient percer sa joue là où on l'avait giflée ; l'horreur de la situation ; la batte de base-ball qu'Odette insistait pour garder derrière le bar, sous le distributeur de glaçons, juste hors de sa portée.

Le temps sembla à la fois ralentir et accélérer son cours tandis qu'elle rampait vers la batte.

L'ombre du barbu évoluait au-dessus d'elle, bousculant d'une main éthérique les bouteilles sur les étagères, qui tombèrent en une pluie redoutable.

Charlie se couvrit la tête d'instinct. Un flacon à moitié plein s'abattit sur son épaule, tandis que d'autres se fracassaient autour d'elle. Des bris de verre s'envolaient à chaque impact, se logeant dans ses vêtements, lui piquant la peau. L'alcool répandu coulait autour de ses genoux en un torrent.

Ses doigts se refermèrent sur la batte. Elle se remit sur ses pieds péniblement, tremblant d'adrénaline, de peur et de rage.

N'ayant pas de bonne idée, elle se rabattait sur une mauvaise.

On pourrait graver cela sur sa tombe. Le credo de Charlie Hall.

Elle frappa avec violence, mais la batte traversa l'ombre comme un fantôme et l'élan de la jeune femme la fit tituber. Elle faillit tomber sur le cul.

Hermès caqueta. Il restait à l'écart du comptoir, comme s'il était spectateur et non architecte de la scène qui se déroulait. « Tu es une vraie petite cartouche de dynamite, hein ? Dernière chance. La vérité, cette fois-ci. Qui a donné à Ecco les pages du livre ? »

L'air sembla s'épaissir autour de Charlie.

« La vérité, tu ne la reconnaîtrais pas si elle te plantait la langue dans le cul », lâcha-t-elle avec la plus belle grimace qu'elle put esquisser.

Cette fois l'ombre plongea droit sur sa bouche.

Elle eut l'impression de se noyer, les poumons comme emplis d'une substance plus lourde que l'air, et incapable de tousser.

Affolée, elle porta les mains à sa gorge en poussant des hurlements muets, étouffée par de l'ombre.

Des volutes obscures sortirent de sa bouche et de son nez, apparurent derrière ses yeux. L'obscurité grignotait son champ de vision sur les bords, mais elle ignorait si c'était du fait de l'ombre ou du manque d'oxygène.

Un instant, il lui sembla sortir de son corps, remarquer le bleuissement de ses lèvres, se regarder hoqueter et soulever le menton comme si, au bord de la noyade, elle recherchait la crête de la vague.

Quand Charlie rouvrit les paupières, elle se retrouva sur le carrelage. Elle pouvait de nouveau respirer, quoique non sans douleur.

Levant les yeux vers la boule miroir du plafond, elle vit une silhouette debout derrière Hermès lui presser un bras contre la gorge. Elle n'identifia cependant pas cette nouvelle personne à la silhouette floue. Sans doute était-ce son arrivée qui avait poussé le crépusculien à rappeler son ombre.

La jeune femme se mit à ramper lentement sur le sol jonché de verre brisé en se disant qu'une fois arrivée au bout du comptoir, elle allait courir jusqu'à la porte du fond, l'ouvrir d'un coup d'épaule et ne pas regarder en arrière.

« Tu as laissé ton ombre se nourrir trop longtemps ce soir. » Aussi impossible que ce soit, c'était la voix de Vince qu'elle entendait. Mais une voix totalement changée. Douce et menaçante. Aussi indifférente aux contorsions d'Hermès que si elles n'avaient aucun effet. « Il ne reste pas grand-chose de toi. Tu sens la tension ? Comme si quelque chose se déroulait hors de ton corps ? »

L'autre émit un son étouffé et continua de gesticuler, tentant désespérément de se libérer.

« Ça n'a pas d'importance maintenant. »

Charlie avait peine à reconnaître ce Vince debout au milieu du bar désert. Qui resserrait sa prise.

Alors retentit un bruit pareil à celui d'une branche humide qui se brise.

La jeune femme retint son souffle.

Reflété dans une dizaine de minuscules miroirs, le barbu pendait mollement entre les bras de Vince.

9

LE PASSÉ

Charlie se lança dans le vol à la tire comme si ses doigts étaient faits pour cela. Alors qu'elle n'avait que 12 ans, Rand s'arrangea pour qu'elle se forme auprès d'une prestidigitatrice à la retraite ayant appris à voler portefeuilles et montres dans le cadre de son spectacle. Tous les mardis et jeudis après l'école, il la déposait chez Mme Presto. Officiellement, pour sa mère, elle prenait des cours de piano.

Mme Presto fumait, si bien que toute sa maison empestait le tabac – une toute petite maison, à Leeds, sans jardin digne de ce nom mais bourrée d'objets de collection anciens, notamment un automate ayant naguère décoré un grand magasin et désormais debout dans un angle, coiffé d'un chapeau haut de forme, la moitié du visage manquante. « Les seuls prestidigitateurs connus sont des hommes, mais certains des plus grands ont été des femmes, disait Mme Presto en agitant sa cigarette. Et laisse-moi te dire une bonne chose : les escrocs les plus doués sont *toujours* des femmes. Nous savons comment réfléchissent les gens. Nous avons le cran nécessaire. Et nous ne nous faisons pas prendre. »

Charlie aimait être incluse dans cette affirmation. *Nous*. Et elle aimait surtout l'idée d'éviter les conséquences de ses actes.

« La première chose à assimiler, c'est le tapotement. Tu dois tapoter le corps de ta victime quelque part, pendant que tu la voles. Tu la bouscules, par exemple, si elle marche, ou tu lui mets la main sur l'épaule si elle est assise dans un restaurant bondé. Les gens croient que ce tapotement sert à détourner l'attention, mais ce n'est pas ça du tout. Le cerveau ne traite pas la sensation d'être touché à deux endroits en même temps, donc il n'avertit l'esprit que du contact le plus fort.

» Tapote-les sur l'épaule, et ils ne sentiront pas ta main dans leur poche ou leur sac. Ça n'est pas vraiment subtil. Il n'y a qu'à se servir. »

Charlie réfléchit à la question tandis que Mme Presto lui donnait un bonbon dur à la cardamome, tiré d'un crâne en argent posé sur sa table basse. « Et si on met la main dans un sac et qu'il contient trop de choses ? Ou si on tombe sur une fermeture éclair ?

— Ah, c'est là qu'il faut commencer à détourner l'attention. Surprends-les. Mets-leur-en plein la vue. Ou bien choisis un client plus facile. Il y a un tas de poissons dans la mer. Et certains portent des chaînes en or massif.

— Et les fermoirs ? » Quand Mme Presto parlait, tout paraissait simple. Mais plus Charlie réfléchissait à la question, plus cela lui semblait difficile. Elle avait parfois besoin de trois essais pour fixer un collier autour de son propre cou, sans parler d'en ôter un à quelqu'un d'une main tout en lui en mettant plein la vue.

« La main sur la nuque, un peu de pression et des doigts agiles, répondit Mme Presto. C'est toujours la même chose. Attaquons l'entraînement. »

Elles commencèrent par pendre des vestes sur l'automate et accrocher des montres aux accoudoirs des fauteuils. Une fois ces exercices assimilés, la prestidigitatrice se mit à marcher de-ci de-là dans la maison pour que son élève fasse mine de la bousculer ou de la rejoindre au milieu d'une foule.

Enfin, elles furent prêtes à sortir.

Une après-midi, Rand conduisit Charlie au centre commercial *Holyoke Mall* plutôt qu'à la maison de Mme Presto.

« On va faire des courses ? » demanda-t-elle.

Sans paraître s'offusquer du ton qu'elle employait, il sourit comme s'il s'apprêtait à lui faire une bonne blague. « Tu prends ta leçon ici, aujourd'hui. »

Mme Presto la retrouva au *Macy's*, où elle achetait une paire de tennis. « Ça ne fait jamais de mal d'avoir un sac sur soi », dit-elle à Charlie. Puis elle sourit. « Ni une vieille dame avec soi. »

Toutes les deux sortirent dans la galerie marchande.

« Je commence par vous regarder faire ? » demanda Charlie, pleine d'espoir.

La prestidigitatrice secoua la tête. « Retarder l'inévitable n'a aucun intérêt. Allons au *Starbucks*. Il est toujours bondé. »

Ainsi Charlie entama-t-elle son premier jour d'entraînement sur le tas. Elle frôlait les gens dans les allées étroites, avec un « excusez-moi » et une pression sur le bras. Cela fonctionna à *Sephora* et à la boutique *Apple*. C'était aussi plus facile qu'elle ne l'aurait cru, mais pas particulièrement précis. Si elle parvint bien à voler son portefeuille à un homme, toutes ses explorations de sacs à main ne lui rapportèrent que des objets aléatoires. Un trousseau de clefs. Un rouge à lèvres. Et même un mouchoir en papier roulé en boule.

Au bout de cinq vols, Mme Presto lui offrit un Frappuccino. « Deux choses, dit-elle. Une fois que tu as l'objet, tu le mets dans ta poche. Qu'est-ce que tu fais ensuite ? »

Charlie haussa les épaules. « Je m'éloigne.

— À l'avenir, dit la prestidigitatrice en la considérant avec le plus grand sérieux, tu en sortiras un bonbon ou de la monnaie, n'importe quoi qui justifie aux yeux des gens que tu aies mis la main dedans. Gardes-y toujours un truc à sortir. Toujours. Sinon, tu donnes à ta victime deux choses à remarquer. Le vol en lui-même et la main qui sort vide de la poche. »

Quoique nul n'ait fait de remarque à Charlie, elle sentit ses paumes devenir moites à l'idée d'avoir commis une erreur aussi évidente.

« Oh, et puis tu ne m'as pas trop l'air du genre à serrer les gens contre toi », dit Mme Presto.

Charlie haussa à nouveau les épaules. Personne ne faisait ça dans la famille, à part sa grand-mère, qu'elle voyait peu. Même Posey et elle ne se serraient pas dans les bras.

« Habitue-toi à toucher les gens pendant que tu parles. La main sur le bras. La main sur l'épaule. Serre-les quand tu les rencontres, et encore quand tu les quittes. Comme ça, quand tu seras *obligée*, tu sauras le faire de manière naturelle.

— D'accord », acquiesça Charlie en prenant une longue gorgée de son Frappuccino. C'était là un conseil qu'elle ne suivrait pas, elle le savait, aussi sage qu'il soit.

« Bien, bien. » Mme Presto se leva. « Je t'attends chez *Macy's*. Il faut que je rende ces tennis.

— Qu'est-ce que je dois faire, moi ? demanda son élève, en sachant qu'elle allait détester la réponse.

— Tu vas retrouver les gens que tu as volés et remettre leurs affaires en place. » Mme Presto lui adressa le sourire dont elle se parait lorsqu'elle sortait un lapin de son chapeau, et s'éloigna d'un pas nonchalant, avec à la main un sac qui paraissait bien plus lourd qu'au début de leur excursion.

Une heure plus tard, Charlie avait rendu clefs et portefeuille, et renoncé à chercher ses autres victimes. Rand l'attendait devant *Macy's*.

« On m'a dit que tu avais été efficace, dit-il quand elle monta en voiture. Très efficace.

— Ah oui ? »

Il éclata de rire. « Que ça ne te monte pas à la tête, petite. » Mais il l'emmena au restaurant de hamburgers où on mangeait des cacahuètes à volonté et la laissa commander ce qu'elle voulait, donc Mme Presto lui avait bel et bien donné une bonne note.

Charlie ne pouvait s'empêcher de se réjouir d'avoir un talent naturel pour le vol à la tire, mais ce qu'elle préférait, c'étaient les cambriolages.

Elle adorait s'introduire dans une maison appartenant à des inconnus. Marcher sur leurs tapis. Essayer leurs vies comme on pourrait essayer leurs vêtements.

Et c'était souvent facile. Les grandes maisons très chères avaient beaucoup de portes : la plupart du temps, elle en trouvait une ouverte. Parfois, il y avait une clef sous le paillasson. Ou, à défaut, une fenêtre non verrouillée. Elle se glissait à l'intérieur quand aucune voiture n'était garée alentour. Très peu de gens disposaient d'un système d'alarme ; encore moins se souciaient de le brancher.

Quand Rand l'envoyait chez quelqu'un, il cherchait un objet précis. Une bague ornée d'un énorme saphir. D'antiques distributeurs de serviettes en papier façonnés pour évoquer des toiles d'araignées extrêmement fines. Une première édition signée du *Faucon maltais* censée valoir plus de 100 000 dollars. Il se considérait comme un des criminels héroïques qu'on rencontre au cinéma, ceux qui ne s'abaissent jamais à voler une télé.

Mais il arrivait à Charlie de traverser la ville à vélo et de cambrioler pour son propre compte.

Quand elle était petite, son père était employé par une entreprise installant piscines et jacuzzis. Parfois il l'emmenait sur ses sites de construction, où elle contemplait les maisons géantes aux pelouses manucurées et aux piscines étincelantes, du bleu vif des mers tropicales sur les calendriers.

Aujourd'hui, quand leur père voyait Posey et Charlie, il les emmenait manger une glace et se comportait comme si tout allait bien, alors qu'il était remarié, que sa nouvelle épouse était enceinte, et qu'elle ne souhaitait visiblement rien savoir des deux filles de son premier mariage.

Et son père voulait des filles souriantes, heureuses. Il voulait qu'elles aient les joues bien roses, qu'elles rient et s'exclament *à plus tard, tête de lard* quand il leur lançait *à bientôt, tête de veau*, comme lorsqu'elles étaient petites et certaines d'être aimées à jamais. Elles étaient contraintes d'entrer dans son jeu, faute de quoi il devenait tendu, méchant. Pour peu qu'elles se montrent grognonnes ou capricieuses, il les ignorait complètement.

Alors quand Charlie tentait de se plaindre de Travis, voire de confier à son père ses inquiétudes ou ses peurs, il s'agaçait et ne voyait plus que sa sœur. Si Posey chantait la même chanson, il les ramenait toutes les deux aussitôt à la maison.

Son affection pour elle était entièrement conditionnelle, et il n'en faisait pas mystère.

Et les maisons dans lesquelles il l'emmenait autrefois, alors ? C'étaient celles qu'elle visitait lorsqu'elle était seule.

Charlie ouvrait les réfrigérateurs et se préparait des sandwichs avec ce qu'elle y trouvait. Thon et cornichons. Kimchi et restes de rôti de porc. Tofu et brie. Elle essayait les vêtements que renfermaient les placards, s'allongeait sur les lits et, quand elle avait la certitude que les propriétaires étaient en vacances, nageait dans les piscines cristallines installées par son père, en contemplant les nuages.

Elle faisait comme si ces familles étaient la sienne. Comme si on devait bientôt l'appeler à l'intérieur pour faire ses devoirs, lui reprocher de ne pas avoir mis de crème solaire et de dégouliner sur le tapis.

Dans une de ces maisons, elle regarda un jour une émission de télévision ayant pour invitée une crépusculienne qui expliquait la magie d'ombre, en compagnie de trois mannequins pour illustrer ses retaillages. L'ombre du premier évoquait un oiseau. Celle du deuxième avait un cœur découpé dans la poitrine. Et celle du troisième portait une couronne dont les pointes s'élevaient très haut au-dessus de sa tête.

Quand on lui posa une question concernant les autres usages de la magie, l'obscure éclata de rire. « Ça ne vous suffit pas, ça ?

— Pourquoi vous être cachés du monde pendant si longtemps ? » demanda encore le présentateur.

Charlie, un bac de glace volé sur les genoux, une cuiller à soupe à la main, écouta la femme expliquer que les premiers crépusculiens n'étaient pas conscients de leurs existences respectives. Chacun découvrait la discipline de son côté et cette découverte se perdait à sa mort. Quelques lettres prouvaient cependant que certains s'étaient rencontrés, il y avait eu un échange de télégrammes épars durant les années 1940, mais la situation n'avait pas réellement évolué avant les BBS des années 1980. La plus grande partie de la pratique contemporaine du crépuscule avait été développée sur tableaux d'affichage virtuels et forums privés, moment où, dans le monde entier, les individus disposant d'une ombre éveillée avaient compris qu'ils n'étaient pas seuls.

Charlie observa le mannequin dont le double obscur avait un trou en forme de cœur dans la poitrine, et se demanda ce que cela ferait d'être lui.

Quand elle quittait les maisons où elle venait de son propre chef, elle n'emportait jamais rien.

10

À TOUTE POMPE

En regardant le cadavre effondré sur le carrelage du *Rapture*, Charlie comprit qu'elle devait faire quelque chose, mais le choc de la violence la clouait sur place.

Vince – *son* Vince, d'humeur tellement égale qu'il ne réagissait même pas quand on le bousculait – venait d'assassiner quelqu'un.

Et il ne se rendait pas compte qu'elle l'avait vu.

Si elle se laissait retomber sur le carrelage, dans l'humidité et les éclats de verre, elle pourrait feindre d'être restée inconsciente d'un bout à l'autre. Elle ne rouvrirait les paupières que lorsqu'il la toucherait, telle Blanche-Neige une fois le morceau de pomme délogé de sa gorge. Ensuite, il pourrait lui servir le bobard qu'il voudrait, et elle hocherait dûment la tête. *Oh, le mort, là ? Il a dû glisser sur une peau de banane.*

Au lieu de cela, elle se remit sur ses pieds en s'appuyant au comptoir. Se força à prendre l'air surpris de le voir. « Vince ? Comment es-tu arrivé… ? »

L'éclairage conférait aux traits du jeune homme une dureté qu'elle se rappelait avoir trouvée effrayante le premier soir, au bar, avant qu'il n'ouvre la bouche.

Vince, atrocement lavé de toute expression, vit Charlie les regarder tour à tour, le mort et lui, constater l'angle anormal que présentait le cou d'Hermès.

Continue d'avoir l'air surprise, se recommanda-t-elle. *Tout ça est très surprenant.*

« Il nous a quittés, dit Vince en s'approchant d'elle. Tu saignes. »

Amusant qu'il puisse tuer un homme mais refuse ensuite de le dire mort. Il choisissait l'euphémisme poli. *« Il nous a quittés »*…

Pour aller très loin.

« Moi, ça va », affirma Charlie sans en être sûre. Elle avait mal là où des bouteilles l'avaient heurtée en tombant, elle sentait la morsure aiguë de coupures superficielles et avait sans doute des éclats de verre jusque dans le soutien-gorge. Ses pensées étaient absurdes.

Par ailleurs, il y avait un cadavre au milieu de la salle.

Un cadavre dont l'ombre remuait encore, se tortillant et tirant sur le lien qui l'attachait au barbu comme si elle cherchait à se libérer.

Charlie frissonna, traversée d'une horreur viscérale. « Qu'est-ce que… c'est que ça ?

— Ça va se calmer au bout d'une ou deux minutes, assura Vince après un blanc durant lequel ils étaient tous les deux restés à fixer la silhouette sombre agitée.

— Est-ce que c'est une Furie ? »

La jeune femme ne maîtrisait pas en détail les échanges énergétiques chez les crépusculiens, mais elle savait que plus ils lui donnaient d'eux-mêmes, plus leur ombre était puissante. Ils pouvaient la laisser puiser directement leur énergie, mais aussi y insérer des portions de leur personnalité – des souvenirs dont ils ne voulaient plus, des désirs qui leur faisaient honte, des émotions qui les gênaient. À leur mort, elle risquait de se muer en Furie. Une ombre détachée, coupée de sa source humaine comme de sa propre humanité. La plupart de ces monstres ne valaient guère mieux que des animaux, et les crépusculiens se faisaient un devoir de les traquer. Certains, toutefois, étaient capables de penser, de raisonner. Charlie avait très rarement vu de Furies et n'aurait jamais cru assister à la naissance de l'une d'elles.

Vince évita son regard. « Ça pourrait en devenir une. »

Charlie songea à l'ombre déchiquetée de Paul Ecco, comme détruite indépendamment de ce qui avait pu le tuer, lui. Puis elle considéra Vince – bien mieux informé sur le crépuscule qu'elle ne l'aurait cru, semblait-il.

« Est-ce qu'elle est en train de mourir ? » demanda-t-elle d'une voix contenue.

Il hocha la tête. « Sauf si on la libère ou si elle réussit à le faire toute seule, elle va mourir, oui. »

Charlie se rappela en avoir accueilli une partie dans ses poumons. Se rappela la gifle reçue de sa main. Il serait sûrement pitoyable de regarder cet être se débattre, mais elle était heureuse qu'il ne puisse l'atteindre. Et qu'il doive disparaître à brève échéance.

Vince secoua la tête. « Il y a quelqu'un d'autre ici, à part toi ? »

Charlie jeta un coup d'œil vers l'arrière-salle. Odette et les autres étaient partis en direction de l'issue située derrière la scène, mais un ou plusieurs d'entre eux avaient pu s'enfermer dans le bureau de la propriétaire au lieu de sortir. « Peut-être. »

Il hocha la tête. « Il faut que j'aille mettre le cadavre dans ma camionnette. Ça ira, si je te laisse seule ?

— Je t'ai dit que ça allait. » Charlie posa les deux mains sur le bar. Elle se sentait un peu étourdie, rien de plus.

Vince acquiesça avec l'air de ne pas la croire, mais de n'avoir pas non plus le temps de discuter.

Elle sortit de derrière le comptoir en contournant lentement et prudemment le verre brisé. Des éclats plantés dans les semelles de ses Crocs leur donnaient un appui bancal et leur arrachaient des sons durs comme ceux des chaussures de claquettes.

De vraies pantoufles de verre.

Elle louvoya avec prudence pour s'approcher d'une table sur laquelle brûlait encore une petite bougie, toute la cire liquéfiée dans son verre noirci.

Ce fut alors que la Furie s'arracha au cadavre et se dirigea droit vers elle.

L'onyx disposait de deux propriétés affectant une ombre éveillée : il l'affaiblissait et la contraignait à devenir matérielle. Aussi translucide qu'elle paraisse, un couteau en partie composé de cette pierre noire pouvait donc la couper. Toutefois, Charlie ne disposait pas d'onyx, et, cela mis à part, ce qui faisait le plus mal aux ombres, c'était une lumière vive – du feu.

Empoignant la bougie sans se soucier de la cire chaude qui éclaboussait son poignet ni du verre qui lui brûlait les doigts, elle la lança, la flamme en avant, vers la Furie toute neuve qui l'agressait – et qui s'embrasa pour flamber telles des broussailles desséchées.

Un instant, la jeune femme se contenta de fixer le bougeoir brisé, la cire répandue. Ses doigts brûlés.

Vince la fixait, elle. « Sacrés réflexes », commenta-t-il.

Elle s'assit lourdement sur une chaise proche. Hocha la tête.

Le jeune homme hissa le corps sur son épaule comme s'il s'agissait d'un chevreuil mort, et se dirigea vers la grande porte à deux battants du *Rapture*.

Est-ce que c'est la première fois que tu tues quelqu'un ? Les mots brûlaient la langue de Charlie. Elle les ravala. Le boulot de Vince consistait à nettoyer des scènes de crime. Elle voulait croire que cela lui donnait un peu de recul pour manipuler des morts, une raison de se montrer aussi calme. Mais *assassiner* un homme, c'était autre chose.

Le frère d'un de ses ex – celui qui avait fini par lui tirer dessus – avait fait de la prison pour avoir cambriolé un magasin d'alcools. Il lui avait expliqué que les gens venant de tuer pour la première fois ne réfléchissaient pas normalement. Ils fonçaient à toute pompe, la tête complètement vide. Voilà pourquoi, même s'ils étaient normalement méticuleux, même s'ils avaient tout planifié avec soin, ils commençaient à faire des conneries. Des choses qui n'avaient aucun sens, comme laisser tranquillement entrer la police dans leur chambre à coucher couverte de sang. Ou louer sous leur vrai nom une voiture pour s'enfuir.

Vince ne se conduisait pas ainsi. Il avait déjà tué.

Et ces antécédents meurtriers ne constituaient pas son unique secret, étant donné la manière dont il avait parlé de l'ombre de ce crépusculien. Il en savait bien plus sur ce type de magie qu'il ne l'avait laissé entendre. Autant qu'elle ait pu lui faire des cachotteries, il lui en avait fait bien davantage.

Elle baissa les yeux sur le short cycliste idiot qu'elle portait, sur sa jupe moulante trempée d'alcool. Du sang perlait sur ses mollets, là où l'avaient frappée des éclats de verre, et, lorsqu'elle regarda le dos de ses mains, elle fut surprise de constater qu'ils saignaient également.

Charlie aurait eu mauvaise grâce à faire des reproches à Vince. Quels qu'en soient les secrets, elle pouvait compter sur lui. Il était en train de se débarrasser d'un cadavre pour son compte : on pouvait difficilement se montrer plus fiable.

Elle ne put s'empêcher de lâcher un petit rire mi-figue, mi-raisin.

Son regard tomba sur le parquet. Elle cligna des paupières deux fois pour s'éclaircir la vue : sa propre ombre lui semblait parcourue de vagues. Hermès lui avait-il fait quelque chose ?

Perplexe, elle se pencha pour toucher de la main son double obscur. Il imita ses mouvements, comme toujours. Lorsqu'elle recula, elle abandonna sur le sol une petite traînée sanglante issue de ses doigts coupés.

À cet instant, le téléphone fixe branché derrière le bar sonna et la fit sursauter.

Elle tituba jusqu'à l'appareil. « Oui ?

— Ma chérie, fit Odette, évoquant avec force une starlette d'antan. J'ai entendu un bruit terrible et puis tout est devenu silencieux.

— Vous êtes toujours dans votre bureau ? demanda Charlie, honteuse que sa voix ne soit pas aussi assurée qu'elle l'aurait voulue. Il est parti mais il a foutu un vrai bordel. Vous n'auriez pas dû rester. »

On raccrocha. L'instant d'après, la jeune femme entendit tourner des verrous. Odette entra d'un pas nonchalant au moment même où Vince refranchissait la double porte.

« Est-ce que la police a fini par arriver ? Ça fait une éternité que je l'ai appelée. » Elle les observa, eux et la salle, remarquant avec un air un peu étourdi les dégâts causés à son établissement ainsi que la présence du jeune homme.

« Il n'y a que nous ici. » Charlie s'aperçut soudain qu'elle n'allait pas très bien, finalement. Ses mains tremblaient. Elle songea qu'elle avait besoin de s'asseoir. Puis qu'elle risquait de ne pas avoir le temps d'atteindre une chaise.

Odette parlait encore : « Vous connaissiez ce type ? J'aurais voulu sortir le flingue du coffre, derrière, mais j'avais oublié la combinaison. »

Charlie s'agenouilla, se forçant à prendre des inspirations profondes et régulières. C'était ce qu'elle faisait en cas de crise de panique. Or elle soupçonnait que celle qui la guettait allait être *monstrueuse*. « Hein ?

— Le type de tout à l'heure, insista son employeuse, les sourcils froncés. Il avait l'air de croire qu'il vous connaissait. Et vous devriez peut-être vous lever. Une chaise serait sans doute plus confortable. Plus propre, en tout cas.

— Il croyait que je connaissais un autre mec mais, non, je ne le connaissais pas. » Peut-être était-ce son esprit qui tournait à toute pompe. « Et je suis bien où je suis. »

Odette annexa un tabouret de bar. Elle considéra les étagères aux alcools démolies et poussa un long soupir. « Je ne comprends plus le monde. Je crois que je vieillis. »

Charlie secoua la tête. « Jamais.

— Vous avez vu ce qu'il a fait ? Avec son… » Odette posa sur la porte d'entrée un regard identique à celui qu'elle avait eu quand la magie roulait vers elle. « Au salon d'ombre de Balthazar, j'avais observé le côté merveilleux du crépuscule, pas son côté terrifiant.

— Ouais, ponctua doucement son employée.

— C'était *horrible.* » Elle jeta un coup d'œil à Vince puis se retourna vers la barmaid. « Vous croyez que ça a un rapport avec Balthazar ?

— Le crépusculien cherchait un mec qu'il a expulsé l'autre soir, répondit Charlie après un temps.

— Mais pourquoi vous interroger, vous ? » demanda Odette, ce qui était une question éminemment raisonnable.

La jeune femme ouvrait la bouche, cherchant une explication sensée, quand Vince l'interrompit : « Il y a une trousse de premier secours quelque part ? Elle saigne.

— Oh, bien sûr. Dans mon bureau, répondit Odette en quittant son tabouret.

— Dites-moi où…, commença Charlie, mais sa patronne lui lança : Ne soyez pas ridicule, restez là », avant de retourner dans l'arrière-salle.

La jeune femme soupira, évitant délibérément de regarder son ombre qui bougeait peut-être – ou peut-être pas. Ce qui signifiait peut-être quelque chose. Ou peut-être pas. « Ça va aller.

— Je sais. » Vince s'accroupit près d'elle et lui passa doucement les mains sur les bras, cherchant des coupures. Ses doigts étaient délicats. Délicats comme ses baisers. Rien à voir avec une pression rude et violente contre une gorge.

« Vince ? » dit-elle.

Il lui prit la main et lui sourit comme n'importe quel petit copain sympa, un copain ne pensant pas avoir été entendu quand il parlait de magie. L'espérant inconsciente du fait qu'il était un meurtrier – ou pas trop choquée.

Odette revint avec la trousse, son téléphone portable calé contre la joue. « Vous savez très bien que si je vous avais appelé d'un resto, vous auriez envoyé quelqu'un *immédiatement*, merde. » Elle jeta sans cérémonie près de Vince un sac rouge gonflé orné d'un caducée. « Vous croyez peut-être que l'argent de mes impôts n'est pas bon parce que j'ai un fouet sur mon enseigne ? »

Vince fouilla dans la trousse, en sortit un morceau de gaze et l'humecta à l'évier du comptoir avec de l'eau et du savon. « Il y a un morceau de verre que je veux retirer.

— Tu devrais filer, lui chuchota-t-elle. Tout de suite. » Il avait un cadavre dans sa camionnette. La police risquait peu de négliger pareil indice.

« Juste une seconde. » Il essuya un peu de sang, puis pêcha dans la trousse ce que Charlie supposa être une pince à épiler les sourcils. Elle se demanda s'il y avait aussi là-dedans un crayon pour les yeux de secours. Connaissant Odette, c'était très possible.

L'éclat de verre sortit facilement. En le voyant, du bleu luisant d'une bouteille de gin Bombay Sapphire, Charlie se sentit un peu étourdie. Elle regretta de n'avoir pas avalé un verre de quelque chose avant que Vince ne commence l'opération, mais la dernière chose dont elle avait besoin, c'était de se ralentir le cerveau.

« Si la police n'est pas là d'ici dix minutes, je réveille le maire, ronronna Odette dans le téléphone. Vous pouvez me faire confiance. »

Charlie ignorait si son employeuse connaissait ou non le maire ; ça n'avait rien d'impossible.

« Je te verrai à la maison », dit Vince. Il acheva de lui bander la jambe, la main sûre et précise, comme s'il avait déjà fait cela aussi – en plus d'assassiner les gens.

La jeune femme prit une inspiration, la relâcha. Toute cette soirée lui donnait l'impression de tomber longuement dans un puits. Et elle n'était peut-être même pas encore arrivée au fond. « Oui, va. Il faut que tu files. »

Il se leva, lui posa la main sur l'épaule puis se dirigea vers la porte de derrière.

« Où va votre petit camarade ? » s'enquit Odette. Derrière le comptoir, elle fouillait dans les tiroirs, en sortant des serviettes en papier et des touillettes à thème.

« Il préfère éviter la maréchaussée locale. » Charlie se remit péniblement sur ses pieds. « Qu'est-ce que vous cherchez ? »

La vieille dominatrice haussa ses sourcils tatoués mais, lorsqu'il devint évident que son employée n'en dirait pas plus au sujet de Vince, elle renonça. « Un vieux paquet de clopes aux clous de girofle. Je sais que j'en ai mis un là, il y a peut-être cinq ans. Ou dix. Il me faut quelque chose. J'ai les mains qui tremblent. Je devrais peut-être prendre une gomme.

— Peut-être, acquiesça Charlie.

— Vous en voulez une ? »

La jeune femme fut tentée mais secoua la tête. Puisqu'elle n'avait pas bu d'alcool, il lui paraissait inutile de prendre quoi que ce soit de moins immédiatement efficace.

Odette sortit un tube en plastique de son sac à main, l'ouvrit, et se jeta une poignée de gommes au THC dans la bouche. Une demi-heure plus tard, elle serait soit inconsciente, soit en train de *triper* comme une bête.

« Vous voulez bien ne pas dire que Vince était là ? lui demanda Charlie.

— Pourquoi pas ? Mais j'aimerais bien savoir quel genre d'ennuis il cherche à éviter.

— Je n'en sais rien, dit-elle, inventant son histoire au fur et à mesure. Ça date de son enfance, il paraît. On a tous nos trucs. Le passé n'a plus d'importance maintenant.

— Oh, ma chérie. » Odette posa la main sur le bras de la jeune femme et le lui pressa affectueusement. « Le passé est *la seule chose* qui ait de l'importance. »

Les policiers arrivèrent un quart d'heure plus tard, sirène en action, comme s'ils s'étaient pressés depuis le début plutôt que de traîner pendant cinquante-cinq minutes après avoir été appelés. La maîtresse des lieux les fit entrer. Un détective du nom de Juarez prit la déposition de Charlie, selon laquelle un homme était entré et avait tout cassé dans le bar. Il attendit pour lever les yeux au ciel qu'Odette explique l'absence de caméras de sécurité par son respect de l'intimité de ses clients. Nul ne prononça un seul mot concernant ombres ou magie.

Le détective Juarez assura qu'il ferait un rapport, et qu'un photographe ainsi qu'un technicien viendraient étudier les dégâts le lendemain. Puis il donna sa carte à Odette et lui assura qu'il la tiendrait au courant. À titre personnel, Charlie doutait qu'on ait jamais de ses nouvelles.

11

UNE ÉTOILE PLUS BRILLANTE

Charlie monta dans la Corolla et démarra, laissant déferler sur elle l'air chaud du chauffage. Un sac posé sur le siège du passager renfermait la robe à paillettes et la perruque qu'elle avait apportées pour visiter l'hôtel-casino. Autant pour ses chances d'atteindre facilement Adam et le livre.

L'horloge du tableau de bord indiquait deux heures et demie. Sur son téléphone au boîtier fendu, elle avait reçu trois SMS furieux, dont le dernier, inquiétant, l'avertissait que si elle voulait jouer, elle allait se faire défoncer la tête. Elle tapa une excuse à propos d'une panne de voiture, mais ne reçut pas d'accusé de réception. Adam avait dû bloquer son numéro.

Pendant ce temps-là, Vince l'attendait à la maison.

Charlie appuya la tête sur le volant et prit une inspiration frissonnante.

À tout le moins, sa voiture avait démarré. Elle roula jusque chez elle, quelques pâtés de maisons seulement, même en faisant un détour pour éviter la ruelle où elle avait vu le cadavre de Paul Ecco deux jours plus tôt.

La camionnette de Vince n'était pas là quand la jeune femme s'engagea dans l'allée.

Non, bien sûr : il était en train de se débarrasser du cadavre ; difficile de savoir comment il allait s'y prendre et pour combien de temps il en aurait. Le cerveau inutile de Charlie lui suggérait des images tirées de films – blocs de béton attachés aux pieds, bains d'acide, broyeurs de végétaux…

Au moment où elle descendait de voiture, les jambes raides et tremblantes, elle se rappela ce qu'elle éprouvait naguère en rentrant chez elle après un boulot. Quand elle sortait d'un vol planifié avec soin, exécuté avec frénésie, et retrouvait un monde auquel elle semblait désormais étrangère. Comme alors, il lui semblait aujourd'hui surréaliste de traverser la même toute petite cour en grand besoin d'être tondue, puis la même véranda avec sa lanterne de supermarché sale, débranchée et renversée sur le côté.

Quand elle ouvrit la porte, l'épuisement l'empoigna en même temps que refluait l'adrénaline.

Posey, devant la cuisinière, faisait frire de la viande hachée et des oignons. Elle releva les yeux quand la porte moustiquaire claqua derrière sa sœur, et s'exclama : « Qu'est-ce qui t'est arrivé ?

— Quelqu'un s'est pointé au *Rapture* pour chercher un mec. Celui dont je t'ai parlé, avec l'ombre déchiquetée. Je me suis fait un peu brutaliser. »

Posey posa une main sur sa hanche. « Un peu ? »

Charlie se força à hausser les épaules. « Ç'aurait pu être pire. Qu'est-ce que tu prépares ?

— Des spaghettis bolognaise. On s'en tape. Tu veux bien me dire ce qui s'est vraiment passé ? »

Il fallait qu'elle dise quelque chose, oui, mais elle avait besoin d'une ou deux minutes pour faire démarrer son cerveau à la manivelle. « Après la douche. Je suis couverte d'alcool ; c'est dégueulasse et, avec mes coupures, ça brûle carrément. »

Posey agita violemment sa spatule métallique au milieu de la viande. « Où est Vince ? Je croyais qu'il passait te prendre.

— Je l'ai envoyé faire une course. Acheter des pansements. » Un mensonge bancal, vu l'heure, mais ils étaient plus ou moins devenus une famille de noctambules, avec leurs emplois de nuit, leurs repas de nuit et leurs courses au supermarché en nocturne. Le temps que le prétendu acheteur de pansements rentre les mains vides, Posey serait assez occupée par le sujet brûlant de la magie.

Quand Charlie s'échappa dans la salle de bains, sa cadette se retenait visiblement de prononcer un nouveau discours sur les lacunes de Vince en matière d'âme.

Posey connaissait son passé de voleuse, puisque cela lui avait valu d'acquérir quelques ouvrages, des copies digitales un peu suspectes mais tout de même intéressantes et, une fois, un mince volume de notes élémentaires sur la magie d'ombre datant du début de l'ère industrielle. Charlie avait toutefois évité de lui parler des aspects effrayants. Les occasions où elle avait failli se faire prendre. Les arnaques qui étaient parties à vau-l'eau. Les techniques magiques dont les crépusculiens usaient les uns contre les autres, ou contre qui ne disposait pas d'une ombre éveillée.

Il avait été plus agréable de décrire sa carrière comme une épopée, une série d'aventures, et, pour peu qu'elle parvienne à se reprendre, elle ne doutait pas de faire passer le problème du moment comme tout aussi peu sérieux.

Leur petite salle de bains partagée abritait un lavabo et une baignoire-douche, autour de laquelle pendait à des crochets un rideau à trois sous, luisant de savon séché. Charlie ouvrit le robinet d'eau chaude à fond.

Tandis que la pièce s'emplissait de vapeur, elle se déshabilla avec précaution. Même après avoir épousseté de son mieux ses cheveux et sa jupe, elle trouva de minuscules éclats de verre sur sa peau, qu'elle tenta d'éliminer à l'aide de son short cycliste mouillé et roulé en boule. Ensuite, elle fit de tous ses vêtements un paquet qu'elle fourra dans la petite poubelle métallique, écrasant une poignée de mouchoirs froissés. Elle ne voulait plus jamais rien porter de tout ça.

Un puissant frisson la traversa au contact de l'eau chaude sur sa peau, la puanteur de l'alcool monta dans un nuage, et des images de la soirée s'imposèrent à elle : la pluie de bouteilles ; l'ombre qui la frappait, lui donnant l'impression que la foudre crépitait sur sa peau ; Vince reflété dans les miroirs étincelants, le barbu serré contre son torse ; la noirceur épaisse qui roulait vers elle ; le parfum électrique de l'ombre contre sa langue. Elle vit défiler une constellation de noms : Paul Ecco, Hermès, le Hiérophante, Edmund Carver, Lionel Salt… Songea à l'ombre déchiquetée et aux os blancs dressés.

Charlie se força à faire couler sur ses mains un peu de savon Dr Bronner's à la menthe poivrée et à se récurer, se rinçant deux fois les cheveux et se frottant si fort avec un gant de toilette que sa peau vira au rose vif, comme écorchée. Le savon la piquait. Certains des bandages posés par Vince se détachèrent et tourbillonnèrent au fond de la baignoire pour se retrouver bloqués au niveau de la bonde.

Par Vince, qui lui avait caché tant de choses. Une pointe de colère la traversa à l'idée qu'il l'avait arnaquée, elle, entre toutes.

Elle aurait dû le remarquer. Il était bien trop dépourvu de relations, même pour quelqu'un qui avait abandonné son ancienne vie. Nul n'est une ardoise vide, une *tabula rasa,* sans ennemis ni amis. Nul ne craque du premier coup sur une fille qu'il vient de rencontrer au point d'accepter d'emménager avec elle et sa sœur un peu cinglée, et de payer la moitié du loyer en ne prenant qu'un tiers de la place.

Il disait ne pas vouloir faire figurer son nom sur le bail à cause de mauvais antécédents bancaires. Raison pour laquelle il utilisait aussi un téléphone à carte et travaillait au noir. Mais n'était-ce pas mieux ainsi, puisqu'il rapportait tout son salaire à la maison ? Tous ces éléments, pris un par un, avaient paru sensés à la jeune femme, mais ils s'additionnaient à présent pour lui forer un trou glacé dans l'estomac.

Il t'a sauvée.

Quels que soient ses secrets, elle ne pouvait nier ce qu'il avait fait. Elle se réjouissait qu'Hermès soit mort et elle en vie.

Vince avait-il été crépusculien ? Deux moyens principaux de le déterminer existaient. D'une part, si on éclairait une personne normale de deux directions différentes, son ombre se divisait, alors qu'une ombre éveillée restait d'une seule pièce. D'autre part, la plupart des obscurs avaient la langue fendue.

La langue de Vince était entière. Quant à son ombre, puisqu'elle avait disparu, il était impossible de savoir si elle se serait divisée ou non. S'il n'était pas crépusculien, toutefois, qu'était-il ? Qu'avait-il laissé derrière lui ?

Charlie sortit de la baignoire enroulée dans une serviette, dégoulinant sur le carrelage.

Comme elle enfilait un peignoir, des phares inondèrent la pièce puis disparurent. Vince s'arrêtait dans l'allée. Quand la jeune femme arriva à table, cependant, il n'était pas là, alors que le dîner si : des spaghettis fumants sur un plat.

Elle en emplit un bol et s'assit, tournant sa fourchette dans les pâtes à la sauce tomate.

« Charlie.

— Ouais ? » L'intonation de sa sœur lui fit relever la tête avec inquiétude. Posey fixait le linoléum.

« Ton ombre a quelque chose de bizarre », chuchota-t-elle.

Charlie baissa les yeux. Son ombre, si elle ne remuait pas indépendamment, semblait réagir après un léger délai. Elle suivait tous ses mouvements avec précision, mais la jeune femme avait l'impression troublante qu'elle les imitait.

« Tu sais ce qui lui arrive ? » demanda-t-elle en songeant à un article qu'elle avait lu. *Dix manières d'éveiller son ombre*, selon BuzzFeed. Se mettre un sac sur la tête. Retenir son souffle sous l'eau. Se taper sur la main avec un marteau. Et une technique que l'auteur n'avait pas évoquée : se faire attaquer par une autre ombre.

Posey fit la moue comme si elle assistait au premier acte d'une blague particulièrement cruelle. C'en serait une si c'était Charlie qui obtenait ce qu'elle désirait de toutes ses forces. Nul ne savait au juste pourquoi certaines ombres s'éveillaient alors que d'autres n'en arrivaient jamais là. Un traumatisme pouvait entrer en ligne de compte mais ne constituait pas une méthode sûre. Quoi qu'il en soit, si Charlie se retrouvait détentrice de pouvoirs magiques, elle aurait peine à dépasser l'idée que sa cadette allait la haïr.

« Tu comptes me dire ce qui s'est passé ? » interrogea Posey, changeant efficacement de sujet.

Sa sœur soupira. « Le type manipulait son ombre. Elle est devenue matérielle. Elle a renversé des trucs. Elle m'a renversée, moi.

— Un membre d'une bande ? »

Elle songea à Salt et secoua la tête. « Je crois qu'il travaillait pour un indépendant. »

Posey paraissait sceptique. « Tu lui as pris quelque chose ?

— Pas encore. » Charlie se leva, emportant son assiette à moitié vide jusqu'à l'évier. Ce fut alors qu'elle remarqua la camionnette blanche dans l'allée, garée, tous feux éteints. Sans personne à l'intérieur, apparemment. Elle se rappela avoir vu les phares. « Est-ce que Vince est rentré ? »

Posey haussa les épaules comme si le sujet l'indifférait. « Je ne sais pas. Il est rentré ?

— Je vais voir si ça va. » Charlie enfila ses pieds nus dans une paire de bottes de travail aux semelles incrustées de saleté que Vince avait abandonnée près de la porte. Elles étaient bien trop grandes, ses pieds y nageaient littéralement, mais elle se sentait capable de marcher si elle ne se pressait pas trop.

« Il va bien. Pourquoi est-ce que ça n'irait pas ? demanda sa sœur en se levant. Je vais appeler quelques copains. On a un tchat ce soir.

— Il ne faut parler à personne de ce que je t'ai dit, la prévint Charlie.

— Je ne suis pas obligée de dire à qui c'est arrivé, contra Posey, exaspérée, comme si l'idée de garder un secret absolu était ridicule.

— *Personne,* j'insiste.

— Oh, ça va », dit-elle en empoignant son téléphone pour prendre une vidéo de l'ombre suspecte. Voyant la tête de sa sœur, elle lâcha un soupir théâtral. « J'essaie juste de déterminer ce qui cloche. »

Charlie s'était attendue à entendre à tout le moins évoquer la possibilité que son ombre se soit éveillée. Que ça n'ait pas été le cas la soulageait et, si elle en ressentait une vague déception, elle n'avait aucune peine à l'ignorer.

Lorsqu'elle sortit, le claquement de la porte moustiquaire mit un terme à ses pensées sur le sujet. Les pieds glissant dans ses bottes trop grandes, elle resserra son peignoir pour se protéger de la brise glaciale et contourna la maison.

Elle trouva Vince sur le perron arrière, en train de contempler les étoiles.

Il semblait avoir perdu sa veste. Les bras croisés sur les genoux, il avait le menton posé sur les poignets, ce qui tendait son tee-shirt sur ses épaules. Le faible éclat jaune de la lampe à détecteur de mouvement qui surmontait la porte de derrière conférait à sa peau une nuance dorée. Des papillons de nuit tournaient autour de lui, projetant de petites ombres sur un corps qui en était dépourvu. Il devait être assis là depuis un moment.

Quand il se tourna, il présentait un visage soigneusement inexpressif, comme façonné tout exprès pour elle.

Charlie posa la main sur la peau glacée de son bras, et il prit une inspiration rapide.

« Ça va, toi ? » lui demanda-t-elle, et il hocha la tête.

Avec un coup au cœur, elle réalisa à quel point elle tenait à lui. Elle aurait dû s'en rendre compte chez Barb, quand Suzie l'avait tellement mise en colère. Ou chaque fois qu'elle avait vérifié la présence persistante de la photo dans son portefeuille. Ou à n'importe quel moment avant celui-ci, où elle découvrait à quel point elle le connaissait peu.

Il souleva un peu la tête. « Tu crois que les étoiles ont une ombre ? »

Elle suivit son regard. Ils étaient assez près de Springfield pour que la pollution lumineuse de la ville atténue l'éclat du ciel nocturne, mais des galaxies étincelaient tout de même au-dessus d'eux. La lune avait presque atteint le bout de sa nuit, prête à rejoindre son lit en titubant quand viendrait l'aube.

« S'il en existe une plus brillante, sans doute », dit-elle. Elle se revit allongée sur le canapé, quelques mois plus tôt : à la télé, un homme à la voix grave expliquait l'univers tandis qu'elle tentait de se convaincre de postuler pour un nouvel emploi. « Comme celles qui sont sur le point de devenir des trous noirs. Est-ce qu'elles ne flamboient pas, avant ? »

Vince hocha la tête. « Les quasars. Ils flamboient quand ils meurent. Ça pourrait sans doute donner une ombre à une étoile voisine. »

Elle songea à l'être fluide et combatif attaché au barbu. Puis à la manière dont la nuit de Vince avait dérapé : d'une tentative de bonne action à l'élimination d'un cadavre. Qu'il lui eût menti n'empêchait pas la jeune femme de compatir aux dernières heures terribles qu'il avait dû vivre. Même s'il paraissait calme, même s'il avait déjà tué, cela ne signifiait pas qu'il allait bien. Peut-être n'était-elle pas seule à faire semblant de ne pas avoir de problème. Elle tendit la main pour prendre la sienne.

Il frémit un peu, comme surpris.

« Ce type aurait pu me tuer. » Charlie avait peine à estimer le temps durant lequel elle était restée inconsciente, mais ç'avait été assez long. « Alors, si tu te sens coupable, tu devrais arrêter.

— Ce n'est pas ce que je ressens », assura Vince.

Elle le fixa et tenta de déchiffrer son expression, frustrée de ne pas y parvenir.

« Tu devrais rentrer, dit-elle. Il fait froid, et Posey a fait des spaghettis. »

Comme il lui lançait un regard de côté, elle fut tentée d'exiger des réponses, d'avouer qu'elle l'avait entendu parler à Hermès au *Rapture*. D'insister pour qu'il lui révèle tous ses secrets.

« Tu as laissé ton ombre se nourrir trop longtemps, ce soir. Il ne reste pas grand-chose de toi. »

Il tourna vers lui ses yeux gris, creux. « Je suis furieux, dit-il. Je suis encore absolument furieux. »

Surprise, elle ouvrit la bouche puis la referma.

« Hier soir, quand tu t'es endormie, je n'ai pas arrêté de contempler la courbe de ta joue. Tes cheveux noirs en broussaille.

Le vernis écaillé de tes orteils qui se recourbaient sous l'effet de ton rêve. La manière dont tu détachais le drap du bas du lit à force de t'agiter. En te regardant, j'éprouvais une sensation tellement intense qu'elle m'étourdissait et me donnait un peu la nausée. » Il fixait à présent l'herbe argentée de la pelouse. « Ce n'est pas bon de ressentir un truc pareil. »

Le cœur de Charlie battait à tout rompre. Il ne lui avait jamais parlé comme ça. Elle ne pensait pas que quiconque lui ait jamais parlé comme ça. « Vince ?

— Quand je t'ai vue ce soir – ce qu'il t'avait fait, ce qu'il était en train de te faire, j'ai eu envie de le tuer. J'étais furieux, et je le suis encore. Je ne me sens pas coupable. Je voudrais qu'il soit encore vivant pour pouvoir le tuer à nouveau. »

Charlie en avait le souffle coupé, stupéfiée. Vince n'était pas du genre à se mettre en colère. À évoquer ses sentiments. À rester assis dans le noir pour parler d'ombres et d'étoiles.

Il se tourna vers elle. « Fais comme si je n'avais rien dit de tout ça. Si tu peux, fais comme si cette nuit n'avait pas eu lieu, Charlie. »

Elle sourit un peu, tentant de retrouver son calme. « Alors qu'est-ce qu'on fait ensemble dehors dans le froid ?

— Ce que tu veux », dit-il avant de l'embrasser. Un baiser désespéré, une bouche dure à faire des bleus. Rien de commun avec la manière dont il l'embrassait d'habitude. Le corps de Charlie réagit par une bouffée de désir puissante et inattendue. Quand les lèvres de Vince parcoururent sa pommette jusqu'à sa gorge, elle ravala un gémissement et lui planta les ongles dans le muscle du bras.

Elle avait envie de lui, là, tout de suite, sur les marches de béton. Malgré tout ce qui s'était produit cette nuit-là. Peut-être avait-elle en partie envie de lui *à cause* de cela, même si c'était horrible.

Vince n'avait vraiment plus rien de délicat quand il se dressa au-dessus d'elle telle une cage. Elle ne portait que son peignoir, facile à écarter.

« Il faut que je…, commença-t-il, hésitant. Tu dois être… »

Blessée. Fatiguée. Mal à l'aise.

Elle l'embrassa avant qu'il ne puisse terminer sa pensée.

La main du jeune homme effleura sa cage thoracique, puis il suivit du bout d'un doigt la cicatrice de sa vieille blessure par balle avant de glisser sur sa cuisse. De lui écarter les jambes. Il brûlait d'un désir à fleur de peau, vulnérable. Comme s'il venait de lui montrer pour la première fois qui il était vraiment.

Elle lui planta les doigts dans les cheveux. Lui mordit la lèvre.

La colère déroutait le corps de Charlie, faisait flamboyer son désir, rendait tout plus rapide et plus net, plus chaud. Meilleur. La faim de l'un répondait à la férocité de l'autre. Effaçant la nuit, la peur, le froid et tout le reste.

Tandis que ses pensées s'envolaient en spirale, le regard de la jeune femme tomba sur le revêtement en aluminium de la maison. Elle vit sa propre silhouette en ombre chinoise cambrer le dos et se soulever des marches selon un angle impossible. En l'absence de celle de Vince, elle semblait se trouver entre les griffes d'un amant démoniaque. Possédée. Les bras tendus vers un être qui n'était pas là.

12

LE PASSÉ

Au collège, on l'appelait Hall de Gare, comme dans « T'es passé par le hall de gare ? », question que se posaient les garçons les uns aux autres et qui faisait ricaner les filles. Il y avait une certaine gloire à être crue détentrice d'une grande expérience, surtout du fait qu'elle n'en avait pas du tout. Cependant, c'était surtout humiliant : le corps de Charlie attirait et repoussait tout à la fois les garçons. Cela rendait stressantes les activités par petits groupes. Une fois les pupitres collés les uns aux autres, Matt Panchak passe alors le plus clair de son temps à faire glisser sa tennis le long de ta jambe, prenant ton absence de récrimination pour du désir.

Quelle importance que vous soyez allés à la maternelle ensemble ?

Quelle importance qu'un jour, en cours d'EPS, il ait reçu un ballon de foot dans l'estomac avec une telle force qu'il en a vomi, et que ce soit toi qui l'aies accompagné à l'infirmerie ?

Non, désormais, tu n'es qu'une paire de jambes avec des nichons par-dessus, dotée de la capacité de bannir toutes ses insécurités. Vénus sur son coquillage.

En classe de gym, pendant qu'elle se changeait, Doreen Kowalski lui avait posé toutes sortes de questions, voulant savoir quand elle avait eu ses règles, si elle se rasait les aisselles et quelle taille de soutien-gorge elle portait. Au début, Charlie s'était crue en train de se faire une amie mais, dès qu'elle lui avait répondu, Doreen s'était précipitée en ricanant vers son groupe de copines.

Elles ne comprenaient pas que les bretelles de son soutien-gorge lui sciaient les épaules et que l'armature lui meurtrissait les côtes, car les seuls sous-vêtements à sa taille évoquaient ceux d'une infirmière d'âge mûr dans un vieux film de guerre. Il n'y avait aucun moyen de le leur faire comprendre.

Charlie s'était mise à porter du crayon pour les yeux plus sombre, des vêtements plus amples et des bottes plus massives.

Rand ne semblait savoir que faire d'elle non plus. Quand il l'avait recrutée, à 12 ans, elle paraissait déjà plus que son âge. À son entrée au lycée, sa silhouette aurait pu la faire passer pour une adulte.

Que Charlie soit devenue un peu trop douée pour toutes les mauvaises choses n'arrangeait rien. Elle sentait toujours, à l'approche d'une maison, où pouvait se trouver une fenêtre ou une porte ouverte. Ses compétences en matière de vol à la tire étaient si accomplies que Rand ne la laissait plus approcher de lui. Et, lorsqu'elle jouait un rôle, elle s'y immergeait totalement.

Le vieil escroc aimait l'idée de transmettre ses connaissances à une gamine douée d'un talent naturel, mais il ne voulait pas la voir devenir meilleure que lui. Il ne voulait surtout pas qu'elle lui fasse concurrence.

« Toi et moi, on est pareils, lui rappelait-il sans cesse, au cas où elle l'oublierait. On fait semblant pour que les autres nous aiment. Mais ils ne nous aimeraient pas s'ils nous connaissaient, hein ? C'est pour ça qu'il faut qu'on se serre les coudes. »

Parfois, lorsqu'elle avait particulièrement brillé au cours d'un boulot, elle le trouvait d'humeur désagréable. Il l'appelait avec condescendance « La petite Miss Charlatane », s'appesantissait sur toutes les erreurs qu'elle avait commises et lui donnait une plus petite part du butin qu'elle ne le méritait.

Si les talents croissants de Charlie le frustraient, toutefois, il appréciait visiblement d'avoir quelqu'un auprès de qui se vanter, se plaindre ou pousser des coups de gueule. Une des exigences naturelles de la criminalité était d'imposer la discrétion, et Rand ne l'était pas par nature.

Parfois il se montrait amusant. Il l'emmenait au *Moose Lodge*[4], à Chicopee, où venait picoler une bande de vieux chenapans, avec lesquels il la laissait boire du café bouilli inondé de crème pendant qu'ils la régalaient de leurs histoires. Elle fréquentait receleurs et faussaires. Apprenait à compter les cartes auprès de Willie Lead, qui lui parlait de Leticia, feu sa femme – d'après lui, la plus grande braqueuse à avoir jamais attaqué un magasin d'alcool.

« C'est le cancer de la gorge qui a fini par l'avoir, disait-il tristement. Les flics n'en sont même pas passés près. »

Ce fut au *Moose Lodge* que Charlie fit ses débuts de barmaid, à 14 ans, servant des verres quand personne d'autre ne voulait s'en charger, préparant des cocktails selon des instructions extrêmement personnelles.

« Contente-toi d'agiter la bouteille de vermouth au-dessus du gin, disait Benny. C'est comme ça qu'on fait un bon martini. » Son domaine était la drague des riches veuves et, lorsqu'il s'y adonnait, il avait toujours l'air vif, malgré une haleine souvent parfumée à l'alcool.

Willie le contredisait avec véhémence, criant que le vermouth devait constituer un bon quart du cocktail, et que Benny était

---

4. Littéralement, le « chalet de l'élan ».

un ivrogne ayant brûlé son sens du goût, si seulement il en avait disposé au départ.

« Je suis un ivrogne, et alors ? renvoyait Benny sur le même ton. À qui se fier en matière d'alcool sinon à un ivrogne ? »

Charlie les aimait bien. Elle leur parlait de sa grand-mère et du fusil de chasse ; le fait que son grand-père ait été exécuté dans un fauteuil relax les faisait hurler de rire. Willie promit à Charlie qu'ils l'emmèneraient un jour rendre visite à la grande dame à l'institut correctionnel de North Central, à Gardner, mais ils ne le firent jamais.

Les fréquenter donnait à Charlie l'impression qu'elle n'avait peut-être rien d'anormal, finalement. Qu'elle ne trouve pas sa place à l'école ou que son corps ne cesse de changer était sans importance. Que les parents de sa meilleure copine l'aient considérée au premier regard comme une fauteuse de troubles ne la dérangeait plus. Ni que Laura elle-même, qui la connaissait pourtant depuis l'âge de 8 ans, commence à se comporter bizarrement. Par ailleurs, avoir cessé d'espérer que sa mère finisse par trouver étrange que Rand l'emmène souvent en excursion lui convenait fort bien. Tous ces gens qui la jugeaient ou ne s'intéressaient pas à elle étaient des pigeons potentiels. Rirait bien qui rirait la dernière.

« Il faut être un requin dans ce métier, lui disait Benny avec sa voix douce et ses cheveux gominés. Renifler l'odeur du sang dans l'eau. Attaquer la vie à pleines dents. Et, quoi qu'il arrive, ne jamais cesser de nager. »

Avec ce conseil et l'argent de son dernier boulot pour Rand, Charlie se fit faire un tatouage. Elle en avait envie, et elle voulait en outre savoir si elle réussirait à convaincre un tatoueur de le lui faire alors qu'il lui manquait encore trois ans pour en avoir 18.

Cela mit en œuvre de beaux discours et le vol d'un tampon de notaire, mais elle réussit à l'avoir. Son premier tatouage – qui la fit longtemps un peu souffrir lorsqu'elle bougeait. Sur la face intérieure du bras, le mot « *fearless* » (« sans peur ») s'étalait en une écriture cursive ondulée, mais le tatoueur avait bizarrement espacé les lettres, si bien qu'on lisait « *fear less* » (« avoir moins peur »).

Cela lui rappelait ce qu'elle voulait être, et aussi que son corps lui appartenait. Elle pouvait écrire sur toute sa surface si elle en avait envie.

Au fil des ans, le crépuscule devint peu à peu de notoriété publique et exerça sur Rand une fascination croissante. Le vieil escroc organisait depuis beau temps des arnaques à base d'occultisme – comme celle durant laquelle Charlie avait joué le rôle d'un fantôme. S'il appréciait beaucoup la manière dont un peu de prestidigitation pouvait impressionner de riches vieilles dames, il sentait que la véritable magie recelait de plus vastes possibilités.

Willie, lui, n'était pas ébloui et en informait tous les clients du *Moose Lodge* : « Quand j'étais gamin, il y avait un mec qui s'appelait Uri Geller et qui était capable de tordre des cuillers par la force de son esprit. Vous savez ce qu'il en est sorti ? Rien du tout. Personne n'utilise des cuillers tordues. »

Benny, toutefois, connaissait un type. Rand se montra très enthousiaste après l'avoir rencontré. À Charlie, il déclara que l'homme leur promettait une grosse somme s'ils acquéraient quelque chose pour lui. « Le propriétaire ne sait sans doute même pas à quel point le livre qu'il possède est précieux. C'est un vieux richard, pas un crépusculien. Tout ce qu'il nous faut, c'est l'angle d'attaque correct.

— Si le type qui nous engage est crépusculien et la victime non, pourquoi est-ce qu'il ne s'occupe pas du vol lui-même ? demanda Charlie. Pourquoi est-ce qu'il n'envoie pas son ombre chercher le bouquin ?

— À cause de l'onyx, répondit Rand, comme si la réponse allait de soi. Ça rend les ombres matérielles, donc elles ne peuvent plus se glisser dans les fissures, ou je ne sais quoi. »

Charlie était sceptique. « Si le vieux sait ça, il sait sans doute aussi que son bouquin est précieux.

— On peut y arriver, affirma Rand. Et, si on y arrive, notre employeur aura d'autres tâches à nous confier. Un peu d'audace nous rendra riches, je le sais. »

Charlie leva les yeux au ciel. Rand rêvait du gros coup comme sa mère rêvait d'amour. Celui après lequel il mènerait la grande vie qu'il pensait mériter et était sans cesse sur le point d'atteindre. Un éternel mirage, toujours derrière la dune suivante.

« Notre client s'appelle Knight, et je ne t'en dirai pas plus, continua-t-il. Du moment qu'on lui apporte le livre, il dit qu'on est libres de piquer à Crésus tout ce qu'on pourra récolter d'autre. »

Charlie n'aimait pas ça. En général, ils travaillaient pour leur propre compte. Un client, c'étaient des ennuis en perspective.

« Je nous ai arrangé une entrevue chez le richard, Lionel Salt. Sa famille a fait fortune dans l'instrumentation médicale. C'est là qu'est le fric : inventer le bitoniau qui s'insère dans le machin chirurgical. Je l'ai informé que ma fille et moi étions des occultistes capables de communiquer avec le monde invisible, notamment les démons. Démons qui l'aideront à éveiller son ombre. » Rand paraissait calme mais ne cessait de tortiller sa moustache.

« Lionel Salt ? demanda-t-elle. Le mec à la bagnole ? » Même alors, elle connaissait la Phantom noir mat que la moitié des garçons de sa classe vantaient en long, en large et en travers.

« Oui, lui », répondit son mentor, méprisant.

Charlie fronça les sourcils. « Ce type va nous trouver ridicules. Des démons ? »

Mais Rand refusait de se laisser détourner de son but. « Les croyants ont envie de croire. Il veut éveiller son ombre, non ? Ils le veulent tous. On peut lui donner de l'espoir. »

Et voilà comment Charlie se retrouva sur le siège du passager de sa voiture, s'entraînant à lever les yeux au ciel assez fort pour qu'on n'en voie plus que le blanc. La technique n'était pas facile à employer sans fermer d'abord les paupières – mais c'était plus effrayant.

Si elle avait su faire cela à l'époque où elle « contactait » Alonso, elle était presque certaine que sa mère aurait quitté Travis dès la première manifestation. C'était vraiment efficace.

Charlie espérait que le boulot se déroulerait assez bien (ou qu'elle pourrait, une fois dans la maison, s'emparer d'un objet assez précieux) pour qu'elle s'achète le blouson de cuir qu'elle convoitait. Elle l'avait vu à 175 dollars dans une friperie et, si elle pensait pouvoir convaincre le vendeur de le lui laisser pour moins que ça, le prix resterait de toute façon élevé.

« Tu te rappelles le plan ? » demanda Rand pour la millionième fois durant le trajet.

Elle se rappelait. Il allait se faire passer pour son père et expliquer que Charlie (qui se présenterait bien sûr sous un autre nom) parlait depuis plusieurs années d'êtres invisibles. Alors que des médecins voulaient traiter ce qu'ils prenaient pour une maladie mentale, il avait réalisé qu'elle détenait le pouvoir de s'entretenir avec le monde surnaturel, notamment infernal. Il avait donc cultivé ce talent.

Rand tenait à ce que son hôte le trouve un peu déplaisant. Quand une personne commet un acte terrible, on estime toujours qu'elle en tire une récompense réelle.

Le rôle de Charlie consisterait à fournir les effets spéciaux. Elle devrait jouer l'adolescente calme et intimidée jusqu'au moment où ses yeux se révulseraient et où elle vomirait du jus de betterave partout. Pour terminer, elle offrirait « le cadeau du diable ».

Les riches se croyaient chanceux et pensaient pouvoir acheter toute bonne fortune qui leur échappait encore. Ils possédaient déjà tant de choses qu'une déception devenait inconcevable.

« Tu devrais m'apprendre à conduire », remarqua-t-elle en contemplant l'autoroute et les lumières qui étincelaient sur l'autre rive de la Connecticut.

Rand ricana. « Tu n'as pas l'âge.

— Tu veux dire que c'est *illégal* ? » Elle haussa les épaules. « Oh non ! »

Il soupira, contrarié. « Je suppose que je pourrais, oui. J'ai un peu de temps la semaine prochaine. On ne sait jamais quand ça pourra être utile. »

Ils prirent une sortie, quittant la ville pour la banlieue puis de grandes forêts, là où se nichaient déjà des propriétés luxueuses à l'époque où Springfield était un pôle de production.

Charlie se rongea un ongle en regardant par la vitre, un peu nauséeuse, tant à cause du jus de betterave que de sa nervosité.

Elle vit le manoir se profiler quand Rand s'engagea dans l'allée. Jamais encore elle n'avait vu un endroit pareil. On aurait dit un musée ou un décor de conte de fées dans lequel dormaient des princesses maudites.

« C'est une mauvaise idée », marmonna-t-elle, mais Rand l'ignora.

Il descendit et lui ouvrit la portière. « Tu as le trac, constata-t-il. Tu veux un coup de whisky ?

— J'ai 15 ans, lui rappela-t-elle.

— Oh, c'est illégal ? » s'enquit-il en imitant sa voix.

La porte d'entrée s'ouvrit. Un petit homme roux se tenait sur le seuil, les regardant de ses yeux plissés. Charlie réalisa qu'elle n'avait aucune idée du physique de Lionel Salt.

« Puis-je vous aider à porter votre matériel à l'intérieur, monsieur ? demanda le rouquin, trahissant sa condition de majordome – ou quelque chose comme ça.

— Nous n'avons pas d'*accessoires* », répondit Rand, comme si cette seule idée le vexait.

Charlie, déjà entrée dans son rôle, s'abstint de lever les yeux au ciel.

À l'intérieur, dans une grande bibliothèque, plusieurs hommes âgés occupaient des fauteuils en cuir vert. Lionel Salt se distinguait par une tignasse blanche. Une canne à pommeau d'argent reposait près de lui. Un de ses amis semblait proche de son âge, alors que l'autre pouvait avoir vingt ans de moins. Rand se présenta à eux tous, puis désigna Charlie comme s'il s'agissait d'une espèce de lémurien dressé et non d'un être humain. Elle, pendant ce temps, tentait de lire discrètement les titres des livres alentour.

Celui qu'ils étaient censés voler avait une reliure rouge et s'intitulait *Le Livre d'Amor Pettit*. Son coup d'œil aux étagères ne le lui révéla pas. Elle repéra en revanche une section intéressante dans laquelle le titre de plusieurs livres incluait le mot « grimoire ». Voilà qui paraissait prometteur.

Le plan était supposé se dérouler ainsi : Rand mettait tout en place et Charlie faisait son numéro. Si le livre était à portée de main, il s'en emparait. Sinon, il se servait d'elle afin de distraire la compagnie et trouvait une excuse pour fouiller les autres pièces du rez-de-chaussée. Le client qui l'avait engagé assurait y avoir vu l'objet de sa convoitise.

Charlie jouait son rôle. Timide. Réservée. Une fois possédée, elle comptait en faire des tonnes.

On les invita à s'asseoir. Le rouquin prit leurs commandes de boissons. Rand discuta plusieurs théories magiques différentes, un verre de whisky à la main, tandis que Charlie sirotait son eau.

« Connaissez-vous le dicton “aucun homme ne peut sauter par-dessus son ombre” ? » interrogea Salt. Le vieil escroc admit que non. « C'est un proverbe allemand. Ça veut dire que tout le monde a ses limites.

— Mais vous ne le croyez pas, devina Rand.

— Non, dit Salt. J'ai toujours pensé qu'il y a un secret dans l'univers. Un chemin par lequel l'homme peut atteindre la divinité. Et ce chemin passe par les ombres. Vous affirmez pouvoir éveiller la mienne. »

Sentant le moment venu, son interlocuteur se leva. « Nous commençons ?

— Ah oui, allons-y », dit un des autres hommes. Son sourire ne plaisait pas du tout à Charlie.

« Comme vous le savez, messieurs, commença Rand, le monde est empli de curiosités quasi illimitées pour qui veut chercher. Nous ne sommes pas simplement des croyants. Nous ne sommes pas des *fidèles* qui considèrent l'œuvre comme un fait acquis. Nous sommes des aventuriers, des explorateurs des ténèbres. Vous me comprendrez donc quand je vous dirai la surprise que j'ai éprouvée en prenant conscience des talents de ma fille. Elle est capable de se changer en un réceptacle vierge et de permettre à toutes sortes d'êtres d'une grande sagesse et d'un grand pouvoir de parler à travers elle. »

Deux des hommes échangèrent un regard.

Charlie se mordit la joue. Un courant sous-jacent dans cette conversation titillait son instinct. Elle aurait aimé réussir à croiser le regard de Rand, mais le whisky et la conversation semblaient lui être montés à la tête.

« Fascinant, insinua un des hommes, sur un ton d'ennui qui démentait ses paroles. Et que révèle-t-elle en général ? L'emplacement de trésors enterrés ? Les cours de la Bourse ? »

Il y eut des ricanements. Rand fronça le sourcil, remarquant enfin qu'il avait perdu son auditoire. Toutefois, il ne semblait pas inquiet, apparemment inconscient du danger que percevait Charlie. « Je ne sais jamais à l'avance ce qui va sortir, mais je vous assure que ce sera plus spirituel que cela. Si vous désirez une ombre éveillée, nous allons la guider pour qu'elle nous en révèle le secret. Mais il est possible que je me trompe à votre sujet. Peut-être n'êtes-vous que des amateurs, finalement.

— Faites venir un diable, intima un des hommes. C'est possible ? Je veux parler à un être de l'enfer.

— Vous en êtes certain ? » demanda Rand.

Les autres restèrent muets, échangeant des sourires.

Le regard de Charlie se porta vers un angle de la pièce, où une ombre s'étendait sur le tapis. Elle ne l'avait pas remarquée auparavant mais, à présent que c'était le cas, elle semblait incapable de s'en détourner. Il n'y avait là rien qui soit susceptible de la projeter.

« Lexi, ma chérie, dit Rand. Tu es prête ? »

Charlie se contraignit à le regarder de nouveau et prit une longue inspiration. « Je n'aime pas faire ça. » C'était la vérité, mais cela faisait aussi partie de son rôle.

« Je sais, ma chérie », dit Rand en lui tapotant le sommet du crâne. Puis il fronça le sourcil et s'interrompit, comme s'il avait oublié son texte.

L'adolescente commençait à avoir les mains moites. Les nerfs, se dit-elle.

« Je... », commença-t-il. Il s'était empourpré. « Tu... »

Non, pas les nerfs. Il y avait quelque chose d'anormal. Elle avait mal au ventre.

Un des hommes se tourna vers le maître des lieux avec un rictus. « Ça agit plus vite que je n'aurais cru. J'espérais tellement voir leur spectacle.

— C'est très vilain d'essayer de me tromper », déclara un Salt souriant en agitant le doigt à l'adresse de Charlie. Puis il se retourna vers ses amis.

Les boissons. On avait mis quelque chose dans son eau. Quelque chose dans le whisky de Rand.

Charlie se couvrit la bouche, baissa la tête comme elle avait prévu de le faire pendant sa comédie, et se planta un doigt au fond de la gorge, contre le palais. Avec un hoquet, elle se propulsa hors de son fauteuil et se mit à trembler ainsi qu'elle l'aurait fait si elle avait feint la possession. Puis elle vomit du jus de betterave sur le tapis hors de prix.

Elle entendit des cris quand les hommes bondirent en arrière, mais elle se laissa tomber face contre terre, gardant les yeux fermés, le corps inerte. Quoique sa joue soit plaquée contre son propre vomi, elle ne s'autorisa pas le moindre mouvement.

« Elle va mourir ? demanda un des hommes.

— Vous lui en avez donné trop. » La voix d'un des autres. Vaguement dégoûtée.

Charlie perçut un grincement de gonds en provenance des bibliothèques. Sentit un parfum de papier moisi. Entendit tourner le cadran d'un coffre, puis des voix masculines mêlées.

Ne vous occupez pas d'elle. C'est l'homme qu'il nous faut.

Je veux tenter une expérience. Voyons comment son ombre réagit à l'exsanguination.

Si la fille meurt, on pourra toujours récolter la sienne.

Puis ses pensées tournoyèrent en spirale vers le néant.

Elle reprit connaissance sur un tapis encore trempé de bile et de jus de betterave. Il ne pouvait s'être écoulé très longtemps.

« Quelqu'un vient. Ne bouge pas. » Une voix derrière elle, celle d'un jeune garçon. Était-il réel, ou cette réplique était-elle l'écho d'un rêve qu'elle faisait juste avant de s'éveiller.

Elle combattit la tentation de se retourner. Au bout d'un moment, des pas retentirent dans le couloir, un bruit de semelles dures sur le sol dallé. Tentant de ralentir son souffle, Charlie resta immobile jusqu'à ce qu'ils s'éloignent.

Quand ils eurent disparu, elle entreprit de se remettre debout péniblement. Elle avait la tête qui tournait. Quoi qu'on lui ait fait absorber, ce n'était pas encore sorti de son organisme.

« Ne regarde pas derrière toi », dit la voix.

Elle s'immobilisa.

« Si tu ne me regardes pas, je te guide pour sortir de la maison.

— Et sinon ? chuchota-t-elle.

— Sinon, tu te débrouilles. Ils te croient vautrée dans une mare de ton propre sang, donc ils ne s'occupent pas de toi pour le moment, dit-il. Tu peux réussir.

— Et le type avec qui je suis arrivée ? Je peux le retrouver ? »

Il y eut une longue pause. « On ne peut plus rien pour lui. »

Le sens de cette réponse ne lui échappa pas, mais elle ne réfléchissait pas assez sainement pour l'accepter. Achevant de se lever, elle assura son équilibre en s'appuyant contre une étagère. Un des volumes, un mince ouvrage à la reliure rouge frappée de flammes dorées, était étonnamment rangé en position couchée. *Inferno*, en était le titre.

Elle le fixa jusqu'à comprendre qu'il ne s'agissait nullement d'un livre mais d'un levier.

Enfin debout, elle constata que tout un pan de mur chargé d'étagères avait pivoté vers l'intérieur, telle une porte. Même dans son état du moment, elle ne put s'empêcher de jeter un coup d'œil dans la pièce ainsi révélée. Une autre bibliothèque, mais qui renfermait des livres visiblement plus vieux, sans doute plus précieux. Une huile sinistre pendait au mur du fond – un trompe-l'œil représentant une chèvre noire sur une table en bois, son ventre ouvert laissant déborder des entrailles luisantes, non loin d'un calice et de plusieurs grenades tranchées bien mûres. Avec tout ce rouge, l'artiste avait eu peine à faire ressortir les graines étincelantes sur le sang.

Charlie inscrivit le tableau dans sa mémoire, particulièrement la manière étrange dont il était pendu : plus éloigné du mur d'un côté que de l'autre, comme s'il s'agissait d'une nouvelle porte entrouverte. Là se trouverait le coffre, derrière cette peinture.

L'adolescente avança d'un pas, franchit le seuil. Examina les étagères. Un autre volume à la reliure rouge était là. *Le Livre d'Amor Pettit.*

Elle y porta la main, puis hésita. « Ça t'ennuie ? » Charlie avait l'impression de se trouver dans un conte de fées, avec des règles de conte de fées. *Ne regarde pas.* Mais cela signifiait-il également qu'elle ne devait pas voler ?

« À moi, ça ne fait ni chaud ni froid », dit la voix.

C'était une assez bonne réponse pour la pousser à prendre le livre sur l'étagère et le fourrer dans son sac, qu'elle sangla sur ses épaules.

« Fais deux pas à gauche. » La voix s'élevait juste derrière elle, assez près pour lui faire dresser les cheveux sur la nuque, bien qu'elle ne sentît pas le souffle du garçon. « Tu vas franchir les portes de la salle à manger. Personne n'y va, donc tu devrais pouvoir atteindre sans être vue l'escalier de service dans le couloir qui passe devant la cuisine.

— Et ensuite ?

— *Ne regarde jamais derrière toi.* »

Marcher dans cette maison avec cette voix dans son dos lui donnait l'impression de continuer à rêver. Elle traversa une grande salle où la fixaient les yeux de verre luisants de têtes d'animaux montées sur les murs. Gazelle. Bouquetin. Rhinocéros. Passa devant un boudoir où elle remarqua une fille blonde qui feuilletait un magazine – et qui ne releva pas les yeux quand elle la dépassa dans l'obscurité. Arrivée au fameux couloir, Charlie entendit un employé de maison commander par téléphone des artichauts et des épinards biologiques. Une radio était allumée dans la cuisine : Nina Simone chantait qu'elle allait courir vers le diable tout au long de la journée.

« Et maintenant ? » chuchota-t-elle.

Un long moment, il n'y eut pas de réponse. Elle commença à se retourner puis songea à Orphée guidant sa fiancée hors des enfers. Règles de contes de fées. Elle se figea.

Présent ou non, le garçon ne l'avait pas envoyée ici sans raison. Il ne pouvait s'attendre à ce qu'elle entre dans la cuisine, puisqu'il s'y trouvait quelqu'un, mais il avait spécifiquement mentionné l'escalier au bout du couloir. Elle le monta, franchit un angle et se retrouva dans un autre long couloir, ce qui lui rappela sa dernière visite dans une grande maison telle que celle-ci, où un second escalier, plus large, rejoignait le hall d'entrée. Comptait-on la voir gagner ainsi la porte principale, pendant que le reste de la maisonnée s'activait à l'étage inférieur ?

Ou bien était-elle tellement défoncée qu'elle avait purement et simplement imaginé ce garçon ?

Elle s'avança à pas légers, son sac serré contre sa poitrine. De la direction du boudoir, en dessous, elle entendit une voix de fille : « C'est pas juste ! Je veux te l'emprunter. »

Et une voix de garçon, peut-être celle qu'elle avait déjà entendue. « Il ne t'aime pas. »

La fille éclata de rire. « C'est pas vrai. On joue à des jeux auxquels il ne jouerait jamais avec toi. »

Puis Charlie descendit les marches. Sa tête se remit à tourner en chemin, mais elle arriva cependant en bas. Elle tourna la poignée de laiton et poussa la porte d'entrée, qui s'ouvrit avant de claquer derrière elle.

Trop fort pour que cela puisse passer inaperçu.

L'adolescente se mit à courir.

La propriété était entourée de bois dans lesquels elle plongea sans se soucier des branches qui s'accrochaient à ses vêtements.

Sans se soucier de la douleur qui palpitait dans sa tête ni de la nausée qui lui tordait l'estomac.

Elle courut dans le noir, traversant des bouquets de nerpruns qui lacéraient sa peau, trébuchant sur des fougères. Derrière elle, elle entendit crier, mais elle était déjà loin. Comme les faisceaux de plusieurs torches perçaient la nuit, elle continua de s'enfuir malgré sa tête qui tournait.

Encore et encore, elle fila dans les ténèbres, avec la lune et les étoiles qui tournoyaient au-dessus d'elle, jusqu'à atteindre une clairière. Un homme noir d'âge moyen, coiffé d'une casquette et couvert d'un manteau épais, parut stupéfait de la voir jaillir des broussailles.

« Tu vas faire peur aux hiboux », lui reprocha-t-il, sévère. Puis ses yeux s'écarquillèrent lorsqu'il vit dans quel état elle se trouvait.

Elle avait des brindilles dans les cheveux, des griffures sur la peau et du jus de betterave séché tout autour de la bouche.

« Courez. Il faut courir, lui dit-elle, haletante. Les gens du palais me poursuivent. »

Il secoua la tête, tout en tirant un téléphone de sa poche. « Oh, non, ma jeune amie, je n'ai pas besoin d'ennuis comme ça aujourd'hui.

— Les gens du palais. Ils arrivent », dit-elle encore, avant de s'effondrer par terre à ses pieds.

Trois jours plus tard, on découvrit la voiture de Rand. Son cadavre se trouvait à l'intérieur, et il semblait s'être suicidé en s'ouvrant les poignets – mais la police scientifique fut incapable d'expliquer la quasi-absence de sang sur place. Le coffre du véhicule abritait le cadavre décomposé d'une adolescente. La fille était portée disparue depuis presque trois ans.

Une semaine après, Benny appela Charlie chez elle. Avait-elle le livre ? Parce que l'acheteur était toujours intéressé.

« Comme un requin, dit-il, admiratif, lorsqu'elle confia qu'elle l'avait. À belles dents. »

Knight Singh la retrouva dans le parking derrière un *Dunkin'*. Il roulait dans une voiture argent métallisé étincelante, portait une veste en laine très chic à col Mao, et il lui paya le livre 2 000 dollars. « J'ai encore du travail, si ça t'intéresse », lui dit-il en la lorgnant par-dessus ses lunettes de soleil.

Charlie jura qu'un jour elle retournerait dans le manoir de Salt et se vengerait de ces putains de fumiers. Mais elle ne se le promit qu'à elle-même, afin de ne décevoir personne d'autre si elle ne tenait pas son serment.

13

IMPOSSIBLES ANGES

Charlie cligna des paupières, désorientée, quand la lumière de la fin de matinée s'engouffra dans sa chambre. Ses coupures lui faisaient encore mal, elle avait la hanche meurtrie des suites de sa chute, et sa chevelure, après avoir à moitié gelé puis séché au lit, était un enchevêtrement digne de Méduse.

Elle quitta le matelas. Contre le mur, elle vit son ombre, exactement telle qu'elle avait toujours été.

« Fais comme si cette nuit n'avait pas eu lieu, Charlie. »

Des poils d'or sombre saupoudraient les bras de Vince, luisaient au bord de ses paupières closes. Comme en proie à un enchantement, elle observa le gonflement régulier de sa poitrine, la courbe de ses doigts ronds.

Il se tourna dans son sommeil.

« Adeline, marmonna-t-il dans son oreiller. *Ne fais pas ça,* Adeline. »

Charlie recula d'un pas, piquée au vif. Était-ce la fille dont il gardait la photo dans son portefeuille ? Et qu'essayait-il d'empêcher ?

« Fais comme si cette nuit n'avait pas eu lieu. » Charlie jouait la comédie depuis leur première rencontre, prétendant que le passé était du passé et qu'elle se moquait de l'avenir. Et il la laissait faire parce que lui aussi jouait la comédie.

Elle s'agenouilla sur le matelas, du côté de Vince, et murmura : *« Voulez-vous encore du café ? »* La phrase en français qu'elle avait cherchée sur son téléphone deux jours plus tôt.

Le jeune homme enfouit un peu plus le visage dans l'oreiller, comme si le souffle de Charlie lui chatouillait la peau. Se sentant ridicule, elle se releva. Elle était presque arrivée à la porte quand il marmonna doucement, encore à moitié en train de rêver : *« Je voudrais un café noir, merci. »*

Elle comprit le sens général. Et aussi qu'elle l'avait dans le baba.

Il existe bien des types de mensonges. Des bobards servant à lubrifier la société. Des tromperies destinées à éviter des conséquences. Des représentations erronées derrière lesquelles se dissimuler parce qu'on craint que les autres ne nous comprennent pas, ne nous apprécient pas, ou parce qu'on a fait quelque chose de mal et qu'on en a honte. Et puis il y a les mensonges qu'on raconte parce qu'on n'est soi-même qu'un mensonge.

Elle avait jugé amusant que Posey l'accuse de comprendre le français, car ne pas parler d'une chose n'était pas synonyme de la dissimuler. Vince aurait pu passer un an à l'étranger, avoir des Français dans sa famille ou encore avoir téléchargé Duolingo et s'être vraiment appliqué.

Mais lorsqu'elle lui avait parlé en français, il avait fait mine de ne pas comprendre un traître mot.

Dissimuler un don pour le meurtre était troublant mais compréhensible. Dissimuler une expérience de la magie d'ombre pouvait trouver une explication raisonnable.

Mais qu'il dissimule un détail apparemment sans importance poussait Charlie à se demander si elle savait quoi que ce soit de réel à son sujet.

Elle passa dans la salle de bains, verrouilla la porte, puis s'assit au bord de la baignoire et se prit la tête dans les mains.

Que Vince soit un menteur et un assassin prouvait que l'instinct de Charlie restait invariablement mauvais, tel celui de sa mère et de sa grand-mère. Même s'il avait débuté en tant que coup d'un soir, il donnait l'impression d'être solide et responsable. Un peu trop bon pour elle, sans doute, et peu susceptible de s'attarder, mais tout de même la preuve qu'elle effectuait des choix sains. Qu'elle avait encore l'espoir de regagner le droit chemin.

Et voilà où elle en était, plus paumée que jamais.

Charlie Hall, attirée par les ennuis comme une fourmi par un piège à glu. Le pire étant qu'il la fascinait davantage à présent qu'elle aurait dû le fuir. À présent qu'il présentait une véritable énigme à résoudre.

Toutefois, elle était incapable de feindre en permanence, et c'était aussi le cas de Vince. Il avait laissé des indices. Si elle n'aimait pas ce qu'elle découvrait, ma foi, elle avait toujours su qu'il lui briserait le cœur. C'était l'héritage de la famille Hall. La seule question à s'être jamais posée était « quand ? ».

Mets du rouge à lèvres et rase-toi les jambes, se dit-elle. *Visse-toi la tête à l'endroit.* Vince n'était pas son seul problème. Si Hermès avait dit à quiconque où il se rendait la veille au soir, il ne serait peut-être pas le dernier à venir la chercher. D'autre part, il s'était entretenu avec Balthazar, c'était presque certain. Charlie aurait parié que les deux hommes avaient eu une conversation à son sujet.

S'emparant d'un gant de toilette et d'une savonnette, elle fit couler de l'eau dans la baignoire. Se lava coins et recoins. Se savonna les jambes. Certaines de ses croûtes récentes furent arrachées par la lame émoussée, si bien que ses coupures se remirent à saigner.

Une phrase lui revint en mémoire : *« Les ombres sont comme celles des morts dans Homère, qui ont besoin de sang pour s'éveiller. »*

Puis elle songea à Hermès. *« Tu sais avec quoi je la nourris ? Avec du sang. Pourquoi pas le tien ? »*

Et si… ?

Charlie plongea l'index dans le sang qui coulait sur sa jambe, assez abondant pour qu'elle en jette en direction de son ombre – qui, sous ses yeux, parut se plisser, comme frissonner. Pas une goutte n'atteignit le carrelage.

La jeune femme cligna des paupières plusieurs fois, fixant le sol avec intensité. Peut-être le sang était-il invisible car il était tombé en pluie trop fine. Ou bien peut-être avait-elle pour de bon nourri son ombre.

Mais, en cas d'éveil, il se produirait sûrement autre chose. Un signe immanquable.

Renvoyant la question à plus tard, elle enfila un tee-shirt et un jogging récupérés dans le panier à linge sale. Réunit ses cheveux en un chignon lâche sur le sommet du crâne. Alla faire du café.

Il y avait trois textos sur son téléphone principal. Le premier émanait d'une Doreen exigeant que Charlie lui explique ce qui lui prenait aussi longtemps, et menaçant de modifier le dossier de Posey dans le mauvais sens si elle ne ramenait pas très vite Adam à la maison. Un autre, d'Odette, adressé à tous les employés du *Rapture*, les informait que le bar resterait fermé jusqu'à ce que l'expert de l'assurance passe examiner les dégâts provoqués par une tentative de cambriolage – sans doute trois ou quatre jours.

Enfin, il y avait un second message d'Odette, privé celui-là. *Avez-vous dit à qui que ce soit ce que nous avons vu ?*

Charlie n'était pas sûre de savoir de quoi parlait sa patronne. Elle répondit :

Non, et vous ?

Aucune réponse n'arriva.

Sans vouloir se la jouer parano, la jeune femme aurait bien aimé savoir pourquoi on lui posait cette question. Tout en mettant dans la cafetière du café moulu, de la cannelle et de l'eau, elle se demanda si Odette connaissait Salt.

Si Balthazar avait discuté avec Hermès, il était temps qu'il discute aussi avec elle.

Elle s'était déjà rendue une fois à son domicile, une ancienne caserne de pompiers en brique qui dominait le canal, à Holyoke. Ce jour-là, une fête était en cours chez lui, et il ne l'avait pas invitée à entrer.

Aucune chance que ça se termine comme ça cette fois-ci.

Charlie enfila son manteau, prit ses clefs et partit en voiture.

Le ciel était couvert de lourds nuages, la pluie menaçait. Elle le sentait déjà quand elle descendit de voiture et contourna le bâtiment pour gagner l'entrée. La caserne était délabrée au point d'avoir l'air abandonnée, mais au moins une lumière brillait à l'intérieur.

Ce quartier d'Holyoke abritait encore quelques vieilles usines désaffectées n'ayant pas été recyclées en ateliers bon marché pour artistes et autres individus dont le métier exigeait un grand espace bordélique ou, à tout le moins, n'en souffrait pas. À quelques rues de là s'élevaient des immeubles résidentiels ainsi qu'une poignée de maisons aux pelouses étiques.

Elle tambourina à la porte noire, ignorant les mots qu'on y avait peints au pochoir : « ALLEZ-VOUS-EN. »

Comme aucun bruit ne lui parvenait de l'intérieur, elle tambourina encore.

« Vous ne savez pas lire ? » cria-t-on de l'intérieur.

Charlie donna un coup de pied dans la porte. « Tu sais ce que c'est qu'un pistolet crocheteur ? J'en ai un dans mon coffre et il ne lui faudra que quelques secondes pour venir à bout de cette serrure. Ça bousillera peut-être le mécanisme, pas sûr, mais, moi, de toute façon, je serai rentrée. »

Balthazar ouvrit le battant à la volée. En robe de chambre rouge, échevelé, il semblait prêt à partir en guerre contre quiconque l'avait réveillé. Il cligna des paupières plusieurs fois, visiblement stupéfié de découvrir Charlie.

« Tu as failli me faire tuer hier soir, dit-elle.

— Ben merde, alors. Bonjour, ma chérie. »

Elle le dépassa pour entrer dans la caserne. « Surpris que je sois toujours au nombre des vivants ?

— Ravi. Entre, j'allais justement faire du café. » Son ton le révélait contrarié de la voir débarquer ainsi, mais pas assez pour que ce soit important. Il lui désigna un escalier, monta à l'étage supérieur et la précéda dans une cuisine étonnamment ensoleillée, avec quelques plantes en pot en train de crever. Sur un des brûleurs reposait la plus grande cafetière à l'italienne que Charlie ait jamais vue. « Comme je le dis à mon brave Aspirins : cette fille n'est pas seulement ce qu'elle paraît. Joey, lui, il pense que je suis juste sentimental, que tu n'es qu'une idiote...

— Laisse tomber, l'interrompit Charlie avant qu'il ne soit lancé. Je veux des renseignements.

— Assieds-toi », dit-il, désignant une table basse dont un angle semblait avoir un jour flambé. Des formulaires de courses hippiques à Raynham Park, datant d'une semaine, servaient de sets de table.

« Je veux savoir ce qu'est le livre que Paul Ecco a essayé de te vendre.

— Alors, comme ça, on écoute aux portes ? » Il sortit un pot de café Bustelo, en versa une quantité approximative dans le réceptacle métallique, puis emplit le fond d'eau. Ayant posé le tout sur la cuisinière, il alluma le gaz, et des flammes bleues commencèrent à lécher le fond de la cafetière. « Tu étais douée. La plupart des gens qui croient pouvoir faire ce genre de boulot en sont incapables. Mais tu as dit clairement que tu étais sortie du jeu. »

Rand affirmait que certaines personnes naissaient pour le monde des cambriolages, des mensonges et de l'arnaque, et que Charlie en faisait partie. Ses mains étaient devenues fermes, ses doigts agiles et sa bouche toujours prête à balancer un monceau de conneries. Elle était douée. Et elle aimait ça. C'était bien le problème.

« J'ai vu le corps de Paul ce soir-là, en rentrant chez moi, dit-elle. Il avait été déchiqueté. Alors, oui, j'ai eu envie de savoir qui avait pu faire un truc pareil. Ensuite arrive une espèce de gorille qui se conduit comme si je savais où Paul a eu la page. Ça, ça m'a rendue *vraiment* curieuse, particulièrement de savoir qui m'a dénoncée.

— Tu me fais injure, affirma Balthazar, tout de fausse innocence. Ce n'est pas ma faute si tu attires les emmerdes comme un aimant. Je n'ai fait que répondre à quelques questions d'une personne intéressée. »

Il se détourna pour prendre une boîte de lait concentré sur une étagère, mais pas avant qu'elle n'ait pu voir sa bouche se pincer. Parmi les criminels et les gens qui naviguent aux frontières de la légalité, on a sans doute la morale élastique, mais il y a un point sur lequel s'accordent tous les mauvais sujets : pas de cafards.

« En omettant d'ajouter que Paul avait essayé de te vendre la page, à toi », lui rappela Charlie. Combien de temps faudrait-il pour que la nouvelle de la disparition d'Hermès se répande ? Rappeler à Balthazar que, si elle tombait, elle pouvait l'emmener avec elle n'était pas inutile. « Qu'est-ce qu'il a de si important, ce bouquin-là ?

— Ça s'appelle le *Liber Noctem*, répondit-il d'une voix lasse. Ou, familièrement, *Le Livre des Furies*, parce qu'il est censé renfermer des rituels qui les concernent spécifiquement. Certains crépusculiens pensent que c'est la clef de l'immortalité, que ça permet de se survivre à travers sa Furie. Mais, quoi qu'il y ait à l'intérieur, c'est un objet superbe. Des pages métalliques, poinçonnées au lieu d'être imprimées. Il a été acheté aux enchères par ce monsieur particulièrement pervers qu'est Lionel Salt. Aussi riche qu'un Médicis et avec les mêmes centres d'intérêt. »

Les lèvres de Charlie s'incurvèrent.

« Tu le connais ? demanda Balthazar.

— Bien sûr que non. Mais c'est lui qui a envoyé Hermès. »

Il sortit deux grandes tasses qu'il garnit généreusement de lait concentré gluant. Ayant achevé de les remplir avec du café, il lui en apporta une puis s'assit, lissant sa robe de chambre. « Le petit-fils de Salt est censé avoir volé le *Liber Noctem* avant de s'enfuir. Ed Carter, il s'appelait, je crois. Ou Carver ? Quoi qu'il en soit, il a été mêlé à une espèce de meurtre-suicide, mais il devait avoir vendu le livre avant, parce qu'on ne l'a pas retrouvé dans ses affaires. Salt veut tellement le récupérer qu'il propose 50 000 dollars à qui le lui rendra, sans conditions. »

Edmund Carver. Hermès l'avait interrogée à son sujet, mais sans donner l'impression que le jeune homme était mort.

« Il l'aurait vendu à Paul Ecco ? » demanda Charlie.

Balthazar secoua la tête. « Plus probablement à quelqu'un d'autre qui, ensuite, en a vendu une seule page à Paul Ecco.

— Pourquoi pas la totalité ? 50 000 dollars, ça n'est pas à dédaigner. »

Il ouvrit les mains en un geste éloquent, reconnaissant qu'elle avait raison. « Peut-être que quelqu'un voulait attirer l'attention de Salt. L'appâter. »

Charlie but une gorgée d'un café assez sucré pour la faire grimacer mais assez fort pour qu'elle se réjouisse du premier point. « Pour le faire payer plus ?

— Quand le *Liber Noctem* a disparu, il a commencé par engager un de mes gars. Le nouveau. »

Elle haussa les sourcils. « Adam ?

— Ouais, lui. Mais ça n'a rien donné. Le gars n'a rien trouvé. Le vieux n'en a d'ailleurs pas paru très surpris. » Balthazar haussa les épaules avant de boire une longue gorgée de café.

« Mmm. » Que quelqu'un ait appris la tentative de revente de Paul Ecco si tôt après son expulsion du *Rapture* dérangeait Charlie ; la rumeur semblait s'être répandue bien vite. En outre, la présence du Hiérophante et la brutalité du meurtre l'amenaient à penser qu'il n'avait pas été commis par un humain. Une Furie aurait eu une raison de déchirer en lambeaux l'ombre de l'homme qu'elle tuait. Et la force d'arracher une cage thoracique.

Pourquoi une Furie aurait-elle cherché le *Liber Noctem* ?

Et qui diable le détenait ?

Si Salt l'avait engagé pour retrouver le livre, Adam avait-il pu dénicher la cachette d'Edmund Carver et s'asseoir sur cette découverte ?

Bien sûr, c'était à cause de questions comme celle-là que le bar d'Odette avait été ravagé et Charlie manqué d'être tuée. Elle pensait avoir oublié depuis des années son désir de vengeance contre Salt, et savait qu'elle devait l'ignorer à présent. C'était un rêve impossible, infantile.

« Tu pourrais reprendre la mission, toi, dit Balthazar. Tu veux quitter le jeu pour de bon ? Fais-le avec classe. Allez, Charlatane, tu serais capable de voler son souffle à un corps, sa haine à un cœur, la lune au ciel.

— La flatterie ne te va pas bien. » 50 000 dollars, c'était beaucoup d'argent, mais pas même une fraction de ce que Salt méritait de payer. « J'y réfléchirai. »

Balthazar sourit comme si elle avait déjà accepté. « Et voilà. Je savais que tu finirais par y venir. »

Comme elle traversait la rue pour rejoindre sa voiture, elle remarqua un homme sur le trottoir d'en face. Sans doute ne lui aurait-elle pas accordé plus d'un regard s'il avait bougé, voire s'il avait eu un téléphone à la main, comme n'importe qui. Mais il restait immobile à contempler la caserne de pompiers, les mains – et même les bras – plongés au fond des poches de son manteau.

De jour, elle constata que le Hiérophante était un homme jeune dont les yeux brûlaient pourtant d'un éclat ancestral.

S'il chassait les Furies, que faisait-il chez Balthazar ? Elle ne pouvait oublier la manière dont il s'était avancé vers elle dans la ruelle, avec apparemment de sinistres intentions.

Charlie frissonna, monta dans la Corolla et démarra. Comme elle quittait son stationnement, elle vit l'être tourner lentement la tête, loucher sur la voiture. Puis son ombre se changea en de grandes ailes derrière lui et le souleva dans l'air. Il se découpa contre le ciel bleu, ange impossible, avec son manteau qui claquait autour de lui.

La jeune femme, le cœur battant, faillit se mettre dans le fossé. Au premier stop, elle regarda à nouveau derrière elle. Il ne semblait pas l'avoir suivie.

Rentrée chez elle, Charlie était bourrée d'énergie nerveuse et d'une grande quantité de caféine. Elle lava la vaisselle des spaghettis bolognaise laissée dans l'évier. Essuya les plans de travail. Comme cela ne suffisait pas, elle entreprit de nettoyer le réfrigérateur. Pas seulement son rapide petit coup habituel, à savoir jeter les trucs les plus répugnants – en l'occurrence un concombre oublié qui s'était affaissé d'un côté avant d'être colonisé par la moisissure, un petit morceau de fromage devenu blanc et dur, que personne ne mangerait, et une boîte en plastique emplie de nouilles grisâtres, bombée à faire peur. Cette fois, elle sortit tout, y compris les condiments, et passa sur les étagères un torchon imprégné d'eau de Javel.

« Besoin d'aide ? » demanda Vince, tout juste émergé de la chambre, la main tendue vers la cafetière.

Elle sursauta au son de sa voix.

Il semblait bien s'agir de l'homme avec lequel elle vivait depuis des mois. Les cheveux blonds ébouriffés par le sommeil. Du duvet sur les joues. Comme il évoluait dans la cuisine sans mentionner la soirée de la veille, elle avait peine à croire qu'il ait brisé la nuque d'un type avant de la baiser au clair de lune sur des marches fêlées.

Et menti.

Et menti, menti, menti...

« Je peux prendre du truc à récurer dans ta camionnette ? » demanda Charlie.

Il hésita. « Je vais aller te le...

— Super », le coupa-t-elle gaiement. S'il ne voulait pas qu'elle explore sa camionnette, c'était sans doute qu'il avait autre chose à cacher. Peut-être allait-elle trouver au fond une tête tranchée roulant de-ci de-là.

Ou peut-être lui proposait-il d'aller chercher le produit par simple gentillesse.

Ou encore le cadavre d'Hermès s'y trouvait, découpé, enveloppé dans du plastique, et il voulait lui en épargner la vue.

Charlie se retourna vers le frigo avec une vigueur renouvelée et l'astiqua comme si elle avait pu ainsi éliminer tout son désir pour Vince, toute sa propre bêtise.

Il lui apporta le produit nettoyant puis ressortit pour dégager les gouttières, sa tasse à la main. *Et cacher la tête*, ajouta l'esprit de Charlie, ce qui était de peu d'utilité.

Posey se leva encore plus tard qu'à son habitude, vers 16 heures. Comme épuisée, elle tituba à travers la cuisine pour emplir un bol à céréales du reste de café avant de le fourrer au micro-ondes.

Charlie était sortie un ou deux mois avec un confrère cambrioleur – avant qu'il ne quitte la ville en emportant une paire de boucles d'oreilles qu'elle était parvenue à lui faire croire incrustées de diamants. Il lui avait confié que, lors de ses premières incursions dans des domiciles privés, il était persuadé que les riches conservaient leurs biens les plus précieux au fond d'un coffre. Il avait découvert qu'au contraire ils les gardaient souvent en pleine vue. Comme tout le monde, ils laissaient une clef sous leur paillasson parce qu'il leur arrivait de perdre leur trousseau. Au bout du compte, ils enfermaient leurs actes de naissance, leurs contrats de mariage et tous leurs papiers officiels plutôt que leurs richesses. Les bijoux se trouvaient dans le placard de la chambre, même les plus beaux, car ces dames voulaient les porter. Les ordinateurs étaient posés sur les bureaux ou les canapés. Les télés pendues au mur. Les alcools de qualité sur la desserte. Les pistolets dans le premier tiroir de la table de nuit.

Tout le monde aime avoir ses affaires à portée de main, y compris ses secrets. Qu'est-ce qui vous rassure quand vous vous endormez la nuit ? Pouvoir vérifier que vos secrets sont encore cachés.

S'il y avait quoi que ce soit à trouver, il était fort probable que Vince garde ça dans leur chambre.

Cette pensée, une fois qu'elle lui fut venue, s'accrocha à elle comme une teigne.

Il lui fallait faire sortir son compagnon de la maison – et vite, avant que la tentation ne surpasse le bon sens et qu'elle n'en arrive à explorer ses affaires au risque d'être surprise.

Une heure plus tard, il rentra les mains noires. À ce moment-là, elle avait son histoire toute prête.

« Katelynn veut que j'aille prendre un café avec elle ce soir », dit-elle, tentant d'avoir l'air décontracté.

Il se décrassa dans l'évier, se savonnant jusqu'aux coudes. « La tatoueuse ? Celle dont le cousin bouffe des papillons de nuit.

— C'est ça », répondit-elle, nerveuse. Elle ne les avait pas vus discuter pendant la fête. « J'ai envie de m'en faire faire un nouveau.

— Ah oui ? » demanda-t-il en s'essuyant les mains sur son jean noir.

Son expression aussi la perturbait – petit sourire, intérêt apparemment authentique, aucun jugement pour les problèmes de la veille au soir… Il semblait réellement tenir à elle. Il avait tué quelqu'un pour la sauver.

Elle avait envie de lui faire confiance.

« Vince ? » Elle lui prit la main et regarda au fond de ses yeux gris pâle. « Comment as-tu perdu ton ombre ? Pour de vrai, cette fois-ci. »

Le regard du jeune homme s'écarta d'elle. « Je ne l'ai pas perdue. Je… » Il s'interrompit puis reprit : « Je n'ai pas réalisé le danger dans lequel on était. »

Il ne mentait pas nécessairement. La vérité était souvent complexe, difficile à expliquer. « Quel danger ? »

Il secoua la tête et ramassa leur seau à compost – acheté en ligne par Posey, dans une tentative pour les rendre plus écolos –, à présent empli de restes de concombre gluants et autres déchets tirés du frigo, plus une profusion de marc de café.

« Ce n'est pas une réponse », lui lança-t-elle.

Quoi qu'elle ait cherché, elle ne l'obtint pas : Vince se contenta de sortir jeter le compost dans une benne à vers de terre bizarre dont aucun d'eux ne savait trop si elle était efficace. Charlie était sûre d'une seule chose : avec tout le café qu'on leur refilait, ces vers étaient gonflés à bloc. L'oiseau qui en mangerait un volerait tout droit jusqu'au soleil.

Quand il revint, il avait le téléphone collé sur l'oreille. On l'appelait pour un travail. Un double homicide dans une résidence privée.

« Je peux rester si tu veux », dit-il en détournant le téléphone de sa bouche. Vaguement, elle entendit le patron de Vince hurler sur quelqu'un. Avant cela, elle se demandait si le jeune homme ne faisait pas semblant de téléphoner, juste pour éviter de parler.

Elle secoua la tête. « Je sors, de toute façon. Katelynn, rappelle-toi ! »

Il prit son manteau. L'embrassa sur la bouche puis au bord de la mâchoire. Un baiser qui signifiait à l'évidence *quelque chose*, mais elle ne savait trop s'il s'agissait d'excuses ou d'une promesse.

Après son départ, elle contempla la porte de la chambre. S'il n'avait pas été appelé pour le boulot, il lui aurait peut-être donné des réponses. Et elle savait que n'importe quel chroniqueur tenant une rubrique de bons conseils lui dirait d'attendre, de respecter son intimité et de lui poser d'autres questions quand il rentrerait.

Elle tint un quart d'heure puis se leva et s'étira théâtralement. « Bon, je vais faire une petite sieste avant de sortir.

— Une seconde, dit Posey. J'attendais qu'il s'en aille. Il faut que je te parle d'un truc. »

Charlie ne voulait plus rien entendre à propos du DMT ni de l'absolue nécessité d'en voler pour un stage à thème, façon expérimentons-sur-nous-mêmes-dans-les-bois. « Je n'en ai pas pour longtemps. »

Dans la chambre, une fois la porte fermement close, elle regarda autour d'elle. Des draps en désordre. Des vêtements et des chaussures éparpillés par terre. Une commode encombrée de livres de poche jaunis, de pots de maquillage et d'un vase bourré de tickets de caisse.

Quand elle baissa les yeux sur ses mains, elle eut la surprise de les voir trembler.

Charlie arracha draps et couvertures puis souleva le matelas à la verticale et l'appuya contre le mur. Il était lourd et mou, mais elle parvint à ses fins. Dans les films, on cachait des choses sous les lits. Donc les gens qui regardaient des films cachaient des choses sous leur lit.

Sous le matelas, toutefois, elle ne trouva qu'une culotte égarée, un mouchoir en papier froissé, plus une chose répugnante, plate et velue qui pouvait avoir été naguère une boule de poils vomie par Lucifeule.

Elle songea à sa mère cherchant la preuve de l'existence d'une autre femme dans les tiroirs, dans les poches. Cherchant l'impossible : démontrer qu'une chose n'existe pas. Espérant ne rien trouver mais consciente que cela signifierait seulement qu'elle ne regardait pas assez bien. Charlie s'était juré de ne jamais finir ainsi.

Pourtant elle en était là.

Elle passa à la moitié de la commode utilisée par Vince, plongeant les mains au fond des tiroirs et en sortant tout le contenu avant de les retourner. Le jeune homme était soigneux – il ne laissait jamais traîner ses vêtements, n'abandonnait jamais de cheveux dans le lavabo – donc trouver chemises et jeans fourrés là au hasard était une surprise. Charlie espéra qu'aucune méthode ne sous-tendait ce chaos, car elle serait incapable de la recréer. S'il avait laissé cinq paires de chaussettes roulées dans un ordre précis pour détecter les indiscrétions, elle était fichue.

Quoi qu'il en soit, elle ne trouva rien qui soit digne d'intérêt. Rien de compromettant.

Elle s'intéressa ensuite au placard. La plus grande partie du contenu lui appartenait, mais Vince avait jeté un manteau chaud et une paire de bottes au fond à gauche. Insinuant les mains dans les poches, elle en sortit deux tickets de caisse. Un pour de l'essence, l'autre pour du lait, du pain et des œufs. Les deux achats réglés en liquide.

Les yeux plissés dans l'obscurité, elle remarqua sur le sol, derrière les bottes, un sac marin noir, apparemment vide. Elle le sortit et l'ouvrit.

Au fond, elle vit un disque métallique de la taille d'une pièce de 5 cents ainsi qu'un permis de conduire. Le sac fut dûment retourné, secoué, mais rien d'autre n'en tomba.

Charlie ramassa le petit disque – épais et plus lourd qu'elle ne s'y attendait, évoquant une pile de montre mais sans aucune inscription. Une pièce issue d'un appareil électronique ? Un jeton pour un jeu quelconque ? Elle le glissa dans sa poche.

Ensuite, elle regarda le permis de conduire. La photo était celle d'un Vince plus jeune : large sourire, cheveux arrangés avec soin par un coiffeur et laqués d'un produit quelconque, chemise à peine visible en bas de l'image. Une adresse à Springfield, avec un numéro d'appartement. Et, au-dessus de la capitale de l'État, un nom complètement différent.

Edmund Vincent Carver.

Durant un instant étourdissant, elle se crut en train d'examiner un faux permis. Toutefois, la carte avait des bords uniformes et se pliait normalement. Lorsqu'elle la tint à la lumière, le kinégramme métallisé caractéristique apparut au-dessus de la photo.

Le petit-fils de Lionel Salt. Celui qui avait volé le *Liber Noctem.* Celui qui était censé être mort.

L'héritier de Lionel Salt, allongé près d'elle dans le noir.

Charlie avait peine à reprendre son souffle, presque sûre de sombrer dans une crise d'angoisse monumentale et de s'abîmer les poumons si elle continuait à respirer aussi vite et aussi superficiellement.

Elle sortit son téléphone et prit le permis de conduire en photo, stupéfaite de constater qu'elle y parvenait. Tout lui semblait se précipiter. Pourtant, elle se contraignit à ouvrir un moteur de recherche sur son ordinateur portable. Tapa « Edmund Carver » et « Springfield ».

Le premier résultat lui révéla un article paru l'été précédent dans *The Republican* :

> SPRINGFIELD – Les restes brûlés de deux cadavres ont été découverts lundi dans une voiture, aux premières heures de la matinée, à deux rues du casino *MGM*, au centre-ville.
> La Police a identifié le premier comme étant Edmund « Remy » Carver, 27 ans, homme du monde et petit-fils de Lionel Salt.
> L'autre victime est Rose Allaband, 23 ans, portée disparue après s'être évanouie de son appartement à Worcester il y a quatre mois. Les premières analyses suggèrent un meurtre-suicide.
> Le bureau du shérif n'est pas pour l'heure à la recherche d'autres suspects.

Le cœur de Charlie se mit à battre plus vite.

Encore quelques clics, et elle trouva la photo de Vince avec une dizaine d'autres jeunes gens aux larges épaules : l'équipe d'escrime de l'université de New York. Vêtu d'une combinaison blanche avec col, les bras croisés, il avait les cheveux plus courts que sur le permis de conduire, presque rasés sur les côtés. Il aurait paru déguisé sans le sourire qu'il adressait à l'appareil, comme persuadé que le monde appartenait aux gens comme lui.

Vince ne souriait pas comme ça.

Bien sûr, à l'époque, il se faisait appeler Remy, il était riche et heureux. Il n'avait encore tué personne ni mis en scène sa propre mort. Il ne travaillait pas au noir à nettoyer des cadavres et ne logeait pas avec une fille fauchée pour avoir un endroit où dormir.

Elle se rappelait la sueur qui coulait entre ses omoplates dans le bar bondé le soir de leur première rencontre, le goût du gin-tonic confectionné avec de l'alcool bon marché parce qu'elle voulait se soûler pour pas cher, sa copine qui était rentrée tôt, et la manière dont Vince, se faisant barricade, lui avait évité de se retrouver poussée contre la sortie de secours.

Si elle l'avait su pourri de fric, l'aurait-elle ramené chez elle alors qu'elle se sentait d'humeur autodestructrice et un peu idiote ? Pas question. Bien sûr, elle n'aurait jamais cru une chose pareille. Elle aurait considéré cela comme la pire réplique de drague possible. *Oh, le petit-fils d'un milliardaire, tu dis ? Pas de pot, je ne couche qu'avec des hypermultimilliardaires.*

Mais en supposant qu'il l'ait convaincue ? Jamais. Un mec qui sortait d'une université prestigieuse, qui disposait d'un fonds fiduciaire et d'un avenir tout tracé ? Aucune chance qu'elle le ramène dans sa baraque de location et lui donne l'occasion de mépriser ses conditions de vie, sans parler de la mépriser, elle, pour son travail et son manque d'éducation, pour tous ses choix.

Par ailleurs, si elle l'avait su de la famille de Salt, elle lui aurait cassé une bouteille sur la tête.

Charlie tenta de se concentrer, d'imaginer ce qu'il avait pensé cette nuit-là, lui. Il devait s'inquiéter de ne plus avoir d'avenir, non ? Il avait volé le *Liber Noctem*, puis quelque chose avait mal tourné. Quelque chose en rapport avec cette fille ? Quelque chose qui avait abouti à deux cadavres et au besoin de mettre en scène sa propre mort.

Il s'était débrouillé pour obtenir un faux permis de conduire du Minnesota, assez convaincant pour que Charlie n'en mette pas l'authenticité en doute. Bien sûr, elle n'avait jamais vu de véritable permis du Minnesota, ni sorti celui de Vince de sa pochette plastique pour l'examiner, et c'était sans doute aussi le cas de la plupart des gens. Mais il n'avait ni carte de crédit ni crédit tout court. Pas de numéro de sécurité sociale. Juste un boulot dégueulasse, au noir, à nettoyer des chambres d'hôtel.

Arrive Charlie. Il avait dû la voir boire seule et la considérer comme une proie facile. Une fille triste, prête à l'emmener droit au lit. Assez désespérée pour ne pas poser trop de questions. Telle est la méthode des escrocs de talent. Ils n'ont pas besoin de convaincre leur proie, car elle est bien trop occupée à se convaincre elle-même.

Ensuite, presque un an plus tard, Vince arrive au *Rapture* et y rencontre le porte-flingue de son grand-père. Si Hermès le reconnaît, il va se retrouver dans la merde plus que jamais. Donc Hermès doit mourir. Il ne l'avait pas tué pour sauver Charlie.

Elle se sentit un peu étourdie, au bord du vertige.

« Tu as fait exprès de laisser... » Posey s'était appuyée au chambranle de la porte, la main encore sur la poignée. Ses yeux s'écarquillèrent un peu à la vue du matelas debout contre le mur, des tiroirs retournés, puis son regard tomba sur sa sœur assise par terre. « Tu sais que tu as laissé 30 dollars en pièces de 1 dans les fringues que tu as foutues à la poubelle ?

— Merde. » Ses pourboires de la soirée. Elle perdait les pédales. Sérieusement.

Posey entra pour lui donner l'argent, puis regarda à nouveau autour d'elle. « Qu'est-ce qui se passe ? Parce que tu n'as pas l'air de faire la sieste.

— Non, je ne fais pas la sieste », admit Charlie.

Sa cadette poussa un long soupir. « Je vais préparer du ramen et refaire du café. Tu as dix minutes pour terminer ce que tu as commencé, et ensuite on cause sérieusement. »

Dès qu'elle fut sortie, Charlie retourna sur Internet. Elle tapa de nouveau « Edmund Carver ». Des photos issues de blogs du grand monde apparurent, où on voyait Vince participer à des réceptions. Aucune ne datait des quatre dernières années mais, avant cela, des entrefilets rapportaient sa présence à des bals et vernissages.

Elle trouva un article sur un gala organisé par une société de tradition française, illustré par un cliché où son compagnon figurait auprès d'une blonde identifiée par la légende comme Adeline Salt. Elle portait un fourreau de soie blanc qui semblait particulièrement cher sur sa peau bronzée, tonifiée, et son corps probablement microsculpté.

Sur la photo, Vince – *Edmund* – riait, une coupe de champagne à la main, un bras passé autour des épaules de la dénommée Adeline. La lumière le frappait de telle manière que son ombre se dressait au-dessus d'eux deux.

Charlie connaissait cette jeune femme. C'était celle dont il conservait la photo dans son portefeuille. La fille de Salt, ce qui faisait d'elle la tante d'Edmund, bien qu'ils semblent avoir à peu près le même âge.

Adeline. La fille qu'il appelait dans son sommeil.

Plusieurs personnes avaient laissé des commentaires à la suite de l'article de presse.

Voilà le problème quand on glorifie notre 1 % de parasites. On s'en fiche que ce soient des assassins, dès l'instant qu'ils connaissent toutes les bonnes personnes.

Je ne crois pas les accusations portées contre Remy, et quiconque le connaît ne les croirait pas non plus. Il s'est toujours mis en quatre pour les autres, n'hésitant pas à se faire tremper pour aider le personnel à monter une tente quand un orage menaçait de gâcher une réception dans les Hamptons, ni à s'allonger sur un trottoir sale pour récupérer le sac à main d'une inconnue tombé sous une grille d'évacuation. Je n'oublierai jamais le jour où nous nous sommes échappés d'un cocktail au Conservatory Garden de Central Park pour nous promener dans le jardin. C'est le Edmund que je choisis de me rappeler.

Ça fait peut-être de moi un salaud, mais je suis content qu'il soit mort. Je regrette qu'il ait vécu assez longtemps pour pouvoir emporter avec lui la vie d'une innocente. Je trouve répugnant qu'on le défende et encore plus qu'on « choisisse de se le rappeler » comme autre chose que ce qu'il était : un sociopathe.

Charlie entendit sa sœur jeter de la vaisselle dans l'évier et sut ne plus disposer que de quelques instants avant d'être obligée de la rejoindre. Il y avait toutefois encore une chose qu'elle voulait faire. Dans la barre de recherche de Google, elle tapa « Lionel Salt », ce qu'elle n'avait pas fait depuis des années.

Elle trouva une description de la propriété du milliardaire à Springfield, apparemment achetée 8,9 millions de dollars en 2001, ainsi que plusieurs liens où son nom était associé à des affaires judiciaires en cours. Dès qu'elle vit une photo de la maison, Charlie commença à avoir les mains moites.

Cela ressemblait exactement au palais de ses souvenirs.

14

UN ESSAIM DE MOUCHES NOIRES

Quand Charlie sortit de la chambre, sa sœur mangeait bruyamment du ramen assaisonné d'une tonne de sauce au piment et à l'ail.

Vêtue de leggings et d'une chemise ample, Posey avait natté ses cheveux bruns. Tout était normal, en dehors du fait qu'elle portait aussi du khôl, du brillant à lèvres et des bottes à fermeture éclair qui lui montaient en haut des mollets. Elle comptait donc aller quelque part. Charlie espérait seulement que ce ne soit pas dans un labo.

« Bon, tu voulais me parler hors de la présence de Vince, dit-elle, se forçant à se concentrer sur la discussion du moment et non sur tout ce qu'elle venait d'apprendre. Pourquoi ? »

Posey picorait dans son bol. « Tu ne comptes pas me dire pourquoi tu as saccagé ta chambre ? »

Peut-être Charlie avait-elle besoin de se faire tirer les tarots, comme tous les nigauds du monde. Peut-être avait-elle besoin d'entendre quelqu'un d'autre dire : *Il ne vaut rien.* « Commence par ce qui te préoccupe.

— D'accord. Alors, hier soir, je causais avec un mec…

— Tu m'avais dit que tu ne le ferais pas. » Elle regrettait soudain d'en avoir tant révélé la veille au soir.

« J'ai cessé de discuter avec toi, corrigea Posey, mais je n'ai jamais accepté de faire ce que tu voulais. »

Un coup de téléphone idiot avait failli provoquer la mort de Charlie. Que se passerait-il si jamais Salt entendait l'histoire de sa sœur et la reliait à Hermès ?

« J'ai été prudente, affirma Posey.

— Efface ça. Quoi que tu aies pu mettre en ligne – *efface-le.* » Charlie chercha du regard l'ordinateur de sa cadette, comme si elle avait pu, en le jetant au fond du Nashawannuck Pond, faire disparaître tout ce qu'on avait pu laisser sur Internet par son intermédiaire.

« Il n'y a rien en ligne, insista Posey. C'était un tchat crypté qui efface tout une fois lu. »

Charlie s'assit à table. Sa tête palpitait. Les événements des dernières vingt-quatre heures la dépassaient. Elle avait envie de se recroqueviller dans un trou noir, voire d'attaquer une thérapie primale.

« Oublie ça une minute, dit sa sœur, parce que ce n'est pas de ça que je veux te parler.

— *Merde,* lâcha-t-elle faute d'une réaction plus cohérente.

— Il y a un étudiant à l'UMass. Madurai Malhar Iyer. Il prépare une thèse sur les ombres éveillées. Le mec qui m'en a parlé essaie d'engager le dialogue avec lui depuis une éternité, mais l'autre l'envoie systématiquement sur les roses. »

Charlie avait l'impression de savoir ce qui allait suivre – et qu'elle allait détester cela.

« Je savais que tu refuserais de le rencontrer, reprit Posey, donc je lui ai écrit et j'ai fait comme si tout ce qui t'est arrivé m'était arrivé à moi. Seulement… » Son aînée la fixa sans chercher à l'aider. « Seulement, je ne peux pas y aller toute seule.

— Pourquoi ?

— Parce que ce n'est pas à moi que c'est arrivé. » À l'entendre, il semblait s'agir d'une évidence.

Charlie plongea une fourchette dans le ramen et laissa la sauce au piment lui brûler la bouche. « On dirait que c'est un gros problème *pour toi.*

— J'ai dit qu'on le retrouverait à la bibliothèque de l'UMass pour discuter, continua la cadette, sur le ton qu'on prend pour demander quelque chose sans le demander vraiment. Ce soir.

— Non et non, martela Charlie en levant les mains. Pas question que j'y aille. Aucune chance. »

Posey étrécit les yeux. « Tu es trop occupée ? Tu comptes ravager le salon ? »

Sa sœur se leva. « La nuit dernière a été un cauchemar, et je n'ai absolument aucune envie d'en parler avec un inconnu.

— Tu as menti à propos de ton rendez-vous avec Katelynn, je le sais. Tu voulais chercher quelque chose sans que Vince soit là. » La menace était implicite mais néanmoins efficace.

Elles se tinrent debout, les yeux dans les yeux. Charlie serrait les poings inconsciemment, si fort que ses ongles lui rentraient dans les paumes. « Ne fais pas ça.

— Je n'ai pas de voiture. Au moins emmène-moi, insista Posey. *S'il te plaît.* » L'aînée grogna et se dirigea vers sa chambre. « Où vas-tu ?

— Chercher mon manteau. »

Charlie dépassa Lucifeule qui fixait un des murs de la salle de bains, la queue battante. Parfois, on entendait des souris s'y déplacer, ce qui rendait la chatte nerveuse. Elles étaient toutes nerveuses, ces temps-ci, semblait-il.

De retour dans la chambre, la jeune femme tenta d'y remettre un semblant d'ordre – changeant les draps du matelas afin d'avoir l'alibi du ménage si quoi que ce soit paraissait déplacé.

Tandis que les deux sœurs sortaient de leur allée en voiture, l'aînée brassait un fatras de souvenirs où se mêlaient l'assassinat de Rand par Salt et la facilité avec laquelle Vince avait récemment dissimulé un meurtre. Lui était-il arrivé de tuer pour son grand-père ? Avait-il tué pour le compte de Salt la jeune femme retrouvée morte dans son véhicule ? L'avait-il tuée pour son propre compte ?

La veille, il s'était montré prudent, méticuleux, d'une compétence troublante, mais il n'avait pas donné l'impression d'aimer tuer ni d'avoir envie de recommencer. Charlie avait peine à l'imaginer en train de faire le mal pour s'amuser.

Bien sûr, elle ne l'imaginait pas aisément non plus au milieu d'un gala comme elle n'en avait jamais vu qu'à la télévision, vêtu d'un costume plus cher que sa Toyota, et engloutissant du Champagne – avec un C majuscule car il provenait de la bonne région de France. Peut-être ne disposait-elle que d'une imagination terriblement atrophiée.

« Bon, parle-moi de ce Malhar », demanda-t-elle pour se distraire.

Posey haussa les épaules. « Je ne sais pas grand-chose. En tchat, il avait l'air sympa.

— Ce n'est pas pour te vexer, mais il y a un tas d'étudiants dans la Vallée, et ils ne sont que ça : des *étudiants*. Qu'est-ce qui te fait croire que celui-là dispose de plus d'informations que toi ? Je veux dire : tu passes tes nuits à faire des recherches en ligne. Tu as dû lire un million d'articles sur les ombres éveillées. »

Le froncement de sourcils de la cadette s'accentua. « Mais je ne fais pas de la vraie recherche. Il y a des gens qui inventent des histoires ou qui les exagèrent pour attirer l'attention. Les vidéos sont parfois truquées. Je sais plein de choses, oui, mais il y en a tellement que j'ai cru réelles et qui n'ont pas fonctionné au bout du compte ! Lui, il authentifie toutes les informations qu'il reçoit. Il a des preuves. » Elle se tortilla sur son siège, mal à l'aise. Peut-être parce que les sièges étaient un peu bousillés, comme tout le reste de la Corolla. « En parlant de ça…

— Quoi ? » demanda Charlie.

Posey fit la moue. « J'ai peut-être exagéré un ou deux trucs, moi aussi…

— Pour attirer son attention. » Charlie regarda par la vitre le ciel qui s'assombrissait. « J'imagine que ça a marché. »

Après cela, la cadette resta muette durant tout le trajet jusqu'à ce qu'elles traversent le pont Calvin Coolidge.

L'université du Massachusetts s'élevait telle une cité surgie au milieu de nulle part, avec stade de football, hauts bâtiments, bouchons routiers et un Stonehenge miniature. Si on se trompait de rue devant un marché de produits fermiers, on se retrouverait au milieu de l'essaim d'étudiants arrivant chaque année comme les sauterelles, assoiffés de bière et de thé aux perles. Les étudiants étaient le fluide vital de la Vallée. Charlie ne les aimait guère mais savait avoir besoin d'eux autant que n'importe qui si elle voulait continuer de servir à boire.

Et, bientôt, sa sœur serait des leurs, les accompagnerait vers un avenir empli de perspectives. Du moins l'espérait-elle.

Elle se gara sur un immense parking, marqué de lettres signifiant peut-être – mais peut-être pas – qu'elle se trouvait au bon endroit.

En descendant de voiture, elle regretta encore une fois la légèreté de son blouson de cuir. Le soleil était rouge, très bas sur l'horizon. Au loin, on distinguait la ferme à foudre de Sunderland qui emmagasinait de l'énergie avec force frappes et crépitements sinistres.

« Ça va ? demanda Charlie.

— Je ne me vois carrément pas venir ici tous les jours. »

Elles demeurèrent sur place quelques secondes, jusqu'à ce que l'aînée rappelle à sa cadette que c'était elle qui disposait des indications. Posey regarda un instant son téléphone, les sourcils froncés. « Je crois qu'on est censées aller vers cet étang, là-bas. »

Elles se perdirent deux fois, errant sur le campus, croisant des groupes d'étudiants en bottes UGG et pantalon de pyjama. Une femme noire aux yeux superbement maquillés, assise devant le centre des étudiants, lisait une traduction féministe de *Beowulf*. Un garçon blanc tenta de donner à Charlie un tract annonçant un festival d'animés. Trois autres, en jogging, passèrent à petites foulées près des deux visiteuses.

Vince avait fréquenté un établissement de ce genre, assistant à des cours magistraux, apprenant l'escrime. Une université plus onéreuse, censée le former à diriger les êtres moins fortunés.

Il possédait tout, à l'époque. Argent. Privilèges. Pouvoir.

Pour la première fois, Charlie se demanda ce qui avait bien pu le pousser à s'enfuir.

Madurai Malhar Iyer les attendait dans le hall d'entrée de la bibliothèque. C'était un grand type, jeune, la peau brune, qui portait des lunettes à fine monture métallique et un gilet par-dessus un tee-shirt. Il était maigre au point qu'on l'imaginait bien assez pris par ses études pour oublier de manger.

« Je suis Posey, se présenta la cadette. Et elle, c'est ma sœur, Charlie. »

Malhar les inscrivit comme ses invitées puis les guida jusqu'à une salle d'études, au fond. « Merci d'avoir accepté de me voir si vite », dit-il tandis qu'ils circulaient entre des étagères chargées de livres.

Posey hocha la tête, visiblement un peu gênée. Elle avait envie de l'impressionner, comprit Charlie.

Malhar décrocha son sac de son épaule et le posa sur la table avant d'en sortir un ordinateur portable et un bloc-note. En tombèrent aussi plusieurs stylos, suivis de près par une pomme. « Vous voulez quelque chose ? Il y a une machine à café, mais il n'est pas très bon. Le chocolat chaud est correct, mais quelqu'un m'a dit avoir trouvé un cafard cuit dans son gobelet. »

Posey fronça le nez. « Je passe.

— Je veux bien un café au cafard », dit Charlie. L'énergie apportée par le café sucré de Balthazar commençait à s'épuiser ; elle avait besoin de quelque chose pour la soutenir.

« Je vais t'en chercher, dit-il avant d'hésiter. Je suis sûr que ça ira. Je veux dire : plein de gens en boivent. »

Il revint avec trois gobelets. Deux cafés et un chocolat chaud. Sans doute se sentait-il obligé de les accompagner, tel un hôte buvant la première gorgée de vin pour prouver qu'il n'est pas en train d'empoisonner ses invités.

« Bon, dit-il en se raclant la gorge. Posey, j'aimerais que tu me racontes à nouveau ton histoire et je voudrais l'enregistrer. C'est bon pour toi ? »

Posey renvoya les épaules en arrière. « C'est l'histoire de ma sœur, en fait. Je me la suis attribuée parce qu'elle n'était pas sûre d'avoir envie d'en parler. Mais je l'ai convaincue que c'était important. »

Son regard se posa sur Charlie. Qui haussa les épaules.

« Alors c'est toi qui as l'ombre éveillée ? » Malhar paraissait sidéré.

Charlie ne pouvait pas le lui reprocher. Elle se tourna vers sa sœur. « La *quoi* ? »

Posey avait l'air gênée. « Elle l'est. Elle est quelque chose, en tout cas. Tu sais qu'hier soir, elle se comportait bizarrement.

— Je vais te tuer, déclara son aînée en se levant. Ce sera un assassinat pur et simple. Et personne ne pourra me le reprocher. Je n'arrive pas à croire que je t'ai laissée me traîner ici... »

Malhar leva les mains, prévenant toute violence. « On pourrait faire quelques tests. »

Posey avait avoué dans la voiture avoir un peu exagéré, mais Charlie n'avait tout de même rien vu venir. « Pas question. On s'en va. Elle te fait perdre ton temps. Tout ce qu'elle veut, c'est que tu lui apprennes à éveiller son ombre. Elle dirait n'importe quoi pour t'en convaincre.

— Attends, la retint Posey en lui prenant le bras. Laisse-le y jeter un coup d'œil. Raconte-lui l'histoire. »

Charlie se dégagea d'une traction. Elle avait envie de renverser son café. Elle avait envie de balancer une chaise.

Dans un coin de sa tête, cependant, elle s'interrogeait : son ombre pouvait-elle être magique ? Ne valait-il pas le coup de laisser sa sœur profiter impunément d'une arnaque irritante si les informations qu'elles obtenaient s'avéraient vraiment utiles ?

« Bon, dit Charlie en se laissant tomber sur sa chaise. Vas-y. Teste mon ombre. Ce que tu veux. Mais, quand tu t'apercevras que ce sont des conneries, ne dis pas que je ne t'ai pas prévenu. »

Malhar leva son téléphone. « Alors, c'est d'accord pour que j'enregistre tout ça ?

— Non. Certainement pas, répondit Charlie.

— Oh, *allez*, supplia Posey.

— Vous n'aurez pas besoin de dire vos noms, assura Malhar, et je garderai vos identités secrètes dans mes notes. C'est juste pour moi, pour tout réécouter et m'assurer d'avoir bien tout compris. Personne d'autre n'entendra ça. »

Charlie les regardait tour à tour, Posey et lui. « D'accord. Pas de noms. »

Appuyant sur un bouton, il posa le téléphone entre eux. « Bon, c'est parti. On va essayer de s'organiser. D'abord, parle-moi un peu de toi. Ton âge. Tous les détails qui te paraissent importants.

— J'ai 28 ans. » Charlie ne mettrait rien d'autre sur un enregistrement. « C'est à peu près tout ce qu'il y a à savoir.

— Et toi ? » Il se tourna vers Posey.

« Moi ? » Elle se grattait nerveusement la peau autour de l'ongle du pouce. Elle en mordit le bord puis parut remarquer ce qu'elle faisait et croisa les mains sur la table.

« On t'entendra sur l'enregistrement. » Malhar eut un sourire rassurant.

Posey éleva un peu la voix, comme si elle craignait que le téléphone ne la capte pas. « J'ai 25 ans. Je suis sa sœur, et je tire les tarots sur Internet.

— Vraiment ? » demanda l'étudiant.

Elle acquiesça, inclinant la tête de côté. « Je pourrais te faire un tirage.

— Ouais, ça me serait peut-être utile. » Il semblait regretter toute cette soirée. « Laissez-moi vous parler un peu du projet auquel vous allez participer. Ça a commencé comme une ethnographie – une étude culturelle des crépusculiens. Une plongée tout au fond de cette communauté, si vous voulez. Ça m'a paru important car il y a encore des gens pour se rappeler l'époque où c'était secret, et d'autres qui connaissent surtout le sujet pour avoir vu des ombres retaillées dans des magazines.

» Plus j'ai discuté avec des témoins, toutefois, plus je me suis intéressé aux ombres éveillées et à leur propre ethnographie. J'ai été surpris des différences de vues à leur propos selon les époques et les groupes. Ça ne correspondait pas à mon concept d'origine. Donc, euh… ma thèse a gonflé comme un ballon. Je me suis mis à collecter les références historiques, à les comparer avec les témoignages modernes. Ensuite il m'a fallu d'autres entretiens. J'ai passé un temps fou à défendre mon travail devant mes professeurs. Et mes condisciples. Et mes parents.

— Ils devraient être ravis que tu fasses ça, remarqua Charlie. Il me semble que l'université du Massachusetts compte fonder une école de sorcellerie, un jour, non ? »

Malhar ricana. « Des physiciens qui expérimentent sur des ombres aphotiques et des spécialistes du folklore qui engrangent des histoires. Des biologistes qui cousent une ombre de chat sur une souris. Mais je suis censé être ethnographe et tout le monde a l'air de croire que je suis plongé là-dedans trop profond.

— Ah, fit Charlie. C'est *toi* qui aurais envie de fonder l'école de sorcellerie, en fait. »

Il secoua la tête, mais il souriait. « Tu te doutes bien que je couperai tout ce que je pourrais dire de gênant au moment de la transcription, hein ?

— Et si, moi, je veux dire quelque chose que j'ai envie de tenir secret ? demanda-t-elle.

— J'arrêterai l'enregistrement le temps que tu fasses ton commentaire et je le relancerai quand tu auras terminé, dit-il. Il y a quelque chose que tu ne souhaites pas qu'on enregistre ?

— Peut-être », répondit-elle.

Il attendit la suite et, comme rien ne venait, lui adressa un signe de tête encourageant. Sans doute avait-il l'habitude d'interviewer des paranos bizarroïdes. Enfin, il se racla la gorge. « Est-ce que tu peux me raconter ce qui a provoqué les changements de ton ombre ? »

Charlie but une gorgée de café en se demandant comment raconter son histoire sans risquer que cela se retourne contre elle. « Un type est venu à mon boulot et s'est servi de son ombre pour me brutaliser. À un moment, elle ressemblait à du brouillard, et puis c'est devenu une espèce de croisement entre une silhouette découpée dans du papier et un trou noir. Une pure absence de lumière. Elle pouvait devenir assez solide pour renverser des bouteilles d'alcool. Et elle... »

Charlie s'interrompit : elle se rappelait le moment où l'ombre avait empli ses poumons, l'impuissance qu'elle avait alors ressentie. Elle avala le reste de son café d'un coup, espérant que l'amertume l'aiderait. Malheureusement, même au fond de la tasse, ce breuvage n'était guère que de l'eau chaude insipide.

« Ensuite, l'ombre s'est engouffrée dans ma gorge. Je la sentais lourde, épaisse, comme si j'avalais un nuage d'orage. Je ne pouvais plus respirer. » Elle baissa les yeux sur le vernis écaillé de son pouce afin d'éviter de regarder l'un ou l'autre de ses compagnons. « J'ai perdu connaissance, mais pas très longtemps. »

Elle se rappela la voix de Vince lorsqu'elle s'était réveillée. La douceur avec laquelle il s'adressait à Hermès. Et cette même douceur quand il s'était adressé à elle sur le perron. *« Je voudrais qu'il soit encore vivant pour pouvoir le tuer à nouveau. »*

« Juste une clarification, intervint Malhar. Peux-tu me dire à quelle distance maximum l'ombre a pu s'écarter du corps de cette personne ?

— Sept ou huit mètres, répondit Charlie, soulagée de se concentrer sur les détails techniques plutôt que sur ce qu'elle avait ressenti. Mais, le plus souvent, elle restait à moins de trois. »

L'étudiant posa toute une série de questions du même ordre. Combien de fois l'ombre s'était-elle matérialisée, et à quel point était-elle solide ? Paraissait-elle reliée au crépusculien ? Ce dernier paraissait-il affaibli d'une manière ou d'une autre ? S'était-il interrompu pour lui fournir du sang ? Charlie avait-elle saigné, et si oui, l'ombre avait-elle paru distraite ou intéressée par son sang ?

Il prit une note. « Et a-t-elle parlé ? »

Charlie secoua la tête, surprise. Les *Furies* parlaient, du moins certaines d'entre elles. Les plus puissantes, comme Joss Cherche-les-Crosses, responsable du massacre de Boxford, ou Xiang Zheng, qui avait dicté nombre d'observations sur le monde à des savants aux alentours de 220 après J.-C., et qu'on avait pris pour un fantôme. La plupart, moins intelligentes que des animaux, disposaient cependant d'une ruse rudimentaire provenant de leurs souvenirs humains, mêlés à la folie qui, en général, les affligeait.

Mais les ombres simples, ancrées, étaient incapables de parler – du moins seules. C'était en tout cas ce qu'elle avait toujours cru.

Posey se faisait apparemment la même réflexion. « Elles peuvent parler ? »

Malhar hésita, quoique nullement réticent. Il semblait plutôt se demander comment présenter ce qu'il s'apprêtait à dire. « Je ne sais pas si vous connaissez la mécanique des échanges d'énergie qui existent entre ombre et crépusculien. »

Posey fronça le sourcil. Elle n'aimait pas admettre qu'elle ignorait quelque chose, mais, selon sa sœur, c'était un sujet sur lequel elle aurait besoin de réponses fermes et précises.

« Dis-nous, encouragea Charlie.

— L'être humain moyen, au repos, produit assez d'énergie pour alimenter une ampoule. Pour charger un téléphone. S'il court, il en produit assez pour alimenter un four électrique. » Malhar secoua la tête. « Ce que je dis est inexact. D'après la première loi de la thermodynamique, l'énergie ne peut-être ni créée ni détruite. Donc nous ne la produisons pas : nous l'obtenons en convertissant des aliments et de l'eau. »

Posey hocha la tête durant toute son explication.

« C'est cette énergie qui se transmet aux ombres. Elles sont un peu comme des parasites. Le corps produit toujours un surplus d'énergie, que siphonne ce parasite magique. Plus il en absorbe, plus il devient puissant.

— Et c'est comme ça qu'on peut lui faire accomplir des tâches, compléta Posey.

— Je remarque que tu as la langue fendue, reprit Malhar, donc tu as dû entendre parler de la conscience bifurquée. Les crépusculiens entraînent leur cerveau à contrôler leur ombre tout en continuant de contrôler leur corps. Les gens ambidextres ont un avantage. Si tu vois un crépusculien qui n'a pas la langue fendue, il y a de fortes chances qu'il soit ambidextre.

— Oui, bien sûr », acquiesça son interlocutrice, impatiente. Pour elle, c'étaient là des données élémentaires.

« Le problème, c'est qu'une ombre éveillée, toute seule, n'emmagasine pas beaucoup d'énergie. Donc, mettons qu'un crépusculien veuille accomplir une tâche en exigeant davantage que n'en possède son ombre, il peut ouvrir un canal qui le relie directement à elle, si bien qu'elle profitera de la sienne. Mais si ce canal reste ouvert trop longtemps, le crépusculien meurt. C'est là qu'intervient l'âme bifurquée.

» Quand un obscur verse une part de lui-même dans son ombre, il crée une entité distincte qui emmagasine l'énergie. Elle devient un reflet, une identité secondaire, inversée. Sauf que, plus ton ombre est puissante, plus elle te contrôle.

— Les Furies », devina Charlie.

Malhar hocha la tête. « Quand un crépusculien meurt, oui. Mais je crois qu'elles sont conscientes bien avant cela. »

La jeune femme se rappela qu'il disait étudier l'ethnographie des ombres et comprit soudain pourquoi ses conseillers le disaient trop impliqué. Espérait-il en interviewer une ? En *avait-il* interviewé une ?

« Euh… Bon, on devrait passer aux tests, dit-il, ayant peut-être vu l'expression de Charlie. Il y en a trois que j'aimerais essayer, mais je vais être obligé d'installer un truc avant.

— Tu vas filmer en vidéo ? demanda-t-elle.

— Ça fait partie du test », répondit-il, prudent.

Elle fronça le sourcil quand il sortit un trépied et relia par un câble son ordinateur portable et son téléphone. « N'essaie même pas de montrer nos têtes. »

Malhar acquiesça, distrait, tandis qu'il installait l'anneau de lumière, puis il sortit une lancette à prélèvement sérologique dans un emballage plastique.

« Tu veux bien te lever, Charlie ? » demanda-t-il après avoir disposé son matériel à son gré.

Elle obtempéra.

« Maintenant, est-ce que l'une de vous peut me dire ce qu'elle a observé pour en arriver à penser que ton ombre avait été affectée par l'expérience ?

— Elle bougeait bizarrement, répondit Posey. Pas comme si Charlie la contrôlait ni rien de tel, mais c'était bizarre. »

Malhar se tourna vers Charlie. « Est-ce que tu lui as fourni du sang ?

— Hier soir, je me suis coupée. Et aujourd'hui, dans la salle de bains, j'ai arraché une croûte. Alors je ne sais pas. Peut-être. »

Posey prit l'air offusqué d'entendre cette nouvelle pour la première fois mais rien de tout cela n'aurait été en train de se produire si elle n'avait pas d'abord trahi la confiance de sa sœur, qui refusait donc de se sentir coupable.

« Tu veux bien te piquer le doigt, maintenant ? demanda Malhar. Devant la caméra.

— Bien sûr. » Charlie ramassa la lancette, la sortit de son emballage, se piqua le bout du doigt et regarda gonfler une soudaine perle rouge que tous observèrent en silence.

Rien n'arriva. Au bout d'un moment, Charlie se lécha le doigt. « Bon, ça n'a pas marché. On a fini ? »

Elle ne savait trop ce qu'elle éprouvait. Il ne lui plairait sans doute pas de devenir crépusculienne, mais elle n'en avait pas moins l'impression d'avoir échoué à un examen.

« Tu peux essayer de la faire bouger ? » demanda Malhar, quoique sachant sûrement que c'était inutile.

Charlie se concentra. Elle était certes un peu ambidextre, mais son cerveau ne lui paraissait pas fondamentalement bifurqué.

« Tu essaies vraiment, là ? » interrogea Posey, qui s'attira un regard éloquent.

« OK, dernier test », dit Malhar. Il alluma ses lampes.

La première projeta l'ombre de Charlie, gigantesque, sur le mur à sa gauche.

Puis la seconde s'alluma. L'ombre aurait dû se dédoubler. Ce ne fut pas le cas.

Charlie écarquilla les yeux, hésitant à croire ce qu'elle voyait. « Elle est… »

Malhar hocha la tête. Lorsqu'il reprit la parole, ce fut à voix basse. « Tu as une ombre en cours d'éveil. Elle n'est pas tout à fait arrivée au but, mais encore un ou deux jours à la nourrir de sang et elle y sera. Je crois n'en avoir encore jamais vu une à ce stade. »

Charlie contemplait son ombre dressée au-dessus d'elle, le cœur emballé. C'était une partie d'elle, elle le savait, mais elle ne pouvait s'empêcher d'en avoir un peu peur. « Qu'est-ce que je dois faire ?

— Tu peux cesser de la nourrir, suggéra Malhar. Elle se calmera. »

La jeune femme hocha la tête.

« Mais tu ne ferais pas une chose pareille », intervint Posey, comme si cette éventualité était en soi insultante.

Charlie prit la troisième tasse négligée et avala encore un peu de lavasse tiède.

« Ou bien tu peux devenir crépusculienne. » Malhar éteignit ses lampes en souriant. « Le concept des ombres éveillées met parfois mal à l'aise. Il existe même des groupes marginaux persuadés qu'on nous ment à propos de leur nature. »

Posey ricana. « Il veut parler de ceux qui prennent les ombres pour des démons. »

L'étudiant hocha la tête. « Ou pour des extraterrestres. Ces gens-là croient que nos cerveaux interprètent de travers ce que leur transmettent nos yeux, parce que la vérité est trop horrible pour être assimilée par un esprit humain.

— Mais Charlie n'est pas folle », affirma Posey.

La première intéressée n'en était pas si sûre que ça. « Bon, d'accord, c'est quoi, une ombre éveillée ?

— On est dans la théorie, la prévint Malhar. Tu as dû entendre parler de la matière noire, le truc qui empêche la gravité de déchiqueter notre galaxie. Il faut qu'elle soit là, parce que, sinon, tous les calculs mathématiques s'effondrent, mais personne ne peut le prouver. Et l'*énergie* noire est encore plus théorique que ça.

» L'énergie noire a été utilisée pour expliquer les fantômes, mais elle s'applique mieux aux ombres, en lesquelles on peut voir d'une certaine manière les fantômes des vivants. Et, tout comme les fantômes semblent être les échos d'événements traumatisants, on dit les ombres aphotiques formées par un traumatisme. Certains profs, ici, sont persuadés que, comme les fantômes également, elles rejouent des souvenirs plutôt que de disposer d'une vie indépendante. C'est une connerie, soit dit en passant.

— Aphotique ? s'enquit Charlie.

— Qui se forme en l'absence de lumière, expliqua Malhar avec une mimique d'excuses. Le terme s'est imposé dans les milieux académiques.

— Donc il faut un traumatisme pour éveiller une ombre ? » À présent qu'ils en arrivaient à la portion de la conversation qui l'intéressait vraiment, Posey paraissait retenir son souffle.

L'étudiant fronça le sourcil. « On dirait bien. Mais les traumatismes sont extrêmement personnels. Il y a des vidéos très troublantes où des gens font des trucs extrêmes, complètement irresponsables, pour éveiller leur ombre. Mais ça a peu de chances de marcher, car ces actes sont dépourvus de poids émotionnel. Le traumatisme ne se limite pas à la douleur. »

Charlie jeta un regard à sa sœur. « Pas d'ayahuasca, alors ? »

Malhar éclata de rire.

Posey, entre gêne et colère, resta muette.

« On devrait y aller », dit encore Charlie en se levant. Elle tentait de ne pas trop jouir de la situation.

L'étudiant récupéra son téléphone sur la table. « J'aimerais bien qu'on se reparle, pour que je puisse surveiller les évolutions de ton ombre. Tu sais que tu peux me faire confiance, hein ?

— Est-ce que je peux te poser une question confidentielle ? »

Il arrêta l'enregistrement, le front plissé. « Bien sûr.

— Tu as entendu parler d'un bouquin intitulé le *Liber Noctem* ? »

Les sourcils de Malhar se haussèrent. « *Le Livre des Furies* ? »

Elle hocha la tête. « Je suis au courant de la vente aux enchères. Il circule énormément de rumeurs – notamment que l'auteur serait une Furie ayant "capturé le souffle de vie". J'adorerais y jeter un coup d'œil. C'est un de ces livres que tout le monde voudrait étudier, comme *Le Traîté de Lucifer*, le *Codex Antumbra* ou le *Fushi-no-Kage*.

— Tu crois que les rumeurs sont vraies ?

— Que l'auteur est une Furie ? » Malhar haussa les épaules. « Ce serait fascinant. Presque tous les livres de magie d'ombre sont écrits du point de vue du crépusculien. À quoi est-ce qu'ils ressembleraient s'ils l'étaient de celui d'une ombre consciente qui apprendrait à suivre ses désirs ? »

Charlie n'était pas sûre d'avoir envie de le savoir mais elle commençait à comprendre pourquoi une autre Furie voudrait lire cet ouvrage.

Quelques minutes plus tard, les deux sœurs traversaient la pelouse pour rejoindre le parking. Des groupes d'étudiants les croisaient.

« Tu pensais vraiment que mon ombre était en train de s'éveiller ? » demanda Charlie.

Sa cadette secoua la tête. « Et toi ?

— Bien sûr que non. » Elle plongea les mains au fond de son blouson de cuir. « Je te l'aurais dit. »

Cela lui valut un reniflement peu convaincu.

« Tu serais à ta place ici », commenta-t-elle en regardant alentour. Ayant attendu en vain une réponse, elle insista : « Je suis sérieuse. Tu es comme eux. »

Posey chassa du pied quelques feuilles mouillées. « On a plein de factures impayées et, comme tu me le rappelles tout le temps, on ne pourrait pas garder la maison si Vince ne payait pas une partie du loyer. Les études, c'est une dépense idiote. D'autre part, tout est différent à présent. Tu es l'une d'entre eux. D'ici un an, quand tu seras obscure, on pourra faire tout ce qu'on voudra. Même si ce que tu veux, c'est que je passe un diplôme inutile. »

Charlie fronça le nez, les yeux fixés sur le sol, sur son ombre. Elle n'avait jamais envisagé un avenir dans lequel elle faisait partie des gens de pouvoir. Il serait agréable de croire que cela lui permettrait d'apporter le bonheur à sa sœur. Toutefois, depuis leur enfance, c'était toujours elle qui semblait récolter ce dont Posey avait envie. L'attention de leur mère. De l'argent au fond des poches. Et maintenant de la véritable magie.

Même si d'heureux changements se profilaient, elle devait de toute façon d'abord s'occuper de Vince, qui l'avait trahie, qui était un menteur détenant un livre caché ainsi qu'un lien avec Salt – et avec la violence. Connaître ce secret lui donnait l'impression d'avoir le ventre gonflé de mouches qu'elle ne pourrait empêcher de jaillir en un essaim répugnant si elle ouvrait la bouche.

15

LE PASSÉ

Une fois Rand disparu, Charlie passa quelques semaines à glander. Au lycée, elle voyait beaucoup ses copines. Elle avait davantage de temps pour aller chez elles et faire la fête le week-end.

Des années durant, elle s'était répété qu'il la forçait à participer à ses complots. Sans eux, toutefois, elle avait la bougeotte. Il lui semblait avoir besoin de plus d'intensité que les gens qui l'entouraient, d'une plus forte dose d'adrénaline pour ressentir quoi que ce soit.

Six mois après l'enterrement de Rand, Charlie retourna au *Moose Lodge*. Benny éclata de rire en la voyant franchir la porte.

« Oh, allons, ma chérie, dit-il. Tu n'as rien à faire ici. On ne veut pas que ton proviseur nous cherche des noises. »

Elle jeta son sac à dos sur une table, passa derrière le bar et ouvrit le distributeur de glaçons, lequel produisait des fragments agglomérés requérant un usage vigoureux du pic. Elle prépara à Benny un martini comme il l'aimait, de la vodka glacée avec plusieurs olives pour adoucir le feu de l'alcool.

« Je veux un boulot perso, dit-elle en poussant le verre vers lui. Et je ne veux pas travailler pour Knight. »

Il fronça les sourcils. « Il n'y a que les obscurs qui nous engagent, ces temps-ci.

— D'accord, dit-elle, quoique les mains soudain moites. Pas lui, c'est tout. »

Il haussa les épaules. « Le neveu de Willie, Stephen, s'est mis à voler des ombres. Il dit que c'est du fric facile. Il dit qu'il peut trancher une ombre comme la bride d'un sac à main ; tout ce qu'il faut, c'est un couteau en onyx.

— Et alors quoi, on assomme les gens ? » Elle fit la moue, ayant hérité de Rand le mépris des crimes n'exigeant pas de véritable talent.

« Il touche 250 dollars du bout, dit-il. Vingt fois plus si l'ombre est magique, mais c'est dangereux. »

Charlie hocha la tête, pensive.

Benny la regarda avec scepticisme. « Mais, toi, tu veux un véritable boulot, hein ? »

Elle redressa les épaules. « Comme quoi ?

— Une mission que n'importe lequel d'entre nous aurait entreprise au temps de sa splendeur. Tu connais la maison d'Arthur Thompson ?

— Bien sûr, répondit Charlie qui l'avait visitée avec sa classe de 3e.

— Il y a un groupe de jeunes crépusculiens disposant d'un peu de fric qui sont prêts à payer quiconque s'y introduira pour voler une page d'un carnet de notes dans un placard verrouillé. C'est censé parler de l'emploi des ombres en tant qu'énergie absorbable pour modifier d'autres ombres et bla bla bla, des trucs de magie à la con. Tu crois pouvoir faire ça ? »

Arthur Thompson, l'inventeur du système permettant de récolter l'électricité des orages, avait fondé environ trente ans plus tôt la première ferme à foudre. Voilà ce qui l'avait rendu célèbre avant le massacre de Boxford. Et voilà aussi pourquoi il faudrait se souvenir de lui, disaient les professeurs de Charlie, souhaitant préserver du goût adolescent pour le macabre l'héritage d'une légende locale.

En plus de son intérêt pour la foudre, Arthur Thompson se passionnait pour la magie d'ombre. Étant homme de science, quand il avait découvert à la foire régionale un stand dirigé par un groupe de fondamentalistes persuadés que le crépuscule était l'œuvre du diable, il s'était arrêté pour discuter en compagnie de deux de ses amis.

Pour résumer, ils s'étaient fait tirer dessus. Arthur était mort et son ombre, devenue Furie, avait massacré plus de cent personnes. Sa maison avait néanmoins été préservée dans l'état où il l'avait laissée, y compris son atelier avec toutes ses notes.

« Qu'est-ce que ça paie ? » demanda Charlie.

Benny renifla. « 500. »

Elle le fixa en essayant de deviner à combien monterait sa commission. « Ça paraît léger, le prix de deux ombres volées. »

Il haussa les épaules. « Ouais, tu devrais sans doute t'en tenir à quelque chose de plus facile. »

Elle accepta le boulot.

Charlie s'était toujours estimée aussi sociable qu'un oursin. Si elle voulait devenir un escroc de la classe de Rand, elle allait donc devoir faire des efforts côté charme. Suivre les indications d'un professionnel était une chose, être responsable de toute l'opération en était une autre.

Elle s'était entraînée en pratiquant des techniques de base. L'arnaque à la monnaie : on achetait un paquet de chewing-gums avec un billet de 20, puis on faisait semblant de cafouiller, tout en empochant sa monnaie, et on s'arrangeait pour que le caissier donne un billet de 10 contre 9 dollars ; enfin on se

« corrigeait » en rendant le billet de 10 et en récupérant son billet de 20. Une bêtise, mais qui réclamait une langue bien pendue et une apparence d'honnêteté.

Ensuite le chat-en-poche, particulièrement efficace pour une adolescente. Charlie feignait de trouver dans la rue une bague apparemment en or, ou en un matériau tout aussi précieux, puis demandait à un passant si elle lui appartenait. Très souvent, elle n'avait même pas à lui suggérer de lui donner un billet de 20 dollars pour la débarrasser du bijou ; il était tellement persuadé de l'arnaquer qu'il y pensait tout seul.

Cela l'aida à comprendre dans quelle mesure il fallait sourire, se montrer timide ou empressée. En outre, elle gagna 60 dollars, ce qui n'était pas à dédaigner.

Le samedi suivant, elle se prépara à accomplir son premier boulot sans Rand.

Un coup de téléphone à la maison d'Arthur Thompson lui révéla la première information dont elle avait besoin. Ayant appris quels groupes venaient en visite le lundi, elle se rendit à la friperie la plus proche de l'école catholique mentionnée par l'employé du musée, et y trouva l'uniforme scolaire qu'elle cherchait. Il paraissait un peu mangé aux mites, et sa dernière propriétaire avait remonté l'ourlet d'une jupe désormais très courte, mais l'ensemble ne coûtait que 12 dollars, y compris le chemisier blanc.

Chez elle, elle fit des expériences de coiffure. Les couettes lui donnaient l'impression d'être déguisée mais, si elle réunissait sa chevelure en une queue-de-cheval haut perchée, enfilait des collants noirs, mettait du brillant à lèvres et mâchait une tablette de Bubble gum, l'effet était parfait.

Entrer serait facile – les musées ne demandaient après tout pas mieux que d'accueillir des visiteurs –, mais s'introduire dans un bureau fermé à clef puis ouvrir un placard verrouillé sans que nul ne s'en rende compte serait une autre paire de manches. Sans parler d'arracher une page d'un carnet et de l'emporter sans se faire arrêter.

Le lundi, elle mit son projet à exécution. Elle raconta à sa mère qu'elle allait dormir chez Laura, rédigea un faux certificat médical pour le lycée, puis prit le bus jusqu'à Northampton. À bonne distance de la maison d'Arthur Thompson, elle regarda les adolescentes s'entasser à l'intérieur, laissa passer un quart d'heure, puis se montra.

« Je suis en retard, dit-elle à la caissière, l'air aussi affolé que possible. Je suis vraiment désolée. Il a fallu que ma mère me dépose et je vais me faire engueuler. Elles sont là, hein ? Je peux entrer ? »

La femme n'hésita qu'un instant. « Vas-y. Dépêche-toi. »

Charlie se hâta d'obtempérer, soulagée que cette première partie soit terminée. Elle trouva sa prétendue classe mais resta à l'écart jusqu'à ce que les élèves commencent à entrer dans le bureau d'Arthur Thompson, moment auquel elle s'inséra dans le flux. C'était la manœuvre importante : la porte était munie d'une alarme et un seul groupe à la fois était admis.

Le professeur – un prêtre qui paraissait assez jeune, avec un accent d'Europe de l'Est – s'éclaircit la voix. « Maintenant, nous allons écouter avec les oreilles, pas avec la bouche. »

Charlie se glissa derrière des étagères chargées de livres.

Un employé du musée entreprit de raconter l'enfance d'Arthur Thompson, les défis d'Harvard dans les années 1980, le choc et les six semaines d'hôpital que lui avait valu le prototype du mécanisme à récolter la foudre.

« C'est à ce moment-là que son ombre est devenue magique ? » demanda une fille.

Le prêtre lui lança un regard éloquent, mais l'employé du musée acquiesça. « C'est l'opinion générale, étant donné qu'il s'est ensuite intéressé à la magie d'ombre. Il s'est inscrit sur une partie des premiers forums et a même été à l'origine de calculs concernant les échanges énergétiques entre un crépusculien et son ombre.

— Alors, qu'est-ce qui lui est arrivé ? demanda un garçon, au fond.

— Tu n'as pas appris la leçon, Tobias ? interrogea le prêtre.

— Si, je parle de l'ombre, renvoya l'adolescent. Joss Cherche-les-Crosses, elle se faisait appeler après être devenue Furie, c'est ça ? Alors, on l'a traquée, ou quoi ?

— Rien de tout ça n'est dans la leçon, insista le professeur. Et nous ne devons pas faire perdre leur temps aux guides.

— J'ai vu la vidéo, insista le gamin. Sur Internet. »

L'employé sourit, mais d'un sourire un peu forcé. « Personne ne sait ce qui est arrivé à l'ombre d'Arthur après le massacre de Boxford. On s'est demandé si le transfert d'énergie avait provoqué une perte de mémoire, ou si elle avait été désorientée. Mais rappelez-vous que Joss Cherche-les-Crosses n'était pas Arthur. Arthur est mort lors du massacre de Boxford, c'est une victime, comme tous les gens qui sont morts ce jour-là. »

Charlie écouta la conversation suivre un tour familier, les deux adultes s'efforçant bravement de la remettre sur ses rails. Un quart d'heure plus tard, la classe sortit en file indienne, laissant Charlie dissimulée derrière son étagère. Elle attendit que la pièce soit vide pour quitter sa cachette et ramper sous l'énorme bureau d'Arthur Thompson.

Ensuite, elle regarda des pieds aller et venir, comprenant qu'elle aurait dû entrer avec le dernier groupe et non le troisième avant la fin. Mais ce n'était pas comme si elle devait trop se préoccuper de ne pas faire de bruit, de ne pas bouger, ni rien de tel. Du bruit, il y en avait tout autour d'elle, une cacophonie de rires, de chewing-gums mastiqués et de discours.

Enfin, la toute dernière classe sortit. Dans l'autre pièce, les employés du musée – qui n'étaient que deux – discutèrent entre eux un moment. L'un éclata de rire. Puis monta le bruit inquiétant d'un aspirateur.

Lequel ne fut toutefois pas emmené dans le bureau, et cessa de se faire entendre au bout de quelques minutes.

Charlie poussa un soupir de soulagement.

Elle continua de tendre l'oreille tandis qu'on refermait les serrures et branchait les alarmes. Dehors, la nuit était tombée. L'adolescente quitta sa cachette, plus nerveuse qu'elle ne l'avait prévu. Malgré toutes les maisons où elle s'était introduite, cette aventure-ci lui paraissait différente. Le moindre bruit la faisait sursauter.

Se forçant à respirer lentement plusieurs fois de suite pour se calmer, elle sortit son téléphone et s'en servit comme lampe pendant qu'elle crochetait la serrure du placard. Il lui fallut trois essais avant que ses doigts enfin assez fermes n'ouvrent la porte.

Derrière, elle trouva le carnet de notes désiré – un de ceux qui étaient exposés. Elle le feuilleta jusqu'à atteindre une page marquée « Échange d'énergie des ombres », puis sortit un rasoir de son sac à dos.

Comme elle se préparait à couper, toutefois, elle se sentit coupable. Mutiler un tel ouvrage semblait déplacé. Quand c'était Rand qui commandait, elle n'avait jamais eu besoin de réfléchir aux questions morales. C'était un sale type, ils faisaient des sales coups et ça n'allait pas plus loin.

Charlie mangea une barre de granola tirée de son sac à dos, tout en observant le placard.

Elle fit le tour de la pièce en regardant les cadres accrochés aux murs. Les premiers croquis de la ferme à foudre exécutés par Arthur Thompson. Une lettre de félicitations du gouverneur. Et, dans un coin, une autre lettre, envoyée par quelqu'un qui se présentait comme une Furie, et rédigée en pattes de mouche convolutées.

À A. Thompson dans la ville de Northampton,

Vous avez essayé de me contacter et je vous conseille vivement d'arrêter. Oui, il y a des êtres très anciens parmi les ombres, mais vous feriez mieux de nous laisser tranquilles.

Être étudié ne m'intéresse absolument pas. Mon origine me rattache peut-être à votre espèce, mais je n'en fais plus partie.

Écrit le 23ᵉ jour d'avril par Cleophes d'York.

Charlie plissa le front, se demandant si la Furie d'Arthur Thompson était toujours vivante quelque part, à écrire des lettres.

Enfin, elle sortit son téléphone et prit en photo la page du carnet de notes : toutes les informations y seraient et, si c'était ce que désiraient ses clients, cela devrait leur suffire. Quoique ayant l'impression déprimante d'être en train de déconner, elle ne put se contraindre à découper la page.

Elle inspecta ensuite les fenêtres, espérant trouver une issue, mais toutes étaient munies d'alarmes. Elle s'assit sur la chaise, s'amusa un peu à la faire pivoter. Joua sur son téléphone. Rampa à nouveau sous le bureau et fit un somme.

Une fois réveillée, elle remarqua un reflet sur une vitre. Une ombre, dans un angle, qui s'écartait du mur. Charlie se recroquevilla un peu plus et tenta de ne pas respirer.

L'ombre s'avança dans la pièce, marquant une pause devant la bande de carreaux noirs qui en faisait le tour. Lorsqu'elle la franchit, elle devint plus matérielle. Un instant, elle acquit des traits faciaux – ceux de l'obscur qui la contrôlait. Puis elle s'écarta des carreaux d'onyx et s'approcha du placard. Lorsqu'elle se laissa couler dans le trou de serrure, la porte pivota sans se faire prier.

L'ombre, alors, redevint matérielle, comme si quelqu'un façonnait la nuit pour lui donner une forme humaine. Elle devait y être contrainte pour porter le carnet. Le cœur cognant dans la poitrine, Charlie retint à nouveau son souffle quand passa près d'elle l'être mystérieux, lequel laissa son butin dans un coin de la pièce, au fond d'un panier de plans architecturaux roulés – sans doute des reproductions.

Comme le voleur redevenu immatériel se laissait couler par la fenêtre, Charlie comprit pourquoi il n'avait pas emporté l'ouvrage convoité. Il ne pouvait pas plus qu'elle-même lui faire franchir la porte ou la fenêtre. Il pouvait en revanche le déplacer afin que son crépusculien se présente au musée le lendemain, le glisse dans son sac et reparte sans que nul ne s'aperçoive de rien.

L'aube allait poindre quand Charlie, estimant enfin que l'ombre n'était plus postée derrière les fenêtres, s'approcha du panier pour regarder le carnet.

Elle fit la grimace : c'était bien le volume dont on lui avait demandé une page. En définitive, ce fut avec une joie perverse qu'elle l'ouvrit avant de sortir son rasoir.

Quel que soit le crépusculien qui voulait s'en emparer, il allait avoir une sacrée surprise en le feuilletant. Charlie espéra qu'il serait furieux. Elle eut la soudaine impulsion sauvage de signer son œuvre, mais la combattit avec succès.

Lorsque la première classe entra, le lendemain, elle se sentait ivre de victoire mais avait désespérément besoin d'un cabinet où faire pipi. Tandis que les élèves repartaient, elle sortit de sous le bureau et se cacha derrière les étagères. Encore une classe, encore un discours et, ensuite, elle filerait d'ici.

Le groupe suivant entra en file indienne dans le bureau. Charlie sourit à un garçon qui se posta près d'elle, se passa les doigts aux coins de la bouche puis fronça les sourcils.

« Tu as quelque chose… », dit-elle.

Comme il allait frotter l'endroit indiqué, elle tendit la main et s'en chargea pour lui. « Voilà, dit-elle. C'est parti. »

Parvenue à rester hors de vue des profs jusqu'à l'heure du départ, elle tenta alors de sortir avec les autres, la tête baissée. Au moment où elle atteignait la porte, elle entendit une voix :

« Hé, dit une professeure. Tu n'es pas de cette classe, toi. »

Elle tourna la tête, l'air coupable, exhibant son rouge à lèvres étalé, et vit le regard de l'enseignante chercher le garçon dont elle avait taché la bouche du même rouge à lèvres.

« Keith ! » s'exclama la prof. Puis Charlie sortit du musée avec ce qu'elle espérait être une excuse crédible pour filer à toutes jambes.

Benny lui organisa une rencontre le jour même, sur le parking d'une cafétéria du centre-ville.

Trois obscurs entre 20 et 30 ans firent leur apparition. L'un avait une cigarette électronique à la bouche. Un autre portait un skateboard. À leurs regards, on devinait qu'ils ne l'auraient jamais engagée s'ils avaient su à quel point elle était jeune.

« Voilà tes 300 dollars », lança avec un geste joyeux le crépusculien à la cigarette.

Comme elle ouvrait la bouche pour protester, un des autres l'interrompit avec un rictus. « C'est à prendre ou à laisser.

— Je laisse, dit Charlie.

— À qui vas-tu vendre cette page sinon ? reprit le jeune obscur. Tu crois que quelqu'un d'autre t'en donnera plus ? »

Était-ce l'un d'eux qui avait envoyé son ombre à la maison d'Arthur Thompson pour doubler les autres ? Ou bien quelqu'un auquel l'un d'eux avait parlé et qui tentait de leur souffler la page sous le nez.

Elle aurait certes pu leur apprendre des choses, mais elle ne les appréciait pas assez. « 600 ou je la brûle. Et le prix augmente chaque fois que vous discutez. »

Ils échangèrent un regard. « Pas question.

— 700. »

Voyant l'un des trois éclater de rire, elle pêcha un briquet au fond de son sac. Fit tourner la mollette.

« Va te faire foutre », lâcha celui au skateboard.

Charlie alluma la page du carnet. Le papier prit rapidement feu et se consuma tandis que les crépusculiens poussaient de grands cris. Les cendres furent dispersées par le vent, petits fragments noirs tourbillonnant comme des ombres.

L'adolescente ricana, combattant une vague d'épuisement à cause de sa nuit perdue, de la frustration d'avoir perdu ce qu'elle était persuadée d'avoir gagné, et de la certitude que cela ne serait jamais arrivé à Rand.

« Tu sais ce que tu viens de faire ? interrogea l'obscur à la cigarette électronique.

— Je me suis assurée que personne n'essaie plus jamais de me doubler », répondit Charlie avant de s'éloigner, la tête haute et le dos droit.

Ce soir-là, elle chargea sur Internet la photo qu'elle avait prise. Des années plus tard, elle la verrait encore partagée de-ci de-là, sachant que c'était bien la sienne car un bout de son doigt apparaissait au bord.

16

LÉCHER TES BLESSURES

Quand Vince rentra, Charlie fit semblant de dormir, respirant régulièrement, la joue contre l'oreiller, le nez planté dans le tissu. Il resta debout sur le seuil, à la regarder, assez longtemps pour lui faire dresser les cheveux sur la nuque.

Elle pensait qu'une explication était nécessaire, mais pas maintenant. Pas alors qu'elle était épuisée et que s'était échappée la colère qu'elle aurait dû ressentir, la laissant chargée de tristesse. Elle ne voulait pas que Vince soit le petit-fils de Lionel Salt, ne voulait pas être obligée de se demander jusqu'où il irait pour protéger son secret. S'il avait assassiné Hermès pour avoir reconnu en lui Edmund Carver, l'assassinerait-il elle aussi ?

Il ne peut pas savoir que je suis au courant, se répéta-t-elle. *Du moins pas encore.* Mais elle l'imaginait pourtant allongé près d'elle, empoignant son oreiller et s'en servant pour l'étouffer.

L'imaginait tenant derrière le dos un couteau de leur cuisine et s'approchant du lit. Le souvenir d'avoir acheté ces couteaux dans un magasin discount vint la distraire un peu. Ils avaient toujours eu besoin d'être aiguisés : la dernière fois qu'elle avait découpé une courge butternut, elle avait vraiment dû la scier. Ce serait là une terrible façon de tirer sa révérence.

Et, vu la rapidité avec laquelle Vince s'était débarrassé du dernier cadavre, il n'aurait aucun problème non plus à se défaire du sien. Elle ne doutait pas qu'il dispose des solvants adéquats pour tout nettoyer afin que la police scientifique ait peine à trouver des indices.

Un frisson lui parcourut les épaules et elle se mordit la joue pour se contraindre à rester immobile.

Le vieux cliché à propos des tueurs lui vint à l'esprit : *un type tranquille, plutôt renfermé…* Ce qui décrivait bien Vince.

Elle resta immobile tandis qu'il pliait son pantalon et jetait sa chemise dans le sac à linge sale. Ne bougea pas davantage quand il posa sa montre sur la commode, brancha son téléphone avec le chargeur.

Peut-être aurait-elle dû prendre les devants. Quand on vit avec quelqu'un, il doit être assez facile de réduire cette personne à l'impuissance. Des calmants pour chevaux. Des somnifères dans les plats cuisinés. Proposer de l'attacher aux montants du lit pour des jeux érotiques. Ensuite, elle pourrait l'interroger. Le forcer à tout admettre. Lui poser les questions dont elle avait toujours voulu connaître la réponse.

Pourtant, ce dont elle avait envie, c'était qu'il vienne au lit et lui pose la main sur l'épaule en lui disant qu'il la savait éveillée. Qu'il lui dise l'aimer passionnément et soit prêt à confesser tout ce qu'il lui avait caché, toutes les raisons de ces secrets. C'était un désir infantile, le désir que le monde ne soit pas ce qu'il était, que les gens se comportent d'une manière dont ils ne se comportaient jamais. C'était le vœu pieux d'une idiote, prête à se laisser tondre de tout ce qu'elle possédait.

Vincent Damiano n'est pas une personne réelle. Charlie avait été trop occupée à s'assurer qu'il ne la découvre pas derrière ses masques pour remarquer que lui n'était qu'un masque.

Trou dans la tête, trou dans le cœur ou trou dans la poche. La malédiction de la famille Hall.

Vince finit par quitter la chambre, éteignant le plafonnier. La jeune femme resta allongée dans le noir, les yeux ouverts. Dehors, les réverbères brûlaient. Derrière les maisons voisines, la vieille usine se dressait, obscure, surmontée de la pièce d'argent étincelante qu'était la lune.

Ce fut seulement quand la lumière rouge de l'aurore commença à saigner sur l'horizon que Charlie s'endormit enfin.

Elle s'éveilla en début d'après-midi, seule.

Elle quitta le lit avec des gestes mal assurés, puis passa la tête dans la chambre de sa sœur pour s'assurer que Vince n'était pas devenu fou au point de la couper en deux – ou quelque chose comme ça. Posey dormait, un bras autour de son antique MacBook.

Charlie enfila une robe de chambre, passa dans la cuisine et se versa une grande tasse de café tiède amer. Elle glissa un couteau à steak dans la poche de sa robe de chambre, puis elle attendit, l'estomac bouillonnant.

Le moment de discuter sérieusement était arrivé.

Vingt minutes plus tard, Vince arriva avec deux sacs de provisions. Elle ne put s'empêcher de voir ce qui les entourait par ses yeux de garçon riche. Tout ce qui était usé. Les taches de graisse. L'aspect miteux.

Il jeta un coup d'œil à son expression et posa les sacs sur le plan de travail sans faire mine de les vider. « Il est arrivé quelque chose ?

— Tu m'as menti », répondit Charlie en le regardant dans ses yeux pâles.

Il paraissait méfiant mais pas encore sur la défensive. « Je…

— Tu te demandes de quel mensonge je parle ? Ça doit être difficile : il y a le choix, dit-elle sèchement. *Edmund Carver.*

— Ne m'appelle pas comme ça, lâcha-t-il.

— Parce que tu préfères *Remy* ? Ou parce que tu as peur que quelqu'un entende ? » Elle savait qu'affronter Vince serait absolument terrible, mais sentir se déverser enfin l'amertume qui l'habitait lui faisait un bien fou. « Ça n'a pas été trop dur de dormir sur un matelas par terre plutôt qu'entre tes draps super épais, grand luxe ? »

Il secoua la tête. « Je te jure que ce n'était pas le problème. »

Quand elle le regardait, cependant, elle ne voyait plus que l'Edmund Vincent Carver des pages mondaines, avec du dédain dans ses yeux couleur de fumée. Un peu de brillantine, une autre inclinaison de la mâchoire, et il se changerait en un inconnu. Si seulement elle l'avait observé de plus près, elle aurait compris depuis longtemps : sa faculté de repérer une montre Vacheron Constantin à dix mètres, sa connaissance des résidences secondaires de la classe supérieure, son amour des potins, *bordel*. Sans parler de sa capacité d'assassiner des gens en se disant qu'il n'y aurait aucune conséquence.

« Oh, tu le *jures*. Alors ça doit être vrai, hein ? s'enquit-elle avec un sarcasme mauvais.

— Je voulais recommencer à zéro. » La voix de Vince restait mesurée. « Sans rien qui rappelle mon ancienne vie. Je ne voulais pas que tu me voies tel que j'avais été.

— Bonne réplique. Mais ça n'explique pas pourquoi tu es censé être mort, répliqua Charlie. Ni pourquoi tout le monde, notamment le mec qui a essayé de me tuer, cherche un bouquin que tu as volé. Dommage que tu ne l'aies pas rangé dans le sac au fond de notre placard, avec ton vrai permis de conduire.

— Tu as fouillé dans mes affaires ? » Le ton plat de sa voix était exaspérant.

Elle refusa de céder du terrain, toute sa douleur se changeant par alchimie en colère. « Et comment ! J'ai trouvé le permis. Ensuite j'ai trouvé l'article de presse disant que tu as assassiné une fille avant de te suicider, dit-elle. Tu voudrais que je me sente coupable d'avoir violé ton intimité ?

— Oui, dit-il en se frottant le visage d'une main. Un peu. Je ne sais pas.

— Et tu sais quoi, encore ? J'ai entendu tout ce que tu as dit à Hermès. Tout. C'est à ce moment-là que j'ai compris que tu mentais. Et je sais maintenant pourquoi tu l'as tué : parce qu'il t'a reconnu. »

Vince secoua à nouveau la tête, comme s'il pouvait ainsi chasser ses paroles.

« Vas-y, insista-t-elle. Nie. Dis-moi que tu n'es pas une personne fausse dans une fausse relation amoureuse.

— C'est vraiment ce que tu penses ? » Ses yeux brillaient d'une fureur qu'elle n'avait encore jamais vue. Ils étincelaient de rage.

Elle hésita. « Qu'est-ce que je suis censée croire ? Combien de personnes as-tu tuées pour le compte de Lionel Salt ?

— Beaucoup », répondit-il en fermant les yeux.

Elle le considéra avec horreur. « La fille ? »

Il secoua la tête. « Non, pas Rose.

— Et l'homme qu'on a trouvé dans la voiture ? Le corps que tout le monde a pris pour le tien ? » La voix de Charlie était aussi froide qu'elle pouvait l'espérer, aussi implacable.

« Je ne pouvais pas m'arrêter…, commença-t-il.

— De tuer ? acheva-t-elle pour lui. J'ai la main qui a glissé et, pas de pot, il y avait une hache dedans ! Encore un coup. Zut alors !

— Je vais partir, décida-t-il brusquement, avant de se tourner vers le couloir menant à leur chambre.

— Tu préfères ça à répondre ? » cria-t-elle derrière lui.

Il continua de s'éloigner. À un moment, sa main chercha le mur comme s'il avait besoin de s'appuyer. Bien sûr qu'il allait partir. Il n'était là que quand la jeune femme était facile à vivre, quand tout était facile.

La chatte le suivit, la queue battant un rythme accusateur.

Charlie suivit le mouvement, elle aussi. « Bon, il est où, ce *Liber Noctem* ? Hein, dis-moi ? Tout le monde veut le savoir. Hermès voulait le savoir.

— Pourquoi ? Pour que tu puisses me le voler ? demanda-t-il en ouvrant brutalement un tiroir.

— Dans l'idéal, oui, répondit Charlie sur le seuil, en le regardant commencer à jeter ses vêtements dans son sac. Ça me rapporterait un paquet de fric, c'est sûr. »

Vince cessa de faire ses bagages. « Salt joue à un jeu, et quelqu'un d'autre joue contre lui. Pour eux, nous ne sommes que des pions. Trouver ce livre serait la pire chose qui puisse arriver à qui que ce soit.

— D'accord, explique. Dis-moi ce qui se passe.

— Je ne peux pas, assura-t-il.

— Tu ne *veux* pas, corrigea-t-elle. Tu n'as jamais voulu de moi, hein ? Tu voulais juste un coin où te cacher pour lécher tes blessures. Tu ne m'as jamais aimée. »

Il la regarda comme si elle l'avait giflé. Puis son expression se modifia, devint une maison barricadée pour la nuit, toutes les alarmes branchées. « Qu'est-ce que tu sais de l'amour ? demanda-t-il en hissant le sac marin sur son épaule. Je ne suis pas le seul à avoir menti. »

Charlie ouvrit la bouche mais, de toutes les choses pour lesquelles elle avait été prête à répondre, celle-là n'en faisait pas partie. « Je ne t'ai peut-être pas tout dit sur moi, mais ce n'est pas la même chose que faire semblant d'être quelqu'un d'autre…

— *C'est vrai* », l'interrompit-il dans un cri. Le voir se laisser aller après tant de mois de retenue était effrayant. À son regard, Charlie se demanda s'il n'avait pas peur, lui aussi. « Je ne pouvais pas te donner ce dont tu avais besoin. Je t'ai caché des choses. Même si tu ne savais pas ce qui clochait, tu voyais que je n'étais pas là tout entier. J'aimerais pouvoir dire que j'en étais désolé, que j'aurais voulu être franc dès le début, mais c'est faux. Je ne voulais pas être franc. Je voulais juste que ce que je te racontais soit la vérité.

— Dis-moi tout, alors ! s'écria-t-elle en réponse, refusant de reculer. Sois franc à présent ! Tu me dois bien ça.

— Non, dit-il. Et je ne te dirai rien.

— Bon, eh bien, va te faire foutre, alors. Tire-toi. C'est ce que tu fais le mieux, non ? Va chercher une autre idiote à manipuler. »

La chatte bondit, s'accrocha à la cheville de Charlie et la mordit trois fois de suite au mollet.

« Aïe ! Merde ! jura la jeune femme tandis que Lucifeule bondissait à distance et s'enfuyait dans l'autre pièce. Qu'est-ce qui te prend, minette, bordel ? »

Vince sourit, les sourcils haussés, et Charlie elle-même éclata de rire. L'instant d'après, elle en était furieuse contre elle-même, et contre cette salope démoniaque de chatte, mais elle ne pouvait s'en empêcher. Puis, elle se demanda si elle n'avait pas tort de croire qu'elle ne connaissait pas Vince, s'il n'y avait pas une espèce de vérité sous ses mensonges.

Un reste de sourire traînait sur les lèvres du jeune homme quand il se détourna, le sac sur l'épaule.

« Ce n'est pas ce que tu crois », dit-il à l'entrée du couloir. Puisqu'il ne se retourna pas, elle ne put tenter d'interpréter son expression. L'humour avait toutefois quitté sa voix.

« Ah ouais ? lança-t-elle dans son dos. Alors pourquoi pars-tu ?

— Parce que c'est pire. »

Quelques minutes plus tard, elle entendit claquer la porte moustiquaire.

Elle dut se planter les ongles dans les paumes pour se retenir de le poursuivre. Puis le moteur de la camionnette démarra. Ensuite les pneus crissèrent sur l'asphalte effrité de l'allée.

Charlie donna un coup de pied dans la commode, ce qui fit plus de mal à sa chair nue qu'à la plaque d'aggloméré. Elle frappa encore.

Non seulement il y avait en elle quelque chose de pourri au point que le mec dont les qualités humaines lui avaient paru si sûres se révélait être un assassin ayant simulé sa propre mort, et le petit-fils d'un homme qu'elle haïssait, mais *même ce mec-là l'avait quittée.*

Charlie n'était pas une femme, mais un puits empoisonné.

Elle donna un troisième coup de pied dans la commode pour faire bonne mesure.

Pourtant elle n'aurait pas voulu oublier ce qu'elle savait. Si elle avait pu prévoir, elle aurait tout de même volé le ticket de carte bancaire. Appelé la librairie. Murmuré du mauvais français. Exploré les affaires de Vince. C'était bien son problème. Charlie Hall, jamais satisfaite avant d'avoir retourné toutes les carcasses, révélé la présence du moindre asticot.

Non, elle n'allait pas réfléchir aux dernières quarante-huit heures. Elle allait voler Adam puis le renvoyer à Doreen, exactement comme prévu. Au moins elle pouvait tourmenter le détestable copain d'une autre, puisqu'elle n'en avait plus à elle.

Elle se rappelait vaguement n'être pas censée avoir ce genre de désir, mais cela datait de l'époque où elle essayait d'être sage.

Puisque les ennuis l'avaient retrouvée, elle était disposée à leur souhaiter la bienvenue. Et si jamais Adam disposait du *Liber Noctem,* s'il l'avait piqué à Vince, ce serait encore mieux.

Vengeance sur *tout le monde.* Voilà qui emplirait son temps. Qui la tiendrait occupée. Qui l'empêcherait de ressentir ses émotions.

Au bout du compte, si elle était incapable d'être responsable, prudente, bienveillante ou aimée, si son destin la condamnait au statut d'allumette enflammée, elle pouvait aussi bien se remettre à chercher des trucs à brûler.

17

NE PAS DÉRANGER

Ce qu'il y avait de merveilleux dans les braquages, c'était l'attention qu'ils exigeaient.

Quand elle s'apprêtait à voler quelque chose ou à arnaquer quelqu'un, elle n'avait pas le temps de penser à son ombre en cours d'éveil ni de se demander si elle devait la nourrir de sang ou l'affamer pour qu'elle se rendorme. Pas le temps de réfléchir aux dernières paroles de Vince ni au regard qu'il lui avait lancé quand il était revenu de faire les courses, des sacs de provisions entre les bras.

Qu'est-ce que tu sais de l'amour ?

Elle n'avait pas le temps de penser qu'elle avait laissé sur le plan de travail de la bouffe sans doute en train de pourrir.

Non, elle devait mettre de côté tout ce qu'elle abritait de douleur, de trouble ou de chagrin. Ranger toutes ses émotions jusqu'à ce que le travail soit terminé.

Admettre que Rand avait vu clair en elle, des années plus tôt, lui faisait mal. L'arnaque lui avait apporté ce qu'un point d'eau apporte à un tigre : un répit au milieu de la chaleur.

Balthazar aussi avait raison : elle n'avait jamais été bonne qu'à ça.

Dans le parking de l'hôtel *MGM*, Charlie se prépara aussi rapidement que possible. De la base de fard sur les paupières, puis une ombre brun foncé. De l'eye-liner liquide au bord supérieur des cils, un trait de crayon blanc sur la muqueuse inférieure, et du crayon noir pour le reste de l'œil. Elle acheva le travail par le mascara, dont elle appliqua une quantité industrielle en trois ou quatre passages. Enfin elle se colla de faux cils sur les vrais.

Tout en clignant des paupières dans le rétroviseur, elle étala sur son visage un fond de teint bien plus clair que sa peau, l'estompa avec les doigts, souligna de poudre bronzante avec un pinceau ses pommettes et les arêtes de son nez, puis ajouta du blush et de l'*highlighter*. Quand elle eut terminé, son nez paraissait plus étroit et ses joues plus pleines, si bien qu'on ne la reconnaissait plus. Enfin, elle enfila sa perruque, la fixa avec des épingles, et peigna des doigts ses cheveux roux jusqu'à ce qu'ils paraissent aussi naturels que possible.

Quand elle se regarda dans le miroir, Charlie Hall avait disparu – un plus grand soulagement qu'elle n'avait envie de l'admettre.

L'hôtel *MGM* de Springfield se trouvait à une vingtaine de minutes d'Easthampton. Le casino avait ouvert quelques années plus tôt, la théorie étant qu'il rapporterait de l'argent à une ville qui en manquait cruellement. Quoique nombre d'éditoriaux dans les journaux locaux aient averti qu'il avait de bonnes chances de dégrader plutôt que d'améliorer le niveau de vie des habitants, les rouages de l'industrie s'étaient mis en branle et rien n'avait pu les arrêter.

Résultat : un entrepôt de la taille d'un stade de foot, empli de machines à sous, avec lumières clignotantes, moquettes multicolores et cocktails servis presque toute la nuit. Quand Charlie entra dans l'hôtel, toutefois, elle eut la surprise de le trouver à la fois industriel et douillet.

Des étagères chargées de livres couvraient les murs de briques d'une bibliothèque en mezzanine, suspendue au-dessus du guichet. D'énormes blocs de bois pour xylographie pendaient derrière les réceptionnistes, et les canapés étaient de cuir brun, de ceux sur lesquels on s'attendrait à s'assoupir dans le bureau d'un professeur. L'ensemble évoquait un croisement entre Las Vegas et un hall de gare que Charlie trouva très plaisant.

Un coup d'œil alentour lui révéla une population identique à celle de tous les autres hôtels de casino : des gens venus faire la fête avec des amis ou sortir de leur vie pendant quelques heures, entourés d'escrocs prêts à les délester de tous leurs gains. Ce qui ne dérangeait pas Charlie non plus.

Un mariage venait sans doute de s'achever dans une des salles de bal, car des gamines en robes blanches couraient de-ci de-là, les cheveux gonflés, les tresses ornées de fleurs. Plusieurs personnes élégantes, paillettes et tenues de soirée, discutaient à l'entrée du bar – dont deux femmes coiffées de chapeaux fabuleux.

Charlie s'installa dans un fauteuil, assez loin de tout le monde pour ne pas être entendue, et appela la chambre d'Adam. Au bout de cinq sonneries, elle obtint le répondeur. Il n'était pas là.

Ayant vérifié discrètement l'emplacement des caméras de sécurité, elle gagna l'ascenseur. À ce moment-là, les paroles de Vince lui revinrent.

« J'aimerais pouvoir dire que j'en étais désolé, que j'aurais voulu être franc dès le début, mais c'est faux. Je ne voulais pas être franc. Je voulais juste que ce que je te racontais soit la vérité. »

Elle-même avait éprouvé une variation sur le même thème, mais ne l'avait jamais avoué à personne.

Dans l'ascenseur, Charlie évita soigneusement de croiser le regard de ses compagnons – un livreur de pizza et deux filles aux cheveux mouillés, une serviette à la main, qui revenaient de la piscine –, tout en cultivant une apparence de bienveillance ennuyeuse quoique légèrement dissipée. Au septième étage, elle sortit de l'ascenseur et suivit les indications affichées jusqu'à la chambre 455.

Un panonceau « Ne pas déranger » pendait à la poignée de la porte. Elle l'ôta et le glissa dans la poche de son manteau. Pour faire bonne mesure, elle frappa. Aucun bruit ne s'éleva à l'intérieur.

De mieux en mieux.

Charlie était consciente d'avoir laissé passer la chance de visite clandestine rapide dont elle disposait deux soirs plus tôt. La manœuvre serait aujourd'hui un peu plus délicate. Toutefois, entre elle et le succès, il n'y avait qu'une porte.

Elle connaissait une femme qui s'était aventurée dans un hall d'hôtel en petite tenue, un seau à glace à la main, puant l'alcool, et avait prétendu s'être enfermée hors de sa chambre. Cela lui avait valu une « clef de secours », mais Charlie n'était pas sûre de pouvoir en faire autant, ni de vouloir être aussi mémorable. La méthode qu'elle envisageait alors était moins flamboyante, mais son potentiel humiliant bien moindre.

Tous les hôtels de grandes villes, en dehors des plus luxueux, disposent d'une pièce où l'on trouve un distributeur de glace pilée et, avec de la chance, de boissons. Là, il n'y a jamais de caméras. Elle se glissa dans celle du septième étage avant d'appeler la réception.

« Bonjour, dit-elle. Vous pourriez me passer l'entretien ?

— Une petite seconde », répondit une voix d'homme.

On décrocha après deux sonneries. Une femme, cette fois, qui grommela un vague bonjour.

« Ici Shirley, à la 450, dit Charlie avec un fort accent de Long Island. Vous pourriez envoyer quelqu'un faire la chambre ? »

On lui promit de donner suite. Quand elle raccrocha, un frisson d'anticipation accéléra son pouls, un peu comme l'effet d'un expresso avalé cul sec. C'était le pire traitement contre une estime de soi meurtrie : affronter l'univers avec pour seules armes son courage et son astuce.

L'univers finirait toujours par l'emporter, mais peut-être pas aujourd'hui.

Lors de sa phase la plus dépressive, Charlie avait consulté un thérapeute auquel elle avait confié une liste très abrégée de ses problèmes. Il lui avait conseillé de s'entraîner à la « pleine conscience », ce qui impliquait de « vivre dans l'instant présent » et de « ne pas s'appesantir sur ses erreurs passées » ainsi que sur « toutes celles que vous comptez faire à l'avenir ». Elle n'avait pas très bien réussi l'exercice dans le cabinet du thérapeute, ni en utilisant l'application de pleine conscience téléchargée par la suite, mais, lorsqu'elle était au beau milieu d'un boulot, il lui semblait comprendre ce qu'on ressentait dans cet état-là.

Elle était pleinement présente dans l'instant.

Vingt minutes tendues plus tard, une jeune femme aux cheveux violets poussa hors de l'ascenseur un chariot chargé de serviettes et s'engagea dans le couloir.

Charlie prit une longue inspiration, quitta sa cachette, passa devant elle et fit mine de trébucher. Un coup de coude bien placé, puis ses doigts prélevèrent la carte clef universelle dans la poche de la blouse de service de l'employée. Elle la glissa dans sa propre poche, d'où elle sortit un bonbon à la cannelle, comme le lui avait enseigné Mme Presto.

Quand sa victime remarquerait l'absence de la carte, elle ferait peut-être le rapport avec cet incident, mais Charlie comptait être partie bien avant qu'une équipe de sécurité ne décide d'intervenir.

« Ça va ? » lui demanda l'employée.

Elle éclata de rire. « Je me suis mise un peu pompette au mariage », admit-elle. Puis elle dépassa trois portes et franchit la quatrième pour s'introduire dans la chambre d'Adam.

Le panonceau « Ne pas déranger » était à l'évidence resté un long moment pendu à la porte. Des vêtements jonchaient le sol, et une grande bouteille en plastique de vodka bon marché, à moitié vide, sa capsule ôtée, était posée près du beau téléviseur dans son cadre moderne. L'air sentait le tabac froid ; des fils pendaient du détecteur de fumée qu'Adam avait désactivé.

Ne restait plus qu'à trouver le livre.

La table de chevet ne renfermait qu'un paquet de préservatifs. Dans la salle de bains, elle trouva un assortiment de produits pour les cheveux, d'après-rasage et d'eau de Cologne. Le tiroir contenait une cigarette électronique dorée mais rien d'autre.

Tandis qu'elle visitait la chambre, se rappeler avoir fouillé la sienne la veille la mit mal à l'aise.

Ce souvenir l'amena toutefois devant le placard, qu'elle ouvrit pour n'y trouver qu'un manteau pendu. Elle plongea la main dans les poches. Un bout de papier.

L'ayant déplié, elle découvrit le reçu d'une bague délivré par *Murray's*, une boutique de prêteur sur gages. Adam avait obtenu 700 dollars du bijou, dont la description disait : « Bague de femme volumineuse, or rouge ancien, pierre remplacée. » Doreen possédait une telle bague, héritée de sa grand-mère.

Charlie n'aurait pas dû être surprise qu'Adam vole sa compagne. Dès qu'on commençait à avoir les doigts agiles et qu'on savait pouvoir tout obtenir en disant ce que les autres aimaient entendre, on avait du mal à arrêter et on se trouvait aisément des excuses.

Rand répétait qu'un escroc vivait aux marges de la société et gardait toujours le sourire, aussi mal que puisse tourner la situation. Sur le moment, cela avait paru romantique.

À présent, toutefois, Charlie voyait l'immense insécurité qui suscitait cette attitude, ce besoin permanent d'être plus malin que tout le monde. La certitude que nul ne gagne à tous les coups devenait un défi plutôt qu'une mise en garde.

Dans quoi Adam avait-il pu se fourrer, et à quel point cela avait-il mal tourné pour qu'il ait besoin d'argent alors même qu'il disposait d'un livre à revendre ?

Les gens normaux avaient recours aux boutiques de prêteur sur gages pour obtenir de l'argent rapidement afin de franchir une période difficile, en espérant racheter avant la date limite la porcelaine de leur grand-mère, leur alliance ou quoi que ce soit. Pour les criminels, c'était une bonne manière d'écouler des objets volés. Charlie connaissait bien *Murray's* : elle y avait elle-même vendu du butin.

Puisqu'elle détenait le reçu, elle pourrait récupérer la bague si elle disposait de 700 dollars. Ce qui n'était pas le cas. En outre, même si elle en avait disposé, elle ne les aurait pas dépensés ainsi.

Elle fourra le papier dans sa poche. Doreen pourrait toujours le porter à la police : les prêteurs sur gages n'étaient pas censés revendre des objets volés, et se faire prendre de temps en temps était le prix à payer quand on fermait trop souvent les yeux.

Au moins, elle aurait quelque chose à donner à sa cliente.

Charlie s'apprêtait à se détourner quand le manteau attira encore son attention : il pendait bizarrement, comme si un poids le tirait dans le dos. Elle le pressa jusqu'à sentir un objet dur.

Dur, rectangulaire et… *putain.*

Sortant son couteau, elle découpa la doublure avec précaution et sa trouvaille lui tomba dans la main : un volume à couverture de cuir, format A5. Ce n'était pas l'antique *Livre des Furies.* C'était un carnet moderne comme on pouvait en acheter dans n'importe quelle papeterie. À l'intérieur, des notes avaient été prises au stylo-bille.

La première page portait un titre : « La Myriade d'observations de Knight Singh ». Un instant, Charlie la fixa sans réaction.

C'était l'ouvrage que Balthazar voulait lui faire trouver puis voler le soir où Doreen était venue au *Rapture*. Le soir où Paul Ecco avait été assassiné.

La jeune femme était trop interloquée pour être déçue.

Qu'y avait-il de si important dans les papiers de Singh pour qu'Adam éprouve le besoin de se cacher derrière Amber aux longs cheveux ? Avec quel acheteur pensait-il que Balthazar refuserait de travailler ?

Elle sentit un creux se forer dans son estomac.

Eh bien, Adam avait certes été assez malin pour obtenir ce carnet, mais il ne l'était pas assez pour le conserver. Charlie le glissa sous sa robe de manière que l'armature inférieure de son soutien-gorge le maintienne contre sa peau.

Il était temps de partir. À mi-chemin de la porte, elle entendit le cliquètement caractéristique d'une carte clef déverrouillant la serrure.

Elle s'engouffra dans la salle de bains et chercha refuge dans la baignoire au moment même où la porte s'ouvrait. Accroupie, elle tenta de faire glisser sans bruit le rideau de douche afin qu'il la cache autant que possible. Elle avait connu de meilleurs moments.

La voix d'Adam retentit dans l'autre pièce. « Ouais, je mise 600. Vous me jurez que c'est arrangé ? »

Elle entendit rouler la molette d'un briquet. Sentit une odeur de cigarette. Rester accroupie ainsi, les doigts au bord de la baignoire pour se stabiliser, un coin du carnet de Knight Singh planté dans l'estomac, n'avait rien d'agréable.

« Ouais, Vantablack et Wild Mars Rover en couplé gagnant. » Adam changea de ton, soudain déférent. « Non, je ne doute pas de vous. Bien sûr que non. »

Charlie tenta d'arrêter de respirer afin de mieux entendre ce qu'il disait.

« Quand j'aurai gagné mes 14 000 dollars, le carnet sera à vous. Je rentrerai retrouver ma copine en héros. »

Sentiment qui aurait été bien plus touchant s'il n'avait pas laissé tomber Doreen et leur gamin pendant plusieurs jours, sans parler d'avoir volé la bague. À tout le moins, Charlie comprenait désormais pourquoi il avait besoin d'argent. Quelqu'un lui avait proposé un tuyau aux courses en échange du carnet.

Knight Singh était membre de la Cabale, le conseil dirigeant local des crépusculiens. À titre personnel, il disposait d'une petite organisation qui s'adonnait à nombre d'activités, dont le vol d'œuvres d'art et les manipulations politiques. Il employait principalement des marionnettistes.

Lui disparu, il y avait une vacance au sommet du pouvoir. Le savoir accumulé par Singh aiderait n'importe qui à briguer cette fonction suprême. Un autre marionnettiste utilisant son ombre pour exploiter le monde. Ralentir un coup de poing pendant un match de boxe, empoigner un volant à la sortie d'un virage ou faire tomber un cheval sur un champ de courses. Un autre marionnettiste avec beaucoup d'ambition mais peu d'argent.

Il s'agissait d'une transaction peut-être satisfaisante mais sans conteste clandestine. Adam devait vouloir se débarrasser du carnet très rapidement.

« Je l'ai eu par Raven », déclara-t-il dans la chambre. Charlie entendit grincer les ressorts du lit. « Je ne sais pas si elle l'a lu ou non. »

Toujours accroupie, la jeune femme sentit ses jambes se mettre à trembler. Elle pouvait prendre le risque de s'asseoir, ce qui serait un handicap pour se relever rapidement. Elle pouvait aussi rester comme elle était en espérant qu'aucune crampe ne la rende encore plus lente et incapable de courir si les choses en arrivaient là.

Elle fronça les sourcils en apercevant son ombre noire sur les carreaux blancs, encore un détail qui risquait de la trahir.

L'après-midi même, la chatte l'avait mordue. Avait-elle pu perdre assez de sang pour terminer l'éveil ? Voir une silhouette obscure s'approcher de lui chasserait sûrement dans le couloir un Adam hurlant comme un damné, qui gagnerait le hall de l'hôtel au pas de course, persuadé d'avoir un crépusculien en fureur à ses trousses.

Bouge, ordonna-t-elle à son ombre. *Fais quelque chose.*

L'ombre resta où elle se trouvait.

Oh, allez, songea Charlie. *Sois magique.*

Inerte.

Tu le ferais pour du sang, hein ? Si je te jetais un mouchoir imprégné de sang, comme un bâton à un chien.

Ou comme un mouchoir imprégné de sang à un chien, d'ailleurs.

Je t'en prie. Mais rien n'arriva. Et ses jambes lui faisaient de plus en plus mal. *À quoi tu sers, alors ?*

Elle prit le risque de s'appuyer d'une main au carrelage mural afin de se remettre lentement sur ses pieds. Elle pourrait rester debout bien plus longtemps qu'accroupie mais, si Adam entrait dans la salle de bains, il la verrait à coup sûr.

Elle ne l'avait pas entendu tirer le verrou. Si elle bondissait hors de la baignoire et traversait la chambre assez vite, elle pourrait franchir la porte avant qu'il ne quitte le lit. Sauf que sortir de la baignoire sans faire de bruit lui serait presque impossible. Si seulement Adam allumait la télé, elle pourrait être tentée d'essayer.

Dans la pièce voisine, il donnait un deuxième coup de téléphone. « Ouais, je prends juste une douche vite fait et je te retrouve au bar. »

Elle devait quitter cette chambre *immédiatement*.

Lentement, avec précaution, elle sortit son téléphone portable de sa poche.

Puisqu'il avait trouvé un moyen de se débarrasser du carnet, Amber ne l'intéresserait plus, même s'il ne l'avait pas bloquée. Charlie aurait pu utiliser son téléphone normal pour lui envoyer un SMS en simulant une alerte à la carte de crédit volée ou en se faisant passer pour le gérant de l'hôtel. S'il la rappelait, elle ne pourrait toutefois en aucun cas lui répondre depuis sa salle de bains.

Elle déroula mentalement une liste de ses connaissances et de ce qu'elle pourrait les pousser à dire. Convaincre Barb de lui annoncer qu'il y avait une livraison pour lui et qu'il devait descendre signer le reçu ? Demander à Posey de l'informer que sa voiture était en train de brûler ?

Puis elle songea à l'unique personne sans doute capable de le pousser à se lever et à quitter la chambre. *Doreen.*

À côté, elle entendait Adam fouiller dans ses tiroirs.

Ce connard a piqué la bague de ta mamie, écrivit-elle.

Un temps, il n'y eut pas de réponse et Charlie commença à transpirer.

Puis le SMS de Doreen arriva. *Le salaud. Je vais le buter. Où il est ?*

Charlie sourit. Elle tapa aussi vite que possible. *Hôtel* MGM, *chambre 455. Il y est en ce moment, si tu veux lui dire ta façon de penser.*

Il y eut une longue pause. La jeune femme posa une main contre le mur.

La réponse arriva : *Tu es avec lui ?*

On pouvait toujours compter sur Doreen pour détester attendre. Lorsqu'elle était venue au *Rapture*, elle avait l'air sur des charbons ardents, et, depuis, le moindre de ses SMS révélait son impatience. Au lycée, elle tapotait toujours du pied le barreau de la chaise de devant et manipulait un stylo du début à la fin des cours.

Charlie se contenta de ne pas répondre. Moins de trente secondes plus tard, la ligne fixe de l'hôtel sonnait.

Adam décrocha. Il y eut un long silence, puis : « Comment m'as-tu trouvé ? » et : « Tu vas venir *ici* ? Attends une seconde, chérie. Comment connais-tu le numéro de ma chambre ? »

Entendant des pas se diriger vers la salle de bains, la jeune femme s'accroupit de nouveau. Écouta Adam pisser dans les toilettes. Il jura à deux reprises, donna un coup de pied dans le mur, puis sortit de la chambre. Charlie entendit la porte claquer et la serrure électrique se mettre en place.

Les jambes raides, tremblantes, elle grimpa hors de la baignoire en s'aidant du porte-serviettes, puis boitilla jusqu'à la pièce voisine. Quoique brûlant d'ouvrir la porte à la volée et de s'enfuir, elle se força à compter jusqu'à cinquante. Ensuite, elle passa dans le couloir et se dirigea vers les escaliers. Descendant les marches quatre à quatre, elle dut s'arrêter au quatrième étage pour prendre quelques inspirations profondes. Sous l'effet de la panique, elle avait respiré trop superficiellement et cela lui valait un vertige.

Elle traversa le hall la tête haute et les yeux sur la sortie, en se répétant qu'Adam savait à quoi elle ressemblait mais qu'elle portait une perruque. Elle pourrait même sans doute passer à côté de Doreen sans se faire remarquer.

Une fois les portes franchies, l'air frais d'un automne froid déferla sur elle. Quand elle en inhala une bouffée, elle sentit la décharge d'adrénaline pure qui lui venait toujours à la fin d'un boulot. Et le carnet de Knight Singh coincé sous son soutien-gorge lui en promettait une autre pour bientôt.

Dix minutes plus tard, elle se garait trop près du trottoir sur Meadow Road, en face de *Murray's Fine Jewelry*. Si elle récupérait la bague de Doreen, elle disposerait d'une monnaie d'échange pour le coup de pouce à la scolarité de Posey. Et se ferait pardonner d'avoir piqué le carnet à Adam.

« Charlie Hall », la salua Murray quand la sonnette tinta derrière elle. Elle jeta un coup d'œil aux étagères poussiéreuses familières. « Qu'est-ce que tu m'apportes ? »

C'était un petit rouquin dont les verres à fine monture métallique grossissaient les yeux au point de leur donner un aspect inquiétant. Elle lui revendait des marchandises volées depuis ses 15 ans, âge auquel Rand avait décidé qu'il était important pour elle d'apprendre « les dessous » du métier.

Charlie s'approcha du comptoir. Elle baissa les yeux sur les bagues. « Je peux voir celle-ci ? »

Murray étrécit légèrement les yeux mais il sortit le présentoir indiqué.

Elle posa le doigt sur le bijou de Doreen. « C'est une bague volée, ça, tu sais. »

Il haussa les sourcils. « C'est bien triste. »

Elle soupira car, si Doreen pouvait certes appeler les flics, ils évitaient en général d'intervenir dans les querelles domestiques concernant les biens d'un couple. « Je te l'échange contre un tuyau sur une course de chevaux truquée. »

Il éclata de rire. « Tu veux que je joue aux petits chevaux ? Et si je perds, je fais quoi ? Je viens récupérer ma bague chez toi ? Tu sais que je t'aime bien, petite, mais je ne fais que des coups sûrs.

— C'est un doublé gagnant : Vantablack et Mars quelque chose, dit-elle en tournant la bague entre ses doigts, admirant l'éclat de la pierre et le flamboiement de l'or. Oh, allez, tu ne vas pas me dire que tenir une boutique pareille, ce n'est pas un peu un jeu d'argent.

— Pas si on le fait correctement, grommela-t-il. La pierre est fausse, tu sais.

— Ah », dit-elle en approchant le bijou de ses yeux pour l'inspecter plus attentivement. Les broches qui maintenaient le diamant, ou supposé tel, arboraient une nuance différente de celle de l'anneau. Un or jaune vif.

« Adam est au courant ? »

Murray hocha la tête. « Tu parles ! C'est lui qui m'a vendu la vraie il y a des années.

— Alors, comment ça se fait que tu lui aies donné autant pour le reste ? » interrogea Charlie. Au bout du compte, Doreen considérerait-elle sa bague comme retrouvée si elle s'apercevait que le diamant avait disparu ?

« Ah, parce que tu sais aussi combien je lui ai donné ? » Murray ricana. « Pour ta gouverne, c'est l'or que j'ai payé. Vingt-deux carats. Voilà pourquoi il y a toutes ces rayures. C'est un matériau trop tendre pour ne pas s'abîmer si on porte le bijou régulièrement. »

La jeune femme lui adressa son plus beau sourire de bonne élève. « Allez, mon tuyau est bon, et on dirait que la bague n'est pas si terrible que ça. »

Murray grogna. Puis il ouvrit son ordinateur portable et tapa quelque chose. Charlie fit glisser l'anneau sur son majeur et explora la boutique des yeux.

Dans une autre vitrine, elle remarqua une exposition d'onyx. Bagues, boucles d'oreilles, pendentifs, un filet de perles polies, une paire de menottes ornées de bandes de pierre noire… Non loin de là se trouvaient des gants pareils à ceux d'Odette, mais avec des griffes d'onyx plutôt que d'acier. Il y avait aussi des poudres à ajouter au vernis à ongles ou au rouge à lèvres, quelques fausses dents, et un bel assortiment de couteaux gravés, dont un grand pendu derrière la caisse. Le deuxième boulot de Murray. Vendre de la protection contre les ombres.

« Je vois ta course, là. *Wild* Mars *Rover*. À quel point es-tu sûre de ton tuyau ? » demanda le prêteur sur gages.

Bonne question. Adam avait paru certain, mais Adam était un crétin. « Totalement sûre. » Après tout, qu'elle semble l'être ou non, Murray lui en voudrait tout autant s'il perdait son fric.

« D'accord, dit-il. Rapporte la bague à ta copine. Mais, si ça ne marche pas, tu me devras deux fois plus que ce que j'aurai perdu – et tu me le fourniras sous une forme facile à écouler, comme des pierres précieuses non taillées. Ou des ombres volées. Ça marche ?

— Ouais, acquiesça Charlie, en poussant la bague sur sa dernière phalange, avant de désigner les couteaux noirs. Tu en vends beaucoup, de ces trucs-là ?

— De plus en plus. On n'est jamais trop prudent, répondit Murray. On dit que l'onyx peut trancher la nuit.

— Combien ? » demanda-t-elle.

Il eut un sourire de bon grand-père. « Je mettrai ça sur ton compte. Autant que tu l'achètes à quelqu'un en qui tu as confiance. Il y a trop de résine cirée sur le marché qui ressemble à de la pierre.

— Je te remercie », dit-elle.

Il choisit un des couteaux du présentoir, l'enveloppa dans un morceau de tissu et le glissa dans un sac. « J'espère que les chevaux seront à l'arrivée.

— Et moi donc », renvoya-t-elle avant de se diriger vers la porte. Elle remarqua alors qu'une des briques du sol était d'un noir poli. Aucun marionnettiste n'enverrait une ombre ici.

Dans la voiture, assise au volant, elle ouvrit le sac et en sortit le couteau. Passa le doigt sur le tranchant. Il n'était pas très aiguisé – la pierre ne le restait pas aussi longtemps que le métal.

« L'onyx peut trancher la nuit. »

Elle ne portait plus de couteau en onyx sur elle depuis qu'elle avait cessé de voler les crépusculiens – et le dernier qu'elle avait utilisé était cassé, amputé d'un gros morceau. Même émoussé, un tel couteau était une arme excellente contre une ombre. La pierre l'affaiblissait et la forçait à se matérialiser, si bien qu'elle pouvait être frappée.

Charlie avait bien besoin de s'armer, à présent que Vince n'était plus là pour briser la nuque des gens.

Le boulot terminé, elle n'avait plus rien pour l'empêcher de penser à lui. Aucun moyen d'éviter le coup de poing au ventre que représentait son départ. Aucun d'éviter la tristesse qui l'étouffait.

Mais il avait compris à tout le moins que Charlie Hall n'était pas idiote. Qu'elle n'était pas un pigeon.

Edmund Vincent Carver. Elle sortit son téléphone et fixa à nouveau la photo du permis de conduire, l'étudia comme si elle pouvait à travers ce cliché connaître l'homme qu'il représentait. Son regard tomba sur l'adresse du titulaire : ici même à Springfield.

Elle pouvait aussi bien y faire un saut.

L'immeuble était plutôt petit, avec un rez-de-chaussée et trois étages hauts de plafond. Des murs de vieilles briques. Si Charlie n'avait pas pu en deviner l'âge par la patine, les fenêtres de taille non standard le lui auraient révélé. Tous les climatiseurs dont elles étaient équipées devaient être posés selon un angle curieux pour tenir en place.

Charlie monta les marches du perron. Il y avait dix boutons sur l'interphone. Appuyer sur les trois premiers ne lui valut aucune réponse. Le quatrième et le cinquième locataire ne savaient pas de qui elle voulait parler. Le sixième marmonna bonjour.

« J'ai un paquet pour Edmund Carver, dit-elle. Il faut une signature.

— Il n'habite pas ici. » Un homme, d'après la voix.

« Eh bien, vous pourriez peut-être le lui faire passer », suggéra Charlie. S'il voulait bien ouvrir la porte, elle s'estimait capable de se faufiler à l'intérieur et de refuser de s'en aller avant qu'il ne lui dise au moins quelques mots. « J'ai juste besoin que quelqu'un signe.

— Je vous dis qu'il n'est pas là. Il est mort. »

Qu'il ait commencé par « pas là » et terminé par « mort » n'était pas tellement convaincant. Elle décida de jouer un coup de bluff. « Écoutez, je vous ai menti. Je suis une amie et j'essaie vraiment de le trouver… »

La voix fléchit. « Allez-vous-en. Je ne veux pas de ça chez moi. Je vous l'ai dit à tous – je ne sais rien du tout. La plupart des nuits, il ne dormait même pas ici, et il n'a rien laissé. Maintenant, *fichez le camp*. » L'interphone cessa de crépiter.

Charlie appuya à nouveau sur le bouton, et encore une fois, mais l'homme ne revint pas.

Elle envisagea de regagner sa voiture mais passa au contraire derrière l'immeuble, où étaient rangées les poubelles. Il ne lui fallut pas longtemps pour en trouver une qui renfermait des publicités adressées à l'appartement 2B, au milieu du marc de café, des coquilles d'œuf et des emballages de plats à emporter. Le dos d'un catalogue d'arbustes sur papier glacé, légèrement taché de vieille soupe, portait le nom du Dr Liam Clovin.

18

LE PASSÉ

Né immatériel, aussi éphémère que la fumée de cigarette. Secouru par du sang, par des bribes d'horreur et de dégoût de soi. Désirs gênants. Je la veux. Je le veux. Je veux ça.

Attrape la balle, dit-il, et je l'attrape. Sont-ce mes mains ou les siennes ?

Poursuis-moi, reprit-il. *Trouve-moi.* C'est trop facile. Pour le perdre, je devrais me perdre moi-même.

Il veut que je rie. Me montre comment on fait. Me montre des choses amusantes. Un chat qui tombe d'une table. Un adolescent qui fait du skateboard et finit dans un lac.

Tu es mon seul ami, m'avoue-t-il parfois. Mais c'est seulement le cas parce que sa mère le garde à la maison et l'empêche d'aller à l'école. Parce qu'il porte des vêtements sales. Parce qu'il ne peut inviter personne chez lui.

J'ai peur qu'elle ne meure. Je veux qu'elle me serre quand je pleure, quand j'ai de la fièvre, quand j'ai peur. Je veux qu'elle me caresse les cheveux. Qu'elle m'embrasse sur le front. Je la hais. J'irais peut-être mieux si elle mourait. Aucune de ces émotions n'est mienne, mais elles le deviennent. Elles deviennent moi.

Parfois, elle nous emmène au supermarché et ne met dans le caddie que des trucs lourds bon marché. Du sucre. De la farine. Du lait. Elle lui dit de fourrer des paquets de blancs de poulet et de côtelettes de porc dans son sac à dos.

Pas de bonbons, répète-t-elle. On s'attend à ce que les gamins volent des bonbons. C'est comme ça qu'on les attrape.

Il y a des miroirs au plafond qui permettent de voir partout. Il y a aussi des caméras de sécurité.

Mais aucune ne me regarde, moi. Nous prenons ce qu'elle veut. Nous prenons des bonbons. Nous prenons tout.

Ensuite, son grand-père nous emmène dans sa grande maison où il y a une fille avec qui jouer et assez à manger pour tout le monde. Si Remy a faim, quelqu'un lui fait la cuisine. Si Remy pleure, quelqu'un vient. Mais Remy ne pleure plus. Il me donne toutes ses larmes.

L'arrangement est simple. Nous pouvons rester ici tant que je me conduis mal. Les gens ont une étincelle en eux et, ce que je dois faire, c'est l'éteindre. Chaque fois, un peu de leur étincelle se pose sur moi, comme la tache qui reste quand on écrase un ver luisant. Tuer est plus facile que voler, mais je n'aime pas la manière dont Remy me regarde quand on a terminé.

Je change. Les étincelles me font quelque chose.

J'ai peine à me rendormir quand Remy n'a pas besoin de moi.

Je suis nerveux. Il y a quelque chose qui ne va pas chez moi. Il y a quelque chose qui va très bien chez moi. Je sais faire des choses que Remy ignore. Quand il dort, j'explore la maison, et la fine laisse ne se tend jamais. Je sais jongler avec des oranges, et allumer la radio comme un poltergeist. Lire des livres, dessiner dans la buée sur les fenêtres.

C'est mon idée, la première fois. Je veux voir ce qui se passera. Couper le cordon. Ensuite, quand ça arrive, j'ai peur. Il y a un vide là où était Remy, et j'ai l'impression de tomber à travers la nuit. Je n'ai jamais été seul. Je n'ai pas assez de substance pour être seul.

Chaque fois que cela se produit, j'oublie des choses. De petits détails. Où j'étais. Combien de temps je suis parti.

Adeline me parle, mais tout ce qu'elle dit n'est pas vrai. Je ne veux plus l'écouter.

Parfois, l'air autour de moi paraît chargé d'électricité, comme si un orage se préparait. Je pense que je suis peut-être en colère. Je pense que je suis peut-être furieux. Je pense que je suis peut-être sur le point de faire quelque chose que je regretterai.

Remy promet. Chut. On va s'enfuir. Ensuite, ce sera seulement moi et pas moi et pas lui. Il va me soigner. Il va m'aider.

Mais d'abord étouffer encore quelques étincelles. Noyer encore quelques étoiles.

19

LES BONBONS QUI CASSENT LES DENTS

Charlie texta à Doreen qu'elle avait retrouvé la bague puis se rendit au *Blue Ruin* pour attendre et réfléchir à ce qu'elle allait faire du carnet de Knight Singh.

Le bar était une petite bâtisse en brique miteuse, très loin du centre-ville. Sur la façade, une enseigne aux couleurs passées proclamait que son nom était *The Bluebird,* mais personne ne l'appelait jamais comme ça. C'était en partie un bar de nuit, qui ouvrait à 5 heures du matin et cessait de servir à 2 heures le lendemain. Entre 2 et 5, il se changeait en un restaurant au menu extrêmement limité. Il suffisait donc de commander assez de cocktails pour tenir pendant les trois heures de transition, et on pouvait boire là vingt-quatre heures sur vingt-quatre.

Les clients de 5 heures étaient en grande partie des infirmiers et des médecins de l'hôpital Cooley Dickinson, mêlés à des techniciens de maintenance, des gardiens d'hôpitaux ou des serveurs de restaurant ayant achevé leur service et cherchant un asile après avoir fait la fermeture de tous les autres bars.

Le *Blue Ruin* n'était pas beau. Son comptoir délabré et ses tables avaient été achetés lors de la liquidation d'une vieille taverne et s'inscrivaient mal dans l'espace. Le sol collait aux semelles dès qu'on franchissait la porte, l'alcool était servi dans des gobelets en plastique, et l'unique garniture consistait en de petits citrons verts rabougris.

S'il y avait jamais eu un bar pour représenter parfaitement l'humeur de Charlie cette après-midi-là, c'était bien le *Blue Ruin*. Elle s'assit sur un tabouret, rassurée de savoir qu'elle pouvait rester toute la nuit.

Une heure plus tard, elle avait avalé trois bourbons Maker's Mark, et n'avait aucune envie de ralentir le rythme. Doreen lui avait texté qu'elle arrivait – et un tas d'autres choses qu'elle ne s'était pas donné la peine de lire. Elle avait aussi reçu un SMS de Laura, sa copine de lycée, lui reprochant d'avoir raté son barbecue, et un de sa mère annonçant l'anniversaire de son nouveau compagnon, à l'occasion duquel elle espérait réunir toute la famille. Les filles accepteraient-elles de recevoir, puisque leur logement était plus grand ?

Elle avait en outre sur son répondeur deux messages vocaux du *Rapture* lui demandant si elle comptait venir le lundi soir. Elle tenta de s'imaginer derrière le bar, en train de servir à boire. En s'efforçant de ne pas penser au verre brisé, au sang et à l'ombre qui l'étouffait. En s'efforçant de ne pas penser au bruit qu'avait fait la nuque d'Hermès quand elle s'était brisée.

Elle ignora les messages et passa dans les toilettes pour ôter son maquillage. Elle parvint seulement à l'étaler en une couche anthracite étincelante qui lui couvrait les yeux et une partie des joues. Sournois, l'épuisement et l'irritabilité la gagnaient plus vite que l'alcool ne pouvait les repousser.

La fin d'un boulot était toujours marquée par une euphorie étourdissante, suivie d'une chute d'adrénaline. Ensuite, tout paraissait un peu trop terne et on devenait un peu trop sensible. Comme à cet instant-là, alors qu'elle se regardait dans le miroir, fixait ses yeux noirs, passait le doigt sur sa lèvre fendue… et ressentait l'envie aussi inattendue qu'humiliante de pleurer.

Ce n'était pas à cause de Vince. Ça n'avait rien à voir avec lui.

Elle retourna au bar et commanda un autre verre. Pour noyer son chagrin, il fallait énormément de liquide.

Le barman était un pote de Don. Il essayait de temps à autre d'engager la conversation, mais Charlie n'en assurait que médiocrement sa partie. À un moment, elle se rendit compte qu'il était en train de la draguer.

« Kyle, se présenta-t-il avec un sourire, en relevant les yeux de son téléphone. C'est mon nom. Don a dû te parler de moi. »

Charlie fut soudain sûre que la réciproque, en tout cas, était vraie.

Kyle avait la tête couverte de cheveux bruns épais et ondulés. Un tatouage représentant un rosaire lui couvrait le bras à partir du poignet. Son ombre paraissait entièrement normale. Il effacerait plus efficacement que tout le whisky du monde les peurs, l'horreur et la tristesse de Charlie.

Au moins pendant quinze ou vingt minutes.

Elle aurait dû appeler quelqu'un. Laura, pour s'excuser de ne pas être venue au barbecue. Barb, qui savait la faire rire. José, qui était triste aussi.

« Tu sais que quelques grains de sel sont censés annuler l'amertume du café ? demanda-t-elle à Kyle. Ce n'est pas bizarre, ça, de penser que c'est plus efficace que le sucre ?

— Je n'y crois pas. »

Kyle était sans doute un très mauvais barman. Charlie haussa les épaules. « De toute façon, j'aime bien les trucs amers. Comme moi. »

À son air, il ne savait pas trop comment prendre cette remarque.

Un avertissement, aurait-elle dû lui dire. *Prends ça comme un avertissement : je suis de très mauvaise humeur et je cherche une excuse pour me venger sur toi.*

Charlie voulait que tout le monde la croie volontaire et sans cœur. Aussi dure que du bois pétrifié, que des rochers, que des bonbons qui cassent les dents. Mais elle ne l'était pas.

« Ah, te voilà ! » Doreen s'assit près d'elle au bar, visiblement fulminante. « La grande Charlie Hall. » Elle portait sa tenue de travail – jean blanc et chemisier bleu, avec le nom du cabinet dentaire dont elle était la réceptionniste brodé sur le cœur. Elle avait dû abandonner son guichet quand elle avait reçu les SMS concernant la retraite d'Adam.

Charlie leva les yeux au ciel. « Quoi ? J'ai retrouvé ton mec et ta bague.

— S'il te plaît, dis-moi que tu n'as pas dévalisé le prêteur sur gages. » Doreen parlait assez fort pour que les autres clients à l'air éploré en train de gâcher leur journée tournent les yeux vers elle. Devant le haussement d'épaules que lui valut sa remarque, elle continua : « Adam avait emprunté la bague, c'est tout. Il m'a dit que l'argent lui servait à traiter une affaire qui allait changer nos vies. » De toute évidence, elle avait envie d'y croire. « Il n'était pas en train de nager dans le bonheur.

— Il t'a dit aussi que la pierre n'était plus celle d'origine ? Vu qu'il l'a vendue il y a des années ? »

Doreen rougit. « Tu es vraiment le diable, tu sais ? Tu connais tous nos péchés. »

Charlie avait l'impression d'observer la conversation de très loin. « C'est ridicule. Je suis une ratée, Doreen. Mais j'ai trouvé ton mec et j'ai même récupéré ta bague, alors, si tu as appris quelque chose sur Adam que tu n'avais pas envie de savoir, c'est bien dommage. »

Elles se fixèrent un long moment.

Charlie sortit la bague et la posa sur le comptoir. Quand Doreen voulut s'en emparer, toutefois, elle la couvrit de sa main. « Tu m'as menacée de ce que ton frère pourrait faire au compte de Posey à l'UMass. Je veux confirmation que la date limite de paiement a été reculée. D'au moins trois mois. Je veux la preuve sur mon téléphone quand je me connecterai à mon compte.

— Tu ne peux pas t'attendre à ce qu'il prenne le risque de…

— Je m'y attends à 1 000 %. » Ce qu'il y avait de plus frustrant, quand elle échangeait son travail contre un autre travail, c'était que les gens accordaient énormément de valeur à ses efforts jusqu'à ce qu'elle ait terminé, puis se convainquaient que la tâche avait dû être facile. La renégociation n'était jamais en sa faveur.

La propriétaire de la bague regarda la main qui emprisonnait son bien. « C'est à moi.

— Ça le sera. Dès que tu auras appelé ton frère et que j'aurai reçu mon e-mail. »

Doreen gagna la porte en tirant ostensiblement son téléphone de sa poche. Quelques minutes plus tard, elle rentra, la bouche pincée.

« Tu sais, Adam a dit qu'il aurait récupéré ma bague. Il s'en est servi comme garantie d'un prêt.

— Intéressant, dit Charlie, sur un ton laissant entendre à quel point elle trouvait cela inintéressant.

— J'ai parlé à mon frère, dit Doreen avec un soupir. Il dit qu'il ne peut pas accéder à ta facture. Ça ne marche pas.

— Tu te fous de moi ? Qu'est-ce que ça veut dire ?

— Il n'en sait rien. » Elle paraissait inquiète, ce qui était la seule raison pour laquelle Charlie ne l'accusait pas de tout inventer. « Ça vient peut-être d'un service différent qui ne fait pas passer ses factures par son bureau. Ou alors ton compte a été bloqué. Mais il a *essayé*. »

Un instant, Charlie éprouva une pointe de colère chauffée à blanc, principalement contre elle-même.

Elle retira sa main de la bague. L'idée lui vint, et ce n'était pas la première fois, qu'il aurait mieux valu pour elle d'être à moitié aussi intéressée par l'argent que lui rapportaient ses magouilles que par les magouilles elles-mêmes.

Doreen hésita. « Et maintenant ?

— Vas-y. Prends-la. Je m'en fous, de ta bague. Et de toi. Et de moi. Je me fous *de tout*.

— Qu'est-ce qui ne va pas, chez toi, hein ? » Doreen eut un geste large comme pour signaler que le *Blue Ruin* n'était pas un endroit très chic, qu'on était en fin d'après-midi, et que Charlie était bien partie pour finir ivre morte.

« J'ai quelque chose à fêter. Je suis célibataire. »

La compagne d'Adam lâcha un petit rire amer. « Ah dis donc, regarde-toi. Abattue par l'amour. Blessée, exactement comme n'importe qui.

— Bois un coup avec moi, encouragea Charlie en levant son gobelet en plastique. À la souffrance.

— Il faut que je retourne travailler, répondit Doreen, dégoûtée. J'ai des responsabilités. Et je crois que toi aussi, alors n'avale pas assez de whisky pour les oublier. Oh et, si tu as bel et bien cambriolé une boutique de prêteur sur gages, ne me mêle pas à ça quand les flics viendront te chercher.

— Avec du pot, je vais boire assez de whisky pour oublier qu'on a eu cette conversation. » Charlie avala son Maker's en une seule gorgée avide. « Apporte-moi la bouteille, Kyle.

— Tu sais, lança Doreen à mi-chemin de la porte. J'ai vu ton mec une fois, et, au premier coup d'œil, j'ai su qu'il allait te tromper. Les hommes qui ont cette gueule-là...

— Personne ne le connaissait.

— À part toi ? »

Devant le ricanement qui suivit, Charlie secoua la tête. « Personne. Il n'existait pas. Il n'a jamais existé. »

Doreen émit une onomatopée agacée par ces propos d'ivrogne incompréhensibles, puis elle s'en alla.

« Tu n'as pas vraiment cambriolé une boutique, hein ? » lui demanda Kyle en apportant le Maker's.

Elle lui sourit de toutes ses dents. « Sûrement pas.

— Tu veux vraiment acheter ça ? » Il posa la bouteille près d'elle.

« Et comment, oui. » Elle se versa elle-même à boire. C'était comme dans un de ces bars chics où on se fait servir des bouteilles – en dehors du côté chic.

Qu'elle ne puisse pas se le permettre était sans importance. Son avenir était tout tracé. Elle allait retourner travailler pour les crépusculiens. Payer les frais scolaires de Posey comme elle aurait dû le faire depuis le début. Se séparer proprement de ses amis. Si elle devait tout faire exploser autour d'elle, elle avait besoin de tenir à distance ceux qu'elle aimait.

Je me fous de tout.

Charlie resta au *Blue Ruin* toute la soirée, glissant des pièces dans le juke-box d'angle, partageant avec deux vieux ivrognes la pizza qu'ils s'étaient fait livrer, et dansant avec un des deux sur une vieille chanson des années 1980. Peu à peu, tout devint flou. La salle commença à se remplir. Plus tard, elle se rappellerait être restée assise sur les toilettes, à se planter encore et encore dans la peau le bout émoussé d'une épingle trouvée dans son sac. Elle se rappellerait être tombée et, allongée par terre, avoir entendu Kyle lui dire qu'il n'était pas censé la servir si elle ne tenait pas debout – ce qui l'avait fait rire, mais rire !

Elle n'avait pas besoin de lui. Elle avait sa bouteille.

Comme elle remontait sur son tabouret, s'agrippant au bord du comptoir pour se stabiliser, son ancien patron du *Top Hat* entra au *Blue Ruin* avec trois de ses amis.

« Tiens, tiens, fit-il en la toisant de la tête aux pieds. Visez-moi un peu ce que le chat a rapporté.

— Richie, tu n'as jamais raté l'occasion de sortir un cliché », dit-elle, tentant de masquer le grasseyement de sa voix. L'autre avait un peu plus de 50 ans, le crâne dégarni au sommet et des yeux de rapace. Il possédait des propriétés dans toute la Vallée, dont deux bars et trois restaurants. Quand il l'avait virée, cela signifiait selon lui qu'elle ne retrouverait jamais de travail nulle part, et il prenait pour un affront personnel qu'elle en ait trouvé.

« Tu bosses au *Rapture*, il paraît.

— Ouais… » La Vallée n'était pas bien grande, mais Charlie n'aimait pas l'idée de la savoir *aussi* petite.

Il mima l'emploi d'un fouet et agita les sourcils. « Alors, tu attaches les clients, maintenant ? Je parie que ça te plaît. » Ses amis ricanèrent.

« Va pourrir en enfer, dit-elle sans aucune chaleur.

— Houla, sors pas les brodequins ! »

Charlie lui jeta la bouteille de Maker's pratiquement vide. Il se baissa à temps, si bien que le projectile se fracassa contre le mur derrière lui. L'alcool dégoulina sur la peinture défraîchie.

« Pauvre conne ! » Mais il n'était plus aussi hautain, plus aussi sûr de pouvoir dire tout ce qu'il voulait sans qu'on ose lui répondre. Il avait même l'air un peu effrayé – ce qui plaisait beaucoup à son ancienne employée, dont un sourire étira les coins de la bouche.

« Il faut que tu t'en ailles, dit Kyle, avant de se pencher et d'ajouter à voix basse : Tu ferais sans doute mieux de ne pas revenir pendant un moment.

— Je me suis déjà fait virer de meilleurs bars. » Elle se leva et enfila soigneusement son manteau sous le regard furieux de

Richie. Comptant ce qu'elle devait, elle ajouta un pourboire, posa le tout sur le comptoir humide, puis envoya un baiser au vieil homme avec lequel elle avait dansé, et fut immensément satisfaite qu'il fasse mine de l'attraper.

Elle ne trébucha que deux fois en gagnant la porte.

Charlie se réveilla sur la banquette arrière de sa voiture, la bouche sèche, la tête comme emplie de mousse isolante, en proie à des élancements douloureux et les membres raidis par le froid. Alors que la pluie tambourinait sur le toit, un ciel noir, lourd de nuages, promettait encore plus d'intempéries.

Quand la jeune femme s'assit, elle aperçut son reflet dans une vitre. Son mascara avait coulé et, bien qu'elle ne se rappelle pas avoir pleuré, ses joues étaient striées de larmes séchées. Un sentiment de honte familier se déversa sur elle. Elle avait connu tellement de nuits comme celle-là, s'était si souvent réveillée en sachant avoir obtenu une satisfaction momentanée dont le prix se révélait bien trop élevé !

Pourtant, tandis qu'elle descendait la rue d'un pas mal assuré et s'enfonçait dans un petit bois pour pisser sur l'humus, elle se sentait prête à assumer ses défauts. Elle s'était menti en croyant pouvoir changer.

Elle restait la Charlie Hall de toujours. Brouillonne. Impulsive. Seule.

Lorsqu'elle rebroussa chemin, elle vit que quelqu'un se tenait à côté de sa voiture. Un homme aux cheveux blancs, vêtu d'un long manteau en laine.

Son estomac se mit à bouillonner.

« Vous devez être Charlie Hall, dit le vieillard. Je suis Lionel Salt. Je pense que j'ai du travail pour vous. »

20

POISON À RETARDEMENT

Le milliardaire s'appuyait sur une canne à pommeau d'argent. Derrière lui se trouvait la Rolls-Royce de légende – même les vitres en étaient noires. À son côté, un petit homme âgé, au manteau déjà à moitié trempé, tenait un parapluie afin que Lionel Salt reste au sec.

Cette seule vue emplissait Charlie d'une horreur assez forte pour la tétaniser. Elle savait devoir regagner sa voiture, mais son corps la poussait à courir se cacher au fond des bois.

« Du travail ? interrogea-t-elle d'une voix étonnamment ferme.

— J'ai engagé un certain Hermès Fortune, qui travaille dans la même branche que vous. Malheureusement, il a disparu. Il semble donc que j'aie besoin d'un nouveau voleur. Et on m'a dit que vous étiez très douée. »

Charlie, arrivée en haut de la rue, se dirigea vers sa voiture en prenant soin de ne pas s'approcher de Salt. La lumière de cette fin de matinée faisait étinceler la robe à paillettes qu'elle avait portée au *MGM*. Son maquillage étalé, marqué par les larmes, se refléta à nouveau dans une vitre et elle se sentit beaucoup trop vulnérable. La pluie allait sans doute rincer tout cela mais, elle le soupçonnait, cela ne ferait qu'aggraver le tableau. « Je ne suis plus dans le circuit, déclara-t-elle. Un dénommé Adam a repris une partie de mes anciens boulots. Balthazar pourra vous mettre en rapport avec lui. »

Les coins de la bouche de l'homme se soulevèrent. « Adam Lokken ? Il travaille aussi pour moi, sur autre chose. »

D'après Balthazar, Adam n'avait pas trouvé le *Liber Noctem*, et Salt serait peu susceptible de s'adresser une deuxième fois à qui l'avait déçu la première. Était-ce lui qui se trouvait à l'autre bout de la ligne lors du coup de téléphone qu'elle avait surpris ?

« C'est triste, dit-elle. Mais je ne peux tout de même pas vous aider.

— Je me suis entretenu avec une vieille connaissance, Odette Fevre. Il semble que vous soyez la dernière personne à avoir vu Hermès en vie. Une belle coïncidence, vous ne trouvez pas ? Elle vous appelle Charlie Hall. C'est votre vrai nom ? Je n'avais encore jamais entendu personne vous appeler autrement que Charlatane. »

Qu'Odette connaisse Lionel Salt n'avait rien d'étonnant : elle servait assez de riches clients pour avoir croisé le chemin du milliardaire local. En outre, elle avait plus ou moins admis avoir parlé d'Hermès à quelqu'un. Charlie aurait dû en tirer aussitôt la pire conclusion possible.

À tout le moins, Salt ne la reconnaissait pas. Évidemment : la première fois, elle n'avait que 15 ans, une vraie gamine. En outre, pour lui, ce fameux soir n'avait rien eu de remarquable. Il avait sûrement tué un tas de gens avant – et depuis.

S'il croyait la faire chanter en lui agitant au-dessus de la tête la disparition d'Hermès, il se mettait néanmoins le doigt dans l'œil. Charlie avait appris avec Rand que tout chantage empirait avec le temps. Par ailleurs, selon elle, Odette n'en avait rien à foutre qu'elle soit une tueuse impitoyable, pour peu qu'elle arrive à l'heure et se retienne de taper dans la caisse.

Quand son silence prolongé lui fit comprendre qu'elle ne comptait pas répondre, Salt reprit la parole. « En parlant de coïncidences, combien de chances y avait-il pour qu'une voleuse de livres magiques notoire se trouve en rapport avec un homme qui s'est enfui avec un des miens ?

— Merci pour le notoire, dit Charlie.

— Vous connaissiez mon petit-fils, en tout cas, non ? » Sa voix restait égale, mais le milliardaire n'appréciait visiblement pas son attitude. Sans doute estimait-il qu'une fille venant de pisser dans les bois après avoir connu le genre de nuit dont nul ne parlait jamais hors de Las Vegas aurait dû avoir la grâce de paraître gênée.

« Feu Edmund Carver, dit-elle. Mes condoléances. »

Les yeux de Salt s'étrécirent. « Je crois que vous l'appelez par son deuxième prénom. La description d'Odette renferme des détails qui ne laissent aucune place au doute, alors arrêtons la comédie.

— Vince ? fit Charlie, toute d'innocence. Il m'a larguée hier après-midi. Vous l'avez raté de peu, on dirait.

— Vous devriez monter dans ma voiture, grinça-t-il sans plus chercher à masquer sa colère. Nous avons beaucoup de choses à nous dire et je crois que discuter sous la pluie nous déplaît à tous les deux. »

Un tas de jeunes gens de sa connaissance lui auraient envié cette invitation à une promenade en Rolls – dont la seule idée lui glaçait pourtant le sang. « Je suis trempée comme une soupe, alors non, merci. Je dégoulinerais sur vos jolis sièges en cuir. »

Lionel Salt passa la main dans une poche intérieure de son manteau de laine et en sortit un Glock noir mat. Parfaitement assorti à la voiture.

Le vieil homme au parapluie ne cilla même pas.

« Je crains d'être obligé d'insister », dit le milliardaire, tenant l'arme avec décontraction. Il l'agitait dans sa direction. Il ne la braquait pas sur elle. Pas encore.

On était en plein jour, au beau milieu d'un parking. N'importe qui pouvait sortir du *Blue Ruin*. Il n'y avait pas beaucoup de voitures garées là mais il y en avait *quelques-unes*. La route qui passait devant le bar n'était pas extrêmement fréquentée mais un véhicule y circulait *de temps en temps*. Que Salt paraisse aussi à l'aise le pistolet au poing rappela à Charlie qu'il croyait pouvoir tout se permettre.

Voilà plus de dix ans, vomir du jus de betterave et courir vite avaient sauvé la vie de l'adolescente qu'elle était. Cette nuit-là n'avait jamais cessé de la hanter, mais les drogues et le temps en avaient fait un cauchemar kaléidoscopique plutôt qu'un véritable souvenir.

Au moment précis où elle avait revu Salt, toutefois, l'horreur avait surgi de nouveau. Elle se sentait de nouveau gamine, se revoyait en train de courir dans la forêt avec des monstres à ses trousses, et n'était pas pressée de retrouver le manoir du milliardaire pour finir de saigner sur le tapis de la bibliothèque.

« Compte tenu des circonstances, je crois vraiment que je ne devrais pas aller avec vous, dit-elle sans bouger.

— Mais vous allez venir quand même, répliqua-t-il en contournant la Corolla pour s'approcher d'elle. Vous êtes une fille intelligente. Vous allez faire le choix intelligent. »

Charlie haussa les sourcils. « Vous, on voit que vous ne me connaissez pas du tout. »

Comme il la regardait avec colère, elle ne put s'empêcher de remarquer l'air de famille qu'il partageait avec Vince. Tous les deux étaient grands, ils avaient la même mâchoire carrée, les mêmes sourcils furieux. Mais Vince n'avait pas d'ombre, alors que celle de Salt dansait derrière lui telle une flamme ardente.

La jeune femme en remarqua la taille, le profil quand son porteur se tournait, et elle se demanda à qui il l'avait volée pour devenir enfin lui-même crépusculien.

« Ma fille nous attend dans la voiture, reprit Salt en braquant désormais sans ambiguïté son arme sur Charlie. Je préférerais ne pas la choquer. J'irai jusqu'à vous payer votre temps. Mais c'est votre dernière chance de faire le bon choix.

— Vous me payez si je viens et vous me tirez dessus si je reste, c'est ça ? »

Le sourire du vieil homme s'élargit. Cette observation lui plaisait. « Le monde fonctionne selon deux principes : la carotte et le bâton.

— Si vous connaissez Odette, vous savez que, parfois, la carotte *est* le bâton. » Mais, malgré cette remarque et la certitude qu'obtempérer était stupide, elle savait n'avoir guère le choix.

Se faire tirer dessus lui avait fortement déplu la première fois. La seconde, elle aurait de bonnes chances d'y rester.

« Venez, insista Salt. Nous allons déjeuner tranquillement. Dans un lieu public. De manière très civilisée. Nous parlerons de ce que vous allez faire pour moi et du temps dont vous disposerez pour accomplir la tâche. »

Sans vraiment accepter, Charlie se dirigea vers la Rolls. Peut-être n'avait-elle aucune possibilité de couper à cette promenade, mais elle avait déjà échappé à ce vieillard et se sentait capable de recommencer.

Et, cette fois, elle le ferait réellement payer. Pour le passé, pour l'arme qu'il braquait à présent sur elle, mais surtout pour avoir envoyé Hermès, pour avoir détruit une relation amoureuse parfaite fondée sur de parfaits mensonges.

Le vieil homme au parapluie – petit et sec, un gabarit de jockey – ouvrit la portière pour révéler la banquette arrière.

« Je t'ai dit que mon grand-père était strict, hein ? Il m'a appris un tas de trucs. Il croyait qu'on pouvait s'améliorer par le travail, à n'importe quel âge. Il ne croyait pas aux excuses. Et il avait une limousine à laquelle il arrivait de tomber en panne. »

Que Salt ait lui-même appris à Vince à réparer une voiture était impensable, mais il avait pu insister pour que quelqu'un d'autre s'en charge.

« Vous aimiez bien Edmund, n'est-ce pas ? » demanda-t-elle au chauffeur.

Il ne parut pas particulièrement ravi de s'entendre adresser la parole. « Tout le monde aimait bien Edmund, madame Hall », répondit-il sans élever la voix.

Elle se glissa dans la voiture.

La femme assise de l'autre côté d'une large console centrale était sans conteste, même avec ses lunettes de soleil, celle qui figurait sur les photos des galas new-yorkais. La fille de Salt, la tante d'Edmund Vincent Carver, quoique si proche de son âge qu'elle pouvait passer pour sa sœur. Elle portait un pantalon noir serré, rentré dans des bottes en daim, un chemisier bleu imprimé en crêpe Georgette, et une veste en agneau. Ses cheveux blonds étaient bien plus clairs que ceux d'Edmund, dont l'or évoquait un duvet de poussin. Tous les deux avaient dû ravager les cœurs de l'élite de Manhattan – et ses lits.

« Je m'appelle Adeline, dit-elle quand Charlie la rejoignit. Désolé pour papa. Il peut être terriblement désagréable. »

La carotte et le bâton.

Salt chuchota quelques mots au chauffeur puis s'installa sur le siège du passager.

Les parfums du cuir et d'un désodorisant de prix donnaient le tournis à Charlie.

« Allons prendre un café, dit Salt en se retournant vers elle. On dirait que vous en avez besoin.

— Et de vous changer, compléta Adeline, le nez plissé, avant de sourire. Ce n'est pas une insulte. Je me suis souvent réveillée le matin dans les hardes de la fête de la veille. »

« Les hardes de la fête ? » Ce n'était pas que Charlie ne voyait pas Vince traîner avec cette fille : il disposait d'une patience infinie. Ce qu'elle ne voyait pas, c'était comment il avait pu *être comme elle*.

La voiture s'engagea sur la chaussée, s'éloignant du bar, de la Corolla et de tout espoir d'évasion facile.

Quelques minutes plus tard, elle s'arrêta devant *The Roost*, une cafétéria huppée aux abords du centre-ville de Northampton. Un employé sortit avec un plateau chargé de cafés et un sachet que le chauffeur reçut par sa vitre.

Charlie se demanda quel geste elle aurait pu esquisser pour indiquer qu'on la kidnappait, telles ces héroïnes astucieuses qui parviennent à faire comprendre leur situation délicate au livreur de pizza.

S'il existait une possibilité, sa gueule de bois l'empêcha d'y penser. La voiture s'écarta du trottoir et prit la direction de l'I-91. Les essuie-glaces parcouraient le pare-brise à l'instar d'un métronome.

Charlie but nerveusement une gorgée de café. Adeline avait choisi une concoction à base de matcha qui lui laissait une trace d'écume verte sur la lèvre supérieure.

« J'ai l'habitude d'obtenir ce que je veux, commença Salt – le plus bel euphémisme qu'elle ait jamais entendu. Et ce que je veux, c'est récupérer un ouvrage. *Liber Noctem, Le Livre de la Nuit.* Cherchez un bouquin à couverture métallique qu'Edmund garde sous clef, et vous aurez trouvé. Il n'y a rien de marqué sur la couverture en question. Ça peut ressembler à un journal intime. »

Charlie hocha la tête et but une autre gorgée de café, peu soucieuse d'accepter la mission. Elle attendit. Parfois, le silence encourageait les gens à parler. Parfois aussi, s'ils parlaient assez, ils ne remarquaient pas qu'on s'abstenait d'en faire autant.

Dans le cas présent, la méthode fonctionna. « Mon petit-fils peut se montrer charmant, mais il est égoïste, reprit Salt. Ce n'est pas sa faute s'il manipule les gens ; il a grandi avec une mère droguée. Elle le mettait dans des situations terribles et le confiait à des gens qu'aucun enfant ne devrait fréquenter. Ils vivaient dans la rue, allaient jusqu'à dormir dans des voitures. Dès son plus jeune âge, il a appris à survivre, et à devenir ce qu'attendait son entourage, quoi que ce soit. Lorsque je l'ai pris en charge, il avait 13 ans et il était pratiquement foutu. »

Adeline regardait ses mains en faisant la moue, comme si elle n'appréciait pas les propos de son père mais ne voulait pas le contredire ouvertement.

Charlie estimait douteux tout propos de Salt, mais un tel passé aurait expliqué que Vince soit capable d'adopter un comportement normal après dix ans passés dans une richesse extrême. Un enfant qui avait connu la pauvreté pendant treize ans, en étant la personne la plus responsable de la famille, pouvait très bien savoir dégager une gouttière. Il pouvait avoir appris à préparer des tacos, à faire la lessive, à accomplir toutes ces tâches peu naturelles à un gosse de riches.

Quant à manipuler les gens, ma foi, il l'avait manipulée, elle, non ?

« Lorsque la plupart des gens regardent les étoiles, reprit Salt, ils s'effraient de l'immensité de l'univers et de leur propre insignifiance. »

Elle entendit l'écho de la voix de Vince : *« Tu crois que les étoiles ont une ombre ? »*

« Moi, ça m'a toujours réconforté, continua-t-il. Vous savez pourquoi ? »

Charlie secoua la tête car c'était semblait-il ce qu'on attendait d'elle.

« Parce qu'elles représentent des *possibilités*. Dans toute cette immensité, il est impossible que l'univers ne recèle pas des secrets encore inconnus. Et, quand j'ai recueilli mon petit-fils, j'ai compris que j'avais raison. Parce qu'en dépit de tout ce qui était brisé en lui, il disposait d'un talent incroyable.

— Pour la magie », devina Charlie.

Salt acquiesça. « Quand je l'ai vu commander à son ombre – ce qu'il faisait sans langue fendue, n'ayant pas reçu une éducation de crépusculien en bonne et due forme –, j'ai su avoir trouvé ce que j'avais cherché toute ma vie. Un authentique secret de l'univers et le chemin de plus grands mystères. Mais, pour Edmund, ce n'était qu'un tour de magie grossier. Il jouait avec son ombre comme avec un ami imaginaire, l'envoyait voler des bonbons et des cigarettes… »

La voiture s'engagea sur une longue allée au début de laquelle une enseigne mi-peinte mi-gravée proclamait qu'ils entraient dans le parc du *Grand Berkshire Private Club*. Salt comptait apparemment tenir sa promesse de déjeuner dans un lieu public.

« Je vais vous envoyer au spa, les filles. Il y a des douches qui vous permettront de vous rafraîchir, madame Hall. Le personnel vous apportera des vêtements. Nous nous retrouverons pour déjeuner dans une demi-heure et nous pourrons terminer notre discussion d'affaires. Ce n'est pas civilisé, ça ? »

Ça l'était, sauf pour le pistolet dans sa poche.

Le chauffeur contourna à nouveau le véhicule pour ouvrir la portière. Adeline le laissa lui prendre la main comme si elle sortait d'un carrosse. Charlie suivit le mouvement et descendit de voiture sans élégance, en essayant de ne pas montrer sa culotte.

La pluie s'était changée en un crachin léger. La jeune femme regarda autour d'elle le parc vert vallonné – en grande partie un parcours de golf. L'herbe paraissait extrêmement luxuriante pour cette fin d'automne. Un grand bâtiment se dressait à quelque distance, sans doute les parties communes du country club. Le spa, plus petit, était couvert de bardeaux peints de la charmante nuance rustique des fougères.

Une plaque, sur le côté de la porte, proclamait qu'il s'agissait du centre de relaxation et de remise en forme.

À l'intérieur, l'air était chaud, humide, et lourdement chargé d'un parfum d'eucalyptus. Une femme assise à un bureau délesta les étagères derrière elle de deux serviettes qu'elle posa sur le comptoir. Elle sourit comme s'il était tout à fait normal d'accueillir une cliente avec la gueule de bois, vêtue d'une robe à paillettes et le visage barbouillé de maquillage. Cela ne la fit même pas sourciller.

« Nous désirerions un sauna privé, annonça Adeline. Et il nous faut des vêtements de taille… 40 ?

— 42 », corrigea Charlie.

L'employée continua de sourire. « Des serviettes et des peignoirs vous attendent. Aimeriez-vous un peu d'eau de concombre ?

— Absolument. » Charlie se sentait assez déshydratée pour avaler une *baignoire* d'eau de concombre. « Vous avez de l'aspirine ?

— Bien sûr. Autre chose ? »

Qu'auraient-elles bien pu demander pour altérer le sourire de cette femme. Une girafe ? Une montgolfière ? Le prêt d'une arbalète pour descendre Salt dans le dos ?

Tout en établissant cette liste mentale, Charlie suivit Adeline dans une pièce voisine. Des casiers blancs bordaient le mur de gauche, des peignoirs pendaient à des cintres. La porte close du sauna proprement dit portait plusieurs cadrans dont la fonction, on pouvait le supposer, était d'optimiser les niveaux de chaleur et d'humidité – comme pour des lézards au sein d'un vivarium particulièrement perfectionné.

Et il y avait bien des douches.

Charlie s'empara d'un peignoir. « Je reviens dans une minute », lança-t-elle à Adeline.

Sous la chaleur régulière et l'eau à la pression idéale, elle se frictionna le visage avec un savon liquide qui lui piqua les yeux sans qu'elle s'en soucie. Elle se shampooina ensuite deux fois les cheveux puis enfila le peignoir.

Adeline l'attendait, les cheveux maintenus par une pince écaille de tortue. « Le sauna, c'est encore ce qu'il y a de mieux contre la gueule de bois. On sue l'alcool. »

Charlie repéra un pichet d'eau de concombre et un tube d'aspirine sur un plateau d'argent. Elle prit une bonne dose des deux avant de suivre la fille de Lionel Salt dans la vapeur.

L'air de la petite pièce, si épais qu'on croyait le boire autant que le respirer, sentait encore plus l'eucalyptus que la réception. Était-ce normal ? Charlie n'étant encore jamais entrée dans un sauna, elle l'ignorait. L'alliance de la chaleur et de l'humidité la rendait un peu claustrophobe mais ce n'était pas entièrement désagréable. Prenant place sur un banc en bambou, elle étira ses orteils nus.

« Vous avez un bleu », constata Adeline en désignant son mollet encore marqué des coups infligés trois jours plus tôt par l'ombre d'Hermès.

Charlie estima préférable d'ignorer la remarque et de changer de sujet. « Edmund et vous avez presque le même âge, hein ? »

La fille de Salt hésita, comme si la question la dérangeait. « On a été proches dès qu'il est venu vivre chez nous. Ma demi-sœur était tellement plus vieille que moi que je ne l'ai jamais bien connue, donc il m'était naturel de considérer Remy comme mon frère. »

Sa demi-sœur. La mère d'Edmund, d'accord. « Et votre mère à vous ? Ça ne la dérangeait pas d'avoir un autre enfant à la maison ?

— C'était un mannequin hollandais. Habituée à des enfants qui se comportaient autrement que les gamins américains. Elle l'a cru anormal. » Adeline sourit comme sous l'effet d'un souvenir agréable. « Edmund disait des gros mots. *Énormément* de gros mots.

— Et maintenant ? »

Elle soupira. « Ma mère habite New York depuis le divorce. Elle trouvait l'obsession de Père pour le crépuscule… de mauvais goût. »

Les analgésiques commençaient à faire effet : Charlie avait moins mal à la tête, réfléchissait un peu mieux, et l'absurdité de la situation la dérangeait encore plus. « Pourquoi Edmund a-t-il décidé de filer ?

— Il ne voulait plus obéir à Père. » Quelque chose dans l'expression d'Adeline laissait supposer qu'elle se sentait elle-même un peu rebelle. « Père lui demandait énormément. »

Charlie n'en doutait pas. C'était après tout le petit-fils qui disposait de la magie. Même une fois le milliardaire pourvu d'une ombre éveillée, il lui manquait les années d'expérience d'Edmund. Cela ne s'achetait pas, et la jeune femme ne pouvait qu'imaginer à quel point cela le faisait grincer des dents. Un homme habitué à tout acheter, incapable de s'offrir le pouvoir d'un simple gamin…

« Comment était-il avec vous ? » s'enquit Adeline avec une inflexion étrange dans la voix, comme si un des mots signifiait autre chose.

Peut-être considérait-elle Edmund comme un métamorphe tel que son père l'avait décrit, un être s'adaptant à ceux qu'il côtoyait. L'affirmation était difficile à discuter. Après tout, s'il se comportait différemment avec tout le monde, comment Charlie pouvait-elle le savoir ?

Mais elle connaissait une manière de le décrire. « Vous êtes déjà allée au Quabbin ?

— Le lac ? » Adeline paraissait légèrement horrifiée.

« Vous savez qu'il y a toute une ville là-dedans. Engloutie sous la surface. Vince est comme ça. Une ville engloutie. Paisible en surface. Tout est dessous, caché.

— Vous ne pouvez pas savoir… », commença Adeline avant de s'interrompre. Baissant les yeux sur la fine montre en or incrustée de diamants qu'elle portait au poignet et qui, par miracle, fonctionnait encore malgré la chaleur et l'humidité, elle s'éclaircit la voix. « Il est presque temps de retrouver Père pour déjeuner. On devrait y aller. »

Elle se leva. Charlie l'imita et s'étira jusqu'à entendre craquer ses omoplates assez fort pour être satisfaite.

Dans les vestiaires, Adeline la considéra avec curiosité. « Je sais que vous n'allez pas trouver ça gentil de ma part, mais je suis contente que vous ne soyez plus avec Edmund. »

Elle avait raison. Ce n'était pas gentil. Mais c'était intéressant.

L'employée du spa avait laissé des vêtements pour Charlie pendus à un des casiers. Le tout devait sortir d'une boutique de golf, sans doute dans le bâtiment principal du club. Un pantalon bleu marine en tissu élastique, un chemisier blanc et une veste marine en relief chevron, avec fermeture éclair. On lui avait aussi réservé des tennis blanches et des chaussettes, mais ses propres souliers plats restaient en bon état, à peine tachés de boue séchée sur les bords. Elle s'habilla et se tressa les cheveux mais, sans rien pour la tenir, sa natte commença aussitôt à se défaire.

Le regard de Charlie tomba sur son ombre.

Durant toutes ces discussions, nul n'avait expliqué comment Vince avait perdu la sienne – ni quand.

« Charlie ? » appela Adeline.

L'interpellée cligna des paupières, sortie de ses pensées en sursaut.

Une voiturette de golf tournait au ralenti devant la porte pour les conduire au bâtiment principal. Charlie n'était pas obligée d'aller déjeuner. Elle pouvait rentrer dans le spa et exiger qu'on lui appelle un taxi. Se changer dès qu'elle arriverait chez elle.

Toutefois, si Salt voulait la retrouver, il en avait les moyens. Il pourrait la suivre en Rolls quand elle irait travailler. Pour ce qu'elle en savait, il était peut-être même capable d'envoyer un flic chez elle pour la lui amener.

Peut-être le charmant détective Juarez.

Avec assez d'argent, on pouvait acheter n'importe quoi.

Charlie marcha jusqu'à la voiturette, sentant l'herbe humide frôler ses chevilles, puis elle s'accrocha tandis que le petit véhicule traversait le parking, dépassant des Bentley et des Lexus. Elle se demanda soudain combien de clients d'Odette étaient membres de ce club.

Dans le bâtiment principal, elle suivit Adeline sur un sol dallé étincelant jusqu'au restaurant. Le maître d'hôtel, sans leur demander leur nom, les guida jusqu'à un salon privé aux murs couverts de soie jaune et ornés de tableaux représentant des chevaux à la robe luisante comme de l'acajou ciré.

Lionel Salt les attendait à table, sirotant un whisky dans un grand verre avec un glaçon au milieu. Elle remarqua ses rides, sa peau trop blanche et ses taches de vieillesse délavées, comme s'il avait voulu les effacer à l'eau de javel. Son front lissé par des injections. Il portait un pull à col roulé noir et un pantalon gris foncé. À son doigt luisait une chevalière en or marquée d'un symbole ésotérique peu familier. Charlie remarqua que ni Adeline ni lui ne portaient d'onyx.

« C'est prendre beaucoup de peine pour une conversation, remarqua-t-elle, alors que le maître d'hôtel s'empressait de lui tirer une chaise.

— Vous avez l'air rafraîchie. » Salt échangea un regard avec Adeline, qui hocha la tête. Peut-être avait-on mis un poison à retardement dans son eau de concombre. Si elle commençait à se sentir étourdie, elle planterait dans la poitrine de Salt le premier couteau qui lui tomberait sous la main. Même si c'était un couteau à beurre.

Le vieil homme se pencha vers un serveur. « Nous prendrons une salade de confit de faisan fumé, un saumon fumé aux fleurs de cerisier kanzan, et un filet d'agneau grillé. » Il leva les yeux vers Charlie. « Je suppose que vous n'êtes pas végétarienne ? »

Elle secoua la tête. Après une nuit d'intempérance, ce dont elle avait vraiment envie, c'était d'un sandwich œufs durs-bacon bien gras, mais c'était Salt qui avait le Glock.

« Et un Château d'Esclans rosé 2018 », conclut-il. Le serveur hocha la tête.

« Juste un thé glacé pour moi », dit Charlie.

Quand ils furent de nouveau seuls, le milliardaire posa les mains sur la table. Ses ongles étaient propres et lustrés. Si elle avait voulu l'arnaquer, elle aurait pris note du perfectionnisme. Du besoin de contrôle.

Ce dernier point se manifestait dans le mutisme d'Adeline tant qu'on ne l'invitait pas à parler. Dans l'arme sortie par Salt dès que Charlie avait refusé de l'accompagner. De gens comme elle – ou Vince –, il s'attendait à une obéissance automatique, à la reconnaissance de sa supériorité.

Le meilleur moyen de l'arnaquer serait de le laisser dominer. Gagner. Il y croirait et n'irait jamais chercher plus loin.

« Bien », dit-il. Les coudes sur la table, il regarda son invitée en face. « Nous avons un point commun. Mon cher petit-fils nous a fait du tort à tous les deux. Il m'a volé quelque chose et vous a brisé le cœur. Exact ? »

Adeline faisait la moue. Soit elle était davantage du côté de Vince qu'elle ne voulait le laisser entendre à son père, soit le fait qu'il ait partagé la vie d'une autre la dérangeait vraiment. Peut-être détestait-elle toutes les copines de son neveu.

« Sans doute, oui, répondit Charlie.

— Alors soyons alliés. Vous ne m'aiderez pas seulement à récupérer mon livre : vous empêcherez Edmund de commettre un crime affreux. Comme je vous le disais tout à l'heure, voyez-vous, mon petit-fils avait une manière bien à lui de traiter son ombre comme un croisement entre un animal familier et un ami.

» Pour commander une ombre, il faut être un bon gardien. Fournir sang et énergie tirés de son propre corps. Nous leur donnons la vie et, en échange, elles nous doivent une obéissance absolue. Elles *sont* nous, après tout. Formées à partir de notre substance comme nous l'avons jadis été d'argile modelée et du souffle divin. »

Charlie s'étonna de ces termes religieux. Elle était allée à l'église plusieurs dimanches de suite avec Laura, pour tenter d'en convaincre les parents qu'elle n'avait pas une très mauvaise influence sur leur fille. Tout ce qu'elle se rappelait en détail, c'étaient les cantiques, les beignets gratuits au sous-sol, et un tas de mots comme ceux-là.

« Mais c'est un sacrement impie, continua le milliardaire. Nous donnons à nos ombres les parts de nous-mêmes que nous voulons reléguer dans l'obscurité. Notre colère, notre jalousie, notre gourmandise, nos désirs les plus honteux. Imaginez une créature emplie de haine, faite de tout ce qui est monstrueux chez un être humain, une créature qui se nourrit d'énergie et de sang. Et, à présent, imaginez-vous en train de la *dorloter*, madame Hall. »

Charlie visualisa Vince avec une telle ombre et comprit soudain sans peine pourquoi il les avait acceptés, elle et tous ses défauts.

« Il l'avait appelée Rouge, reprit Salt. Rouge et Remy, ce n'est pas mignon ? Peut-être qu'elle se fait appeler comme ça, maintenant.

— Que voulez-vous dire ?

— Une fois l'ombre d'Edmund détachée, elle s'est changée en Furie.

— Une Furie d'une *personne vivante* ? s'étonna Charlie.

— Formée par un enfant, avec une tolérance infantile et mal avisée pour la gourmandise. Il l'a trop nourrie. Lui a trop donné de sang, et pas seulement le sien. Quand il est devenu adulte, son ombre était très puissante. Assez pour avoir des désirs propres. Voilà pourquoi il m'a volé le *Liber Noctem* : pour donner vie à sa Furie, pour que ce ne soit plus une ombre.

— Ça ne peut pas être vrai, se récria la jeune femme, sans même savoir ce qu'elle contestait dans tout cela.

— Le *Liber Noctem* décrit une méthode par laquelle une Furie peut acquérir et conserver assez de substance pour paraître humaine. » Salt la regarda par-dessus la table comme s'il espérait se faire comprendre par sa seule volonté. « L'auteur y voit le secret de l'immortalité. Ce que n'a saisi aucun crépusculien ayant accompli le rituel, toutefois, c'est que ce ne serait pas sa conscience à lui qui survivrait. Tous se sont donc abusés jusqu'à la mort, et leurs ombres, gonflées d'énergie volée, marchent parmi nous. Apparemment humaines. Peut-être encore aujourd'hui. »

On aurait dit les légendes urbaines macabres diffusées sur Internet.

Impossible. Ridicule.

Charlie, néanmoins, entendait encore Vince lui dire que ce qu'il avait fait était pire que ses accusations. Tellement grave qu'il refusait de l'expliquer.

« Vous n'avez pas envie de me croire, constata Salt. Mais vous me croyez. »

Le serveur les interrompit par son entrée avec le vin. Il emplit les trois verres de rosé à la robe éclatante puis enroula un torchon autour du goulot et plongea la bouteille dans un seau à glace chromé. Enfin, il posa le thé de Charlie devant elle, le bord du verre décoré d'une épaisse tranche de citron, une feuille de menthe au milieu des glaçons.

Comme il allait s'informer de nouveaux desiderata, le milliardaire lui fit signe de s'en aller.

« Qu'avez-vous fait à Vincent, monsieur Salt ? » interrogea Charlie.

Adeline lui lança un regard surpris.

« Ce que, moi, je lui ai fait ? interrogea le vieil homme, comme vexé.

— Quelque chose l'a poussé à partir. Vous comptez vraiment me faire croire que c'est une crise de conscience de votre part à cause de ses expériences avec son ombre ? »

Adeline prit son verre de vin et le vida d'un trait. « C'est atroce. Dis-lui juste...

— Je suis en train, ma chère », la coupa-t-il avec un peu trop d'emphase pour être honnête. Il se retourna vers Charlie. « Edmund n'était pas raisonnable en ce qui concernait Rouge. Vous avez assez entendu parler des Furies pour savoir que ce sont des horreurs. Elles se composent des pires portions de nous-mêmes, elles peuvent détenir une puissance extraordinaire et elles sont invariablement aliénées. Voilà pourquoi certaines se voient détruites et d'autres capturées puis attachées à de nouveaux porteurs. Les contrôler est tout ce qui assure la sécurité de l'humanité. »

Charlie savait que certains crépusculiens portaient des Furies en lieu et place de leur ombre éveillée, mais cela ne lui avait jamais paru très sage. Le crépuscule était toutefois un art trop jeune pour que ses adeptes n'empruntent pas de dangereux chemins vers le pouvoir. Peut-être Posey serait-elle disposée à prendre de tels risques.

Pourquoi se voiler la face ? Posey ne laisserait pas passer sa chance.

En revanche, il ne ressemblait pas à Vince de mésestimer le danger d'une Furie en liberté. Pas plus qu'il ne ressemblait à Lionel Salt de s'inquiéter du bien-être de l'humanité.

Charlie fut heureuse que le serveur, revenant avec leurs plats, interrompe de nouveau la conversation.

Salt lui avait réservé le filet d'agneau. Elle en prit une bouchée sans y penser et mâcha mécaniquement, sentant à peine le goût de la viande.

« Il est vrai que j'ai participé à la suite, reprit le milliardaire quand le serveur eut rempli leurs verres et s'en fut allé. J'ai voulu sauver Edmund de Rouge, mais mon petit-fils a chassé son ombre avant que je ne puisse la détruire. À présent, elle est en liberté dans le monde. Vous comprenez pourquoi je dois récupérer le livre avant qu'Edmund n'achève de mettre en œuvre la méthode qu'il décrit ? Ce qu'il désire ne doit pas se produire. Une Furie capable de passer pour humaine, avec une faim toujours inassouvie… Vous voudriez qu'un être pareil erre dans nos rues, après ce qu'il a fait à Paul Ecco et à Knight Singh ?

— Vince ne ferait pas ça, dit Charlie.

— Il ne le *fera* pas, dit Salt. Parce que vous apporterez *Le Livre de la Nuit* à la réception de samedi prochain, et que nous le mettrons en sécurité. Est-ce que nous nous comprenons ? »

La jeune femme restait bloquée sur l'accusation. « Pourquoi l'ombre de Vince – *Rouge* – aurait-elle tué ces deux types ?

— L'un détenait un morceau du livre, ce qui ne lui plaisait pas, répondit Salt, la bouche tordue, le regard furieux. L'autre en savait trop sur le contenu du *Liber Noctem*. Mais Rouge a besoin de tuer, de toute façon : plus il absorbe de sang et d'énergie d'ombre, plus il devient puissant – et mieux il se prépare au rituel. »

Quand Charlie baissa les yeux sur son assiette, il n'y restait que des taches rouges, souvenir d'une viande délicieuse. Elle ne se rappelait pas en avoir mangé une seule bouchée, songea-t-elle en s'essuyant les coins de la bouche avec sa serviette.

« Ce livre a été dérobé il y a plus d'un an. Qu'est-ce qui vous fait croire que je pourrai le récupérer avant samedi ? demanda-t-elle.

— Vous *connaissez* Edmund. Vous pouvez ce que personne d'autre ne peut : deviner où il a caché un objet qu'il ne veut voir découvert par personne. Je donne une petite soirée pour la communauté crépusculienne à l'occasion de mon élévation à la Cabale. Disposer du livre augurerait bien de ma future réussite à mon nouveau poste. »

Charlie le contempla avec horreur. Certes, la Cabale était une organisation dirigeante parallèle, mais elle servait à identifier les menaces contre la communauté, telles les Furies en liberté, et à édicter les lois censées encadrer le crépuscule. Elle employait un Hiérophante, et elle obligeait les crépusculiens locaux à se tenir tranquilles. Qu'elle accueille dans ses rangs un monstre tel que Lionel Salt, qu'il soit l'une des cinq personnes à prendre les décisions, ne réserverait rien de bon à personne.

Non, une des *quatre* personnes, réalisa Charlie. Knight Singh était mort.

« Merci de la proposition, mais ce n'est pas un boulot pour moi, dit-elle. Je n'ai aucune idée d'où est Vince ni de ce qu'il a fait de votre livre. Pour ce que j'en sais, il s'en est débarrassé. Par ailleurs, je ne vous aime pas : vous m'avez kidnappée sous la menace d'une arme, et vous êtes un gros con. »

Le lui dire ne constituait pas une vengeance, mais ce n'était pas rien non plus.

Adeline eut une inspiration sifflante.

Salt considérait Charlie par-dessus la table, et il y avait sur son visage comme un grand plaisir anticipé. Ce fut l'unique avertissement qu'elle reçut : l'instant d'après, l'ombre du milliardaire plongeait vers elle et s'enfonçait dans sa peau. Sa main empoigna le couteau à steak avant qu'elle ne comprenne ce qui se passait, au moment même où le serveur rentrait dans la salle.

Charlie sentait l'ombre en elle, une conscience distincte. Elle entendait ses pensées et mesurait l'énormité de sa haine.

Sa bouche s'ouvrit, et elle sentit sa langue former des mots, entendit sa voix épaissie par la résistance qu'elle opposait. « Je-vais-as-sas-si-ner… »

Puis elle se retrouva libre, tremblante d'horreur. Ne sachant si elle avait chassé l'ombre par la force de sa volonté ou si Salt l'avait rappelée.

Le milliardaire éclata de rire devant le visage éberlué du serveur. « Elle s'échauffe toujours quand on cause politique, mais elle ne ferait pas de mal à une mouche. N'est-ce pas, ma chère ? »

Charlie se mordit la langue mais ne répondit pas, craignant d'entendre d'autres mots que les siens lui sortir de la bouche.

Salt se pencha plus près ; sa voix se réduisit à un murmure. « Vous disposez d'une semaine pour voler le *Liber Noctem* à mon profit. Compte tenu de votre réputation, je suis certain de votre succès. Mais, si jamais vous échouez, nous verrons ce que je pourrai vous forcer à faire, et à qui. Vous avez une sœur, n'est-ce pas ? Bien, voulez-vous un café avant que nous ne partions ? Un cordial ? »

La colère et la peur montaient en Charlie comme une vague, emportant toutes ses pensées. Elle n'aurait pas cru possible de détester ce type plus que ce n'était déjà le cas, mais ses mains tremblaient à présent d'un désir de violence. Elle avait envie de casser un verre et de lui lacérer le visage. Elle avait envie de le voir se tordre sur le tapis pendant qu'un poison lui déroberait sa conscience.

Le sourire de Salt s'élargit alors qu'il étudiait son expression. Elle entretenait le détestable soupçon qu'il jouissait de sa haine. C'était un autre genre de pouvoir.

Le milliardaire s'essuya les coins de la bouche avec une serviette en tissu. « J'ai besoin d'entendre que vous avez compris. Que vous viendrez chez moi samedi, avec le livre. »

Charlie repoussa sa chaise et se leva en se mordant l'intérieur de la joue. « Vous avez ma parole. »

Il hocha la tête. « Bonne journée à vous, Charlatane. »

Comme elle se tournait pour partir, toutefois, Adeline lui prit la main. « Je sais que vous avez vu les infos. Avant de juger mon père, rappelez-vous de quoi Rouge est capable. »

Cette ombre était-elle vraiment en liberté ? Assassinait-elle des gens dans la perspective d'une transformation ? Était-ce ce qui était arrivé à Rose Allaband ? À quel point Vince en était-il responsable ?

Cependant, Rand aussi avait été retrouvé dans une voiture, en compagnie d'une fille morte que, Charlie en était presque sûre, il n'avait jamais rencontrée de son vivant. Tout cela mis en scène par Salt.

Peut-être Vince n'avait-il pas organisé sa propre mort. Il avait pu se contenter de s'enfuir avec le livre. Si l'épave brûlée, avec les cadavres carbonisés à l'intérieur, était l'œuvre de Salt, Edmund Carver n'en était pas moins déclaré mort, ce qui lui interdisait de voyager très loin ou de s'adresser aux autorités. Pour peu qu'on le sache vivant, il serait recherché pour meurtre.

Bien sûr, cela n'expliquait pas Rouge.

« Lâchez-moi », ordonna Charlie.

Mais les doigts d'Adeline se plantaient dans sa chair. « Vous croyez connaître Remy, mais vous vous trompez. »

Elle reprit sa main d'une traction brutale et sortit aussi vite qu'elle le put. Elle n'était même pas sûre de savoir où elle allait, tant que c'était loin des Salt père et fille, de leurs désirs et de leurs exigences terrifiantes. Alors qu'elle traversait la réception au carrelage lustré, elle remarqua un homme appuyé contre un mur.

Les battements de son cœur s'accélérèrent.

Plus jeune que la plupart des membres du country club, il avait les cheveux noirs, les yeux profondément enfoncés dans les orbites et la peau alentour meurtrie. *Des impacts de balles*, avait-elle songé lorsqu'elle l'avait vu pour la première fois dans la ruelle. De près, toutefois, ses yeux paraissaient juste fatigués.

Puis le regard de la jeune femme tomba sur l'intervalle entre le bord de ses gants et les manches de sa chemise – pas bien large, mais elle y vit tout de même de l'ombre à la place de la peau du poignet.

« Vous êtes le Hiérophante », se força-t-elle à articuler.

Il sourit mais c'était une expression anormale, qui mettait en jeu trop de muscles faciaux. Sa bouche se tordait dans trop de directions à la fois.

« Oui, dit-il, comme s'il forçait les mots à sortir. Je tra-que u-ne Fu-rie. »

Charlie recula involontairement d'un pas, plus inquiète de l'élocution que du sens des paroles. Cela lui rappelait avec une terrible soudaineté la manière dont elle-même parlait quand Salt la contrôlait.

« Rouge ? » lui demanda-t-elle.

Une lueur apparut dans le regard du Hiérophante. « Tu l'as vu, n'est-ce pas ? »

Elle secoua la tête.

Il lui adressa un de ses étranges sourires. « J'ai été voleur, autrefois. Comme toi. »

Qu'elle se soit fait surprendre au mauvais endroit, au mauvais moment, et elle aurait pu se trouver à sa place. Les mains tranchées, changée en tueuse de Furies. Cet homme avait-il été crépusculien avant sa transformation ? La plupart des voleurs ne l'étaient pas, ne serait-ce que parce qu'il était difficile à une ombre de franchir les protections d'onyx mises en place par la quasi-totalité des obscurs.

« Votre ombre… », commença Charlie, voulant lui demander si la sienne s'était éveillée spontanément ou si on l'avait attachée à une autre.

Les yeux du Hiérophante s'étrécirent. Il se décolla du mur et fit un pas vers elle. « Une fois qu'ils ont planté leurs griffes en toi, ils ne te lâchent jamais. »

Elle recula à petits pas.

La tête inclinée sur le côté, il se mit à parler, d'abord sur un ton monotone puis de plus en plus fort, jusqu'à crier : « Dis à Rouge que je veux le livre. Dis à Rouge qu'on peut partager. *Dis à Rouge que je vais le tailler en pièces.* »

Comme il continuait d'avancer, Charlie fit volte-face et se mit à courir. Ses talons plats claquaient sur le sol lustré.

« Personne ne peut combattre son ombre », cria-t-il derrière elle.

Elle percuta les portes de l'épaule, les ouvrant à la volée. La voiture noir mat l'attendait, et la jeune femme ne cessa pas de courir avant de se retrouver à l'intérieur.

21

LE PASSÉ

Remy Carver, dans une rue pavée du quartier de Beacon Hill, à Boston, tentait d'avoir l'air d'un adolescent normal plutôt que de l'organisateur d'un meurtre. Il sentait la traction de son ombre, comme s'ils étaient reliés par un cordon s'amincissant à mesure que Rouge montait les marches d'une maison serrée contre ses deux voisines.

Sur le trottoir d'en face, une vieille femme vêtue d'un manteau à col de fourrure promenait un chihuahua obèse. Elle jeta un coup d'œil à Remy, qui se détourna et s'enfonça un peu plus dans les coins sombres, le cœur battant à tout rompre.

Peut-être aurait-il dû venir à 2 heures du matin plutôt que juste après 23 heures. Son grand-père avait insisté pour qu'il arrive tôt, affirmant qu'il attirerait moins l'attention s'il y avait d'autres gens dans les rues, mais, à n'importe quelle heure, il paraissait un peu louche qu'un garçon de 14 ans traîne autour des poubelles en attendant que son ami invisible finisse de tuer quelqu'un.

Quoi qu'en dise son grand-père, Remy n'avait pas sa place en pareil lieu. Les jardinières aux fenêtres, emplies de fleurs printanières, et les marteaux de porte en laiton étincelant le mettaient mal à l'aise.

Il tenta de se concentrer sur autre chose que ce qui se passait en haut des marches, quoique voyant en partie par les yeux de Rouge. L'ombre avait atteint la chambre à coucher. La porte entrouverte ne représentait en rien une barrière. L'homme était endormi. Sa femme, allongée près de lui, avait dans le nez une de ces canules qui fournissent de l'oxygène…

Remy secoua la tête et ferma les yeux avec force, comme si cela pouvait empêcher les images de venir. *Non, non.* Il songea à sa dernière visite à sa mère, laquelle allait vraiment beaucoup mieux. Un souvenir pas si bon que cela, au demeurant, car elle lui avait demandé de venir vivre avec elle et il ne le pouvait pas.

Il songea aussi à l'école privée très select qu'il fréquentait, à tous les amis que lui avait présentés Adeline et qui le trouvaient cool. Il savait se procurer de la drogue, repérer un type qui se dirigeait vers un magasin d'alcools et qui accepterait de leur acheter une bouteille de Grey Goose pour peu qu'ils lui donnent 20 dollars… Tous l'avaient invité à les accompagner au ski l'hiver suivant. À les rejoindre dans leurs îles pour les vacances de printemps.

Et n'était-ce pas tout à fait préférable à ce qu'il faisait l'année précédente, à savoir enrouler du ruban adhésif autour de ses tennis pour ne pas se mouiller les pieds quand il pataugeait dans la neige grise ?

Le jeu en valait la chandelle. Même ce jeu-là.

Voilà sur quoi il se concentra pour ignorer les bruits affreux qui résonnèrent dans sa tête quand Rouge se laissa couler au fond de la gorge de l'homme. Quand la femme s'éveilla et se mit à hurler. Il pensa à avoir un foyer. À faire admettre sa mère dans un centre de désintoxication pour célébrités. À un avenir. À Adeline qui voulait être sa sœur.

Ne pense pas à Rouge.

Depuis que son grand-père avait découvert combien Remy pouvait lui être utile, il tenait à lui faire employer son ombre. Et il collectionnait les livres sur les crépusculiens, affirmant que son petit-fils s'y prenait mal. Que Rouge, Edmund devait l'admettre, était une extension de lui, comme une main, sur laquelle il exerçait un contrôle absolu.

Qu'il était dangereux d'agir comme si une ombre pouvait prendre ses propres décisions.

Remy, toutefois, ne voulait tuer personne. Être forcé de participer aux meurtres le minait déjà assez. Il était incapable de s'imaginer pleinement conscient de ses actes : se planter dans la gorge de l'homme, en voir les yeux jaillir des orbites, la langue rouler hors de la bouche. Entendre les hurlements frénétiques de l'épouse, si près qu'il lui semblerait saigner des oreilles.

Quand tout fut terminé, il essuya des larmes au coin de ses yeux.

Il détestait savoir sa victime en train de mourir, mais il détestait aussi ce mourant : s'il avait évité de se mettre en travers des affaires de son grand-père, ils auraient tous été bien plus heureux.

Son ombre ne fut pas longue à revenir vers lui en glissant sur les pavés. Elle s'arrêta cependant avant de reprendre sa place habituelle. Au lieu de cela, sa silhouette noire demeura dressée contre le mur de briques, aussi grande que son porteur, au mépris des réverbères et des lois naturelles.

« Tu es malheureux », constata Rouge, quoique ses paroles ne soient audibles que dans l'esprit de Remy.

Adeline lui avait expliqué que son ombre était la part de lui-même qu'il ne connaissait pas. Comme son inconscient.

Rouge, toutefois, ne lui donnait pas l'impression d'être son inconscient mais plutôt une espèce de grenier. Un endroit où ranger ce dont il ne voulait pas s'occuper. À la nouvelle école privée de luxe où son grand-père avait insisté pour l'inscrire, on n'aimait pas les bagarreurs. Donc Remy ne se bagarrait plus, alors qu'il y avait été contraint dans son ancienne vie pour se faire respecter – mais sa colère devait bien se déverser quelque part.

Et quand il se sentait triste, à des moments comme celui-là, ou lorsque sa mère lui manquait, il transmettait également cette tristesse à son ombre. Et sa pitié pour les gens que son grand-père voulait éliminer. Ce qui était injuste, car Rouge n'aurait pas dû plaindre ceux qu'il tuait.

Mais Rouge n'était pas réel. Il était l'inconscient de Remy. Ou son grenier.

Naguère, c'était son ami.

« Et alors ? C'est terminé », renvoya Remy en chassant de lui toute sa tristesse. Il se demanda si son double obscur allait s'en plaindre, mais c'était après tout de l'énergie. Comme le sang qui le nourrissait.

« La prochaine fois, libère-moi tout à fait, conseilla Rouge. Je reviendrai quand ce sera fini. »

Le jeune garçon détestait que son ombre dise des choses qui ne semblaient pas sortir de ses pensées, qui le surprenaient. Il aimait bien cela autrefois, quand il s'agissait de l'emporter au cours d'un jeu, voire de prendre la tête dans une course à pied.

« Il faut qu'on s'en aille », marmonna-t-il en s'éloignant sur le trottoir, les mains dans les poches. La police ne tarderait pas à arriver, de même qu'une ambulance.

Son ombre n'avait qu'à le suivre. C'était son rôle, après tout.

Il se sentit mieux dès qu'il eut franchi le premier coin de rue. Rien ne pouvait le relier au meurtre, à présent.

Et, plus il y réfléchissait, plus il lui semblait vouloir la même chose que son double. Même si c'était impossible. La suggestion n'aurait donc pas dû être aussi surprenante – mais elle inspirait à Remy une sensation bizarre, en raison de ce qu'avait dit son grand-père.

« Je promets de revenir, chuchota encore Rouge. Que mon cœur lâche si je mens. Que mes yeux se crèvent.

— Tu n'as pas de cœur, renvoya le garçon par la pensée. Ni d'yeux.

— Alors sur ma vie. Je le promets sur ma vie.

— Tu n'es que moi, dit Remy.

— Je ne suis que toi », répéta l'ombre, mais, à présent que les mots venaient d'elle il n'était pas sûr de ce qu'ils signifiaient.

Quand ils étaient plus jeunes, il savait toujours ce que voulait dire Rouge.

« J'y réfléchirai », assura-t-il.

Mais il savait déjà qu'il ferait n'importe quoi pour éviter de vivre une autre nuit comme celle-là.

22

LE SAVANT ET L'OMBRE

Une fois sur l'autoroute, le vieux chauffeur s'éclaircit la voix. « Il y a quelque chose pour vous sur la banquette arrière, madame Hall. »

Ce fut sur le tapis de sol, où il devait avoir glissé, qu'elle trouva un livre à couverture en similicuir rouge et titres frappés à l'or. Elle avait dérobé tant de vieux volumes tombant en morceaux que manipuler un livre moderne fabriqué pour paraître sortir d'une autre époque lui procurait une sensation étrange.

Le titre en était *Œuvres complètes de Hans Christian Andersen.* Un billet de 100 dollars marquait la page d'un conte intitulé simplement « L'Ombre ».

Puisqu'elle n'avait rien d'autre à faire pendant le trajet, elle lut.

L'histoire était celle d'un savant venu du froid nordique qui visitait une merveilleuse cité du Sud mais s'avérait incapable de supporter la chaleur diurne. Il se flétrissait sous le soleil brûlant, maigrissait, s'affaiblissait. Son ombre même semblait s'effacer. C'était seulement le soir, quand la brise apportait un peu de fraîcheur, qu'il se sentait à nouveau lui-même. Il s'asseyait alors sur son balcon avec une bougie et regardait son ombre s'étirer, s'allonger dans l'air nocturne.

Charlie sentit un frisson la parcourir mais continua de lire.

En contrebas du savant et de son ombre, la ville paraissait magnifique au clair de lune. Des carrosses cahotants dépassaient des joueurs de mandolines. Des cloches sonnaient au sommet des églises. Des ânes tiraient des chariots de fruits mûrs venus des marchés. Le savant se gorgeait du parfum des épices, de la fumée et des fleurs luxuriantes, particulièrement attiré par celles qui s'épanouissaient sur le balcon d'en face, d'où montait un chant mélodieux.

Le savant s'asseyait chaque soir sur son propre balcon et regardait de l'autre côté. Une fois, il crut distinguer parmi les fleurs une très belle jeune femme, mais à peine eut-il cligné des paupières qu'elle avait disparu. À la lumière de la bougie, cependant, son ombre s'allongeait assez pour s'étirer en travers de la rue jusqu'à la fenêtre concernée.

Rends-toi utile, lui dit le savant en riant. *Va regarder à l'intérieur et dis-moi ce que tu vois. N'oublie pas de revenir.*

Sur ce, il alla se coucher. Ce ne fut pas le cas de son ombre, qui décampa pour aller regarder, comme il le lui avait demandé, mais, malgré son ordre, ne revint jamais.

Le savant trouva cela fort contrariant. Bientôt, toutefois, il se rendit compte qu'une nouvelle ombre lui poussait à la pointe des pieds. Lorsqu'il quitta le pays chaud, il en disposait d'une toute neuve qui lui suffisait amplement, aussi décida-t-il de s'en contenter.

Un soir, bien des années plus tard, on frappa à sa porte. De l'autre côté, se trouvait un homme maigre à la tenue immaculée.

Le regarder lui donna une impression étrange, mais, en dépit de ce mauvais pressentiment, le savant fit entrer l'inconnu.

Lequel se présenta comme son ombre. Quoique abasourdi, le savant s'amusa de la revoir. Elle lui raconta ses multiples aventures et lui expliqua que, capable de se glisser n'importe où, de voir tout ce que les puissants voulaient tenir caché, elle avait fort bien réussi dans la vie. Elle était devenue très riche.

Le savant s'en émerveilla, car il était resté pauvre. L'ombre l'invita à voyager en sa compagnie et proposa de payer ses frais. Quoique sa fierté dût en souffrir, il finit par accepter.

Tous deux se rendirent en un site où ils pouvaient prendre les eaux, l'ombre disant espérer soigner ainsi son absence de barbe. Durant le voyage, ce fut elle qui prit toutes les décisions et paya tout ce qu'ils burent et mangèrent. Bientôt, elle commença à traiter le savant pratiquement en domestique.

Des malades venaient de partout en nombre pour profiter des eaux médicinales, si bien que les deux voyageurs rencontrèrent une princesse venue soigner le mal qui lui permettait de voir la réalité trop clairement. Un seul coup d'œil suffit à cette jeune femme pour comprendre que le plus volubile des deux était là dans l'espoir de voir une nouvelle ombre lui pousser. Quand elle s'en ouvrit à lui, il éclata de rire et affirma qu'elle devait déjà être guérie, car il avait une ombre bien présente. Il désigna alors le savant.

Que cette ombre-là soit plus belle que celle des autres gens intriguait la princesse. Ce soir-là, ils allèrent danser, et elle parla de son pays à son nouvel ami. Y étant allé, il en possédait une connaissance si étendue qu'elle tomba vite amoureuse de lui.

Elle désirait l'épouser mais devait auparavant s'assurer de sa sagesse, car un monarque se doit d'être sage en plus d'être savant. Pour le mettre à l'épreuve, elle lui posa une série de questions philosophiques ardues. Il éclata encore de rire et les déclara si simples que même son ombre pourrait y répondre.

Or, lorsqu'elle les posa au savant, il y répondit si bellement qu'elle accepta aussitôt la demande en mariage.

Ce soir-là, l'ombre fit une proposition au savant : il pourrait vivre avec eux dans la richesse jusqu'à la fin de ses jours s'il disait à tous qu'il était ombre et que l'ombre était homme.

Le savant refusa. Il menaça d'aller voir la princesse et de tout lui révéler. Son reflet obscur, toutefois, répliqua qu'en ce cas, il le traiterait de menteur devant la jeune femme et ses gardes.

Sois raisonnable, dit-il. *C'est moi qui vais l'épouser, et c'est moi qu'ils croiront, pas toi.*

Mais le savant insista. Et tout se passa comme l'avait prédit son ombre – qui ordonna aux gardes de la princesse de se saisir de lui, ce qu'ils firent. Quand fut célébré le mariage, le pauvre homme avait été mis à mort et n'existait plus.

Charlie, quand elle referma le livre, vit qu'ils avaient quitté l'I-91 pour regagner le *Blue Ruin* par les petites routes. La main sur la reliure en similicuir, elle tenta d'oublier le conte lui-même et de se concentrer sur la raison pour laquelle Salt le lui avait donné.

Il voulait lui faire croire que Rouge n'était pas seulement une menace pour le monde mais aussi pour Vince. Elle aurait dû s'en moquer, mais elle devait admettre que ce n'était pas le cas.

Sa haine pour Salt lui brûlait le ventre, mais, autant qu'elle puisse le détester et savoir qu'il la trompait, autant elle était persuadée qu'il ne mentait pas sur *tout*.

Le chauffeur s'arrêta sur le parking, près de la Corolla. Charlie descendit, emportant livre et marque-page à 100 dollars. Salt avait promis de la payer, après tout.

La Rolls-Royce noire regagna la route et s'éloigna à grande vitesse dans la fin d'après-midi, tandis que la jeune femme ouvrait sa portière puis retenait son souffle en attendant que le moteur entame ses habituels toussotements pitoyables. Son sac à main était encore sur la banquette arrière, là où elle l'avait laissé. Son téléphone était là aussi, avec un appel en absence de Posey et un autre de son travail.

Les ignorant, elle appela le bureau du trésorier de l'UMass pour tenter de rectifier ce qui clochait dans le compte de Posey. La ligne était occupée. Sa seconde tentative lui valut d'obtenir directement un répondeur vocal. Entre le premier essai et le second, le bureau avait fermé, et il le resterait toute la journée du 11 novembre.

Frustrée, elle rentra chez elle. Il n'était qu'un peu plus de 16 heures, et la maison était silencieuse. Soit sa sœur n'était pas encore levée, soit elle restait enfermée dans sa chambre. Charlie, épuisée, alla tout droit à son matelas et s'y planta la tête la première. Quand elle se réveilla, la maison sentait le brûlé. Elle se rendit compte qu'elle avait dormi avec le livre rouge serré contre la poitrine, comme un ours en peluche.

Dans la cuisine, Posey contemplait avec fureur une plaque de four chargée de cookies noircis. « Tu n'es pas rentrée hier soir, dit-elle. Et Vince non plus. Et… *c'est quoi, ces fringues* ? »

Charlie baissa les yeux sur la tenue de sport chic fournie par le spa. Avec un haussement d'épaules, elle s'assit sur une chaise et essaya de décoller un cookie. Elle avait besoin de sucre. « Vince est parti. Il a pris ses affaires. Il n'habite plus ici. »

Elle s'attendait à ce que Posey se montre enthousiaste, à tout le moins satisfaite, mais elle semblait au contraire choquée. « Tu l'as largué ? »

Charlie secoua la tête. « Non. Je t'ai dit. Il est parti.

— Mais *pourquoi* ?

— Parce qu'il ne s'appelle pas vraiment Vincent Damiano. Il s'appelle Edmund Carver, il est pourri de fric et il est censé être mort. » Charlie soupira, abandonna l'idée de récupérer le cookie et alla se servir des céréales.

Les deux sœurs ne disposaient en la matière que de flocons de son sans attrait, achetés par Vince à la demande de l'aînée – qui en versa dans un bol.

« Sérieux ? demanda Posey.

— Je crois qu'il a des emmerdes. Je veux dire, c'était déjà clair, mais je crois qu'il en a encore plus que prévu, et c'est en rapport avec son ombre disparue. »

Vince avait 13 ans quand Salt l'avait recueilli, il était très troublé et avait sans doute un besoin désespéré de stabilité. Que n'aurait-il pas été prêt à faire pour l'obtenir ?

Elle aurait parié que la réponse était : rien du tout.

Posey attaqua les cookies à l'aide d'une spatule en plastique un peu fondue qui devait déverser des toxines dans la pâte cuite. Elle parvint à décoller un fragment. « Qui est-ce qui lui en veut ?

— C'est une histoire compliquée. Tu te rappelles Rand, le copain magicien de maman ? »

La cadette fronça le nez. « Le vieux qui traînait toujours avec toi. Il est mort de façon vachement bizarre, non ?

— Il a été assassiné », répondit Charlie.

Posey secoua la tête. « Non, c'est pas ça. On l'a trouvé dans sa bagnole avec un autre cadavre. Suicide. Ou meurtre-suicide. Je me rappelle, maintenant. Papa a engueulé maman de t'avoir laissée si souvent partir avec lui. Il craignait qu'il ne t'ait fait ce que tout le monde pensait qu'il avait fait à cette fille avant de la tuer. »

Bien sûr, leur père n'avait absolument rien dit à Charlie qui, jusqu'à la minute présente, l'avait cru ignorant de la seule existence de Rand. Elle peinait à gérer sa surprise en même temps que son irritation envers une Posey sûre de se rappeler mieux qu'elle un des événements les plus horrifiques de sa vie.

« *Rand a été assassiné,* insista-t-elle. Je le sais parce que j'y étais. »

Sa sœur ouvrit la bouche, peut-être pour émettre une objection, puis la referma brusquement.

« C'est le grand-père de Vince qui l'a tué. Lionel Salt.

— Pourquoi étais-tu là ? demanda Posey d'une voix plus mesurée, bien moins assurée.

— Parce que Rand était un escroc, et moi son assistante. Comme l'assistante d'un magicien, mais pour le crime.

— Donc *pas du tout* comme l'assistante d'un magicien. »

Charlie laissait courir un doigt entre les miettes noircies. « Écoute. Rand n'était pas un saint. Il était vaniteux, coléreux et il m'a obligée à l'aider. Mais il m'a énormément appris. Et il ne méritait pas de mourir, sûrement pas de la manière dont ça s'est passé. Personne ne mérite de mourir comme ça.

— Tu disais toujours à maman que tu voulais aller avec lui. » Posey goûta un cookie, fit la moue et le reposa. « Je croyais qu'il te faisait des cadeaux. À l'époque, j'étais jalouse, mais ensuite je n'ai plus su quoi penser. Tu avais toujours de l'argent. Et… Eh bien, il avait l'air d'un sale type. »

Dit ainsi, cela sonnait très mal. Charlie se demanda plus que jamais ce que leur mère la croyait en train de faire avec Rand, et pourquoi cela ne la dérangeait pas.

Elle mastiqua ses saines céréales, le sourcil froncé.

Ses problèmes passés étaient peut-être insolubles, mais Vince était la clef pour résoudre ceux du moment. Soit il détenait le *Liber Noctem*, soit il pouvait lui dire où il se trouvait. Et, s'il tentait vraiment de transformer son ombre maléfique en un être qui ne le serait pas moins, il aurait peut-être terminé le samedi suivant, auquel cas elle pourrait rapporter le livre à Salt.

D'autre part, il était possible qu'elle se sente soulagée d'avoir une raison de le contacter, mais elle refusait de s'appesantir sur la question. Tirant son téléphone, elle tapa le nom du jeune homme et attendit la sonnerie en retenant son souffle.

L'instant d'après, un message automatique lui apprenait que le numéro n'était plus attribué. Évidemment.

Bon, elle avait passé presque dix ans à trouver des choses cachées : elle pourrait sûrement dénicher un grand type doté d'une fausse carte d'identité mais d'aucune carte de crédit fonctionnelle.

Elle regarda sa sœur, à l'autre bout de la cuisine. « Tu crois que tu pourrais devenir *copine* avec ton ombre ? demanda-t-elle. Genre t'y attacher ? »

Posey réfléchit un instant, le front plissé. « Il y a une femme qui avait épousé le mur de Berlin. Ça l'a complètement foutue en l'air quand on l'a abattu. Elle en a transporté une brique pendant un bon moment. »

Remarque valable, mais ce n'était pas ce qu'avait voulu dire Charlie. « Oui, d'accord, mais est-ce que tu pourrais *raisonnablement* devenir copine avec ?

— Je ne sais pas.

— Ouais. Moi non plus.

— Si elle pouvait parler, peut-être, reprit Posey, qui méditait encore la question. Mais, à ce moment-là, est-ce qu'on ne fait pas que parler tout seul ? »

Charlie fronça le sourcil, les yeux baissés. Ce n'était pas à sa propre ombre qu'elle pensait, mais peut-être avait-elle tort. Une ombre au demeurant toujours aussi dépourvue de réaction. Nullement amicale. « Tu me détestes un peu, hein ? »

Sa cadette releva les yeux vers elle. « Tu veux dire parce qu'il est injuste que ce soit ton ombre qui s'éveille alors que devenir crépusculienne est ce que je désire le plus au monde ? »

Charlie hocha la tête.

« Je suis furieuse, admit Posey. Contre l'univers. Et contre toi, sans doute, même si je sais que ce n'est pas ta faute. Je m'en remettrai. Mais si tu foires ce truc-là, je te détesterai pour de bon. »

Charlie soupira, à moitié sûre d'être déjà en train de foirer le truc en question, et tout à fait certaine de le foirer à un moment ou un autre. C'était dans sa nature, voilà tout. Charlie Hall, spécialiste des erreurs, sainte patronne des catastrophes.

Les seuls domaines dans lesquels elle avait jamais été douée étaient la ruse et la tromperie, elle avait donc intérêt à s'en tenir là. Paul Ecco avait obtenu d'une manière ou d'une autre une page du *Liber Noctem*. Si Vince la lui avait vendue, une trace de la transaction existerait quelque part. Peut-être le jeune homme aurait-il laissé à son client un numéro de téléphone fonctionnel ou, mieux encore, une adresse.

Curiosity Books, tel était le nom de la librairie d'Ecco. Eh bien Charlie se sentait de plus-t-en-plus curieuse, comme disait Alice.

« Je ressors », annonça-t-elle en se dirigeant vers sa chambre pour se changer.

Posey lui jeta un regard de côté. « Tu rentres, ce soir ? Je vais commander du *lo mein*.

— Prends-en pour moi. Au pire, je le mangerai au petit-déj'. »

La librairie *Curiosity Books* était sise au deuxième étage d'une usine reconvertie, un peu délabrée, juste au-dessus d'un bétonnier et en face d'une école de cirque où l'on apprenait aux enfants à jongler et à faire tourner des assiettes. La serrure de la porte était une plaisanterie. Charlie n'eut même pas besoin de la crocheter : elle glissa entre le battant et l'encadrement sa carte de fidélité du supermarché *Big Y*, puis la remonta assez fort pour faire jouer le loquet. Tournant la poignée, elle donna un coup de hanche. La porte s'ouvrit.

Les étagères qui couvraient les murs donnaient l'impression d'avoir été récupérées lors de liquidations de librairies en faillite, ou par les annonces « À donner » sur Craigslist dans les villes voisines. Les livres y étaient si serrés que Charlie se demanda comment il serait possible d'en retirer un seul. Des cartons entassés formaient de petites tours, certains déchirés, d'autres eux-mêmes emplis de cartons pliés, sûrement pour la vente par correspondance. Tout en haut du mur du fond, au-dessus d'une rangée de fenêtres, une citation sans auteur était peinte : « L'univers appartient aux curieux. »

Au centre de la pièce, un vieux bureau en métal, style années 1950, soutenait un ordinateur allumé, un antique téléphone fixe et une imprimante à étiquettes. Des feuilles volantes jonchaient le sol, comme examinées récemment.

Charlie passa d'un bout à l'autre de la boutique, inhalant la poussière poudreuse des vieux livres. Une vitrine verrouillée avait été fracassée, vidée de son contenu. Une étagère renversée reposait sur le plancher ; des livres s'en échappaient par en dessous.

La jeune femme s'approcha de la table de travail, s'assit, et remua la souris de l'ordinateur. Au bout d'un moment, l'écran s'alluma, révélant un bureau totalement encombré. Charlie ouvrit une fenêtre de recherche et tapa « nom : Noctem. » Rien. Elle remplaça par « nom : Furie » mais obtint le même résultat.

Le mot « inventaire » lui permit de découvrir un fichier .xl, qu'elle ouvrit pour trouver une liste des livres que Paul Ecco proposait dans sa boutique, avec de brefs résumés, le prix qu'il les avait payés et celui pour lequel il les vendait.

Elle tapa « Noctem » dans la barre de recherche du fichier. Aucun résultat.

Frustrée, elle sortit son téléphone et appela Balthazar. Il répondit à la troisième sonnerie.

« Ma chérie, dit-il en faisant traîner les voyelles. Qu'est-ce qui me vaut le plaisir ?

— Suppose que je veuille prendre le boulot concernant Knight Singh ? demanda-t-elle en donnant un coup de pied dans un tiroir, ce qui fit pivoter sa chaise.

— Trop tard, hélas ! J'ai ouï dire que quelqu'un disposait déjà de l'ouvrage. Des regrets ? Pas d'inquiétude. J'ai une demi-douzaine d'autres boulots. Quelques-uns hors de l'État, si tu es prête à voyager. Et certains sont impossibles, si tu cherches les sensations fortes.

— Toujours, répondit Charlie. Mais qui les voulait ?

— Qui voulait quoi ?

— Les papiers de Knight Singh. » Machinalement, elle se mit à ouvrir les tiroirs du bureau – tous produisirent un grincement métallique.

Balthazar hésita avant de répondre. « Tu me caches quelque chose, toi, non ?

— Je ne crois pas. » Les tiroirs recelaient des dizaines de dossiers suspendus en carton léger, que leurs étiquettes disaient consacrés aux ennuyeux besoins du commerce : factures, loyer, assurance, menus de restaurants proposant des plats à emporter, associations de libraires représentées par des acronymes : ABA, IOBA, NEIBA. « C'était un marionnettiste, non ?

— Il y avait plusieurs seconds couteaux des carapaces qui désiraient l'ouvrage, et un marionnettiste, oui. Un marionnettiste très riche. » Il marqua une pause, comme inquiet. « Tu veux bien me dire comment tu es au courant, maintenant ? »

Elle combattit l'envie de frimer en avouant savoir également que les papiers avaient été dérobés à Raven.

« C'est mon métier d'être au courant de tout », fit-elle, innocente. Elle aurait dû remercier Balthazar, raccrocher et en rester là, mais elle lui devait un petit retour d'information. « Tu te rappelles le boulot que tu disais fait pour moi, trouver le *Liber Noctem* ? Salt m'a plus ou moins dit que, si je ne le retrouve pas, il nous tuera, moi et tous ceux que j'aime.

— Heureusement que je ne figure pas dans cette catégorie, renvoya Balthazar.

— Oh, je ne sais pas. Je commence à me faire à toi », lui dit-elle tandis que ses doigts filaient vers les dossiers rangés tout au fond du tiroir du bas, s'arrêtant sur un des plus minces, étiqueté « Porno ». Il était vide.

« Tu ne rapportes que des ennuis, Charlatane, conclut-il sur un ton néanmoins affectueux.

— Salut, Balthazar », dit-elle avant de raccrocher.

Se retournant vers l'ordinateur, elle tapa « Porno » dans la barre de recherche. Un dossier apparut. S'y trouvaient une demi-douzaine de fichiers .jpg, trois fichiers .mov et un sous-dossier intitulé « Gérontophilie ». Ce dernier ne recelait qu'un unique document .xl, qui, une fois ouvert, révéla un autre inventaire : une liste d'ouvrages d'occultisme susceptibles d'intéresser les crépusculiens. Le formulaire indiquait l'année de création de chaque livre, la spécialité crépusculienne qu'il concernait, son statut d'exemplaire unique ou d'édition du commerce, les autres éditions éventuelles, l'étagère sur laquelle il était rangé, et la manière dont Paul l'avait acquis.

Ensuite figurait une liste de textes crépusculiens éphémères. Pour les dissimuler à leurs confrères, les obscurs en étaient arrivés à rédiger leurs secrets sur des supports non traditionnels. Cousus dans la doublure d'un blouson de cuir. Écrits en lettres minuscules au milieu d'un tableau ou d'un dessin. La valeur réelle de ces objets était si bien déguisée qu'ils pouvaient se retrouver jetés à la poubelle ou vendus trois sous au marché aux puces.

Et puis il y avait les jetons non fongibles. Populaires parmi les riches mais encore loin d'être répandus chez les crépusculiens. Paul en détenait un dans son inventaire et semblait l'avoir mis en vente deux semaines plus tôt pour 100 000 dollars.

Charlie éplucha une liste des vendeurs, cherchant Remy, Edmund, Vincent, Rouge, voire Salt. Le seul nom qu'elle reconnut fut celui de Liam Clovin.

Le Dr Liam Clovin. L'ancien condisciple de Vince.

Apparemment, le médecin avait vendu trois livres à Paul Ecco, moins d'une semaine après la mort supposée d'Edmund. Deux d'entre eux, des mémoires du XVIIIe siècle, valaient 500 dollars pièce et avaient été rangés dans la vitrine brisée – de toute évidence, ils avaient disparu. Le troisième s'intitulait *Les Ombromages au fil de l'histoire*, et avait été autopublié par l'intermédiaire de Lulu.com en 2011. Plutôt que sur une étagère, ce dernier livre se trouvait censément dans un carton marqué « 7-A », à l'autre bout de la pièce.

Charlie alla le récupérer. À cet instant, un coup frappé à la porte la fit sursauter.

« Paul ? » lança une voix bourrue dans le couloir.

Le livre à la main, la jeune femme s'immobilisa, tournée vers le battant entrouvert. Quand il commença à pivoter vers l'intérieur, elle s'accroupit derrière une pile de cartons.

Un homme chaussé de lourdes bottes de travail s'approcha du bureau. « Allez, mec, lança-t-il, exaspéré. Paul ! Tu me dois ce putain de loyer. Tu ne peux pas te planquer éternellement. »

Il sortit en claquant la porte.

Charlie se croyait capable d'avoir le pied léger quand elle s'y efforçait mais, dans un vieil immeuble, il était quasi impossible de deviner quelles lattes de plancher grinçaient et gémissaient. Selon elle, il serait téméraire de ne pas rester en place un bon quart d'heure, jusqu'à avoir la certitude que le propriétaire de Paul Ecco était parti.

N'ayant rien d'autre à faire, elle ouvrit *Les Ombromages au fil de l'histoire* et lut à la lumière de son téléphone portable.

Le livre était une compilation de morceaux choisis d'autres ouvrages. Quoique l'introduction de fausses informations soit un problème fréquent des rééditions, la négligence avec laquelle l'auteur avait assemblé ses textes plaidait ici en faveur de leur authenticité. Chaque page n'était visiblement qu'un scan du livre d'origine, sans changement de police de caractères.

Charlie parcourut les extraits de journaux, récits historiques et autres documents. S'il y avait beaucoup à dire sur la manière dont elles étaient assemblées, les informations que renfermait le livre étaient passionnantes.

Un guerrier de Thèbes était tombé dans une flaque de sang, mais son ombre avait continué le combat jusqu'à tuer son assassin.

Une femme, membre d'une obscure société secrète en activité à la même époque que l'Ordre de l'Aube dorée, se prétendait capable de faire sortir sa conscience de son corps, la nuit, et de surprendre ses ennemis dans leurs activités les plus intimes. Le même récit suggérait que, lorsqu'elle envoyait ainsi son ombre en mission, elle était vulnérable : d'autres ombres pouvaient prendre le contrôle de son corps.

Un mystique avait essayé de transmettre tout son sang à son ombre et de vivre à travers elle.

Une femme s'était éveillée sur un flanc de colline alors que trois hommes âgés tentaient de découper son ombre à ses pieds. Ils s'étaient enfuis en courant quand elle avait crié. Bien qu'elle n'ait jamais découvert ce qu'ils faisaient au juste, elle sentait que, s'ils étaient parvenus à leur fin, un événement terrible se serait produit.

Un homme avait failli étouffer quand une silhouette sombre s'était changée en fumée avant de plonger dans sa gorge. Un domestique porteur d'une chandelle, entré dans la pièce par hasard, avait fait fuir l'agresseur avant que sa terrible mission ne soit accomplie.

Quand Charlie releva les yeux, l'immeuble était silencieux. Fourrant le livre dans son sac, elle franchit la porte et descendit l'escalier.

Avoir un entretien avec Liam Clovin serait nécessaire, mais elle voulait d'abord discuter avec quelqu'un d'autre. Si Rouge avait vraiment assassiné Knight Singh, pourquoi les papiers de ce dernier se trouvaient-ils chez Raven ? D'autre part, si Salt était le riche marionnettiste qui les cherchait, pourquoi se serait-il donné la peine d'obtenir les notes d'un adepte de la discipline carapace, alors qu'il était censé être obsédé par la restitution du *Liber Noctem* ?

Dans la voiture, Charlie se tourna vers le siège du passager inoccupé, sinon par son ombre.

« D'accord, ma petite, lui dit-elle. L'univers appartient aux curieux. »

23

GRIFFES D'OURS

Charlie, le soir même, s'engagea vers 22 heures sur le parking d'*Eclipse Piercing & Shadow Modifications* à Amherst. Ce salon d'ombre se dressait au milieu d'un petit centre commercial, entre un restaurant de poulet coréen et une laverie automatique. La jeune femme se gara à l'arrière, contre un petit bouquet d'arbres. L'air frais nocturne était chargé du parfum de bière et de friture qui dérivait d'un bar de la rue parallèle.

S'emparant d'un sachet Dunkin' Donuts posé sur la banquette arrière, elle s'approcha d'une porte au-dessus de laquelle brûlait une ampoule rouge, non loin de la benne à ordures. Elle frappa sèchement au battant de bois dur. Un éclat de lumière jaillit sur le côté des rideaux occultants pendus derrière la fenêtre.

Quelques instants plus tard, une femme noire ouvrait la porte, vêtue d'un débardeur et d'un short taillé dans un jean. Ses cheveux étaient teints de la couleur des flammes : jaunes à la racine et rouges sur toute la longueur, avec de petites langues bleues à la pointe. Des tatouages couvraient ses bras, depuis une déesse de la lune à la peau sombre, assez récente pour briller de pommade hydratante, jusqu'à des motifs plus anciens et moins bien réalisés : des toiles d'araignées, des roses et un crâne dans les orbites vides duquel rampait un serpent.

Croisant les bras sur la poitrine, Raven considéra Charlie avec suspicion. « Je ne prends pas de clients sans rendez-vous, surtout à cette heure-ci.

— On vous a volé quelque chose récemment, déclara la visiteuse. Je veux vous parler de Knight Singh et de son carnet de notes. Dites-moi ce que je veux savoir et vous le récupérerez quand je n'en aurai plus besoin – moins d'une semaine, c'est promis. »

Raven plissa les yeux puis recula pour la laisser entrer. Comme elle refermait la porte, sa visiteuse vit les mots « *EL ARTE ES LARGO Y LA VIDA BREVE* » tatoués le long de son bras en grandes lettres gothiques.

Des croûtes parsemaient ses jambes, comme des morsures de puces. Des marques qu'elle s'était faites en nourrissant son ombre.

Charlie leva le sachet *Dunkin' Donuts*. « J'ai apporté du café, si ça peut vous consoler.

— D'accord, voleuse, je vous écoute. Qu'est-ce que vous voulez ? » Raven jeta un coup d'œil dans le sac puis releva les yeux. « Putain, ouais. Vous avez acheté des griffes d'ours[5]. »

La première étape de toute escroquerie consistait à gagner la confiance de sa victime, et une conversation avait beaucoup de points communs avec une escroquerie. Café et petits gâteaux ne pouvaient pas nuire.

« Comment aviez-vous récupéré ses papiers ? demanda Charlie. Si j'ai bien compris, sa mort était imprévue.

5. Sortes de viennoiseries à la pâte d'amande.

— C'est le moins qu'on puisse dire. » Raven haussa les sourcils et but une gorgée de café. « On l'a trouvé chez lui, sur le tapis, près de son bureau. Les murs étaient littéralement repeints avec son sang. La Cabale ne voulait pas que les détails soient rendus publics, mais j'ai fini par tout savoir. » Raven poursuivit sans laisser aucune place à des paroles réconfortantes ni à une stupéfaction horrifiée. « Un crépusculien jure avoir entendu un homme crier, quelqu'un d'autre que Knight. Ce qu'on lui a fait, à Knight, requiert une force qui ne peut appartenir qu'à une ombre – une ombre très puissante, gorgée d'énergie et de sang.

— C'est affreux », admit Charlie.

Raven hocha la tête. « Knight est le premier crépusculien que j'aie jamais connu, c'est lui qui m'a appris à utiliser proprement ma magie. Il s'est fâché quand j'ai décidé de me concentrer sur le retaillage. Il disait que je cherchais à faire du fric. Il avait peut-être raison.

» Bref, quoi qu'il en soit, il m'a donné ses notes une semaine avant d'être assassiné et il m'a demandé de les mettre en sûreté. Le carnet contenait des informations assez explosives pour abattre quelqu'un d'important, disait-il. L'agiter au-dessus de la tête de cette personne le gardait en vie, *a priori*, et pas seulement lui. J'imagine qu'en l'occurrence il se trompait.

— Lionel Salt ? » demanda Charlie.

Raven lui lança un regard curieux. « Peut-être bien. C'est un monstre, ce vieux. Il a volé l'ombre qu'il porte. On dit qu'un tas de gens ont disparu chez lui.

— Si c'est de notoriété publique, pourquoi la Cabale n'a-t-elle jamais rien fait ? Pourquoi Knight Singh n'a-t-il pas utilisé ce qu'il avait contre lui ? »

La retailleuse gagna un placard près d'une kitchenette et en sortit une gamelle pour chien en métal. « J'ai deux ou trois trucs à faire. Ça vous ennuie si je travaille en parlant ?

— Je vous en prie. »

Elle ouvrit un minifrigo poussé dans un angle, derrière le comptoir, et en sortit une poche plastique emplie de sang, dont elle déchira le bord avec les dents.

« Vous me passeriez une des tasses à café, là ? » demanda-t-elle en désignant un évier où quelques tasses et fourchettes propres reposaient sur un égouttoir en plastique griffé.

Charlie la contempla avec incrédulité. « Vous voulez que je fasse quoi ? »

Raven sourit. « Tasses. Sur l'évier. M'en passer une. »

Charlie en choisit une au hasard – qui portait l'inscription « AFFRONTE TA JOURNÉE EN VAINQUEUR ».

Raven versa le sang dans la tasse et la mit au micro-ondes.

« Pour que ce ne soit pas trop froid », dit-elle en réglant le minuteur sur quatre-vingt-dix secondes, comme si cela expliquait tout.

Tandis que la tasse tournait en rond, la retailleuse se tourna vers Charlie. « Personne n'a de vraie preuve, et Salt est riche. Voilà pourquoi la Cabale ne fera rien. Quant à la raison pour laquelle Knight n'a pas utilisé ce dont il disposait, je ne sais pas. Ça dépend sans doute de ce que c'était.

— Vous n'allez pas me faire croire que vous n'avez pas lu son carnet pendant que vous l'aviez », dit Charlie.

Raven sourit. « Oh, je l'ai lu, oui. Bourré d'informations, la plupart plus utiles aux porteurs d'ombres qu'aux retailleurs, mais strictement rien qui m'ait paru susceptible d'abattre qui que ce soit. »

Sa visiteuse fronça les sourcils. « En dehors de ce que Knight pouvait détenir à son sujet, est-ce que Salt avait une raison de l'éliminer ?

— Knight s'opposait à ce qu'il devienne membre de la Cabale. À présent qu'il est mort, les autres tordent un peu les règles et laissent Salt les rejoindre, alors que Malik représente déjà les marionnettistes.

— Donc ils n'auront plus de carapace ? »

Raven, l'expression lointaine, regardait la tasse qui tournait sur le plateau. « Ce n'est pas juste. Knight a aidé à bâtir la Cabale. C'est un des premiers crépusculiens à avoir parlé ouvertement de magie d'ombre. »

Charlie retira le couvercle de son gobelet de café et en but une gorgée, songeant à Rouge et à ce que disait Salt à propos de Vince. « Quel rapport y avait-il entre Knight et le *Liber Noctem* ? » Il pouvait n'y en avoir aucun, mais elle espérait que la question, posée ainsi, ferait croire à son interlocutrice qu'elle en savait plus qu'en réalité.

« *Le Livre des Furies* ? » Le micro-ondes bipa. Raven versa le contenu de la tasse dans la gamelle de chien en inox. « Il trouvait hilarant que Salt se soit fait arnaquer et l'ait payé un tel prix, je crois.

» C'est le problème avec les crépusculiens les plus riches. Ils peuvent se permettre d'acheter tous les livres magiques et, ensuite, ils utilisent ces connaissances pour s'attacher d'autres obscurs. Salt refusait d'obéir aux règles de quiconque. Maintenant c'est lui qui va les faire, les règles. »

On racontait des histoires de sectes crépusculiennes fondées juste après que l'existence de la magie d'ombre fut devenue officielle. Énormément de saignées pour entretenir des ombres. Énormément de robes sinistres et de sinistres actes sexuels. Et, au bout du compte, énormément de morts. Vraiment énormément.

Quand Charlie se demandait à quoi pourrait ressembler une organisation crépusculienne dirigée par Salt, elle imaginait une version de grande classe, plus organisée, de ces sectes. Il ne manquerait pas d'adeptes : il avait les livres et l'argent. Plus son organisation grandirait, plus il aurait d'influence sur les autres crépusculiens. Bref, s'il obtenait un siège à la Cabale, nul ne pourrait plus l'arrêter.

Remettant la tasse vide mais encore rouge de sang entre les mains de Charlie, Raven gagna la porte et déposa la gamelle sur le seuil.

« Est-ce que j'ai envie de comprendre ? demanda sa visiteuse, les sourcils haussés.

— Vous comprendrez d'ici une minute, que vous en ayez envie ou non. » Raven paraissait très amusée. « Pourquoi parliez-vous du *Liber Noctem* ? Le petit-fils de Salt l'a embarqué avant de casser sa pipe, non ? Pourquoi voulez-vous savoir tout ça ? »

Charlie se laissa tomber sur un banc, près d'une pile de magazines colorés. « Il y a quelque chose qui ne tourne pas rond, et j'ai l'impression que j'y suis plongée. Je ne pourrais plus laisser tomber, même si j'en avais envie – ce qui n'est pas le cas. Ce que je veux vraiment, c'est déterminer qui a menti, et à quel propos. »

La retailleuse ricana. « Probablement tout le monde à tout propos. »

Dehors, un nuage de passage changea l'éclat du clair de lune. Charlie discerna quelques ombres se dirigeant vers la gamelle.

Des silhouettes ténues, qui restaient indistinctes même à proximité de l'ampoule puissante au-dessus de la porte. À peine visibles. Les abords du récipient s'assombrirent à mesure que d'autres ombres se rassemblaient.

La surface du sang se rida, comme troublée par une langue de chat fantôme. Puis elle ne fut plus que remous.

« Il y a un truc à propos du *Liber Noctem*, dit Raven sans élever la voix. Knight connaissait un type à la salle des ventes, si bien qu'on l'a laissé enfiler des gants blancs et jeter un coup d'œil au bouquin avant que Salt ne l'achète. Il a copié quelques lignes sur l'art d'entraver les Furies, mais rien d'autre. »

Aurait-il pu négliger le rituel permettant de donner masse et forme à ces mêmes Furies, ou bien ce secret lui avait-il paru si terrible qu'il n'avait tout bonnement pas voulu le connaître ?

Charlie restait assise là, plus frustrée que jamais, à regarder baisser le niveau du sang dans la gamelle autour de laquelle s'épaississaient des ombres de plus en plus denses, de plus en plus noires. « Et le Hiérophante ? Il est censé chasser les Furies, et, d'après vous, Knight Singh a été tué par une ombre puissante. Il peut s'agir d'une Furie, n'est-ce pas ? »

Raven soupira. Son regard dériva vers les limites du parking, l'orée des arbres. « Ce mec, Stephen, je l'ai connu un peu avant qu'il ne devienne le Hiérophante. Son problème n'était même pas d'être un mauvais voleur, c'était de voler ce qu'il ne fallait pas à qui il ne fallait pas. Le crépusculien qui l'avait engagé l'a complètement laissé tomber. Ensuite, on l'a puni en cousant sur lui une vieille Furie et je ne crois pas que ça se passe très bien. Une ombre comme celle-là – consciente et qui murmure à votre oreille ? Carrément flippant. Ça m'étonnerait qu'il attrape quoi que ce soit. »

Charlie se rappelait le commentaire de Salt à propos des Furies puissantes rattachées à de nouveaux porteurs.

Elle se rappelait aussi les paroles du Hiérophante. *« Dis à Rouge que je veux le livre. Dis à Rouge qu'on peut partager. Dis à Rouge que je vais le tailler en pièces. »*

« Pourquoi une Furie accepterait-elle d'être rattachée ? » demanda-t-elle.

Raven hocha les épaules. « La plupart n'acceptent pas. »

Sa visiteuse désigna la gamelle. « Ce sont des Furies, ça, non ? Et les nourrir de sang leur donne du pouvoir, hein ?

— Un peu. Vous vous demandez pourquoi je voudrais faire ça ? »

Charlie fixait les ombres en pensant à Rouge, au Hiérophante et à ce qu'on éprouve quand on sent sa bouche manipulée par une ombre. « En fait, je me demandais quelle quantité de sang il faudrait pour conférer à une ombre la puissance de devenir une Furie, sans que son crépusculien meure.

— Vous savez quoi ? dit Raven en se levant. Je vais vous faire une démonstration des deux. »

Son ombre la gantait de brouillard. Tendant le bras, elle empoigna une des noires silhouettes en train de lécher la gamelle. Sa captive se tortilla dans sa main – mais elle tenait de l'autre ce qui évoquait une aiguille et du fil, le tout formé d'ombre.

L'être mystérieux continua à se tordre comme une anguille ou une méduse, voire un organe interne arraché à un corps. Mais c'était aussi très différent de tout cela. Un coup d'œil inattentif aurait pu faire croire que Raven feignait de tenir quelque chose. Qu'elle plantait une aiguille imaginaire dans une silhouette imaginaire.

Charlie n'arrivait pas à se décider entre fascination et dégoût.

La crépusculienne sourit de voir son expression. « Chaque fois qu'un retailleur modifie quelqu'un, il utilise une partie de son ombre à lui. Faute d'être prudents, nous finissons par nous donner morceau par morceau jusqu'à ce qu'il ne reste rien. Moi, je suis prudente.

» Ces petites ombres-là – elles ne sont rien. Elles n'ont pas d'intelligence, à peine de conscience. Être liées à une personne risque même de leur être fatal. Mais vous avez raison de dire qu'au sens strict du terme ce sont des Furies. Des ombres qui ont survécu à la séparation d'avec leur porteur. »

Sur les marches, quelques-unes s'éloignaient, à présent que leur festin était terminé, mais certaines demeuraient sur place, obscurité translucide, telle une pellicule posée dans l'air.

« La suite risque de vous choquer, prévint Raven. Vous pouvez fermer les yeux si vous voulez. »

Il était hors de question pour Charlie de lâchement détourner le regard. « Ça va. »

La retailleuse prit l'ombre et la fourra dans sa bouche ouverte.

Sa visiteuse se mordit les lèvres pour retenir une exclamation abasourdie. Elle ne s'attendait pas du tout à ça.

Raven continua en souriant : « Quand un crépusculien dépose une partie de sa conscience dans son ombre, il lui pousse une espèce d'homoncule. Le pouvoir n'est qu'une partie de ce qui fait une Furie. Si vous ne voulez pas que votre ombre se sépare de vous, ne la considérez pas comme distincte. Ne lui donnez jamais de nom. Et ne la nourrissez jamais avec un sang qui n'est pas le vôtre, car cela lui confère une énergie qui ne l'est pas non plus. »

Charlie hocha la tête.

« Mais la plupart des Furies se forment sur un lit de mort. Les crépusculiens intègrent souvent à leur ombre des parts d'eux-mêmes au dernier moment – souvent leur peur et leur douleur. On produit des créatures très effrayantes de cette manière. Et puissantes. Créer une Furie sans cela exige sans doute de *voler* de l'énergie, peut-être par l'intermédiaire du lit de mort et du sang de quelqu'un autre. »

Charlie se rappela ce que lui avait fait Salt, ses doigts refermés sur un couteau. « Si elle est assez puissante, est-ce qu'elle peut vous contrôler ? Vous manipuler comme un pantin ? »

Raven la fixa un long moment. « Je n'ai jamais entendu parler d'une ombre capable de contrôler son porteur, mais il n'y a qu'un seul moyen d'être en parfaite sécurité : n'avoir pas d'ombre du tout. Ceux qui sont sans ombre ne peuvent pas être contrôlés. Il y a en eux une porte fermée. »

« Ceux qui sont sans ombre ne peuvent pas être contrôlés. » Était-ce pour cela que Vince avait excisé la sienne ? Pour éviter de devenir la marionnette de son grand-père comme Charlie elle-même l'avait été ? Pour éviter d'être contrôlé par Rouge ?

Raven se tourna vers elle. « Je crois que vous avez obtenu assez de réponses. Et je vous jure que si vous essayez de me baiser, je m'assurerai que vous deveniez le prochain Hiérophante, avec une ombre très ancienne qui murmurera à votre oreille pendant que vous traquerez les Furies, jusqu'à ce que la dernière vous attrape et vous dévore tout entière.

— Je vous apporterai les papiers de Knight, promit Charlie.

— Apportez aussi des griffes d'ours, à ce moment-là », dit la retailleuse avant de la renvoyer dans une nuit qui paraissait davantage emplie d'ombres qu'auparavant.

Le lendemain après-midi, Charlie était assise à la table de sa cuisine, un crayon dans chaque main, pour noircir deux feuilles de bloc aux bords déchiquetés. Avec des gestes synchronisés, elle inscrivait encore et encore les mêmes mots sur les deux pages.

ALORS, DUCON, IL SE FEND, TON CERVEAU ?

« Je ne savais pas que tu étais ambidextre, remarqua Posey, les sourcils froncés.

— Je ne suis pas sûre de l'être, répondit Charlie. Mais peut-être qu'une approximation suffira. »

Sa sœur sortit une canette d'eau gazeuse du réfrigérateur, en ôta la capsule et s'appuya contre le plan de travail pour la regarder travailler. « Tu as l'impression que ta conscience bifurque ? »

Avec un soupir, Charlie cessa d'écrire. « Je ne sais pas. Si c'était le cas, qu'est-ce que je pourrais faire pour le savoir ?

— Essaie de bouger les doigts. » Posey désigna son ombre. « Ces doigts-là, je veux dire. »

Charlie plissa le front, concentrée, s'efforçant de sentir une main qui n'était pas attachée à son corps. Aussi fort qu'elle pût regarder, tenter de modifier son champ de conscience ou réfléchir à deux endroits à la fois, il n'y eut aucun résultat perceptible.

Sa cadette secoua la tête. « Bon, d'accord. Essaie de l'allonger, alors. »

Cet exercice-là semblait encore plus difficile à Charlie, qui obéit néanmoins. Elle imagina son ombre en train de s'étendre, comme si elle fondait. Elle aurait voulu la voir suinter, ne serait-ce que devenir un peu floue sur les contours. Toujours rien. « Je fais ce que je peux, assura-t-elle, devançant toute critique.

— Tu pourrais peut-être essayer d'*habiter* ton ombre », suggéra Posey.

Charlie leva les mains de frustration. « Ça veut dire quoi, ça ? »

Sa sœur haussa les épaules.

Elles continuèrent ainsi, l'une cherchant des exercices sur Internet tandis que l'autre devenait de plus en plus frustrée.

Finalement, Posey prit l'appel d'un client par Zoom, ce qui mit fin à la séance. Charlie en fut soulagée. Elle sortit son propre ordinateur portable et contempla l'écran.

Avec un soupir, elle ouvrit l'article concernant la mort d'Edmund Carver, copia le nom de la jeune femme trouvée morte avec lui dans la voiture, et le colla dans un moteur de recherche.

« Rose Allaband. »

Peu de sources la mentionnaient, l'article le plus long datant d'une semaine après sa disparition.

La famille et les amis de Rose Allaband demandent à chacun de partager toutes les informations susceptibles de permettre aux enquêteurs de la retrouver.

Allaband, 23 ans, a disparu il y a une semaine, après ce que des témoins ont décrit comme une discussion violente avec un ami. Selon les enquêteurs, elle avait de nouvelles fréquentations. Son téléphone portable a été retrouvé au bord de l'Interstate 91, juste après la sortie 19B, amputé de sa carte SIM.

La mère de la disparue exprime la requête suivante : « Rose est une gentille fille qui fait trop facilement confiance aux gens. La magie n'est pour elle qu'un jeu, et elle n'a pas compris que certaines personnes voudraient l'exploiter pour ce qu'elle est capable de faire. Imaginer ce qui a pu lui arriver me terrifie. Si quelqu'un a vu ma fille ou dispose de la moindre information sur l'endroit où elle se trouve, nous vous supplions d'appeler la police au 911 et de rapporter tout ce que vous savez, aussi insignifiant que ce soit. »

Vince pouvait être mêlé à la disparition de Rose Allaband. Il avait après tout convaincu Charlie de se fier à lui, et elle était très souvent montée dans sa camionnette. Une gentille fille n'aurait eu aucune chance.

Cette hypothèse supposait cependant qu'il soit ce qu'avait dit Salt : un métamorphe. Le Vince qu'elle connaissait était le genre de mec qui allait au magasin acheter ces conneries de flocons de son parce qu'ils étaient bons pour la santé et qu'elle voulait manger plus sain. Qui soignait ses coupures pour la simple raison qu'elle saignait.

Mais si c'était Rouge qui avait commis les meurtres, Vince s'en sentirait responsable. Cet assassin avait après tout fait partie de lui.

Lucifeule s'approcha et se frotta la tête contre le bord de l'ordinateur. Distraitement, Charlie la grattouilla sous la gorge.

Lionel Salt voulait lui faire croire que Vince comptait utiliser le *Liber Noctem* pour changer son ombre en une espèce de monstre immortel. D'après Knight Singh, le livre ne valait pas ce que le milliardaire l'avait payé mais, à en juger par le comportement du Hiérophante, il devait bien être utile à *quelque chose*.

Si Salt avait raison, si Vince comptait effectuer le rituel avec Rouge, qu'attendait-il ? Il disposait du bouquin depuis un an et n'était pas du genre à procrastiner. Il ne remettait pas au lendemain. Chez Charlie, lui seul avait jamais sorti des peluches du sèche-linge.

Impulsivement, elle tapa « Edmund Carver + Adeline Salt » dans la barre du moteur de recherche. Fit défiler les articles illustrés de photos des deux jeunes gens – Vince, une écharpe autour du cou ; Adeline pendue à son épaule comme pour paraître bien plus sobre qu'elle ne l'était, une bavure de rouge à lèvres au coin de la bouche.

Puis elle afficha un article tiré d'un blog people, comprenant des photos aériennes de plusieurs personnes sur un yacht.

Charlie plissa les yeux. À la proue, l'ombre d'une voile masquait à demi deux corps enchevêtrés. Les cheveux blonds de la femme étaient rejetés d'un côté, le haut de son bikini remonté. L'homme se penchait sur elle, mais Charlie n'eut pas besoin de voir son visage pour le reconnaître. Elle les reconnaissait tous les deux. Adeline et Vince.

L'HÉRITIÈRE TROMPE-T-ELLE SON RICHE ARMATEUR ?

Charlie entendait encore la fille de Salt se déclarer ravie que Vince et elle ne soient plus ensemble. Elle n'avait pas non plus oublié que, sur toutes les photos d'Adeline et Edmund prises à New York lors de galas de charité, bals ou réceptions, ni elle ni lui n'avait jamais personne d'autre à son bras.

Elle n'avait pas oublié la photo dans le portefeuille.

Posey apparut, appuyée au chambranle, un paquet de tarots usés à la main. « Qu'est-ce que tu cherches ?

— La preuve que la malédiction de la famille Hall est réelle, répondit sa sœur en refermant son portable.

— Bats les cartes et tires-en trois. »

Charlie eut un regard consterné. « Oh, je t'en prie !

— Considère ça comme un outil de psychologie. Un accès à l'inconscient. Jung était à fond pour. Il te faut atteindre la part de ton esprit qui t'empêche de devenir crépusculienne.

— Bon, d'accord », capitula-t-elle en prenant le paquet. Elle le battit comme si elle s'apprêtait à jouer au poker.

« Concentre-toi sur ta question, conseilla Posey. Ça aide de fermer les yeux. Demande aux cartes ce qui bloque ta magie. »

Mais ce que Charlie voulait savoir concernait Rouge.

Elle retourna les trois premières cartes du paquet sans les regarder et les tendit à sa cadette. Peut-être était-ce pour cela que les gens allaient voir des voyants, en fait. Parce qu'ils avaient besoin d'aide et cessaient d'être regardants sur les moyens. N'importe quel port dans cette putain de bordel de merde de tempête.

« Seulement des arcanes majeurs, constata Posey, le sourcil froncé. Intéressant.

— Qu'est-ce que ça veut dire ? »

La jeune cartomancienne paraissait inquiète. « Qu'il se passe quelque chose d'énorme.

— Bon, d'accord, dit sa sœur, incertaine. Et à part ça ? »

Posey posa la première carte. « Le Bateleur. La conversion du spirituel en matériel. C'est une carte qui évoque un nouveau commencement, donc ça doit concerner ta transformation en crépusculienne.

— Ça, on était déjà au courant », dit Charlie, quoiqu'un peu impressionnée.

La deuxième carte fut retournée sur la table. « Le Fou. » Comme l'aînée levait les yeux au ciel, la cadette continua : « Tu vois comme il s'apprête à sauter de la falaise ? Et comme il est inconscient du danger ?

— Je vois. »

Posey regarda la dernière carte, haussa un sourcil et sourit. « Oh, oh. On dirait que tu risques de briser un tabou. »

Charlie plissa le front. « C'est quelle carte ? »

Sa sœur la lui montra. Une figure religieuse sur un trône, en robe rouge, les mains levées et deux moines agenouillés devant elle. Le Pape, aussi appelé le Hiérophante.

Cette nuit-là, Charlie descendit à la cave et ressortit le tissu aérien avec lequel elle ne s'était pas entraînée depuis des mois, celui qui était censé la garder assez souple pour passer par les fenêtres à la manière du Grinch.

Elle le pendit à un crochet et en chassa la poussière, ainsi qu'au moins une araignée contrariée. Puis elle s'y accrocha et accomplit ses exercices – ceux qu'elle faisait autrefois tous les matins, avant l'entraînement au vol à la tire. Elle était un peu plus raide que naguère mais, une fois ses muscles échauffés, elle finit par se détendre et retrouver le rythme.

Sur le mur, son ombre suivait toutes ses postures.

24

CHANSONS TRISTES EN BOUCLE

Au matin, Charlie apporta une tasse de café près de son matelas posé par terre et rappela enfin le *Rapture*. Odette lui demandait de venir travailler le lendemain soir puis de reprendre ses horaires habituels le reste de la semaine.

Ce qui lui convenait, dès l'instant qu'elle conservait son samedi pour la réception de Salt. Livre ou pas, elle devrait s'y présenter.

Après avoir bu une grande gorgée de café, elle appela le bureau du trésorier de l'UMass alors qu'une lumière dorée se répandait peu à peu sur ses draps usés. Une femme à la voix revêche décrocha.

« Vous pouvez jeter un coup d'œil à mon compte ? demanda Charlie. Au nom de Posey Hall.

— Une seconde », dit la secrétaire avec un soupir résigné.

Charlie se mordillait le pouce, tentant de ne pas se jouer les pires scénarios possible.

« On dirait que vous avez laissé filer une échéance, reprit sa correspondante. Votre compte est bloqué. »

Le cœur de Charlie battit plus vite. « Non, j'avais jusqu'à la fin du mois. J'ai la lettre quelque part.

— La fin du mois *dernier* », compléta la secrétaire.

Un instant, la jeune femme ne fut capable que de fixer le mur. Doreen avait pu demander à son frère de bricoler le compte, mais il était aussi possible que Charlie elle-même ait commis une erreur.

« Je vous apporterai l'argent, assura-t-elle. Lundi.

— Lundi dernier délai, sinon vous êtes éliminée et vous devrez vous réinscrire au prochain semestre », conclut la secrétaire sur un ton impatient, avant de raccrocher.

Charlie se laissa tomber en arrière, les yeux rivés au plafond, cherchant à se convaincre de rester active. Si elle se laissait aller, elle risquait de ne pas quitter ce lit pendant plusieurs semaines.

Ayant bien préparé son excuse, elle téléphona au patron de Vince, qui se lança dans une véritable tirade dès qu'il eut décroché. « Dites à ce fils de pute qu'il est mort pour moi ! Vous m'entendez ? Vous lui dites qu'il ne peut pas partir en bordée et s'attendre à avoir encore un emploi une fois dessoûlé.

— Il n'est pas... », commença Charlie, mais l'homme avait déjà raccroché. De toute façon, patient ou non, il n'avait à l'évidence aucune idée d'où se trouvait Vince.

Sur trois appels, deux correspondants lui avaient raccroché au nez. Peut-être perdait-elle la main.

Elle laissa sa tête retomber sur l'oreiller avec un soupir. Son ancien compagnon lui manquait et elle n'était même pas sûre de l'avoir jamais connu. Sans doute serait-elle capable de deviner ce que ferait Vince. Remy Carver, en revanche, présentait pour elle un mystère absolu.

Mais peut-être pas pour ce Dr Liam Clovin qui avait vendu trois livres précieux à Paul Ecco. Et en savait sûrement plus qu'il ne voulait bien le dire.

Charlie se leva et ôta le jogging dans lequel elle avait dormi. Elle observait contre le mur son ombre suivre ses mouvements, enfiler sa culotte, passer son soutien-gorge par-dessus sa tête, s'attacher les cheveux à l'aide d'un élastique.

« On est magiques », murmura-t-elle pour elles deux.

Elle n'obtint pas de réponse.

« Tu as faim ? » demanda-t-elle.

Lorsqu'elle approcha la main de sa jambe, ses cheveux se dressèrent sur sa nuque, ses poils le long de ses bras. Elle cala un ongle sous le bord durci d'une croûte et tira, comme si elle arrachait un pansement. Le sang perla lentement puis coula le long de sa cheville.

Il n'atteignit pas le sol.

Après une rupture, il était normal d'écouter des chansons tristes en boucle. Il était normal de passer des heures à regarder de vieilles photos, à relire de vieilles lettres, ou à les brûler dans le barbecue, voire à dessiner des cornes de diable sur toutes les photos de son ex qu'on trouvait. Normal d'engloutir tout un bac de crème glacée sur le canapé et de le faire descendre avec une bouteille de chardonnay. Normal de parler sans cesse du mec en question à ses copines, de composer son numéro pour entendre sa voix sur le répondeur puis de raccrocher sans laisser de message.

Que la plupart des gens fassent ces choses-là, toutefois, ne les rendait pas *positives*. Cela revenait au contraire un peu à appuyer sur un bleu pour voir s'il restait douloureux.

Aller emmerder le coloc de son ex ressemblait énormément à ces actes désespérés, mais n'en faisait pas partie.

Quelques coups de téléphone supplémentaires apprirent à Charlie que Liam Clovin était interne au centre médical Baystate. D'un côté, cela rendait la prise de contact plus ardue, d'un autre cela la facilitait. La jeune femme ne pourrait pas se contenter d'aller au cabinet du médecin et de l'interroger quand il la ferait entrer pour soigner ses cors aux pieds fictifs. Toutefois, les internes des hôpitaux sont notoirement épuisés, et qui dit fatigue dit attention limitée. Clovin serait concentré sur son travail et aurait donc peu de chances de détecter un piège avant qu'il ne se referme.

Qui plus était, il ne tarderait plus à voir son rude labeur commencer à payer. Pour arriver où il en était, il avait sacrifié énormément de nuits mouvementées, passé du temps à étudier, contracté des prêts. À présent interne, il était tellement près d'un salaire annuel à six chiffres qu'il devait déjà en sentir le goût. Il avait énormément à perdre.

Charlie pratiquement rien.

On pouvait intercepter un étudiant en médecine de plusieurs manières, mais le plus simple était de traîner à la cafétéria vers l'heure du déjeuner. L'individu qu'elle cherchait risquait d'être retenu n'importe quand par ses cours ou son travail, mais, si elle attendait assez, il finirait par avoir faim.

Pour le repérer, elle devrait néanmoins savoir à quoi il ressemblait. Ses premières recherches en ligne furent vaines : aucune photo de lui avec d'autres internes du centre Baystate, après presque une heure à éplucher des images officielles. Il ne semblait même pas disposer d'un compte Facebook. Enfin, elle le découvrit au milieu de la classe de dernière année de Remy à l'université de New York. Il était là : Liam Clovin, un rouquin aux yeux plissés pour se protéger du soleil. Non loin de lui, Edmund Vincent Carver regardait droit vers l'appareil.

Charlie sortit la tenue qu'elle enfilait toujours pour jouer ce genre de rôle. Un col roulé bleu ciel pour couvrir ses tatouages.

Un jean normal. Une perruque brune au carré, sous laquelle cacher ses cheveux. Un maquillage neutre.

Après avoir roulé jusqu'au centre médical Baystate et s'être garée tout au fond du parking des visiteurs, elle entra dans son personnage.

Elle montra son permis de conduire à une réceptionniste qui s'ennuyait et, quand on l'interrogea, prétendit devoir retrouver un cousin à la cafétéria. Cette portion de l'hôpital étant ouverte au public, nul ne lui posa plus aucune question.

Elle demanda son chemin à la boutique de cadeaux, tout en cherchant du regard les caméras de sécurité. Il y en avait beaucoup.

La cafétéria de Baystate lui en rappela une autre, celle du collège communautaire où elle avait suivi des cours de psycho avant de laisser tomber et d'entreprendre une formation de barmaid en six semaines. Toutes les surfaces étaient en inox, susceptibles d'être nettoyées en un clin d'œil. Les odeurs s'avéraient non moins familières : plats surgelés réchauffés, sauces épaissies à la fécule de maïs, soupe laiteuse, oignons et café au lait.

Charlie trouva une table libre dans un coin et attendit. Au bout d'une demi-heure sans incident, elle se leva pour acheter un sandwich jambon-fromage au pain de seigle, sous cellophane, et une bouteille d'eau. Quand elle revint, quelqu'un avait annexé sa table. Elle en trouva une autre et se mit à manger en consultant ses messages.

Elle avait reçu sur son vrai téléphone un SMS furieux – et peut-être alcoolisé – d'Adam.

salope, tu aurais dû nous foutre la paix. Si tu crois que _oreen va me larguer à cuase de ce que tu lui as dit, tu te four es le doigts dans loeil. Elle est aussi furieuse contre toi que moi et peut être plus maintenant que je lui ai dit comment tu m'as piégé et voé ce qui était à moi. Elle m'a tout dt/ salope salope salope j'espère qtu vas crever.

Elle posa le téléphone sur la table en ayant l'impression qu'il l'avait mordue. Elle aurait dû prévoir que la situation tournerait mal si elle prenait le carnet. Merde, Suzie Lambton l'avait prévenue dès le début que ça lui péterait à la gueule.

J'espère qtu vas crever aussi, pauvre con, songea-t-elle avant d'effacer le message.

Elle tentait de déterminer à quel point elle avait merdé quand Liam Clovin entra dans la cafétéria – pâle, très maigre, la barbe rougeâtre. Ayant été le condisciple d'Edmund, il devait avoir à peu près le même âge, mais sa tenue verte de chirurgie et sa pilosité faciale le faisaient paraître plus âgé.

Parce qu'il avait fait quelque chose de sa vie. Pas comme elle, Charlie Hall, qui passait la moitié de son temps à essayer d'émousser ses propres crocs et l'autre à chasser.

Elle attendit qu'il se soit acheté à manger et installé à une table.

« Salut, dit-elle en s'asseyant près de lui. Ça vous dérange si je m'assieds ? »

Il y a des gens pour croire que les escrocs de sexe féminin ont la partie belle. Qu'il leur suffit de montrer leurs jambes, tel un Bugs Bunny travesti pour faire du stop, et que le pigeon s'arrête dans un crissement de pneus, la langue pendante.

Petit un, c'est absolument faux.

Petit deux, si une femme décide qu'un grand décolleté lui est nécessaire, c'est que les arnaques fonctionnent différemment pour elle. Qu'elle propose une bonne affaire à un homme, et il se méfiera – non parce qu'il la soupçonne de vouloir l'escroquer mais parce qu'étant femme, forcément, elle ne sait pas de quoi elle parle. Avoir l'air assez maligne pour être prise au sérieux tout en continuant à lui faire croire qu'il pourra l'embrouiller est une opération très délicate.

Pour peu qu'il ait envie de la sauter, c'est encore plus délicat.

Si la féminité présente donc des inconvénients pour réussir une arnaque, elle a aussi des avantages. Par exemple, une femme paraît moins menaçante. Si un homme s'était assis en face de Clovin, il aurait réagi différemment. Sans doute n'avait-il pas envie de voir Charlie s'imposer, mais il ne paraissait pas inquiet.

« Non, dit-il, agacé. Je veux dire : si, ça m'ennuie. Je n'ai vraiment pas envie de compa… »

Elle lui prit la main. Il la lui retira aussitôt, ce qui était compréhensible : pourquoi se laisser empoigner par une parfaite inconnue ?

Charlie laissa ses yeux s'emplir de larmes. Elle porta la main à sa bouche avec une expression horrifiée. « Mais c'est vrai ! » sanglota-t-elle, assez fort pour que les gens alentour – parmi lesquels des infirmières et des médecins – l'entendent.

Clovin commença à se lever, sans doute décidé à s'éloigner d'elle aussi vite que possible. Une réaction d'ailleurs tout à fait raisonnable. Le problème des réactions raisonnables étant qu'elles sont faciles à prédire.

Charlie lui empoigna le poignet et, cette fois, parla assez bas pour que lui seul l'entende. « Asseyez-vous, Liam Clovin, ou je vous fais une scène assez violente pour convaincre tout le monde que votre haleine puait l'alcool quand vous avez soigné mon père mourant. Je ferai beaucoup de bruit et je serai convaincante. Ou alors vous me dites ce que je veux savoir et je joue la patiente réconfortée par un gentil docteur dans le cadre d'une tragédie. Vous pouvez même la choisir, la tragédie, si ça vous amuse. »

Tel était l'autre avantage dont disposaient les arnaqueuses pour compenser le fait qu'on ne les prenait pas au sérieux : aux yeux des gens, c'étaient toujours elles les victimes.

« Qui êtes-vous ? » Quoique visiblement furieux, il se rassit en face d'elle. « Qu'est-ce que vous voulez ?

— Ça ne va pas prendre longtemps, assura-t-elle. J'ai juste quelques questions à propos d'Edmund Carver. »

La moue du médecin s'amplifia. « C'est vous qui étiez devant ma porte l'autre jour. »

Elle ne disposait sans doute que de quelques minutes avant qu'il ne parvienne à se débarrasser d'elle. « Où est-il ?

— Mort.

— Essayez encore. »

Il recommença à se lever. « Je n'ai rien à vous dire.

— Si ça se trouve, vous m'avez mise enceinte, en plus, insinua-t-elle, innocente.

— On n'est pas dans un soap opera ! siffla-t-il.

— Non, pas encore », répondit-elle, les sourcils haussés.

Il lui jeta un regard furieux mais se rassit une fois de plus. Se posa le menton sur la main. Puis s'empara de son sandwich et en ôta l'emballage. « Écoutez, il m'a payé pour que je le laisse stocker quelques affaires chez moi. Il utilisait aussi mon adresse pour recevoir le courrier qu'il voulait cacher à son grand-père. C'est tout.

— Qu'est-ce qu'il laissait chez vous ? interrogea Charlie en se demandant si la solution pouvait être aussi simple.

— Il avait un placard avec un cadenas. Ce qu'il y mettait ne me regardait pas.

— Mais vous le saviez tout de même, dit-elle, espérant qu'en avoir l'air sûre lui ferait croire qu'elle l'était.

— En partie. » Clovin explora la cafétéria des yeux, comme s'il espérait voir apparaître un sauveur potentiel. « Un téléphone de rechange. Des livres tirés de la collection de son père. Des vêtements. Son permis de conduire. Un krugerrand, la monnaie d'Afrique du Sud, croyez-le ou non. Il prévoyait de partir, je le sais.

— Et ensuite… quoi ? Vous avez pété le cadenas et vendu les bouquins à Paul Ecco ?

— C'est lui qui m'a demandé de les vendre ! » se défendit Clovin, un peu trop fort.

Elle sourit pour lui faire comprendre qu'il s'était trahi : la vente des livres avait eu lieu après la mort supposée de Remy. « Quand ça ? »

L'interne soupira. « D'accord, d'accord, je l'ai vu ce soir-là. Il est arrivé complètement déboussolé. Presque à poil, avec juste une robe de chambre de femme qu'il m'a dit avoir piquée dans une laverie. Pieds nus. Il n'était pas lui-même. Il m'a dit avoir besoin que je vende quelques bouquins pour lui. Ce que j'ai fait. Je n'étais pas au courant pour la fille. Je n'étais au courant de rien du tout.

— Mais ensuite vous l'avez aidé à mettre sa mort en scène, dit Charlie. Vous avez sorti un cadavre de l'hôpital, c'est ça ?

— Non ! » Clovin se leva à demi avant de réaliser qu'un tas de gens s'étaient tournés vers lui. Il se rassit, de plus en plus furieux. « Non, bien sûr que non. Je n'ai rien eu à voir avec ça. Rien du tout.

— Que lui était-il arrivé, de ce qu'il vous a dit ? »

Il haussa les épaules. « Il ne m'a rien dit du tout. Ce que je crains, c'est qu'il ait tué quelqu'un et se soit débarrassé de ses fringues parce qu'elles étaient couvertes de sang. Mais, sur le moment, je me suis juste dit que son grand-père l'avait foutu dehors après avoir découvert qu'il avait acheté un billet d'avion pour Atlanta. »

Quelque chose, en tout cas, avait chassé Vince de cette maison, après des années de complaisance envers les affaires monstrueuses de son grand-père. Après plus de dix ans à vivre comme un prince, il savait que, seul, il serait fauché. Et il avait été assez longtemps pauvre pour ne se faire aucune illusion sur sa situation – ni sur la vitesse à laquelle s'évaporaient 1 ou 2 milliers de dollars volés. « Qu'y avait-il en Géorgie ? »

Clovin secoua la tête et se frotta le visage. « Sa mère. C'était elle dont il cachait les lettres à son grand-père. Elle est morte d'une overdose la veille du jour où il s'est pointé chez moi. C'est sans doute ce qui l'a fait basculer.

— Est-ce qu'il semblait du genre à être capable de tuer quelqu'un ? » Charlie savait qu'elle ne posait pas la question correctement, qu'elle donnait à son interlocuteur toute latitude pour dire non. Elle avait envie qu'il dise non.

L'interne réfléchit avant de répondre. « Remy avait un sens de l'humour un peu morbide, mais j'ai entendu pire. Je suis médecin. L'humour noir, c'est notre truc. »

Elle lui sourit, encourageante.

« N'importe qui est capable de n'importe quoi si les circonstances s'y prêtent, continua-t-il. Et, écoutez... Un des toubibs de l'hosto est célèbre pour sa générosité en matière d'ordonnances. J'ai vu la cousine de Remy, Adeline, lui acheter de la kétamine. Les riches fêtards adorent les drogues qu'on obtient sur ordonnance. Elles sont plus chères que dans la rue, mais la formule est plus sûre et ils traitent avec des gens qui ont peu de chances de les rouler. Allez savoir à quoi s'amusait Remy quand il n'était pas avec moi !

— De la kétamine ? » Les copains de Charlie étaient plutôt branchés herbe et oxycodone.

« Ça rend dissociatif, expliqua Clovin. À petites doses, ça procure un sentiment d'euphorie. Si on en prend trop, on se retrouve dans un état proche du coma, sauf qu'on est plus ou moins conscient. Parfois incapable de parler. Ça peut provoquer des hallucinations et des pertes de mémoire. »

Charlie se demanda ce qui s'était trouvé dans son verre, en ce jour lointain.

« Et c'est tout pour moi, lâcha l'interne en faisant de nouveau mine de se lever. Je ne sais pas où il est, et je ne sais pas non plus où est le livre. D'accord ?

— Le livre ? » dit Charlie en écho.

Il ricana. « Vous croyez être la première à venir les chercher ici, lui ou le bouquin ? Deux mois après que Remy s'est pointé à moitié nu, un jeune type est arrivé en marmonnant dans sa barbe. Sans jamais retirer les mains de ses poches. Il m'a menacé. Et, depuis, il y a eu d'autres visites. Si je savais où est Remy, je le dirais à la police, pas à l'un de vous. »

Charlie sortit son téléphone et afficha une photo d'elle avec Vince. Ils se trouvaient à l'hôtel *Loews* d'Hadley un vendredi, pour une soirée rétro, et ils attendaient de voir *La Fiancée de Frankenstein*. Le cliché n'était pas très bon, un peu flou, mais on reconnaissait bien le jeune homme. « J'étais son amie. Vous voyez ? »

Clovin en parut visiblement soulagé. « Je ne sais tout de même rien de plus. Remy a disparu.

— Il m'a envoyé un truc par la poste. » Charlie mit la main dans sa poche et en sortit une toute petite clef en argent – en fait celle d'une boîte à musique que leur mère avait donnée à Posey –, susceptible d'ouvrir n'importe quoi. « En me disant que, s'il lui arrivait quelque chose, je saurais où regarder. Sauf que je ne sais même pas par où commencer. Selon lui, c'est important, il y a un truc important dedans. J'espère que ça prouvera qu'il est innocent. Si vous ne pouvez pas m'aider à le trouver, lui, vous pouvez bien m'aider à trouver ça. »

Ce n'était pas la pire histoire qu'elle ait jamais inventée.

L'interne fronça le sourcil, réfléchissant. « Quand on était à l'université, le grand-père de Remy l'en sortait parfois plusieurs semaines d'affilée sur un coup de tête. Quand il revenait, il était en vrac.

— Comment ça, en vrac ?

— Furieux. Mais comme il ne savait jamais quand ça allait se produire, il cachait des choses, déjà. Il disait souvent que les riches ne voient jamais certains endroits, même s'ils les ont sous le nez. S'il a caché quelque chose, ce sera dans un coin comme ça. »

Charlie se demanda si Clovin lui non plus ne verrait plus ces endroits-là quand il serait riche chirurgien – et si c'était là son rêve.

Elle lui posa la main sur le bras, tentant d'irradier la sincérité. « Merci de m'avoir parlé, même si je vous ai un peu forcé la main. Remy disait toujours que vous étiez un type bien. »

L'interne lui adressa un sourire triste. « Je pensais la même chose de lui. »

Sur le parking, un soleil rouge tombait derrière les bâtiments du centre médical. Charlie regarda l'heure sur son téléphone. Encore une soirée avant qu'elle ne doive retourner au *Rapture*. Quatre jours avant que Salt n'attende son livre. La description par Liam Clovin de l'homme qui cherchait Vince correspondait au Hiérophante. La jeune femme savait qu'il voulait le bouquin, et c'était donc apparemment le cas depuis un bon moment. Ce qu'elle ignorait encore, mensonges mis à part, c'était pourquoi tous ces gens le voulaient à ce point.

Un bruit de pas interrompit ses réflexions. Un homme marchait derrière elle, et de plus en plus vite à mesure qu'il se rapprochait.

25

CHAT NOIR. CRAPAUD. CORBEAU.

Il y a, en cas de rupture du contrat social, un instant de dissonance. Un instant durant lequel l'être civilisé cherche une raison pour laquelle la personne qui se précipite vers lui ne serait pas forcément décidée à l'attaquer.

Par chance, Charlie n'était pas extrêmement civilisée : elle partit en courant vers sa voiture.

L'homme continua de la poursuivre. Ses bottes émettaient un bruit sourd en frappant l'asphalte.

La jeune femme courait à toutes jambes, et passer huit heures debout tous les soirs lui avait forgé des muscles puissants.

L'autre, toutefois, était déjà trop près et il avait de l'élan. Il l'empoigna par le bras, la forçant à se retourner. Collée contre sa voiture, elle leva les yeux vers lui.

« Adam ? » Il avait les yeux injectés de sang, son haleine était assez chargée pour décoller de la peinture, mais c'était bien lui.

Empoignant la perruque de la jeune femme, il tira avec force. Le postiche s'arracha avec épingles et cheveux. « Charlie Hall. Espèce de misérable, de monstrueuse salope. Tu croyais pouvoir m'arnaquer, et ensuite me voler ?

— Ouais, quelque chose comme ça », répondit Charlie sur un ton égal en soutenant son regard. Nier n'aurait servi à rien.

Il lui assena un coup de poing brutal sur la joue, envoyant son crâne percuter la vitre de la voiture. Sonnée, elle serait tombée si ses doigts, en rencontrant la poignée de la portière, ne lui avaient permis de s'accrocher et de rester quasiment debout.

Adam lui donna un deuxième coup de poing – à l'estomac.

Elle souffla tout l'air contenu dans ses poumons. Se recroquevilla comme un cloporte autour de la douleur.

Charlie avait la langue bien pendue mais ne s'était jamais vraiment battue. Même avec sa sœur, elle en était restée au tirage de cheveux et à d'occasionnelles griffures.

Réfléchis, s'ordonna-t-elle, mais choc et douleur émoussaient ses pensées.

« Où est le carnet ? cria son agresseur. Donne-le moi !

— Je ne l'ai plus, parvint-elle à répondre.

— Je vais te casser la gueule. Ta sale petite gueule de merde. J'en ai ma claque d'entendre parler de toi. Tout le monde dit que tu étais super, mais je suis meilleur que toi. Tu m'entends ? J'ai toujours été le meilleur. »

Elle lui cracha au visage, l'atteignant à la joue. Surpris, il sursauta et ferma les yeux un instant, ce qui permit à la jeune femme d'échapper à son étreinte.

Elle courut de l'autre côté de la voiture, mais, au moment où elle ouvrait la portière d'une secousse, son agresseur l'empoigna à la gorge.

Elle se retrouva alors à deux endroits à la fois, comme si le monde avait plus de trois dimensions. Sa conscience se divisa. Elle était cette personne qui hurlait, qui tentait de griffer la main d'Adam, mais elle était aussi cette chose qui arrivait sur le côté pour se jeter sur lui.

Son ombre. Elle sentit un tiraillement au plus profond d'elle. Puis elle la vit : une silhouette toute de noirceur, comme un trou découpé dans l'univers. Elle-même, oui... et non. Un miroir qui ne renvoyait aucune lumière.

Comme Adam chancelait, elle se retrouva assise sur le siège avant qu'il ne puisse l'empoigner à nouveau.

L'instinct animal prit le dessus. Son corps se déchaîna, criant, donnant des coups de pied – dont un qui frappa son agresseur au bras tandis qu'un autre lui écorchait les phalanges. Il hurla de douleur et la lâcha. Charlie claqua la portière et abattit la main sur le bouton de verrouillage.

Le claquement des quatre fermetures lui parut assourdissant.

Adam tira sur la poignée et, durant un instant d'horreur pure, la jeune femme eut la certitude qu'il allait arriver à ses fins.

Il tapa du poing contre la vitre.

Charlie demeurait assise là, les doigts courant sur le volant. Elle entendait le compagnon de Doreen lui hurler dessus, mais son esprit lui paraissait très loin, engourdi par le choc.

Elle savait qu'Adam pouvait être terrible et qu'elle l'avait volé. Malgré cela, elle avait sous-estimé le danger. Un an hors du jeu et elle déconnait à pleins tubes.

Charlie entretenait un rapport nouveau quoique encore latent avec son ombre – qui lui communiquait une vibration, un lien quasi ombilical. Comme un membre fantôme. Ou comme un homoncule.

Les mains tremblantes, elle sortit sa clef de son sac. Dieu merci, le moteur démarra en rugissant. Elle le fit brièvement ronfler pour avertir le forcené qui martelait le capot, puis elle démarra. Adam bondit en arrière juste à temps pour éviter d'être renversé. Charlie, le cœur battant à tout rompre, sortit du parking.

Au premier feu rouge, elle commença à voir un peu flou, comme à travers un objectif enduit de vaseline. Elle se rendit compte que son œil commençait à gonfler.

En outre, peut-être faisait-elle une petite crise de panique.

Elle s'arrêta dans une station-service à deux kilomètres de là et se regarda dans un miroir. Son œil gauche était en train de se violacer. Elle avait la bouche fendue et la lèvre supérieure gonflée comme si une esthéticienne lui avait injecté un wagon de botox.

Charlie était mal barrée. Il y avait tant de gens décidés à la démolir qu'ils allaient devoir prendre des numéros, comme à la cafétéria.

Sans compter ce que l'incident avait coûté à son ombre. Elle se rappelait ce qu'avait dit Vince à propos de quelque chose qui se déroulait hors du corps. Se rappelait que son double obscur était éveillé de fraîche date, dépourvu de réserves d'énergie.

Il fallait qu'elle le nourrisse.

Charlie ne savait plus où elle avait vu pour la première fois l'image d'une sorcière nourrissant son familier à un troisième mamelon. Une gravure sur bois – ou une illustration conçue pour en avoir l'air. Sans doute pendant les recherches qu'elle avait effectuées sur l'Inquisition lorsqu'elle incarnait Alonso.

Gamine, elle n'avait pas cru qu'un tel mamelon puisse exister, jusqu'à ce qu'elle étudie la question. Il s'avérait en fait susceptible d'apparaître n'importe où sur le corps. Aussi incroyable que ce soit, on pouvait avoir un téton sur le mollet. Ou sur un doigt.

Cela lui rappela une déclaration très sérieuse entendue un jour dans la bouche d'un savant de comptoir misogyne : *« Les martinis, c'est comme les seins ; un, c'est pas assez ; trois, c'est trop. »*

Ce qui était une connerie. Il suffisait de poser la question à quiconque s'était fait opérer d'une tumeur ou à un fan de science-fiction. Ou à un amateur de martinis.

Il suffisait de la poser à son ombre blottie autour d'elle, tétant sa peau avec autant d'application qu'un familier. Chat noir. Crapaud. Corbeau. Esprits envoyés par le diable pour répandre le mal dans le monde. Une seule blessure faisait l'affaire, bien qu'il soit difficile d'obtenir ne serait-ce que quelques gouttes de sang quand on arrache des croûtes fines, en cours de guérison.

« Ça va aller, dit la jeune femme, apaisante, comme à un enfant après une chute. Ça va aller, maintenant, hein ? » Il était tellement difficile de ne pas considérer ce phénomène comme un être distinct. De ne pas le traiter comme tel.

Tellement difficile de ne pas l'aimer ou de ne pas s'en sentir responsable.

L'ombre se remit en place : un manteau sur son dos, un tapis sous ses pieds, un voile. De la véritable magie. *Sa* magie.

Il n'était jamais agréable de prendre un coup de poing dans la figure, mais Charlie se surprit à sourire de ses lèvres fendues. Jusqu'à ce qu'elle réalise que, pour l'avoir suivie sur le parking, Adam devait aussi l'avoir pistée jusqu'à l'hôpital. Il savait où elle habitait et, furieux comme il l'était, pouvait fort bien s'y rendre tout droit.

Elle empoigna son téléphone, le cala douloureusement contre sa joue, et appela Posey.

Cela sonna. Sonna encore.

« Je sais que tu es réveillée », marmonna-t-elle.

Le répondeur de sa sœur s'enclencha. Elle devait être en plein Zoom avec un client. Charlie appela à nouveau, laissa sonner, raccrocha et rappela aussitôt.

Enfin, Posey répondit. « Charlie, je suis…

— Il faut que tu sortes de la maison. *Tout de suite.*

— Pourquoi est-ce que tu as la voix bizarre, comme ça ? »

La jeune femme n'avait pas le temps d'évoquer sa lèvre gonflée. « Sérieux. Tout de suite. Va dans un café. Au drug-store. N'importe où. Prends ton portable, ton portefeuille, sors par-derrière et saute par-dessus la clôture du voisin. Celui qui a un trampoline dans le jardin.

— Que…

— Je reste en ligne le temps que tu le fasses.

— Je suis au milieu d'un tirage de cartes, protesta Posey.

— Ça ne peut pas attendre.

— Laisse-moi une seconde. » Charlie l'entendit parler sur un ton conciliateur mais ne comprit pas ce qu'elle disait. Avec de la chance, elle expliquait à son client qu'elle devait s'absenter.

L'instant d'après, elle reprenait le téléphone. « Tu sais que je n'ai pas de voiture.

— Je serai avec toi tout le temps. » Charlie gardait la voix calme, grave. Une voix radiophonique. Une voix de négociateur pour prises d'otages. « Promis. Je passe te prendre. »

Il y eut un long silence à l'autre bout de la ligne.

« *S'il te plaît,* Posey. » Au temps pour le calme. « Dépêche-toi.

— Bon, bon. Par-derrière ?

— Pour qu'on ne te voie pas de la rue. » Charlie brûlait de prendre l'autoroute et de rentrer chez elle à toute vitesse en espérant arriver avant Adam, mais elle savait préférable de superviser l'évacuation de sa sœur. « Et dépêche-toi. Vraiment. »

Comme Posey circulait dans la maison pour rafler plusieurs objets dont elle disait avoir besoin et fourrer Lucifeule dans une cage de transport, son aînée se planta les ongles à la base des pouces. Elle avait envie de lui hurler d'aller plus vite. Elle avait envie de faire n'importe quoi à part rester assise là sur le parking, blessée, impuissante.

Après un long remue-ménage entrecoupé de soupirs, Posey déclara : « Bon, je suis dehors avec la chatte. Je me dirige vers le fond du terrain.

— Escalade la clôture, lui enjoignit Charlie. Tu es presque tirée d'affaire.

— Il faut que tu m'expliques…

— Tout à l'heure, promis. Et je suis désolée.

— Si les voisins...

— Avance, avance. Ne regarde pas derrière toi. Va, va, va.

— D'accord. » Posey parlait d'une voix fragile. « J'ai franchi la clôture. Tu sais que je déteste rentrer chez les gens. Si Elias sort de chez lui et me hurle dessus parce que je traverse sa cour...

— Tu t'en sors très bien. Tout ce que tu as à faire, c'est continuer d'avancer. Évite les grands axes et coupe par... » Charlie tenta de réfléchir. Énormément de voies se croisaient dans le quartier. Il serait facile de choisir la mauvaise. Elle ne pensait pas qu'Adam sache à quoi ressemblait sa sœur, mais une jeune femme avec une cage à chat était difficile à rater.

Il y avait d'un côté la bibliothèque Williston, rattachée à un lycée privé pour gosses de riches qui proposait des avantages tels que l'équitation. Posey pourrait peut-être se débrouiller pour qu'on la laisse y entrer, mais il lui faudrait servir une histoire convaincante. Dans l'autre direction, il y avait un *Dunkin'*, une cafétéria qui serait déjà fermée, un salon de tatouage, le *Needle Inc.*, la boutique d'alcools *Union Package* et le restaurant *Glory of India* qui vendait surtout des plats à emporter.

« Tu as dû ressortir sur Clark Street. Coupe par le parking pour rejoindre School Street. Entre chez *Union Package* et regarde les vins jusqu'à ce que j'arrive.

— Et s'ils n'acceptent pas les animaux familiers ? demanda Posey.

— Alors on trouvera une autre idée. Il y a une pharmacie pas très loin. »

Charlie attendit, le souffle de sa sœur dans les oreilles, jusqu'à entendre tinter la porte du magasin.

« Tu arrives tout de suite ? lui souffla Posey.

— Tout de suite », confirma-t-elle avant de raccrocher.

Voilà pourquoi elle était restée à l'écart des crépusculiens, à l'écart des arnaques et des vols d'objets magiques. N'avait-elle pas encore retenu la leçon qu'on apprend en jonglant avec des couteaux ? Même quand on les maintient tous en l'air, on se coupe sur les lames.

Elle jeta un dernier coup d'œil à son ombre, vers laquelle elle tenta de déplacer ses perceptions – et qui tressauta en réponse.

« Bon », dit-elle avant de quitter la station-service.

Sa voiture s'élança sur l'autoroute, le vacarme du moteur à peine perceptible. Le bricolage effectué par Vince tint bon tandis qu'elle écrasait l'accélérateur, louvoyant entre fourgonnettes de livraison et véhicules d'employés sortant du bureau. Elle avait peine à changer de file sur la gauche en raison de son œil gonflé, et un mal de tête carabiné mitraillait ses pensées, principalement une litanie de tout ce qui risquait encore de merder : *Et si Adam avait besoin d'un peu de courage avant de défoncer ma porte et qu'il entrait dans le magasin d'alcools, et s'il était en train de me suivre, et s'il avait un complice, et si Lucifeule pissait dans sa cage et faisait expulser Posey juste au moment où…*

Elle se rangea le long du trottoir et combattit l'impulsion la poussant à descendre de voiture. Sans couper le moteur, elle appela sa sœur.

Qui décrocha à la deuxième sonnerie.

« Je suis devant », annonça Charlie, essoufflée, bien qu'elle n'eût rien fait d'autre que conduire. Peut-être avait-elle une côte fêlée.

Quelques minutes plus tard, Posey sortait avec une bouteille dans un sachet en papier, un sac à dos plein à craquer sur l'épaule, et la cage de la chatte pendue au bout du bras. Elle monta à l'arrière. Lucifeule lâcha un gémissement pitoyable lorsqu'on la jeta sans cérémonie sur la banquette. « J'ai nos deux portables et j'ai pris du vin pour maman.

— Maman ? » répéta Charlie.

Cette question ne présentait aucun intérêt pour sa cadette qui la regardait avec de grands yeux dans le rétroviseur. « Qu'est-ce qui t'est arrivé ? Qui crains-tu de voir arriver à la maison ? Est-ce que c'est Vince ? Est-ce qu'il t'a menacée ?

— *Vince* ? » Charlie lança à sa sœur un regard exaspéré.

Posey fronça le sourcil. « Je ne sais pas, moi ! Est-ce que c'est le crépusculien du *Rapture* ? »

Charlie secoua la tête et quitta la rue. Il lui fallait mettre de la distance entre elles et leur domicile. « Il est mort, celui-là.

— Hein ? » Sa sœur écarquilla les yeux. « Comment ça, mort ?

— Regarde derrière. Essaie de voir si on est suivies. »

Posey, pâle et un peu en sueur, se délesta de son sac à dos et se retourna, s'agenouillant sur la banquette. « Comment je suis censée déterminer ça ?

— Regarde bien. Pas seulement les voitures juste derrière nous mais aussi celles qui sont plus loin. J'en sais rien, en fait. J'ai seulement vu faire ça au cinéma. » Charlie prit un tournant. « Personne ne suit exactement le même itinéraire que quelqu'un d'autre, surtout celui que je vais prendre, en repassant sans arrêt dans les mêmes rues. Alors si une bagnole nous suit trop longtemps, on s'inquiète.

— D'accord, dit Posey, les yeux grands ouverts.

— Ça va, toi ? demanda Charlie, qui gardait les siens sur la route.

— Bien sûr que ça va. C'est toi qui as la tête gonflée comme une pastèque. Tu veux bien m'expliquer ?

— Doreen a un copain qu'elle largue et qu'elle reprend tour à tour, un certain Adam…

— Le mec à qui tu envoyais des textos », s'exclama Posey.

Charlie hocha la tête, revoyant sa sœur s'emparer de son téléphone le mercredi précédent, alors qu'elle ne semblait pas encore sur le point de faire exploser sa vie.

« C'est Doreen qui t'a tabassée pour avoir couché avec son copain ?

— Non ! Tu déconnes, là ? Adam est furieux parce que je l'ai dénoncé et que je lui ai piqué un truc. » Dit comme cela, cela paraissait affreux. « Il le méritait. Et le truc en question, il l'avait lui-même volé.

— Je ne crois pas qu'on nous suive », déclara Posey. Elle se détendit et reprit une position assise légale. « Est-ce qu'on peut rentrer à la maison ? »

Sa sœur secoua la tête. « On va laisser à Adam une nuit pour décolérer sans qu'il sache où me trouver. Je vais appeler Doreen. Elle le calmera. »

La cadette se tourna vers la vitre, le front plissé, visiblement contrariée.

Charlie soupira. « Désolée pour ton client.

— Tu sais que Vince était au courant pour Adam, hein ?

— Que j'étais en train de l'arnaquer ? » Le regard de la conductrice chercha celui de sa passagère dans le rétroviseur. « Comment aurait-il pu…

— OK, il n'était pas vraiment au courant. Il *pensait* l'être.

— Allez, vide ton sac.

— Il m'a entendue lire le message sur ton téléphone. Tu sais, à propos de rencontrer Adam en privé ? »

Charlie se sentit prise de nausée. « Il a dit quelque chose ?

— Il m'a demandé si je savais *quand* tu allais le rencontrer. » Posey paraissait très mal à l'aise. « Et il m'a dit que j'avais raison à son sujet. Que j'avais raison depuis le début.

— Et tu as répondu quoi ?

— Rien. J'étais trop surprise. Je croyais qu'il ne remarquait même pas ce que je disais ou ce que je pensais. Si ça se trouve, j'étais injuste envers lui.

— Ah, c'est maintenant que tu t'en rends compte ? » Charlie dut contraindre son pied à s'écarter de l'accélérateur tant l'habitait l'envie de se venger sur la route.

Sa sœur haussa les épaules. « Il était trop calme. J'attendais toujours qu'il dévoile son vrai visage, qu'il te fasse du mal. Je veux dire que les beaux mecs costauds sont censés être des gros connards. Je croyais qu'il ne t'apporterait rien de bon. Mais, finalement, même si c'était un énorme menteur, ç'a peut-être été le meilleur de tes copains. »

Charlie envisagea brièvement de quitter la route et de jeter la voiture contre un arbre.

« Je ne suis pas le seul à avoir menti. » Il avait dit cela pendant qu'ils se disputaient.

À présent, bien trop tard, elle comprenait ce qu'il entendait par là. *« Je ne pouvais pas te donner ce dont tu avais besoin. Je t'ai caché des choses. Même si tu ne savais pas ce qui clochait, tu voyais que je n'étais pas là tout entier. »*

Le vendredi matin, quand il était passé la chercher au *Rapture*, savait-il qu'elle était censée retrouver Adam ? Elle le pensait venu parce qu'il craignait que sa voiture ne démarre pas, mais peut-être s'attendait-il à la trouver avec un autre.

« J'aimerais pouvoir dire que j'en étais désolé, que j'aurais voulu être franc dès le début, mais c'est faux. Je ne voulais pas être franc. Je voulais juste que ce que je te racontais soit la vérité. »

Charlie avait toujours cru que rien ne le touchait réellement parce qu'il avait abandonné tout ce qui lui importait avec son ancienne vie, celle d'où il était exilé. Celle à laquelle il aurait voulu retourner.

Mais il était tout à fait possible qu'il ait détesté cette ancienne vie.

Et que Charlie ait perdu un trésor qu'elle possédait sans le savoir.

26

LE PASSÉ

Le verre de champagne dans la main de Remy se réchauffait trop vite. Trop de corps pressés les uns contre les autres. Tout autour de lui, des rires délicats flottaient dans l'air surchauffé. Adeline discutait avec un vicomte ou un baronnet, bref un type avec un de ces titres assortis de moins d'argent que d'invitations à des réceptions.

Se rendre compte qu'il était capable de déterminer cela sans effort, que ses yeux remarquaient automatiquement le manque de retouches d'un costume et le bracelet en cuir usé d'une Rolex de troisième génération dérangeait un peu Remy. Il tentait de se convaincre que cela faisait de lui un bon observateur et non un snob, mais il savait que c'était en partie faux. Il s'était habitué à posséder de l'argent qu'il ne gagnait pas, et cela lui donnait un sentiment de supériorité.

La soirée de bienfaisance avait lieu chez un de ses condisciples ridiculement riches. Au bénéfice d'il ne savait plus quels enfants. Malades, peut-être. Ou susceptibles de bénéficier d'art-thérapie. Ou de se voir offrir des poneys. Ou bien dont les poneys malades étaient susceptibles de bénéficier d'art-thérapie. C'était sans importance. Il y avait aussi un thème : Hollywood d'antan, ce qui obligeait plus ou moins à porter une tenue chère, ridicule ou les deux. Ça n'avait pas d'importance non plus.

Ce qui comptait pour ces jeunes gens, c'était de pousser leurs parents à faire une donation de 50 000 dollars, dont 10 finiraient dans leurs poches et les 40 autres à la bonne œuvre concernée. Ensuite, Remy et ses amis emporteraient leur bien mal acquis et iraient dans une boîte où ils commanderaient des bouteilles et boiraient assez pour oublier toute cette nuit. Il danserait, hurlerait à la lune, puis retournerait en titubant au pied-à-terre de son grand-père, un bras autour des épaules d'Adeline. Dans ces heures d'ivresse précédant l'aube, tous les choix qu'il avait jamais pu faire lui paraissaient justifiés.

Son téléphone sonna, le ramenant à la réalité. Sa grand-mère, encore, suggérant qu'il la retrouve pour un brunch le lendemain. Détestable perspective. Non seulement il prévoyait d'avoir une gueule de bois monumentale, mais il n'avait pas envie de parler du seul sujet qu'ils avaient en commun : sa mère, laquelle n'était pas si bien que ça dans son nouveau centre de désintox.

Rencontrer sa grand-mère lui inspirait toujours une vague de regret mêlé de rancœur, et c'était l'autre raison pour laquelle il ne voulait pas la voir : il n'aimait pas éprouver des émotions.

Quand il était petit, il avait vécu chez elle avec sa mère. Il avait un lit pour lui seul, et ils dînaient ensemble tous les soirs. Puis maman était partie en claquant la porte, elle l'avait traîné à sa suite, et ç'avait été terminé.

L'idée du brunch fatiguait Remy d'avance, mais il se sentait coupable de chercher une excuse pour l'éviter.

Peut-être ne se sentait-il pas *seulement* coupable, mais il ne voulait pas s'appesantir sur la question.

Tu as honte, lui chuchota Rouge, toujours dans un coin de sa tête, comme une saloperie de grillon maléfique se faisant passer pour une conscience. *Tu n'es pas obligé de ressentir ça. Je peux avoir honte pour nous deux.*

Remy jeta un coup d'œil à son ombre projetée par terre, plus grande que lui en pleine lumière. Peut-être Rouge, s'il était capable de conserver son apparence assez longtemps, pourrait-il se rendre au brunch tandis que lui resterait au lit. Entre les meurtres et l'énergie dont Remy le nourrissait, il acquérait une force alarmante. Chaque fois qu'il se changeait en Furie, il semblait bien plus puissant que la précédente.

« Qu'est-ce qui se passe ? » s'enquit Adeline. Elle portait une robe McQueen vintage très raide, couverte de perles luisantes qui donnaient une impression d'entailles. Un Old fashioned dans chaque main, elle en tendait un comme si elle le lui destinait.

« Rien », dit-il en rangeant son téléphone dans sa poche.

Elle sourit. « Tu t'ennuies ? demanda-t-elle. Il paraît qu'il y a une piscine au sous-sol. On va se baigner à poil ? »

Remy ricana. Puis il posa sa flûte de champagne derrière une plante et but une gorgée de whisky parfumé au zeste d'orange. Il adorait la joyeuse sociopathie d'Adeline – héritée de son père, semblait-il parfois, mais Salt était décidé à conquérir l'univers ; elle ne cherchait qu'à s'amuser.

La soirée de charité avait lieu dans une maison de l'Upper West Side, le genre qui se vendait facilement 50 millions. La cuisine était toute de cuivre et de marbre, avec un piano italien de luxe. Les murs, couverts d'un papier de couleurs vives aux motifs modernes, étaient décorés d'œuvres d'art amusantes. Même les moquettes étaient astucieuses ; l'une évoquait un labyrinthe, une autre recouvrait d'un fin voile turquoise un motif traditionnel. À Rémy, qui suivait Adeline vers l'escalier, cette maison donnait le vertige. C'était tellement différent du sinistre manoir suranné de son grand-père, avec bois sombre et lourdes tentures.

Le jeune homme s'aperçut soudain dans le miroir derrière le bar. Costume noir, écharpe blanche autour du cou. Regard de convoitise.

« Allons-y », dit-il en se parant de son habituel sourire aimable. Il n'avait aucune raison d'être malheureux. Il passait une soirée merveilleuse.

L'escalier descendait en colimaçon jusqu'à un foyer décoré de rose et d'écarlate, empli de coussins. Un vague parfum de chlore flottait dans l'air, et les fenêtres luisaient d'une lumière bleue aquatique. Un lustre projetait au plafond des ombres en forme de chèvres et de loups.

« Défais ma fermeture », intima Adeline en riant.

Elle tourna le dos à Remy, qui vida son verre cul sec. Les contours du monde étaient un peu flous ; il commençait à se sentir agréablement éméché.

Une femme en chemisier et pantalon noirs descendit vivement les marches à leur suite. « Excusez-moi, dit-elle, l'air un peu affolé. Vous n'avez pas le droit d'être ici.

— Vous êtes qui, vous ? lança Adeline avec une morgue impressionnante.

— Je fais partie du personnel. On nous a demandé de tenir les invités à l'écart des pièces privées de la maison. » Son ton était empli de regret mais ferme.

« C'est chez Jefferson, ici, lui dit Remy. C'est mon pote. Il s'en fiche qu'on soit descendus.

— Oui, mais pas ses parents. » Elle désigna le verre dans sa main. « Vous avez bu. C'est une question d'assurance.

— Rouge pourrait la faire changer d'avis », remarqua Adeline.

Remy leva les yeux au ciel. « Le fusil à éléphants pour tuer un moustique. »

L'employée recula d'un pas en direction des marches. Le mot « tuer », dans n'importe quel contexte, devait la rendre nerveuse.

« Laisse Rouge s'amuser », insista Adeline, un sourire cruel aux lèvres. Était-elle gênée d'avoir été surprise avec la fermeture de sa robe à moitié baissée ? Était-ce le revers de la médaille de sa joyeuse sociopathie ? De toute façon, lorsqu'elle était dans cet état, elle ne cédait jamais. « Allez, ce sera amusant.

— Sers-toi de ton ombre, toi, alors, lui dit Remy. Ou encore mieux : remontons. »

C'était la deuxième ombre éveillée à laquelle la jeune femme se retrouvait liée. La première s'était flétrie, la greffe n'ayant pas pris. La seconde prenait, mais Adeline s'entraînait rarement à la commander. Selon son neveu, cela la mettait mal à l'aise et elle n'aimait pas l'avouer.

Elle lui lança un regard dur. « On ne bouge pas d'ici. »

Qu'est-ce que je suis censé faire ? Il entendit la question dans sa tête, sentit l'agacement de son ombre et se demanda s'il était sien également.

Manipule-la, pensa-t-il en réponse. *Fais qu'elle remonte ou qu'elle dise quelque chose d'idiot. Fais-lui peur. Ne lui fais pas de mal.*

Tu ne veux pas que je la noie ? Il était presque sûr que Rouge plaisantait.

Naguère, il aurait dû conserver une conscience bifurquée, mais ce n'était plus le cas. Rouge *agissait,* voilà tout. Souvent il faisait ce qu'on lui disait, mais parfois tout autre chose. Remy aurait sans doute pu l'en empêcher s'il avait essayé. Sans doute.

L'employée frissonna et eut un hoquet quand l'ombre du jeune homme se déplaça pour recouvrir la sienne.

Adeline tapa dans ses mains, ravie.

La bouche de la femme s'ouvrit et des mots s'en échappèrent sur un ton grinçant. « Je ne suis pas assez payée pour supporter ces conneries-là. Allez-y. Plongez dans la piscine, bande de branleurs. »

Remy éclata de rire. Il jugeait un peu troublant que Rouge connaisse assez bien les êtres humains pour obtenir un résultat aussi réaliste, mais cela restait amusant.

Adeline poussa un soupir contrarié. « Non, fais-lui dire quelque chose de *gênant*. »

Le corps de l'employée était animé de gestes saccadés, tandis que ses yeux brûlaient de panique. « Arrête de me donner des ordres, Adeline, dit-elle. Je n'aime pas ça. »

La fille de Salt se tourna vers son compagnon, éberluée, vexée. « Est-ce que tu...

— Oh, je t'en prie, fit Remy. Il s'amuse, c'est tout. »

Quand Rouge la relâcha, la femme eut un nouveau hoquet et porta la main à sa bouche. Elle regarda tour à tour les deux jeunes gens, les larmes aux yeux, puis remonta l'escalier en courant.

Adeline posait sur Remy des yeux flamboyants. Sans doute n'aurait-elle pas été aussi furieuse s'il l'avait envoyée promener lui-même, mais elle considérait Rouge comme un jouet, et les jouets n'étaient pas censés répliquer. Surtout en public.

Avant qu'elle ne puisse lui reprocher de ne pas mieux contrôler son ombre, Topher, Madison et Brooks dévalèrent bruyamment l'escalier. Le premier avait fréquenté la même école préparatoire que Remy – qui, comme Adeline, connaissait les deux autres parce qu'ils gravitaient dans les mêmes cercles.

« Salut, toi, dit Brooks en étreignant d'un seul bras son ancien condisciple. Il paraît qu'il y a une piscine. J'aurais dû me douter que tu la trouverais le premier. »

Maddy avait prélevé une bouteille de Don Julio 1942 sur le bar au miroir. « Oh, j'aurais dû prendre des verres, dit-elle.

— Je peux te le verser droit dans la bouche », proposa Remy, que la compagnie des arrivants détendait.

Tous les cinq se baignèrent nus dans la piscine, en riant et en buvant de la téquila. Adeline semblait avoir oublié l'incident et la soirée retrouvait son cours normal. Finalement, ils se rhabillèrent, récupérèrent Jefferson, sa copine, la cousine de quelqu'un d'autre, et se rendirent à la boîte de nuit simplement appelée *The Box*, où des trapézistes volaient dans les airs en compagnie d'une ombre. Par moments, c'était elle qui les tenait au-dessus de la foule, ce qui donnait l'impression qu'ils étaient suspendus au vide.

Topher avait envie de nager dans le bonheur, et Adeline démontra ses capacités de crépusculienne en l'y envoyant. Quand elle en eut terminé avec lui, il était tellement parti qu'il ne pouvait que rester vautré dans un coin de leur box privé, agité de tics nerveux, en marmonnant des mots indistincts. Remy espéra qu'il vivait le bon moment promis. Sa jeune tante avait parfois induit chez certaines personnes des crises de terreur d'une semaine, et à l'heure qu'il était, elle avait visiblement retrouvé toute sa mauvaise humeur.

Brooks et Jefferson, impressionnés, lui posèrent un tas de questions sur un ton les disant à l'évidence intéressés par autre chose que ses réponses.

Maddy et la cousine commençaient à s'embrasser et à se peloter, leurs jupes remontées assez haut pour révéler qu'une seule des deux portait une culotte.

Remy tentait d'éviter la colère d'Adeline en causant avec les occupantes du box d'à côté, qui l'avaient recruté pour jouer à un jeu d'ivrognes : tout le monde fixait une personne et, si des regards se croisaient, le premier qui criait « Méduse ! » avait gagné.

Il avait bu encore au moins trois téquilas quand la fille de Salt lui posa la main sur l'épaule, l'air tout à fait soûle. « Dis à Rouge de m'embrasser. »

Lui-même loin d'être sobre, il savait pourtant l'idée très mauvaise. « Allez. Assieds-toi et joue avec nous. »

L'ombre d'Adeline fila comme un fouet vers une des filles, la frappant à la tête assez fort pour qu'elle morde le verre où elle s'apprêtait à boire.

Remy se leva alors que les compagnes de la victime tentaient d'arrêter le saignement à l'aide de serviettes.

Il n'avait pas envie de penser aux dents roses de la fille. Ni au morceau de verre luisant de salive tombé sur la table. « Allez, on rentre à la maison, il est tard.

— Tu ne veux pas que Rouge m'embrasse ? » cria Adeline pendant qu'il la traînait à travers la boîte.

Il ne répondit pas.

« Ordonne-lui de faire ce que je dis. » Ils étaient arrivés dans la rue. « Sinon je raconte à mon père que, la moitié du temps, c'est une Furie. »

Remy poussa un gémissement. « Assez de menaces, c'est fatigant. Tu es fatigante, ce soir.

— *Dis-lui,* insista la jeune femme.

— Très bien, mentit-il, je viens de le lui dire. » Rouge avait tout entendu, de toute façon.

« Je crois que c'est toi qui l'as poussé à être méchant avec moi », continua-t-elle.

Remy ne prit pas la peine de nier. Ils étaient tous les deux ivres et susceptibles d'avoir une dispute stupide. Ils avaient passé trop de temps ensemble, ces derniers mois, vivant presque l'un sur l'autre. Ce n'était pas normal. Ils partageaient trop d'horribles secrets, et cela les conduisait à se quereller.

Adeline boudait encore lorsqu'ils entrèrent en titubant dans le manoir. Remy s'en moquait, comptant aller au lit et passer l'heure du brunch à dormir.

Il dessoûla vite en voyant son grand-père qui les attendait sur le canapé. La seule lumière allumée conférait à son visage un aspect un peu inquiétant.

« Avez-vous entendu parler de Cleophes d'York ? leur demanda-t-il, comme s'il poursuivait une conversation en cours.

— Non », répondit Remy, hésitant. Tel était le prix de l'argent de Salt, vivre selon ses termes et ses horaires.

« Une très vieille Furie, leur apprit Salt. Liée il y a cinq ans. Je pense avoir trouvé le moyen de lui parler sans que la personne qui la porte le sache. Nous allons tenter une expérience. »

Adeline plissa le front. « Quel genre ?

— De la bonne vieille kétamine. » Il ramassa un flacon sur la table basse et l'agita. « Je vais injecter ça à Edmund, et on verra si ça permet à Rouge de le manipuler comme une marionnette.

— Je suis trop soûl, protesta Remy. Mélanger l'alcool et la drogue, c'est ce qui tue les rock stars. »

Salt eut un rire bref. « Ne te flatte pas. Maintenant, assieds-toi sur le canapé et remonte ta manche.

— Sérieux : demain.

— Maintenant. Tu vas te rendre compte que je suis tout à fait sérieux. »

Remy lança un coup d'œil implorant à Adeline, mais elle ne le voyait pas. Elle regardait par la fenêtre, les traits soigneusement dépourvus d'expression, comme si ses pensées étaient très loin de là. Cela faisait des années qu'elle ne résistait plus à son père. Le prix de la désobéissance était trop élevé.

Je pourrais te posséder sans besoin d'une seringue, chuchota Rouge. *Si tu me le permettais.*

Le grand-père de Remy, toutefois, ne s'intéressait pas à ce que pouvait faire Rouge : il s'intéressait à ce que pouvait faire la kétamine.

Alors laisse-moi le tuer.

Plus de meurtres, songea automatiquement le jeune homme. Il n'avait qu'une chose à faire : passer ce mauvais moment puis l'oublier. Déverser en Rouge encore plus de peur et de colère. S'il lui semblait parfois avoir tant donné de lui-même qu'il n'en restait plus grand-chose, il refusait d'envisager un comportement différent.

Se laissant tomber sur le canapé, il se débarrassa de sa veste et déboutonna sa manche de chemise.

Salt sortit une seringue de son emballage, en ôta la sécurité, puis la planta au sommet du flacon et aspira un liquide clair. Remy avait peine à distinguer ses pensées de celles de Rouge. Les unes comme les autres défilaient à toute allure, affolées.

Si le jeune homme cessait de respirer, nul ne croirait qu'il ne s'était pas injecté la kétamine en boîte de nuit. Tel était le génie de son grand-père : s'arranger pour que, quoi qu'il arrive, on ne puisse jamais rien lui reprocher.

Il sentit une piqûre aiguë au bras. Un nouveau coup d'œil à Adeline lui révéla qu'elle l'observait, une douce expression sur le visage. Puis il eut l'impression de tomber.

Il sentit le goût du sang, comme s'il s'était mordu la langue.

La dernière chose qu'il entendit fut le son de sa propre voix, soudain peu familière à ses oreilles. « Plus de Remy maintenant. Seulement Rouge. »

27

CETTE HORREUR QUI ME PLAÎT TANT

Quand Charlie avait quitté l'appartement familial, elle s'était crue enfin délivrée de la peur et de la culpabilité qui l'avaient poursuivie toute son adolescence. L'une et l'autre, toutefois, revenaient en force chaque fois qu'elle voyait sa mère, prêtes à épaissir l'air de tous les non-dits restés entre elles, au point de l'étouffer.

La jeune femme détestait cette sensation. Elle détestait le motel miteux où habitait sa mère faute d'argent – et en raison d'un parcours professionnel clairsemé.

Elle détestait la chance non négligeable qu'elle avait de se retrouver un jour dans un établissement du même genre.

Un tas de gens racontaient des mensonges à la mère des deux sœurs ; que l'une d'elles lui en ait raconté aussi n'avait donc rien d'exceptionnel, le problème étant que, si elle s'en rendait compte, elle ne le lui pardonnerait jamais. Charlie l'avait convaincue que l'univers s'intéressait à elle, que des esprits étaient venus la protéger quand elle en avait eu besoin. Elle haïrait quiconque lui retirerait cela, même si c'était la personne qui le lui avait donné au départ. Notamment du fait que ces mensonges l'avaient rendue vulnérable à ceux d'autres menteurs.

Quand elle engagea la Corolla sur le parking du *Residence Suites* et contourna le bâtiment pour rejoindre le côté où habitait sa mère, Charlie avait un poids sur la poitrine. Fin novembre, les amateurs de feuilles mortes avaient cessé de traverser la Vallée, et nul ne venait plus du Connecticut pour cueillir des pommes, aussi les hôtels étaient-ils en grande partie vides. Il y avait toutes les places nécessaires pour se garer, aucune excuse pour tarder.

Au moment où elle retirait la clef du contact, la jeune femme remarqua un petit disque métallique collé à son trousseau. Il lui fallut un moment pour se rappeler avoir trouvé cette espèce de pile de montre au fond du sac de Vince. Apparemment, elle était magnétisée.

Le front plissé, elle jeta dans son sac les clefs et le petit aimant.

Posey frappa. Bob, le copain du moment, ouvrit la porte, jeta un coup d'œil au visage gonflé de Charlie et s'écria : « Jess ! »

Leur mère approcha de la porte. Ayant fréquenté le lycée dans les années 1980, elle se servait toujours fidèlement d'un fer à friser. Ses longs cheveux secs, d'un noir d'encre, tombaient sur ses épaules, semés de vagues dues à la céramique chaude. Ses doigts étaient couverts de bagues d'argent, ses yeux cernés d'un épais trait de crayon. « Oh non, qu'est-ce qui s'est passé ? Et pourquoi avez-vous emmené le chat ? »

Charlie raconta une version abrégée de l'histoire, omettant le vol qu'elle avait commis. Sa mère se montra compatissante, mais il n'échappa pas à la jeune femme qu'une fois de plus, cette compassion était obtenue par des mensonges.

« Vous devriez appeler la police, dit maman. Que des agents vous raccompagnent chez vous et arrêtent Adam. Il t'a agressée ! »

Charlie n'avait pas l'intention d'en arriver là, mais l'idée de suggérer le contraire à Doreen ne lui déplaisait pas. Adam, vu ses activités illégales, n'aurait aucune envie que les flics s'intéressent à lui. Peut-être cela le ferait-il reculer.

Une fois à l'intérieur, elle laissa sa mère la diriger vers le canapé, tandis que Posey se perchait sur un tabouret près du comptoir de la kitchenette, où elle pouvait brancher tant son téléphone que son ordinateur. L'appartement se composait de trois pièces – une chambre à la porte close, une salle de bains à laquelle on accédait en traversant la chambre, et le salon avec kitchenette : une petite table de la hauteur d'un bar, assortie de deux sièges, et un canapé devant la télévision. Le câble était inclus dans le prix à la semaine, sans supplément.

Maman et Bob avaient apporté des éléments de leurs résidences précédentes. Deux lampes dont Charlie se souvenait de son enfance, un tapis inconnu mais à l'évidence non fourni par l'hôtel, quelques étagères de livres, ainsi que des piles de cartons appartenant à Bob, emplis de cartes de *Magic : l'Assemblée* dans des pochettes en plastique individuelles – et il en avait *beaucoup*.

Il les prétendait assez précieuses pour que, le moment venu, il vende toute sa collection et achète une maison, mais cela lui serait impossible avant qu'il ne termine sa bataille judiciaire contre son ancien employeur. Mission Trucking, sans ambiguïté responsable de ses problèmes de dos, avait reçu d'un tribunal l'ordre de lui payer son assurance. La société voulait négocier un arrangement pour se dégager de son obligation, mais Bob refusait d'accepter moins de 1 million.

Il promettait toujours à maman que, lorsqu'il l'aurait touché, ils mèneraient la grande vie.

C'était sa version personnelle du gros coup. Et à peu près aussi probable.

« Il faut mettre quelque chose sur ton œil, ma chérie, affirma maman. C'est déjà très vilain, mais ce sera encore pire demain.

— Je vais chercher de la glace, dit Bob. Tu lui en as collé quelques bonnes ? »

Charlie éclata de rire. « Tu parles.

— J'espère que tu lui as mis ton pied là où ça fait mal. » Il lui apporta un sachet de petits pois surgelés qu'elle plaqua contre son œil. Bob avait du ventre, le crâne dégarni, et il portait un tee-shirt proclamant son amour des Ramones.

Ayant branché tous ses appareils, Posey descendit du tabouret pour apporter à la chatte un peu d'eau dans un bol en plastique de soupe à emporter.

« Vous allez toutes les deux passer la nuit ici, dit la mère des deux sœurs. J'insiste. »

Quelques jours seulement la séparaient de la réception chez Salt : Charlie n'avait le temps ni de soigner un œil au beurre noir ni de rester coincée chez sa mère. Sur ses traits, néanmoins, la douleur cédait peu à peu la place à l'épuisement. En outre, elle était venue ici pour trouver quelque chose.

« Tu veux que j'aille chercher le matelas pneumatique dans le break ? » demanda-t-elle.

Sa mère secoua la tête. « Non, reste ici. Ta sœur ira. Ou Bob. »

Mais Charlie se levait déjà, ravie d'avoir une si bonne excuse à ses recherches. « J'y vais. »

Une constellation de magnets couvraient le réfrigérateur, soit aux couleurs des commerces locaux, soit chargés de maximes telles que « Du café, du vin, besoin de rien » ou « Fini le punk rock, j'ai plus d'épingles à nourrice ». Charlie attrapa les clefs de voiture pendues au mur et ressortit dans le froid.

À presque 60 ans, sa mère avait accumulé plus d'affaires que n'en pouvait accueillir sa petite suite en restant confortable, surtout du fait que les cartes de Bob avaient besoin d'un « environnement climatisé » et qu'il les jugeait trop importantes pour ne pas les garder sous la main. L'arrière du break de maman était empli par ses vêtements hors saison, des décorations, des piles de formulaires fiscaux et, donc, un matelas pneumatique. Des caisses en plastique pleines à craquer portaient des étiquettes telles que « NOËL » ou « PHOTOS DE FAMILLE ». Charlie trouva le matelas en plastique imprégné d'une odeur rance sous un bac marqué « DOCUMENTS IMPORTANTS ».

Voilà ce qu'elle était venue chercher.

Après son évasion du manoir de Salt, le type qui l'avait trouvée avait appelé une ambulance. Elle ne se rappelait pas grand-chose de ce qui avait suivi, mais, à l'hôpital, on avait dû lui faire une analyse toxicologique. Les résultats seraient rangés avec le reste de ses papiers médicaux.

Charlie ôta le couvercle du bac. Là, sous les actes de naissance et les papiers de divorce de sa mère, elle découvrit une chemise marquée à son nom, qui renfermait une copie du rapport de police, sa fiche de sortie de l'hôpital, et la facture envoyée à l'assurance. Elle parcourut les détails. *Griffures aux bras et au visage, sans doute dues à des branches. Légère déshydratation.* Une des notes tranchait clairement sur le reste : *Traces de kétamine dans l'organisme.*

Elle referma le dossier. Les paroles de Liam Clovin résonnaient dans sa tête : *« Un des toubibs qui travaillent ici est connu pour être généreux avec ses ordonnances. J'ai vu la cousine de Remy, Adeline, lui acheter de la kétamine. »*

Il semblait qu'acquérir une ombre éveillée n'ait pas mis un terme aux expériences de Salt, qui y avait mêlé toute sa famille.

« Tu trouves ? » lança sa mère de l'autre côté du parking.

Charlie glissa le dossier sous son tee-shirt afin que son jean le maintienne en place. « Ouais, maman », répondit-elle, avant de porter le matelas à l'intérieur.

Sa mère avait fait de la camomille qui, disait-elle, était bonne contre la douleur. L'ibuprofène que lui refila Bob fut toutefois bien plus efficace.

Charlie s'en retourna au canapé et aux petits pois surgelés. Au bout d'un moment, sûre que nul ne la regardait, elle ressortit le dossier de sous son tee-shirt et le dissimula entre l'accoudoir du canapé et son premier coussin.

Lucifeule explorait en miaulant son nouvel espace, tandis que maman sortait de la viande découpée en morceaux et préparait le dîner. Bob mit la télé pour voir l'émission où les gens apportent leurs vieux trucs afin que des experts leur disent s'ils ont ou non de la valeur.

Un routier présentait un coucou ayant appartenu à sa grand-mère, qui se révéla être une véritable antiquité de la période edwardienne. Quand il sonnait minuit, un homme apparaissait, poursuivi par son ombre. « C'était une époque de grande spiritualité, déclara l'expert, un homme âgé, en caressant sa barbe, pensif. Les crépusculiens pratiquaient des jeux d'ombres élaborés sur les murs des salles de bal. Les gens avaient de la magie sous les yeux, mais rares étaient ceux qui regardaient d'assez près pour la découvrir. »

« Que la direction ne s'aperçoive pas que vous avez introduit un chat ici, dit maman à Posey. Il y a une amende de 150 dollars, pour le nettoyage, quand on amène un animal familier dans la chambre.

— Je ne comptais en parler à personne, renvoya Posey avec des accents adolescents plaintifs dans la voix. Et je ne sais pas où je suis censée discuter avec mes clients. Il y a tellement de bruit ici.

— Essaie la baignoire », suggéra maman, ce qui ne fut guère utile.

Une heure plus tard, ils mangeaient du goulash, assis sur des chaises pliantes autour d'une table trop petite pour accueillir toutes leurs assiettes en même temps. Ils burent le vin de Posey. La tradition de la famille Hall, faire comme si tout allait bien, était respectée, et Charlie s'en félicitait. Rien n'allait bien, mais elle n'avait pas la moindre idée pour que ça s'arrange.

« Posey m'apprend que Vincent est parti. Je suis vraiment désolée », déclara maman.

Charlie hocha la tête. Moins on en dirait à ce sujet, mieux ce serait. Encore un truc qui n'allait pas du tout. « Ouais, bon, tu connais ma chance. » Elle ne dit pas *notre* chance parce qu'elle aimait bien Bob. Certes, elle aurait sans doute bien aimé quiconque lui aurait apporté de l'ibuprofène. S'il avait ajouté un café, elle aurait tout à fait pu l'épouser.

Sa mère restait figée, comme dans l'espoir qu'elle lui en dise plus. Qu'elle *partage*. Puisque cela n'arrivait pas, elle finit par s'avachir un peu sur sa chaise. Charlie se sentit encore une fois terriblement coupable, mais d'une autre manière.

Après dîner, maman se tourna vers Bob. « Je veux leur montrer où on s'installe dehors.

— Dehors ? répéta Charlie. Il fait froid.

— Sous les étoiles. Prenez les couvertures, je sors les chaises pliantes. »

Quelques minutes plus tard, sur le parking, ils regardaient les lumières de Springfield dans le lointain et les étoiles au-dessus.

« Pas mal, hein ? dit maman. Comme une véranda. »

Bob, debout près de la voiture, leva obligeamment les yeux. « La pluie a chassé les nuages.

— Je ne vais pas rester là à me geler, dit Posey. Je suis en tchat avec des copains. On révise des projets. »

Avec de la chance, cela signifiait que l'ayahuasca n'était plus au programme.

« Sois prudente », lui rappela Charlie.

Sa sœur lui lança un regard dur et rentra dans l'appartement.

Au bout d'un moment, Bob s'en alla également, parlant de se faire un thé. Charlie resta enveloppée dans sa couverture. Elle ne voulait pas rentrer dans la pièce étriquée, à l'air épaissi par ses propres erreurs. Elle craignait que Posey ait assez désespérément envie de devenir crépusculienne pour se laisser tromper, et que toute la douceur promise soit là pour s'y noyer.

« Ça me fait plaisir que tu t'adresses à nous, dit maman.

— À moi aussi, répliqua Charlie par réflexe, consciente des dangers de cette conversation.

— Je regrette énormément des décisions que j'ai prises en tant que mère. Plus jeune, je ne faisais pas toujours attention aux bonnes choses. J'aurais aimé que tu penses pouvoir t'adresser à moi quand tu as eu des ennuis il y a des années. »

Charlie eut un pincement au cœur en sentant que sa mère parlait de Rand. Posey avait dû dire quelque chose lors de leurs discussions quotidiennes à base de tarots. « Quels ennuis ?

— Je sais que tu n'aimes pas en parler…

— Visiblement, tu crois savoir quelque chose, alors vas-y, dis. »

Elle devait à tout prix cesser de parler. Plutôt que se séparer la langue en deux, se la trancher carrément. Il lui fallait éviter cette conversation, pas la favoriser.

« Je t'ai vue prendre ton dossier médical dans la voiture, dit sa mère. Et je n'ai jamais oublié ce que j'ai éprouvé quand la police m'a téléphoné. Ni ensuite, quand on a trouvé le corps de Rand, avec la morte dans son coffre. Cette fille, ç'aurait pu être toi. »

C'était vrai, quoique pas pour les raisons que sa mère imaginait. « Mais ce n'était pas moi. Je vais bien.

— Vraiment ? Je sais que tu étais avec lui le soir où tu t'es retrouvée à l'hôpital. Si tu n'as jamais travaillé sur ce qui s'est passé, tu n'en guériras jamais. Tu resteras toujours blessée et furieuse. »

Charlie Hall, avec sa chaudière interne qui flambait en permanence.

Bien sûr qu'elle était en colère.

Elle aurait voulu que sa mère la croie quand Travis leur filait des raclées, et qu'elle ne lui ait pas préféré Alonso – qui n'était même pas réel.

Elle aurait voulu que sa mère la protège de Rand – qui était assez mauvais mais aurait néanmoins pu être bien pire.

Elle voudrait que sa mère la croie, maintenant, alors même qu'elle lui avait déjà souvent menti.

« Ça va, dit Charlie. En pleine forme. Tout baigne.

— Je voulais que ta sœur et toi ayez la liberté de vous exprimer, de commettre des erreurs, de vous découvrir toutes seules. Je ne voulais pas vous bloquer. » Maman jouait avec une de ses grosses bagues en argent, la faisait rouler autour de son index. « C'est un truc qui m'a manqué, étant gosse. Et tu avais un *don*. Je pensais que Rand te montrerait comment l'utiliser. »

Une vague de culpabilité se déversa sur Charlie. Elle devait changer de sujet. Elle ne pouvait plus supporter cette torture, être déchirée entre l'envie de hurler et celle de se confesser. « Peut-être que, quand j'ai cessé de l'utiliser, le don s'est transmis à Posey. »

Sa mère lui lança un regard impatient.

Charlie soupira. « Tu veux que je te parle ? D'accord, voilà ce que je veux savoir. As-tu déjà rencontré la fille de Lionel Salt ? » Les deux femmes avaient à peu près le même âge, et la région était bien moins peuplée à l'époque de leur jeunesse. Si la mère des deux sœurs connaissait celle de Vince, peut-être savait-elle ce qui lui était arrivé.

« Kiara ? » Elle releva la tête, clignant des paupières comme si elle cherchait à se concentrer. « On ne fréquentait pas les mêmes cercles.

— Mais tu connais son prénom, insista Charlie. Donc tu dois savoir des trucs sur elle. »

Maman haussa les épaules. « Elle achetait des psilos à un copain à moi. C'était une sacrée fêtarde. Elle racontait des histoires troublantes sur son père, mais les gens ont envie de croire que les riches conservent leurs rognures d'ongles dans des bocaux, comme Howard Hughes, et elle semblait du genre à dire n'importe quoi pour se rendre intéressante. Elle est tombée sur des anciens détenus, à Boston, et s'est fait mettre enceinte. Au bout d'un moment, son père l'a collée en désintox, et je n'en ai plus entendu parler. Elle n'a plus vu personne de l'ancienne bande après ça. Pourquoi ?

— Il paraît qu'elle est morte, c'est tout.

— C'est triste. »

Charlie s'étira, faisant jouer ses épaules. « Je crois que je vais rentrer gonfler le matelas pneumatique.

— Réfléchis à ce que je t'ai dit », lui lança sa mère quand elle se leva.

Tandis que la jeune femme s'éloignait, un souvenir lui revint, de l'époque où ses parents étaient encore ensemble et elle très petite. Elle était assise sur la banquette arrière de la voiture, avec la vitre baissée, et le vent lui agitait les cheveux. La radio était allumée. Les petites jambes de Charlie battaient au rythme de la musique, papa et maman riaient à l'unisson, un soleil doré jetait sur le monde un éclat éblouissant, et la nuit semblait ne plus jamais devoir venir.

Tandis que Posey et elle se relayaient pour gonfler leur lit, Bob et maman évoluaient dans la pièce avec décontraction, l'air satisfaits de leur sort. C'était étrange mais agréable. Comme s'il n'y avait pas de malédiction, seulement une tradition familiale de relations amoureuses toxiques, dans un cycle que nul n'était condamné à répéter.

Les deux sœurs s'allongèrent côte à côte, tentant de ne pas rebondir sur le matelas. Charlie se rappelait leur enfance, durant laquelle elles avaient partagé le même lit et souvent discuté à voix basse – l'époque où elles avaient les mêmes secrets.

Les mêmes dons.

Elle songea au moment où sa conscience s'était séparée, où elle avait compris comment on pouvait se trouver à deux endroits à la fois. Même à présent, en fermant les yeux, elle sentait la présence de son ombre. Si elle se concentrait assez fort, elle pouvait même se voir elle-même depuis la position de ce double immatériel.

Dès qu'elle y parvint, toutefois, la panique la renvoya en chandelle dans son propre corps.

Charlie n'avait ni poissons rouges ni tortues car elle craignait d'oublier de nourrir tout animal incapable de réclamer son dîner à cor et à cri. Elle omettait de prendre sa pilule au moins deux fois par mois, parfois deux jours de suite. Un jour, elle avait téléchargé une application pour lui rappeler de boire de l'eau, et s'était retrouvée avec une plante virtuelle qu'on était censé arroser chaque fois qu'on buvait un verre. Elle l'avait laissé crever encore et encore : parfois elle buvait et oubliait d'arroser la plante, d'autres fois elle oubliait simplement de boire. Comment pourrait-elle se rappeler de donner chaque jour du sang à une ombre ?

Comment l'empêcherait-elle de lui pomper accidentellement toute son énergie jusqu'à ce qu'elle se flétrisse ? Comment l'empêcherait-elle de devenir son monstre personnel ?

Allongée sur le matelas, baignée par le doux murmure du souffle des autres qui succombaient au sommeil, elle sentait son esprit courir encore à toute vitesse, ne cessant de s'inquiéter, d'assembler et de désassembler toutes les informations dont elle disposait.

Quand Salt avait compris que son petit-fils était doué de pouvoirs magiques, il avait bien sûr voulu le contrôler. Or la situation de Kiara lui en offrait la possibilité. Il pouvait aisément obtenir la garde de Vince au tribunal et, puisqu'il avait assez d'argent pour alimenter l'addiction de sa fille, il était même possible qu'elle renonce à contester le jugement.

À Vince, on promettrait que sa mère serait envoyée en cure de désintoxication, qu'elle finirait peut-être par aller mieux, puis on ne lui accorderait de la voir qu'en récompense de sa bonne conduite, on laisserait éternellement suspendue au-dessus de sa tête la possibilité qu'ils se retrouvent pour de bon. Craindre qu'elle soit punie s'il ne marchait pas droit serait pour le garçon une motivation supplémentaire.

Si Charlie était capable d'imaginer ce plan-là, elle ne doutait pas que Salt en ait concocté une version bien pire.

Donc Vince avait obéi aux ordres de son grand-père, et Rouge, quoi qu'il ait pu être auparavant, était devenu le reflet de ce qu'ils faisaient ensemble. Il est toutefois bien plus difficile de contrôler un adulte qu'un enfant – surtout un adulte ayant reçu une longue éducation en matière de manipulation et de cruauté.

Vince comptait partir, rejoindre sa mère, mais le projet avait terriblement mal tourné. Salt avait-il compris n'avoir finalement besoin que de Rouge, et tranché l'ombre de son petit-fils ?

S'il envisageait de se la faire coudre, cependant, il n'y était pas parvenu. Elle s'était changée en Furie, de celles qui sont douées de la parole, si bien que le milliardaire avait dû conclure un marché. Peut-être avait-il offert à Rouge de procéder au rituel du *Liber Noctem* – que Vince aurait alors volé pour empêcher son double obscur de vagabonder dans le monde.

Salt, à partir du moment où cela servirait ses intérêts, se moquait bien de créer un monstre. Et, en attendant, Rouge continuait de tuer pour lui. D'exécuter ses ordres. Ensemble, ils s'étaient arrangés pour qu'il soit accepté au sein de la Cabale.

Or s'il avait promis à l'ombre sa récompense au moment de sa nomination, Charlie comprenait pourquoi il avait besoin du livre. Le problème, avec les monstres, c'est qu'il faut les tenir en laisse, faute de quoi ils se retournent contre vous.

Le Hiérophante voulait le livre autant que Salt. L'ombre qui lui était liée l'avait-elle amadoué par une quelconque promesse, avaient-ils conclu un arrangement pour qu'elle bénéficie aussi du rituel ? Ou bien travaillait-il vraiment pour la Cabale et tentait-il d'empêcher Rouge de devenir une Furie d'un genre nouveau, encore plus terrible ?

Plus important : qu'allait faire Charlie ? Salt comptait qu'elle lui apporte le *Liber Noctem* lors du week-end suivant, lequel arrivait à toute vitesse.

Elle avait mal à la tête, à l'œil et aux côtes.

Son regard se posa sur le réfrigérateur, avec ses dizaines de magnets. Comme elle les observait, une idée lui vint à propos du petit objet aimanté pendu à ses clefs. Celui qu'elle avait trouvé dans les affaires de Vince.

Peut-être n'était-ce rien d'autre que cela : un aimant. Un aimant pour tenir un livre à couverture métallique.

La jeune femme se leva aussi silencieusement que possible et, vêtue d'une chemise empruntée à Bob, enfila ses chaussures puis un des manteaux de sa mère. Elle franchit la porte aussi tranquillement qu'elle s'était naguère glissée au sein d'un grand nombre de maisons.

Sur le parking, l'inclinaison du réverbère conférait à tous les objets des ombres très longues. Le sifflement des voitures sur l'autoroute était lointain, les éclairs de la ferme à foudre à peine visibles.

Charlie ouvrit le capot de sa Corolla et contempla le puzzle que formaient le moteur, les bougies et toutes ces choses qu'elle ne comprenait pas vraiment. Les riches ne faisaient jamais leur propre vidange, pas plus qu'ils ne changeaient leurs pneus. Ils ne passaient même jamais l'aspirateur sur leurs sièges. Or Vince avait consacré beaucoup de temps à travailler sur sa voiture.

Le *Liber Noctem*, toutefois, n'était pas caché dans les entrailles de la Corolla et, quand la jeune femme rampa en dessous, tout ce qu'elle découvrit, ce fut une fuite d'huile.

Au matin, la gorge de Charlie lui parut chaude sous ses doigts. Passant dans la salle de bains, elle s'aspergea le visage d'eau froide avant de se lisser les cheveux en arrière. La sinistre prédiction de sa mère ne s'était pas accomplie : les abords de son œil avaient dégonflé – mais pour se parer d'un violet foncé magnifique, avec beaucoup de jaune et de vert sur les bords.

« Je vais au *Rite Aid*, annonça-t-elle pendant le petit-déjeuner, en buvant le lait sucré au fond de son bol de céréales.

— Tu ne peux pas aller travailler comme ça, remarqua sa mère.

— Je sais, répondit Charlie. C'est pour ça qu'il faut que je fasse d'abord un saut au drugstore. »

Posey eut un ricanement indélicat.

Quelques minutes plus tard, sa sœur quittait l'appartement. D'après les tutoriels qu'elle avait vus sur YouTube pendant que le matelas pneumatique se dégonflait lentement sous son poids, les maquillages d'Halloween étaient sa meilleure chance de se rendre présentable. Par chance, il en restait au rayon des soldes. Elle s'acheta une palette bon marché – blanc, vert citron, bleu roi, jaune vif et rouge cerise – en se demandant si elle n'allait pas avoir l'air d'un clown.

Charlie ajouta sur le comptoir des produits plus courants – un anticernes haute couvrance, de l'eye-liner liquide, un rouge à lèvres très voyant, un déodorant, un paquet de trois culottes et l'unique tee-shirt noir à sa taille. Malheureusement, il était décoré d'un renne au nez rouge sous l'inscription en relief « ÇA COMMENCE FRANCHEMENT À SENTIR LA MERDE ». Toutefois, cela restait une bonne occasion de casser le billet de 100 dollars de Salt.

De retour au motel, Charlie déversa ses achats sur le lit de sa mère et s'y allongea pour se préparer.

Après avoir passé un long moment sur Google à étudier des cercles chromatiques, elle mélangea du jaune vif avec un peu de rouge et en couvrit les portions violacées. Puis elle attendit que cela sèche.

Étonnamment, quand elle eut appliqué avec précaution l'anti-cernes, le seul détail prouvant encore qu'on l'avait frappée était l'enflure – qui passait presque inaperçue à côté de ses lèvres bien rouges et de l'or dont elle avait saupoudré ses paupières.

« Tu as bonne mine, apprécia sa mère, le front plissé. Mais je crois quand même que tu devrais sécher le boulot et aller voir les flics.

— Je vais y réfléchir, mentit Charlie.

— Tu es prête à partir ? s'enquit Posey. Est-ce que je peux me servir de tout ça ? »

L'aînée passa dans la salle de bains pour se coiffer et enfiler à l'envers le tee-shirt à l'inscription gênante. Quand elle ressortit, la cadette s'était mis de l'eye-liner et une ombre à paupières étincelante.

Elles se partagèrent le paquet de sous-vêtements.

Ce soir-là, se retrouver au *Rapture* lui donna une impression étrange. Les dégâts avaient été nettoyés, le verre brisé avait disparu. Des bouteilles neuves reposaient sur les étagères. Quoique le bar ne soit pas aussi bien fourni qu'il l'avait été – il faudrait un peu de temps pour remplacer les whiskys et les gins rares qu'aimait Odette (rose et rhubarbe étaient ses préférés) –, il était fonctionnel.

Il y avait rarement beaucoup de monde le mercredi, mais, ce soir-là, le *Rapture* étant resté fermé presque une semaine, plusieurs spectacles se partageaient l'affiche. Quand Charlie arriva, la scène était occupée par un artiste de modification corporelle effectuant piercings et fentes de langue en public.

Lorsqu'elle servit son premier verre, une acrobate aux joues ornées de piercings exécutait un numéro à mi-chemin entre prestidigitation et strip-tease.

Au bout d'une heure, Charlie était en nage et avait mal aux pieds. Un effort conscient lui était nécessaire pour ne pas se frotter les yeux et effacer son maquillage si soigné – malgré lequel les clients remarquaient forcément ses enflures.

La seule fois où elle le vit en dehors de son salon d'ombre, Balthazar lui lança un regard étrange, coupable.

« Faites-moi cette horreur que j'aime tant », lança Odette en s'asseyant au bar. Elle portait un pull Vivienne Westwood vintage, rouge, imprimé de fils barbelés noirs.

Charlie se détourna pour vaporiser à l'aide d'un siphon de l'absinthe dans un verre à martini.

« Vous tenez le coup ? demanda son employeuse.

— Ça va. » Elle passa au shaker le Burnt martini d'Odette et le versa dans un verre, qu'elle poussa vers elle, garni d'un zeste de citron. « Contente de revenir.

— C'est vraiment très gentil de le dire, en tout cas, apprécia la vieille dominatrice.

— J'ai rencontré un de vos amis, lui confia Charlie sur un ton neutre. C'est vrai que vous avez un authentique milliardaire comme client ? »

Odette but une gorgée et grimaça un peu sous la morsure de l'alcool. « Lionel ? Un client ? Mon Dieu, non. Il préfère être de l'autre côté du fouet. »

Charlie fit mine d'être surprise.

« Vous êtes déjà allée chez lui ?

— Et comment. C'est une vieille baraque sinistre, avec des tapis épais, beaucoup d'encens et des œuvres d'art atroces. Par contre, son alcool est de premier choix et il connaît un tas de gens intéressants. » Elle marqua une pause. « Il m'a appelée après la visite de cet homme, dès le lendemain matin. M'a posé un tas de questions à propos de votre Vincent. Qu'est-ce qu'il lui veut, à votre avis ? »

Charlie lui rendit un regard aussi ferme que possible. « Aucune idée. Peut-être qu'il cherche quelqu'un pour faire un petit boulot.

— Ah, oui, dit son employeuse. Ça doit être quelque chose comme ça.

— Vous vous rappelez ce que vous m'avez dit ? Que le passé est tout ce qui compte ? Qu'est-ce que vous vouliez dire par là ?

— J'ai dit ça ? » Odette paraissait surprise. « Bon, si c'est le cas, je devais vouloir dire exactement ce que ça dit.

— Est-ce que ce n'est pas la personne qu'on est aujourd'hui qui compte ? » Charlie ne savait pas trop pourquoi elle insistait sur ce point, n'étant pas exactement satisfaite de celle qu'elle était aujourd'hui. En outre, quand elle avait prononcé sa fameuse phrase, sa patronne parlait de Vince, pas d'elle.

Odette éclata de rire. « C'est sûr, ça, ma chérie.

— Est-ce que ce n'est pas tout l'intérêt de se réinventer ? » demanda encore Charlie.

La propriétaire du *Rapture* prit une deuxième gorgée de son cocktail et ferma les yeux de plaisir. « Ah, oui, c'est bon, ça. » Puis son regard rappela à la jeune femme qu'elle avait vécu plus longtemps qu'elle – et peut-être plus durement. « Qui nous étions, ce que nous avons fait, ce qu'on nous a fait – on ne peut pas s'en débarrasser pour devenir une personne toute neuve et toute brillante. »

Charlie haussa les sourcils. « On peut essayer.

— Prenez le fétichisme. Si on aime sucer les pieds de quelqu'un d'autre, ou embrasser ses chaussures, ou se passer un ballon de baudruche sur le corps, il y a une raison. Je connais un gars qui, enfant, s'asseyait souvent sous la table de la cuisine pour dessiner pendant que sa mère et ses copines discutaient. Il regardait leurs chaussures et il savait que, s'il en touchait une, il serait découvert et contraint de s'en aller. Je vous laisse deviner ce qu'il aime. Mais, s'il ne l'admettait pas, que se passerait-il ? Il faut de la bravoure pour être un aventurier, conclut Odette en prenant son verre en main avant de s'éloigner. Et quelle plus belle aventure que la découverte de sa véritable identité ? »

Charlie se glissa dans le rythme du travail, laissant l'aspect matériel des tâches prendre le dessus. Remplir ceci, secouer cela, effacer une note, ouvrir un compte, empocher la monnaie. Tenir la chope selon l'angle exact permettant d'obtenir un parfait faux col à la bière, préparer un Boss au hipster qui le réclame, distribuer du Fireball à un trio se dirigeant tout droit vers les regrets…

Tandis qu'elle essuyait le comptoir et récoltait serviettes humides ou touillettes en bois, ses pensées revinrent à ses derniers jours avec Vince. La veille de son départ, le jeune homme était sorti sous prétexte de nettoyer les gouttières. Il devait savoir que Salt ne tarderait pas à relier les points et à le dénicher. Peut-être avait-il saisi cette occasion de porter le *Liber Noctem* dans sa camionnette. Charlie n'avait fouillé la chambre que quelques heures plus tard. Peut-être était-elle passée très près de le trouver.

Cacher le livre ainsi était cependant au mieux une stratégie à court terme. Vince ne disposant pas de carte d'identité légale, il ne pouvait pas avoir enregistré un véhicule à son nom. Si jamais il se faisait contrôler, sa camionnette serait saisie.

Par ailleurs, si Lionel Salt retrouvait son petit-fils, c'était là qu'il regarderait en premier.

À présent qu'elle y pensait, sa propre voiture aurait constitué une cachette tout aussi déplorable. Quelqu'un comme Hermès aurait pu la démanteler le soir où il était venu au *Rapture*. Salt lui-même s'était tenu juste à côté moins de quatre jours plus tôt.

Cela ne laissait que le reste du monde entier où planquer *Le Livre de la Nuit*.

Selon Liam Clovin, quand Vince voulait cacher quelque chose, il choisissait un endroit que les riches ne voient pas. Peut-être un recoin du manoir de Salt où ce dernier n'entrait jamais. La buanderie. Le garde-manger. Derrière la télé. Que le milliardaire ne cesse de passer à côté de ce qu'il cherchait sans jamais le remarquer ne manquerait pas de sel. Mais ce serait également risqué : récupérer le livre s'avérerait difficile, et on n'aurait aucune garantie qu'il ne soit pas découvert par quelqu'un d'autre. Même s'il l'avait fixé à l'intérieur de la cheminée, des couvreurs venus remplacer des tuiles pourraient tomber dessus.

Même sur un toit…

Charlie se figea, manquant de noyer le whisky-soda qu'elle préparait.

Qui se préoccuperait de nettoyer ses gouttières vingt-quatre heures après avoir assassiné quelqu'un, et la veille de quitter sa copine ? Un homme ridiculement complaisant, sans doute. Qui avait prévu d'accomplir cette tâche et tenait à le faire avant de disparaître.

Ou bien un homme qui transportait quelque chose dans une nouvelle cachette sur laquelle nul n'avait beaucoup de chances de tomber – et qui n'était pas le genre d'endroit dont un Lionel Salt se rappellerait seulement l'existence. La maison que louaient les sœurs Hall disposait d'une cheminée, reliée à la chaudière et au chauffe-eau plutôt qu'à un foyer.

Cette cheminée était fermée par une grille métallique. Une grille à laquelle des aimants pourraient s'attacher.

Bien sûr, il y avait beaucoup d'objets en métal dans la maison, mais cacher le livre dehors était logique si Vince voulait protéger les gens se trouvant dedans. Et s'il voulait pouvoir le récupérer sans avoir besoin de voir Charlie.

De toute façon, elle ne risquait rien à vérifier.

Cela lui donnerait l'occasion d'apprendre si Adam s'était introduit chez elles. Pour peu qu'il ne semble pas être venu, elle appellerait Posey et toutes les deux pourraient rapatrier leurs affaires ainsi qu'elles-mêmes dans la matinée. Poser une batte de base-ball près de la porte. Demander à leur propriétaire si l'installation d'un ou de deux verrous plus efficaces le dérangerait.

Qu'elle trouve le *Liber Noctem*, et elle affronterait un problème d'un autre ordre. Aucun maître chanteur ne vous confie un seul travail. Une fois le premier accompli, il s'en présente toujours un autre. Carotte et bâton, encore et encore, jusqu'à ce qu'on oublie qu'on a eu le choix au début. Et ensuite ? Il n'y a pas de récompense à la fin, seulement un couteau dans le dos.

Charlie n'était pas forcément d'accord avec Odette pour dire que seul le passé comptait, mais cela lui avait appris quelque chose.

D'autre part, elle irait en enfer avant de se soumettre à Lionel Salt.

Elle devait l'arnaquer. Elle ne savait pas trop comment s'y prendre, mais elle devait le battre sur son propre terrain : la manipulation. Comprendre qu'il lui fallait réussir ou mourir lui apporta un grand calme, comme si elle se laissait emporter par la marée.

Quand elle salua Odette d'un signe de la main et monta en voiture, Charlie eut le sentiment doux-amer qu'on éprouve juste avant de quitter la ville. Dire adieu à tout, parce qu'on n'est jamais sûr de rien revoir.

Elle se gara à une rue de sa maison, qu'elle rejoignit à pied. Alors qu'elle en approchait, elle remarqua à l'intérieur des lumières qui se déplaçaient sur un écran. La télé était allumée.

Elle ralentit le pas. Posey avait-elle oublié d'éteindre avant de partir ? Adam était-il assez arrogant pour s'être introduit chez elles et avoir pris ses aises ?

Tranquillement, la jeune femme s'empara de l'échelle couchée contre le mur latéral de la maison, la remit à la verticale et l'appuya contre la gouttière.

Monter quelques échelons lui permit de mieux voir à l'intérieur.

Il y avait quelqu'un. À la lumière changeante de la télévision, elle distingua un homme vautré sur le canapé, comme s'il s'était endormi en attendant que quelqu'un rentre à la maison.

28

LAISSEZ TOUTE ESPÉRANCE

Charlie, montée sur le toit, rampa sur les bardeaux goudronnés. La pente était assez faible et la lune assez brillante pour qu'elle voie la courte fausse cheminée au sommet couvert d'une grille métallique. La jeune femme se mit debout, observa un instant le voisinage puis, sûre que nul n'était dans la rue en train de la regarder, chercha les rivets qui devaient maintenir la grille. À sa grande surprise, l'ensemble se détacha facilement. C'était du métal léger, de l'étain ou de l'aluminium. Baissant les yeux dans le conduit, elle constata que les parois intérieures étaient tapissées de bandes métalliques plus solides.

Et là, attachée sur un côté, se trouvait une boîte en acier munie d'un cadenas.

Son cœur manqua un battement. Voler avait souvent été un jeu pour elle, un jeu où son intelligence affrontait celle de la personne ayant dissimulé le butin. Le but était de résoudre l'énigme, c'était cela qui procurait les frissons. Comme ses mains se tendaient vers la boîte, toutefois, elle se sentit mal à l'aise, incapable de chasser l'impression que l'obscurité même l'observait, prête à frapper.

Charlie s'empara de sa trouvaille, décollant deux aimants qui tombèrent dans le conduit. Elle espéra que les bruits métalliques de leur chute n'étaient pas amplifiés à l'intérieur.

Un instant, elle se figea, l'oreille tendue.

Aucun bruit. Était-ce Adam, sur le canapé ? La veille, il était sans conteste assez furieux pour entrer par effraction et tout casser en cherchant le carnet de Knight Singh, mais elle ne le croyait pas assez patient pour attendre plus de vingt-quatre heures le retour de sa voleuse.

Vince, en revanche, s'était endormi ainsi des dizaines de fois devant la télévision.

Peut-être était-il prêt à lui dire toute la vérité. Ou bien avait-il trouvé un nouveau bouquet de mensonges. Il ne pouvait savoir ce que lui avait révélé Salt ni ce qu'elle avait deviné seule. Il ne savait certainement pas qu'elle venait de lui voler son trésor. Lui expliquer à quel point il s'était trompé à propos d'Adam et elle serait très satisfaisant.

L'idée d'avoir une nouvelle dispute avec Vince la rendait un peu nerveuse. Lui donnait envie de mettre du rouge à lèvres.

Avec précaution, elle regagna l'échelle en rampant puis, la boîte métallique serrée contre elle, se laissa glisser le long des montants. Un craquement du bois lui arracha une grimace.

Sans bruit, elle toucha le sol et traversa la cour du voisin à pas de loup, restant à l'écart des lumières. Arrivée à sa voiture, elle fourra la boîte sous le siège avant.

Ce qu'elle aurait dû faire, à présent, c'était partir. Retourner au motel de sa mère et essayer de crocheter le cadenas de la boîte mystérieuse. Mais l'espoir de voir Vince et sa haine pour Adam se combinaient pour l'attirer irrésistiblement.

Elle retourna tranquillement jusqu'à la maison. Quoique jugeant fort curieux d'évaluer son propre domicile avec un regard de cambrioleuse, elle essaya en tout premier lieu ce qu'elle essayait toujours : la porte d'entrée. Tournant la poignée, elle se rendit compte que le verrou n'était pas mis.

Posey avait pu le laisser ouvert avant de s'enfuir. Ou bien Adam s'était introduit chez elles par une autre voie puis était ressorti par la porte. L'explication la plus simple était cependant que Vince soit entré avec sa clef et n'ait pas verrouillé derrière lui puisqu'il s'attendait à ce que Charlie rentre au milieu de la nuit, après son service.

La jeune femme, quand elle ouvrit la porte moustiquaire, leva la main pour en étouffer la clochette. Elle se glissa dans la cuisine, n'y restant que le temps d'empoigner au cas où une lourde poêle à laquelle s'attachaient encore de petits morceaux de pâtes carbonisés.

Quelques pas encore, et elle s'arrêtait au seuil du salon. Ce fut l'odeur qui la frappa en premier, une odeur de chair en décomposition qui la prit à la gorge. Les murs étaient maculés d'une substance sombre.

L'homme sur le canapé était trop inerte. La peur changea les membres de Charlie en plomb.

Vince.

Sa main tremblante chercha l'interrupteur. Alors, tout devint obscènement clair.

Des lettres de sang épaisses, coagulées, couvraient les murs – parfois mêlées de cheveux. Elles s'étendaient jusqu'à la limite du plafond, qu'une main humaine n'aurait su atteindre.

Sur le canapé reposait le cadavre d'Adam, ouvert, les côtes exposées. Charlie fixa la caverne de sa cage thoracique et l'horreur trop sèche de ses entrailles. La voile déchiquetée de son ombre pendue au mât de ses pieds.

Le regard de la jeune femme revint sur les murs. Le même mot en lettres peintes à la main, encore et encore. *ROUGE. ROUGE. ROUGE. ROUGE.*

Charlie se trouvait encore à l'entrée du salon quand la police arriva. Elle ne se rappelait pas si elle l'avait appelée ou non. Ni depuis combien de temps elle était là.

« Vous, lança l'un des agents, la main sur son arme. Lâchez ça. Les mains en l'air. »

La jeune femme se rendit compte qu'elle tenait toujours fermement la poêle prise dans la cuisine. Quand elle la lâcha, elle crut l'entendre frapper le sol avec un bruit métallique, mais cela lui paraissait loin, très loin. Dehors, les lumières rouge et bleu clignotantes ajoutaient une couche au surréalisme du moment. Elle leva les mains.

Ce n'était pas que Charlie n'ait jamais vu de cadavre : elle en avait vu deux moins d'une semaine plus tôt. Celui-ci, toutefois, appartenait à quelqu'un qu'elle connaissait. Quelqu'un qui avait été assassiné dans son salon et dont le sang détrempait son canapé d'occasion – qu'elle allait être obligée de jeter. Le tapis devrait dégager aussi. Peut-être ferait-elle mieux d'incendier carrément la maison et de laisser son propriétaire toucher l'assurance.

Un autre flic – une femme – s'approcha de Charlie et la palpa. Le bourdonnement des radios et des conversations à voix basse en fond sonore rendait toute concentration ardue.

« C'est votre domicile ? interrogea l'agente, une question qu'elle posait visiblement pour la deuxième fois. C'est vous qui nous avez appelés ?

— Oui, je crois, dit Charlie. Oui.

— C'est vous qui l'avez tué ? » demanda un des autres.

Elle éclata de rire, ce qui n'était pas très beau à voir. « Vous croyez que j'ai pu faire tout ça ? »

Les policiers échangèrent un coup d'œil.

« Vous l'avez fait ? demanda la femme.

— Non. Je viens de rentrer du boulot. Ma sœur et moi, on a passé la journée d'hier chez notre mère. » Elle gardait les mains en l'air, bien ouvertes.

Un photographe de la police entra. Du moins Charlie pensa qu'il était de la police. Elle se demandait si quelqu'un allait devoir grimper en haut des murs pour récupérer les cheveux collés. Elle se demandait si les flics lui recommanderaient l'entreprise de Vince pour tout nettoyer une fois le cadavre emporté.

« Vous connaissiez le défunt ? »

Elle hocha la tête. « Adam Lokken.

— Il habite ici ? D'après votre voisin, un homme habite ici avec deux jeunes femmes. »

Charlie se demanda ce qu'elle pouvait répondre. Quel que soit le nom qu'elle donne, Vince avait laissé ses empreintes dans toute la maison : à la minute où les flics les étudieraient, ils sauraient qu'Edmund Carver n'était pas mort. Et ils le prendraient pour l'assassin. « C'était mon compagnon, Vincent. Mais il a déménagé.

— Nom de famille ?

— Damiano, dit-elle en se demandant si une telle personne existait.

— Et le message ? demanda un des policiers. Vous savez ce que ça signifie ? »

ROUGE.

La couleur du sang. Le nom qu'un petit garçon avait donné à son ombre.

« Ne lui donnez jamais de nom. » Les paroles de Raven résonnaient dans la tête de Charlie. Mais les enfants donnent des noms à tout. Aux ours en peluche, aux poissons rouges dans les étangs et aux chewing-gums écrasés sur le trottoir. Bien sûr que Vince en avait donné un à son ombre.

Peut-être Rouge était-il venu le chercher, telle l'ombre du conte. Peut-être avait-il pris Adam pour lui avant de devenir enragé en constatant qu'il y avait erreur sur la personne. Ou bien il avait tué Adam *pour* Vince, qui lui en voulait. Ou encore il venait la chercher, elle, et avait saisi l'occasion d'obtenir un peu de sang frais.

Ensuite il avait signé son œuvre.

« Aucune idée », fit Charlie.

Un des policiers passa derrière elle et lui ramena les mains derrière le dos. Elle sentit le métal froid des menottes. « Je crois que vous feriez mieux de venir avec nous. On va aller au poste et vous pourrez faire votre déposition.

— Je suis en état d'arrestation ? demanda-t-elle.

— Je vous accompagne en voiture. » C'était un type assez petit, les épaules larges et les cheveux noirs frisés. Son badge étincelait. Il se présenta sous le nom d'agent Lupo tandis qu'il l'accompagnait jusqu'à la voiture puis la forçait à baisser la tête avant de monter sur la banquette arrière. Des voisins en robe de chambre étaient sortis de chez eux pour assister au drame. Charlie leur aurait bien fait un signe de la main, mais elle était menottée.

Le grand bâtiment de briques que se partageaient la police et les pompiers ne s'élevait qu'à quelques rues de là. Bientôt, la jeune femme fut introduite au poste et conduite dans une salle du fond meublée d'une grande table. Comme on lui demandait ses empreintes pour « élimination », elle se laissa presser tous les doigts sur un tampon encreur puis sur une feuille de papier. On lui demanda aussi son permis de conduire et elle le donna. On voulut qu'elle déverrouille son téléphone portable, ce qu'elle fit également. Ensuite, on la laissa seule, ne venant qu'une ou deux fois voir comment elle allait.

Au bout d'environ trois quarts d'heure, le détective Juarez entra. Il avait l'air de sortir du lit et d'en être fort mécontent.

« Encore vous ? » lâcha-t-il en la voyant.

Elle ne répondit rien. Qu'y avait-il à répondre ?

« Est-ce que ça a un rapport avec ce qui s'est produit au *Rapture* ? » demanda-t-il.

Charlie haussa les épaules. « Sinon, il faut croire que j'ai une poisse de tous les diables.

— Que faisait cet Adam chez vous ? » Il consulta ses notes. « Vous le connaissiez, hein ? »

Si on veut qu'un mensonge passe inaperçu, il n'est pas inutile d'avancer d'abord du mauvais pied. « Il trompait sa copine avec moi. Quand il m'a larguée, je lui ai tout raconté à elle. Avant-hier, il m'a suivie sur un parking d'hôpital et il m'a salement tabassée.

— Vous avez déposé plainte ? demanda Juarez en la fixant.

— Je suppose que j'aurais dû. » Elle ne doutait pas qu'il la crût quand elle disait avoir été frappée : son maquillage était efficace, mais elle le portait depuis plusieurs heures et ses bleus se voyaient sûrement à travers. En outre, rien ne pouvait masquer l'enflure.

Un peu plus tard, quelqu'un lui apporta un café, mais ce fut l'unique considération qu'on lui témoigna. Les questions continuèrent de fuser, toujours les mêmes. La plupart à propos de Vince mais certaines de Doreen, des horaires de travail de Charlie, du moment où elle était rentrée chez elle, de ce qu'elle avait touché… Quant à elle, elle ne cessait de demander si elle était en état d'arrestation.

Enfin, on lui dit qu'elle pouvait partir. On lui recommanda de rester hors de la maison, puisqu'il s'agissait d'une scène de crime, et de ne pas se séparer de son téléphone car on la contacterait à nouveau.

« Il y a un paquet de saloperies carrément bizarres dans le monde, souffla l'agent Lupo à un collègue. Elles ne peuvent quand même pas toutes se retrouver ici. »

En sortant, Charlie croisa une Doreen en pyjama, trench-coat et bottes UGG, le visage bouffi, strié de larmes. Les yeux de l'arrivante jetèrent des éclairs dès qu'elle la vit.

« *Toi,* dit-elle d'une voix si gutturale qu'elle semblait produire des sons plutôt que des mots. *C'est ta faute, tout ça.* »

Charlie eut envie de répondre sèchement, mais ça n'aurait pas été juste : Doreen avait aimé Adam et, même si c'était un sale type, il était mort. « Écoute, je suis désolée qu'il... »

Avant qu'elle ne puisse achever, l'autre bondit. Ses ongles lui labourèrent la joue.

Un flic empoigna la forcenée et la tira en arrière, bien qu'elle se débattît comme si elle pensait pouvoir se libérer. « Calmez-vous, madame, intima-t-il. Oh, nom de Dieu.

— Aïe ! *Merde,* cria Charlie en portant la main à sa joue.

— C'est ta faute, répéta Doreen. Tu étais censée l'aider. Tu étais censée le ramener à la maison. »

La cible de ces invectives avait peine à compatir, du fait qu'Adam l'avait cherchée pour la tabasser, mais elle comprenait ce point de vue. Elle l'avait bel et bien arnaqué, même s'il avait peut-être quant à lui arnaqué sa compagne et Balthazar.

« Tu es vraiment le diable, cria Doreen, tu corromps tout ce que tu touches. Tu te rappelles le service que mon frère devait te rendre ? Eh bien c'est terminé. Tu es en défaut de paiement. »

Charlie haussa les épaules. « Tu ne peux pas me menacer de ce qui est déjà arrivé, dit-elle en se détournant et en partant vers la sortie. Tu lui as dit de faire ça à la minute même où je t'ai donné la bague. »

Doreen, retenue par deux policiers, parvint tout de même à cracher dans sa direction.

Épuisée, Charlie regagna sa voiture à pied alors que l'aube pointait à l'horizon. La Corolla était bien où elle l'avait laissée, la boîte métallique toujours glissée sous le siège. Elle y monta et se regarda dans le rétroviseur, inspectant les marques rouges de fraîche date qui lui faisaient un mal de chien.

Brusquement, elle sentit un goût de sel au fond de sa bouche et ses yeux la piquèrent. Elle cligna des paupières pour chasser ses larmes.

« Reprends-toi, Charlie Hall », s'ordonna-t-elle dans le miroir.

On était jeudi matin, donc elle avait encore deux jours avant la réception de Salt. Encore deux jours pour découvrir ce que voulait l'ombre de Vince, où était ce dernier, et qui mentait. Deux jours pour savoir que faire du livre dans la boîte.

Mais ce dont elle avait besoin pour le moment, c'était de dormir. Elle ne pouvait pas rentrer chez elle, puisqu'il s'agissait d'une scène de crime cernée de ruban jaune, et elle ne supporterait sans doute pas de retourner chez sa mère. L'idée de dormir sur le matelas pneumatique pendant que les autres s'activeraient autour d'elle, de dévier les questions, de raconter encore des mensonges, lui donnait une sensation d'enfermement et de panique.

Sans parler de la menace d'une Furie en liberté cherchant un livre qu'elle avait peut-être en sa possession. Voire la cherchant, elle. Elle ne pouvait donc pas non plus aller chez Barb. Ni chez aucun de ses amis.

« Tu es vraiment le diable, tu corromps tout ce que tu touches. »

Le diable, disait Suzie Lambton. Avec une malchance de damnée.

Peut-être sa chance était-elle en train de tourner, cependant, car un détail venait de lui revenir : Suzie Lambton, justement, était partie en stage de yoga, laissant un logement vide dans lequel on pouvait s'introduire par effraction.

La maison de Suzie n'était pas bien loin du centre-ville de Northampton. Quand Charlie passa devant en voiture, elle réalisa qu'entrer allait être pénible : les bâtiments étaient récents, avec de grandes fenêtres mais sans arbres ni buissons touffus pour la cacher des voisins pendant qu'elle crochèterait la serrure. Lors de sa dernière visite, elle avait admiré le quartier mais n'avait pas effectué assez de repérages, loin de là.

Charlie se gara à trois rues de là, fourra la boîte métallique dans son sac, sortit son matériel de son coffre, et se mit en route. Il était un peu plus de 6 heures du matin ; les gens du coin, estima-t-elle, venaient tout juste de se lever et se préparaient à envoyer leurs enfants à l'école avant de partir travailler.

Passant derrière les maisons, Charlie remarqua que toutes étaient munies d'un patio. C'était encourageant. Les voisins accorderaient plus facilement le bénéfice du doute à quelqu'un qui traînerait dans une arrière-cour, et les portes vitrées coulissantes étaient extrêmement faciles à ouvrir.

Les gens posaient des verrous sur leur entrée principale, avec codes et portes blindées, mais ils négligeaient l'arrière. Charlie glissa un tournevis sous les panneaux coulissants du patio puis poussa fermement vers le haut tout en manœuvrant la poignée. Dix secondes plus tard, elle était à l'intérieur et les portes n'avaient pas souffert.

Ses pas résonnèrent dans la cuisine blanche moderne, avec plans de travail en marbre épais et carrelage métro immaculé. Un instant, elle se sentit tout à fait déplacée, pas seulement une intruse mais une voyageuse d'un autre monde.

Elle se contraignit à monter l'escalier. Un papier peint orné d'un motif chaleureux de feuilles tropicales tapissait la chambre à coucher. La porte du grand placard était ouverte, des vêtements répandus sur le sol, comme si Suzie avait fait ses bagages à la hâte.

Charlie tituba jusqu'au lit. Elle s'endormit sur le couvre-lit, encore tout habillée, avec le soleil du début de matinée qui s'engouffrait par la fenêtre panoramique.

Lorsqu'elle se réveilla, ce fut pour voir les rouges et les ors du crépuscule. Sa tête lui paraissait emplie de coton et elle avait la bouche sèche. Durant une seconde de désorientation absolue, elle fut incapable de dire où elle se trouvait. Puis tout lui revint d'un coup et, en même temps, une pointe d'affolement.

C'est un boulot, se dit-elle. Un boulot. Même si elle n'était pas sûre d'avoir un client. Quand on travaille, on ne peut pas se permettre de céder à la panique.

S'obligeant à se lever, elle régla quelques détails pratiques. Mit son téléphone en charge. Envoya un SMS à sa mère et à sa sœur pour leur assurer qu'elle allait bien et leur résumer ce qui était arrivé à Adam. Puis elle passa sous la douche.

Une des choses que Charlie avait toujours aimées quand elle s'introduisait chez les gens, c'était jouer à faire semblant, essayer la vie d'une autre – par exemple un sweat à capuche propre trouvé dans le placard. Suzie avait du savon liquide parfumé au vétiver et du shampooing parfumé au chanvre. Dans l'armoire à pharmacie, l'intruse fut accueillie par un assortiment de tubes d'analgésiques à moitié vides. Un livre sur la table de chevet promettait de révéler les huit grands secrets pour devenir un communicateur efficace.

Toutes les lumières de la maison étaient si vives qu'il n'y avait pratiquement pas d'ombres.

Tandis que son jean tournait en rond dans la machine à laver, Charlie se fit du café. Le frigo de Suzie lui livra une canette de Coca Light ainsi qu'un pot de beurre de cacahuète dans lequel elle planta une cuiller. Tout en la léchant, elle versa le Coca dans l'évier, puis s'empara de ciseaux de cuisine, sortit le trésor de Vince et se mit au travail sur le cadenas.

D'abord, elle découpa la canette de Coca pour obtenir un grand rectangle d'aluminium, dans lequel elle découpa ensuite deux cales en forme de T. Puisque Vince avait employé un cadenas à double verrouillage, elle savait devoir toucher les goupilles internes des deux côtés pour les forcer à s'ouvrir.

Avec précaution, elle enroula la première cale autour de l'anse, lui donnant avec les doigts la forme voulue : un cylindre creux assorti sur sa moitié haute de deux ailettes. Une fois ces dernières réunies et tournées vers l'extérieur, elle poussa son outil dans le mince espace entre l'anse et le corps du cadenas. En le faisant évoluer d'avant en arrière et en le tortillant, elle parvint à l'enfoncer entièrement et commença à le faire tourner. Aucun bruit audible ne retentit, mais elle sentit une résistance et il lui fut bientôt impossible d'aller plus loin. S'emparant d'une pince rangée sous l'évier, elle s'en servit pour achever de faire décrire à sa cale un tour complet. Quand elle eut procédé de même avec l'autre branche de l'anse et que la deuxième cale eut effectué son parcours, elle tira avec fermeté.

Le cadenas céda.

Retenant son souffle, Charlie ouvrit la boîte.

Aucun *Liber Noctem* ne reposait à l'intérieur. Seulement une petite feuille de papier au bord déchiqueté, arrachée à un carnet.

La jeune femme abattit sa main ouverte sur le comptoir de marbre. *Merde, merde et remerde.*

Qu'allait-elle faire à présent ?

La boîte était sans doute un leurre. Un moyen de détourner l'attention. Vince l'avait laissée pour ralentir quiconque chercherait *Le Livre des Furies*. En conséquence, où qu'il soit, il avait le bouquin avec lui.

Dépliant le papier, elle découvrit avec surprise qu'il lui était adressé.

À la Charlatane,
Si tu as trouvé ceci, c'est que la situation ne peut pas empirer.
La clef est laissez toute espérance.

V

Charlie se servit un café et emporta la lettre jusqu'au canapé. Son cœur battait à toute vitesse. Voir l'écriture de Vince, ces grosses lettres tracées rapidement, lui rendait l'intense besoin de lui parler. De lui hurler dessus. De le convaincre que, s'il voulait bien être connu, elle voulait bien le connaître.

« La clef est laissez toute espérance. » Peut-être aurait-elle dû faire exactement cela. Peut-être était-elle stupide.

Mais ses yeux revenaient aux mots griffonnés.

« La clef est laissez toute espérance. » Pas « de laisser toute espérance », comme on l'écrirait si la suggestion était à prendre littéralement. Cela ressemblait à une énigme, mais elle ne la comprenait pas.

Elle sirota son café en fixant le mur.

Pas plus qu'avant elle n'avait la moindre idée d'où trouver Vince. Son esprit empruntait des chemins prévisibles jusqu'aux mêmes culs-de-sac. Elle avait essayé son téléphone portable. Elle était allée à l'adresse figurant sur son permis et elle s'était entretenue avec Liam Clovin. Elle avait appelé son employeur et découvert qu'il n'était pas allé travailler, si bien qu'il était plus ou moins viré.

Pourquoi passait-il son temps à nettoyer du sang sur des plafonds dans des chambres d'hôtel obscures, alors qu'il était le petit-fils d'un milliardaire ? Mais peut-être s'était-il habitué à nettoyer après les massacres perpétrés par son ombre.

Peut-être aimait-il explorer ces chambres inoccupées comme elle-même aimait s'introduire dans des maisons.

Puis lui vint une pensée très différente.

Vince racontait souvent que la femme de son employeur s'était mise en colère quand son mari l'avait emmenée passer un week-end dans un hôtel de luxe sans lui révéler qu'il disposait de la clef parce qu'il s'agissait d'une scène de meurtre tout juste nettoyée. *« Du coup, la chambre était sûrement plus propre que n'importe quelle autre du même hôtel,* avait dit le patron à tous ses employés. *Elle n'avait à se plaindre de rien. »* Sa femme, d'un autre avis, lui avait fait passer une semaine sur le canapé.

Vince pouvait fort bien se cacher dans une chambre d'hôtel inoccupée. Il n'aurait pas besoin de papiers d'identité. Pas même de commettre une effraction.

Charlie sortit son téléphone et tâtonna un moment jusqu'à trouver le numéro de Craig, le jeune gars qui travaillait dans le nettoyage de cadavres pour concocter un jour des maquillages cinématographiques réalistes.

Le dernier SMS qu'elle avait reçu de lui datait de quatre mois : *le tel de Vince est mort, il me demande de te dire qu'il sera chez vous dans 1 h avec du* lo mein *aux légumes.*

Un message tellement normal qu'elle ne put s'empêcher de le regarder fixement.

Charlie revit le sang sur les murs, et le terrible moment où elle avait été sûre que le cadavre sur le canapé était celui de Vince. Elle devait absolument le trouver avant Rouge.

Elle composa le numéro. Son correspondant décrocha.

« C'est la copine de Vince. Je sais qu'il n'est pas en odeur de sainteté au boulot, en ce moment, c'est pour ça que je t'appelle.

— Il va bien ? s'enquit Craig, aussi amical qu'à l'ordinaire. Avec Winnie, on se disait que ça ne lui ressemblait carrément pas de disparaître comme ça de la surface de la Terre. » Charlie trouvait assez amusant que Craig et Winnie soient toujours aussi positifs, étant donné ce qu'ils faisaient dans la vie.

Leur patron ne l'était pas tant que ça.

« Il est malade comme un chien, dit-elle, estimant que cela couvrait une myriade de possibilités. Quand il se sentira mieux, il t'appellera, mais il veut que je te pose une question à propos d'une chambre qu'il a nettoyée. Celle qui ne pourra pas recevoir de clients avant une ou deux semaines ? Il croit y avoir laissé sa montre.

— À Chicopee ? » Le jeune homme paraissait prudent mais pas encore soupçonneux.

« Ouais, acquiesça-t-elle. Mais il a complètement oublié le numéro de la piaule et il ne veut pas demander à la réception.

— Donne-moi une seconde. » La tension avait disparu de sa voix. Après tout, elle n'avait demandé ni le nom de l'hôtel ni l'adresse. Il estimait donc qu'elle les connaissait. « C'est marqué 14B ici.

— Merci, dit-elle. Vince t'appellera dès qu'il se sentira mieux.

— Dis-lui de s'accrocher », conclut Craig avant de mettre fin à l'appel.

Charlie tapa « meurtre » et « Chicopee » dans le moteur de recherche de son téléphone et tria les résultats par date, les plus récents d'abord. Apparemment, quelqu'un avait été poignardé huit jours plus tôt au motel *East Star*, sur Armory Drive.

La jeune femme s'accorda une cuillerée de beurre de cacahuète pour célébrer sa victoire et alla chercher son jean dans le sèche-linge.

L'*East Star* était un bâtiment de plain-pied posé à l'angle de deux rues, avec entrée des chambres en extérieur, très semblable au motel où vivait sa mère – quoique pas conçu pour les séjours de longue durée, au contraire : on pouvait louer pour une heure ; l'enseigne promettait chambres libres, wifi, télé couleur et discrétion.

Charlie s'engagea sur le parking. La Corolla émit alors un bruit étrange, une espèce de toux crachotante. Puis le moteur cala.

« Non, dit la jeune femme sur un ton qu'elle espérait sévère. Ça ne peut pas arriver. Pas maintenant. Allez. *Allez.* »

Le véhicule se contenta de rouler un peu sur sa lancée puis de s'arrêter, à demi engagé sur une place de parking.

Elle frappa des deux mains sur le volant, ce qui ne produisit aucun résultat. Tourner la clef de contact en produisit encore moins.

Enfin, elle sortit, prit son sac à main en bandoulière et poussa sa voiture afin que l'arrière ne soit plus dans le passage. La Corolla, arrêtée selon un angle curieux, occupait tout de même plus d'une place de parking, mais Charlie n'y pouvait pas grand-chose.

À tout le moins, le moteur l'avait emmenée jusqu'au motel avant de rendre l'âme.

Il n'y avait pas de camionnette blanche en vue, ce qui n'était pas très bon signe. Mais Vince pouvait être sorti – ou avoir volé un nouveau véhicule. Une télévision était allumée dans la chambre 12B et des gémissements montaient de la 15B. Charlie considéra les serrures des portes d'un œil professionnel.

Elles étaient digitales mais bon marché et pas du tout sûres. À moins que le verrou ne soit mis de l'intérieur, elle pourrait sans doute en forcer une d'un coup de pied bien placé.

Les stores du 14B étaient baissés et hermétiques. Charlie hésita, la main sur la poignée, songeant au moment où, quelques heures plus tôt, elle s'était introduite dans une autre pièce obscure. Songeant à la coquille vide qu'était le cadavre d'Adam et au nom écrit salement sur les murs.

Que Vince puisse se trouver de l'autre côté de cette porte lui faisait un peu peur, autant qu'elle puisse l'espérer.

Elle devait être prête à constater que Remy Carver ne ressemblait pas du tout à Vince. Il avait pu se jouer d'elle. Jouer la comédie. Peut-être entretenait-il même une liaison amoureuse avec Adeline, ce qui serait profondément pervers, mais les gens qui viennent de familles perverses font des choses perverses.

Si Vince n'existait pas, mieux valait qu'elle le voie de ses yeux. Comme un enterrement à cercueil ouvert : parfois, c'était la seule manière d'accepter qu'un être aimé était parti pour de bon.

Elle essaya le coup de la carte *Big Y* entre la porte et le chambranle mais la serrure résista. Dans sa voiture, elle disposait d'un fil de fer tordu destiné à passer sous une porte. Son emploi n'était pas pratique, puisqu'il fallait s'accroupir pour l'enfoncer entre le battant et le sol. Une fois à l'intérieur, il se tordait vers le haut et, pour peu qu'on l'oriente selon le bon angle, la boucle qu'il formait à son extrémité s'accrochait à la poignée. Il suffisait alors de tirer pour la faire jouer.

Charlie explora le parking du regard, prête à aller chercher son outil, quand une femme franchit une autre porte, un seau à glace en main.

Tout en attendant que la cliente récupère sa glace puis se batte un peu avec le distributeur de boissons et de confiseries, elle se demanda s'il n'y avait pas un moyen plus simple d'entrer dans la chambre.

Son ombre. Elle l'envoya délibérément en mission pour la première fois. L'introduisit dans les interstices entre porte et chambranle. Sa vue se dédoubla et un violent mal de tête se déclencha entre ses yeux.

Elle se concentra, tentant de rendre la main de son ombre assez matérielle pour tourner la poignée, mais elle eut l'impression de chercher à empoigner un objet qui n'existait pas. Une part d'elle-même voyait la femme qui rentrait dans sa chambre, sentait le léger crachin qui commençait à tomber. Le reste tâtonnait dans le noir.

Elle tenta d'insuffler de l'énergie à qui de droit, ne sachant si elle s'y prenait correctement jusqu'à ce que l'ombre devienne brièvement solide et tourne la poignée, avant de lui revenir d'un coup – une sensation si intense, si étrange, qu'elle dut s'appuyer au mur, traversée de frissons, comme si des papillons de nuit se posaient sur tout son corps puis se retrouvaient d'une manière ou d'une autre absorbés en elle.

Et il y avait encore plus écrasant : les possibilités désormais ouvertes devant elle, la vaste étendue des exploits à réaliser, des lieux dans lesquels s'infiltrer tel un ver.

Prenant une profonde inspiration pour se stabiliser, Charlie acheva d'ouvrir la porte.

Elle alluma la lumière et retint un cri. Une énorme tache de sang couvrait la moquette à motifs gris. Il lui fallut quelques instants, au bord du vertige, combattant sa panique, pour réaliser qu'il s'agissait bien d'une simple tache – et ancienne de surcroît. Les bords baveux prouvaient qu'on l'avait frottée pour tenter de la faire disparaître.

Voilà pourquoi la chambre ne pouvait pas être louée : il fallait changer la moquette.

Charlie referma lentement la porte derrière elle, veillant à ne pas la claquer.

Des photos étaient scotchées au mur, au-dessus d'un placard en bois compressé bon marché. Un lit, au centre, présentait un matelas dépourvu de draps mais couvert de chiffons. Les stores de la fenêtre étaient doublés de sacs-poubelles fixés avec du ruban adhésif, et une serviette roulée reposait près de la porte, sans doute pour empêcher toute lumière de se voir dehors quand Vince se trouvait à l'intérieur.

Des emballages déchirés du magasin *Williamson's Clothier* étaient éparpillés sur le fauteuil près de la salle de bains – une boîte à chaussures, un épais cintre en bois et une de ces grandes housses à fermeture éclair qui venaient toujours avec les costumes chics.

Une fois dans la chambre, la jeune femme remarqua que la lampe de chevet était tombée par terre, cassée. Le lit lui-même était poussé un peu en diagonale, comme si un objet lourd l'avait heurté, et, de l'autre côté, elle trouva une chaise renversée sur le côté.

Il y avait eu lutte. L'absence de la camionnette sur le parking prouvait-elle que Vince avait échappé à ses assaillants ? Ou bien Salt les avait-il emmenés tous les deux, la camionnette et lui ?

Charlie se força à s'approcher du mur. Des photos du Hiérophante y étaient scotchées – debout à un coin de rue, rencontrant Malik de la Cabale… Sur un des clichés, il évoquait un chevalier vêtu d'une sorte d'armure d'ombre.

En dessous s'étalait un article datant de deux ans, imprimé sur une feuille A4 : *Tous les chefs d'accusation écartés dans l'affaire du vol d'ombres, les victimes outrées.* La photo trouvée sur Internet avait beau être petite et floue, Charlie en reconnut le sujet. Le nom du Hiérophante était Stephen Vorman.

Cela dit, elle ne voyait toujours pas le rapport entre Rouge et lui, à moins que le premier ne soit la Furie à laquelle ce Stephen avait été lié. Mais non : il lui avait demandé de transmettre un message à Rouge, donc ce n'était pas lui. L'idée de ne pouvoir s'acquitter de la commission la dérangeait. Puisqu'elle connaissait Vince, elle aurait dû connaître son ombre.

Sur la table de nuit, elle trouva un carnet à la spirale emplie de fragments de papier issus de pages arrachées.

Dans la salle de bains, elle découvrit un peigne et du gel.

Et, dans la poubelle, près de la cuvette des toilettes, elle trouva une boîte en carton renfermant de l'argile, un gobelet en polystyrène taché de peinture noire, un flacon de vernis à ongles incolore, et des emballages en plastique vides ayant contenu une résine à deux composants.

De toute évidence, Vince avait modelé quelque chose, mais quoi ? Au fond de la boîte, elle remarqua des creux plus ou moins carrés.

Charlie retourna au carnet à spirale près du lit. Fouillant dans son sac, elle en sortit un crayon à papier et employa la vieille astuce consistant à noircir la page sans appuyer, afin de révéler ce qui avait été écrit sur la précédente.

Char,
Je ne sais pas comment te dire au revoir.

Elle resta assise un long moment, à fixer cette lettre fantôme.

Elle ne pouvait savoir de quoi il s'agissait, mais Vince était à l'évidence en train d'exécuter un projet personnel. Et, compte tenu de ce qu'il avait écrit, il ne semblait pas s'attendre à une conclusion heureuse. Charlie avait besoin de *réfléchir*.

Paul Ecco disposait d'une page du *Liber Noctem*. Il l'avait bien obtenue de quelqu'un.

Et Knight Singh avait vu l'ouvrage, même s'il n'y avait pas trouvé le rituel pour lequel était célèbre *Le Livre des Furies*. Le rituel que Rouge espérait accomplir.

Peut-être Singh avait-il manqué le passage important. Après tout, un examen rapide dans une salle des ventes ne suffisait pas à s'assurer qu'il n'y avait rien d'essentiel dans le livre. Charlie avait vu énormément de secrets peu apparents au premier abord. Des petites lettres incluses dans un tableau. Du jus de citron révélé par la chaleur. Des codes impossibles à déchiffrer sans une clef tout aussi bien dissimulée. Toutes ces énigmes que les crépusculiens créaient les uns pour les autres.

Mais Singh disait avoir le moyen d'abattre quelqu'un, et tout portait à croire qu'il parlait de Lionel Salt. Il y avait donc forcément quelque chose à trouver.

Elle sortit le carnet du crépusculien assassiné, en lissa la couverture de cuir et le feuilleta, cherchant le nom de Salt. Ou encore tout ce qui pouvait avoir trait aux Furies, à l'immortalité, au souffle de vie…

Rien. Et Raven, qui avait potassé le texte entier, affirmait n'avoir rien trouvé non plus.

Charlie parcourut à nouveau le carnet, plus lentement, tâtant chaque feuille pour s'assurer qu'on n'en avait pas collé deux l'une à l'autre. Elle vérifia ensuite que rien n'avait été inséré entre dos et cahier, puis passa les doigts sur le bord des pages, cherchant une irrégularité. Sur le pourtour de la troisième de couverture, elle remarqua de légères traces de colle, comme si on avait ôté puis remis en place le papier qui la couvrait. La jeune femme attaqua ce dernier à l'aide du couteau attaché à son trousseau de clefs, puis glissa la lame dans la fente ainsi ménagée et acheva de désolidariser l'ensemble. Entre cuir et papier, elle découvrit des documents rédigés d'une écriture qu'elle ne connaissait pas :

Il semble exister divers moyens de découper une ombre dormante pour l'arracher à un être vivant. Remy peut pousser Rouge à ramasser l'ombre d'un couteau et à l'utiliser. (Il est intéressant de noter que le couteau perd son ombre de manière définitive ; le lendemain matin, j'ai perçu des points de rouille sur la lame, ce qui justifie une enquête plus poussée.) Remy, en tant que crépusculien, peut mimer avec les doigts l'emploi d'une paire de ciseaux et l'utiliser pour trancher le lien entre une personne et son ombre. Je suis aussi parvenu à en découper une en me servant d'un couteau d'onyx.

Tous ces moyens peuvent également être utilisés pour ôter la sienne à un cadavre, mais l'ombre présente alors toutefois des différences notables de texture et de poids. Cela aussi demande une enquête ultérieure.

Ces mots avaient forcément été écrits par Salt. Il ne s'agissait pas tout à fait d'une confession, mais cela restait compromettant.

La page suivante était pire.

J'ai entaillé le poignet de la fille plusieurs fois, en me disant que cela constituerait peut-être un traumatisme suffisant pour éveiller son ombre, mais elle est morte comme tous les autres, en dépit des altérations qui lui ont été apportées.

C'était effectivement assez lourd. Charlie ne savait trop si ces éléments seraient admissibles au tribunal, mais ils conduiraient les enquêteurs à chercher des preuves qui existaient presque à coup sûr quelque part.

Et ils accableraient Salt au tribunal de l'opinion publique. Sans parler des mesures que la Cabale serait forcée de prendre, puisqu'il s'attaquait à d'autres crépusculiens.

La troisième page concernait Rouge.

Remy a effectué ses propres expériences, qu'il m'a cachées. Il a libéré son ombre.
Je n'ai aucune idée de la manière dont il s'y prend pour qu'elle revienne à lui, mais elle revient.
La nourrit-il avec davantage de sang ? Si oui, combien ? Depuis combien de temps ? Maintenant, je vais être très attentif.
Encore une chose que je dois apprendre : la contrôle-t-il ? Et, dans le cas contraire, Rouge est-il conscient de soi ? Cogito ergo sum ? Si tel est le cas, qu'a-t-il volé à Remy pour devenir ainsi ?

Et enfin une dernière page.

J'ai commis une erreur, j'espère pouvoir la corriger.
Si je ne peux pas avoir Rouge, je serai obligé de le tuer.

Si le milliardaire savait Knight Singh en possession de ces papiers, il avait certainement voulu le voir mort. Le client qui payait Adam, celui que le voleur avait caché à Balthazar, ne pouvait être que Lionel Salt.

À présent, elle disposait d'un levier, pour peu qu'elle comprenne comment l'utiliser. Pour peu qu'elle résolve l'énigme à temps.

Une arnaque, après tout, consistait en grande partie à découvrir la vérité. Puis à la déformer, bien sûr, mais d'abord à la découvrir. C'était ce que Charlie possédait de plus proche des tarots de Posey, la foi en un phénomène plus vaste qu'elle-même. Tout comme sa sœur disposait des cartes en rangées bien alignées, elle planifiait ses machinations. Mais finissait toujours par devoir improviser et se fier à son instinct.

Elle se rappela le moment où elle gisait sur le tapis chez Salt, à quelques pas d'une salle secrète et d'un coffre dans lequel le maître des lieux cachait ses biens les plus précieux – dont certains n'étant jamais censés en sortir. Voilà où elle devait s'introduire.

Au cas où Vince reviendrait, Charlie arracha la dernière page du carnet à spirale et lui écrivit un message au crayon.

J'ai eu la lettre que tu ne m'as pas envoyée. Appelle-moi si tu trouves ceci. Et ne fais pas de bêtises.

Je t'embrasse, Char

Après avoir posé le papier sur le matelas, elle éteignit la lumière, referma avec précaution la porte de la chambre et traversa le parking en gardant la tête baissée.

29

LE PASSÉ

Vince était assis au comptoir, tous les sens concentrés sur la masse humaine qui l'entourait, jusqu'à l'odeur de transpiration dans l'air et à la puanteur sucrée des boissons sirupeuses infiltrées dans les rainures du carrelage. La musique était assez forte pour décourager les conversations mais cela n'empêchait pas le type à sa droite de hurler pour décrire à un autre un jeu vidéo consistant à construire une maison sous l'eau.

C'est tout le problème, braillait-il. *Survivre. Construire ta base. Il faut être prêt au moment où ils lancent la mise à jour et où les requins arrivent.*

Un mois et demi s'était écoulé depuis que Vince avait quitté Salt, et, à chaque jour qu'il passait loin du manoir, il le détestait un peu plus – mais en trouvait néanmoins le manque, éprouvant la nostalgie d'un foyer qui n'avait jamais été sien. Et de la personne qui comptait le plus pour lui, aujourd'hui disparue.

Le plus difficile était d'avoir tout ce temps pour réfléchir. De devoir prendre ses propres décisions. De gérer la culpabilité que lui inspirait le fait de vivre alors qu'en toute justice il ne l'aurait pas dû. Vince était habitué à mesurer son existence en petits moments, à ne jamais se demander ce qui l'attendait, à ne jamais oser regarder en arrière.

Nous voici, sur un bateau.

Nous voici, avec un couteau.

Nous voici, dans la chambre d'un directeur financier au milieu de la nuit.

À présent, s'il voulait survivre, il devait établir un plan d'action. Il avait de quoi abattre le vieux, mais il ne pouvait pas agir seul. Mieux valait transmettre les preuves à Knight Singh, avec son réseau de relations et son antipathie pour Lionel Salt. Les documents en question se trouvaient dans la besace pendue à son épaule, et rien n'aurait pu lui faire plus plaisir que s'en débarrasser.

Peut-être pourrait-il se construire un avenir dans lequel il ne serait pas sans cesse en train de regarder par-dessus son épaule. Cette pensée lui apporta une nouvelle vague de culpabilité.

Son problème était de n'avoir encore jamais rien planifié. Jusqu'ici, il ne s'était chargé que d'exécuter.

« Une autre ? » demanda le barman.

Vince s'était laissé convaincre de commander une bière à la citrouille, n'ayant aucune idée de ce qu'il pouvait boire dans un tel lieu. Adeline aurait pris du champagne avec de la vodka pour « réveiller la bête » ; Salt un whisky single malt dont le jeune homme était certain d'écorcher le nom étranger, et qui creuserait sûrement un grand trou dans ses réserves d'argent liquide.

Remy avait toujours bu ce que tout le monde buvait. Mais Vince n'était plus obligé de se comporter comme Remy.

La bière à la citrouille avait l'avantage d'être bon marché. Malheureusement, selon lui, c'était sa seule qualité. « Je crois que je vais essayer autre chose. »

Le barman énuméra ce qu'il avait à la pression. Tout en choisissant une boisson au hasard, Vince remarqua l'entrée de deux crépusculiens. Du coin de l'œil, il les vit se séparer et explorer la salle des yeux, chercher une personne correspondant à la description qu'il avait donnée. Sans doute se croyaient-ils subtils d'afficher une ombre apparemment en sommeil, mais il les avait repérés aussitôt. Il y avait en eux une énergie, un bouillonnement obscur, comme de la fumée montant de braises cachées sous la cendre.

Knight Singh avait promis de venir seul. Il avait menti. Donc Vince s'était sûrement engagé dans un piège.

Il se félicitait d'avoir choisi ce bar toujours bondé. La salle ne devait pas abriter beaucoup de personnes dépourvues d'ombres, si même il y en avait une seule en dehors de lui. Néanmoins, tant qu'il restait au milieu de la foule agglutinée au comptoir, ce détail ne serait pas flagrant.

Vince était heureux d'avoir seulement précisé à Singh qu'il « portait une écharpe rouge » – laquelle demeurait dans son sac, attendant d'être arborée.

Il se tourna vers la femme debout près de lui. S'il participait à une conversation, les crépusculiens auraient une raison de plus de l'ignorer. À peu près du même âge que lui, sa voisine avait les joues rougies par la chaleur de la salle. Elle faisait signe au barman, lequel semblait l'ignorer à dessein. Ses cheveux noir réglisse pendaient dans son dos ; un tatouage représentant des scarabées lui dessinait un col juste sous sa gorge.

À l'autre bout de la salle, un crépusculien s'était posté près de l'entrée, un autre restait debout devant un box inoccupé. Singh devait être en route.

Vince leva la main et parvint à attirer l'attention du barman.

« Je crois que la dame voudrait un verre », dit-il.

La jeune femme lui lança un regard qu'il jugea difficile à interpréter.

« Un gin-tonic, dit-elle. Le gin le moins cher que vous ayez, avec trois tranches de citron vert. »

Le barman se tourna vers Vince, qui réalisa que sa deuxième bière était à moitié terminée. Il ne se rappelait pas l'avoir bue. Il ne se rappelait même pas s'il l'avait aimée ou non.

« Bourbon. Sec », dit-il – une réplique entendue dans un film ou quelque chose comme ça. Quand le verre arriva, il apprit que « sec » signifiait sans glace.

« Normalement, je ne bois pas des trucs dégueulasses, dit la jeune femme en pressant la première des tranches de citron sèches et un peu brunies perchées au bord de son verre.

— Alors, ce soir, il y a quelque chose de spécial », dit-il.

Cela lui valut un sourire. Très bref. Soudain, Vince eut la terrible certitude de connaître cette fille. Il ne se rappelait ni où ni dans quelles circonstances, mais ils s'étaient déjà rencontrés.

Comme se produisait un mouvement de foule, il posa une main sur le comptoir pour résister à la poussée. « Tu as grandi dans le quartier ? » Ce n'était pas une question très maligne mais peut-être la réponse lui permettrait-elle de la remettre en mémoire.

Elle renvoya en arrière sa crinière de cheveux noirs et but une longue gorgée tout en évitant avec peine de se faire éjecter de son tabouret par son autre voisin. « Ouais, je suis du coin. Mais je parie que toi non. »

Il hocha la tête, s'adaptant au début d'histoire qu'elle lui servait. « Je ne suis en ville que depuis quelques mois. »

Elle haussa les sourcils. « Étudiant ? »

Il changea de position afin de se dresser entre elle et la pression exercée par la foule – ce qui lui valut un coup de coude dans le dos –, puis il secoua la tête. « Je voulais du changement.

— On a plein d'asperges. » Elle éclata de rire devant son air interloqué. « Tellement qu'on les appelle "herbe d'Hadley"[6]. Il y a même un festival. Et trois glaces à l'asperge différentes. C'est le genre d'activité qui te branche ?

— Ça devrait être à peu près de mon niveau. » Le plus drôle était qu'il aurait bel et bien pu ne pas être de la région, pour le peu qu'il avait vu de ses villes.

« Je crois qu'il y a une école de tir à l'arc. Et une salle où tu peux apprendre à manier une épée médiévale. » La jeune femme avait la voix un peu traînante ; il se demanda si le rouge de ses joues n'était pas dû à l'alcool autant qu'à la chaleur.

« Au cas où je voudrais tuer un dragon. »

Elle avait les ongles en dents de scie, leur vernis écaillé d'avoir été rongé. « Ça te dit ? »

Un regard rapide apprit à Vince que Knight Singh était arrivé et occupait un box au fond de la salle. Ses hommes s'étaient placés à des points stratégiques afin de converger vers celui qu'ils attendaient une fois qu'ils l'auraient repéré, et de lui barrer le chemin des sorties. Le jeune homme en compta cinq.

Un piège, en effet. Il jeta un coup d'œil à la sortie de secours contre laquelle la foule voulait le plaquer.

« De tuer un dragon ? répéta-t-il. Je ne veux rien tuer du tout. »

Le barman s'approcha, jeta un reçu devant la jeune femme puis se tourna vers son compagnon, comme pour lui demander s'il voulait une autre tournée.

Elle prit le papier et releva les yeux. « C'est quoi, ça ? »

L'employé haussa les épaules. « Ta note.

— Et si je veux un autre gin, hein ? dit-elle, du verre pilé dans la voix.

— Tu paies celui d'avant. » Le barman arborait un petit sourire arrogant, conscient de son pouvoir absolu au comptoir.

---

6. Ville du Massachusetts connue comme « la capitale mondiale de l'asperge ».

La jeune femme se pencha vers lui et parla d'une voix assez forte pour que tous les clients attendant d'être servis l'entendent. « Depuis que je suis là, je t'ai vu rabioter sur les doses d'alcool, carotter sur la monnaie, employer du bar mix à la place du jus de citron vert et essuyer le comptoir juste au-dessus du caisson à glace, dit-elle en tirant de son sac une poignée de pièces. Tu brûleras dans l'enfer des barmen.

— Tu es bourrée, renvoya-t-il, sur la défensive.

— Si oui, ce n'est pas grâce à toi. » Elle compta ce qu'elle devait en pièces de 25 et 10 cents, laissant aussi toutes celles de 1 cent qu'elle put trouver au fond de son porte-monnaie.

Quand elle se tourna vers Vince, le feu n'avait pas disparu de ses yeux. « Je suis mesquine, hein ? »

Elle était tout ce que Remy avait eu peur d'être. « Tu es une vraie justicière masquée », dit-il en souriant.

Elle le contempla un long moment. « Viens avec moi dehors, proposa-t-elle. Il fait trop chaud ici. »

Vince se sentit déchiré entre deux possibilités. S'il sortait en compagnie de la jeune femme, les crépusculiens auraient moins de chances de le repérer. Marcher près d'elle dissimulerait en grande partie son absence d'ombre.

Il se demandait cependant si Singh n'était pas venu ici en craignant lui-même un piège. Pour peu que le crépusculien n'ait fait que prendre des précautions plutôt que chercher à le coincer, la situation restait rattrapable.

Ce dont il avait envie, toutefois, c'était d'aller dehors avec sa nouvelle connaissance.

Il sortit son portefeuille et jeta deux billets sur le bar.

Lui prenant la main, elle l'entraîna vers la sortie.

Il observa le balancement assuré de ses hanches : elle traversait le bar comme si elle s'attendait à ce que tout le monde se pousse de son chemin – et, curieusement, c'était le cas. « Je m'appelle Vince », lui dit-il.

Il se rendit compte qu'elle fixait Knight Singh et avait sans conteste l'air de le connaître. Enfin, elle posa de nouveau les yeux sur son compagnon de la soirée. « Charlie, dit-elle en se désignant. Charlie Hall. »

Vince avait compté cinq crépusculiens, mais Singh avait pu engager des gens qui ne l'étaient pas.

Des gens comme Charlie.

Elle pouvait très bien, après l'avoir entraîné derrière le bar, lui appuyer un couteau contre les côtes. S'il avait de la chance, ce serait le moment où les hommes de Knight Singh viendraient s'emparer de lui pour le revendre à Salt. S'il n'en avait pas, elle aurait ordre de l'achever.

Quand l'air frais de la ruelle le frappa au visage, il sentit monter en lui une poussée d'indifférence pour les risques. Cette fille lui plaisait. Il appréciait qu'elle se montre agressive, drôle, et prête à faire un scandale.

Il appréciait qu'elle soit différente de lui et de tous les gens appartenant à son ancienne vie.

Il l'admirait assez pour la suivre au fond de la ruelle malgré ses soupçons. Quand elle s'adossa au mur de briques du bâtiment et lui jeta un regard comme on lance un défi, il la pressa contre la paroi et l'embrassa.

Elle avait les lèvres gercées. Il sentait son parfum, entre rose et fumée. Sa bouche avait goût de gin.

Knight Singh pouvait aller se faire voir. Vince procéderait à l'échange une autre fois.

S'écartant, il baissa les yeux sur la jeune femme. Suivit du bout d'un doigt les scarabées qui rampaient le long de sa clavicule. « Tu veux aller quelque part ? » chuchota-t-il contre ses cheveux, quoique sans trop savoir où l'emmener. Il avait passé la nuit précédente dans une camionnette. Tout ce qu'il savait, c'était qu'il avait envie d'elle.

« Ici », souffla-t-elle en tendant la main vers sa ceinture.

Il n'était pas sûr de lui plaire vraiment. Peut-être cherchait-elle juste à oublier le chagrin qu'elle était venue noyer dans l'alcool – et il pouvait le lui faire oublier.

Il se concentra sur son souffle chaud et rapide.

Sur la douceur de sa hanche quand il la souleva.

Sur les briques rugueuses contre sa paume.

Il n'osait pas penser au passé et refusait de penser au futur. Il ne s'autorisait à penser qu'à elle.

30

VOUS QUI ENTREZ

Le samedi soir, Charlie arrêta le break de sa mère le long du trottoir, assez loin du manoir de Salt pour estimer que nul ne remarquerait leur arrivée. Le front appuyé contre le volant, elle prit une profonde inspiration.

Puis elle se tourna vers sa sœur sur le siège du passager. « Tu n'es pas obligée de faire ça. »

Posey fit la moue. « Toi non plus. Au moins j'en retire quelque chose. Je ne sais pas ce que ça te rapporte, à toi.

— C'est une frappe préventive », l'informa Charlie.

Elle savait Lionel Salt tout à fait capable de tenir ses pires promesses. Si elle ne réglait pas la question le soir même, elle n'aurait peut-être jamais d'autre chance.

Elle descendit de voiture. « À bientôt, tête de veau », dit-elle, appuyée contre la portière.

Posey sourit. « À plus tard, tête de lard. »

Charlie se mit à marcher le long de la rue, son sac à dos pendu à une épaule. Plus elle approchait du domicile de Salt, pareil à un château de contes de fées, plus elle se rappelait clairement sa dernière visite. La ferme assurance de Rand quand ils étaient entrés. Le bouillonnement dans ses entrailles. La panique qu'elle avait ressentie en courant à travers bois.

Et voilà qu'elle revenait, des années plus tard, prête à s'imposer par la ruse dans une réception. Vêtue d'une chemise blanche rêche, d'un pantalon noir bon marché et d'une veste : l'image même de la serveuse travaillant pour un traiteur. Elle aimait à penser que Rand aurait été fier d'elle.

Charlie avait passé toute l'après-midi à se préparer. Oubliant sa collection de perruques, elle s'était rendue dans un centre commercial et avait demandé à une coiffeuse tout juste sortie de l'école de lui faire une coupe à la garçonne qui lui démangeait la nuque mais la changeait complètement. Elle avait ensuite étalé une nouvelle couche de maquillage d'Halloween sur ses bleus et fourré tout ce dont elle estimait avoir besoin dans son sac à dos. Les meurtrissures de son visage avaient un peu dégonflé, et elle était presque sûre que ses côtes allaient bien.

Elle s'en tirait magnifiquement.

Charlie tenta de se mettre dans la peau de son personnage : une employée contrariée, sous-payée, arrivant en retard pour un engagement qu'elle regrettait déjà d'avoir accepté. Ce n'était pas si difficile.

Au moment où elle franchit le portail ouvert – relié, elle ne put s'empêcher de le remarquer, à une clôture surmontée d'un fil électrique –, elle s'était presque convaincue que voir le manoir ne lui ferait aucun effet. Puis elle le découvrit, et son estomac tenta de ramper hors de sa bouche.

Bâti en pierres grises, couvert de lierre de Boston rouge vif et or dans l'air de la fin d'automne, il se dressait au bout de l'allée. Des gargouilles de bronze tapies sur le toit, striées de vert-de-gris, suivaient l'approche de Charlie – dont les souvenirs se ravivaient à mesure qu'elle regardait la bâtisse. Baissant les yeux sur la pelouse, elle continua à avancer.

« Courez. Il faut courir. Les gens du palais me poursuivent. »

Elle avait assez d'expérience pour se fier aux exigences de l'intuition, cette antenne intérieure branchée sur les anomalies. Parfois, il lui semblait manquer quelque chose, comme si elle regardait de très près des points qui formeraient un motif différent pour peu qu'elle recule d'un pas. Cette sensation lui avait par le passé évité de se faire prendre : elle avait senti le vent tourner et su qu'il lui fallait abandonner la partie.

Mais ce soir-là, aussi mauvaise que soit l'impression qu'elle avait déjà, elle irait jusqu'au bout.

Un valet la regardait avec curiosité approcher de la maison. Elle lui adressa un signe de tête, avec le regard douloureux d'un travailleur du samedi à un autre. Cela parut le convaincre qu'elle faisait partie du personnel, et il cessa de s'intéresser à elle.

Derrière le manoir, Charlie trouva la cuisine. Elle avait passé un tas de coups de téléphone jusqu'à dénicher un copain qui participait à la réception. Par chance, José faisait partie des extras engagés par le traiteur pour la soirée.

Il avait laissé la porte ouverte à son intention.

À l'intérieur, on était en train de déposer des crevettes froides sur des plateaux en inox couverts de feuilles de laitue et d'une sauce crémeuse. Des boulettes de risotto se voyaient plongées dans une friteuse portative, installée sur un îlot de marbre assez vaste pour accueillir un cadavre.

Charlie chassa cette idée.

Il était facile de passer inaperçu dans une telle réception, avec multiples fournisseurs et serveurs indépendants. Les plats servis par José et ses collègues seraient complétés par des spécialités : bar à caviar, bar à sushi ou bar à sacrifices humains. Avec de la chance, elle pourrait se perdre au milieu de la foule.

Elle arrivait tout juste dans le hall quand on l'apostropha.

« Vous êtes en retard », lui dit une femme à l'air stressé, avec une planchette porte-papier à la main et énormément de cheveux blonds ondulés. Probablement la coordinatrice de la réception.

Charlie tourna vers elle une expression qu'elle espérait assez neutre. « Désolée. Je cherchais des toilettes à utiliser avant de commencer.

— Pas le temps. Posez vos affaires et emportez ces hors-d'œuvre. »

Elle poussa son sac à dos sous une table, où elle pourrait aisément le récupérer plus tard, et se chargea du plateau indiqué.

À l'autre bout de la salle, José confectionnait des roses de jambon italien. Il lui lança un clin d'œil.

Les joues piquantes de chaleur après avoir quitté l'air froid de l'automne pour des salles noires de monde, Charlie circulait dans le manoir de Lionel Salt. Présenter des feuilles d'endives couvertes de fromage bleu et de noisettes enrobées de sucre à quiconque avait les mains vides était un bon moyen de se refamiliariser avec les lieux et d'essayer de repérer Vince.

Le mélange inconfortable de familiarité et de crainte qu'elle ressentit en traversant plusieurs pièces lui fit serrer les dents. Elle conservait un petit sourire aux lèvres et ne croisait le regard de personne. Balthazar lui évitait naguère les contacts avec les clients, mais voler impliquait souvent de tromper son pigeon face à face, donc un certain nombre de crépusculiens l'avaient déjà rencontrée. Elle espérait qu'aucun ne la reconnaîtrait.

Dépassant un couloir pareil à une galerie, près de l'entrée, elle observa discrètement une vitrine où étaient exposés des livres anciens. Non loin de là, une plaque gravée disait : « La bibliothèque Lionel Salt sera ouverte à tous les crépusculiens et constituera un espace de partage du savoir ésotérique. » Les têtes d'animaux naturalisées dont Charlie gardait le souvenir restaient accrochées aux murs ; la lumière se reflétait sur leurs yeux de verre luisants, leurs andouillers polis et leurs cornes acérées.

Les collections comme celle de Salt restaient en général sous clef, donc l'idée d'observer celle-ci avait dû faire saliver les crépusculiens, notamment les plus jeunes.

En tant que voleuse de secrets magiques, Charlie évoquait un peu une abeille pollinisant de nombreuses fleurs. Une fois qu'un crépusculien avait digéré un vieux livre et copié dans ses propres notes les expériences ou techniques qu'il estimait utiles, sa seule raison de conserver l'exemplaire d'origine était de garantir que ce savoir demeurait exclusivement sien. Charlie s'était trouvée une fois dans l'incapacité de voler un volume à un homme car, une fois sur les lieux, elle avait découvert qu'il brûlait tous ses livres dès qu'il en avait recopié les passages intéressants. Penser à lui la mettait encore en colère, parfois.

Si Salt voulait fonder une bibliothèque, cela le rendrait très populaire. Cela prouverait sa volonté de partager ses secrets. Sa générosité.

Ou bien que ses vrais secrets étaient tellement plus grands et plus terribles qu'une collection comme celle-ci n'était rien pour lui. Dans les deux cas, il n'aurait aucun mal à convaincre les crépusculiens locaux que son élévation à la Cabale était méritée depuis beau temps. Son influence grandirait et, avec elle, l'horreur qui avançait dans son sillage.

Le regard de Charlie dériva vers son ombre puis s'en écarta.

Au bout du couloir était accrochée une huile : une femme aux cheveux noirs allongée sur un divan, une couronne incrustée de diamants sur la tête. Sa robe ouverte montrait son corps nu de la taille jusqu'aux pieds. Au-dessus d'elle, on voyait un cheval suspendu par des sangles, un étalon. La fausse serveuse fronça le sourcil puis regarda autour d'elle. C'était loin d'être la seule œuvre d'art troublante. Le portrait d'un roi romain dévoré par ses chevaux pendait près d'une porte, le croquis d'un faon en décomposition sous une applique.

Comme si la maison de Salt avait besoin d'être encore plus sinistre.

Charlie longea un escalier massif, splendide, aux marches sculptées en forme de lion, puis franchit une arche et entra dans un salon. Là, deux barmen officiaient derrière un comptoir en bois surmonté d'une plaque d'étain. Un petit groupe d'invités attendaient leurs verres. Des gangsters voisinaient avec des universitaires, des comédiens discutaient avec des mystiques. Le crépuscule était une science nouvelle, ses adeptes aussi affamés que les ombres qui flottaient derrière eux comme une cape ou s'enroulaient autour d'eux comme des serpents. D'autres se laissaient distancer par leur porteur, auquel les rattachait une mince corde d'argent, et allaient regarder par la fenêtre ou chercher une boisson.

L'une d'elles flotta même jusqu'au plateau de Charlie et le délesta d'une feuille d'endive avant que la jeune femme ne puisse réagir. Stupéfiée, elle se figea et ravala un juron, manquant de lâcher les hors-d'œuvre.

Elle entendit un aboiement de rire à l'autre bout de la pièce.

Une blague. Cela lui rappela qu'aussi tendue qu'elle soit, aussi terribles que soient ses soupçons, ceci était pour la plupart des crépusculiens présents une fête.

Non sans effort, elle ravala son irritation et jeta un coup d'œil dans la grande salle : plafond impressionnant à la hauteur du deuxième étage et baie vitrée.

Charlie repéra Salt en smoking, debout près d'un des quatre énormes canapés, discourant au profit de vieux crépusculiens. Adeline, en robe noire droite, très élégante, se tenait près de la cheminée de grès où brûlaient des flammes vert et bleu. Un grand tableau représentant une forêt pendait au-dessus du linteau. Il fallait le regarder attentivement pour le découvrir empli d'ombres à la bouche figurée par de profondes balafres rouges, et de morceaux de cadavres gris parmi les broussailles.

Deux membres de la Cabale étaient là. Bellamy, dans un coin, et un Malik au port particulièrement royal, les locks plaquées sur les côtés de la tête et enveloppées d'un étincelant fil d'or, l'ombre en travers du torse telle une écharpe d'élu.

Trois musiciens portant des masques d'animaux jouaient des morceaux classiques. Un hibou au violon. Un renard au violoncelle. Un ours à l'alto. Les fenêtres révélaient un jardin illuminé par des lampes basses et semé de statues en marbre représentant des silhouettes encapuchonnées.

Qu'avait bien pu ressentir un enfant qui grandissait dans une maison pareille ? Entouré par tant de richesses ? Nourri de force d'une dépravation sans nom ?

Charlie, son circuit achevé, mangea les hors-d'œuvre qui lui restaient afin d'avoir une excuse pour retourner à la cuisine. Ayant posé sur l'îlot de marbre le plateau qui serait essuyé et regarni, elle saisit l'occasion de récupérer son sac à dos puis se dirigea tout droit vers la bibliothèque.

Ses souvenirs du manoir, flous, indistincts, évoquaient plus un cauchemar que de véritables réminiscences. Une voix assez proche pour qu'elle sente un souffle sur sa nuque. Des pièces caverneuses qui se succédaient en un labyrinthe déconcertant.

La bibliothèque munie d'une porte secrète conduisant à la salle des trésors, dont un coffre-fort. Avec le tapis sur lequel elle avait vomi, sur lequel elle aurait pu mourir.

Quand elle jeta un coup d'œil dans la pièce, elle découvrit deux hommes en pleine discussion, assis dans les fauteuils en cuir. L'un faisait de grands gestes, un cognac à la main. Un verre vide et une serviette en papier reposaient près de l'autre. Tous les deux paraissaient fort bien installés.

Charlie avait besoin de les faire bouger, et vite.

« Excusez-moi, monsieur, dit-elle, s'accroupissant devant celui qui paraissait le plus imbu de sa personne. Désolée de vous déranger, mais il y a une dame qui vous demande dans l'autre pièce. Grande, rousse, très jolie. Elle vous a décrit et m'a dit que, si je vous voyais, je devais vous informer de son intérêt. »

L'homme se rengorgea et se mit sur ses pieds. « Je reviens dans une seconde, dit-il à son compagnon, mais ce dernier se levait également.

— Je vais me chercher un autre verre », annonça-t-il avec un soulagement un peu trop évident. Charlie lui évitait sans doute de se faire tenir la jambe toute la soirée.

Ramassant la serviette froissée, elle fit mine d'essuyer des miettes imaginaires jusqu'à se retrouver seule, puis manœuvra l'interrupteur mural afin que la pièce obscure paraisse désormais hors limites aux invités.

Elle tira de son sac à dos des gants et des lunettes aux deux branches desquelles étaient fixées de petites lampes qui, une fois allumées, floutaient son visage à l'attention d'éventuelles caméras tout en lui permettant de travailler dans le noir.

Enfin, elle s'approcha des étagères chargées de livres. Rouge et or. Or et rouge. Des flammes, et un titre qui commençait par I. Le levier se dérobait à elle. Tirer deux livres à la reliure rouge et au titre frappé à l'or se révéla infructueux. Puis elle le repéra, sur l'étagère en dessous de celle où elle pensait le trouver, et trente centimètres plus à gauche. *Inferno.* Quand elle le souleva, tout le panneau pivota vers l'intérieur avec un sursaut, révélant la petite bibliothèque secrète et le tableau qui dissimulait le coffre.

Charlie pénétra dans la pièce aux murs couverts de très vieux ouvrages. Un haut-le-cœur lui serra soudain la gorge. Le souvenir d'être restée allongée sur le tapis lui revint en force, comme si le temps ne s'était pas écoulé depuis lors, comme si elle était encore une gamine terrifiée. La laine de mérinos rêche contre sa joue, l'humidité de son vomi, la voix sortant de l'obscurité.

« Ne regarde pas derrière toi. »

L'odeur des betteraves lui donnait toujours la nausée.

Charlie s'avança sur les carreaux d'onyx de la petite pièce. Ces étagères-là étaient donc emplies des livres les plus vieux ou les plus précieux. Mémoires, carnets de notes et journaux scientifiques, au moins une centaine, tous valant d'être dérobés. *Les Découvertes mystiques de Tovilda Gare* voisinait avec *Confessions de Nigel Lucy, Mage* et *Diarios de Juan Pedro Maria Ugarte.* Se trouvaient aussi là des livres en portugais, en chinois, en arabe, en latin, en grec et, sur toute une moitié de mur, en français. Les doigts de la jeune femme la démangeaient d'en choisir quelques-uns au hasard et de les fourrer dans son sac.

Refermant la porte secrète, elle chercha des fils électriques susceptibles d'indiquer une surprise inattendue puis, n'ayant rien vu d'inquiétant, se tourna vers le fond de la pièce.

Un trompe-l'œil représentant une chèvre morte éventrée dont les entrailles se mêlaient à des grenades tranchées était accroché au-dessus d'un fauteuil club, le seul meuble présent.

Avec précaution, Charlie tâta les bords de la hideuse peinture et sentit des gonds d'un côté, pas de serrure de l'autre. La faisant pivoter, elle découvrit le coffre dont elle avait gardé le souvenir.

Fabriqué par Stockinger, une entreprise connue pour ses modèles de qualité, sur mesure, avec toutes les caractéristiques des coffres personnalisés luxueux de Buben & Zorweg ou d'Agresti. Il y aurait des remontoirs pour montres, des tiroirs en bois doublés de tissu, mais aucune des extravagances néovictoriennes en or et pierres précieuses des produits Boca do Lobo. Stockinger fabriquait des coffres sérieux pour clients sérieux.

La porte était munie d'un cadran, d'une poignée étincelante gravée aux initiales de Lionel Salt, et d'un pavé numérique.

La plupart des coffres modernes, digitaux, n'inspiraient en rien le romantisme qu'il y avait à ouvrir les anciens. Plus besoin de tendre l'oreille pour guetter le moment où il fallait changer de sens de rotation, la mise en place infinitésimale des cliquets dans les encoches, ce *clic-clic* léger, aussi satisfaisant qu'un craquement de phalanges. S'il lui était possible d'ignorer totalement le pavé numérique, elle ne s'en priverait pas : les coffres digitaux n'étaient pas seulement antiromantiques, ils étaient aussi presque impossibles à ouvrir sans disposer de la combinaison.

Prenant une profonde inspiration, elle réinitialisa le cadran en le tournant à plusieurs reprises dans le sens des aiguilles d'une montre, puis commença à tourner en sens inverse. Elle entendit tomber le premier cliquet à 28. Puis elle réinitialisa et tourna encore et encore jusqu'à disposer de cinq nombres : 28-4-59-63-7. Elle en était certaine. Aussi certaine que possible.

Ce qu'elle ne pouvait pas connaître, en revanche, c'était l'ordre dans lequel les composer. Or cinq nombres signifiaient cinq encoches, cinq disques internes, et cent vingt combinaisons possibles.

Charlie n'avait rien d'autre à faire que les essayer les unes après les autres, tandis que la sueur perlait à son front et au creux de sa gorge. Elle était consciente de la réception qui se poursuivait, du temps qui s'écoulait, de la possibilité croissante d'être découverte.

Lorsqu'elle entendit le taquet tomber et libérer le mécanisme de verrouillage, elle lâcha une longue expiration irrégulière et tourna le levier d'ouverture.

Il ne décrivit que la moitié de sa course.

Ensuite, le pavé numérique s'éclaira d'une vive lumière verte clignotante.

Charlie le contempla avec incrédulité. Ce coffre n'était pas digital *ou* mécanique ; il était les deux à la fois. Ses battements de cœur s'emballèrent et la panique lui fit monter un goût amer dans la bouche. Elle n'avait aucun moyen de savoir si la combinaison devait ou non être entrée avant un certain temps, et elle disposerait de toute façon d'un nombre d'essais limité. Les coffres en autorisaient généralement trois avant de se verrouiller définitivement et de lancer une alarme.

Tout en pêchant une lampe-stylo à UV au fond de son sac, Charlie éteignit ses lunettes et les remonta sur son crâne. Elle dirigea alors le faisceau de sa torche vers le coffre.

Très peu de gens essuient les touches de leur pavé numérique après usage. Les UV révélaient la graisse laissée par les doigts, limitant le nombre d'options pour la combinaison.

2-3-4-5-6-7-8-9.

Tous les chiffres sauf le 1, donc, les mêmes que de l'autre côté. Soulagée, elle se prépara à les taper dans l'ordre qui avait fonctionné pour le cadran. Puis elle se figea, le doigt au-dessus des touches. Il y avait davantage de graisse sur le 3 et le 7 que sur les autres chiffres, ce qui suggérait qu'ils intervenaient plusieurs fois. Si tel était le cas, il s'agissait au minimum d'un code à dix chiffres.

Alors que percer un coffre mécanique exigeait de connaître le modèle, percer un coffre digital exigeait de connaître la personne qui l'avait réglé. Choisirait-elle un nombre au hasard avant de noter la combinaison de manière à pouvoir la retrouver facilement ? Préférerait-elle une suite de chiffres moins aléatoire donc plus facilement mémorisable ?

Lionel Salt, avec ses marches sculptées, ses tableaux horribles et sa propension à assassiner les gens pour s'amuser, avait besoin d'être meilleur que tout le monde.

Il ne choisirait pas son anniversaire, car cela lui rappellerait son âge et sa mortalité. Pas son nom traduit en chiffres, car lui-même trouverait cela trop évident. Peut-être un mot alors ? *Furie ? Ombre ? Crépuscule ?*

Elle cessa de réfléchir.

La clef est laissez toute espérance.

Laissez toute espérance. Converties en chiffres, ces lettres les employaient tous sauf le 1 ; elles faisaient appel cinq fois au 3 et cinq fois au 7. En outre, Salt avait dû se délecter de donner comme indice le livre qui ouvrait la porte secrète, l'*Enfer* de Dante, dont même Charlie, sans l'avoir lu, connaissait la plus fameuse citation : « Vous qui entrez, laissez toute espérance. » Le milliardaire, elle l'aurait parié, se sentait très fier de son astuce.

La jeune femme ignora son cœur battant à tout rompre, ses mains moites et ses pensées affolées. Elle révisa la combinaison et l'écrivit en chiffres dans la poussière du sol d'onyx : *524773986883377372623*.

Lentement, elle la tapa sur le clavier toujours clignotant. Un bip sec retentit, comme si une alarme allait se déclencher. Puis Charlie entendit s'ouvrir le second mécanisme de verrouillage.

Elle tourna à nouveau le levier.

Une faible ampoule, à l'intérieur, révélait des tiroirs doublés de feutre et plusieurs étagères garnies d'objets. Charlie ouvrit un des premiers, dans lequel reposait un petit sac de diamants. Un autre renfermait un pistolet ancien incrusté d'or. Et, tout au fond, elle trouva ce qu'elle cherchait, enveloppé dans du tissu.

Elle procéda rapidement à l'échange, fourrant son butin tout au fond de son sac à dos, non sans espérer de toutes ses forces savoir ce qu'elle faisait.

Ensuite, dans l'intimité de la salle secrète de Salt, elle enfila sa tenue de soirée. Suzie Lambton, la seule femme dont les placards lui étaient pour l'heure accessibles, ne faisait pas du tout la même taille qu'elle. Charlie avait toutefois conservé sa clef du *Rapture*, et l'occasion était trop belle d'emprunter la combinaison en satin rouge abandonnée dans l'arrière-salle. Le tissu élastique la moulait comme une seconde peau. Si elle mettait en plus un rouge à lèvres très voyant, elle aurait l'air tout juste arrivée à la réception plutôt qu'occupée depuis presque une heure à cambrioler les lieux.

Avant de s'estimer prête à sortir, elle enfila une triple bague incrustée d'onyx et glissa dans son soutien-gorge le couteau de pierre noire acquis chez *Murray's*, avec son fourreau improvisé en ruban adhésif : il serait là si elle en avait besoin.

Charlie attendit l'agréable poussée d'adrénaline habituelle – qui refusa de se manifester.

Elle se retournait vers le coffre pour le refermer quand elle remarqua un bouton noir dans un des coins supérieurs, au fond. Pouvait-il y avoir quelque chose derrière ? Un compartiment qu'elle n'avait pas encore ouvert ?

Allons, Charlie Hall. Tu n'es pas obligée de fourrer le doigt dans tous les trous.

Mais cet instinct de prudence appartenait à quelqu'un qui n'avait pas encore choisi le chemin de la témérité. Elle appuya sur le bouton.

Un cliquètement retentit sur sa gauche, derrière les étagères. Un autre panneau pivota, révélant un couloir. Un passage qui devait courir derrière les murs de la maison.

Tirant son téléphone, la jeune femme regarda l'heure. Elle était arrivée à 18 h 30. Selon José, la réception se prolongerait officiellement jusqu'à 22 heures, et il y aurait un toast au champagne à 20 h 30. Il était 19 h 45. Le moment idéal.

Pourtant, Charlie franchit ce nouveau seuil pour s'enfoncer dans l'obscurité.

Quand elle remit ses lunettes lumineuses, elle découvrit un local mêlant l'architecture de la cave à vins et celle du mausolée. D'autres carreaux d'onyx quadrillaient le sol. Il y avait dans ce couloir deux cellules d'un côté et une porte de l'autre. Une rigole creusée dans le sol passait devant les barreaux, son tracé souligné par un chapelet bleu de flammes au gaz très basses. Une vague odeur de pourriture et d'encens imprégnait l'air.

La sueur humidifiait les paumes et le front de la jeune femme. C'était la mauvaise adrénaline. Celle qui rendait nerveux plutôt que prudent, qui donnait des aigreurs d'estomac et des tremblements dans les mains.

Elle se serait crue dans un château hanté.

Pourtant, elle continua d'avancer, traînant les semelles tendres de ses chaussures plates. Les cellules s'avérèrent trop profondes pour que ses petites lampes en percent l'obscurité.

Un assortiment d'entraves était suspendu aux murs. Une corde à laquelle avaient été intégrés des brins d'onyx. Une paire de menottes matelassée d'une soie bleue dans laquelle étaient cousues serré des plaques rectangulaires – d'onyx, là aussi. Au-dessus, sur une étagère, s'alignaient plusieurs boîtes façonnées dans le même matériau.

La porte en face des cellules était entrebâillée, et l'ouverture laissait paraître des couleurs fluctuantes. Charlie la poussa lentement du pied et se retrouva face à une rangée d'écrans. Le système de surveillance du manoir.

Les employés des traiteurs dans la cuisine. Les invités passant d'une pièce à une autre. Le Hiérophante, apparemment très à l'aise, discutant avec Vicereine. Charlie l'observa avec attention, espérant remarquer un détail important. Le seul point notable était qu'il paraissait plus maigre et d'une pâleur plus maladive que jamais.

Dans une autre pièce, deux hommes s'embrassaient, mais le premier n'était qu'une silhouette floue. Le second embrassait-il son ombre ? Celle d'autrui ? Elle aurait été incapable de le dire.

Dehors, dans le jardin, trois hommes se disputaient. L'un en tenait un autre par la chemise, et leurs ombres se dressaient au-dessus d'eux, imposantes, telles les plumes ébouriffées de coqs de combat.

Salt parcourait sa réception d'un pas décidé, un verre à la main, donnant l'impression que tout se déroulait selon ses vœux. Il leva les yeux et, durant un instant terrifiant, regarda droit vers la caméra. L'horloge dans le coin supérieur droit marquait 19 h 52.

« Charlie ? » La voix de Vince sortait de l'obscurité.

La jeune femme pivota sur ses talons.

Il se trouvait dans une des cellules, debout juste derrière les barreaux. Les épaules larges, les cheveux pareils à du vieil or. Un petit sourire relevait le coin de sa bouche. Aussi familier à Charlie que son propre cœur.

« Qu'est-ce qui t'est arrivé à l'œil ? demanda-t-il.

— Attends une seconde, répondit-elle, tellement soulagée de le voir que sa voix se brisa. Je vais te tirer de là. »

Avant de crocheter la serrure, il lui fallait désactiver la rampe de gaz qui courait le long de la fente ménagée sous les barreaux, et qu'on devinait reliée à un déclencheur devant faire jaillir de hautes flammes quand s'ouvrirait la cellule. Il y avait forcément un moyen de la mettre hors-service.

Charlie hésita. L'anomalie de la scène la dérangeait, comme une démangeaison de l'esprit.

Des yeux pâles, creusés, suivaient ses mouvements. Elle avait envie de croire que c'était bien Vince dans cette prison, derrière des barreaux d'onyx, avec un caniveau de flammes entre eux. Mais ces barrages-là n'étaient pas conçus pour retenir un être humain.

« Tu n'es pas Vince, n'est-ce pas ? » interrogea-t-elle doucement en s'approchant des barreaux.

Dans la cellule, seul le silence lui répondit.

Charlie soutint le regard de la Furie. « Tu es son ombre. Tu es Rouge. »

31

LE FOU, LE BATELEUR, ET LE HIÉROPHANTE

Ce fut seulement quand son dos heurta le mur qu'elle réalisa s'être le plus possible écartée de la cellule. « Tu as trouvé le *Liber Noctem*, parvint-elle à articuler d'une voix étranglée. Tu as accompli le rituel.

— Parce que j'ai l'air d'une personne ? renvoya l'ombre. C'est Edmund qui m'a rendu comme ça.

— Il n'aurait pas fait ça. » Sa voix était trop aiguë. Elle ne parvenait pas à assimiler l'être qui se tenait devant elle. C'était un *doppelgänger*. Un reflet ayant pris vie. Un être assemblé façon Frankenstein avec des matériaux rejetés par Vince : limon, escargots et queues de chiots. « Est-ce qu'il est là ? Est-ce qu'il va bien ? »

La Furie haussa les épaules. Même son expression un peu chagrine aurait pu appartenir à Vince, et le costume sur mesure qu'il portait était de la couleur de ses yeux. « On s'est déjà rencontrés. Tu te rappelles ? »

« Ne regarde pas derrière toi. »

Charlie resta muette un long moment. Ce n'était pas comme si l'idée ne l'avait pas traversée, mais elle avait peine à le croire. « Dans la bibliothèque.

— Tu aurais sans doute préféré avoir été sauvée par Remy, dit l'ombre d'une voix douce. Pas par Rouge. »

Elle ne répondrait pas à cette question. Oui, elle avait le désir naïf des romances comme celles que découvraient les diseurs de bonne aventure au creux des mains. Un amour impossible, né durant l'enfance. L'amour était une religion familiale qu'on lui avait transmise quand elle était trop jeune pour se protéger de la foi. « À l'époque, tu étais déjà une Furie ? »

L'ombre hocha la tête, lui permettant de pousser le sujet.

« Et tu tuais des gens pour le compte de Salt. » Elle conservait la voix tendue.

« Oui », dit Rouge.

Elle devait lui rappeler, ainsi qu'à elle-même, qu'elle n'était pas une idiote susceptible de lui faire confiance sous prétexte qu'ils avaient vécu ensemble des événements bizarres. « Dis-moi… la manière dont tu as tué Adam, c'était spécial ? Lui ouvrir la poitrine comme pour farcir une dinde, et repeindre les murs avec son sang ? Ou bien c'est comme ça que tu procèdes toujours ? »

La Furie se rapprocha des barreaux. « *Adam ?*

— Tu t'en souviens forcément : le mec que tu as assassiné sur mon canapé. De manière franchement répugnante. »

Rouge la fixa avec une horreur apparemment authentique. « Je ne te ferais jamais ça. Jamais. »

Charlie détestait la ressemblance qu'il présentait avec Vince, et qui donnait envie de se fier à lui. « D'accord. Parle-moi de toutes les autres personnes que tu n'as pas assassinées.

— Tu es maligne, dit-il avec un petit sourire malicieux. Et je ne suis pas habitué à m'expliquer. Je n'ai jamais beaucoup parlé, avant. Je crois que je ne suis pas très doué pour ça.

— Essaie, encouragea Charlie.

— Tu n'aurais pas dû être obligée de revenir ici. » Il paraissait triste et fatigué. Elle n'avait aucun moyen de savoir s'il s'agissait d'une affectation ou si chair était synonyme de faiblesse. « Tu devrais partir et ne jamais revenir, comme je te l'ai dit cet autre soir.

— Et quoi ? Je prends ma mère et ma sœur, et je quitte la ville ? Je laisse gagner Salt ? Je le laisse faire tout ce qu'il veut à Vince ?

— Oui, répondit l'ombre, avec plus de chaleur que n'en attendait la jeune femme. Vince peut se débrouiller tout seul.

— Il ne devrait pas y être obligé.

— Il t'a quittée.

— Et toi aussi, n'est-ce pas ? » demanda Charlie. « Ça doit te foutre les boules qu'il t'ait créé puis abandonné comme s'il rampait hors d'une chrysalide. Laissé derrière lui. »

Rouge posa sur elle les yeux de Vince. Ils recelaient un peu d'amusement. « Je suis fait de sa colère. Qu'est-ce que tu crois ?

— Je ne sais pas, dit-elle, refusant de se laisser distraire. Je ne sais rien de toi. »

Rouge détourna la tête, toute alacrité disparue. « J'ai toujours été la portion de lui chargée des trucs qu'il ne pouvait pas gérer. J'ai écopé de tout ce qui le mettait mal à l'aise : le désir d'infliger de la douleur, la terreur de ce que nous imposait Salt, la perception intuitive de ce que ressentaient les autres quand il leur arrivait des horreurs. J'ai été bâti pour être fort, afin qu'il n'ait pas besoin de l'être. Donc, oui, j'ai éprouvé de la colère quand il est parti, mais j'aimais Remy, quoi qu'il ait fait et quoi qu'il m'ait obligé à faire. »

Un frisson parcourut les épaules de Charlie.

« Il ne voulait plus être conscient de ce qui se passait quand j'accomplissais les missions pour son grand-père, continua l'ombre, alors je lui ai conseillé de me libérer. On ignorait ce qu'étaient les Furies, lui et moi, à l'époque ; tout ce qu'on savait, c'était que ça marchait. Chaque fois que je revenais à lui, j'étais plus fort qu'avant. Plus matériel, et pendant plus longtemps. Nous le cachions à Salt. Adeline était au courant mais elle a gardé notre secret.

— Parce que Vince et elle étaient proches », supposa Charlie.

Les cils de Rouge frôlèrent sa joue quand il baissa la tête et détourna le regard. « Nous étions proches tous les trois. Trop proches, peut-être. Nous ne pouvions compter que les uns sur les autres. »

Une des phrases qu'elle avait entendues cette nuit-là lui revint. La voix du garçon. *« Il ne t'aime pas. »*

Puis la fille. *« C'est pas vrai. On joue à des jeux auxquels il ne jouerait jamais avec toi. »*

Une révélation mauvaise rôdait juste sous la surface, mais Charlie était trop lâche pour poser la question qui s'imposait.

Elle jeta un coup d'œil dans la salle aux écrans et constata qu'on en arrivait au moment des discours. Elle prenait du retard.

« Où est Vince ? » demanda-t-elle.

L'ombre lui rendit son regard avec les yeux pâles de Vince, justement, et elle sentit ses cheveux se dresser sur sa nuque. La démangeaison lui disant qu'il y avait quelque chose d'anormal était revenue, pire que jamais.

« Je connais cette maison, dit Rouge. Je pourrais t'aider à sortir sans que personne sache jamais que tu es venue.

— *Pas sans Vince,* affirma Charlie. Tu dis que tu tiens à lui. Aide-moi à le sauver. Aide-moi à le *trouver.*

— Je ferais n'importe quoi pour toi, Char, lui dit-il. Mais ne me demande pas ça. »

Une seule personne l'appelait Char. « Non. Tu n'es pas lui. Arrête de te conduire comme lui.

— Char…, répéta-t-il, comme une mise en garde.

— *Où est-il ?* interrogea-t-elle, le cœur battant à tout rompre.

— Tu le sais déjà. »

Elle n'avait pas envie d'assembler les pièces du puzzle. Vince avait brisé le cou d'Hermès et s'était défait du cadavre. Il gagnait sa vie en nettoyant des scènes de crime inondées de sang. Rien de tout cela ne correspondait à Remy. Mais cela correspondait très bien à Rouge.

« Vince a mis sa mort en scène, protesta Charlie. Ou bien Salt l'a fait pour lui. Il fuyait. Et, avant-hier, il était dans une chambre d'hôtel… »

L'ombre n'ouvrit pas la bouche.

Mettre une mort en scène était difficile. Il y avait les dossiers dentaires. Il y avait aussi les traces laissées par les opérations chirurgicales ou les fractures. Les laboratoires de médecine légale pouvaient tirer beaucoup de choses d'un squelette : sexe, origines, âge, taille.

Salt avait pu payer une ou plusieurs personnes pour dissimuler tout cela. Il existait cependant une autre possibilité : que le jeune homme carbonisé trouvé dans la voiture ait bien été Edmund Carver – contrairement à celui avec lequel elle avait vécu.

L'ombre n'était pas une entité malveillante qui prenait la forme de Vince. Elle *était* Vince. C'était bien lui qui se trouvait devant elle, et il n'avait jamais été que les portions délaissées d'Edmund Carver, les miettes de sa table, son moi sens dessus dessous, son image miroir, son identité nocturne.

Il avait raison : elle avait commencé à comprendre dès qu'il s'était horrifié du sort d'Adam, mais elle avait refusé de l'admettre. Charlie Hall, chancelante, découvrant enfin l'énigme qu'elle n'avait pas voulu résoudre.

« Quand Remy était mourant, reprit Vince. Après avoir été poignardé par son grand-père. Avec Adeline qui hurlait. Remy m'a empoigné et attiré à lui, pour que je prenne tout son sang, toute sa force. Tout ce qui le quittait est devenu mien. Il a rendu son dernier soupir dans ma bouche.

» Un moment, je n'ai pas compris comment je pouvais être nu, comment je pouvais sentir le sol froid sous mon corps. Puis j'ai couru. Des heures plus tard, je me suis réveillé dans une buse d'évacuation des eaux, sous une route, étendu sur du goudron et du verre brisé, sans avoir la moindre idée de la manière dont j'étais arrivé là. Et puis il a fallu que j'apprenne à être une personne en permanence. J'ai essayé, pour toi. »

Charlie se rappela ce qu'il avait dit lors de leur dernière dispute, leur seule véritable dispute : *« J'aimerais pouvoir dire que j'en étais désolé, que j'aurais voulu être franc dès le début, mais c'est faux. Je ne voulais pas être franc. Je voulais juste que ce que je te racontais soit la vérité. »*

Compte tenu de ce qui se trouvait derrière son masque, elle comprenait qu'il n'ait pas voulu l'ôter.

« Et tu t'es rebaptisé Vincent, dit-elle.

— La seule chose que Remy ne m'a pas donnée, que je lui ai prise », dit Rouge en relevant le menton, comme s'il la mettait au défi de le juger.

À l'autre bout du couloir, des rouages jouèrent à l'intérieur du mur, un bruit léger mais distinct. Quelqu'un était entré dans la salle secrète voisine de la bibliothèque. Encore un instant et le visiteur entrerait dans le couloir où se tenait Charlie.

« Vince », dit-elle. Leurs yeux se croisèrent.

« Cache-toi », lui dit-il.

Charlie fila dans la pénombre de la salle de surveillance et rampa sous le canapé en cuir au moment précis où elle entendait des pas dans le couloir. Combien de fois Salt s'était-il assis sur ce canapé, à regarder des horreurs sur ses écrans ? Rand était peut-être mort dans une de ces cellules. Charlie elle-même aurait pu y mourir.

Et le pourrait encore, si elle ne faisait pas attention.

« Rouge. » Une voix de femme, douce, inquiète, *Adeline*. « Il vient seulement de me dire où tu étais. Est-ce qu'il t'a fait du mal ? »

Seul le silence lui répondit.

« Je sais. J'aurais dû partir avec toi, dit la fille de Salt avec un long soupir. Tu dois être furieux contre moi. »

Vince parlait avec un calme de surface sous lequel vibrait une émotion très différente : « Une fois sa mère morte, il n'aurait pas pris de repos avant que le monde entier sache ce qu'avait fait ton père. Tu aurais dû l'avertir qu'elle était en danger.

— Mais je n'en savais rien. Comment aurais-je pu deviner qu'elle allait faire une overdose ? Je croyais qu'elle allait mieux. On le croyait tous.

— Tu sais pourquoi elle ne s'est jamais remise, dit Vince. Ton père avait besoin qu'elle soit malade. Et ensuite, il a eu besoin qu'elle soit morte. »

Il semblait parler de parents qui n'étaient pas les siens. *« Sa mère. Ton père. »* La seule personne qu'il estimait de sa famille était Remy.

« Je te jure que je n'en savais rien du tout », protesta sa jeune tante.

Puisqu'elle était distraite, et le couloir obscur, Charlie jugea possible de passer derrière elle. Sans bruit, elle sortit de sous le canapé. Alors qu'elle se rapprochait de la porte, toutefois, son plan commença à lui paraître branlant.

Peut-être aurait-elle dû donner un grand coup sur la tête de l'importune et tenter de tirer Vince de prison. Néanmoins, si Adeline ne disposait pas de la clef – or ni elle ni son neveu ne se conduisaient comme si elle pouvait le libérer –, tout serait perdu.

Avec précaution, Charlie se glissa dans le couloir, bougeant lentement, restant dans l'ombre.

« Tu peux encore m'aider. » La voix de Vince était douce. Il ne regardait pas vers son ex-compagne, mais il y avait dans ses yeux une absence d'expression si calculée que l'effort était visible.

Adeline posa la main sur un des barreaux d'onyx de la cellule. « Comment ? »

Charlie s'était trop éloignée dans le couloir pour entendre la réponse de Vince. Peut-être était-elle injuste de croire qu'il ne pouvait accorder aucune confiance à la fille de Lionel Salt.

Si son plan fonctionnait, cela n'aurait pas d'importance. Elle reviendrait avec un marteau, une couverture ignifugée, et elle le sortirait de là.

Parfaitement. Même si elle avait peur de lui.

Charlie fit coulisser la porte et la franchit en souplesse, avant de dépasser le deuxième panneau secret pour retrouver la bibliothèque. Quoique pressée de sortir rejoindre Posey, elle était distraite par ses souvenirs de la manière dont Rouge l'avait guidée à travers la maison ce fameux soir.

« Ne regarde pas. »

Qu'aurait-elle vu si elle s'était retournée ? Peut-être une forme floue comme un fantôme. Peut-être une silhouette à moitié ombre et à moitié jeune garçon.

« Ne me regarde pas. »

Elle gagna une pièce faisant office de serre. Des plantes à la taille menaçante et aux feuilles cireuses y voisinaient avec des meubles en fer forgé blanc. Par les fenêtres, on voyait les jardins. Sortant son téléphone, la jeune femme envoya un SMS. L'heure affichée sur son écran était 20 h 16. Il lui restait quatorze minutes pour faire ce qu'elle avait à faire, sans droit à l'erreur.

À tout le moins, elle disposait à présent d'une réponse qui lui avait manqué : si Rouge n'était pas la Furie qu'employait Salt pour faire son sale boulot, elle savait qui l'était.

Entrouvrant une porte vitrée aux multiples petits carreaux, elle se glissa dans l'air froid de la nuit.

Posey la retrouva sur le côté de la maison, haletante.

« J'ai réussi. » La panique lui écarquillait les yeux.

« Tu es toujours sûre ? demanda Charlie.

— C'est toi qui dois être sûre, affirma sa sœur, quoique à l'évidence nerveuse, et pas seulement parce qu'elle craignait de se faire prendre. On peut encore s'enfuir. »

« S'enfuir. » N'était-ce pas ce qu'elle essayait de faire depuis des années ? Fuir la mort de Rand, faire comme si cela ne l'avait pas traumatisée. Comme si elle ne se rappelait rien. Comme si elle ne s'en voulait pas d'avoir survécu.

Quand elle avait fui son état de voleuse, plutôt que de s'admettre effrayée par l'aisance et la brutalité avec lesquelles elle avait retourné contre lui la trahison de Mark, Charlie s'était raconté qu'elle avait perdu tout courage à cause du morceau de plomb logé dans son flanc. Elle n'avait jamais tellement eu peur d'être blessée ni de mourir – mais de ses propres aptitudes, de sa capacité à résoudre une énigme, de son besoin d'accomplir ses missions à n'importe quel prix… Ce dont elle était capable pour peu qu'elle essaie la terrifiait.

Depuis que faire semblant d'invoquer Alonso lui avait permis d'écarter Travis, elle avait peur d'elle-même.

Elle avait besoin d'être cadrée – et s'était chargée elle-même de la tâche. S'était assurée de recevoir une grande baffe chaque fois que tout allait trop bien, de choisir les mauvaises personnes à aimer, de se faire toujours virer par ses employeurs, de merder sans arrêt.

Charlie s'était fuie elle-même toute sa vie.

Elle s'assit dans l'herbe.

Posey se mit en face d'elle. Les pieds des deux sœurs se touchaient. L'aînée sortit le poignard d'onyx de son fourreau.

« Prête ? » demanda-t-elle.

La cadette hocha la tête.

Charlie ne savait trop à quoi s'attendre, mais le premier coup de couteau ne lui fit aucun effet. Les véritables dangers étaient le clair de lune clairsemé et son inexpérience, aussi fut-elle soulagée quand sa part fut terminée et que Posey prit le relais.

Dans la maison, elle vit Salt gagner l'extrémité de la grande salle, une flûte de champagne à la main. Le moment était sans doute venu pour lui de remercier tout le monde d'être venu, et la Cabale de le recevoir dans ses rangs.

Charlie se remit sur ses pieds avec maladresse, ne sachant trop comment elle se sentait. Pas plus légère. Pas moins elle-même. Mais changée.

Peut-être y avait-il vraiment une fatalité. Peut-être les gens avaient-ils vraiment une destinée qu'on pouvait déchiffrer dans les cartes. Peut-être devait-elle cesser de combattre la sienne.

Après avoir jeté un dernier regard à Posey, elle ouvrit une des portes vitrées de la grande salle. Une violente rafale de vent s'engouffra dans la pièce à sa suite, gonflant les longs rideaux blancs telles des voiles. Les conversations s'éteignirent comme des bougies quand les crépusculiens se tournèrent vers elle.

Charlie n'avait pas prévu une entrée aussi théâtrale.

Elle demeura à proximité des portes, veillant à rester tournée vers la lumière.

« Bonsoir », dit-elle. Sa voix résonnait dans la salle haute de plafond, ferme, malgré tous les regards posés sur elle. « Désolée d'être en retard.

— Charlie Hall, s'exclama Lionel Salt, cachant fort mal la colère que lui inspirait cette irruption. Je ne pensais pas que vous viendriez. »

Elle sentait la tension lui redresser la colonne vertébrale, lui renvoyer les épaules en arrière. Il comptait bien qu'elle s'abstienne de se montrer, elle n'en doutait pas. Après tout, il lui avait fait une menace terrifiante puis lui avait assigné une tâche impossible. Elle aurait dû se trouver n'importe où plutôt qu'à cette réception. Le plus intelligent aurait sans doute été de quitter la ville une ou deux semaines, le temps que les choses se tassent. Voire de ne jamais revenir.

Charlie ne manquait pas d'intelligence mais, bien sûr, n'en possédait pas cette forme-là. « Vous m'avez prévenue de ce qui arriverait si je ne venais pas. »

À cette réplique, les chuchotements qui montaient çà et là se firent plus forts. Les ragots étaient le fluide vital de toute réception.

Un musicien – celui au masque de hibou – se dirigea vers la sortie, son instrument à la main. Un serveur chuchota quelque chose à José puis tendit le doigt vers Charlie. José prit un canapé sur un plateau d'argent et le mangea. Cet incident n'allait certes pas arranger la réputation de la jeune femme parmi ses proches.

À l'autre bout de la salle, le Hiérophante quitta sa place et se dirigea vers elle. Ses yeux étaient plus encaissés que jamais, ses lèvres marquées d'une nuance bleuâtre.

« Je croirais bien à un numéro de performance artistique pour nous divertir, sauf que Lionel a l'air sidéré », dit Vicereine. La dirigeante des retailleurs portait un smoking. Son ombre, celle d'un grand félin en chasse, piaffait à son côté. « Ou alors vous avez raté votre entrée ? »

Salt s'éclaircit la voix. « Je l'ai engagée pour retrouver un livre que j'ai perdu, le *Liber Noctem*. C'est un des joyaux de ma collection, que j'avais espéré exposer ce soir. Alors, madame Hall, disposez-vous de mon livre ?

— Tout à fait », dit-elle.

Cela le fit sourire avec la satisfaction d'un joueur venant de mettre son adversaire échec et mat. « Eh bien, venez me le remettre, alors. »

Il avait, après tout, organisé une situation où elle ne disposait que de mauvais choix. Le seul livre en sa possession était le carnet relié ayant appartenu à Knight Singh. Elle pouvait bluffer et le lui donner : il apprécierait sûrement de le récupérer, puisque la couverture était fourrée de pages évoquant les saletés malfaisantes qu'il avait commises. Qu'il juge précieux ou non ce qu'elle lui donnerait, toutefois, il l'accuserait d'un crime. De faire passer cet ouvrage pour celui qu'il avait perdu.

Charlie prit une profonde inspiration, laissant Salt jouir de son triomphe à loisir. Puis elle plongea la main dans son sac à dos et en sortit le livre qu'elle avait dérobé dans le coffre de la bibliothèque, où il était enfermé depuis le début. Le célèbre *Livre de la Nuit*. L'authentique *Liber Noctem*. La lumière que diffusaient les cristaux du lustre se refléta sur la couverture de métal poli, projetant des arcs-en-ciel sur les murs.

Le sourire de Salt disparut si vite qu'il sembla lui être retiré par une gifle. « Où avez-vous… ?

— Je l'ai volé, dit Charlie. C'est mon travail. Vous m'avez dit de le trouver, donc je l'ai trouvé. »

Le Hiérophante tendit vers l'ouvrage des doigts gantés tremblants. « C'est *à moi*. Ces secrets m'appartiennent. »

32

LA CHARLATANE

Charlie sentait l'odeur de transpiration aigre qui émanait du Hiérophante. Gardant le livre à la main, elle tourna les yeux vers Salt. « Dois-je le lui donner ?

— Non ! » aboya le milliardaire, puis, voyant la grimace du chasseur de Furies, il modéra son ton. « Apportez-le-moi, que je vérifie qu'il s'agit bien du vrai. »

Charlie fronça le sourcil. « Alors vous ne voulez pas que je le lui donne ?

— Ne m'obligez pas à le répéter, dit Salt. *Apportez-moi le livre.* »

Le cœur de la jeune femme battait à tout rompre. À ce stade, elle avait énormément de chances d'échouer et seulement une seule de réussir. Tout le monde les regardait. Vicereine se tenait même très près d'eux, quoique n'ayant encore aucune raison d'éprouver autre chose que de l'amusement.

« Je peux vous assurer que cet exemplaire du *Liber Noctem* est authentique, reprit Charlie. Étant donné que je l'ai trouvé dans votre coffre, avec le certificat de Sotheby's et un reçu de la vente aux enchères. Ce livre n'a jamais quitté cette maison. Vous avez juste raconté à tout le monde qu'on vous l'avait volé.

— C'est vrai ? » croassa le Hiérophante.

Salt se dirigea vers Charlie, baissant la voix afin que ceux qui les entouraient aient plus de peine à les entendre. « Discutons donc de tout ça en privé. »

Elle s'était demandé pourquoi il lui avait confié une tâche impossible, assortie d'un délai qui l'était encore plus, à moins qu'il ne souhaite son échec. Cette réflexion lui avait remis en mémoire l'opinion qu'avait Knight Singh du *Liber Noctem*.

S'il y avait dans le livre un rituel permettant à une Furie de prendre forme humaine, rien n'avait de sens.

S'il n'y avait aucun rituel, en revanche, si le volume était aussi inutile que Singh le prétendait, Salt pouvait tout de même en utiliser la réputation pour convaincre une Furie de l'aider, mais à condition de le tenir à jamais hors de sa portée – tout en le lui présentant comme assez facile à récupérer pour qu'elle reste accrochée. D'où le besoin d'inventer un voleur originel (Edmund Carver), une piste possible (Paul Ecco) et un faux indice encore plus récent (Charlie Hall).

Si elle n'était pas venue, Salt aurait convaincu le Hiérophante qu'elle disposait du livre, qu'elle le cachait. Et elle se serait retrouvée avec les tripes étalées au plafond, comme les autres.

Elle aurait aussi pu venir à la réception et déclarer n'avoir pas trouvé le *Liber Noctem*. Cela aurait joué en sa faveur, mais Salt l'aurait accusée de mentir – et ses tripes se seraient tout de même retrouvées au plafond.

Ce dont le milliardaire avait besoin, c'était d'un coupable à l'usage du Hiérophante. N'importe qui sauf lui. Il savait donc où se trouvait le livre, et, pour qu'il sache cela, le plus simple était encore qu'il le possède toujours.

Charlie avait connu un mauvais moment en voyant Rouge dans la cellule, à la fois abasourdie et sûre de s'être trompée du tout au tout. Puis elle avait réalisé que l'ombre de Remy avait dû emporter la conviction du Hiérophante. Il était bien obligé de croire Salt : s'il n'y avait pas de rituel, comment Rouge pouvait-il exister ?

« En privé ? Non, merci, dit-elle en secouant la tête. Vous êtes responsable d'un paquet d'assassinats. Notamment celui de Knight Singh. J'aimerais autant ne pas être la suivante sur la liste. »

Une vague de murmures parcoururent la foule. Autant on pouvait ricaner en entendant un invité se disputer avec l'hôte d'une réception, autant une accusation comme celle que portait Charlie exigeait une réaction de la Cabale.

« Venez. » Salt tenta de l'attraper par le bras.

« Qu'a dit cette personne ? » interrogea Malik en s'avançant, suivi de plusieurs hommes. La jeune femme ne pensait pas qu'encercler le milliardaire comme ils le faisaient fût intentionnel, mais cela montrait bien à quel point l'atmosphère du lieu s'était modifiée.

Elle avait compris deux choses quand Salt l'avait forcée à monter dans sa voiture en la menaçant d'une arme : qu'il désirait le contrôle peut-être encore davantage que le pouvoir ; qu'il attendait une obéissance absolue de tous ceux qu'il considérait comme ses inférieurs.

Il lui envoya son ombre. Ils étaient assez près l'un de l'autre pour que cela ne soit pas évident aux yeux de la foule, mais Charlie sentit le double obscur de son ennemi frôler son épaule et sa joue tel un morceau de mousseline emporté par le vent.

Elle eut un hoquet quand il se répandit sur sa peau. Elle le sentit tenter de s'insinuer en elle, de la forcer à parler. De lui faire articuler les mots qui la conduiraient à tout nier.

Il y avait bien longtemps, quand Charlie était venue chez Salt en compagnie de Rand, elle était déjà entraînée à avoir les yeux révulsés pour indiquer une possession. Elle savait s'exprimer avec une autre voix. Depuis Alonso, elle avait toujours incarné avec une facilité désespérante d'autres individus que Charlie Hall. Succomber à une aussi vieille impulsion lui apporta le soulagement.

« Je suis soûle ! s'écria-t-elle d'une voix plus grave que la sienne. Et menteuse. Je suis une menteuse soûle ! Et puis j'en veux secrètement au fantastique, au beau Lionel Salt, qui est tout sauf un tueur ! Et qui n'est sûrement pas en train d'essayer de me manipuler comme une marionnette ! »

Le milliardaire la contemplait bouche bée. Tout le monde regardait son ombre à présent, voyait comment elle avait louvoyé au fil des éclairages pour atteindre sa proie.

« Sortez de ma tête, monsieur Salt », ordonna Charlie de sa voix normale.

Des rires fusèrent autour d'eux. La jeune femme osa enfin s'écarter de la porte du jardin, ouverte sur l'obscurité dont elle s'était servie pour dissimuler ce qu'elle avait de changé, ce qu'elle avait perdu.

« Ceux qui sont sans ombre ne peuvent pas être contrôlés. Il y a en eux une porte fermée. »

Charlie n'aurait jamais pu affronter Salt s'il avait été capable de la manipuler. Abandonner son ombre, étonnamment, lui avait coûté, mais elle l'avait cousue aux pieds de Posey, à qui elle faisait confiance pour s'en occuper. Elle n'était pas destinée à devenir crépusculienne. Elle était destinée à ceci.

« Lionel, c'était sournois de votre part, commenta Vicereine.

— Je voulais la forcer à avouer », se justifia Salt, les joues écarlates. Il parvenait toutefois à s'exprimer calmement, comme si tout cela n'était qu'un petit désagrément. « Je n'aurais pas dû faire ça, mais elle-même a été trompée.

— Disposeriez-vous de lumières sur la mort d'un membre de la Cabale ? lui demanda Malik. Il serait terrible que vous conserviez cela pour vous, quelle que soit la vérité à propos de votre implication.

— Je ne pensais pas être contraint de révéler cela – en tout cas pas ici, soupira le milliardaire, contrarié, en regardant autour de lui. Mais il se trouve que j'ai travaillé avec le Hiérophante à attraper l'assassin de Knight Singh. Et nous avons réussi.

— Oh, il s'est attrapé lui-même, alors ? lança Charlie. Parce que c'est lui qui a tué Knight, sur votre ordre.

— Tais-toi ! » grinça le Hiérophante.

Salt se tourna vers l'intruse, méprisant. « Il a servi fidèlement la Cabale, assura-t-il. Qui êtes-vous pour mettre en doute sa loyauté, voleuse ?

— De quoi s'agit-il, Stephen ? » demanda Bellamy. Stephen, le nom de l'humain d'origine qui, Charlie en était presque sûre, ne contrôlait plus ce corps. Ce n'était pas seulement la manière dont il s'exprimait : il avait l'apparence blafarde et maladive d'un être dont l'énergie s'épuisait.

« Elle ment », affirma le Hiérophante.

Salt secoua tristement la tête en regardant la jeune femme. « Oh, mon Dieu, oui, notre cher garçon vous a trompée, n'est-ce pas ? L'arnaqueuse arnaquée. Vous n'êtes pas la première. » Il se retourna vers les autres, de plus en plus sûr de s'en tirer sans mal. « Maintenant, on pourrait peut-être régler cela en privé ? J'ai quelque chose à vous montrer. Quelque chose que je préférerais voir rester entre nous quatre. »

Vicereine et Malik échangèrent un regard, puis le second adressa un signe de tête à Bellamy.

« Je crois que oui, dit la première en se tournant vers Charlie. Vous disiez que votre nom était…

— Charlie. Charlie Hall.

— Madame Hall, je vous promets que nous entendrons vos accusations et passerons jugement. »

Malik hocha la tête. Bellamy considérait la jeune femme avec intérêt. « Nous pouvons être justes. »

Elle ne doutait pas qu'ils le puissent. Elle était moins sûre qu'ils le fassent.

« Passons dans la bibliothèque, proposa Salt, et je vous dirai tout. » Il fit signe à un homme en costume et cravate. « Allez me le chercher. Amenez-le avec les menottes. »

Les autres invités les regardèrent sortir, arrêtant parfois un membre de la Cabale pour poser une question ou faire un commentaire. Quelques-uns éclatèrent de rire. Le Hiérophante fermait la marche, son regard ne cessant de revenir au livre que Charlie tenait entre les mains.

« Vous, lâcha Salt à voix basse, vous n'êtes rien d'autre qu'un petit morceau de cartilage entre mes dents. »

Elle s'efforça de l'ignorer, d'ignorer le frisson qui la traversait. Il ne faisait que l'asticoter en espérant qu'elle s'effondre.

Dans la bibliothèque, son regard fila automatiquement vers la petite tache sur le tapis, et elle se sentit encore une fois mal à l'aise. Mais cela ne dura pas, car Vince était là, debout contre une étagère, les bras immobilisés par les menottes en onyx que Charlie avait vues un peu plus tôt, pendues au mur dans le couloir dérobé.

Elle remarqua le désespoir dans ses yeux gris, vit ses larges épaules, les muscles qu'on devinait sous ses vêtements, l'or de ses cheveux et la ligne furieuse de sa bouche. Le regarder lui nouait l'estomac.

« Char, dit-il. Tu aurais dû t'en aller pendant que tu le pouvais encore. »

Elle se détourna, ne sachant trop si elle serait capable d'accomplir sous ses yeux ce qui était nécessaire.

« Et qui est-ce là ? demanda Malik.

— C'est Edmund, son petit-fils, répondit Bellamy, en fixant Vince comme s'il n'en croyait pas ses yeux. Je le pensais mort.

— Oh, nous allons y venir », assura Salt.

Adeline entra, vêtue de sa longue robe noire, et se percha sur l'accoudoir d'un fauteuil. « Quelqu'un veut un verre ? »

Charlie, qui avait déjà été droguée une fois dans cette même pièce, secoua la tête.

Vicereine s'installa dans un autre fauteuil, en face d'Adeline. « Très bien, Lionel. Maintenant, expliquez-vous. »

Salt paraissait détendu, satisfait. Charlie estima qu'il devait même s'amuser. « Je suis entré en rapport avec le Hiérophante parce que nous avions un intérêt commun. L'assassin de Knight Singh était aussi celui de mon petit-fils. Il se trouve devant vous, déguisé en Edmund. Mais ce n'est pas lui. Ce que vous voyez, c'est son ombre.

— C'est impossible, dit Malik.

— Vous dites que cet *homme* est une *Furie* ? » demanda Bellamy en s'approchant de Vince.

L'intéressé lui jeta un regard de colère mais ne fit pas mine de s'écarter.

Bellamy tendit la main. Juste après avoir touché le bras de Vince, il recula, surpris. Se tourna vers Vicereine – qui demeura muette.

« Mon petit-fils a toujours eu une approche peu orthodoxe de la magie. Il traitait son ombre comme un être distinct, qu'il laissait prendre les décisions pour eux deux. Finalement, elle est devenue assez indépendante pour le piéger.

— Le piéger ? » demanda en écho Bellamy, plus intrigué que stupéfié. Les masques s'intéressaient presque exclusivement aux mystères, si bien qu'ils produisaient beaucoup de professeurs et encore plus de savants fous. Charlie avait toujours un peu considéré leur spécialité comme un salmigondis des trois autres ; que Vince les intrigue particulièrement ne la surprenait pas.

« Elle l'a convaincu de pratiquer un rituel tiré du livre, qui s'est révélé fatal… », continuait le milliardaire.

Charlie l'interrompit. « C'est faux. C'est *vous* qui avez tué Remy.

— C'est lui qui vous a dit ça ? s'enquit Salt d'une voix douce. Il a utilisé la vie de Remy et créé cette enveloppe pour se cacher. Ensuite, il s'est enfui avec le livre et il a entrepris de tuer tous ceux qui en connaissaient l'existence. Un libraire spécialisé dans les raretés. Knight, qui avait eu accès au *Liber Noctem* chez Sotheby's. Et enfin un voleur que j'avais engagé pour le lui reprendre. »

Dit ainsi, tout cela paraissait raisonnable, et Vince restait planté là sans rien nier. Charlie sentit le contrôle de la situation lui échapper.

« Les ombres mentent, ma chère, reprit Salt. Si vous aviez une Furie cousue au corps, elle chuchoterait à votre oreille, et tout crépusculien sait qu'il ne faut pas croire tout ce qu'elle dit. Voilà pourquoi se draper dans l'ombre d'un autre est une tâche fort lourde. »

La jeune femme observa le Hiérophante. Si le milliardaire appréciait la situation, ce n'était pas son cas.

« Vous affirmez donc tous les deux avoir résolu le meurtre. Vous dites que cet homme est une Furie et qu'il est responsable de tous ces morts, reprit Malik, avant de se retourner vers Charlie. Tandis que vous, pour je ne sais quelle raison, vous croyez que les coupables sont Lionel et Stephen. »

Elle hocha la tête, jetant un coup d'œil à Vince qui ne parlait toujours pas. « Et Knight Singh n'était pas non plus le premier crépusculien tué par Lionel Salt. »

Ce dernier sourit et se leva, marchant de long en large, à l'évidence convaincu d'avoir gagné. « Laissez-moi vous donner la preuve de ma version des événements. Adeline, ma chère, comment Edmund appelait-il son ombre ? »

Charlie portait la couleur en question. Rouge, l'écarlate des pavots et des gorges tranchées.

Adeline lui sourit. « Rouge.

— Et qu'y avait-il d'écrit sur les murs où Adam Lokken – le voleur que j'ai engagé – a été tué ? demanda-t-il à Charlie.

— Le mot "rouge", dit-elle à regret. Peint avec du sang. Mais il s'agissait d'une menace destinée à Vincent, puisque le Hiérophante le croyait en possession du livre.

— Vincent ? répéta Bellamy.

— Elle parle de moi », dit Vince.

Adeline sursauta. Les autres parurent surpris également, comme s'ils avaient oublié qu'il pouvait parler.

« N'est-il pas plus probable que la Furie ait voulu faire savoir à tout le monde qui avait assassiné Adam, et ait couvert pour cette raison les murs de son propre nom ? demanda Salt. Le Hiérophante, je vous le rappelle, n'a encore montré aucun goût pour les effusions de sang.

— Mon œil, tiens », dit Charlie.

Le regard aux paupières tombantes du milliardaire restait posé sur elle, implacable. « Et maintenant, à quelle distance de l'endroit où habitait Rouge Paul Ecco a-t-il été assassiné ?

— À quelques rues, mais je ne vois pas ce que ça a à voir avec…

— Et à quelle distance de l'endroit où habitait Rouge Adam Lokken a-t-il été assassiné ? »

Charlie soupira, frustrée. « Rouge avait habité la maison où le meurtre a eu lieu, mais il l'avait quittée. Il ne s'y trouvait pas. Il n'y était pas venu depuis plusieurs jours.

— Et avec qui vivait-il dans cette maison, avant d'en partir ?

— Avec moi, admit Charlie.

— N'est-il donc pas probable que vous ayez reçu le livre de Rouge, puisque vous viviez avec lui – plutôt que d'avoir percé toutes mes mesures de sécurité.

— Je pourrais montrer à tout le monde comment j'ai fait, proposa Charlie, charmante.

— Oui, dit Salt. Ce qui nous amène à une autre question : n'avait-il pas une raison particulière de s'insinuer dans votre vie ? Ne voulait-il pas obtenir quelque chose de vous ? »

Charlie croisa les bras sur ma poitrine et le regarda bien en face. « Je ne sais pas. Mes nibards, peut-être ? Mon cul ? »

Sa réplique brisa un peu de tension dans la pièce. Vicereine ricana. Bellamy sourit. Salt, lui, resta imperturbable. « Vous ne pensez pas que c'est parce que vous êtes une voleuse notoire ? *La Charlatane,* qui a cessé de travailler pour son compte au moment où elle a rencontré Rouge – pure coïncidence, bien sûr. »

Charlie prit une inspiration saccadée. Que les crépusculiens la sachent voleuse n'avait pas d'importance, mais qu'ils apprennent avoir tous eu affaire à elle d'une manière ou d'une autre était plus ennuyeux. Elle avait certes accompli une ou deux missions pour le compte de Vicereine, mais les autres ne lui devaient que des soucis.

Tu les as perdus, Charlie Hall. Ils ne te croiront jamais à présent. Tu aurais dû deviner qu'un milliardaire ferait un bon escroc.

« Vous a-t-il informée qu'il était une ombre vivante ? s'enquit Salt. Ou bien vous a-t-il donné un faux nom et un faux passé en plus de son faux visage ? »

Charlie ne put s'empêcher de penser au conte de l'ombre du savant, qui jouait à l'amour. À la bouche affamée de Vince sur elle. À Vince lui préparant ses œufs.

« Je sais qui est Vince, affirma-t-elle. Et je sais qui vous êtes, vous. Quand j'avais 15 ans, vous m'avez empoisonnée. Vos sbires m'ont poursuivie dans les bois. Alors ne venez pas me parler de faux visages, pas à moi. »

Bellamy haussa les sourcils. Adeline se tourna vers Vince, comme pour lui demander confirmation. Malgré cela, et même s'ils la croyaient, les membres de la Cabale, selon Charlie, ne s'intéresseraient guère aux mésaventures d'une non-crépusculienne, surtout vieilles de plus de dix ans.

Mais elle voulait que Salt sache.

« Donc vous me gardez de la rancune », dit-il doucement, ce qui était culotté mais intelligent. Avancer d'abord le mauvais pied, admettre un faux pas pour qu'on vous croie honnête quand vous en niez un autre.

La tentative du milliardaire pour rejeter la culpabilité sur Vince était désespérément convaincante. Il avait assemblé assez d'éléments pour créer un tout cohérent, en particulier du fait que la preuve était à double tranchant. Et il était riche, ce qui ne nuisait jamais, alors que Vince, même en laissant de côté la question des meurtres, était un monstre terrifiant.

Savoir qu'elle ne pourrait peut-être pas retourner la situation tordit encore davantage les nerfs de la jeune femme.

« Eh bien ? demanda Malik à Vince. Est-ce vous qui avez tué ces gens ? Nous savons que vous pouvez parler. »

Vince le regarda sans expression. Son estimation de la situation était peut-être encore plus sinistre que celle de Charlie. « J'étais l'ombre de Remy : je ne lui aurais jamais fait de mal. Et je n'ai pas touché Knight Singh.

— Vous avez quelque chose à ajouter, Stephen ? demanda Vicereine. Vous vous comportez bizarrement, depuis quelque temps.

— Je ne dors pas bien, répondit le Hiérophante en regardant tour à tour les membres de la Cabale. Je fais énormément de cauchemars. » Comme Bellamy lui touchait l'épaule, il frémit. « Je comprends mon châtiment, ajouta-t-il. Tout ce que je veux, c'est finir de purger ma peine.

— Avez-vous assassiné un crépusculien ? »

Il secoua la tête. « Non. Je chasse les Furies. Raison pour laquelle je cherchais Rouge, seulement Rouge. » À la moitié de cette dernière phrase, Charlie eut l'impression que quelqu'un d'autre s'exprimait à la place de Stephen. Ce fut une transition souple, facile à manquer si on ne la guettait pas.

« Pourquoi vous intéressez-vous tant au *Liber Noctem* ? » demanda Vicereine.

Le Hiérophante haussa les épaules. « Lionel m'a promis que je pourrais le lire. Pour m'aider dans mon travail. »

Combien de temps cette Furie avait-elle été enchaînée à une série de ratés et de bons à rien ? Forcée de chasser ses propres pareilles ? Charlie aurait ressenti de la compassion si elle l'avait crue attelée à une autre tâche que la tuer.

Salt s'éclaircit la voix. « Rouge est un imposteur, un être formé de l'envie, de la corruption et de la haine dont mon petit-fils voulait se décharger. Il a versé du miel dans l'oreille de cette pauvre fille. Mettons un terme à cette conversation ridicule et retournons à la réception. Je garderai la Furie en cage, et vous pourrez décider de son sort demain ou après-demain.

— Attendez ! s'exclama Charlie. Je peux prouver que j'ai trouvé le livre dans son coffre. Je peux vous montrer où il est, ce coffre, et je peux l'ouvrir.

— Je ne suis pas sûr que ce soit…, commença Malik.

— Je l'ai déjà proposé, le coupa la jeune femme. Et Salt n'a pas relevé. Pour l'instant, je suis la seule à posséder la moindre preuve. J'ai le *Liber Noctem*.

— Ce qui pourrait confirmer vos propos comme les miens, dit Salt. Et vous oubliez que, moi, j'ai Rouge.

— Laissez-moi vous montrer, dit Charlie. S'il vous plaît. »

Vicereine se tourna vers Salt. « Est-ce possible ?

— Absolument pas, répondit-il avec un petit sourire. Ma sécurité est impénétrable. Elle a le livre parce que la Furie l'a volé. »

Bellamy haussa les sourcils. « Alors pourquoi pas ? Une petite démonstration et nous pourrons retourner à la réception. »

Charlie leur adressa à tous un signe de tête. Les mains moites, elle posa le *Liber Noctem* sur une table, non loin du Hiérophante, ignorant le mouvement automatique qu'il eut en direction du volume.

« Très bien, capitula Salt. Allez-y, voleuse. »

Charlie s'approcha de l'*Enfer* de Dante et le fit basculer. Un pan de mur pivota.

« Intéressant, commenta Vicereine.

— Oui, dit Salt. J'aime beaucoup cette petite pièce. »

La jeune femme s'approcha du tableau, l'écarta afin de révéler le coffre, puis elle se mit au travail. Quoique connaissant déjà les codes, elle avait besoin de faire le spectacle pendant la première partie du travail, aussi détermina-t-elle de nouveau la position des encoches au bénéfice de son public. C'était assez théâtral et cela lui fit gagner un peu de temps. Visiblement, tous les crépusculiens furent impressionnés quand la poignée s'abaissa à la moitié de sa course.

« Qu'allons-nous trouver à l'intérieur ? demanda Malik.

— De l'or, des pierres précieuses, les trucs habituels… », répondit Charlie.

Salt se contenta de sourire. Il avait reculé de quelques pas, la main dans la poche intérieure de sa veste.

Quand elle en arriva à la serrure digitale, la jeune femme tapa le code avec précaution. S'étant retournée un instant vers les membres de la Cabale, puis vers Vince, elle prit une profonde inspiration et tourna la poignée.

L'alarme se déclencha, emplissant la pièce d'un son pareil à une sirène. Salt entra un autre code sur le pavé numérique et le vacarme cessa.

« C'est vous qui avez fait ça ! », l'accusa Charlie.

Il secoua la tête, les yeux illuminés par la satisfaction de la victoire. « Ne soyez pas ridicule. Vous avez échoué, c'est tout.

— Bon, alors ouvrez le coffre, dit Charlie, le cœur battant, sentant battre dans sa poitrine les ailes d'un vol de colibris. Prouvez que vous n'avez rien fait.

— Soit, je cède une dernière fois », dit le milliardaire, qui appréciait assez le moment pour le prolonger. Il tapa ce qui était, elle le constata, la série de chiffres qu'elle-même avait utilisée. La poignée tourna et la porte du coffre pivota.

Son téléphone. Il s'en était emparé pendant qu'elle travaillait et avait activé l'alarme dès qu'elle avait terminé. Tandis qu'elle se donnait en spectacle, il avait trouvé le moyen de la contrer.

« Nous sommes désolés d'avoir douté de vous, dit Malik à Salt. Mais vous comprenez que nous devions...

— Attendez, dit Vicereine en tendant la main derrière lui. Je connais ce carnet. »

Et, du coffre, elle sortit le carnet de Knight Singh. Les notes détaillant les crimes de Salt, rédigées de sa propre main et remises à la hâte entre le cuir et le papier de la couverture, en dépassaient un peu. Le tout se trouvait exactement là où Charlie l'avait laissé quand elle avait pris le *Liber Noctem.*

« Je... », commença Salt, mais les mots lui manquèrent.

Charlie savait comment piéger Salt depuis la journée qu'elle avait passée en sa compagnie. Elle y avait réfléchi distraitement sur le moment, sans réaliser à quel point cela serait important. Le laisser dominer. Le laisser gagner. Il serait tellement sûr de triompher qu'il ne verrait pas le piège dans lequel on l'attirait.

Il croirait sincèrement qu'elle lui avait laissé sans raison tout ce temps, pendant qu'elle triturait la première serrure.

« Quoi que ce soit, c'est Mme Hall qui a dû l'introduire là », dit-il enfin, assez remis pour comprendre qu'il devait attribuer sans tarder à quelqu'un l'apparition du carnet de Knight.

Lionel Salt était un planificateur. Charlie ne doutait pas qu'il ait prévu d'être accusé de ses crimes et soit capable de justifier énormément de vérités. Toutefois, nul ne saurait prédire les preuves mises en place clandestinement.

« Tiens, je croyais que je ne pouvais pas ouvrir votre coffre, lui rappela-t-elle. Ce n'est pas ce que vous essayiez de nous prouver ? Alors, de deux choses l'une : soit vous aviez caché là-dedans le *Liber Noctem*, et je l'ai volé, tout en mettant autre chose à la place ; soit j'ai menti à propos du *Liber Noctem* et c'est vous qui mentez maintenant. »

Lionel Salt jeta un coup d'œil au Hiérophante. La première hypothèse était moins compromettante, mais c'était reconnaître qu'il avait mené en bateau une Furie très âgée et très puissante.

Vicereine dépliait les papiers fourrés dans le carnet de Singh, les lissait pour les lire. Charlie ignorait si Salt savait ou non ce qu'ils renfermaient, mais il suffisait de voir l'expression de la crépusculienne pour comprendre qu'elle reconnaissait l'écriture.

Malik fronça le sourcil. « Il me semble qu'à ce stade, la Cabale doit s'entretenir avec vous et avec Stephen séparément, Lionel. »

Le milliardaire plongea la main dans sa poche et en sortit son pistolet noir, qu'il pointa droit sur Charlie. « Vous avez commis une très grave erreur en vous opposant à moi, Charlatane… »

Charlie se figea. Le félin obscur de Vicereine rugit, tandis que trois ombres jaillissaient de Malik, ouvrant des gueules garnies de crocs, et que Bellamy dégainait une épée noire immatérielle.

« C'est inutile, Lionel », assura Malik.

Vince, alors, leva les poignets, et ses menottes ouvertes tombèrent à ses pieds. Avec une rapidité inhumaine, il s'avança vers Salt, qui lui tournait le dos, et lui pressa la pointe d'un coupe-papier contre la gorge.

Adeline poussa un cri aigu qui était presque un hurlement.

Le brouhaha de la réception paraissait très loin.

« Tu dis que je suis une créature de haine, susurra Vince à l'oreille du milliardaire. Et je te hais bel et bien. Pour Remy, le sang de mon sang, la chair de ma chair, et la haine de ma haine. Pour Char, qui survivra à cette nuit. Détourne ton arme, sinon je te fais mal, et je continue jusqu'à ce qu'il n'existe plus rien d'autre pour toi que de la douleur.

— Tu ne peux pas..., commença Salt, la voix tremblante.

— Je suis désolé, Char. » Vince arborait un petit sourire triste. « Ça ne pouvait pas se passer autrement. Je savais qu'il me laisserait l'approcher, qu'il me donnerait une chance. »

Quand ils l'avaient trouvé dans la bibliothèque, seul, Charlie aurait dû comprendre qu'il se passait quelque chose d'anormal. Elle aurait dû tirer les conclusions de l'absence de l'employé parti le chercher, et deviner ce que Vince avait modelé dans sa chambre d'hôtel : de fausses plaques d'onyx qui le faisaient paraître soigneusement menotté, alors qu'il pouvait se libérer les mains à volonté.

Il avait su que, Charlie ou non, Salt l'exhiberait devant la Cabale pour se faire valoir : il avait donc prévu de se débarrasser des menottes et de le tuer avant que quiconque puisse l'en empêcher.

Et ensuite ?

Quand il appuya plus fort la pointe de la lame, une perle de sang coula sur la gorge vulnérable, telle la trace d'une larme esseulée.

Le milliardaire émit un bruit étranglé, son bras retomba, mais il ne lâcha pas le Glock.

Le canon, toutefois, n'était plus pointé vers la tête de Charlie, qui s'autorisa à respirer.

« Jetez votre arme, Lionel, ordonna Vicereine. La Furie retirera son couteau, n'est-ce pas ?

— Vraiment ? demanda Vince sur un ton léger. Je ne suis pas venu ici en comptant repartir. »

Lionel Salt avait pâli. Ses yeux filaient tout autour de lui. Ce moment devait lui paraître très étrange. Malhar qualifiait les ombres de « fantômes des vivants » – mais Vince était l'ombre d'un mort.

Il était presque le petit-fils de son ennemi. Il en était le spectre vengeur.

« Tu vas repartir, lui affirma Charlie. Avec moi. Les projets sont faits pour évoluer. La Cabale sait ce qu'il a fait, à présent, et elle ne va pas ignorer l'assassinat d'un de ses membres. »

Vince écarta de manière infinitésimale la pointe acérée de l'artère de Salt.

« Je n'ai rien fait du tout… » Les paroles du milliardaire s'interrompirent brutalement quand le Hiérophante, lui tournant le dos, s'avança entre Charlie et lui, le regard flamboyant.

La Furie qui voyait par les yeux de Stephen était très ancienne. Et très en colère.

« Parle-moi, ordonna-t-elle, le *Liber Noctem* entre les bras. Parle-moi de ce livre. Parle-moi des mensonges de Salt. »

La jeune femme se racla la gorge. « Vince est probablement plus qualifié que moi pour…

— Toi », insista le Hiérophante.

Elle hocha la tête. « Bon. Quand Remy est mort, il a transmis à son ombre toute son énergie, son dernier souffle de vie. C'est comme ça que Rouge a pu passer pour humain. » Elle regardait son interlocuteur droit dans les yeux, ne s'autorisant pas à flancher. « Quant au rituel, celui qui est censé l'avoir bel et bien rendu humain, il n'existe pas. Il ne figure ni dans le *Liber Noctem* ni ailleurs. C'est ce que je n'arrivais pas à comprendre, au début. Pourquoi M. Salt me demandait-il de trouver un livre qui reposait en toute sécurité dans son coffre ? »

Elle prit une inspiration rapide et la relâcha lentement, se forçant à marquer une pause pour soigner ses effets dramatiques. « Parce qu'il vous avait promis ce qu'il ne pourrait jamais vous donner. »

Les doigts du Hiérophante se resserrèrent sur le livre, assez fort pour plier le bord de la couverture métallique.

« Il vous a convaincu de vous compromettre pour lui, reprit Charlie. Et le jeune homme que vous possédez ne va pas bien, vous le savez. Il ne reste plus beaucoup d'énergie à puiser en lui. Knight Singh a été tué pour rien. Paul Ecco a été tué pour rien. Adam Lokken a été tué pour rien. »

Salt éclata d'un rire qui paraissait forcé. « C'est ça, le grand secret ? Bien sûr que je sais comment Rouge est devenu tel qu'il est. Tout est dans *Le Livre des Furies.* »

Il était difficile de contredire avec conviction un vieillard avec un couteau sur la gorge. Charlie décida de l'ignorer. « Rouge était déjà assez matériel, parce qu'au fil des ans, Remy lui avait donné beaucoup de son énergie, allant jusqu'à le libérer durant de courtes périodes. Il commençait à prendre l'apparence de son porteur et à pouvoir la conserver longtemps. Pas vrai, Adeline ? »

La fille de Salt eut un hoquet de surprise, comme si Charlie lui avait posé une question horrible.

« Vous avez assassiné votre propre petit-fils ? interrogea Vicereine. Et Knight ?

— Vous m'avez menti. » Les mots jaillissaient de la bouche de Stephen mais la voix tonitruante ne ressemblait en rien à la sienne. « Espèce de traître, je vais vous arracher la chair des os. Je vais... »

La détonation produite par le pistolet retentit dans l'air.

Le Hiérophante s'effondra sur le tapis, du sang coulant de la blessure sur laquelle il pressait les doigts. Sa bouche ouverte toute grande.

Derrière son corps, son ombre grandit, grandit encore.

« Souffle de vie », dit-elle.

Elle passa telle une vague sur le corps qu'elle avait porté. Stephen lâcha un hurlement inarticulé et commença à se flétrir :

sa peau se rétracta, son corps s'enroula sur lui-même puis se figea. Le sang autour de l'orifice laissé par la balle était sec, cristallisé.

« Oh, mon Dieu, souffla Vicereine. Oh, merde. »

Salt se baissa pour échapper à la main de Vince et porta la sienne à la blessure légère de sa gorge.

La Furie les regardait de haut, grandissant au point que les lumières de la bibliothèque baissèrent, couvertes d'ombre. « Si personne ne veut me donner de chair, je vais la prendre.

— Il faut la contenir, s'exclama Malik.

— J'ai des armes, déclara Salt. Des appareils. Au bout de ce couloir. »

Le temps, toutefois, leur manquait.

Le Hiérophante attaqua. Le félin d'ombre de Vicereine bondit à sa rencontre, toutes griffes dehors, mais la Furie l'écarta négligemment. Bellamy s'avança à son tour, brandissant son épée obscure. Quand son adversaire s'en saisit, cependant, la lame se changea en fumée.

Charlie posa la main sur le bras de Vince. Il la regarda comme il l'avait regardée l'autre nuit, dehors, dans le froid, quand il semblait croire qu'elle n'accepterait plus de le toucher.

« Viens, dit-elle. Il faut partir. *Maintenant.* »

Il secoua la tête.

« Je ne servirai plus personne », menaça le Hiérophante d'une voix pareille à la course du vent dans le ciel, à l'écho d'une salle vide. Nullement humaine. « J'ai été façonné par vos semblables, mais je suis plus puissant que vous tous à présent. Je prendrai tout ce que je voudrai, et c'est vous qui me servirez. »

Bellamy courut vers la grande salle, lançant un cri d'alerte tout en tirant de sa veste un poignard d'ombre. Malik, entouré de ses triplés obscurs, se préparait à une attaque.

« Fini de se cacher. » Vince prit la main de Charlie.

Les contours de son corps devinrent flous. Ce furent ses yeux qui partirent les premiers, d'abord creux puis vides, puis changés en fumée. Ensuite l'or de ses cheveux, telles des étincelles jaillissant d'un feu de joie. L'obscurité léchait son corps comme si elle menaçait de le dévorer.

« Vince ! » cria la jeune femme.

La voix du Hiérophante résonnait dans la pièce à l'instar des hurlements du vent dans une forêt. « Vous tous qui m'avez entravé, qui m'avez enchaîné à vos faibles volontés et à vos ambitions geignardes, sachez qui je suis. Je suis Cleophes, et je vais repeindre le... »

Vince se rua sur lui. Ils s'abattirent ensemble dans le couloir, deux ombres sur les murs – mais là où leurs coups portaient, le placoplatre volait en éclats, de la poussière blanche pleuvait. Un tableau bousculé échappa à son crochet, tomba, et son cadre se fendit.

Les mains du Hiérophante devinrent de longues griffes terminées par des pointes très fines, sa bouche emplie de dents acérées s'ouvrit démesurément, et il fila vers la grande salle, l'ombre de Vince dans son sillage.

Charlie s'apprêtait à les suivre quand elle sentit du métal froid se poser sur sa nuque. Une arme.

« Tournez-vous », ordonna Salt.

Elle obéit. Dans l'affolement, tout le monde avait oublié le Glock. La jeune femme savait ne pouvoir faire grand-chose si le vieillard tirait à bout portant. Heureusement, il voulut jouir un instant de trop du plaisir de l'avoir à sa merci, si bien qu'elle eut le temps de lui écarter le bras. Le coup partit tout de même, mais la balle frappa une des bibliothèques et arracha un éclat de bois.

Salt renvoya le bras en arrière comme s'il voulait utiliser son arme en guise de matraque. Charlie lui saisit le poignet et le mordit aussi fort que possible.

Hurlant de douleur, il lâcha le pistolet. Elle donna un coup de pied dedans, le propulsant à bonne distance.

« Tu n'es rien du tout, déclara Salt. Une bavure. Une tache sur l'univers. Et ce n'est pas une tache qui causera ma chute. »

Il lui assena un coup de poing à la tête. Comme elle titubait en arrière, sonnée, il la frappa à nouveau. C'était un vieillard mais robuste et habitué à infliger de la douleur.

« J'aurais dû te tuer quand j'en ai eu la possibilité, lui dit-il.

— Oh, ça, c'est sûr, répondit Charlie. Parce que, maintenant, c'est raté. »

Empoignant un tisonnier posé près de la cheminée, il tenta de la frapper. Elle se baissa pour éviter le coup, tout en se saisissant d'un ustensile au hasard sur le présentoir. Mauvaise pioche : une petite pelle métallique, qu'elle leva néanmoins pour repousser une autre attaque.

Le métal percuta le métal, et elle sentit les vibrations remonter jusqu'en haut de son bras.

Sa seule expérience de ce type de duel était d'en avoir disputé contre Posey, quand elles jouaient avec leurs épées en bois dans le terrain vague voisin de leur vieil appartement. Elle apportait à présent hélas ! le même niveau d'expertise à son combat.

Charlie savait devoir frapper son antagoniste assez fort pour qu'il tombe et ne se relève pas.

Elle le savait, mais une part d'elle-même s'horrifiait de cette pensée. Elle haïssait Salt. Elle aurait été heureuse qu'il meure. Mais le tuer elle-même, c'était une autre histoire.

Il lui visa la jambe à l'aide du tisonnier. Elle bondit hors de portée. Il était vieux. Il allait forcément se fatiguer vite. Non ?

Le plaisir qui brillait dans l'expression sauvage du milliardaire faisait toutefois penser le contraire. Il voulait la voir étendue sur le tapis. Voulait lui défoncer le crâne. Serait enchanté de la voir saigner.

C'était à présent la tête de la jeune femme qu'il visait, tandis qu'elle sentait quelque chose lui saisir les mains. Elle se jeta de côté, si bien que l'arme improvisée frôla sa hanche sans la toucher.

Charlie s'effondra sur le tapis.

La saloperie d'ombre de Salt, voilà ce qui l'avait empoignée. Elle ne se battait pas seulement contre lui mais aussi contre son ombre.

À terre, elle roula sur elle-même et s'empara du pistolet. Elle le tourna vers le vieillard, le doigt sur la détente.

Il s'immobilisa, tandis que son ombre dérivait vers Charlie à l'instar d'un cobra, se déplaçant d'avant en arrière au-dessus d'elle – sur le mur.

La jeune femme se releva, gardant l'arme pointée vers Salt. « Restez où vous êtes.

— Vous ne me tirerez pas dessus », railla-t-il.

De sa main libre, elle sortit le couteau d'onyx de son soutien-gorge. Elle saisit le fourreau de ruban adhésif entre ses dents et l'arracha d'une traction violente.

Salt paraissait amusé. « Qu'est-ce que vous comptez faire de ça ?

— Votre ombre, là… Ce n'est pas vraiment la vôtre, hein ? Elle appartenait à un crépusculien. Et un bon, je parie. Vous n'accepteriez rien d'autre que l'excellence.

— Et alors ? » renvoya-t-il.

Elle s'accroupit, continuant à le tenir en joue. « Alors, je parie qu'elle vous déteste. » Et, d'un coup de couteau prolongé, elle libéra l'ombre de Salt.

Le milliardaire recula si vite qu'il trébucha. Par terre, l'ombre avait formé une flaque pareille à de l'huile, et quelque chose commençait à se dresser en son centre.

« Vous aviez raison : je ne vous tirerai pas dessus », conclut Charlie avant de quitter la bibliothèque.

Elle arriva dans la grande salle à temps pour voir Vince et le Hiérophante s'empoigner, silhouettes noires projetées sur le mur, aussi imposantes que des titans. Quelqu'un avait ouvert en grand les portes du jardin, et un air froid soufflait dans la pièce, faisant voler les rideaux.

« J'ai vécu deux cents ans, hurla le Hiérophante de sa voix qui n'en était pas une. Et je vivrai encore des millénaires. »

Des hurlements montaient autour de Charlie. Les invités la bousculaient tandis qu'ils fuyaient la salle en tirant des armes d'onyx. Une crépusculienne passa en vol, soutenue par des ailes obscures, une lame noire étincelante à la main. Le Hiérophante lui arracha son ombre, l'envoyant s'abattre en chandelle sur une table basse.

Un déluge de flèches d'ombre volèrent vers les Furies et se plantèrent dans leurs deux silhouettes. Vince se contorsionna de douleur et de surprise, avant que les traits ne retombent et ne s'éparpillent sur le sol. Un archer courut les récupérer, alors que d'autres se préparaient à en décocher de nouveaux.

« Je ne suis pas venu ici en comptant repartir. »

Vince ne survivrait pas à ce combat. Elle avait vu crocs, griffes et flèches se planter dans son corps. Ses mouvements avaient ralenti ; il titubait, comme ivre.

Le Hiérophante écarta les bras. Ses griffes tracèrent de longues lignes dans les murs, des deux côtés de la grande salle.

« Cesse de me combattre, Rouge. Ensemble, nous serons plus puissants que n'importe quelle Furie depuis le massacre. Nous deviendrons comme celles d'antan, nous dévorerons le monde. »

Vicereine, armée de longues dagues noires, guidait les invités à l'extérieur, sur la pelouse.

Malik, sur le balcon du premier étage, tenait en main un morceau de tissu étincelant. Deux autres crépusculiens l'accompagnaient.

Adeline arriva en vue, non loin de Charlie. Ses doigts étaient mouchetés de sang.

Vince combattait dans un but précis, comprit la voleuse. Il repoussait le Hiérophante. Ce dernier lui portait parfois un coup puissant, dévastateur, voire lui lacérait la poitrine de ses griffes, mais il continuait de pousser. De forcer son adversaire à céder du terrain.

Presque trop tard, elle réalisa ce qu'il s'apprêtait à faire.

De ses mains tremblantes, Charlie ôta sa triple bague d'onyx, celle qui ressemblait à des phalanges en laiton fantaisie, puis elle la remit dans l'autre sens, l'onyx en dessous. Enfin, elle courut vers la cheminée.

Car c'était bien dans cette direction que l'une des ombres poussait l'autre, conservant sa position même quand cela impliquait d'encaisser des coups au lieu de les éviter. Charlie sentit un air électrisé la frôler tandis que les ombres évoluaient au-dessus d'elle.

Vince se jeta sur son adversaire. Les griffes de la vieille Furie lui lacérèrent les flancs, mais il continua de la pousser, de la faire rouler vers le feu dans lequel il allait l'immoler, même si cela impliquait de s'y jeter lui-même.

Charlie n'eut que le temps de se précipiter et de tendre la main pour empoigner sa forme indistincte. Elle banda ses muscles. L'onyx força Vince à se matérialiser dans son étreinte, si bien qu'il tomba sur elle alors que le Hiérophante poussait un cri furieux. Les flammes s'enflèrent, montant si haut qu'elles embrasèrent le tableau forestier pendu au-dessus du linteau.

L'instant d'après, Malik et ses assistants jetaient un filet de perles noires sous lequel ils emprisonnèrent Vince et Charlie.

33

VOLEUSE DE LA NUIT

Nul ne voulut laisser Charlie lui parler.

Vicereine la conduisit dans la salle à manger, où deux adeptes de carapace la retinrent. Quelqu'un lui apporta un verre tiré du placard à alcools fins du maître des lieux. C'était sans doute le whisky le plus cher qu'elle ait jamais bu, et elle n'en sentait pas le goût.

On l'aurait bien ramenée dans la bibliothèque s'il ne s'y était trouvé le cadavre de Salt, le coupe-papier planté dans la poitrine.

Charlie demeurait donc assise, furieuse, les veines débordant encore d'adrénaline. Elle fixait le bois ciré de l'antique placard, avec ses ornements ridicules et la peinture à l'huile hideuse représentant une vasque emplie de têtes coupées. Ses yeux balayaient les lourdes tentures en soie bordées de glands, puis redescendaient vers un tapis, en soie également, tissé à la main, qui devait avoir au moins un siècle. Une traînée de cendres y était répandue.

Le monde, débarrassé de Lionel Salt, allait être meilleur.

Elle baissa les yeux sur sa combinaison rouge : une des jambes était maculée de suie. Peut-être était-ce elle qui avait déposé des cendres sur le tapis.

« Vous aviez raison, lui dit Vicereine en se servant un scotch dans un grand verre. À propos de Salt. À propos de tout, je suppose. Je suis sûre que vous aviez envie qu'on vous le dise, donc je commence par là.

— Super, dit Charlie en faisant mine de se lever. Vous me laissez parler à Vince, alors ? » Comme un crépusculien s'avançait vers elle, sévère, elle se rassit en soupirant.

Un sourire sans joie apparut sur les lèvres de Vicereine. « En ce qui concerne votre Furie, nous devons étudier les possibilités qui s'offrent à nous. Nous n'en avions encore jamais vu une qui puisse passer pour un être humain.

— Vince a failli se détruire en vous sauvant la mise, lui rappela Charlie.

— Nous le savons, vraiment. Mais vous admettrez que nous devons nous entretenir avec lui et décider que faire. » Vicereine poussa à son tour un long soupir. « Il est trop dangereux pour être ignoré, et qui sait combien il en existe d'autres tels que lui. Rentrez chez vous, Charlie Hall.

— Je ne partirai que si vous me laissez lui parler », insista la jeune femme.

Bellamy et Malik, l'air épuisé, finirent par les rejoindre. Le premier avait dans son costume une déchirure qu'on pouvait estimer due à des griffes d'ombre.

« Je peux vous montrer où se trouve le cachot secret de Salt, proposa Charlie, un sourcil haussé. Je sais vraiment ouvrir son coffre.

— Nous apprécions votre offre, mais nous pourrons nous en sortir nous-mêmes, maintenant, lui dit Malik. Nous ne ferons aucun mal à Rouge, vous avez ma parole. Nous avons une dette envers vous deux. »

Elle haussa son deuxième sourcil, ne se sentant pas d'humeur particulièrement confiante. « Votre *parole* ? Mazette ! Avec ça et 1 dollar, je ne pourrais même pas me payer une tasse de bon café. »

Malik lui adressa une grimace furieuse.

« Il est trop fascinant pour que je laisse quiconque toucher à un cheveu de sa tête, assura Bellamy – et, curieusement, elle le crut. Vous pourrez venir lui rendre visite chez moi dans trois jours. Ça vous convient ? »

Charlie jeta un coup d'œil aux autres membres de la Cabale, s'attendant à une discussion quant à la résidence surveillée de Vince, mais il n'y en eut pas. Soit la décision était déjà prise, soit personne d'autre ne voulait abriter une Furie.

« D'accord, dit enfin la jeune femme, à court de choix. Très bien. Trois jours. »

En quittant le manoir de Salt, elle empocha un encrier antique et fourra deux bougeoirs en argent massif dans ses manches.

Sa sœur l'attendait au volant du break, somnolente. Quand Charlie monta en voiture, Posey sursauta, alarmée – puis, voyant que ce n'était qu'elle, bâilla.

« Où est Vince ? demanda-t-elle, les yeux plissés, tournée vers le ciel noir semé d'étoiles comme si elle pouvait y lire l'heure. Combien de temps es-tu restée là-dedans ? »

L'aînée secoua la tête. « Roule. Je t'expliquerai. Il faut qu'on s'arrête quelque part avant de rentrer. Tu te rappelles Tina ? »

Après leur détour, elles rentrèrent chez elles – quoique la maison, en tant que scène de crime, fût toujours entourée de ruban jaune. Charlie entra par une fenêtre, se doucha dans sa salle de bains et s'effondra sur son matelas. Posey dormit près d'elle, l'ombre récemment transplantée enroulée autour d'elles deux.

Quand la voleuse s'éveilla, avec l'odeur de l'eau de javel dans le nez, elle se rendit compte que les draps gardaient la trace de Vince.

Elle leva les mains. De longs doigts. Du vernis à ongles noir, déjà écaillé. Des mains habiles, capables de crocheter une serrure et d'ouvrir un coffre.

Elle revit le moment où elle les avait tendues vers une ombre pour empoigner Vince. Si elle n'avait pas deviné son intention, si elle n'était pas arrivée à temps, il aurait fini dans les flammes, emporté par son élan.

Et il n'y aurait même pas eu de cadavre.

Comme vidée de toute substance à cette idée, se sentant en partie emprisonnée dans le monde sens dessus dessous où la Furie d'Edmund Carver était déjà plongée, elle prit une douche machinale. Ses yeux fixaient le carrelage mural, là où aurait dû se projeter son ombre.

L'absence ne fermait pas seulement une porte dans son esprit, elle en fermait une à un avenir potentiel. Charlie ne deviendrait jamais crépusculienne. Elle n'était pas sûre d'en avoir eu envie, mais néanmoins.

Vicereine et les autres l'auraient-ils écoutée plus volontiers si elle avait disposé d'une ombre éveillée ? L'auraient-ils laissée voir Vince ?

Elle avait été tellement sûre qu'il voudrait rentrer à la maison avec elle ! Après réflexion, peut-être n'aurait-elle pas dû l'être. Quand il l'avait rencontrée, il n'était pas habitué à être seul au monde et disposait de choix limités. Peut-être ne s'était-il pas vu d'avenir une fois Salt éliminé, mais il se trouvait désormais dans cet avenir-là et, pour la première fois, pouvait le façonner à sa guise.

Si la Cabale le lui permettait, bien sûr.

Elle se demanda ce qu'il pensait de cette Charlie Hall qui fonçait droit devant elle et au diable les conséquences, cette Charlie Hall qu'il n'avait encore jamais rencontrée. S'étaient-ils tous les deux retenus de se dévoiler, alors que l'autre était très capable de supporter pareil défi ? Voire d'en être stimulé ?

Après s'être lavée et avoir abandonné la combinaison rouge pour sa propre garde-robe, elle attendit Posey.

« Maman m'a envoyé à peu près dix-sept messages pour me demander de lui rapporter le break », annonça sa sœur en sortant de la chambre. Elle aussi avait enfilé des vêtements propres. Charlie jeta un coup d'œil derrière elle. Vers son ombre.

Posey suivit son regard et son front se plissa d'inquiétude. « Ça fait bizarre ?

— Je ne sais pas. C'est comment, pour toi ? »

La cadette bougea les lèvres en silence, et l'ombre se déploya autour d'elle, courbée au-dessus de ses épaules, l'air très satisfaite de se trouver là. Charlie ne put retenir un frisson qui était en partie une admission.

« C'est ce qui m'est jamais arrivé de plus parfait. Je vais apprendre à faire un tas de trucs. Tu n'en croiras pas tes yeux. » Ceux de Posey étaient illuminés d'un éclat que son aînée n'avait pas surpris depuis très longtemps et qu'elle ne voulait surtout pas voir atténué.

Charlie se dirigea vers la fenêtre et l'ouvrit d'une saccade. « Bon, allons-y. Si maman et Bob sont pressés de récupérer le break, on ferait mieux de filer, parce que je veux d'abord m'arrêter prendre un café, dit-elle.

— Merci à tous les dieux », répondit Posey avec ferveur.

Elles s'arrêtèrent au *Small Oven Bakery*, une boulangerie, où la voleuse commanda trois expressos dans de minuscules tasses en papier et les aligna devant elle comme des verres d'alcool. Sa sœur, tout en regardant son téléphone, grignota un petit pain qui lui collait aux doigts.

Charlie prit le premier des expressos et l'avala d'un trait.

« Hum », fit Posey avant de tourner le téléphone vers elle.

En début de matinée, la *Gazette* a reçu plusieurs pages d'un journal intime censé avoir été rédigé par Lionel Salt et l'impliquant dans plusieurs enquêtes policières en cours, notamment l'affaire Rose Allaband. Il y a plus d'un an, le corps d'Allaband a été retrouvé dans une voiture brûlée avec celui d'Edmund Carver, le petit-fils de Salt. Il semble que tous les deux aient pu être les victimes de ce dernier. D'autres affaires se verront probablement rouvertes grâce aux informations contenues dans ces pages, dont celles de Randall Grigoras, Ankita Eswaran et Hector Blanco. Le journal inclut non seulement un récit détaillé de leur mort, mais aussi le croquis des expériences médicales pratiquées sur leur ombre. Les graphologues confirment avec un taux de certitude de 98 % que l'écriture de ce journal correspond bien aux échantillons de l'écriture de Salt obtenus par la *Gazette*. Les représentants de l'homme d'affaires auxquels nous avons demandé des commentaires ne nous ont pas encore apporté de réponse.

« C'est toi qui as fait ça à Lionel Salt ? s'exclama Posey, abasourdie. Comment ? »

Quand Charlie avait ouvert le coffre, elle ne comptait y trouver que le *Liber Noctem*, mais autre chose y figurait aussi : un carnet dont quelques pages avaient été arrachées.

La *Hampshire Gazette* ne devait pas publier très souvent pareil scoop.

Charlie avala son deuxième expresso, puis le troisième. « Ce n'est pas moi. Il s'est fait ça tout seul. »

Le dimanche soir, Charlie prit son service au *Rapture*, mais n'avait pas la tête à ce qu'elle faisait : elle ne cessa de demander aux gens de répéter leur commande. Elle laissa tomber deux verres de vin et en incendia un troisième, d'absinthe, au lieu de n'enflammer que le morceau de sucre. Celui-là se brisa également, et de manière beaucoup plus dramatique.

Au milieu de son service, Odette la prit à part. Charlie crut qu'elle allait se faire sermonner ou cuisiner à propos d'une combinaison rouge disparue, mais c'était pour lui présenter le nouveau barman, celui qui remplacerait l'ex de José. Charlie fut surprise de reconnaître Don.

« Salut, dit-il. Le *Top Hat* a changé de gérant et, moi, je crois qu'un changement d'air me fera du bien.

— Eh bien, tu vas être servi », lui dit Charlie avant de lui présenter l'agencement du bar, le fonctionnement de la caisse et le nombre de morceaux de glace carbonique à jeter dans un verre.

« S'ils en avalent, on se prend un procès, prévint-elle.

— On ferait alors peut-être mieux de ne pas en avoir à la carte, non ? suggéra Don.

— Il va te falloir un petit moment pour intégrer les vibrations de la boîte », prédit Charlie.

Vers la fermeture, Balthazar s'approcha du comptoir. « Sers-nous un dernier verre, lui dit-il. Je prendrai la même chose que toi.

— Oh, je bois, moi aussi ? » Elle sourit.

« Si j'étais toi, je boirais. »

Ne pouvant discuter cela, elle s'empara du Laphroaig 15 tout juste livré, ouvrit la bouteille et leur servit à chacun un doigt d'alcool.

« Alors, ton mec ? », dit Balthazar.

Charlie hocha la tête. « Tu as appris, donc. Sacré truc.

— Est-ce que ça veut dire que tu reprends le boulot ? » demanda-t-il.

Elle haussa les épaules. « Après m'être donnée en spectacle comme ça, je ferais probablement mieux de rester tranquille un moment.

— Oh, je ne sais pas. Les talents de la Charlatane n'ont jamais été aussi cotés, dit-il en buvant une gorgée, avant de faire la grimace. *Erk*, on dirait que quelqu'un a versé de l'essence sur un pneu, craqué une allumette et puis éteint le tout en jetant de la terre dessus. »

Odette s'approcha et s'assit près de Balthazar. « On s'offre un pot, c'est ça ? Ne m'oubliez pas.

— Tu peux boire le mien, dit Balthazar en lui passant son verre. Je t'en prie. »

Odette accepta sans façon. En échange, Charlie versa un amaretto à Balthazar qui le prit avec reconnaissance.

« Tu as vu les nouvelles ? demanda-t-il à la propriétaire du *Rapture*.

— À propos de Lionel ? » Elle émit un bruit dégoûté. « Le plus marrant, c'est que j'ai toujours su que c'était un sadique – et un peu narcissique en plus. Mais *intéressant* et, je le croyais, *conscient de soi*. On peut connaître une personne et n'avoir aucune idée de ce dont elle est capable. Je pensais avoir cerné les limites de Lionel. Maintenant, je suis obligée de me demander si ce n'était pas parce qu'admettre qu'il n'en avait aucune m'aurait mise trop mal à l'aise. »

Charlie prit une gorgée de whisky en s'interrogeant sur ses propres limites.

« Maintenant, on dit qu'il est peut-être responsable de la mort du gentil garçon de Fiona.

— Edmund Carver », précisa Balthazar en détachant bien les syllabes, les yeux tournés vers la jeune femme.

« Je croyais que sa mère s'appelait Kiara », s'étonna-t-elle.

Odette hocha la tête. « Oui, je parlais de la première femme de Salt. C'est comme ça que je l'ai rencontré, par Fiona. La pauvre. Perdre sa fille, ensuite son petit-fils, et maintenant ça. Le tout en l'espace de deux ans.

— Comment ça se fait que tu connaisses absolument tout le monde ? demanda Balthazar.

— Ah, mais est-ce que je connais bien qui que ce soit ? » Odette regarda dans le miroir, comme pour examiner son propre visage.

Le patron du salon d'ombre se redressa un peu sur son siège. « Bon, si vous voulez bien, je vais interrompre cette discussion de plus en plus morbide par une nouvelle. Vous connaissez Murray, de *Murray's Fine Jewelry*, l'une ou l'autre ?

— Oui, dit Charlie en songeant à l'encrier et aux bougeoirs d'argent qu'il lui fallait vendre. Pourquoi ?

— Il a fermé boutique, répondit Balthazar en haussant les sourcils. Il s'est enrichi. Apparemment, il prend sa retraite à Boca. »

Odette eut un petit rire délicat. « À t'entendre, on croirait qu'il a déterré une marmite de pièces d'or dans son jardin.

— Pratiquement. D'après la rumeur, il a tout gagné par un coup de pot incroyable sur un champ de courses.

— Non ? fit Charlie. Ça alors ! »

L'attente de trois jours fut atroce. Charlie ne cessait de faire la navette entre divers scénarios. Et si les membres de la Cabale avaient menti, s'ils avaient fait du mal à Vince, finalement ? S'ils voulaient le soumettre à des expériences ? S'ils décidaient que son existence représentait un risque trop important ? S'ils refusaient de la laisser le voir ? Elle filait sur un de ces chemins puis sur un autre, effectuant attaques et parades imaginaires dans cette partie d'échecs contre elle-même, sans autre but que nourrir son angoisse. Un serpent qui se mordait la queue et s'étouffait avec.

À tout le moins, Posey et elle avaient récupéré leur maison. C'était Winnie, la collègue de Vince, qui avait été chargée de nettoyer les taches de sang. Elle avait ensuite envoyé à Charlie un SMS pour se targuer d'avoir fait un travail exceptionnellement minutieux par amitié pour le jeune homme – et fournir un tas d'informations non sollicitées concernant les endroits les plus improbables où elle avait retrouvé des fragments d'Adam.

Posey, pour sa part, avait passé les derniers jours avec Malhar. Selon elle, à présent qu'elle avait accepté de participer à son étude, l'étudiant se livrait simplement à quelques tests, mais sa sœur estimait qu'ils mangeaient trop souvent ensemble pour que cela soit tout à fait vrai.

Charlie n'eut donc personne à engueuler pour se décharger de son énergie nerveuse tandis qu'elle se préparait, enfilant un jean noir, des bottes, et un pull dépourvu de trous. Le pantalon était assez élastique pour la suivre si elle avait besoin de bouger vite, et les chaussures assez lourdes pour faire mal si quelqu'un méritait un bon coup de pied dans les dents.

Sa Corolla était au garage, mais elle avait localisé la camionnette de Vince à deux rues de l'*East Star Motel*. Les clefs étaient sous le pare-soleil, côté conducteur. Jetant dans la boîte à gants deux contraventions pour stationnement interdit, elle avait ramené le véhicule devant chez elle.

Elle s'en servit pour gagner la forteresse de Bellamy.

Fidèle à sa nature mystérieuse, le crépusculien avait pris possession d'une tour de guet à Holyoke, uniquement accessible par un chemin de terre.

De l'extérieur, elle paraissait abandonnée. Le bas de la porte d'entrée était vermoulu, ses gonds couverts d'une rouille épaisse. Charlie frappa, fort.

Quelques instants plus tard, la porte s'entrouvrit, révélant une jeune femme au crâne rasé et aux yeux cernés d'un maquillage noir épais. Un de ses faux cils magnétiques était posé un peu de guingois. Aux abords d'un piercing récent, sa joue était rouge et paraissait infectée. Son ombre tourbillonnait autour d'elle tel un serpent prêt à frapper. Sans doute une apprentie.

« Je viens voir Vince, dit Charlie.

— Qui ? »

Si Bellamy et les autres croyaient pouvoir se débarrasser d'elle, ils allaient s'en repentir, tous jusqu'au dernier. « La Furie.

— Oh, comprit la jeune femme. D'accord. Entrez. Vous êtes attendue. »

À l'intérieur, on se serait cru dans un château. Ou dans un tombeau. Sa guide lui fit traverser des pièces aux murs de béton nus, parfois marqués de graffitis, puis monter un escalier jusqu'à une salle tendue de rideaux en brocart. Plusieurs bougies rouges effilées brûlaient dans des bougeoirs d'Halloween en forme de crânes. Des coussins jonchaient le sol de ciment froid.

Bellamy était vautré sur un pouf recouvert de velours rouge.

Charlie regarda autour d'elle, méfiante. « Où est-il ?

— Dans une chambre au sommet de la tour, comme une princesse attendant d'être secourue, dit le maître des lieux. Il va bien.

— Il part aujourd'hui, lui annonça Charlie. Avec moi. »

Bellamy but une gorgée dans une tasse délicate, assez fine pour être translucide. De la porcelaine anglaise. « Allez voir votre Furie. Montez l'escalier. Tout en haut, tout en haut. Ensuite, nous reparlerons. »

Cela ne disait rien qui vaille à la jeune femme mais elle ne releva pas, trop impatiente de voir Vince. Elle repartait vers l'escalier quand une voix de femme l'arrêta.

« Madame Hall », dit Adeline Salt, assise sur un canapé déchiré par endroits, dans un local empli de bibliothèques métalliques verrouillées.

La fille du milliardaire défunt portait un jean noir délavé et un chemisier émeraude qui formait une espèce de nœud papillon sous sa gorge. Un ordinateur portable de la couleur de l'or rose reposait en équilibre sur ses cuisses. Elle avait cet étrange aspect bruni propre aux riches, les cheveux bien lisses et la peau bien luisante.

Elle n'aurait pu paraître davantage déplacée.

Charlie s'accouda au chambranle sans entrer tout à fait.

« Vous venez voir Rouge, c'est ça ? Parfait, il va apprécier. Il vous a demandée. » Le sourire d'Adeline était dépourvu de toute sincérité.

« Vince », corrigea Charlie.

Voir la fille de Salt se demander si elle devait discuter de ce choix était intéressant. Cela l'ennuyait visiblement, non que Charlie emploie un autre nom pour désigner leur ami commun mais qu'elle se conduise comme si c'était le vrai. *Bon, c'est celui qu'il se donnait.*

« J'ai négocié avec la Cabale. Il va rentrer à la maison avec moi. Je serai sa tutrice et il pourra reprendre la vie d'Edmund là où elle s'est arrêtée. » Étrangement, il y avait une lueur de crainte dans ses yeux.

« Et comment va-t-il faire ça exactement ? demanda Charlie.

— J'ai entamé le processus d'annulation du certificat de décès. » Adeline eut un nouveau sourire – raide. « Vous comprenez que c'est préférable, n'est-ce pas ? Rouge sera très riche. Et il ne restera lié à moi que quelques années. »

L'idée qu'Adeline puisse être nommée tutrice de Vince alors qu'elle aurait en toute justice mérité une punition avait de quoi mettre en colère. Ses intonations possessives aggravaient le problème et le rendaient bien plus sinistre. « Ce n'est peut-être pas ce qu'il désire. »

Adeline renvoya ses cheveux en arrière. « Vous croyez qu'il préférerait traîner ses guêtres avec une voleuse ?

— Je crois qu'il préférerait presque n'importe quoi à vivre dans la maison de votre père.

— Vous n'êtes pas au courant ? » Un sourcil parfaitement dessiné se haussa. « Mon père est mort l'autre soir, après qu'on l'a laissé seul avec vous. Trente-trois coups de coupe-papier.

— Tragique », commenta Charlie, malicieuse. Elle était au courant.

« Que lui avez-vous fait, là-dedans ? demanda Adeline sur un ton velouté.

— Je lui ai pris son pistolet et je l'ai séparé de son ombre. Ce qui s'est passé après, je n'étais pas là pour le voir.

— Pratique.

— Je suis assez d'accord. » Charlie observa l'ordinateur portable de son interlocutrice, la sacoche Chanel en cuir vert dans laquelle elle le transportait, et ses boucles d'oreilles en diamant. « Vous êtes sa seule héritière, n'est-ce pas ? »

Adeline leva les mains. Ses doigts se refermèrent sur une mèche de cheveux. « N'essayez pas de m'impliquer dans votre crime, dit-elle sèchement. Vous n'avez qu'à vous débrouiller avec votre culpabilité.

— Dans la grande salle, j'étais assez distraite quand vous êtes entrée, dit Charlie. Mais, c'est marrant, j'ai quand même remarqué que vous aviez du sang sur les mains. »

Elle s'engagea dans le couloir, puis regarda par-dessus son épaule. « Au fait : de rien. »

Charlie tenta de monter posément les degrés de béton mais, à partir du deuxième palier, se surprit à marcher de plus en plus vite, presque jusqu'à courir. Tout en haut, elle trouva une porte bardée d'onyx et fermée par une barre – qu'elle souleva, surprise par son poids.

Vince, debout dans une petite pièce sans fenêtre, lui tournait le dos. Il semblait égal à lui-même, les mêmes épaules larges, la même stature, les mêmes tout. Lorsqu'il se retourna, cependant, ses yeux étaient des orbites vides, seulement emplies de fumée. À Charlie, cette vue évoqua une coquille dans laquelle aurait vécu une créature tourbillonnante.

Elle songea aux cartes de tarot qu'elle avait tirées du jeu de Posey. La conversion du spirituel en matériel. Le Bateleur.

Quand Vince ferma les yeux, elle remarqua que ses cheveux avaient foncé jusqu'à adopter la nuance du bronze, comme si l'or s'était envolé au moment du changement. Il était vêtu d'une chemise noire et d'un pantalon en une sorte de matière plastique qui paraissait onéreuse. La garde-robe de Remy.

Tel l'homme de l'histoire qu'il avait racontée à la fête chez Barb, Charlie se sentit retournée comme un gant de le sentir si près. Tout ce qu'elle avait de vulnérable lui semblait exposé. Le moindre contact pourrait être douloureux.

« Je ne suis pas redevenu tout à fait comme avant, hein ? » lui demanda Vince.

La jeune femme réalisa s'être arrêtée après n'avoir fait qu'un seul pas dans la pièce. Pas étonnant qu'il n'ait pas l'air heureux. Il devait croire qu'elle avait peur.

Et c'était bien le cas, mais seulement un peu. Elle s'obligea à marcher vers lui. Le Fou, sautant d'une falaise. « Ça me plaît. C'est bizarre. »

Le petit étirement surpris qui apparut au coin de la bouche de Vince, comme s'il avait oublié qu'il pouvait sourire, était assez familier pour qu'elle se détende.

Plus elle le regardait, moins l'étrangeté de ses yeux la dérangeait. « Pourquoi as-tu fait ça ?

— Pourquoi je t'ai menti ? demanda-t-il. Caché ce que j'étais ?

— Non. » Avec un soupir, elle s'assit sur l'accoudoir d'un des canapés en brocart décoré. « *Pourquoi avoir combattu le Hiérophante ?* Tu as failli mourir. *Pour rien.* Aucun de ces connards n'en a rien à faire de toi. »

Le sourire de Vince s'élargit. « C'est une question que personne ne m'a posée depuis mon arrivée ici. Et on m'en a posé beaucoup.

— Je pense qu'ils ne se sont pas beaucoup attachés à ton bien-être.

— Sans blague ? » Il lui désigna un fauteuil, et elle observa pour la première fois le reste de la pièce.

Il y avait deux fauteuils, un matelas par terre, des draps et un petit tapis. Pas de livres. Pas d'objets lourds. Rien de tranchant. Une ampoule puissante brûlait au plafond. Vince avait autour de la jambe une menotte incrustée d'onyx et reliée à une plaque métallique rivetée dans le sol. Peut-être était-ce l'onyx qui le gardait matériel, Charlie n'en savait trop rien. Elle regretta de n'avoir pas mieux lu tous les livres qu'elle avait volés.

Quand elle s'assit, un petit nuage de poussière s'envola.

« Écoute, je suis un peu nerveux, dit Vince. Alors, dis-moi carrément ce qu'il en est. Le fait que je sois une ombre ne te laisse pas indifférente, je le sais.

— J'ai essayé de ne pas trop y penser. »

Il la regarda avec incrédulité. « Et ça a marché ?

— J'ai conclu que je pourrais y réfléchir quand on serait sortis d'ici, dit-elle, emplie d'espoir. Peut-être même m'en servir de support pour une grosse engueulade, avec des cris et des objets qui volent. Et puis je pourrais te dire à quel point tu as été con de croire que j'avais une liaison avec Adam.

— Ça, je l'ai compris quand je t'ai entendue décrire son assassinat. Tu avais surtout l'air de t'en faire pour le canapé. » Il éclata de rire avant de pouvoir s'en empêcher, et sa main fila couvrir sa bouche. « Pardon. Ce n'est pas drôle.

— Ça l'est un petit peu », admit-elle.

Il baissa sur elle des yeux d'où sortait de la fumée. « Alors pour quoi d'autre pourrait-on s'engueuler ? »

Elle détourna le regard. « Quand as-tu compris que j'étais la fille que tu avais fait sortir de la maison de Salt ?

— Le premier soir, au bar, avoua-t-il.

— Et alors ? Tu as eu envie de baiser une fille que tu avais sauvée ? » Voilà, ça, c'était une engueulade.

« Peut-être. Non. Je ne sais pas. » Soit il n'avait pas remarqué l'occasion de monter le ton, soit il l'ignorait. « Je t'aime bien, Char. Je t'ai toujours bien aimée. J'aurais dû dire quelque chose, mais je ne suis pas quelqu'un de bien. Je ne suis même pas sûr d'être quelqu'un tout court.

— Oh. » Surprise, Charlie lui prit la main et entrelaça ses doigts aux siens. Ceux de Vince étaient étonnamment matériels. « Tu es quelqu'un. Tu es *mon* quelqu'un. »

Il se pencha pour poser les lèvres sur leurs mains jointes.

Ce fut alors qu'elle commença à paniquer.

Parce qu'ils venaient d'avoir une version abrégée de la dispute – soit : plutôt une *conversation* – qu'elle avait prévue pour leur retour à la maison. Si Vince s'y était laissé entraîner alors qu'il restait emprisonné dans la tour de Bellamy, c'était forcément parce qu'il ne comptait pas rentrer avec elle.

Il allait bel et bien partir avec Adeline. Reprendre la défroque d'Edmund Vincent Carver comme si de rien n'était. Retrouver son ancienne vie. Devenir la première Furie à organiser un gala de bienfaisance.

« Alors, qu'est-ce qui se passe maintenant ? interrogea Charlie, parce qu'elle devait l'entendre le dire. En ce qui nous concerne ? »

Quelque chose, dans la ligne de la mâchoire de Vince, lui rappela la manière dont elle l'avait décrit à Adeline : un lac tranquille à la surface mais dissimulant toute une ville engloutie. « J'ai tué le Hiérophante. La Cabale a besoin d'un nouveau Hiérophante.

— Non. Putain, non. » La jeune femme s'éjecta du fauteuil et se mit à faire les cent pas, tentant de maîtriser ses pensées. « Tu ne peux pas les laisser faire ça. Pas après les services que tu leur as rendus.

— Ce n'est pas pire que de nettoyer des cadavres dans des chambres d'hôtel, comme boulot. » La voix du jeune homme restait calme, mais ses doigts étaient recourbés comme s'il s'apprêtait à serrer le poing.

« Je croyais qu'Adeline serait pour toi une espèce de tutrice ? » dit Charlie, les sourcils froncés.

Il hocha la tête. « C'est une manière de voir les choses. Mais je chasserai tout de même les Furies. »

Elle fit la moue. « Tu ne peux pas accepter ça. Combien de temps faudra-t-il pour que tu détestes non seulement ce qui t'est arrivé mais la personne à laquelle tu es attachée ? »

Le regard de Vince s'écarta de celui de Charlie. « Je la déteste déjà. »

Ah.

Elle saisissait à présent les sous-entendus mielleux d'Adeline. Elle comprenait exactement à quel point Vince serait attaché à elle. Ils seraient liés. Elle le porterait.

« Voilà pourquoi toi et moi devons nous séparer un moment, dit-il. J'éprouverai toujours la même chose pour toi, Char, mais je ne serai pas le même. Quelqu'un essaiera de me contrôler. »

Elle se rappela ce qu'il balbutiait dans son sommeil. *« Adeline. Adeline, ne fais pas ça. »*

Cette idée donna la chair de poule à Charlie. « Je peux te débarrasser de tes menottes. On peut s'enfuir. »

Il secoua la tête. « Si on faisait ça, ils ne traqueraient pas que moi.

— Je m'en fous », affirma-t-elle.

Il lui posa la main sur la joue. « Selon eux, je dois prouver que je suis digne de confiance et, une fois que ce sera le cas, je n'aurai plus besoin d'être attaché. Je sortirai de cette situation. Je trouverai un moyen pour qu'on soit ensemble. »

Oh, ils allaient trouver un moyen de s'en sortir, oui.

« Et ils vont faire ça aujourd'hui ? » Oui, bien sûr. Voilà pourquoi Adeline était ici. Ils allaient le coudre sur elle dès le départ de Charlie.

Vince s'était détourné, aussi ne voyait-elle pas très bien son visage, mais il paraissait résigné. Et elle ne lui facilitait pas les choses. « Aujourd'hui, oui. J'ai déjà accepté. »

Elle ne lui facilitait pas les choses, et il détestait cela, c'était évident.

« Dis-moi un truc, reprit-elle. Si tu pouvais choisir, est-ce que tu me choisirais, moi ?

— Plus que tout, répondit-il.

— Bon, dit-elle enfin. Je crois que c'est une mauvaise décision, mais j'en ai pris un tas, des comme ça. »

Voici ce qu'il avait intégré en étant l'ombre de Remy : s'il y avait un problème, il était censé s'y atteler. Il était censé se laisser capturer afin de pouvoir abattre une très vieille Furie, censé renoncer à la liberté pour s'assurer que la Cabale ne se sente pas menacée. S'il y avait une tâche atroce à accomplir, elle était pour lui. S'il y avait une émotion difficile à ressentir, elle était pour lui également.

Ses cils dorés accrochèrent la lumière lorsqu'ils s'abaissèrent, cachant la fumée de ses yeux. « Parfois, il n'y a pas de bonnes décisions. »

Ça, c'était bien vrai. « À défaut de te dissuader, je peux peut-être te distraire ? Je parie qu'on a quelques minutes avant qu'ils ne me fichent dehors. »

Il haussa les sourcils, visiblement stupéfié. Peut-être pensait-il que ses yeux emplis de fumée posaient un problème à Charlie, ou bien le fait qu'il soit une Furie. Ou encore il pensait qu'aucune fille n'était assez folle pour avoir envie de baiser avec un mec à la cheville enchaînée au sol, dans une salle de béton froid.

Ma foi, bienvenue au souk absolu qu'était Charlie Hall. Levant les bras, elle attira la bouche de Vince vers la sienne.

Un moment, il resta totalement immobile, et elle se demanda s'il allait la repousser. La honte lui chauffa les joues.

Puis il l'embrassa comme s'il avait cru ne plus jamais l'embrasser, les mains sur sa nuque, les doigts dans ses cheveux. L'espace d'un instant, il n'y eut d'autre sensation que lèvres, dents et langue. Peau et odeur de Vince qui n'était plus masquée par l'eau de javel et le savon – une charge d'électricité dans l'air.

Et lorsqu'il la pressa contre le mur, comme à l'extérieur du bar, le premier soir, elle lui sourit de toutes ses dents.

« Charlie Hall, chuchota-t-il dans ses cheveux. Il n'y en aura jamais deux comme toi.

— Ce dont nous pouvons tous nous réjouir », répondit-elle sur le même ton, en regrettant d'avoir mis ce pantalon élastique qui allait être infernal à retirer.

Le plus difficile fut de quitter la pièce, mais elle y parvint – ressortant dans le couloir d'un pas lourd. Attendant qu'il la rappelle pour lui dire qu'il avait commis une erreur colossale et qu'ils allaient s'enfuir, finalement. Elle le voulait de toutes ses forces, mais il n'en fit rien.

Une fois qu'elle eut descendu quatre volées de marches, elle retrouva Bellamy et son pouf de velours rouge. Il n'était pas seul. Vicereine se trouvait là, ainsi que Malik. Ni l'un ni l'autre ne parut très surpris de la voir – ni très satisfait.

« Bonjour, lança Charlie.

— Vous nous avez rendu service, dit Malik comme elle le frôlait pour aller s'installer sur un coussin. La Cabale a une dette envers vous. Nous aimons payer nos dettes. Si le monde au sens large est impliqué, nos disputes ne feront que semer le malaise.

— Nous récompensons nos amis, ajouta Vicereine. Et vous avez prouvé que vous étiez notre amie, Charlie Hall. »

La justice des pirates. La carotte et le bâton.

« Nous voulons vous aider, reprit Malik. Demandez-nous quelque chose.

— Ce que je veux, vous le savez, répondit Charlie. Laissez-le partir. Ou, à tout le moins, laissez-le sans attache. Est-ce que le dernier Hiérophante ne vous a rien appris ?

— Il nous a appris à ne pas nous fier aux Furies. Imaginez à quel point tout aurait été pire si le Hiérophante n'avait pas été lié.

— Pas pour Stephen.

— Stephen était un voleur d'ombres, intervint Bellamy. D'ombres éveillées, celles de gens vulnérables. Il les revendait à des marchands. Je n'ai pas tellement de compassion pour lui. »

Malik hocha la tête. « Et le problème ne venait pas de Stephen. Nous pensons que Lionel lui a administré une drogue permettant au Hiérophante de prendre possession de son corps. Avec le temps, c'est devenu naturel – ou bien on a continué à le droguer.

— Demandez-nous quelque chose qui ne soit pas en rapport avec la Furie. Vous seriez surprise de tout ce que nous pouvons obtenir. »

La Cabale pouvait certainement lui apporter beaucoup de choses, songea la jeune femme. Inscrire sa sœur à l'université au printemps. Lui faire octroyer une bourse. Et payer ses frais médicaux, pendant qu'elle y était. Lui offrir une voiture flambant neuve. Merde, pour peu qu'elle le demande, on lui donnerait peut-être même le fantôme de Salt.

Mais Posey n'avait jamais eu envie d'aller à l'université, et Charlie refusait de se laisser acheter. « Je veux que vous laissiez partir Vince. »

Malik émit une onomatopée agacée.

Elle ne pouvait pas s'en empêcher. C'était sa nature. Charlie Hall, refusant d'apprendre de ses erreurs. Pressée de se jeter encore et encore contre le même mur, même si c'était très douloureux. « Que vous a donné Adeline Salt pour devenir sa gardienne ? »

Bellamy parut surpris. « Je crois que vous ne comprenez pas la situation.

— Vous lui permettez de le ramener à la maison, non ? » insista Charlie.

Vicereine eut un petit sourire cruel. « Façon de parler. Mais ce n'est pas un sort qu'elle a choisi. Vous savez ce qu'on attendra d'elle ?

— Qu'elle traque des Furies.

— Et savez-vous pourquoi c'est considéré comme une punition, une manière de faire pénitence de ses crimes passés ?

— Parce que c'est dangereux ? devina Charlie.

— Très », répondit Malik sur un ton légèrement horrifié.

Que disait Balthazar, déjà ? Qu'elle était capable de voler son souffle à un corps, sa haine à un cœur, la lune au ciel ? Eh bien, dans le cas présent, peut-être n'aurait-elle pas besoin de voler quoi que ce soit. Peut-être lui donnerait-on tout ce qu'elle voulait.

Il ne lui en coûterait que ses secrets.

Charlie plaqua un sourire sur son visage. Jeta un coup d'œil à son vieux tatouage, « *fear less* », qui formait une boucle sur son bras. « Très bien, dit-elle entre ses dents serrées. En ce cas, j'aimerais avouer.

— Avouer ? répéta Vicereine, interloquée.

— Vous vous rappelez quand Brayan Araya avait fait graver ses secrets au laser sur des grains de riz qu'il gardait dans une fiole de verre, sous son oreiller ? Je lui ai volé ça comme si j'avais été la petite souris. Ou bien quand Eshe Godwin a déniché un livre avec un tas d'illustrations détaillées, auquel personne ne comprenait goutte ? Les secrets étaient cachés dans les dessins, donc j'ai juste découpé ces pages-là. Si ça se trouve, elle ne l'a jamais rouvert et elle ignore même qu'elles ont disparu. J'ai volé le mémoire du XVIIIe siècle d'Owain Cadwallader. J'ai découvert toute une pile de notes cousues à l'intérieur de la reliure d'un autre livre – j'ai oublié le titre, mais il y avait un chouette fermoir en métal sur le côté – et je les ai prises sans que personne ne s'en rende compte. Ah, oui, j'ai aussi piqué à Jeaden Coffey toute sa collection de magazines des années 1970 sur la magie d'ombre. Je continue ? J'ai fait ce boulot-là des années. » Elle se sentait étourdie, comme si elle glissait le long d'une colline et n'avait plus aucun moyen de s'arrêter. Toute l'exultation qu'il y avait à enfin avouer quelque chose.

« C'est vous qui avez découpé le livre d'Eshe ? » Vicereine paraissait furieuse.

« Je ne suis pas quelqu'un de bien. » Charlie mit la main dans la poche de son jean et en sortit un objet qu'elle lança à Malik. Surpris, il l'attrapa. Quand il vit ce qu'il tenait en main, ses sourcils se rapprochèrent. « Je vous ai aussi piqué votre portefeuille en passant à côté de vous. Désolée.

— Vous êtes en train de vous faire des ennemis très dangereux, la prévint Vicereine.

— Qu'est-ce que c'est que ces histoires ? » Malik avait la mâchoire crispée. « À quoi jouez-vous ?

— Punissez-moi, dit Charlie. Je suis bien pire qu'Adeline.

— Vous voulez qu'on vous l'accroche, *à vous* ? » demanda Bellamy.

L'idée d'avoir quelqu'un à l'intérieur de sa tête, quelqu'un à qui elle ne pourrait cacher ses pires pensées, quelqu'un qu'elle aimait, lui donnait un peu la nausée. « Oui. Récompense ou punition, donnez-le-moi. Je serai le Hiérophante. »

Vince entra dans la pièce, des colliers d'onyx autour de la gorge, un autre attaché au bras comme une laisse. Son regard changea quand il la vit. Il se tourna vers Bellamy. « Mais où est Adeline ?

— Nous l'avons renvoyée chez elle, dit Malik.

— Alors qui… ?

— Moi, déclara Charlie. Si tu es capable de prendre une décision stupide, moi aussi. »

Il secoua la tête. « C'est censé être un *châtiment*.

— Oh, je sais. Tu vas être coincé dans ma tête, avec tous mes secrets. Même moi, je ne les connais pas tous. Ça va être affreux. »

Vince semblait envisager sérieusement de l'étrangler. « *Char*.

— Elle s'est portée volontaire, s'immisça Vicereine. Elle a même avoué quelques crimes pour nous convaincre. »

Le regard qu'il lançait à Charlie était brûlant. « Vraiment ?

— J'ai besoin que vous soyez pieds nus », reprit Vicereine, toute professionnelle, à présent.

Charlie se baissa pour ôter ses bottes. Elles étaient déjà ouvertes, les lacets défaits, depuis qu'elle les avait retirées dans la tour.

Vince paraissait se demander à retardement s'il ne pourrait pas se libérer de ses chaînes d'onyx et s'échapper. Elle le vit tirer sur la boucle brillante qui enserrait son poignet – et qui devait tenir bon, car son visage adopta une expression sinistre. « Tu ne sais pas ce que je serai, après. Personne ne le sait, dit-il dans un souffle.

— Tu seras encore toi », lui renvoya Charlie sur le même ton.

Bellamy dit quelque chose à Malik, et tous les deux parurent amusés. La jeune femme ne pensait pas être concernée, mais cela lui vrilla tout de même les nerfs. Elle se rappela avoir déjà vécu un moment pareil, libéré son ombre tout en la cousant aux pieds de sa sœur. Posey avait dû terminer le travail, et ni l'une ni l'autre n'était une grande couturière. Toutefois, l'ombre était attachée. Et sa porteuse semblait aller bien.

Charlie se répéta qu'elle était en train de voler Vince sous le nez des crépusculiens.

Vicereine lui ordonna de se poster face à lui. La jeune femme obtempéra.

« Winnie te passe le bonjour, murmura-t-elle. Ton patron est furieux, mais tu n'as sans doute pas envie de récupérer ta place, de toute façon. Oh, et, crois-le ou non, mais Posey a de bonnes chances de te faire des excuses. »

Vince baissa les yeux sur elle et poussa un soupir. Quand elle tendit la main vers la sienne, cependant, il la laissa la prendre.

Elle la pressa une fois avant qu'il ne redevienne ombre.

La porte d'entrée de la tour de guet se referma lourdement derrière Charlie tandis qu'elle traversait la pelouse, avec les feuilles mortes bordées de givre qui crissaient sous ses pieds.

« Tu vois, chuchota-t-elle, je t'avais dit qu'on partirait ensemble, et voilà, on est sortis. »

Il ne répondit pas mais, quand la jeune femme baissa les yeux, la forme de l'ombre qui la suivait était celle de Vince. Elle plongea les mains dans les poches de son manteau. Écouta le vent siffler à travers les arbres.

« Je sais que tu es en colère », dit-elle.

Dans la camionnette, elle tira le couteau militaire attaché à ses clefs. En pressa la pointe contre la pulpe de son annulaire jusqu'à ce qu'une goutte de sang apparaisse. « Vicereine dit que je suis censée faire ça tout de suite, alors c'est parti. »

Cela sembla attirer l'attention de l'ombre, qui s'enroula autour d'elle en un nuage obscur. Elle sentit contre sa peau ce qui aurait pu être une langue, en dehors du fait que ce n'était pas humide. La sensation la fit frissonner.

« Vince ? demanda-t-elle, soudain un peu nerveuse. Arrête de me jouer des tours. Dis quelque chose. »

Elle se redressa brusquement sur son siège quand un murmure jaillit dans son esprit. « Tu n'es pas Remy.

— Je suis ta copine, dit-elle, la voix mal assurée. Et ce n'est pas marrant du tout, comme blague. »

Charlie fixa l'ombre qui s'étalait sur le siège du passager en raison de la lumière violente filtrant entre les arbres. La regarda prendre forme sans qu'elle exerce sur elle le moindre contrôle. Silhouette d'obscurité aux yeux brûlants dans lesquels on ne lisait rien.

Le triomphe prit une saveur aigre dans la bouche de la jeune femme.

La voix qui lui répondit était douce mais menaçante. « Si c'était vrai, je te connaîtrais. Et ce n'est pas le cas. »

Elle se rappela l'histoire que Vince lui avait racontée : quand il avait fui Salt, il s'était éveillé sous un pont sans se rappeler comment il y était arrivé. Elle avait cru qu'il parlait seulement des événements situés entre la mort de Remy et son éveil. Mais peut-être avait-il perdu davantage que cela, et pour plus longtemps.

Ou alors ceci était tout différent. Peut-être ne se rappellerait-il jamais être resté assis avec elle sous les étoiles. Peut-être ne se rappellerait-il jamais avoir apporté de la glace à la fête chez Barb. Jamais avoir mangé des toasts beurrés en buvant du café au lait. Elle sentit des larmes la brûler. Cligna des paupières pour les repousser. Sentit un goût de sel au fond de sa gorge.

Dehors, la nuit approchait. Quelques flocons de neige épars voltigeaient.

Elle abattit le poing sur le volant.

Vince la regardait, des volutes de fumée sortant des orbites.

Charlie Hall avait toujours été un peu anormale. Tordue depuis le jour de sa naissance. N'ayant jamais hésité à prendre une mauvaise décision, et plutôt deux fois qu'une.

« Je suis assez bonne voleuse pour dérober une ombre dans une tour, lui dit-elle. Je pourrai voler à nouveau ton cœur. »

Il ne répondit pas. Quelques instants plus tard, l'ombre s'était fondue dans le décor, la laissant seule.

REMERCIEMENTS

Tous mes romans m'ont laissé un immense sentiment de gratitude envers beaucoup de gens, mais aucun davantage que celui-ci.

Tout d'abord, merci à tous ceux qui se trouvaient en retraite d'écriture avec moi en Grèce, et ont supporté ma myriade de faux départs. Vous avez droit à ma compassion autant qu'à ma reconnaissance.

J'ai une dette immense envers Steve Berman, pour m'avoir aidée avec le système de magie, y compris une fois en couvrant de dessins un rouleau de papier qui a fini par tapisser de règles ésotériques tout le carrelage de ma cuisine.

Je remercie également Marie Rutkoski, pour m'avoir aidée à développer ce que j'essayais de saisir.

Merci Chris Cotter, Emily Lauer et Eric Churchill, pour m'avoir parlé de toutes les manières dont les gens interagiraient et abuseraient de cette magie au plus profond de la pandémie.

Merci Roshani Chokshi, pour m'avoir poussée à inscrire l'amour sur la page.

Merci Paolo Bacigalupi, pour m'avoir convaincue de repenser le début (encore).

Merci Sarah Rees Brennan, Robin Wasserman et Leigh Bardugo, pour avoir lu un premier jet extrêmement brouillon, organisé un atelier Zoom, et m'avoir donné l'impression que j'étais capable de réparer le machin que j'avais produit.

Merci Joshua Lewis pour m'avoir poussée à me préoccuper d'un mort.

Et un millier de gratitudes à Cassandra Clare et Kelly Link pour ne pas m'avoir assassinée quand j'ai tout changé, puis tout changé à nouveau, et ENCORE UNE FOIS. Vous avez lu tant de versions. Vous avez entendu tant de jérémiades. Votre patience est vraiment infinie.

Mes félicitations à mon extraordinaire directrice littéraire, Miriam Weinberg, qui m'a poussée à ralentir et à rajouter toute la texture. Je l'adore, ainsi que l'enthousiasme et l'expertise de tous les employés de Tor Books – en particulier Devi Pillai, Lucille Rettino, Renata Sweeney, Eileen Lawrence, Sarah Reidy, Lauren Hougen, Molly McGhee et Michelle Foytek. Merci à Sam Bradbury, Roisin O'Shea et toute l'équipe de Del Rey UK. Il y a vingt ans, j'avais l'intention d'écrire un livre pour les adultes et, grâce à vous tous, il semble que j'aie enfin réussi.

Merci à mon agente, Joanna Volpe, qui m'a crue capable d'écrire ce livre, a inscrit ce travail dans un emploi du temps, puis s'est assurée que je le respecte. Je lui suis reconnaissante, ainsi qu'à tout le monde chez New Leaf – notamment à Jordan Hill, pour ses dons d'organisateur, et à Pouya Shahbazian, remarquable stratège.

Merci aussi à mon compagnon, Theo, et à notre petit chéri Sebastian. Sans vous deux, je me serais arraché les yeux avec les ongles depuis longtemps.

Enfin, merci à « la Vallée » du Massachusetts oriental, où je vis depuis presque vingt ans et que je continue de découvrir.

Je lui présente mes excuses pour tous les lieux que j'ai entièrement inventés et pour avoir pris quelques libertés avec sa géographie. Si vous le voulez bien, considérez cela comme un Massachusetts *alternatif*, empli de fermes à foudre, de bars avec absinthe à la carte et de magie d'ombre.

Composition et mise en pages
Nord Compo à Villeneuve-d'Ascq

Le papier intérieur de cet ouvrage est composé de fibres naturelles, renouvelables, recyclables et fabriquées à partir de bois issu de forêts plantées expressément pour la fabrication de pâte à papier.

ISBN : 978-2-37876-202-5 (broché)
ISBN : 978-2-37876-201-8 (relié)
ISBN : 978-2-37876-203-2 (e-book)

Dépôt légal : janvier 2023

N° d'édition : 0110-043-01-01 (broché)
N° d'édition : 0111-043-02-01 (relié)

Achevé d'imprimer en Espagne par liberdúplex